黄河向东流

HUANGHE XIANGDONGLIU

玉米 著

作家出版社

图书在版编目（CIP）数据

黄河向东流 / 玉米著. -- 北京：作家出版社，2020.12
ISBN 978-7-5212-0268-7

Ⅰ．①黄… Ⅱ．①玉… Ⅲ．①长篇小说 – 中国 – 当代
Ⅳ．①I247.5

中国版本图书馆CIP数据核字（2018）第253241号

黄河向东流

作　　者：玉　米
责任编辑：郑建华
装帧设计：连鸿宾　朱文宗
封面题字：崔卫星
出版发行：作家出版社有限公司
社　　址：北京农展馆南里10号　　　　邮　　编：100125
电话传真：86-10-65067186（发行中心及邮购部）
　　　　　86-10-65004079（总编室）
E-mail:zuojia@zuojia.net.cn
http://www.zuojiachubanshe.com
印　　刷：天津中印联印务有限公司
成品尺寸：170×240
字　　数：503千
印　　张：27.5
版　　次：2020年12月第1版
印　　次：2020年12月第1次印刷
ISBN　978-7-5212-0268-7
定　　价：56.00元

第一章

临危受命

这天晚上，山川市纪委副书记兼监察局局长康清泉正在家里看电视，山川市市委书记赵开来的秘书小姜通知他到书记办公室。康清泉很是忐忑，赵书记亲自召见，又是晚上，能有什么事呢？

1

农历早春二月，时值惊蛰节气。这天晚上，山川市纪委副书记兼监察局局长康清泉正在家里看电视，山川市市委书记赵开来的秘书小姜通知他到书记办公室。康清泉很是忐忑，赵书记亲自召见，又是晚上，能有什么事呢？他怎么也猜不出来。越级见书记，如果不给直接领导打电话打个招呼通个气，只怕将来直接领导知道了不高兴。稳妥起见，他赶快拨通了山川市委常委、市纪委书记何保平的电话："何书记，刚才赵书记的秘书小姜通知我现在去赵书记办公室，不知道有什么事。您知道不？"

"哈哈！你有好事了。"

何保平书记笑得康清泉找不着北了："我能有啥好事？你看我这没材料^①样，有啥好事会轮到我的头上？"

"你太谦虚了，你年轻有能力有水平，为人正直敢担当，我能不晓得？实话告诉你吧，市委已经决定让你到济民县担任县委书记了。"

"别跟我开玩笑了，何书记，想当县委书记的人多了去了，咱山川市又是S省的大城市，人才济济，咋会让我去呢？不可能！不可能！你这是在取笑我。"

"这是真的，我可没跟你开玩笑，本来我就要告诉你的，但这事还是由赵书记亲自跟你谈比较合适。"

"赵书记找我是这事？"

---

① 没材料：方言，没本事。

"是的，千真万确。"

康清泉听了这话真信了，何保平书记已经说了这是千真万确，看来这是板上钉钉的事了，不会有假。不过，康清泉也奇怪了，济民县的县委书记顾怀力不是干得好好的吗，现在又不是调整干部的节口，为什么呢？

"何书记，你说的我还是不太明白。"

"清泉哪，说实话，你这次是临危受命啊，你将要面对的工作不好干哪。不过，市委既然做出了这个决定，那也是经过深思熟虑的，对你还是充分信任的。"

康清泉还想再问什么，何保平书记却抢先说："不要多问了，有什么疑惑你还是直接问赵书记吧。"

康清泉没办法再细问了，是啊，那边书记还等着呢。康清泉也不叫司机老冯了，出门打了个的直奔市委大院。

果然，赵书记找他谈话，就是让他到济民县担任"一把手"的。

后来，康清泉才知道，前几天省党代会闭幕后，全体与会代表在省人民会堂合影留念，省四大班子领导以及退下来的老领导悉数在场。摄影师刚刚喊各位领导注意了，就听"冤枉！"一声大喊，各位领导定睛一看，不知什么时候一群农民"呼啦啦"跪在了面前。

所有人都怔住了，这是党代会呀，安保措施做得多好呀。可是，即使这样，还是出事了。

现场的工作人员很快把所有跪地喊冤的一干人引导到了附近的信访大厅。

很快，大家便知道了，这是山川市济民县太平堤乡黑风口村的群众，口口声声说被邻村白家滩村打伤了人，要求上级领导处理。

省委书记宋朝觐因此大发雷霆，对着山川市委书记赵开来狠狠地训斥了一番。市委书记赵开来更是气不打一处来，丢人丢到全省了，成了全省干部茶余饭后的笑柄，这面子往哪儿搁？既然群众能跑到省党代会的会场集体上访，看来此事非同小可，看来济民县的问题不同寻常，看来县委书记顾怀力的能力值得怀疑。虽然顾怀力是赵开来一手提拔的得意干将，但在这种情势下，也不得不对自己的爱将痛下杀手了。经过一番深思熟虑，赵开来在电话里和市长朱尔进行了沟通，决定调任县委书记顾怀力到市委担任副秘书长。市长朱尔趁机推荐济民县县长马初生接任县委书记。赵开来知道马初生曾担任过朱尔的秘书，心里当时就否定了。赵开来提出让市纪委副书记、监察局局长康清泉出任济民县委书记，朱尔一听，心里"咯噔"一下，隐隐有些不安。赵开来把一个纪委副书记、监察局局长派到济民县担任县委书记，这是想干啥？这不正常呀，他本能地说了一句："这不妥吧，康清泉好像没在基层工作过，直接担任县委书记，是不是跨步有些大？""没啥，我们用干部就是要不拘一格，看准了就要大胆使用。康清泉同志我还是了解的，党性强，人品好，有能力，对于济民县当前的形势来说，是不二人选。"赵开来话说到这份儿上了，市长朱尔也不便再坚持什么了。

市长朱尔的问题解决了，意见一致了，赵开来又通知召开由他本人、市长朱尔、市委副书记、市纪委书记、市委组织部部长参加的五人小组办公会，接着又召开市委常委会，并报送省委同意后，决定调任县委书记顾怀力到市委担任副秘书长，市纪委副书记、监察局局长康清泉出任济民县委书记。

顾怀力不是没有采取补救措施，他吓坏了，省党代会上各位领导、各位代表合影照相一结束，就赶快找市委书记赵开来赔礼道歉，而且一再解释说这里边有文章，有人在鼓捣事，但已无济于事、回天无力了。在赵开来的印象中，不管什么原因，出了这等让他赵开来丢人现眼挨省委书记批评的事，顾怀力脱不了干系，必须处理。至于有没有人鼓捣事，那是赵开来以后考虑的事情，但不是开脱责任的理由。作为县委书记，想干事能干事干成事还不出事才是本事，否则的话，说什么都没用，只有等着挨刀了吧，只是不知道这一刀子扎多深而已。

市委书记赵开来在与康清泉谈话时，除了做些一般性的交代，比如首先要保持稳定，不能出事，还交代他要大力招商引资，争取引进一两个有影响的大个头的项目，同时，扶贫济困、修路架桥、治水绿化、教育医疗、社会保障，等等。赵开来最后意味深长地交代说，要切实加强党的基层组织建设，加强党风廉政建设和反腐败斗争，彻查济民县的问题，近期重点解决黑风口村群众上访的问题。

康清泉听得晕晕乎乎的，那些工作上的交代，康清泉懂，但是彻查济民县的问题，康清泉有些丈二和尚摸不着头脑了。他给妻子谢薇打了个电话，说他可能要到县里去工作了。谢薇说："你去就去呗，反正咱家又没啥事，我教毕业班这么忙又回不了家，你一个人在家连个做饭的都没有，那你就去吧。"

康清泉儿子在外地上大学，妻子谢薇在山川市最有名的实验高中当语文老师，同时还是毕业班的班主任，天天忙得很，早上天不亮就要陪着学生跑操上早自习，晚上还有晚自习，经常不回来。康清泉不喝酒不爱应酬，不出差的话，中午总是在机关食堂吃饭，到了晚上就回家自己煮面条吃，没事就看书学习，生活简单，严格自律。谢薇说的是实情。

康清泉不敢怠慢，抓紧到市纪委交接了工作，同时，他不忘去拜访一个人——山川市原市委常委、市纪委书记洪运来。

2

康清泉毕业时到市纪委工作靠的是洪运来，他并不认识洪运来，他有个当领导的同村本家和洪运来是同学，向洪运来介绍推荐了康清泉，加之康清泉在学校里表现不错，入了党，还是校学生会干部，学习成绩也很好，得过很多奖状，洪运来感到这是个人才，便接受了他。对康清泉来说，找工作是人生一大转折，是重大事项，但是，他没有花一分钱，只是备了一盒烟抽出来一根递给洪运来，洪运来没有接，他不抽烟。就这，康清泉进了市纪委，成了一名干事。

半年之后，洪运来退居二线，到市人大当主任，在市人大干了一届，彻底退休了。

康清泉是个不忘本的人，他每年春节都要去看望洪运来，别管怎么说，洪运来对自己有恩，有恩不报非君子，康清泉是一个深受中国传统文化影响的人。而洪运来退休后，除了有血缘关系的亲戚来看他，其他来看他的人寥寥无几，定期来看他的人也只有康清泉一人了。所以，洪运来非常喜欢康清泉，视康清泉如儿子，有什么话都直说，加之他一生曲折的经历和丰富的工作经验，没少给康清泉出主意。对无可依靠心事无处诉说的康清泉来说，洪运来就是人生路上的指明灯。高人指路，贵人相助，这是一个人成功的最重要的条件，现在，康清泉没有贵人相助，但有高人指路，有洪运来帮助出主意想办法当参谋，这些，康清泉受用不尽。

洪运来虽然退了休，但是不忘学习，他没有像其他市领导一样退休之后无所事事，他的精神生活很充实，他把大部分时间都放在读书学习上，并乐此不疲。

"洪书记，我来看看您，同时我来向您报告，我要到县里工作了。"康清泉提了一袋水果，来到清河路6号院公务员小区洪运来家。

洪运来住的这个公务员小区后边有一个小土坡，前边一条河叫小清河，蜿蜒而过，风景十分秀丽。公务员小区的最前排，是一片小别墅，里边住的都是现任的和离任的副市级以上领导干部，每栋小别墅三层，前边一个小半亩的小院。洪运来也有这么一套别墅，是周转房，虽然洪运来已经退休了，但在这儿住还是没问题的。院子里种满了花草果树，虽是初春时节，却已满院花香，生机盎然，西南角的空地种满了小葱、菠菜等，绿油油的，长势喜人。

"好哇！你没在基层工作过，到基层锻炼锻炼长长见识有好处。郡县治，天下安。县域发展在社会经济发展中的作用至关重要，你到哪个县？担任什么职务？"洪运来正在院子里的摇椅上坐着看书，见康清泉来了，他欠了欠身，从摇椅上坐起来。洪运来个子不高，身材瘦小，虽看起来弱不禁风，但满面红光，两眼发亮，精神矍铄。

"到济民县担任县委书记，不过，我担心干不好啊。"康清泉说出自己的担心。

"请洪书记指教。"康清泉紧接着又诚恳地说。

洪运来语重心长地说："当个领导干部，一是要政治坚定。要坚持正确的政治方向，听党话，跟党走，有令则行，有禁则止，不讲条件，不搞变通，决不能不敬畏，不在乎，喊口号，装样子。二是要依法用权。心中要高悬法律的明镜，手里要紧握法律的戒尺，忠诚履行宪法和法律赋予的职责，不能任性用权，粗暴执法，更不能以权代法，以权压法，逐利违法，徇私枉法。三是要心系群众。要走好新形势下的群众路线，要学会做群众工作，要始终与人民群众站在一起，想在一起，干在一起，既'身入'基层，又'心到'群众，想群众之所想，急群众之所急，忧群众之所忧。四是要担当作为。面对困难，要不回避，不惧怕，不推卸，困难像弹簧，你弱它就强，只要精神不滑坡，办法总比困难多。要敢于挑重担，啃硬骨头，接烫手山芋，尤其不要搞形式主义和官僚主义。"

"洪书记，您说得太好了。当官不为民做主，不如回家卖红薯，为官一任，造福一方，修身齐家治国平天下，这些都是圣贤所要求的，我如果一事无成什么都不作为，这不是我的性格。我小时候的梦想就是为穷人办事，为弱势群体撑腰，当一个包公、海瑞、唐成那样的清官好官。但是，只有良好的愿望和美好的理想是不够的，有想法还要有办法，有良心还要有策略。"

"对，河南内乡县衙三省堂有副对联写得好：'得一官不荣，失一官不辱，勿说一官无用，地方全靠一官；吃百姓之饭，穿百姓之衣，莫道百姓可欺，自己也是百姓。'有当清官的理想是好事，有干事业的雄心也是好事，但只有一腔热血空有远大抱负是不够的，还要讲究做人做事的艺术，这就是辩证法。"

"我懂了。"康清泉由衷地佩服。

"到了县里，还要加强学习，才能立于不败之地，并且长盛不衰。别看你也是个正县处级实职领导干部，但你一直在市纪委机关工作，业务单纯，而且说实话在市委机关你也只是一个大办事员，是服务员，充其量只能算是吏而不能说是官，到地方担任大员管一方百姓那才叫作官，你才能真正找到当领导的感觉，基层干部群众身上有很多优秀的品质，你需要学的东西太多太多了。"

"这我也懂，虽然我也是官员，其实只是大吏，跟当县委书记的要求差得很远，我真的怕我干不了，最怕辜负了组织的信任，最怕对不起当地的人民啊。"

"去吧，不要怕，你脑子聪明，爱学习，只要记住我刚才说的那四句话，有什么干不成的？再说了，到一个地方担任大员，是为群众谋福利最大的平台和机会，是实现自己政治理想和抱负的载体，宋代大儒张载所著《横渠语录》云：'为天地立心，为生民立命，为往圣继绝学，为万世开太平。'修身齐家治国平天下，这是读书人追求的最高境界，你可要珍惜啊。"洪运来给他打气。

"洪书记，您说这我倒认同。好吧，听您的，在黄河边，我要富一方经济，保一方平安，树一方正气，撑一片蓝天，实现我小时候的愿望和理想，我要试一试，不行再回来。"

"这就对了，身在公门好修行，做官就是做功德，做官就是做慈善。要想积德行善，最大的德和善就是当一名好领导，只有在这个岗位上，有这个平台，才能调动更多的资源有更大的能力为老百姓办好事、做善事。"接着，洪运来若有所思地说，"清泉，不过我现在考虑一个问题，不知你考虑过没有，为什么把你派到济民县担任县委书记？你这一步跨得可不小呀。"

"是呀，我也不明白，突然把我派到济民县担任这么重要的职务，我也直纳闷。赵开来书记特别交代我要彻查济民县的问题，压在我肩膀上的担子不轻呀，而且还不告诉我彻查什么问题，看来，我只有小心行事，冷静观察，沉着应对了。"康清泉面色沉重。

"这就对了。"洪运来接着问，"组织已经定过了吗？"

"书记已经找我谈过话了，市委常委会也开过了，向省委的报告也批复过了，赵书记要我三天之内到济民县报到。"

"既然这样了，那还犹豫啥？人们不常说嘛，组织就是铜墙铁壁，个人就是凡胎肉体，个人服从组织是天职，不能对组织使性了，犹豫也没用啊，那就去吧。不过，还是要记住，权力组织可以给，但威望还是要自己树。你是纪检干部出身，出了纪检门，还是纪检人，打铁还要自身硬，到了那里更要尊崇党纪国法，做到廉洁自律、步步小心，时时处处都要以一个纪检干部的标准严格要求自己，练就一副金刚不坏之身。县里边情况复杂，而你作为一县的书记，大权在握，各路神仙都会求你办事，诱惑更多，陷阱也多，搞不好，你就栽到济民了，是福是祸还真不好说呢。五代时期的宰相冯道作了一首诗《偶作》，很有借鉴意义，他说：'莫为危时便怆神，前程往往有期因。须知海岳归明主，未必乾坤陷吉人。道德几时曾去世，舟车何处不通津。但教方寸无诸恶，狼虎丛中也立身。'这最后一句就是说要加强自身修养，时时检点自己。只要行得正，立得直，不贪财，不贪色，不恋权，不谋私，不赌博，不嗜烟酒，时时存有敬畏之心，慎独慎欲慎微，如履薄冰，如临深渊，谁也莫你奈何。你我都是老纪检，咱们纪检人都知道，吓得够呛的干部就是好干部。胆子小不是坏事，胆子小才能担重任，才可靠放心，小心驶得万年船嘛。孔子曾说：'君子有三畏：畏天命，畏大人，畏君子之言。小人不知天命而不畏也。'明代名臣张居正曾经说过：'志成于惧，而荒于怠。惧则思，思则通微；惧则甚，甚则不败。'明代方孝孺曾说：'凡善怕者，必身有所正，言有所规，行有所止，偶有逾矩，亦不出大格。'恰恰是那些胆大包天、胆大妄为的干部很容易出事，而且一出事就是大事，其实，这不是胆子大，而是没脑子，是大傻瓜。尤其是作为一个拥有实权的领导干部，更要谨小慎微，特别是要把好金钱关和女人关。虽然有人说，当官不发财，请我也不来，虽然也有人说，女人问题只是生活作风问题，只是小节，但是，自古以来，凡是把一名官员打得满地找不着牙的，都是在金钱和女人上出了问题。不贪财，不贪色，要紧紧把控住这两点，这两点一旦违犯了，那就死无葬身之地，再难东山再起，不可不慎。"

"洪书记，听君一席话，胜读十年书啊。"康清泉不胜感慨，"我没在基层工作过，基层的情况一抹黑，真的找不着头绪，您这一说，我更怕干不好了。"

"你没在基层干过，是你的一个大缺角^①，不过也不要紧，只要多听多问多想多学，谁也不是天生就是当领导的，都有个过程，只不过有的适应快有的适应慢。不要紧，我相信你的人品和能力。"

到底是知根知底的老领导，说的话字字珠玑、句句真言。

"衷心感谢洪书记指点迷津。"康清泉发自肺腑地说。

告别了老领导，康清泉心里有了底，他把东西收拾准备完毕，只等组织部通知到济民县走马上任了。

3

一切都很顺利，市委常委、组织部部长常丽陪同康清泉来到济民县，参加了济民县领导干部会议，宣布了任免通知。

康清泉与顾怀力在主席台上合影留念，顾怀力双眉紧锁，康清泉心事重重，在闪光灯的映衬下，虽然会场掌声雷动，但看得出来，两人都不轻松。

开完会，县四大班子主要领导在机关餐厅吃饭，一来迎接常部长，二来为康书记接风，三来为顾书记送行。推杯换盏，觥筹交错，康清泉和顾怀力两人互相敬酒，康清泉说："顾秘书长以后还要常回家看看，继续关心济民的工作呀！"顾怀力不悦地说："说哪儿的话，不说别的，就凭咱弟兄的关系，那也得互相关照。"接着，康清泉又说："以后有时间你得给我指点指点，在济民工作应该注意哪些事情。"顾怀力不屑地说："没啥，没啥，我相信你老弟的能力，不过，只要吸取我的教训就好了。"

听了这话，康清泉不得要领，对济民的工作更感到茫然无绪，但是，康清泉估计这个祸根就是黑风口村群众上访问题。康清泉知道，顾怀力是很有能力很有魄力的一位领导，长期在基层摸爬滚打，早已修炼得刀枪不入、神鬼难缠，像他这样经验丰富的领导尚且栽在济民县，反过来想想自己，长期

---

① 缺角：方言，差距和不足。

在机关工作，对下边的情况一无所知，这个活儿不是一般地不好干。

"唉，一言难尽哪。"顾怀力看出康清泉有心事，其实，他才不会把实底交给康清泉呢。同行是冤家，他巴不得康清泉倒霉，他恨不得康清泉也跟他一样栽跟头，那样才不至于显得他无能他没本事。于是，他举起酒杯，大声说："不说了，喝酒，咱弟兄俩干三杯。"

"好，喝！"

一仰脖，两人一饮而尽，彼此把酒杯翻过来，没有一滴酒洒落，喝得干干净净。

轮到济民县县长马初生敬酒了，这是个年轻人，三十七八岁，瘦高个儿，皮肤白皙，眉清目秀，长得很帅、很嫩，上身穿着雪白的衬衣，外套黑色皮马夹，打着蓝色领带，西裤笔挺，皮鞋锃亮，是那种典型的白面书生、"小鲜肉"。康清泉知道他曾是山川市市长朱尔的秘书，从山川市市政府副秘书长位置上空降到济民县的，来这里应该不到一年时间。虽然都在市直机关工作，但平时联系不多，康清泉对他不是很熟悉，只知有其人。

"康书记，欢迎你呀！"马初生满脸赔笑。

"马县长，以后还要多靠你呀。"康清泉附和着说。对这位市长秘书出身的县长，康清泉不敢小瞧。

"我来这里可是影响老弟你的进步喽！"康清泉明白，如果不是黑风口和白家滩出这档子事，正常情况下，县委书记就是这位马初生县长的，县长接书记一般没啥问题，那是顺理成章的事，何况马初生又曾是市长的秘书，更不会有什么问题了。关键是摊上了这么桩倒霉事，书记狼狈调走，县长怎能重用？但是，县长早晚要用，估计时间不会长，更不会影响正常的提拔进步，不然的话，按照《党政领导干部考核工作条例》的相关规定，出现重大事故，党政都要问责，顾怀力被调走了，县长马初生难辞其咎，但是，没承想，县长马初生平安无事，只是没有提拔而已，保住了县长的位置。

"吃过饭你有啥安排没有？"康清泉问。

"没有。"马初生说。

"吃过饭到我办公室咱兄弟俩好好聊聊？"

"行。"

没有不散的宴席。常丽部长吃饭非常尽兴，康清泉要留她在济民县休息，她非要走。老书记顾怀力也要回去。于是众人前呼后拥地把常丽部长和顾怀力送上车，隆重地欢送回山川市。

康清泉不胜酒力，送行酒喝得晕乎乎的。县长马初生凑上来知趣地问："康书记，看您喝酒喝得不少，要不我回头再找您汇报工作？"

县长马初生凑近的时候，康清泉闻到他身上一股香水味。康清泉抽了抽鼻子，本能地有些反感，心想，真是个花花公子。

初春的夜晚，天非常冷，特别是在县里，风从黄河滩深处而来，带着阵阵淤泥的土腥味。康清泉在秘书梁伟的陪同下，到公寓楼休息。

康清泉晕晕乎乎地走在去公寓楼的路上，夜风一吹，打了个寒战。夜色浓重，天上繁星点点，康清泉感到无限悲凉和孤单。

"你冷吗，康书记？"秘书梁伟问。

"没事，走吧。"康清泉说着，加快了脚步。

为了方便外地的干部，县里专门盖了公寓楼，每人一套房，里边各种配置一应俱全。到了晚上下班后，整个机关院人去楼空，机关里绝大部分是本地干部，下班都回各自的安乐窝了。那些外地干部如果没啥事也都回去了，只有值班的，还有晚上加班忙得太晚不想回山川市的，才坚守阵地。

康清泉进了房间后，秘书梁伟给康清泉倒上水，康清泉让他回去了。所有的人都走了，康清泉头隐隐作痛，这是酒精在作怪。康清泉睡不着，心里很难受，想想以后不能再这样喝酒了。说实话，喝多了，在这公寓楼里，别说没人照应了，即使是死在这里也不会有人知道。康清泉一阵难过，不过，这时他不想那么多了，找了一片安眠药和一片止痛片，吃了后洗洗睡了。

4

白家滩村、黑风口村，是黄河滩里相邻的两个村庄。不仅地名针尖对麦芒，两村的关系也是打从历史上就有仇。这一切都因为黄河而起。黄河流向不稳，多次改道，造成黄河边的村庄土地边界不确定。没了地界，黄河边的人经常因为争地边而发生争执。清朝末年，黑风口村和白家滩村进行了一场血肉厮杀。据老人们讲，当时俩村人都上了，打打停停，在黄河滩里激战了三天三夜，青壮年劳力都死光了，老人和妇女儿童后来也上了，那叫惨呀，血流成河，死尸遍地，这一架打得俩村只剩下些孤儿寡母，多少年没有恢复元气。不过，打了这一架，俩村较量的结果是势均力敌，谁也惹不起谁，谁也不敢再找事，就因为这个，两村相安无事稳定了上百年。这不，进入了二十一世纪的现代社会，两村又干上了，还是因为地。现在的土地比以前更稀缺更金贵了，如今的黄河滩就是个聚宝盆，不用浇水，不用施肥，土质肥沃，种啥成啥，种啥啥好。黄河滩里长出来的大米绿色无公害，筋道得很，软嫩甜香，进嘴里不用嚼就化了。

黄河再不是昔日的灾河害河了，而是造福苍生的利河神河天河了。因为抢种黄河滩的土地，产生了一场又一场说不清道不明的恩怨，新仇旧恨上心头，终于有了黑风口村群众到省党代会会场的集体下跪和上访。

别管是黑风口村恶人先告状或是真有冤屈，别管是黑风口村醉翁之意不在酒或是真的有气，反正因为这俩村的恩怨，顾怀力马失前蹄，因为这俩村的过节，康清泉被委以重任。但是，祸兮福之所倚，福兮祸之所伏，好事即坏事，坏事即好事，谁的前途谁又能料呢？

康清泉上任伊始，就惦记着黑风口村的上访事件，他与济民县的一些领导包括信访局、公安局的同志进行了交流，了解了一些情况，但是，康清泉清楚地知道，"纸上得来终觉浅，绝知此事要躬行。"这事必须亲自下去实地调研了解情况，知彼知己才能百战不殆。

刚到济民县工作不久，很多人还不认识，这是下去微服私访的好机会。小时候，康清泉去看戏，最爱看《七品芝麻官》，那个当官不为民做主、不如回家卖红薯的唐成，那个奉定国公之命到民间微服私访严嵩奸行的青年才俊杜士卿，在康清泉心里扎下了根。康清泉有个梦想，就是成为不畏权贵、为民伸张正义的唐知县，敬慕重任在肩巡视民情的钦差大臣杜士卿。后来，康清泉到市纪委工作，一直主张微服私访，很推崇深入田间地头和老百姓拉家常。不打招呼，不发通知，不定时间，不定路线，不设预案，不要陪同，不听汇报，直奔现场，一插到底，只有这样，才能掌握真实情况，老百姓才会和你交心交底。康清泉专门研究了历史上的监察御史制度，认为皇帝委派监察御史到各地进行巡视是一个好办法，能够对官员达到长期震慑不断警醒的目的，更能够了解百姓疾苦，发现底层冤屈，为民伸张正义，促进社会公平。那些上告无门的穷苦百姓看到了希望，盼到了青天，他们也有了活着的勇气，感受到人世间的一丝温暖。康清泉当了县委书记，他要做的第一件事就是下去微服私访，而且，事不宜迟，他怕时间长了，县电视台天天播出县委书记的"光辉"形象，妇孺皆知，家喻户晓，再想下去微服私访就难了，就容易被人认出，就听不到真实的声音了。

刚上任的第一个周末，他没有回家，他喊上秘书梁伟一起来到黄河边。他要微服私访，看能不能了解一些关于黑风口村和白家滩村的真实情况。

车行至黄河滩区，梁伟问："康书记，黄河就要到了，咱咋走？"

"咋走？先到黄河大堤上看看黄河去。"

济民县县境内，离县城往北十九公里就是中华民族的母亲河——黄河。济民人民喝着黄河母亲的乳汁长大，代代繁衍，生生不息，是地道的黄河儿女。

黄河自古泛滥成灾，"当尧之时，天下犹未平，洪水横流，泛滥于天下。""河灾之羡溢，害中国也尤甚。"自公元前602年（即周定王五年）至1949年以前的二千五百五十余年中，黄河在史书中记载的决溢有一千五百九十多次，改道有二十六次，可以说是三年两决口、百年一改道。洪水过后，河渠淤塞，良田沙化，满目疮痍，民不聊生。

"黄河宁，天下平。"新中国成立后，一系列防洪水库相继建成，开辟了新的蓄滞洪区，完善了非工程防护措施，基本形成了"上拦下排、两岸分滞"的防洪工程体系，黄河的水沙治理、生态建设、经济发展都取得了显著成效，黄河这匹桀骜不驯的野马终于被驯服了。与此同时，这些年水资源紧张，黄河又是调水又是调沙，黄河上中下游都争抢有限的水资源，兴建了数不清的提灌站，居民用水、灌溉用水、城市景观用水，反正北方是缺水的地方，到处都在喊渴，黄河水日益紧张。以前，黄河是一条害河，因为黄河，多少项目不敢在济民县摆放，多少重大基础设施建设不敢在济民县落脚，影响了济民县多少年的发展。现在不同了，黄河成了利河，黄河水成了黄金水，可惜的是，昔日宽阔的水面难得一见，大片大片的黄河滩裸露出来，北风起处，从黄土高原一泻千里来到平原地区的黄沙，逐渐覆盖了河床，越积越厚，越沉越多……

河道的风非常刁钻，旋着黄土高原的沙土弥漫在济民天空。

风也有累的时候，风喘息的时候，天空难得一见晴朗清净，点点细腻的白云轻轻飘浮，这时，太阳也露出脸来了，像红红的苹果。大河红日，泼金鎏玉，分外壮观。

济民县黄河大堤外的一片苹果园里，低矮的果树只剩光秃秃的枝干，果农们为了多结果实，毫不迟疑地把果树的主枝剪去，还在主枝上用或白或黑或蓝或绿各种色彩的布条，吊上一块一块沉重的石头、混凝土块，每棵果树有限的三两个枝干就这样日日夜夜弯腰低头，无奈、沉重地生存着。

风过处，果树随风摇动，枝条上下晃荡，点头、摇头、摆头、晃头、磕头，偶见一两只小鸟在果树枝条上休憩，转而又飞向远方。

果树不易，人又何堪？

黄河大堤上，身材颀长、穿着咖啡色风衣的中年男子康清泉和秘书梁伟迎风伫立。

康清泉古铜色的脸如刀砍斧削般棱角分明，浓眉紧锁，眼光深邃，笔直的鼻梁下，厚厚的嘴唇稍稍向右下角歪斜着。风虽强劲，却吹不乱他一头粗硬板结的黑发。他一副饱经沧桑、忧国忧民的神情，就那么站了好一会儿，只听秘书梁伟劝道："康书记，河道风大，别着凉，要不咱上车走吧？"

"不急！不急！今天咱没有急事，走走转转。我很多年没有到黄河边了，我要好好看看哪！"康清泉缓缓地说，他是一个深沉不急躁的人，说话办事都很迟缓。

眼前的黄河亘古流逝，流经二十一世纪初的中国，流经早春二月的黄河滩——

这时的大堤内外，空无人影，一片寂寥。远处的黄河水，不，准确地说是黄河泥，混浊不清，一路向东，缓缓流淌。这千年的黄河水，就这样日日流，夜夜流，见惯了千古岁月，看淡了世间沧桑，所以才那么安详那么悠然。这几年，黄河边修起了调水坝，一个挨一个，把黄河岸裁成数不清的毛边边，那些靠边奔流的黄河水不知底细，好奇地流到调水坝间，打着漩儿拐了个弯，遇到的是硕大的各种奇形怪状的赭色石块，于是又赶忙调头随着黄河洪流向东而去。

康清泉脚下就是黄河滩，料峭的春风扑面而来，一阵紧似一阵，忽忽地拍打着脸庞，嘤嘤嗡嗡，旋即离开。风穿透了康清泉的风衣和厚厚的棉衣，他不由得浑身打了个激灵。他听着"哗哗"水流声，望着远方无尽的滩地怔怔地沉思，一队大雁自东南方向向西北方向飞翔，一会儿像人字形状，一会儿又呈弯曲的线形，一队雁阵过去，又是一队雁阵，足有四五列依次飞过，就像战斗机在进行航空表演。是春天到了，大雁也知道回来了，黄河水也开始欢快地唱起歌来了，树木小草都蓄势待发，就像久别的情人，又似刚嫁过门的新娘，羞怯地等着春风掀开她们的红盖头……

"你知道去黑风口村和白家滩村怎么走吗？"康清泉冷不丁地问道。

秘书梁伟急忙回答："我知道，不过，康书记，那地方可是个乱窝，咱去那儿干啥？"

康清泉没有直接回答秘书梁伟的问话，却问梁伟说："我说梁伟，你在县委办工作几年了？"

"我毕业考公务员考到县委办，有两年时间了。"

"大家都说黑风口和白家滩是个乱窝，你是怎么看的？"

"报告康书记，我了解的情况不多，不过，我听说黑风口村新换的村支书挺厉害。"

"怎么厉害？"

"这个……康书记，我也说不好。"梁伟欲言又止。

梁伟是康清泉一个老同学打电话介绍当秘书的，康清泉前脚到济民县走马上任，一个在省直机关工作的老同学后脚就打电话过来，说他一个本家侄子叫梁伟，正好在县委办工作，如果康清泉还没有配秘书的话，是不是可以考虑一下。

康清泉接到这个电话有些不高兴。秘书那可是身边人，与自己形影不离，甚至比自己家人在一起的时间还要长，秘书的选择可是个大事情，必须选德才兼备的人中精英。在这个问题上，康清泉绝对不会只看关系不看人的，但是，既然老同学打电话来了，不考虑情面也是不合适的。于是，他给老同学回复说，首先感谢你给我推荐人才，但是，秘书的配备组织上是有规定的，是有严格要求的，回头我过问一下，如果条件真的具备，同等条件下优先，可以吧？

老同学是省直机关的处长，懂这个规矩，他也理解康清泉，他说，举贤不避亲，如果不是人才，如果我不知底，我也不会给你推荐。放心吧，我推荐的人，出了问题我负责。

果然，康清泉刚上任两天，县委办就推荐了几个秘书候选人，这是经县委常委、县委办主任易三戒精心筛选过的。名单报给康清泉之后，康清泉发现有梁伟的名字，康清泉认真了解了梁伟的基本情况，易三戒说还不错，人很本分，还很有眼色①，写材料也行，于是，康清泉点头算是同意了。当然，康清泉也给那位老同学说了，也跟秘书梁伟讲了，跟他当秘书，要注意几点。

---

① 眼色：方言，机灵懂事。

一是没有油水只有汗水，没有甜头只有苦头，工作上会很辛苦，经济上会很艰苦，生活上会很清苦，要做好这样的思想准备。不过，在秘书这样的岗位历练，可以做到既食人间烟火，又守一方净土，对个人的成长进步很有帮助。二是不能背着领导搞小动作，领导的什么事都知道，不能随便讲，要有保密意识。三是手要干净，不贪不占，不能因为有人通过你找我你就刁难别人，更不可借此收人家的东西，不能打着我的旗号违法乱纪。四是不能狐假虎威，不能自认为一人之下万人之上，一当上秘书就把眼皮往上翻，目中无人是不行的，说话难听更是不行的，要谦虚低调。如果这几条做不到，就不用跟了。康清泉在省直当处长的那位同学非常感激，同时也表态说，他会经常教育他本家侄子梁伟的，让他好好干工作，好好给康大书记搞好服务。而秘书梁伟也一口应承，说他一定会努力干好工作。

"知道多少说多少。"康清泉鼓励梁伟说。

梁伟有了勇气，他这两天还听人说，上边空降来的领导好伺候，下边提拔上来的领导不好伺候，看来真是这样。虽然他的本家叔给康书记打过电话推荐了自己，有这层关系在，康书记对自己很照顾，但康书记和其他领导真不一样，康书记真的没架子，一看就是个和善人厚道人。

梁伟见康清泉不是这样的领导，不理解，难道是康清泉一直在市直机关工作没有当过地方一把手还没有把架子端起来？或者本身就是一个好人一个好官？秘书梁伟在琢磨康清泉，而康清泉也在观察秘书梁伟，都在磨合期吧。

"康书记，我听人说，以前黑风口村的支书脾气弱，不爱找事。去年春节前黑风口村换支书了，这支书名字叫黑老三，号称黄河王。"

"黄河王，好大的名头。"康清泉说。

"是啊，黑老三膀大腰圆，五大三粗，往那儿一站就像黑铁塔，说起话来嗡嗡响，能把房子震塌，他动不动就打架，听说他三天不打架就手痒，小时候就是因为爱打架把眼弄瞎了一只，他的目标就是称霸黄河滩。"梁伟汇报的时候抬头看了康清泉一眼，看到康清泉正专心在听，于是他继续说下去，"江山易改，禀性难移，长大了还是个孬货，真的在黄河滩没人敢惹，就跟当年的土匪一样。黑老三早就想当支书，可一直没当上，不知道咋回事，去年当上支书了，一当支书就领着找事，说是争地边，那其实只是借口，可能主要是想树威风吧。领着村里的孬货和周边几个村打架，打遍了黄河滩。他弟兄四个，个个有能耐，在咱们县很有名，号称'四大金刚'。黑老大，又名黑文礼，县公安局副局长兼交警大队大队长。黑老二，济民宾馆经理，他后来又开始搞房地产，济民县的好地块儿都让他拿到手了，能赚大钱的他自己开发，赚小钱的他加价转手给别人开发，几年时间，就成为济民县最有钱的人了，是济民首富、大老板。至于黑老四，那是小混混儿，更孬得很。"

"梁伟，那黑文礼咋当上交警队队长的，你知道吗？"

"这个……"梁伟支支吾吾不想说。

"有啥就说。"康清泉语气严厉了起来。

"康书记，有些我也是道听途说，不一定准确呀。"

"我理解，说说看。"康清泉的语气又缓和了。

"康书记，黑文礼其实叫黑老大，他嫌黑老大名字不好听，自己改了个名字叫黑文礼，他不准别人叫他黑老大，谁叫他跟谁急，只有个别人在私下场合才敢叫他黑老大。黑文礼初中没毕业，后来去乡派出所当了个临时工，也不知道咋弄的，很快就转正了，后来还当了所长，这两年才提拔当了交警队队长，还兼了个县公安局副局长，具体里边啥情况我也不太清楚。"

"行，我知道了。"康清泉不再为难梁伟了。康清泉虽然离开农村这么多年，对农村生活、农村的风土人情、当下农民的所思所想有些陌生，但他毕竟农村生农村长，深知村里个别孬货和地方个别黑恶势力的厉害，"梁伟，以后听到什么信息，及时给我讲，知道吗？"

"放心，康书记，这是我应尽的职责。"

康清泉在黄河大堤上走了几步，远望苍茫的原野，他想起了在农村生活过的往事，想到了家乡，想起那个他魂牵梦绕的小村庄——

5

康清泉出生的地方，在与济民县相邻的河原县最南端的一个偏僻乡村——沙土岗村。村子不大，有上千口人。村西头有道岗，叫沙土岗，那是一道沙土陵，松软的沙土来自百里之遥的黄河滩。每年冬天，黄河水到了枯水季节，河滩裸露，北风裹挟着黄河沙洒落到南部的这片高岗，日积月累，形成一道东西宽约二里地、南北长十几里的沙土岗。沙土岗浇不上水，靠天收，种小麦不行，但种杂粮、花生、红薯非常适合，栽种桃树、杏树、梨树、柿树、枣树等各类果树和泡桐、刺槐、杨树也非常适宜。沙土地里的果树结的果子格外甜，连那花生也挂着甜头儿，红瓤的红薯别管是蒸着吃煮着吃烤着吃都甜得要命，比水果糖还甜咧。要是春天来了，岗顶岗坡，到处是粉的杏花白的梨花像小星星一样的柿子花，这里是花的海洋花的世界。到了秋天，累累的果实压弯了枝头，杨树岗的人笑得嘴都合不拢了。虽说生活艰难，可只要到了地里，就饿不着，抬抬胳膊树上有果子吃，弯弯腰地里有花生吃，那是杨树岗人最幸福的时节，比过年还兴奋呢。

冬天的时候，沙土岗上的树叶落干落净了，沙土岗光秃秃地成了野生的莽岭。那些年生活条件差，医疗条件更差，经常有人病死饿死，尤其是小孩子夭折得更多，都埋在这里。这里白天很瘆人，而在漆黑的夜间，犬吠声响彻远方，荒岗上更加阴森可怖。

平原上的人们很少见到山，以前交通不便，全靠两条腿走路或者骑马赶驴，除了走百十里地到西边的大山里拉煤，很少有人出得了村，所谓走远门也就是到邻村赶个集或者到乡政府所在地办个事而已。农闲的时候，或者干农活累了的时候无聊的时候，人们都站在沙土岗上看远方，看那西斜的落日，看那若隐若现的起伏的大山，外边的天地不知道该有多么美好，充满诱惑与魅力。

这是一片遥远的土地，更是一片寂静的土地。虽然这里的村子并不富，但人们过着与世隔绝的生活，日出而作，日落而息，仿佛时间在这里静止，地球在这里停止了转动，这里的人们傻乎乎乐呵呵地在一明一暗、一黑一白中平静度日。

刚刚改革开放，村里的年轻人都到城里掂瓦刀盖房子去了。年轻的康清泉也跟着一个远房亲戚到山川市提泥当学徒挣钱了。

白天，康清泉和同村的、邻村的叔伯大爷们搬砖，和泥，砌房，晚上，别的老少爷们儿都去街上转悠了，他却借着主家的电灯，有时借着大街上的路灯，看书记笔记。

晚上，一领铺席，再加一个床单，睡在大路边。一大早，城里的人成群结队骑着自行车去上班，衣着光鲜，神采飞扬。城里人一路说笑走在阳光下，只留下康清泉羡慕的眼神。康清泉下定决心要进城，这辈子再也不当农民了。

那时候拼命地干活儿，干脏活儿干累活儿干苦活儿，用干活儿折磨自己，用干活儿忘掉一切。干活儿多，瞌睡便多，睡得香，头随便枕个地方就能睡着觉。任凭马路上车流滚滚、汽笛声声，这些城市里的噪声污染丝毫不影响浓浓睡意，一觉到天亮。天刚吐白的时候，康清泉他们就起来了，卷起了铺盖，用装化肥的破塑料袋一塞，扔在墙角，一天的紧张劳碌又开始了。

那是年少的康清泉头一回进城，有时也会坐公交车在城里转转。那天上午，康清泉去新华书店买书。不是上下班时间，车上人不多，他很容易找到了个位置坐下。对面座位上坐着一个和他年龄差不多的少女，圆圆的脸，白净的皮肤，精致的五官，穿一袭白色碎花连衣裙，很清纯，像个白雪公主。她在座位上唱着歌，康清泉听她唱的像是《风雨兼程》："记得那年初相识，也在风雨中……来也匆匆，去也匆匆，就这样风雨兼程……"

那是天籁之音，是人世间最甜美的歌。康清泉直直地盯着那个和自己年龄相仿的小姑娘，疑为仙子下凡、人世精灵，康清泉如痴如梦。

康清泉虽是农家子弟，一身破衣烂衫，但长得很英俊，父亲是十里八村的美男子，母亲是十里八村的大美女，生出来的康清泉能差吗？

小姑娘看到了对面这个土里土气的男孩子，笑了笑，这轻轻的一笑，改变了康清泉的一生。

到站了，小姑娘下了车，欢快地蹦到车门口，扶着车把手，回头又对康清泉摆了摆手，康清泉后悔了一辈子，竟然不懂得，不，是羞于向那个小姑娘挥手说再见。

那灿烂的一笑，那轻轻的挥手，那欢快的身影，定格成了康清泉心中最美好的瞬间。

"来也匆匆，去也匆匆，就这样风雨兼程……"

那时的康清泉更坚定了决心，即使风雨兼程也一定要到城里来，一定要成为城里人，一定要找到那个公交车上唱歌的女孩儿。

只有高考才能改变命运。康清泉把瓦刀一扔，跟带工的大伯打了个招呼，也不等月底结工资了，就收拾行李回家复习功课准备参加高考了。

他考上了本省最好的大学，毕业后分到山川市纪委工作，主要是写材料。

在市纪委工作，康清泉凭着年轻气盛，像拼命三郎，豁出命来干工作，想混出个样子想出人头地想光宗耀祖，想彻底改变世代为农的家庭就业结构，想真正地扬眉吐气，想在十里八村成为谁提起来都响当当的人物，最起码在村里再也没有谁敢欺负。

康清泉工作很努力，农家子弟嘛，没有什么值得骄傲的资本，论吃苦精神奉献精神，那没人能比。那时候年轻，身上有使不完的劲儿，身子骨就像铁打的，从来不知道累不知道苦。白天写材料整一天，晚上继续整一夜，早上天快明的时候靠着椅子打个盹儿就过来了。

那时候写材料苦呀，没有电脑，一笔一画地写，最多是剪刀加糨糊。没有网络，想找个资料参考参考都难，只有靠平时积累和脑中的储备。写完之后去打字室，还要盯着打字员打字，把人折腾得要多受罪有多受罪。他曾经说过下辈子再也不写材料了，也曾经说过打死不写材料了，但是过一段时间，还是要继续写，说说而已，只是嘴上落个痛快，不写材料，你干啥？常言说，用则不废，或者说有为才有位，你有用才能立于不败之地。

康清泉那时候没想这么深远，只是拼命地干，所以，领导交代什么活儿，康清泉都无条件答应，即使再忙也应承下来，从来不说半个"不"字，从来不打退堂鼓。

年轻时候透支，到老了是要还的，不知道是谁说的这句话，还真是那么回事。年轻时候不注意身体，拼着命干工作写材料，过了没几年，康清泉的身体就出现了状况，亮起了红灯。

曾经有一段时间，他坐在办公桌前写材料，累得腰肌劳损，再也不敢坐了，屁股一沾椅子就钻心地疼痛。后来，康清泉实在没办法，发明了趴在床上写材料的方法，发明了办公桌上加个椅子站着写材料的方法，真的很可怜。别人都这么说他，其实他没有觉得什么可怜，就这，他已经很满足很幸福很有成就感了。

还曾经有一段时间，康清泉累得脑子疼，不敢看书看报，只要看到书就头疼，晚上睡不着觉，白天还要参加会议，一整天头昏昏沉沉的，简直到了世界末日，每天都是度日如年，生不如死。那时候，才感到冤感到亏感到活着真不容易，才真正地思考活着为什么这么苦为什么这么累。

在那段艰难的岁月里，康清泉艰难地生存，吃中药，喝刺五加，输水，锻炼身体，闭目养神。即使睡不着觉，也闭着眼休息。工作依然没有耽误，不敢看书看报看材料，就让科室的同志读材料，读出问题来再进行修改。

后来，调理了两年多，康清泉脑子终于恢复如初，看书看报看材料不在话下，又找到了以前意气风发的感觉，在工作之路上又可以大展宏图了。特别是经过那场头痛之后，激发了他新的活力和灵感，看问题出思路更加独到更加深刻有见地，往往是想人所未想，知人所未知。讨论材料，特别是领导在场的时候，康清泉条理清晰，观点新颖，言简意赅，多次得到领导的好评。在市直机关，也赢得了会写能写"秀才""才子"的名声。

不过，因为写材料，康清泉一路进步，从副科长到科长，从科长到监察局副局长，从监察局副局长到市纪委副书记、监察局局长，也可以说顺风顺水，平步青云。

<h1 style="text-align:center">6</h1>

"嘎嘎嘎嘎……"

一阵乌鸦的叫声把康清泉从回想中惊醒，他吓了一跳，抬眼望去，十几只黑得如墨的乌鸦在面前翻飞，空阔的天空留下水墨画般的剪影。康清泉猛地一惊，乌鸦叫，可是不祥之兆呀。康清泉四处望了望，也没见有什么坟地，为什么凭空冒出这么多乌鸦呢？"呸呸！"康清泉对着这群乌鸦使劲儿吐唾沫，并挥手做出击打的姿势，这群乌鸦才"嘎嘎嘎嘎嘎"叫着向远处田野飞去。

康清泉理了理情绪，站在风中，看那风中落叶，有一种悲壮的感觉。经常在城里待着，找不到家乡的感觉，就像这风中的落叶，随风飘浮，心无所居，只有站在这泥土地上，脚下有黄土，心才略微踏实。

"呃，梁伟，站在这大堤上怎么看不到黄河呢？"康清泉不由得喊起来。

秘书梁伟远远地站着，见康清泉看着远处发呆，他不敢近前。听到康清泉叫他，他连忙跑到跟前："康书记，我在这儿呢。"

"哦，我说梁伟呀，怎么看不到黄河呢？"

"康书记，现在是黄河的枯水季节，黄河水很小。"

"再小总该看得见吧？那毕竟是大黄河啊。"

"康书记，您往前边看，那边，那一道白的，您看到了吧，那就是黄河。"

"是吗？黄河跟我以前见的不一样呀。"

"是啊，康书记，有些地方还断流呢。"

"大失所望啊！'黄河之水天上来，奔流到海不复回。'这场景恐怕再难见到了。"

"康书记，到了夏天就好了，到了雨季，黄河水还是很大很壮观的，您到时候再来看就知道了，那时候的黄河水还要防决口呢。"

"是吗？"

"黄河防汛是咱们济民县的一项重要任务，年年都非常重视，您以后就知道了。"

"我知道了，那今天咱不在这儿久留了，咱还是抓紧到黑风口村和白家滩村转一转吧。"

"康书记，先去哪儿？"

"白家滩。"

"好咧！白家滩离这儿不远了。"

黑风口是黄河湾西边那个村，白家滩是黄河湾东边那个村，两个村就是一弯黄水之隔。

这黄河，以前就没有堤坝。有堤坝，标准也不高，质量也不行，经不起那黄河滔滔滚滚来，耐不住那洪水千钧势难挡，黄河到了这平原地带，信马由缰，肆意汪洋，到处翻滚，自由自在，无拘无束。

黄河倒是自在了，可苦了黄河岸边的老百姓。

今年黄河淹这片地，明年黄河淹那些村，黄河边的人们都是靠天收，过了今天不说明儿个，过一天算两晌，得过且过。

黄河边的人不盖房子，随便搭个茅草棚就算了，也不置办家业，谁知道明年是啥样儿呢？

黄河边上的人朝不保夕，脾气也格外得直，格外得躁。

汽车在黄河大堤上行驶了十分钟时间，康清泉来到了太平堤乡。这个乡在黄河大堤里边，离黄河最近，近年来因为黄河经常断流，黄河滩的泥土又特别适合烧制砖瓦，于是这一带就地取材呼啦啦冒出许多砖瓦窑，而且一个砖瓦窑一年就能收入一二百万。围绕砖瓦窑场，有跑运输的，有搞餐饮等第三产业的，还有从天南海北来打工的，一时间，以太平堤乡为中心，自然形成了一番热闹兴旺的景象。乡里就像天天有集，什么摆摊卖凉粉卖热干面卖臭豆腐卖羊肉串卖水果卖大白菜的，支着喇叭吆喝卖服装卖手机卖以旧换新家用电器的。村里村外没有闲人，熙熙攘攘，人流不息。

"康书记，咱在乡政府停不停？"

"不去乡里了，直接到白家滩村。"

"好。"

白家滩村就在太平堤乡的北边，黄河大堤里的路弯弯曲曲，为了黄河防汛行洪需要，按照有关部门的要求，大堤里不能住人，更不能有建筑物，所以道路没有列入政府部门的修建计划，路并不好走。

一路颠簸，好在越野车的性能不错，正适合乡间小路，康清泉也倒没什么眩晕的感觉，没多长时间，就看到了一个村庄。

梁伟说这就是白家滩。

黄河滩里村落的房屋一般是泥糊墙稻草起脊，仅仅是遮风避雨而已，这些年，黄河没有大水了，火柴盒式的现代化的钢筋水泥建筑盖了不少，也有红色或蓝色的玻璃钢起脊房，就像一位农人戴了顶稀奇古怪的遮阳帽，不伦不类。

黄河边的村庄没有规划，基础设施相当不全，大街不平，路灯不明，粪草堆积门口，垃圾遍地。到了村口，也没见什么标志性大门，如果不是秘书梁伟介绍，康清泉不会知道这是什么村。

这么多年，这里的农村依然脏乱差，虽然有那么几栋像样的民房，可是村里的基础设施和公共服务设施基本是零。农村的田园风光和空气质量水质量是不错的，可是，这脏乱差的卫生状况和冬天没有暖气的生活条件，让人实在接受不了。要是解决一个"脏"字，冬天再解决一个"冷"字，在农村居住还真是世外桃源。可现在不行，看看可以，偶尔小住一夜体验体验农村生活也可以，但长期在这里生活，城里人已经不适应了，住上个十天半月就烦了。

改变农村的生产条件和生活条件，统筹城乡发展，城市反哺农村，上级政策是好的，而且提了多少年了，可是有些基层领导就是干打雷不下雨，说起来重要做起来不重要，有钱还是舍不得往农村扔。把钱花在城里，能装门面，各级领导来视察调研看得清清楚楚，农村这么大的地盘，撒点钱就没影儿了，虽然农民得了实惠，可政绩上不去呀，就像一些基层领导说的，搽粉要搽到脸上，如果是搽到屁股上，谁看得见？其实，说起来这还是一些地方形式主义、政绩工程、短期行为在作祟。

康清泉明白有些基层领导们的心思，但他是农村出身，对农村农民有深厚的感情，长期以来，他虽然早已成为了城里人，但他仍以农民的儿子自居，这不是口头上的，而是发自内心的，真心实意想为农业农村农民办点儿事，升不升官不要紧，关键要对得起自己的良心。康清泉一直在想，做官为什么？如果为了钱，那就不要做官，因为做官不能发财，想发财就别做官，而且也做不成官，早晚要出事要翻船。做官也不要为了做大官，一心只想高升，除了踏实工作外，还要看机缘，不是自己能决定的。做官，为老百姓办点好事实事，什么时候离任了，能落得个好名声，就足矣！"政声人去后，民意闲谈中。""与百姓有缘，才来此地；期寸心无愧，不鄙斯民。"康清泉一直有这样的志向，现在，终于有了平台，有了机会，康清泉可以大展宏图了。想到这里，他热血沸腾。

"梁伟，你和司机小李把车开个地方停下来，我自己到村里走一走。"

"行吗，康书记？"

"有什么不行？大白天的，我一个大男人就不能随便走走？需要你们来接我给你们打电话。"

梁伟不再说什么了，领导不让跟那就不能再跟，万一领导有什么私事呢？他和司机两人把车停在了村口的路边，在车里等着。

小李是县委办推荐的司机。康清泉在市纪委工作时候，有专职司机，姓冯，五十多岁，是一位机关老司机了，政治素质很过硬，驾驶技术也很好，白白胖胖的，总是面带微笑，脾气很好，话很少，跟康清泉开车十几年了，处得很好。康清泉很舍不得这个老冯，但他没有带老冯来，因为有规定不能带司机和秘书。县委办主任易三戒给他推荐了三个司机，康清泉选中了小李，康清泉看小李的简历，农家子弟，后来一直在县委办开车。易三戒领着小李见了见康清泉，小李人长得很帅，脸白净，大眼睛转得很快，透着机灵劲儿，康清泉虽然不太喜欢又精又能的人，但是，选个司机，就不要求恁高吧。金无足赤，人无完人，如果太老实疙瘩太闷了，作为服务人员也不好。于是，康清泉点了点头。

康清泉下了车，大步走向太平堤乡所辖的白家滩村。

正是农闲季节，白家滩村街道上三三两两或站或坐或蹲有不少人，康清泉走到几个岁数大些的农民跟前，从口袋里掏出一盒烟，给大家敬烟："老乡，抽根烟吧！""不吸！不吸！"见是陌生人递来的烟，他们保持着一些警觉，纷纷摇头摆手说不会吸烟。

康清泉让了一圈烟没让出去，就把烟拿在手里，准备随时继续让烟。这时，有个爱说话的先问了："你是哪儿的客呀？"

"我是山川市的。"

"山川市的？来俺村弄啥咧？"大家一脸狐疑。

"我是市纪委的，想来打听个事。"康清泉编了个瞎话，也算是善意的谎言吧，他要说他是县委书记，不定群众有什么反应呢，肯定不会相信，或者会惹出其他事端。

"山川市纪委呀。稀罕，你会来俺村？"

"我咋不能来？我就是想来了解大家有啥委屈的。"

"你的证件让我们看看。"

正好，康清泉在市纪委工作时办的工作证还没有上交，这会儿派上了用场。

工作证上清楚地显示着：康清泉，市纪委副书记兼监察局局长。

"哟！还是个大官儿呢！"

这下，大家伙儿热乎劲儿上来了，纷纷围拢过来，你一言我一语说开了，不一会儿就扯到了黑风口村。

"领导呀，黑风口村的人太孬了。"

"咋个孬法？"

"见人就打呀，我们这几个村都被他们村打遍了呀。"

"他们为啥打你们村？"

"黑风口村出了个孬货，在家排名第三，叫黑老三，当村支书。他家里弟兄四个，四大金刚，有权有势，在咱这儿开砖瓦窑十来座，啥窑子都开。"

大家一阵哄堂大笑。

"是吗？朗朗乾坤，他能咋着？"

"咋着？气人得很。"

说着说着，大家的情绪调动起来了，你一言我一语说个不停，康清泉抬头一看，不知什么时候，他身旁围了很多群众，里三层外三层的，街上的人都围拢了过来。

"去年冬天那事才窝囊呢。黑风口村有个年轻货开着机动三轮车到县城去，和我们村一个年轻货开的小面包车碰到了一块儿。一个小交通事故，又是邻村的，抬头不见低头见，都面熟，说说不就拉倒了呗。可年轻人脾气大，谁也不迁就，三说两不说就打起来了。黑风口的那货没打过我们村的，吃了亏，跟黑老三一打电话，黑老三领着村里的壮劳力几十号人，开着几辆面包车去了县城，俺村的年轻货吓得赶快跑，还是被黑老三领的人追上了，对着俺村的人往死里打。有过路的看不顺眼，打了110，警察过来也挡不住。后来，公安局来了几十个警察，才算把事捂住。120把俺村的人拉到了医院。谁知警察一走，黑老三又领着人到医院找事了，把俺村的人硬是从病房里拖出来，继续打。后来县委书记领着县公安局的人都去了，黑老三他哥黑文礼也去了。俺村那个年轻货吓得跑到县委书记跟前，抱着县委书记的腿喊救命，黑风口的人硬是跑到县委书记跟前去抢俺村的人。你说他厉害不厉害？"

"你们说这事真的还是假的？他们都恁大胆？县委书记也怕他？公安局也怕他？"

"这是俺村那个年轻货回来说的，哪会有假？黑老三后台硬着呢，家里横着呢，谁也不放眼里。"

"他啥后台？"康清泉问。

"啥后台？后台在市里呢，俺可不敢说。"

康清泉此时猜到那个县委书记一定是顾怀力，也猜到了顾怀力的无奈，看来，黑风口村的水深着呢。

"听说你们俩村解放前也打过大架？"

"打过，人都快死绝了。"

"那因为啥呀？"

"为啥？争地边呗！俺这俩村刚好在黄河湾的两边，一个在湾的西边，一个在湾的东边。黄河水不稳，今年水量大，明年水量小，俺这俩村的地边历来就分不清，一般都是谁家种谁家收。到了秋天，黄河水一淹，河道一变，地边就更不清楚了，经常因为这生气。黑老三的右眼就是好打架打瞎的，他的右眼打瞎后，心才狠呢，光想把我们活剥了。"

"那像你们说的，黄河滩里的村子多得很，别的村为啥不打架呀？"

"别的村子小，怕黑风口，俺村人多，人又禀气①，俺村的人不怕他。"

"黑风口的人再孬，打架也得有个原因，这回打架是因为啥？"

"因为啥？还是争地。这两年俺这里时兴烧砖瓦窑，烧窑得拉土，黄河滩里的地本来就没边没沿，谁种是谁的，谁抢到手是谁的，土就是钱，谁抢到土谁就挣钱，抢不到就吃亏。"

"就因为这，打起架来了？"康清泉问。

"要说，不打架也能解决问题，乡里说合说合，村支书们坐一块儿喝几杯不就了事了？可不行，黑老三非要显着他能，显着他凶，显着他有本事，指挥他一帮孬货弟兄，不行就打，比谁的拳头硬呢。俺这些村一直让着，可这回村上的老少爷们儿忍不下去了，把俺村的人打成那样，现在还在医院躺着不会动，差点儿要了命。俺这回要是再不吭声，以后还抬头做人不做了？俺

---

① 禀气：方言，讲义气。

下辈儿人还活不活了？"

"对！对！打他孬孙。"旁边的年轻小伙子们义愤填膺，附和着，吵吵着，情绪越来越激动。

"你们找乡里县里处理呗！"

"我说，领导，你算别提了，他们穿的是一条裤。那黑老三去乡里开会，人家村的村支书在会场等，他躺在乡党委书记的卧室床上等。你说这关系，咋说咧？县上的领导都是窝囊虫，县委书记看着黑老三领人把我们村的人打成那样都不管，出点钱就想把事摆平，没恁容易。我们不同意。"

"那你们要咋样？"

"咋样？把黑老三抓起来，收拾他一顿。你们要是管不了，我们就不让你们管了，我们打他孬孙。"

正在这时，康清泉的手机响了，康清泉一看手机号码，是秘书梁伟的。

"喂，梁伟。"

"康书记，快中午了，咱是不是该走了？"

康清泉抬手看了看表，快十二点了，是该走了。今天上午只去了白家滩村，还没有去黑风口村呢，什么事不能只听一面之词，还要到黑风口村了解了解情况。

"那好吧，老少爷们儿，你们说的我都记下来了，回去后我抓紧把你们的问题向市领导做汇报，争取尽快解决你们的问题。不过，这段时间，请你们不要做出过激的行为，要相信党相信政府，没有解决不好的问题。今天就不打扰大家了，我回去了。"

"这位领导，你把手机号留下来呗！"

"好！"康清泉报了自己的手机号，有的人掏出手机，存在了手机的通讯录里。

康清泉跟白家滩村的群众打了招呼，挨个握了握手，然后，走出村外，身后，他听到有人在议论："看那面相，像个好领导，就是不知道管用不管用。"

康清泉心想，你们等着瞧吧，我一定把这件事情妥善处理好。

秘书梁伟和司机小李在车里等急了，生怕康清泉出什么事。看到康清泉面带笑容地回来了，这才放心。

"康书记，中午去哪儿吃饭？要不，我跟太平堤乡打个电话，咱去乡里吃饭吧？"

"不去，咱去黑风口村，黑风口村有饭店没有？"

"有，黑风口村是个大村，有四五千口人，这两年群众烧砖瓦窑，手里有钱，经常吃喝，村里饭店有好几个。"

"那好，随便找个小饭店，咱吃碗面条就行了，顺便也问问情况。"

"行吗？"

"行，听我的。"康清泉坚定地说。

梁伟没再说什么，汽车直奔黑风口村而去。

7

黑风口村，其实，康清泉并不陌生，甚至说很熟悉，终生难忘。当康清泉听说顾怀力是因为黑风口村群众到省党代会会场集体上访而被调离时，当"黑风口"这三个字闪过脑海，他心里就一阵恐慌，因为，黑风口村，曾给康清泉留下过痛苦的回忆，是扎在康清泉心头的一根钉，是康清泉黑色的记忆，令他难以释怀……

上小学的时候，康清泉跟随爷爷拉着架子车徒步二百里到黑风口村卖梨。那年头，到了瓜果飘香的秋天，康清泉老家那一带的人经常到这里卖水果。有一年，康清泉本家一个叔带着他的儿子到这里卖梨，正好赶上黄河发大水，人再也没有回来。但是，这阻挡不了康清泉村里老少爷们儿到这里卖水果的脚步，农民们只是把那当作一个意外而已。一年的零花钱，全家的收入，全靠秋天了，全靠秋天的苹果、梨了。夏季的麦子除了缴公粮，所剩无几，还要留着一年的口粮呢，可不敢拿到集市上去卖，那还不够自家吃哪，可不敢放开吃细粮，还要吃玉米面高粱面荞麦面做的窝头，白面馍只有逢年过节或者有客人的时候，才能吃那么一两次解解馋。特别是过了春节，房屋的梁头上总是晃晃悠悠挂着一个竹篮，里边放着春节舍不得吃的白面馒头，一条毛巾盖得严严实实，白面馒头一直放呀放呀，放得皮干裂长绿毛还舍不得吃。挂那么高干什么？一是防老鼠，二是不让小孩子偷吃。

康清泉跟着爷爷到黄河边卖梨，晚上没地方睡，就睡在架子车下，打个铺盖歇一宿。第二天一大早，爷爷拉车，康清泉推车，走过那无尽的坑坑洼洼的乡土路。

尤其让康清泉难以忘怀的是，走到黑风口村的时候，这个村围观的一些人竟然哄抢了起来。男男女女，老老少少，把康清泉家的卖梨车围了个水泄不通，女的把前襟伸出来弯成口袋状，一个一个梨塞进了前衣襟；男的把帽子摘下来，把外衣脱下来，只要能装得下的地方，拼命往里塞……眼看场面失控，秋天的果实就这样被抢劫，想想天天晚上睡在果园里看果树，饭吃不上，觉睡不成，从老家跑那么远一路风餐露宿的艰难，康清泉哭了起来。爷爷无可奈何，急中生智，对着康清泉又打又骂："打你个孬货，为啥不看好梨，看我今天不打死你！"

爷爷的骂声响彻街道，康清泉委屈的哭声痛彻心扉，即使这样，爷爷仍劈头盖脸地打个不停。终于，爷爷的苦肉计打动了这个村一些有良知的人，他们说算了吧算了吧，人家外乡人一老一少卖个梨不容易，于是人们停止了哄抢。就这一会儿的工夫，半车梨没了，一夏一秋半年的劳动果实转眼损失大半。

没想到，多少年后，康清泉竟然成了这个县的县委书记。

更没想到，今天，康清泉又来到了黑风口村。

故地重游，康清泉感慨万千。

康清泉走在弯弯曲曲、泥泞不堪的大街上，仔细追寻小时候的记忆，小时候卖梨好像是在路边一棵柳树下，但是，现在根本找不到踪迹了。黄河水，浪滔滔，淹没了多少历史往事，地下埋藏着数不清的故事和爱恨情仇。

"前边有个小饭馆，康书记，吃不吃？"秘书梁伟问道。

"行，随便吧。"

两间瓦屋前边斜搭了一个稻草棚，稻草棚用两根木棍撑着，稻草棚下就是厨房，两间瓦房就是餐厅，放着几张农村常见的杨木方桌和方凳，可能正是饭点儿，屋子里坐满了人。

"老板，有饭没有？"梁伟问稻草棚下一个满脸横肉正忙着炒菜的厨师。

"人坐满了，等一会儿。"胖厨师头也不抬，用勺子盛了一勺菜，摇晃着胖脑袋用嘴吹了吹热腾腾的菜，尝了尝，点点头，一副得意的满意的自豪的神情。

梁伟进了餐厅，看了看，确实坐满了人。

"康书记，要不咱再找一家吧？"

"别的地方您也不用去，都满着呢，您要是不急就在这儿等一会儿吧，有一桌人马上就走。"胖厨师看着康清泉他们，随口说道。

"等一会儿吧，反正今天咱也没啥事。小李你们两个在这儿等着，我去随便转转，有位置的话给我打电话。"康清泉对梁伟和小李说。

"我们留一个人在这儿就行了，要不让小李跟着你吧。"

"不用，这大街五分钟都转个来回，你们不用跟我，我到前边转转，找个地方解个手。"

梁伟和小李不再说什么。康清泉大步向大街深处走去。

多少年了，这里的乡村没有多少变化，多数还是低矮的土坯稻草房，有的房子墙体还裂了缝，康清泉感到肩上的担子沉甸甸的，黄河滩里的农村如何发展，还真得好好研究研究呢。

"老子今天就是手痒，想打人。我打死你个老东西，打死你个老不死的，打死你个瘸子……"

康清泉走着想着，突然响起一阵吵闹声，他看到前边围了一群人，便不由上前看个究竟。

在十几个人围着的人墙内，一个染着金黄色头发、穿着黑皮衣的年轻小伙子正对着一对老年夫妇大打出手。

左一脚，右一脚，踩在身上，打在脸上，老汉和老伴早已满脸是血、满眼是泪。

围观看热闹的人，带着各种复杂的表情，有开心笑的，也有同情的，但没有一个人出手相助。

"咋回事？"康清泉问身边一位老人。

老人看了看两边，看康清泉是个陌生的外乡人，穿戴还算周正，像个城里人，悄悄地说："南乡的老两口儿来卖红薯的，不知道咋惹着这货了，看把人家打的。"

"这货是哪儿的？"

"哪儿的？说出来吓跑你。"老人神秘地压低了声音说。

"啥人还会吓跑我？"

"不信是吧？这货是俺村村支书黑老三的小兄弟黑老四，孬得不行，想打谁打谁，想骂谁骂谁，没人敢惹。"

又是黑老三，康清泉听了心里一沉，现在是什么年代了，农村竟然还会有这样猖狂的地痞恶霸？

那位被打的老汉满头灰白头发，在地上躺着，双手捂着头，呜呜在哭：

"行行好，饶了我吧！行行好，饶了我吧！"他的老伴，盘腿坐在地上，放声大哭。

猛然，康清泉想起了小时候跟爷爷来这个村卖梨时被人哄抢的苦痛，那时候，瘦小的他站在大人堆里两只小手揉着眼放声痛哭的画面重上心头。

"住手！"康清泉怒不可遏，拨开人群走上前去，一把拉住了这个黄毛小伙子。

"哟！管闲事是吧？你想找打呀？"这个叫黑老四的人很是吃惊，停住了手脚，眯着眼上下打量了一番康清泉，"打扮得很周正，像个人物是吧？管闲事管到老子头上了。"

康清泉闻到这小子的满嘴口臭，恶心得想吐。

"老弟，咋回事？有话好好说！"

"滚！要不老子把你一块儿揍！"

"你要不住手，我可打 110 了。"

"啥屎 110，110 是黑狗，过来我照样打！"

这家伙一把将康清泉推了个趔趄，接着又对着老年夫妇踢起来。

老汉和老伴相互抱着头，跪在地上任凭打骂，"啊啊啊"地求饶、求救。身后的拉红薯的架子车翻倒在地，散落一地红薯。

康清泉掏出手机拨打 110，这个黄毛小子一把抢过康清泉的手机扔到地上，用脚踩了踩，接着，冲康清泉迎面一拳，险些把康清泉打倒在地。

"各位老少爷们儿，你们能不能帮我打一下 110，你们就忍心看着这小子欺负老年人？"康清泉向周围的看客求救了。

"打 110 没屎用，俺家就是开公安局的，老子就是这儿的爷，老子累了，不跟你们玩了。"说完，啐了一口痰，转身就要走。

康清泉一把拉住了他："想走？没那么容易。"

"哟嗬！可以呀，今儿个太阳打西边出来了，你算哪根葱呀？我倒要见识见识。"黄毛小子上去一把抓住康清泉的头发，恶狠狠地瞪着眼。

康清泉手也没闲着，上去抓住了黄毛小子的衣领……

"打！打！打！"围观的人着急起来，也不知道是想让谁打谁，反正，看到康清泉和黄毛小子拉扯着僵持不下却不上演一番"全武行"，围观的人很着急。

正在这时，警笛声传来，康清泉知道，围观的人中，还是有有良知的人，可能是打了 110。

俩年轻警察冲进人群，一个瘦高个，一个矮胖子。

"老四，咋又是你？跟我们到派出所去一趟。"

"我不去，这老家伙动手打人，把他带走，我还有事呢。"

"都走，到派出所再说。"

康清泉本想向警察亮明自己的身份，但既然这样了，就不说吧，权当微服私访济民县公安队伍的作风，看他们怎么处理。

年轻警察不由分说，推着康清泉就要上车。"他是好人哪，小兄弟，你们不能带他走呀，全怨我们，都是俺惹的事，您可不能怪他！"卖红薯的老头老婆婆上前拉着年轻警察的胳膊，"扑通"一声，双双跪在俩警察的面前。

"起来！"俩警察怒目而视，"你们俩再不起来，把你们一块儿带走。看你们俩年纪大了，放你们一马，真不知好歹！"

"大伯大娘，你们俩不用管了。"康清泉说着，手伸进上衣口袋，把口袋里的钱全掏了出来，康清泉看了看，连整带零，估计有五百多块钱，"你们俩拿着走吧，你们是哪个乡哪个村的？"

"俺是县南杨树岗乡王家寨村的，俺叫王扎根。"

"我记住了，回头我去看你们，我叫康清泉，你们记住，以后有事到县里找我。"

康清泉说完，上了警车。

那个叫老四的黄毛小子嘟囔着也跟着上了警察的面包车。

太平堤乡派出所里，胖警察对康清泉吼道："看你打扮得人五人六的，还像个人，怎么还打架斗殴？丢人不丢人？说，叫什么名字？"

"警察同志，别搞错，我没有打架，我是看这个年轻人打那两个卖红薯的老人，我看不下去劝架的，结果反被这小子打了。"

"这家伙先动手打人，打得我现在头疼得厉害，不行，我要住院。这家伙必须刑拘他，再赔我几万块钱，不然的话，我饶不了他。"叫老四的黄毛小子在一旁信口雌黄。

"老四，你少说两句，还没问你呢。"胖警察转脸问康清泉，"说，叫什么名字？"

"康清泉。"

"哪个康？哪个清？哪个泉？"

"健康的康，清廉的清，泉水的泉。"

"看你不咋样起的名字还怪雅，说，咋回事？"

"我刚才已经给你们说过了。我是过路的，看见这个年轻小伙子殴打两位老人，上前制止，却被这小子打了一顿。"

"就这些吗？"

"就这些。"

"好，既然打架斗殴，你们每人交一万块钱押金，就可以先回去了。"瘦警察说。

"凭什么？"

"不凭什么，不交的话，就在这儿待着。过一会儿，给你们办个手续，去号里待几天，再想想为啥。"

"你们派出所民警平时就这样执法？"

"咋样执法？你管得着吗？"两个警察不耐烦了，站了起来。

"就你们这素质，你们就不配当警察。"康清泉愤怒地说。

两个警察听了这话，恼了，互相对视了一眼，胖警察说："把他捆起来吧，这家伙太狂了。"

瘦警察说："看这人狂咧，是不是有啥来头？现在的人都是大爷呀。"

胖警察说："要是有啥来头会自己往咱这乡下跑？就是县里哪个局来个副局长也得有个跟班的吧？就他一个人，连个汽车都没有，说不定是个大骗子，越是骗子越玩得大。咱先收拾他一顿再说。"

瘦警察说："有道理，咋弄？外边天怪冷咧，要不把他捆到院子里的杨树上冻他一会儿再说？"

"好，这主意好，要是不听话，就扇他脸。"

两人都为这个主意而兴奋，胖警察上来跺了康清泉一脚，说："走，找个地方让你凉快凉快，清醒清醒，出去。"

"你们想干啥？"康清泉理直气壮地问。

"少废话，到院子里说去。"瘦警察训道。

康清泉在前，俩警察背着手在后边跟着，像押犯人一样，康清泉走得稍慢一些，俩人就上前跺一脚，康清泉一个趔趄差点儿摔倒在地。

派出所院子里有棵大白杨树，光秃秃的枝干在空中画出灰暗的线条。"靠树站好！"胖警察命令道。康清泉贴着树干停下，胖警察拿出闪着银光的手铐，瘦警察上去把康清泉的两只胳膊反过来围着杨树绕了一圈，胖警察熟练地把手铐铐上，对康清泉说："叫小风吹吹，清醒清醒脑子，啥时候同意交罚款了，再叫你回去。"

俩警察哼着小曲一前一后进派出所了。

康清泉对着他俩的背影喊道："你们咋把我铐起来的，就咋把我放了。"

俩警察扭头看了康清泉一眼，笑了笑："小子，还嘴硬，等一会儿你就该叫我爷了。"

那个黄毛小子出来找俩警察了，说："我咋办？"

"交押金，走人。"

"那好，钱随后就送来，我先回去一趟。"

俩警察点点头。

黄毛小子来到康清泉跟前，哈哈大笑，说："小子，很能不是？咋样？想跟我玩？惹了我，有你好受的，你他妈的不识抬举，去死吧你！"骂完，黄毛小子对着康清泉飞起一脚，正好踢在康清泉的肚子上，康清泉疼得扭曲着身子，两手被铐着一点用不上劲儿，只好用脚蹬着地减轻些许痛苦。黄毛小子轻蔑地看了康清泉一眼，"呸！"对着康清泉吐了一口痰，然后，哼着小曲大摇大摆地走出了派出所大门。

康清泉看着大摇大摆离去的黄毛小子，想给秘书梁伟打电话，但双手被铐着，而且手机也早被那个叫黑老四的黄毛小子扔在黑风口村的大街上了。

这是初春时节，惊蛰已过，春分未至。天昏暗，风清冷，康清泉冻得浑身哆嗦，风衣不再保暖，反而在寒风吹动下像扇扇子一样冷飕飕的。康清泉又冷又饿，心慌头晕，有点儿坚持不住了，可是，派出所院子里空无一人。这时候，到哪儿找人呢？

8

约半个小时后，秘书梁伟和太平堤乡党委书记毕成功、乡长齐得胜一起进了院子。

"康书记，我找了您半天，手机也不通，好不容易才打听到您在这里，您怎么被绑起来了？这是哪个小子干的？奶奶的！想找死吧！"秘书梁伟开骂了。

毕成功和齐得胜一看这阵势，吓得浑身发抖。毕成功急忙上前，想帮康清泉打开手铐，但那无济于事。于是，脱下自己的棉袄给康清泉披上，战战兢兢地问："康书记，您冻坏了吧？"

康清泉一言不发。

毕成功对齐得胜说："还愣着干啥？快去找人把手铐打开。"

齐得胜一路小跑进了派出所的两层小楼，不一会儿，一位长得圆头大脸、虎背熊腰、黑不溜秋的中年人带着刚才那一胖一瘦俩警察哭丧着脸来到院子里，看见康清泉，"扑通"一声全跪下了。

"康书记，我是这儿的派出所所长陈大海。今儿个是星期六，我没在所里，我不知道您在这儿呀，我是刚听说才十急八慌地从家赶来的呀。我失职，我错了，我领着这俩孬孙货来向您赔罪了，您怎么处理我都行。"

"陈大海，你小子别装能了，少废话，先把康书记的手铐打开再说。"毕成功双眼圆睁，训斥陈大海。陈大海站起来，对着一胖一瘦俩警察的屁股使劲跺去，两人翻滚在地，一声也不敢吭，"快去把康书记的手铐打开。"

俩警察急忙爬起来，要给康清泉打开手铐，康清泉说："不准打开，就这样给我铐着，等你们公安局的局长大人来了再说。"

"这——"几个人傻眼了，过了几分钟，才回神来。陈大海说："我现在就给我们局长打电话，不过，康书记，您大人不计小人过，还是让我们把手铐打开吧。您还没吃饭呢，天又这么冷，您万一生病了，我们担待不起呀。您不答应，我们就跪下了！"陈大海哭丧着脸说。

"康书记，我们错了，我们不知道是您呀，要是知道打死我们也不敢哪！"俩警察又绝望地跪下了，头低得快插到裤裆里了。

康清泉说："我知道，你们不敢惹我这县委书记，但是你们平时就是这样对待老百姓的吗？"

俩警察没话可说了，只一个劲地赔不是道歉。

毕成功见这样下去不是个办法，于是看着秘书梁伟，想让梁伟说句话劝劝康清泉把手铐打开。梁伟转过头权当没看见，康清泉是新任领导，他一个小秘书刚刚搞服务，他跟康清泉还有些生分，他还不敢乱说乱讲，所以他保持沉默。

高高的白杨树上，一只乌鸦"嘎嘎"叫着飞向远方，可能是觅食去了吧。树下，几个人就这样呆呆地僵持着，其实，每个人心里都像猫抓一样烦躁不安。秘书梁伟看这样下去也不是办法，如果一句话不说也不合适。于是，上前小声问道："康书记，您还没吃饭呢，要不，您就先让他们把手铐打开您吃点饭再说？"

康清泉不吭声，秘书梁伟吓得溜到一边再也不作声了。

过了半个小时，一阵阵警笛声由远及近传来，不一会儿，几辆警车打着警灯冲进了太平堤乡派出所的小院。警车刚停好，前边一辆警车上下来两个人，两人都是大高个儿。前边那人浓眉大眼，大四方脸，身材倍儿直，壮实得很，后边那个人也很壮，但看起来土里土气的，像个小包工头。两人没穿警服，一看就知道是个领导。"康书记，我们来向您赔罪了，我是副县长兼县公安局局长王家武，看您忙，一直没来得及向您报到，没想到在这儿碰到您了。"康清泉点点头，没说话。王家武又说："康书记，虽说今天是星期六，大家都不上班，可我一声令下，军令如山，我们在家的班子成员全都到齐了。您说今天的事怎么处理，您说话，我们现场办。"

康清泉还是不说话。王家武指着身后那个"包工头"说："康书记，这是县公安局副局长兼交警大队大队长黑文礼。"于是，那个叫黑文礼的立正敬了个礼，说："康书记，我是黑老四他哥，我叫黑文礼。黑老四虽然是我兄弟，可我恼死他了，他不走正路，我早不理他了，俺俩不来往，不说话。不过，今天他敢打康书记，那可真吃了豹子胆，你别管了，看我咋收拾他！"黑文礼气呼呼地说完，然后扭头四处张望，"陈大海——"

"黑局长，我在。"陈大海这会儿直想溜走，躲在人群后不敢伸头，听到黑文礼叫他，他不得不挤到了前边。

"老四呢？"

"老四？老四去哪儿了？"陈大海问跪在地上的一胖一瘦俩警察。

胖警察和瘦警察说："老四走了。"

"走了？谁让他走的？"黑文礼上来对着两人一人一脚，"去，把他给我抓回来，让康书记扇他的脸，打他个孬孙。"

"我们现在就去，现在就去。"胖警察和瘦警察巴不得赶快离开这儿呢，一听这话，爬起来就跑，溜得比兔子快多了。

"王县长，你还是先把康书记的手铐打开吧，康书记铐在树上一两个小时了。"秘书梁伟悄悄来到王家武身边，对他耳语道。

王家武如梦方醒："咦，康书记，你看我笨咧，这会儿咋迷了！快，陈大海，快把康书记的手铐打开。你们什么玩意儿？我×你娘的。"王家武对着陈大海的屁股踢了一脚，陈大海一个趔趄差点儿倒地："王县长，我没拿手铐的钥匙呀。"

"钥匙呢？"王家武厉声说。

"估计还得找刚才那俩小子。"陈大海低着头说。

"去，快去把那俩小子追回来。"

"好，我马上去。"陈大海这会儿也巴不得离开这个是非之地，听了这话，赶紧开了辆警车去找一胖一瘦俩警察要钥匙了。

"康书记，您批评我们吧。"王家武说。

"康书记，您打我们出出气吧。"黑文礼说。

康清泉一声不吭，他看着天空，神色平静，不知道他在想什么。

天上的乌鸦围着树梢盘旋，可能是看到下边的这群人，不放心窝里的小乌鸦吧。

空气凝固了，时光停滞了，王家武、黑文礼和那些警察们站也不是、动也不是，说也不是、不说也不是，这会儿真比杀了他们还难受。

过了七八分钟时间，听到汽车声响了，一群警察才长出了一口气。果然，是陈大海回来了，他拿着手铐钥匙回来了。

"康书记，我把手铐给您打开吧。"陈大海跑到康书记跟前，看着康清泉。

康清泉看着天空，一言不发。

"滚一边儿去。"王家武瞪了一眼陈大海，把手伸出来，陈大海迷瞪过来了，知趣地把钥匙递给了王家武。

王家武走到康清泉面前，赔着笑说："康书记，您看您，让我给您打开手铐吧？"

康清泉看着天空，面无表情，还是一言不发。

王家武愣了一会儿，突然扭过头来，瞪了一眼黑文礼，黑文礼立即跑上前，"扑通"一声跪在了康清泉面前。

康清泉这会儿不好意思了。不管怎么说，大男人，跪天跪地跪父母，不是万不得已，谁会跪别人呢？得饶人处且饶人吧，况且这事也真不是这些人所为，最多他们有管理不严、失职失察的责任，犯不着与他们过不去。于是，康清泉说："黑局长，快起来，你这是干啥？快起来。"

康清泉一说这话，王家武心里有数了，他急忙亲自跑到康清泉身后，迅速把手铐打开了。

手铐打开了，康清泉活动活动手腕，在空中挥了挥，自嘲地说："唉，打小没戴过手铐，这次终于尝到了戴手铐的滋味。"

　　王家武的脸红一阵白一阵，有气没地方发泄，对着派出所所长陈大海骂道："他妈的，你们这些混蛋净给我惹事，你们的眼瞎了吗？你们的胆子也太大了，竟敢把县委书记都给铐起来，你们不想活了吧？还不把陈大海这小子给我带走？先关禁闭，再严肃处理，必须认真问责。"王家武几乎是咆哮了起来。

　　王家武话音刚落，早有警察上前把陈大海押上警车带走了。

　　王家武对黑文礼说："文礼，你负责把那俩警察、你家老四抓起来，你给我好好收拾收拾他们。"

　　"放心吧，我现在就去抓他们。"黑文礼说完，转身走了。

　　秘书梁伟这时说道："康书记还没吃饭呢。"

　　"什么？还没吃饭？这都几点了？快下午三点了，快快！"王家武扭头看到了毕成功，"毕书记，去你们食堂吃吧？"

　　"好好好，康书记，到我们机关食堂简单吃点儿吧，您恐怕饿坏了。"

　　"不去了，哪儿都不去了，我现在饿过点了儿，反而不饿了，就不麻烦你们了，我走了。"说完，示意秘书梁伟要走。梁伟急忙招呼司机小李，不一会儿，车开过来了，康清泉在众人失望、绝望的目光中上了车，绝尘而去。

第二章

群体事件

康清泉双眉紧锁问南步涛："老南，你说我前脚刚从黑风口村出来，这几个村就打起来了，这里边有什么讲究？"

1

　　济民县县委、县政府大院坐落在县城中心位置，前边四层楼是县政府，后边两层楼是县委，都是二十世纪五六十年代盖的房子。当时，这房子是县城最高的建筑，很气派，但是，时间久了，就淹没在那些不断长起来的五六层、六七层的高楼里边了。长年没有洗刷过，办公楼已经灰头土脸；多年没有装修过，墙上的脱皮和水渍印痕一片一片，就像人脸上的白斑，办公室内外，又暗又潮，大白天还要开着灯。

　　机关餐厅在县委、县政府两栋楼的中间靠西边位置，门前有一座八角小凉亭。领导的小餐厅和职工餐厅仅一墙之隔，但就餐环境和饭菜质量差别很大。那些有幸跟着领导到小餐厅蹭过一顿饭的工作人员，往往眉飞色舞、兴高采烈地吹嘘一番饭菜如何如何丰富，待遇如何如何不同，那些没机会光顾的人只有羡慕不已。

　　康清泉前脚刚进餐厅，刚坐在餐桌旁，副县长、县公安局局长王家武以及公安局副局长兼县交警大队大队长黑文礼，太平堤乡乡党委书记毕成功、乡长齐得胜便尾随而来。

　　几个人来到县委机关小食堂就说："康书记，我们向您赔罪了，您处理我们吧，我们听候处理。"

　　康清泉说："我还没吃饭呢，你们让我吃饭不让？"

　　一句话，几人吓退了，躲到小食堂外耐心等候。

　　康清泉让厨师下了一碗面条，他告诉厨师说，多放些姜和醋。不一会儿，秘书梁伟从操作间端出一碗热腾腾的面条。肉丝面条里放了些小磨香油，味道很香，闻起来就很有食欲。"康书记，吃吧，慢慢吃。饿过头了，不能吃太快，我让厨师再炒个鸡蛋，再炒份豆腐，一会儿就好，您别急。"

"不用了，就这面条挺好的。"康清泉说。

"没事，康书记，一会儿就好。"秘书梁伟转身又跑去操作间了。康清泉对梁伟说："梁伟，别跑来跑去的了，有服务员，你坐这儿一块儿吃吧。还有司机小李，小李呢？让他一块儿过来吧。"

"好，我安排好就过来。"秘书梁伟到操作间给厨师交代后，跑过来了，说，"小李在外间吃呢，他不敢过来。"

"为啥不敢过来？我又不是老虎，以后跟我在一起不要有什么顾忌，我也是个人，没什么好怕的。"

"好，以后我们记住了。"秘书梁伟坐在了康清泉的对面，服务员给梁伟端上了一碗面条，两人津津有味地吃起来。接着，炒鸡蛋和炒豆腐也上来了，康清泉说："不错，这是小康生活呀。吃饱，一定要吃饱，不能亏了肚子，身体是革命的本钱。"

秘书梁伟连连说是。

吃完饭，外边等候的几个人"哧溜"又跑过来了。康清泉定了定神，吃过饭，精神好多了，静听几个人的表白。

王家武说："康书记，我先向您报告，我已与我们局党委班子成员分别电话沟通过了，太平堤乡派出所所长陈大海就地免职，那两个小民警我们已经把他们开了，那个欺负您的尿货黑老四我们把他关起来了，您说怎么处理就怎么处理。再向您报告，我们公安机关要开展纪律作风大整顿，我们要以这次事情为深刻教训。最后，再次向您请罪。"

黑文礼说："康书记，我跟我们家的老二、老三、老四他们搁①不来，我就不跟他们来往，我跟他们不说话，我看不上他们那一套。但毕竟是我兄弟，要处理您先处理我，免职，降级，怎么都行，找服从。"黑文礼虽然学问不高，但毕竟当领导这么多年了，说话还是有一套的，属于外粗内细、外表憨厚内心精明的那种人。

康清泉平静地问："情况都搞清楚了？"

王家武说："搞清楚了。卖红薯的老两口拉着架子车从村里过，辗住街里

---

① 搁：方言，相处。

的泥坑，泥溅到黑老四的裤腿，黑老四开始打骂老两口。本来不是啥大事，人家老两口当时就赔礼道歉了，那黑老四还打人家，确实不对。"

"那老两口现在情况咋样了？"康清泉一直惦记着这对挨打的老年夫妇。

黑文礼说："对了，那卖红薯的老两口我用警车把他们送回了家，送给他们两千块钱，我把我的手机号留给了他们，有啥事可以直接跟我联系，老两口很满意。"

康清泉问："文礼，你是黑风口村的人，那你说前些天省党代会上黑风口村群众上访要求处理打人的事是咋回事？"

黑文礼说："康书记，我在外边工作，不咋回家，我跟老二、老三、老四都合不来，不说话，不来往，村里的事我真的不太清楚。"

王家武说："农村人，打架斗殴是家常便饭，有些人文化水平低，三句话说不对头，张嘴就骂，抬手就打。要是因为这去上访，我说句不好听的话，那就是没事找事，吃饱了撑的。"

毕成功接着说："是这，康书记，黑风口和白家滩俩村矛盾由来已久，解放前就打过大架，听说当时死了很多人，也枪毙了很多人，那算是震住了几十年，没再说事。这两年黄河滩那里烧窑成风，黄河滩的土值钱了，都是因为争土发生矛盾，要说怨谁不怨谁也不好说，打架这事，一个巴掌拍不响，不好断，只有各打五十大板，黑风口村的人可能认为吃亏了，不愿意，才去上访。"

"行，那我知道了，这事回头再说。最近你们要注意摸一下白家滩和黑风口俩村群众的动向，如果不尽快给黑风口村上访群众一个合适的答复，搞不好还会有什么事发生。"

毕成功说："好，康书记，我们马上落实，不过您受了这么大的委屈，我们过意不去，您还是给我们一个处分吧。"

"不用了。我也只是下去了解一下情况。看来，老百姓真的非常不容易，你们可一定要替那些弱势群体撑腰做主。至于那个黑老四，你们看着处理吧。"

"康书记大恩大德，我们黑家永世不忘，我一定好好治治这个老四。"黑文礼激动地说。

"好，按康书记的指示办，我们以实际行动向康书记赔礼道歉！"副县长、县公安局局长王家武说。

"好，就这样吧。"康清泉说。

康清泉其实隐隐感到，王家武也只是说说，只是哄自己高兴，而黑文礼口口声声说他跟黑老二、黑老三、黑老四搁不来，是真是假还不好说。总之，济民县的情况很复杂，水很深，没人敢蹚这池浑水，包括他康清泉。虽说康清泉有心借这个机会整治整治济民县的社会风气和官场作风，新官上任烧上三把火，应当先从干部队伍抓起，既给有些干部一个下马威，又能取信于民，但是，康清泉初来乍到，还没有摸到大小头，不能轻举妄动。否则的话，偷鸡不成反蚀把米，也像前任顾怀力那样被灰溜溜地赶走，就不划算了，风物长宜放眼量，等情况熟悉了站住脚跟了再说。

毕成功紧接着说："康书记，您把我和乡长齐得胜一块儿免了吧，我们工作失职，我们有错误，你不处理我们，我们过意不去。"

康清泉站了起来，说："算了吧，知错必改就行，把工作干好，别再出乱子了。这比啥都强。"

"好好好，我们一定遵从康书记的教诲，我们一定更加努力地工作，报答康书记对我们的恩情。"

"本来今天是周末，我不想打扰你们，可还是给你们添麻烦了，对不住啊。"

"哎呀！康书记说这话我们羞愧难当啊。哎呀！啥都不说了，只有跟康书记好好干，拉好套，不耍猾，请康书记放心。"

几人退了出去，康清泉也回办公室了。

2

县城就是这样，地方小，到处都是熟人，亲戚连亲戚，朋友接朋友，典型的关系社会，谁家要是有个三长两短，那消息比长了翅膀还要飞得快。

这不，康书记微服私访被黑风口村的黑老四打了一顿还被关进派出所铐在树上的传闻很快全县皆知。在小道消息疯传的过程中，一些人添油加醋，慢慢变成了一个精彩的官场故事，成了济民县甚至山川市政界的一大奇闻。

有人说，这是济民县的黑氏家族给新任县委书记的一个下马威，是有预谋的。

有人说，那纯属巧合，新任县委书记康清泉和黑氏家族从此结下"梁子"，这是天意。

小领导们不敢当面问康清泉，那些同为县委书记、市直委局的主任局长同僚们，有的出于关心，有的出于好奇，打电话的有，见面问候的也有，一次微服私访，带来无尽的麻烦。

这事，市领导们也知道了，没人说微服私访不行，但也没人说康清泉的做法很好。

朱尔，山川市市长，对这事也很关心，康清泉莫名其妙。

康清泉在市纪委工作期间，与朱尔接触不多，但是对此人很反感。有在朱尔身边工作的人讲，此人面相凶恶、独来独往，总是黑着个脸，开会不说话，平时不说笑，永远不知道他在想什么。

听别人说，朱尔的能量很大，他和现在的省委副书记魏和平有很不一般的关系。据说，他的女儿朱佳在省委办公厅文印室当打字员，长得很漂亮，和省委副书记魏和平有一腿，朱尔靠的是这层关系才平步青云。当然，这只是传说，没人细究。

朱尔跟省委副书记魏和平有这种关系，朱尔很厉害也是有底气的，像市委书记赵开来，朱尔愣是不把他放在眼里，甚至说很是瞧不起他，经常跟他顶起来，而且赵开来还拿他没办法。赵开来经常利用各种场合大讲特讲团结的重要性，什么团结是成就事业的关键，团结是开拓事业的希望，如果各吹各的号、各唱各的调，影响的是事业的发展，破坏的是政治生态。所以，大家一定要按照省委、省政府的要求，各司其职、各负其责、通力合作、共同奋斗。

对赵开来的这些话，朱尔是左耳朵听右耳朵扔，甚至是捂着耳朵听都不听，有时他干脆站起来就去外边了。朱尔想的是，我在政坛混这么多年了，啥人没有见过，啥事没遇到过，还需要你给我天天上课吗？还需要你啰里啰唆地教训我吗？所以，赵开来和朱尔两人的关系很不融洽。

这天上午，康清泉到市里参加重大项目推进会，会议进行过程中，朱尔到了会议室旁的休息室，让秘书通知康清泉也去了休息室。

朱尔牛高马大，一脸横肉，阴云密布的脸上满是鄙夷和不屑，戴着一副黑腿眼镜，镜片后是一双三角眼。

"到济民县后工作咋样啊？压力大吗？"

朱尔说话慢慢吞吞、阴阴阳阳的，两眼直直地盯着康清泉。

"谢谢朱市长关心，还行，刚到济民，现在还在熟悉情况。"康清泉忍着不适回答道。

"听说你微服私访，还搞出个啥事？"

"没啥事，下去随便转转，出了点儿小意外。"康清泉轻描淡写地说。

"还是年轻，又一直在市直机关工作，突然到基层担任一把手，也真难为你了。以后工作要注意方法，更要注意处理好各方面的关系，不能凭想当然开展工作，不能太书生气，你的前任顾怀力也是很有水平很有基层工作经验的一个人，把他调走，其中原因你不会不知道。办啥事都要注意分寸，不要出格。"朱尔从衣服口袋里摸出一根烟，他的烟瘾很大，一天抽两三包，一根接一根，即使开会也不例外，只有去省里开会，他有所顾忌，才不敢在会场抽烟。凡是山川市的会议，不论什么样的会，都挡不住他吞云吐雾。

"你抽烟不？"朱尔问。

"谢谢朱市长，我不抽烟。"康清泉连连摆手，"我一定记住朱市长的话，以后还请朱市长多提醒、多指导、多关心。"

"那好，你微服私访那事就不再提了，不再往下说了，搞得再大一些，只会影响你的形象，那是个很没材料的事。"朱尔一字一句地说，左手夹着香烟，右手手掌在半空向下使劲按了按，做出个肯定的坚决的姿势。然后，右手手掌突然停了下来，像被定住一样一动不动，"嗯，很没材料，屎！"说毕，这才把手拿了起来。

康清泉有点儿丈二和尚摸不着头脑了，不知道朱市长葫芦里卖的什么药。

"我去趟洗手间。"朱尔话说完，站起来走了。

"朱市长，您慢走，您什么时间有空儿欢迎您到济民县检查指导工作。"康清泉毕恭毕敬地说。

"我一定会去的。"朱尔意味深长地说。

接受完市长朱尔的谆谆教诲，会议也结束了，康清泉回到了济民县。在回济民县的路上，康清泉仔细琢磨市长朱尔说话的用意，朱尔话说得怪怪的，康清泉百思不得其解，一个市长这么关心自己工作上的一个小事，自己又跟他不熟悉，这里边是有名堂的。康清泉想不透，但有一点他是知道了，也是朱尔明示过的，此事从此打住，不能再往下深究了，不能处理任何人了，包括那个打自己的小混混黑老四。吃这个亏就吃了，就认了，伸长脖子就咽了，以后干工作要长记性了：济民县，就像那黄河水，表面看波澜不惊，其实，黄河水下，泥沙淤积，暗流汹涌，他虽是县委书记，是济民县的"老一"，但这个位置能否坐稳，其实还真是个未知数，前路未卜。康清泉此时很庆幸自己没有怒发冲冠，没有乱了方寸，要不然，此事恐怕更加不可开交了。

3

刚回到济民县，下午刚上班，朱尔的前任秘书、现任济民县县长马初生也到康清泉办公室来问候了。

"康书记，您受惊了。"马初生的话听起来怪怪的，康清泉说不出来哪点儿不对，但总觉得不舒服，不是那个味儿。

"你是指啥事？"康清泉明知故问。

"康书记，我比您早到济民县一年，有些事我知道得早一些，相对也多一些，微服私访这事，以后不敢再搞了，现在是啥年头了？谁还去微服私访？"

"为什么不能微服私访？"

"康书记，微服私访，那是戏里唱的，现在是信息社会，还用得着微服私访？再说了，您下去微服私访，搞得基层很被动，您不跟人家打招呼就下去检查工作，您是不相信乡里村里的同志吗？再者说，出个意外，谁担得起责任呢？"

"马县长，你说得都对，我谢谢你的好意。但是，我认为，我们平时到基层检查工作，提前通知，人家肯定做好各种准备，参观点儿是提前选好的，下去问话的群众也是演练好的，检查线路是准备好的，整个工作都像在演戏，都是提前布置好的道具和场景，所接触的基层干部和群众都成了演员，都在演戏，这有意思吗？这不是形式主义吗？"

"康书记，看来您真的是没在基层工作过，基层就这样。"马初生顿了顿，压了压激动的情绪，接着说，"说实话呢，康书记，现在谁还那么认真哪！"

"世界上的事怕就怕认真二字。以前济民县什么样我不管，以后咱就是要转变工作作风，就是要轻车简从、微服私访，就是要深入群众、调查研究，绝不能坐着车子转、隔着玻璃看了，那样做有啥意思咧？那不是自欺欺人吗？骗谁咧？对工作有啥促进呢？老百姓会咋说咱呢？"康清泉摇摇头摆摆手，看着窗外，像是自言自语地说，"当然了，也不能每次下乡都微服私访，干工作也需要依靠乡村干部，还得听他们的工作汇报，毕竟他们掌握情况全面，但是，有时候为了解决报喜不报忧的问题，就需要微服私访。"

康清泉一席话说得马初生无言以对，马初生点点头，不置可否地说："嗯，是吧？"说完，就告辞离开了。

送走了马初生，没多长时间，县政府党组成员南步涛登门拜访来了。

南步涛五十多岁，个子不高，小眼睛放光，大嘴巴闲不住，见了康清泉就亲热得不得了，握住康清泉的手不松开："康书记，我叫南步涛，县政府党组成员，现在济民县大街小巷都传开了，说您是济民县的青天大人，微服私访，那只有包公才能做得到呀。佩服！佩服！"

"悄悄下乡了解些社情民意就能有那么大的反响？"康清泉还是比较尊重老同志的，尤其是这些土生土长的老领导，他们在当地的关系盘根错节，可是得罪不起，很多时候要倚重他们开展工作，强龙难压地头蛇，这些人就是当地的地头蛇。

康清泉指了指对面的沙发，示意南步涛一起坐在沙发上说话。

康清泉为南步涛倒了杯水，南步涛赶紧摆手拒绝："康书记，可不敢，您是领导，让我给您倒杯水。"

"不客气，南老兄，你是老兄，我给你倒杯水理所应当。"

"好领导呀，济民人民的福气呀。"南步涛又一次感叹。

"老兄，对我这次下乡调研，叫微服私访也好，你有什么看法？"康清泉诚恳地问道。

"康书记，我刚才已说过了，您做得对，以后就应该这样，不微服私访，咋能了解下边的真实情况？坐小轿车下乡，前呼后拥的，风光是风光，可是离老百姓远了，听不到老百姓的真心话了。"

"对呀，我就是这样想的，可是难道其他领导干部不知道这个道理吗？"

"康书记，您没有在基层工作过，基层的事您了解得少，其实，大家都知道这个理儿，关键是有些领导下乡不愿意微服私访，您却微服私访，说句不好听的话，康书记，您逞啥能？您落个好名声、好口碑，衬得别的领导都是坏人？"南步涛说。

"南老兄，我知道我做得不恰当，你多指教指教。"康清泉一脸谦逊。

"康书记，我这人说话比较直，但是我说这些话可都是为您好，我没有半点儿责怪您的意思，我对您微服私访的做法举一百只手赞成。"

"那你说我以后应当怎么做才合适呢？"康清泉没想到，想微服私访都这么难，那以后想要干些出格的事恐怕天理难容了，指不定又要搞出什么名堂呢。

"该微服私访还得微服私访，只是别惹出什么事情来，因为您微服私访，人家不认识您是谁，不知道您是县委书记，自然不抬举您，而且很容易冒犯您，万一您出了什么事，有失形象，很不好办。"

康清泉明白南步涛指的是自己被黑风口那个小流氓打了几下，然后又被关进派出所的事情，"南老兄，那你说我遇到这种事怎么处理合适？"

"康书记，不怕您见笑，我小时候家里穷，十几岁就到公社食堂当炊事员了，后来又当通讯员，当党政办主任，又到派出所干，当过派出所所长，后来当副乡长、乡长、乡党委书记，一直在乡镇干，啥活儿都干过，查指头也有四十年了，农村的事难不倒我，人家都叫我难不倒，说我是灭火器。不是瞎吹咧，农村有个急难险事，只要我去，手到擒来，很快摆平。我这人就爱治农村那些疑难杂症。"南步涛有些洋洋自得。

康清泉打量着眼前这个个子不高其貌不扬土里土气的南步涛，心想，不知此人找我说这些话什么意思。

"南老兄，我不知别人都怎么称呼你，是叫你南县长好，还是叫你南书记好？"

"叫我南步涛就行，您是书记，您是济民县的一把手，您爱叫我什么我都服从、赞成、拥护、支持。"

"这不好这不好，我还是叫你南县长吧，外地的县政府党组成员，也称他们县长的。"

"行，按书记说的办，这个称呼得劲①、有力度，听起来是那回事，对工作有利。"南步涛非常兴奋，两眼放光，"康书记，要我说，您去黑风口那件事，不能算完，要深究不放、一抓到底，彻底解决问题。"

"算了吧。"康清泉从内心里是赞成南步涛的想法的，他是不会罢休的，但是在表面上在口头上他还不能显露出来自己的真实想法，毕竟他是县委书记，是济民县的一把手。

南步涛见康清泉不为所动，有些失望，于是，没话找话地说："康书记，您知道黑风口的事为啥难办吗？"

"我当然不知道了，我初来乍到，人生地不熟，两眼一抹黑，现在是晕着头干工作。"

"康书记，黑风口的事不好办哪！"南步涛摇了摇头说。

---

① 得劲：方言，此处指有力度、很满意。

"南老兄，你刚才不是说你是救火队长，没有难住你的事，你也有作难的时候？"

南步涛嘴巴凑到康清泉的耳边压低了声音说："您是不知道，我的好书记，黑风口村的村支书跟咱现任山川市市长朱尔关系非同一般。"

"咋回事？"康清泉也吃了一惊，怪不得老书记顾怀力在喝送行酒的时候叹一句"一言难尽"，看来，他真的有难言之隐，只是不想告诉自己罢了，"真有这回事？他一个小小的村支书，怎么会跟山川市市长拉上关系呢？据我所知，朱市长也不是济民县的人哪，他老家是外省的呀。"

"康书记，我虽然没有在太平堤乡工作过，但我在太平堤乡的附近乡镇干过，我们那些乡镇党委书记乡镇长们，天天在一起牛气哄哄，好得不得了，哪个乡哪个村谁那儿有什么事，鼻清①得很。我早就听说，朱市长他老父亲，您知道吧？"南步涛反问康清泉。

康清泉说："我听说，朱市长的父亲叫朱黑生，当过咱山川市的市委书记，后来到省人大担任副主任，现在已经去世了。"

"那您知道朱黑生的名字有啥来历吗？"

"这我还真不知道。"

"康大书记呀，您想想，朱黑生朱黑生，不就是姓朱的在黑风口生的意思吗？"南步涛左手往外使劲一摆，那种基层领导的做派十足，当领导时间长了可能就是这样，三句话说不完职业习惯就暴露无遗。

"继续说，今天我洗耳恭听。"正在这时，有人敲门，办公桌上的电话也响个不停。

南步涛不说了，等康清泉的反应。

"不管他，你老兄说得很有道理，今天啥事也要放一放，听你把话说完说清楚。"

"谢谢康书记的信任，那我就直说了，我说错了您也别介意。"

"说说说，别客气。"康清泉催着南步涛继续讲。

"黑风口村以前有个农场，是咱市农业局下属的二级单位，现在不行了，快倒闭了，以前红火得很，那是下放老干部劳动改造的地方。朱尔市长的父亲原来不叫朱黑生，他叫朱白生，就在那里劳动改造。黑风口村支书黑老三的父亲黑歪妮在农场里做饭，当炊事员，他见朱白生天天挨批斗，吃饭也吃

---

① 鼻清：方言，非常清楚。

不饱，没少照应他，偷偷给他做吃做喝，还给他买药看病，没事了还陪朱白生说说话。有一回，朱白生被打得遍体鳞伤，扔到黄河边没人管，差点儿没命，黑歪妮把他背到自己家喂吃喂喝，找医生看病，调养了好些天才过来。"

"黑歪妮不怕受牵连？"

"黑歪妮根正苗红，再加上他牛高马大，三句话说不完就吹胡子瞪眼要打架，谁去惹他个二蛋货？不过，这人面粗心细，他心眼儿还是挺多的，他感到这个朱白生说不定将来还会东山再起，将来或许有用，他才下了血本帮助朱白生。朱白生的命是黑歪妮给的，后来，朱白生改名朱黑生，意思是在黑风口得到重生。"

"原来有这回事？"康清泉恍然大悟。

"康书记，您说黑风口的事好办不好办？"

"不好办。"康清泉突然回忆起去市里开会朱尔市长找他谈话的情景，原来朱尔市长是有所指的，话里有话，只是康清泉当时不了解内情，没有品出个中滋味，现在一切都明白了。

"黑老三就是靠朱尔市长当上村支书的吗？"康清泉问。

"也是也不是。具体情况咱不知道，但是大家都知道有个故事。"南步涛往前伸了伸脖子说，"黑老三原来是村支部委员，有一次他请村支书黑家贤带着村'两委'班子成员去山川市吃饭，喝了酒之后，又请大家去澡堂洗澡找小姐按摩，一人一个，大方得很，但是他没有去。大家正玩得高兴的时候，他偷偷打了110，警察来了之后，把所有人都关进去了，每人拘留一星期，后来交了钱才放出来，这事一曝光，黑风口村'两委'班子除了黑老三之外全军覆没，黑家贤的支书也给免了。乡里也知道黑老三跟朱尔那层关系，理所当然地让他当上了村支书。"

"够黑够狠的！"康清泉摇摇头说，"那其他人就咽得下这口气？"

"大家都知道黑老三家跟朱尔市长那层关系，有权有势有钱，谁敢惹他？话说回来了，这家伙很会来事，他家有好几个砖瓦窑场，那些下台的村'两委'干部，都被安排到自己的砖瓦窑场里，给个事干，钱不少发，时间长了，这些人也不再说啥了。有那不甩他的，他往人家门口泼大粪，半夜里往人家院里撂砖头，还站在人家门前骂大街。你说，软硬兼施，谁还敢再跟他过不去？"

"让这种人当村支书，不合适吧？"康清泉自言自语地说。

"康书记说得对，太不合适了。黑老三刚当上村支书的时候，烧得很①。把村里的大喇叭从村委会挪到他家，扩音器的话筒搁到床头桌子上，一高兴了就放放戏曲，叫全村人听，一不高兴了，就对着话筒骂两句，还叫全村人听。有一回，天黑睡觉了他忘关话筒的开关了，跟他老婆亲热说些肉麻的话都通过村里的大喇叭广播出来了，全村人都不睡觉了，支着耳朵听。还是黑老四给黑老三打了电话，黑老三才想起来忘关话筒这回事了，丢人丢到狗国去了，第二天他就把村里的大喇叭又装到村委会了。你说就这水平，咋当村支书？"

康清泉听了笑了。

南步涛继续说："我跟太平堤乡的书记毕成功谈过这事，农村不能找那些孬货当支书，贻害无穷，还是选些大学生村官，选些有知识有文化的人，选些本村在外打工经商有本事的人，大不了把乡干部派下去当村支书，可毕成功不听我的。也可能是他顾忌黑老三与朱尔市长那层关系，毕成功跟黑老三关系铁着呢，村支书去乡里开会，大家都在会议室等，黑老三倒好，躺在毕成功的床上等。有一回，黑老三在乡里喝多了，躺在毕成功的床上吐得到处都是，就那，毕成功都没恼。你看把黑老三惯成啥了？毕成功说只有这些孬货才能镇得住村民，对黑老三惯得很，说实话我能不懂靠孬货治孬货的道理？关键是这些人素质太低，把他们扶上来，那就尾大不掉，时间长了收拾不住他。有些村只找那些家族大的、拳头硬的人来当村干部，说能压得住势，镇得住局面，可是，恶人治村，越治越乱，这不是根本之策啊。这不，现在出问题了吧？这个黑老三，本是个打架阎王，三天不打架手痒，他刚上来就把周围朱屯、杨寨、姚口、马家几个村遍了。前任书记顾怀力总是怕这怕那怕出事，还怕得罪黑老三，有时候越怕出事越有事，越怕得罪人越得罪人。黑老三领着黑风口的人打朱屯、杨寨、姚口、马家的时候，领着人到村里，见人打人，见东西砸东西，猖狂得很，这几个村告到乡里县里，县里出钱赔偿损失就算完事。您说，这咋让人服气？"

"是啊，有时候，该硬气的时候就不能软。我始终相信一句话，叫作'为官避事平生耻，大事难事看担当'，越怕鬼越有鬼，你说的不就是这个意思吗？"康清泉感叹道。

"对呀，得罪越狠，关系越亲，把他得罪苦，得罪怕，他恰恰会服气你听

---

① 烧得很：方言，骄傲，爱炫耀。

你的，关系也才好相处，也才更得劲。"南步涛说。

康清泉又问道："这个村的村主任是干啥的？"

"康书记，您是不知道，黑老三只想大权独揽，选村主任也想选个听他话的人，要是选不出来，他宁可不要这个村主任，把这事放这儿不说它。黑风口村到现在村主任位置还空着呢，选不出来，村会计跟黑老三搁不来，干脆辞职不干给砖瓦窑场拉砖跑运输去了，村里的事管都不管。现在黑老三一手把持着村'两委'，啥账都是他说了算。这两年听说村里的财产让他折腾干净了，连村老坟院里的树都让他卖光了。"

"咱们济民县有些村的村支书是这种弄法？"

"也不都这样，大部分村的村支书还是很好的。济民县民风淳朴，打死不告状，冤死不上访，老百姓老实得很。不过，人跟人不一样，十个手指头伸出来还不齐哪，就是少数村支书不合格。不过，话说回来，说实在的，现在的村干部也不容易，像咱县的村支书，一个月千把块钱，当个村组长一个月几百块钱，够干啥？光去县里、乡里开会，骑个摩托，开个三轮，加油的油钱都顾不住。"

"这可不是长久之计啊。基层不牢，地动山摇，党支部是执政的根基，不加强村党支部建设，不选好配强村'两委'班子，可不行啊。"

"是啊，康书记，您说得太对了，可不就不是长久之计咧。不过，我听说有的县实施了'头雁回归'工程，效果很好哪！"

"啥是'头雁回归'工程？"

"啥是'头雁回归'工程？就是把村里的能人请回来当村支书，让能人治村。说实在的，现在的村干部是一流人才不愿干，二流人才干不好，三流人才抢着干。村里边真正有本事的人，都到城里打工经商办企业挣钱去了，他们不愿意在村里瞎混耽误挣钱，反而是那些在城里混不好的人才想回来当村干部。所以，有的县就想方设法把那些在城里经商办企业能挣钱的本村人请回来当村干部。这些人本不愿意当村干部，但是，只要说服他们，用感情打动他们当上了村干部，这些人本就不差钱，他们还会挣钱，会带领村民发家致富，他们只会给村里谋福利，不会在村里占便宜，他们就像领头雁一样领着全村发展。"

"嗯，这是个好办法，等下一次村'两委'换届选举的时候，我让组织部门、民政部门推推这个事情，把那些政治素质高、群众威望好、带富能力强的能人选出来。"

"康书记，也可以请那些在外当过领导退休的人回本村当村支书，还可以引进培养大学生村官。其实啊，说一百圈，再难的事只要想干就能干好，就拿当村干部来说，只要记住俩字就能当好了。"

"记住俩字就能当好了，说说看，哪俩字？"

"哪俩字？'吃亏'。"

"吃亏？"

"是咧，吃亏。想当好村干部，就要学吃亏，不贪不占处世公道，能挨骂能挨打胆量要大。只要你当村干部不是想着贪一把捞一把占村民的便宜，那你咋会干不好咧？相反，有些人当村支书的目的不纯，上去就想贪想捞想占便宜，都是乡里乡亲的，时间长了，谁会理你？那你能干好吗？这就像人与人搁伙计一样，你只想占便宜，一点儿亏也不吃，谁是傻瓜呀，吃你一回亏就算了，自认倒霉，下一次人家就防着你了，就不跟你共事了。当村干部也是这个理。"

"嗯，老南啊，你算是把其中的道理说清说透了。不过，照你这么说，那黑老三能当上村支书，还有那么多人听他的话，他还是有一手的呀，他也是靠吃亏俩字吗？"

"这个黑老三是有一手，是干坏事捣蛋很有一手。他家里有几个砖瓦窑，能挣钱，经常请一些村民吃吃喝喝，身边也围了一些人，也算是能吃亏吧，不过，他这吃亏可是动机不纯，不是想真心为村民办实事，他的最终目的还是为自己谋利益。依我看，这一手是兔子尾巴——长不了。真正想当十年二十年老支书，想一辈子不倒，还必须靠吃亏，吃大亏，愿吃亏，真吃亏，会吃亏，敢吃亏，还必须一老本正，踏踏实实，清清白白。"

"对，想当老支书必须具有不怕吃亏、不怕吃苦、不怕惹人、不怕困难、不怕加班的'五不怕'精神才行。"

这时，南步涛话题一转，反问道："康书记，您知道那些黑风口的人为啥到省党代会会场集体上访吗？"

"你说说，我还真没完全搞清楚，不是说因为打架没有处理人吗？"

"黑风口村打附近的朱屯、杨寨、姚口、马家这几个村没问题，因为这都是小村，他们惹不起黑风口。后来，黑风口村打了一圈，没见怎么着他们，越来越大胆，越来越猖狂了，开始跟白家滩村的人干上了。有一回，在县城，俩村的人开车碰到一块儿了。本来就是一个小交通事故，又是乡里乡亲的，平时低头不见抬头见，说两句对不起不就完了吗？再不济，啥时候酒桌上碰到一块儿了，喝喝酒互相骂几句不就了了吗？城里人办事讲究法理情，可咱农村人办事还是讲究情理法，情在前，理在中，法在后，讲究个人情，重视个脸面，只要不是太大的事，鸡毛蒜皮、家长里短、磕磕碰碰的小事，说说就行了。可是，黑风口村的人孬惯了，上去就骂。这一骂不当紧，打起来了，黑风口村的人吃了亏，打电话叫来了一群人，黑老三领着去打。白家滩村的人吃亏了，乡里县里都不处理，还想拿钱买稳定，白家滩村的人不干了。本来白家滩的人吃着亏哩，也不知咋回事，黑风口村的人倒上访去了，恶人先告状，还竟然把顾怀力书记给告走了，这事弄得太稀罕了。"

"我知道是咋回事了。"康清泉点点头，似有所悟，"那黑文礼、黑老二有什么来历呢？"

"黑文礼是黑家老大，这人外表忠厚，内心狡诈，他其实才是黑家真正的老主谋。"

"不过，我听黑文礼说他们弟兄几个合不来，他跟仨兄弟都不来往呀。"

"听他瞎屎吹吧，他能啥能？他们弟兄不说话，合不来，骗谁能骗过我？他是主帅，老二是军师、财神，老三是先锋官，老四是打手，背后的大树是市长朱尔，他们家就是这样分工的。只是黑文礼这家伙确实狡猾，他家那些坏事孬事都是他在背后弄的，但他隐藏得很深，你找不到他啥毛病，他很会为人处世，名声也不错。其实，最难对付的就是这个黑文礼。"

4

康清泉和南步涛谈兴正浓的时候，办公室的门"嘭嘭嘭"响了几下，接着门被直接推开了，秘书梁伟领着一个大高个子中年男人走进办公室。

康清泉抬头一看，似曾相识，毕竟刚到济民县工作。这时，只听秘书梁伟说道："康书记，不好意思，打扰您了，李书记有急事才来找您的。"

"康书记，我是县委常委、政法委书记李国军，有急事要向您汇报。"这位中年男子自我介绍道。

"哦！是李书记。你坐，啥事？"

李国军看了看旁边坐着的南步涛，南步涛知趣地说："康书记，要不你们说？我先走了。"

"那行，回头咱们再聊。"

送走了南步涛，秘书梁伟也出去了。李国军着急地说："康书记，事情麻烦了。"

"什么事？不要急，慢慢说。"

"唉，都是我的工作没做好，您刚来就给您添麻烦了。"

"抓紧说吧，有啥事？不要东拉西扯的。"

"唉，康书记，黑风口村周边的白家滩、朱屯、杨寨、姚口、马家几个村联合起来和黑风口村干上了。"

"什么时候的事？"康清泉坐不住了。

"今天中午的时候打了一架，打伤了几个人，现在这几个村人越聚越多，看来要出大事了。"

"你们为什么不及时跟我汇报呢？"康清泉有些生气。

"这个，我也不知道，下边也没跟我说。"

"你抓紧带人到现场，一定要控制住局势，不能扩大蔓延。我随后就到。"康清泉着急了，站了起来，李国军连连称是，赶忙出门走了。

康清泉按了下办公桌上的呼叫器，隔壁的秘书梁伟听到呼叫声后，一溜小跑来到康清泉办公室，康清泉说："你去把易三戒主任叫来。"

没多长时间，县委常委、县委办主任易三戒来到康清泉的办公室。这是一位老资历的办公室主任了，他二十八岁就当了乡长，三十岁当了乡党委书记，三十五岁当了副县长，四十二岁当了县委常委、县委办主任，转眼间又干了六年，今年已经四十八岁了。眼看和他同期提拔当副县长的，很多都已经是厅级干部了，可他依然在副县的岗位上原地踏步，年龄越来越大，眼瞅着从年轻干部变成了老资历的干部，他的心早已凉透了，再也没什么干劲儿了。

易三戒的名称是有来历的，这是他当教帅的父亲给他起的。所谓三戒：一戒官，二戒财，三戒色。可是，易三戒这三戒都没有戒成。到了将近知天命之年，他已经秃顶，一双小眼睛"滴溜溜"乱转，透着机灵和睿智，一看就是个"老油条"。他经常挂在嘴边自嘲的一句话就是："马吃青草鸡吃谷，各人自有各人福，我是就这一堆了哪！"

"康书记，您找我？"

"太平堤乡黑风口村和白家滩村可能要发生群体性事件，抓紧安排人整个信息材料向市委、市政府报告。"

"好好好！马上落实。还有什么事吗，康书记？"

"看看马县长在干啥，让他也抓紧赶到黑风口村。"

"好，还有什么事吗，康书记？"

"我要到黑风口村去一趟，你通知南步涛陪我一起去。"

"要不我也陪您一起去吧？"

"不用了，你在家招呼好就行了。"

"好，那您注意点儿，我让梁伟服务好您，有什么事您尽管吩咐。"易三戒转身出门。

不多久，南步涛气喘吁吁地赶回来了："康书记，是不是要去黑风口？"

"对！真是啥都瞒不住你。马上出发。"

5

在进口越野车里，康清泉和南步涛并排坐在后边，司机小李和秘书梁伟在前排。康清泉双眉紧锁问南步涛："老南，你说我前脚刚从黑风口村出来，这几个村就打起来了，这里边有什么讲究？"

"康书记，农民有农民的狡猾，您别看大多数农民老实巴交的，其实农村有的是能人，他们吃过晚饭躺在床上翻来覆去睡不着觉干啥？想事，不停地想，啥复杂的事他们想不明白，整不清楚？"

"我以前只知道农民纯朴善良老实，我第一次听说农民狡猾。你要知道我可是农民的儿子。"康清泉笑了笑。

"康书记，您是农民的儿子，我也是农民的儿子，咱都不能说农民不好。但是，不管城市农村，都有好人有坏人，也不是所有的农民都纯朴善良老实，也有个别的农民不地道，要不为啥农村也有犯罪分子呢？不过，农民式狡猾，就是狡猾得小机灵、小聪明，既可怜又可恨。就说今天这事，我估计白家滩村几个村的群众就是借着您去黑风口村被黑老三他兄弟打一顿又被派出所关了半天，因此，他们才出手打黑风口村的，既为您出气长脸面，又为他们泄愤报私仇，想着您会跟他们站到一块儿，不会追究他们的责任。"

"如果真是这样，我在市领导那儿可说不清楚了。"

"快刀斩乱麻，简单对复杂，这就是农村工作的规矩。啥也别说，赶快把事态平息下去，一切都好办了。"南步涛挥着双手说。这是他的习惯动作，凡说话必双手配合，手舞足蹈，声情并茂。

正在这时，康清泉的手机响了，"喂，我是康清泉，哦，是国军书记，你说，什么？几个村打起来了？你们公安干警都干什么去了？抓紧控制住场面，不能伤一个人，更不能死一个人，否则我拿你是问！"

"怎么了，康书记？"南步涛小心地问。

"这个李国军，一点儿不管用，在眼皮子底下看着，群众竟然打起群架来了，你说他是干什么吃的？"

"康书记，您不知道吗？李国军是已经退居二线的山川市政协主席李风来的儿子，唉，不说了。"南步涛半发牢骚半感慨。

"老南，这次黑风口村和白家滩村出事，黑文礼、黑老二会不会掺和呢？"

"康书记，这个不好说呀，黑文礼、黑老二一直在幕后，特别是那个黑文礼，跟个泥鳅一样，滑着咧。"

"老南，你听，这是啥声音？"虽然在车里坐着，而且车窗密闭得很好，但康清泉分明听到"噢噢"的喊声。

司机小李按动电动开关把后车窗摇下来，这时康清泉才发现，车窗外浓得化不开、滑得像绸缎的初春之夜十分静谧，黑乎乎的树木像鬼影一闪而过，康清泉猜那是白杨树、泡桐树、刺槐树。夜色里，那些不知名的小动物在林间草丛里穿梭，可能还在找吃的吧。人活一世，草木一春，康清泉不由得感慨：生既艰难，吃且不易，人为什么还要发生这么多的打斗，非要拼个你死我活呢？

不远处阵阵的嘈杂声、呼喊声，一阵响过一阵。

"康书记，黑风口村快到了，估摸前边的吆喝声就是那打架的村子。"南步涛的一句话把康清泉从沉思中拉了回来。是啊，该回到现实了，这就是现实世界，人还算是文明，动物世界呢，更是赤裸裸的残酷，你死我活，命悬一线，朝不保夕，灾难瞬时发生。

这时，秘书梁伟的手机响了，"喂，您好，李书记，我和康书记快到黑风口村了，您在前边路口接？好。"梁伟接完电话，转过脸对康清泉说："康书记，李国军书记和太平堤乡的党委书记毕成功在前边路口接您呢。"

没多久，康清泉看到前边有两辆警车闪着警灯停在路边，几个人站在车旁，看那高大的身影，康清泉知道是李国军，旁边则是毕成功。

"抓紧坐我车里，李书记。"康清泉说。

"康书记，您还是坐警车吧。"

"坐警车干吗？"

"这里不安全，您还是先上车我再向您汇报。"

李国军极力邀请康清泉换乘警车，南步涛和梁伟也劝康清泉坐警车，于是，康清泉、李国军、南步涛上了警车，秘书梁伟知趣地还坐在后边康清泉的车上，而毕成功则坐在断后的警车上。

一上车，李国军就开始汇报："康书记，今天的事可真吓人，事情闹大了，白家滩村和周边的朱屯、杨寨、姚口、马家几个村的群众扛着铁锨，掂着酒瓶，掂着砖头瓦块，全上了，黑风口村的男女老少也有几百号人，一下子乱套了，酒瓶子乱飞，砖头瓦块乱扔，跟下雨一样，也不分谁是谁了，砸着谁谁倒霉。"

"伤亡情况咋样？"康清泉皱紧了眉头。

"现在还不知道，受伤的人不少，救护车往乡卫生院和县医院拉人，救护车上的医生和护士也挨打了。"

"为什么？"

"嗨！不让拉对方受伤的人去看病，谁拉打谁。"

"你们警察在那儿干啥了？"

"刚开始，警察根本到不了跟前，事情发生太突然了，排山倒海一样，人便涌过来了。后来，我们用了催泪弹、防暴瓦斯，警察全上，才把人群给拆散。也刚好赶上天黑，群众啥也看不清了，分不清谁是谁了，这才把事态平息下去。"

警车已经到了黑风口村，透过车窗，惨白的月光下，康清泉看到一群一群的人在走动，在集结在喊口号，不由得问道："这是在干什么？"

"群众在串联，准备明天大打一场呢。"李国军说。

"老南，你说咋办？"

"康书记，抓紧控制局势，千万不能再让他们打起来。我建议：一是通知在家的县四大班子领导和各委局、各乡镇的领导带领所有工作人员赶来，分组包户，人盯人，人看人，挨家挨户做工作，确保各家各户的人一律不能出家门，不能出村，看好盯紧；二是抓紧向市里汇报，请支援。在黑风口村周边全部戒严，黑风口村的人一律不能出村，外村的人一律不能进村；三是通知公安部门快侦快办，抓紧把那些平时爱打架的人和这次带头打架的人抓一批，釜底抽薪，孬货抓起来了，其他人都是跟着起哄的，树倒猢狲散，就没那么大的毒气了；四是紧紧依靠村组干部做工作，这些人很重要，我可以断定，打架就是一些村组干部给哄起来的，没有他们，一般的孬货弄不成打群架的事，现在，要靠他们做工作劝群众，先顾了眼前再说。您说呢，康书记？"南步涛胸有成竹地说。

"好，老南的四点建议很好，就这样办。"康清泉很高兴，人们经常说，要想成功，离不开高人指路、贵人相助，高人就是有用呀，一个点子胜似千军万马，一个点子决定未来走向。

"咱先去村委会吧，大家都在那儿等着呢。"李国军建议。

"好，梁伟，你通知县委办易三戒主任，让他立即通知县四大班子领导和各乡镇、各委局的领导带领本单位人员现在就赶到黑风口村，领导们到村委会开会，其他人员待命，同时向市委、市政府书面报告，请求支援。"

"好，康书记，我马上通知。"

黑风口村的村委会是个三层小楼，院里早已站满了人。康清泉的车刚到，就围过来一群人。

"康书记，您可来了。"大家伙簇拥着康清泉进了村委会。

院里站满了人，三三两两地站那儿说话，焦急的神情使空气中弥漫着一股火药味儿。

"哪位是黑风口村的支书？"康清泉刚一落座，就寻找那位虽未谋面却早已大名如雷贯耳的黑老三。

"我就是。"灯光下，康清泉抬眼一看，一个铁塔般又黑又壮嗓音震得房子嗡嗡响的汉子立了起来，一只眼瞪着，一只眼眯着，半个脸都歪了，满脸的络腮胡子。

"你们村群众的情况现在咋样？"康清泉问。

"现在乱套了，我这村支书没人听。"

"那你说群众都听谁的？"

"听那老支书黑家贤的。"

"老三，"康清泉语重心长地说，"作为一名基层支部书记，关键时候要发挥先锋模范带头作用，不然的话，我们还配当这个村支书吗？"

"现在村里乱了，没人听我的。"黑老三装出死猪不怕开水烫的样子。

"行，咱现在先把大的工作安排了，一会儿我亲自参加你们的村支部会和村委会，你现在就去召集你们村'两委'干部集中到这里。"

"那好！"黑老三转身出门打电话去了。康清泉环视了一下屋子里的人，大部分不认识，这会儿也不分谁官大谁官小了，乱哄哄的一团。

"马县长过来了。"这时，秘书梁伟告诉康清泉。

"哦，正好，让马县长抓紧进来。"

马初生披着黑色呢子大衣进屋了，一股香水味扑面而来，康清泉不由抽了抽鼻子。马初生一进门就嚷嚷说："康书记，外边群众都没有睡觉，都在聚集串联，准备家伙，看来要大打一场了。"

"我知道这是黑风口村的情况，白家滩那几个村的群众情绪怎么样？"

"康书记，我是王家武，向您报告。"因为人多，康清泉没注意副县长、县公安局长王家武就在旁边。

"具体情况你抓紧讲一下。"

"康书记，今天下午打架事出偶然，就是白家滩村的一个小年轻骑着摩托车从黑风口村街里过，旁边在大街上站着聊天的几个年轻人嫌他速度快，说了一句看烧那样，这个小年轻不愿意了，回头嘟囔了一句，结果，黑风口村的几个年轻货上去把摩托车踩倒，拳打脚踢。白家滩村的人吃了亏，回去招呼人，要是在以前，白家滩村的人不敢惹事，这一次不知道咋回事，不只是白家滩的人，周围朱屯、杨寨、姚口、马家几个村的人一打电话都跑过来了，大打出手，他们也不知道吃了哪门子豹子胆，怎么突然间——"王家武突然不说话了，打眼看了周围一圈，见大家都看着他不说话，于是又接着说，"他们吆喝着要替康书记出气报仇。"

"不要瞎说！"县委常委、政法委书记李国军厉声说。

"他们就是这样喊的。"王家武辩解道，"他们说康书记上次去黑风口村被黑老四领着人打了一顿，他们指名道姓要收拾黑老三和黑老四。"

康清泉明显听出来王家武是话中有话，看来，微服私访有很多干部不高兴，打乱了他们的正常生活。难道在济民县的政治生态中，微服私访已经成为不按规矩出牌的表现？

"有事说事，你别绕那么远。"还是李国军在打圆场。

"在那种情况下，我们派出所的几个民警根本就不够用，等增援干警到了，那架打大了，到不了跟前……"

"行，王县长，这个不说了，你说现在其他几个村的形势咋样？"李国军继续问。

"很危险。"王家武摇摇头说，"这回形势很严峻。看来咱们这儿要出大事了。"

屋子里鸦雀无声，空气令人沉闷窒息。

不一会儿，济民县的四大班子领导和县直委局、各乡镇的头头脑脑们都陆陆续续匆匆赶来了，屋子里已经挤不下人了，于是，康清泉站起来说："大家都到外边吧，大家排好队，咱就站在院子里开会。"

黑风口村村委会院子里，站满了人，虽然没有人指挥，大家都很懂站位，官职大的往前站，小兵小将往后挪，一个单位站一列，倒也井然有序。

康清泉站在最前边，其他县领导站在康清泉的后边，借着院子里昏暗的灯光，康清泉挥手说道："同志们，向大家通报一下，今天咱们县太平堤乡黑风口村和白家滩村以及周边几个村的群众发生了一起群体事件，是交通事故引起的一起偶然事件，看来现在事态还在恶化，群众的情绪很激动，在这个时候，我们一定要讲政治，讲大局，讲奉献，讲担当，越是关键时刻，越是考验大家的时候。今天是 3 月 16 号，我们就把今天这事暂且称为'3·16'事件。现在，我首先向大家宣布，'3·16'事件指挥部成立，我任政委，马初生县长任指挥长，政法委书记李国军同志任常务副指挥长，王家武同志、南步涛同志任副指挥长，其他四大班子领导配合做工作。现在，我讲一下今天晚上和明天的任务，我带队负责黑风口村，马初生县长负责白家滩村，李国军书记、王家武副县长和南步涛副县长坐镇指挥部办公室协调联络各方面的工作，其他县领导都要包村包组。然后，各委局、各乡镇，每个单位由一把手负责，分别包一个村民小组，你们的副职和中层都要带队分包农户，要达到人盯人的目的。晚上不能睡觉，就在群众家门口看好，谁家的人都不能出门。明天，到家里做群众工作，讲政策，讲法律。要告诉群众，相信党和政府，有什么问题都可以讲出来，我们归纳梳理后认真解决，给群众一个满意的交代。同时，对那些具有犯罪前科的人和故意寻衅闹事的人要进行摸排，坚决予以打击。"

康清泉正慷慨激昂讲话时，秘书梁伟凑了过来："康书记，市委书记赵开来和市长朱尔马上就到黑风口村了。"康清泉心里一"咯噔"，看来这事闹大了，两位主要领导这么晚了还亲自赶来，康清泉心里沉甸甸的。来不及再讲什么了，康清泉想，必须赶快把人撒出去，各就各位，工作安排停当，领导来了也好交代，这么乱哄哄的肯定要挨批。

"大家听清楚了吗？"

"听清楚了。"

"好，具体包村入户情况由李国军书记负责抓紧落实，十分钟之内到岗到位。散会！"

大家围着李国军领任务，连夜进村入户。康清泉把马初生叫到一边："马县长，书记、市长还有市政法委书记、市政府秘书长马上就要到了，咱俩去村口迎接吧。"

<h1 style="text-align:center">6</h1>

康清泉、马初生和秘书们坐上警车，穿过月明星稀、春寒料峭的黑风口村。这时候，已经是晚上十二点了，大街上的人明显少多了，在街上晃悠的都是来做稳定工作的机关干部，可能找不到睡觉的地方，有的在车里睡着了，没有汽车的，天又冷，就只好不停地转悠。

市委书记赵开来，市委常委、政法委书记孙立男和市长朱尔，市政府秘书长王风权分乘两辆越野车一前一后来到了黑风口村，康清泉和马初生赶忙上前，康清泉上了赵开来的车，马初生上了朱尔的车，一行人几分钟就赶到了村委会。

"现在情况怎么样？人员受伤情况怎么样？"刚上车，赵开来书记第一句话就问。

"赵书记，现在还比较稳定，但是群众的情绪高涨。明天很关键，如果明天能控制好局势，群众的火气慢慢消一消，我们再发动机关干部配合做些工作就会好些，同时，明天准备抓一批人，把那些爱挑头闹事的不稳定分子收拾起来，估计就会压下去。今天下午打架的时候，伤了不少人，重伤的有几个，轻伤的人就多了，群众是见血就红，火气大得很。"康清泉如实汇报。

"刚才我和市长有个重要接待，所以来得有些晚，请你们理解。"赵开来不愧是市委书记，说话很有水平很有涵养。他虽然个子不高，但面相和善，眼睛不停地眨巴，透着一副精明样。他从基层干起，在多个岗位担任领导职务，工作经验非常丰富，关键是爱学习爱思考，非常敬业。在山川政界大家都知道的事情是，赵书记一天睡觉不超过六个小时。每天早上起床后，他和秘书一起骑自行车到重点项目建设工地转，一天转两三个工地。转了后，把分管领导叫来一起吃早饭，然后问工地情况，分管领导答不好就开始训。到了晚上，不管应酬吃饭回来得多晚，都要把当天的文件处理完。他看文件的时候还记笔记，重要的内容都记在笔记本上。他还要看当天的报纸，看到报纸上有好的新闻报道，他就批给有关部门学习研究。他的脑子一天到晚不停地想工作，跟人聊天三句话说不完准扯到工作上，是典型的工作狂，一天不工作就难受。即使是出差，他的公文包里还总是带本书，出一趟差回来，一本书就看差不多了。因为他爱读书爱看报爱学文件，所以他视野开阔，思路活跃，观点新颖，例证丰富，安排工作讲起话来很吸引人，会场上那些看手机的、打瞌睡的、交头接耳的、开小差的，只要一听是他讲话，立马就不吭声了，都是伸着头听得津津有味。而朱尔市长名声就差多了，爱喝酒爱打牌爱洗澡，工作时间很少，业余生活倒很丰富，下午经常不到下班时间自己开一辆越野车出去了，不知道去哪儿逍遥。心没有在工作上，没有工作思路，什么也不懂，但是脾气倒挺大，三句话听不顺耳就大发雷霆，而且专挑难听话说，哪儿疼往哪儿戳，把人批得恨不得找个地缝钻进去。

"不敢不敢，我们工作没做好，这么晚了书记、市长还不能休息，这都是我们的错，我们向市委、市政府做检查。"康清泉赶快解释，赶忙道歉。

"这事不能全怪你。冰冻三尺非一日之寒，这些是老问题，早晚要爆发，你刚来，这不是你的责任。"

赵开来一席话说得康清泉热泪盈眶。太理解人了，这领导，怎么不让人佩服？即使累死也心甘情愿。

康清泉把工作安排情况向赵开来书记作了汇报，赵开来表示赞同，他语重心长地说："清泉，遇到突发事件，要记住这几条原则。第一，遇事要稳。像你长期在市直机关工作，没处理过这些事情，有些紧张在所难免，但是，处理过之后，再有类似的事情就不发怵了。第二，判断要准。要深入一线了解情况，要多与基层群众交流，还要向有经验的老同志学习请教，做到情况吃透，判断准确。第三，节奏要紧。各种想不到的事情随时都可能发生，要把握节奏，做到有张有弛、松紧适度。第四，下手要狠。定好了的事情，要果断行动，不能犹豫不决，错失良机。任何事情都不可能做到十全十美、万无一失，不管懂不懂会不会都一定要做，很多困难和问题都是在做的过程中解决的，也是在做的过程中发现的，即使出错，下次吸取教训改正就是了，而如果不做的话，那将会错上加错。第五，舆论要引。突发事件特别蹊跷，经常是祸不单行，所以，要及时进行信息发布，正确引导舆论，促进问题解决。"同时，赵开来又指示说："当务之急是稳定群众情绪，不能再发生任何有可能激化矛盾的事情。既然事情出来了，就不要急于了结，要善于把坏事变好事，通过这件事，把黑风口村和白家滩村长期积存的矛盾和问题充分暴露出来，不怕掀盖子，老是捂住盖住，采取饮鸩止渴的手段，拿钱买稳定是不行的，早晚有一天会出大事，因为在化解眼前矛盾暂时矛盾的同时掩盖了深层次矛盾和实质性矛盾，甚至会制造一些新的矛盾。不能再信奉'摆平就是水平、没事就是本事、搞定就是稳定、妥协就是和谐'这一套了，信访维稳必须标本兼治，综合施治，这次就要利用这个机会把这些事情彻底解决了，不说是一劳永逸，最起码管他十年二十年不出事。"

"赵书记，太谢谢您了，有您的指示，有您的理解和支持，我们就彻底放心了，我们一定妥善处理好这事，请赵书记放心！"康清泉太感动了，本来康清泉还有很大的压力，上任没几天，人家都是新官上任三把火，康清泉是新官上任两盆水。先是微服私访被窝囊了一回，成为全市官场的笑柄，现在又出这么个事情，不定多少人幸灾乐祸等着看笑话呢。赵开来的一番话，给了他力量，增强了他的信心。

不一会儿，车子到了村委会。

黑风口村村委会，康清泉和马初生陪着赵开来、朱尔、孙立男、王风权，康清泉又把太平堤乡几个村的村支书叫来了，其他四大班子领导和乡镇委局的头头脑脑们都在村里，赵开来不让通知他们。

"大家辛苦了！"赵开来微笑着安慰大家。

"赵书记、朱市长辛苦！"大家都说。

村委会条件有限，有的坐，有的站，有的蹲，大家支着耳朵聆听大领导的教诲。

只听赵开来书记说："我和朱市长今天来一是看望大家和村民，一会儿我们要到村里转转看看；二是希望大家克服困难，正视矛盾，采取措施，尽快做好群众的稳定工作；三是了解一下大家有什么困难，市里全力帮助解决。"

"按照赵书记的指示，大家有啥说说吧，特别是你们这些村支书，都是一个村的主心骨，关键时候正需要党员干部发挥先锋模范作用，正是考验大家党性的时候，你们都谈谈看法。"康清泉鼓励大家。

没人吭声。这些村支书心里都有小九九，谁不为自己村着想？村支书和乡以上的干部不一样，他们是土生土长的干部，当干部当的是乡里乡亲的干部，不存在调走的问题，一辈子就守着那些本家、邻居，混得好混得坏都要吃不了兜着走的，落个好名声还好说，落个坏名声不干了自己早晚要承受报应，甚至自己的子孙也要分担在任时种下的恶果。前人栽树后人乘凉，前人作恶后人遭殃。所以，在这个关键时刻，他们只考虑怎么在村里还能继续混下去，千万别在乡里乡亲面前落个窝囊货、没出息的名声。

"大家都说说，挨个说，看看自己村里有啥问题没有？"康清泉又鼓励大家。

"我先说。"黑老三瞎了的右眼眯缝了一下，挺直身子斜着脸说道，"俺村的群众吃着亏咧，在医院躺着十多个人，几个村合着伙儿打我们，俺村的老少爷们儿咽不下这口气。"

"黑老三，你别这么说。"白家滩的村支书白老拐说话了，这是一个精瘦的老头儿，面皮白净，根本不像是乡下人，倒像是城里退休的老干部、老工人。别看他小时候小儿麻痹落下个右腿残疾，经常拄着个拐杖，但是脑子特别灵，是玻璃脑瓜儿，反应快得很，啥事一看就透，一学就会，一点就通，"这一年，你领着人把俺们这几个村挨着打过来你咋不说？这都是你作的。"

"白老拐，你瞎说！"黑老三腾地站起来，看那架势，伸胳膊挽袖子的要动粗。

"赵书记，您都看到了吧，就这种人，能不打架吗？"白老拐说。

"老三，你坐，我说两句。"从开始一直没说一句话的朱尔市长终于开腔了。他伸出右手，手掌向下，先在空中画了个圈，然后右手定在了半空中，三角眼一翻，嘴角往左边一斜，还稍微颤动了一下，说："要我说呢，事出有因，但还是要就事论事，当下的任务是抓紧解决问题，说那么多扯那么远有啥用呢？你们几个村支书谁招呼谁的人，谁的小孩儿谁抱走，谁村里的人也不能到别的村里去，去了就说事。我说完了。"接着，右手放下了。

几句少气无力的话，令在场的人没了脾气。

"刚才朱市长说得很好啊。"赵开来不忘为朱尔打圆场，"你们就按朱市长说的办。我想问的是，你们村里有什么困难没有？市委、市政府做你们的坚强后盾，坚决维护好群众利益。"

大家都说没困难。

赵开来语重心长地说："大家记住，明天是关键，明天如果不出事，群众的气就会消很多，再拖个两三天，就没劲了，这就是拖延战术、冷处理。避开风口浪尖，以时间换空间，拖中待变，拖中寻机，拖中实现力量的对比和矛盾的转化，我们就会变被动为主动，工作就好开展了。所以，你们明天一定要提高警惕，切实做好各方面的工作，对重点人重点防范，确保不出事。"

"赵书记的指示大家听清楚了没有？"康清泉问。

众人齐说听清楚了，康清泉请示赵开来后，通知大家散会。康清泉和马初生则陪着赵开来、朱尔、孙立男、王凤权到街上走走看看，副县长、县公安局局长王家武安排了几个便衣紧紧跟随，一行人来到寂静中透着不安的大街上。

在一家低矮的茅草房前，屋里的灯还亮着，里边传出吵闹声，是一个男人和一个女人在吵架，女人尖利的声音刺破夜空，一行人止住了脚步。"你个窝囊废，你还是个男的不是？今儿个咱村里老张家十几岁的小孩儿都去打架了，就你躲到屋里跟个死鳖一样，连个门儿都不敢出，我跟着你算是倒了八辈子霉了，净让别人笑话。明儿一早，你掂住咱家的锄头，给我使劲打。你死了，有我在，我会把咱的孩儿养活大，也会把二老伺候好，你就放一百个心，听见没有你个死鳖？"

众人听了都倒抽一口冷气。水可载舟亦可覆舟，别看百姓可欺，别看老农民窝囊老实，这些最底层的农民一旦起来了，那真是吓人哪。

"前边那家火光一闪一闪是干啥的？"市委书记赵开来指了指前边不远处一家小院。

一行人走了过去，只见一院子的人围着三个火炉，风箱吹着火炭，火光映得人满脸通红。不一会儿，一条长刀形的火红的铁家伙抽了出来，放在水里淬泡。"这是在打刀呀。"县长马初生惊讶地说。

"看到了吧，形势非常严峻，不知道明天会出现什么后果呢？"赵开来说。

王凤权这时凑了过来："赵书记说得对，还是赵书记有远见。"奉承了一句后，见没人响应，特别是朱尔一声不吭，吓得他赶快躲到人后边了。

"恁是干啥的？"农家院子里的群众有人问道。

"没事，我们是从县里来的，随便转转。"王凤权这时候率先回答。

"你们这些当官的少管闲事，赶紧走得远远的，小心我们的拳头可是不长眼。"从院子里传出来的话恶狠狠的。

"这回咱老少爷们儿谁也不能装熊，咱这回要是不杀出威风，咱下一辈人还咋活呀？还有法见人没有？"院子里传出来的话明显是让院外大街上的这帮自称是从县里来的干部们听的。

"回吧，不再转了。"赵开来一声令下，大家掉头往回走。

"不进村委会了，咱们就在村口临时开会，这里应该比较隐蔽，说话方便些。"赵开来声音压得很低，"立男？"

"在在在，我在，赵书记。"孙立男赶忙从口袋里掏出一个小笔记本和签字笔，然后拿出手机，借着手机微弱的光线说，"赵书记，您请讲，我记着咧。"

"马上发个通知，立即调动全市包括各县（市）区的所有警力，连夜赶赴黑风口村。连夜用铁笼子等障碍物把黑风口村全部包围，设置警戒线，安排警力进行布防，围绕黑风口村，组成人墙，任何人不许出不许进。"赵开来顿了顿，继续说，"同时，通知市直各单位抽人，每个单位除留人正常值班外，所有干部一律赶赴太平堤乡，帮助做群众工作，具体人员分工情况请朱尔市长回去连夜布置安排。好吗？朱市长。"

"可以。"朱尔只说了两个字。

"清泉，你这儿还有什么问题没有？"赵开来盯着康清泉问。

"很惭愧，我们的工作不力，给市委、市政府找了这么大的麻烦。等这事情过去后，我向市委、市政府负荆请罪。"康清泉说。

"先不说这个，只要把局势稳定住，就是一大成绩。"赵开来鼓励道。

"现在的问题主要是吃住和通信、交通调度。一下子来这么多人，还有这么多领导，吃不好，没地方休息。另外，这么多人一下子拥来，线路忙一直打不进电话。还有堵车的问题。"康清泉说。

"清泉说得对，立男——"赵开来喊道。

"在这儿呢，赵书记。"

"再连夜起草个通知，明天市直各委局驻村工作队来之后，自己想办法解决伙食和睡觉的问题，可以临时搭帐篷，坚决不能给基层和群众增加负担。另外，通知市移动、联通和电信公司，找几辆通信车，临时解决信号基站的问题，交警队和交通局负责车辆调度。"赵开来一口气说完，想了想，"清泉，还有什么事没有？"

"谢谢赵书记，没有什么事了，赵书记和朱市长你们早点回去休息吧，市里的工作还有一大摊等着你们去处理呢。"

"稳定压倒一切呀，一出事天大的事也干不成了。"赵开来感叹道，"好吧，我和朱市长先回去，明天一早我们再过来。记住，明天是关键。"

说完，赵开来、朱尔等一行坐车连夜离开了黑风口村。

7

看着市领导们离去，康清泉说："走吧，咱们回村吧，我今天晚上连夜找黑老三聊天，一定要让他帮助做工作。马县长你去找白老拐聊天，一定要让他帮助做工作。同时呢，咱们今天晚上缠住村支书们，也是防止他们回去后发号施令。马县长你通知县直各单位的一把手，每人都要到村组长家里进行家访，找他们谈心，连夜谈，疲劳战术。明天凌晨，所有机关干部各尽其职，各守其位，单位对村组，干部人盯人，谁那里跑出去人追究谁的责任！"

康清泉指示完，大家分头行动，这时已是凌晨两点了，康清泉突然想起了什么，是啊，黑风口村和白家滩村打架，是不是借助黑文礼做做黑老三的工作呢？于是，他立即给副县长、县公安局局长王家武打了个电话："王县长，你们公安局的副局长兼交警大队大队长黑文礼现在在哪儿？"

电话那头，王家武说："康书记，别提了，黑文礼一到关键时候就拉稀，就跟个缩头乌龟一样。这不，出了这么大的事，又是他们老家的事，都是乡里乡亲的，我本来想让他帮助做群众工作呢，他倒好，说心脏病犯了，去山川市住院了。"

"住院了？怎么早不住院晚不住院偏偏这个时候呢？"

"康书记，这事，唉，一言难尽哪。你刚来比较忙，我没机会找你汇报，说实话，我的工作也不好开展哪。"

"那行，我知道了。就这吧，有些事情你注意保密就行了。"

"好，你放心，我心里有数。"

康清泉挂断了电话，知道他的想法太幼稚、太单纯了，靠黑文礼去做黑老三的工作，那不是与虎谋皮嘛，可能吗？只恐怕整个事件背后都是黑文礼之流在操纵呢，只恐怕提防他们还提防不过来呢。

黄河边的夜晚特别宁静，远处传来阵阵嘶鸣，那是黄河上的风在跃动。初春天气，河道里的风相当冷，那些机关干部们来时仓促，没有带厚衣服，冻得直哆嗦，连夜派人去县城采购棉大衣，可是深夜哪还有商店营业？黑风口村和白家滩村以及周边的几个村，大街上，燃起一堆一堆的火，人们围在火堆旁，度过这难挨的不眠之夜。

康清泉知道县长马初生和黑氏家族的关系非同寻常，因此，他尽量不让两人接触，他要亲自和黑老三谈心。

黑风口村村委会，康清泉和黑老三说话说了一夜。拉家常，讲政策，还说到康清泉微服私访被黑老四打一顿，黑老三一直向康清泉道歉，并说他压根儿不知道这事，听说后气得半死，把黑老四臭骂了一通，还说，以前没机会见康清泉，这次一定让自己的黑老四兄弟跪在康清泉面前磕头请罪。

虽说黑老三多听少说，甚至是只听不说，康清泉也知道跟他谈心那是对牛弹琴，但是，康清泉的任务是盯住他缠上他，不让他夜里进行串联搞什么小动作。黑老三几次以解手为名想出去打电话，康清泉都紧跟在后边，不给他一点儿私人空间和自由时间。

这一夜，康清泉不停地说，苦口婆心地讲，累得口干舌燥。黑老三最后瞌睡得受不了了，于是表态说没问题，一定配合好康清泉的工作，他们黑风口村的群众一个也不动，谁也不会出家门。听到黑老三这样应承，康清泉略略有点舒心，稍微一放松，瞌睡劲儿也上来了。这时，黑老三却早已呼呼大睡，鼾声如雷。要在平时，这鼾声定会吵得康清泉心烦意乱，这会儿，他却很快进入了梦乡。

康清泉迷糊了有两三个小时。正睡得香呢，手机响了，康清泉一激灵，赶快摸出手机接听电话。

"康书记，市里增援的干警已到村里，开始布防。"这时，李国军打来电话，康清泉连说好好好，心里踏实多了。

天已蒙蒙亮了，康清泉打个哈欠伸了个懒腰，这时，只听外边大街上传来阵阵喧闹声。南步涛来了，太平堤乡党委书记毕成功也像尾巴一样紧紧跟在后边。

"康书记，快看看吧，群众起来了，都向村外跑，看来要打大架了。"

"走，赶快看看去。"康清泉倦意全无，狠狠地瞪了一眼黑老三，心里想，这一晚上算是瞎子点灯白费蜡，人的本性难改，岂是几句知心话就能打动得了的？

"谢谢你，黑支书，工作你要配合好哟！"甩给黑老三这么一句不明不白、不疼不痒的话，康清泉大步走出门外。

毕成功也想紧紧跟着康清泉，康清泉狠狠地瞪了他一眼，吓得毕成功站那儿不动了。

大街上，三三两两的人群都在往村口方向跑，这里边有群众也有机关干部，群众在前边跑，机关干部在后边追着劝，但好像无济于事。康清泉也随着人流往前走，这时候，没有人在乎你是不是什么县委书记了，大家都是一个人，都是随时可能打人也随时可能被人打的人。

到了村头，人群突然止住了。原来，一道道铁丝笼横亘在黑风口村的周围，大批武警官兵、防暴警察三步一岗、五步一哨已经严密封锁了整个村庄。

村外，大批的群众包围了黑风口村，这是白家滩村和附近朱屯、杨寨、姚口、马家几个村的人们组成的"联村部队"，人们一脸怒气，手持各种各样的凶器，在朦胧晨辉中，闪闪发光。

"灭了黑风口！打倒黑老三！"群众喊着口号。

"老南，这事咋办？"康清泉问身后紧跟着的南步涛。

南步涛说："让李国军书记通知公安部门，做好应急准备。一旦哪个地方出现缺口，群众打起来了，立即上催泪弹和橡皮子弹，同时，抓紧向市委、市政府报告，等市领导来了坐镇指挥，真是出了乱子，天塌了也有人顶。"

"谁承担责任倒无所谓，关键是人命关天，关键是老百姓不能在不明不白中无辜丧命。梁伟——"

秘书梁伟跑过来："康书记，我在。"

"你把南县长的意思通知王家武县长，就说是我的意思。"

"好咧！"秘书梁伟去一边打电话了。这时，康清泉大步走到一群人面前，劝解道："老乡们，回去吧，不要再乱了，咱们都上有老下有小……"康清泉话还没说完，一个年轻壮小伙骂道："屁！你是从哪儿钻出来的？你咋呼啥咋呼？你再说我劈了你。"说完，扬了扬手中的斧头。

"你敢！"南步涛挺身而出，"知道这是谁不？这是我们济民县的县委书记康书记。"

"呸！康清泉被黑风口村黑老四打一顿不也没咋着。黑老四关进去不到一天就出来了，你以为县委书记就是老天爷呀？我今天先打你一顿。"说完，一脚跺在南步涛身上，南步涛趔趄了一下差点儿倒在地上。

"无法无天！"康清泉愤怒至极。

见康清泉怒目横眉，这小伙子也有些害怕了，不理他们径自跑开了。

这时候，李国军慌慌张张地跑来了："康书记，群众工作做不通呀，急红了眼，机关干部拦也拦不住，谁拦他们就打谁。"

"李书记，这事急不得，就像人身上长了个脓包，毒气不消消，你不敢挑破它。病来如山倒，病去如抽丝，既然这样了，那就打疲劳战、持久战吧。群众有怨气，让他们彻底发泄发泄，等他们没劲了，咱再出手。只要武警、干警控制住局势，别让他们打起来就行，否则的话，那是火上浇油、忙中添乱。"南步涛凑上前说道。

"老南说的有道理。今天应该是最艰难的一天，只要想办法把今天熬过去，我相信明天就会比今天好过多了。"康清泉看着眼前乱七八糟的场面，人们像没头苍蝇一样到处乱窜，各种农具在初春的晨光中熠熠生辉。

一道道铁丝网再加上三步一岗五步一哨的武警、公安组成的人墙，把黑风口村和白家滩等村的人隔开了。黑风口村，黑压压的人群坐在村头，怒目横眉，头上一律缠着白毛巾；武警和干警组成的人墙外，白家滩以及周围朱屯、杨寨、姚口、马家几个村，挺立着黑压压的人，摩拳擦掌，随时准备动武，胳膊上一律缠着白毛巾。康清泉看了之后感叹不已，农民群众，看似老实如绵羊，任人宰割，看似平缓流淌的黄河水，绵软无力，一旦被激怒了，就像那黄河咆哮，就像那战马嘶鸣，就像那狂风暴雨，浩浩荡荡，势不可当。

"灭了黑老三！灭了黑风口！"白家滩等村的群众举着斧子、镰刀、铁锹、棍棒，振臂高呼。

相比较而言，黑风口村的人倒比较克制，只是坐在村头，严阵以待，没有人喊口号，也没有人走来走去，很有秩序，不像白家滩那几个村的群众乱哄哄的没有章法。康清泉打眼一看就知道黑风口村的群众有高人指点，本来黑风口村是惹事阎王，历次出事都是他们率先挑起的而且占了便宜，但现在他们装出一副受欺负的可怜样，特别是在这么多领导在场的情况下，冷静克制配合，不了解底细的人，一定会把同情的天平往他们这个村倾斜。

康清泉、南步涛和秘书梁伟漫无目的地游走在人流中，慰问两句武警官兵和公安干警，鼓励鼓励在场做群众工作的机关干部，有时也去劝劝那些农民群众。

时间在一分一秒中流逝。忽然，康清泉听到一阵嚷嚷声和哭喊声，只见从白家滩村里驶出来几辆手扶拖拉机，每辆车上都拉一副黑漆漆的棺材。康清泉心想：坏了，这是群众要拼死一搏了。

果然，在拖拉机的后边，一群人呼喊着"报仇！报仇！"向前冲来。看那架势，定要冲破包围圈冲向黑风口村，康清泉的心立刻悬了起来。

"啪！啪！啪！"只听一连串的橡皮子弹射来，一阵烟雾过后，有人低头揉眼睛，一队队头戴钢盔左手持电击棒右手持盾牌的防暴警察冲了过来，隔离并挡住了人群，终于控制住了局面。

康清泉长出了一口气。

这时候，市委书记赵开来、市长朱尔、市政法委书记孙立男、市政府秘书长王风权也赶到了现场。看到这阵势，两位市主要领导一再交代在场的孙立男书记，一定要控制住局势，不能再出乱子了。

"现在咱们分下工，朱市长和孙立男同志留在现场，我和清泉同志一道去医院看一下受伤的群众，同时，到村里转转，召集村里的党员干部开个会，想办法尽量让群众撤回去。"赵开来说完，带着康清泉欲离开现场。

"赵书记，有大批记者要来采访，还有很多外地的群众来看热闹，您看怎么办？"王风权跑上前问道。

"抓紧安排布置，通向太平堤乡的所有路口一律临时管制，只准出不准进，凡是运送物资和确有必要进入的要凭通行证。"赵开来大手一挥，"同时，抓紧召开新闻发布会，接受集体采访，通报一下事情的来龙去脉，免得让别有用心的人趁火打劫，忙中添乱。"

"马上照办，请书记放心！"王风权点头哈腰地说。

初春的早晨，虽有太阳，但天气依然清冷。

每个人的嘴里都冒着哈气，一团白雾。这是一个冷清的季节，也是一个无聊的季节，无事生非，这是老祖宗的经典名言。人不能闲着，更不能有大批无业游民，否则就是祸乱的根源。这两年外出打工的多了，漫长的冬天闲人少了。但是黄河滩上的这些村庄，当地农民群众不外出打工，他们还雇用外地的农民来他们这儿打坯烧窑做零工呢。黄河人沿袭了祖上的习惯，整个冬天就是喝酒打牌赌博，今朝有酒今朝醉，在这醉醺醺的酒香中被一天天地打发而去。那些有了钱的黄河滩人，就是不存钱，见啥买啥，啥好买啥，从不还价，每天一两只鸡子在锅里煮得烂香，吃得嘴角流油。酒足饭饱，闲来无事，不是打牌就是打架，男女老少齐上阵，垒"长城"，打纸牌，一夜输个几百很正常，输几万的也有。打起架来不要命，人打伤了，不要紧，中间人一说合，双方拿起酒来，一人喝半瓶，握手言欢，各回各的家，各治各的病。

黄河滩哪黄河滩，真是人闲是非多啊。

8

赵开来和康清泉来到医院看望病人，伤者的家属不是悲痛，而是愤怒，那种报仇心切的咬牙切齿的面部表情让赵开来和康清泉不寒而栗。特别是赵开来，领导经验和工作经验相当丰富，可以说，没什么事能难得倒他，但这件事，让他真正领教了什么是农民群众的力量。农民，最纯朴最善良最老实的一个群体，那些依附于土地像蚂蚁一样生存的农民支撑着国之根基，可是，一旦农民群众不干了，后果难以预料。统筹城乡发展、实现城乡一体化，以工业反哺农业、以城市反哺农村，加强农村社会治安和精神文明建设，关注弱势群体和贫困群众的生产生活，是该认真反思并切实付诸行动了。赵开来想，等这件事结束之后，一定要在济民县搞个试点，想办法为农民做些事，补一补良心债，也为国家长治久安做些尝试性的工作。

赵开来当着受伤群众和家属的面交代康清泉，一定要不惜一切代价医治好受伤群众。必要的时候，直接与市卫生局联系，调集全市最好的医生前来会诊支援。

这时候，赵开来书记的秘书小姜急匆匆进来了："赵书记，接省委办公厅来电，省委书记宋朝觐、省长艾民生要来现场，已从省委出发了。"

赵开来看了一眼康清泉，康清泉羞愧地低下了头。刚来济民县任职不到一个月时间就出这么个大乱子，康清泉脱不了干系，康清泉自感很没材料。

康清泉来不及多想，他紧跟着赵开来，下了楼，坐上车，到济民县交界处等省委书记和省长大驾光临。

省委书记宋朝觐戴副金丝宽边眼镜，体态匀称，文质彬彬。省长艾民生吃得白胖，脸上一副笑眯眯的样子，天生的乐天派。

赵开来、康清泉在前边带路。在黑风口村和白家滩村群众的对峙现场，省委书记、省长边走边叮嘱，既要治标更要治本，解决农村问题要从根本上找出路。这个问题的出现只是一种现象，是一个突破口、爆发点，其深层次的内在原因一定要认真总结，举一反三，绝不能再出现类似的事情。

在黑风口村村委会会议室，省委书记、省长临时开了个会，听取了康清泉的全面汇报。康清泉首先汇报了事件的进展情况，然后说："从现在的情况看，总体上说形势可控，但是问题和困难也不少，下一步，我们将做好以下工作。一是高度重视信息搜集。'知己知彼，百战不殆。'挑头闹事的人是谁，他们的动向和联络情况是什么，群众的诉求和预期底线是什么，这些我们都要搞清楚，做好这个基础工作，就能有的放矢。二是高度重视现场管控。解铃还须系铃人。办好事离不开我们基层村组干部，干坏事也离不开我们个别基层村组干部，我们将重点做好关键人物的管控工作，抓关键带一般，几包一、人盯人地做工作，只要挑头人物管控好了，大局就好办了。同时，制订好工作预案，从最坏处打算，向最好处努力，一旦出现突发情况，该出手时就出手，坚决稳控好局势。三是高度重视群众工作。我们将紧紧依靠群众，关心群众，组织群众，将大多数无辜群众与个别违法犯罪分子区别开来，争取群众的理解、支持和帮助。四是高度重视组织协调工作。认真做好上下左右各方面的协调配合，不打乱仗，不互相推诿扯皮，确保有序、有力、有效地做好工作。最后，请省委、省政府放心，我们一定会尽快妥善处理好这次群体事件，最大限度地维护社会大局的和谐稳定。"

听取康清泉工作汇报后，省委书记宋朝觐首先肯定了山川市、济民县党委、政府所做的工作，然后，他做出六条指示：一、稳定压倒一切，坚决控制局势，再不能出现群众冲突事件；二、组织村干部和群众代表召开谈心会、联谊会，签订友好村协议；三、开展送政策、送法治、送温暖活动，大规模地开展思想政治工作，对困难群众立即给予帮助，对村里反映的一些实际问题抓紧帮助解决；四、打击一批不法分子，教育大多数群众；五、新闻宣传工作要跟上，统一口径，及时对外发布信息，防止社会上出现各种谣言；六、如果还控制不住局势，有问题及时汇报，省委将派政法委书记坐镇指挥，集中全省力量处理此事。

宋书记最后说："当然了，我们领导在上边说句话是很容易的，你们具体执行起来是很难的，这我也理解。但是，不管如何，为官一任，稳定一方，咱们都要自觉担负起政治责任。要本着对党和人民高度负责的态度，做好稳定工作。特别是对这类群体性事件，一定要见微知著，果断坚决，眼明手快，错过时机就会带来很多麻烦，要注意抓细、抓早、抓小，从细微处把握趋势，争取主动，赢得最后的胜利。"

省委书记和省长开完会，又到医院看望了受伤群众，指示要不惜一切代价救治受伤群众，对困难群众要进行帮扶，对个别扰乱社会治安的人员要从严从重打击，然后就离开了。

赵开来和朱尔立即开会落实省委书记和省长的重要指示精神，并要求立即传达到各工作组，并采取切实措施加以落实，对落实不力的进行督查问责。

"康书记，其他事都好办，就是抓人这个事，您是不是请示一下赵书记，这可是个大事。抓谁，什么时间抓，可是有讲究，弄不好，火上浇油，激怒了群众，咱可担待不起，趁市委书记和市长在，让他们拿主意做决定吧。"南步涛悄悄凑到康清泉的耳边，嘀咕了几句。康清泉点了点头。

"赵书记，我们坚决落实好省市的决策部署，只是第四条，打击一批不法分子，您看这事怎么办？"康清泉诚恳地问。

"你们的意见呢？"赵开来反问道。

"这个，"康清泉犹豫了一下，硬着头皮说，"宜早不宜迟，今天晚上行动吧，至于抓多少合适，我们还没考虑好。不过，我想是不是通过这几个村在外工作的和这几个村有亲戚关系的机关干部做工作，了解情况？另外，每个村设几个举报箱，鼓励大家反映问题，举报策划打架和参与打架的违法犯罪嫌疑人，以掌握确凿证据，您看行不行？"

"可以，这些办法都很好。不过，抓捕人的事情要注意保密，绝不能走漏风声，人数嘛，实事求是，除恶务尽，不定指标。"

"赵书记，黑风口村和白家滩几个村抓的人数咋定？搞不好的话，群众还是有意见。"

南步涛关键时刻说了句话，有些话书记不便说，只能下边人来唱白脸，点炮眼子。

"唔——"赵开来想了想，不置可否。

"我说两句。"半天都没有说话的朱尔这时候慢慢腾腾地开了腔，他猛抽了一口烟，然后把烟蒂扔在地上，又用脚狠狠地踩了踩，皮鞋再转几圈，剩的烟蒂已经四分五裂，他右手伸向了空中，手掌向下画了个圈，然后握紧拳头，伸出食指，说，"我就提一点建议，要抓人，按村来，一个村抓几个。完了。"说完，朱尔又从口袋里摸出一根烟，叼在了嘴上。这是朱尔的习惯，他从不拿出烟盒抽烟，总是从口袋里摸烟，你永远不知道他抽的什么牌子的香烟，外人想投其所好给他送烟，不知道他喜欢抽什么牌子的，好事的想打听他是否超标准抽烟，也看不出来，那些想找他事的人抓不住他的把柄。

"那行，就这样办吧。"赵开来含糊其辞地说，"我和朱市长还有个重要接待，我们要赶回去，大家再辛苦一下，这里就拜托你们了。"

9

市委书记和市长的座驾在料峭的春风中绝尘而去。市委书记和市长刚一走，康清泉便浑身发软，想瘫坐下去。他左手捂着胸口，脸上汗珠直冒。大家见康清泉身体不适，慌了手脚，南步涛赶快让找医生，秘书梁伟扶着康清泉进到里屋，躺在床上稍事休息。

一夜没怎么睡觉，康清泉身体吃不消了。其实，到了这个年纪，四五十岁，是个关键时期，也是身体的转折时期，不敢再拼命硬撑着干工作了。但是，在基层工作，没办法，太忙了，事情太多了，一个县，七八十万人，上上下下，里里外外，都得一把手做主、当家、拍板，没有一副好身板，真撑不下来。

县人民医院张院长领着医生很快就过来了，他们本就在村里待命。给康清泉听了听胸口，量了量血压，做了心电图。医生说，心律不齐，可能有点儿心肌炎，要不输液吧？康清泉说，看这是啥时候，能输得成液吗？医生说，我们给您开点儿药先吃了，不过书记要注意了，如果再这样休息不好，没病会有病，小病会成大病。

康清泉吃了药，感觉好了些。这会儿，他实在太瞌睡了，但又睡不着，处于亢奋状态，头晕晕乎乎的，胸口有点儿闷，浑身发软无力。康清泉刚想找个安静的地方闭上眼眯一会儿，手机响了，这个时候，可不敢关手机，这个时候，还最怕手机响。康清泉自从到济民县工作后，手机没有离过身，全天二十四小时开机，每天打手机打得耳朵嗡嗡响，只想把手机扔掉，但又不敢扔。他尤其害怕半夜手机响，准没好事，像那安全事故、突发事件、群众上访、干部出事，很多想不到的事随时都有可能发生，防不胜防。精神高度紧张，思想须臾不敢放松，康清泉在机关有规律地生活了二十几年，猛然到基层担任一把手，别的不说，就是这身体也有个适应磨合的过程。黑风口事件，使康清泉的身体进入临界点，康清泉不知道如果再发生什么意外再支撑几天，他还能不能挺过这一关。

康清泉一看屏幕显示，是马初生县长的电话，"康书记，这次打群架，黑风口村有个年轻人被打死了。"

"真的假的？"康清泉一下子站了起来。

"真的，咱们内线报告的。"马初生从电话那头肯定地说。

"是谁打死他的？"

"打群架本就是个乱局，搞不清是谁。"

"先封锁消息，任何人不准乱讲。这个时候，任何不好的消息都是火星，都能燃起熊熊大火。你通知李国军书记和王家武县长，便衣警察进村，悄悄地摸排情况，锁定嫌疑人，到时候抓起来。同时，抓紧拿个方案，今天晚上连夜行动，必须抓一批人，不敢再等了，不然的话，早晚要出大事。"

"好，我抓紧落实。"

谣言像小鸟在四处飞，群众的情绪像波浪在随时翻涌，一个大白天在惊慌和动荡不安中挨过去了。

夜色降临了。这是一个更加难以预料的恐怖之夜，趁着夜色，不知道还会发生什么事情。

晚上八点，康清泉、马初生、李国军、王家武、南步涛等人躲到康清泉的越野面包车里，商议怎么行动。王家武汇报了准备抓捕的人员名单，原则上一个村五个人，时间暂定晚上十二点开始。

"平均分配的话，白家滩那几个村的群众会不会有意见呢？"康清泉沉吟道。

"有意见那是肯定的，还有一个方案，黑风口村抓十个人，其他那几个村一共抓二十个人。不过，要是黑风口的人抓得多，黑风口村也不同意呀。"李国军说。

"要不咱们请示一下市委吧？"南步涛说。

"老南，不用请示了，朱市长就是这个意见。"马初生在一旁不屑地说。

"马县长，这么说你已经请示过市委了？"康清泉有点儿不高兴。

"也没有，赵开来书记和朱尔市长他们来的时候，您不是请示过这事吗？"马初生的声音压得很低。

"赵书记好像没有明确表态呀，我再打电话请示一下赵书记吧。"康清泉直接拨通了赵开来书记的电话，他知道多请示多汇报是不错的，尤其是在这重大问题上。

"赵书记,我是康清泉,现在向您汇报工作方便吗?"

"可以,你说吧,现在什么情况?"康清泉的手机隔音效果不好,又是在密闭的车厢里,旁边几个人都能隐隐听到电话那头儿赵开来书记的声音。

"现在情况比较稳定,我们准备今晚行动,把那些挑头捣乱的抓一批,来个釜底抽薪,您看行不行?"

"你们不是问过我这个问题了吗?可以,你们看着办吧,方案要考虑周全一些,只要不激化矛盾就行。你们先做准备吧,我和朱尔市长这里有个接待,我们结束之后马上过去。"赵开来还是语焉不详。

"赵书记,您就不用来了吧?这么晚了,您又忙了一天。"

"那不行,现在我的工作重心就在你们那儿,稳定是大事,不能含糊。"

听了赵开来的话,几个人又惊又喜。喜的是有市委、市政府主要领导坐镇指挥,他们的担子轻多了。惊的是天这么晚了两位主要领导还要来坐镇指挥,这对他们的工作是更大的压力。他们只能成功,不能失败。而康清泉平添了几分忧虑,赵开来始终不明确表态,这让他心里没有底。

"两套方案都做准备吧,至于到时候具体抓几个人,等赵书记、朱市长他们来了再说。"康清泉这阵儿也不敢下结论做决定了。

几个人商议完,下了车,来到村委会。秘书梁伟说:"各位领导,先吃点儿饭吧。"大家都说好。虽然没有胃口,不,更确切地说是没有时间吃饭,但不管怎样,睡不好再吃不好,那身体可撑不下去,看这阵势,也不知道事情会发展到什么程度,不知道还要多少天才能结束,急也没用,只能保重身体,见机行事了。

从县委机关食堂临时抽过来的厨师端来了一盆大锅菜和一筐馒头,秘书梁伟给康清泉盛了一碗,又拿来两个馒头,康清泉最喜欢吃大锅菜了,而且也确实饿了,于是大口吃起来。

正在这时,黑铁塔一样的黑老三进来了:"康书记,我找您说个急事。"声音嗡嗡作响,直把房子震歪。

"吃饭了没有?先一块吃点饭吧。"康清泉用筷子指了指旁边的一个小方凳,示意黑老三坐下说。

黑老三坐下又站了起来:"康书记,我肚子大,坐这小凳子难受。饭我不吃了,我站这儿跟您说句话吧。"

"说吧。"

"我兄弟老四肚子疼,可能是老胃病又犯了,现在村口都戒严了,不让出也不让进，想用用康书记的车把他送到县医院去。”

“咱这儿有医生。”康清泉一听，感觉有些不对劲。

“这值班医生怕是治不了，估计还得住院做手术。”话没说完，只见黑老三头往前一伸，“啊——嚏！”对着康清泉就是一个大喷嚏，吐沫星子溅到康清泉的饭碗里，喷到康清泉的脸上。

康清泉恶心透顶，强忍着没有哕出来，再也不想吃饭了，把饭碗往旁边桌子上一撂，说：“好吧。就让我的车送你弟弟出去看病吧，还有别人没有？”

“没了没了，就老四自己。”

黑老三分明是在搞小动作，康清泉本想借此机会把黑老四再抓进去，现在突然有病，这不是要逃吗？而且还坐着康清泉的车堂而皇之地逃之夭夭，这不是明摆着让别人看，长他黑风口村的脸面，灭一灭以康清泉为首的县乡工作队的志气？杀白家滩等几个村的威风？但是，没办法，他黑老三既然有可能知道今晚行动的信息，背后肯定有人而且是圈子内的高层透露的，惹得起吗？即使把黑老四列进了抓捕名单，敢抓吗？抓了之后又如何收场呢？闹不好将来成为烫手的山芋。就这样吧，虽然有些便宜了黑老三和那个曾经侮辱过自己的黑老四，但是借坡下驴，也不失为一着棋，秋后算账，有的是机会。

“路上注意安全。”康清泉叮嘱道。

“谢谢康书记。”这个满脸横肉的家伙说起软话来竟是那么艰难，面部肌肉机械下垂，僵硬地挤出一丝比哭还难看的笑意。

10

晚上十点左右，赵开来和朱尔以及孙立男、王凤权来到了黑风口村，在村委会会议室里，其他人都离开了，只剩下市县的几位主要领导和分管领导，秘书们在门口站着，其他人不让进来。

“抓捕行动安排好了吗？”赵开来书记坐下就问。

“安排好了，拟定于今天晚上十二点开始，两套方案，请书记定一下。”康清泉示意县委常委、政法委书记李国军汇报一下具体情况。李国军简单做了汇报，重点请示抓多少人的问题。

"提一个方案就行了。"赵开来说。

大家都不吭声。冷场了一阵，康清泉见这样不合适，于是直接说出了自己的想法："黑风口村抓十个，其他那五个参与打架的村共抓二十个。"

"清泉，不合适吧？"在角落里灯光照不到的地方，只听阴阳怪气的声音传来，令人毛骨悚然。大家的眼光齐射过来，只见山川市市长朱尔欠了欠身，坚定地说："各打五十大板，一个村抓五个人。"

于是，又没人吭声了。屋里一片静寂。

"这样吧，朱市长说得对，我同意。"康清泉感到老是这样冷场下去不是个办法，只有违心地试探。

"不行。"赵开来最后表了个态，"抓捕违法犯罪分子怎么能定指标呢？实事求是，依法办事，除恶务尽，有多少抓多少。但是，一定要搞准确，既不能冤枉一个好人，更不能放过一个坏人。"

"赵书记，我们经过周密摸排，在村里设置的那几个举报箱发挥了大作用，群众反映了很多我们没有掌握的情况，再加上我们的线人工作也很卖力，总体上，我们有把握。"康清泉说。

"那就好，要通过今晚的抓捕行动，把'3·16'事件彻底解决掉，不能再这样长期拖下去了，拖的时间越长，我们的压力就越大，社会影响就越坏。当前各项工作忙得很，经济社会发展任务很重，我们不能再给省委、省政府添乱子了。这几天市委宣传部网络办公室给我报的网络舆情，关于这方面的负面报道多得很，网上议论也很多，所以现在必须快刀斩乱麻，抓紧采取非常措施，占据工作主动权。公安机关要及时抓紧审讯个别涉嫌违法犯罪人员，对极少数涉嫌故意伤害、聚众扰乱公共秩序、寻衅滋事等罪行的人，要依法采取刑事强制措施。另外，我已经给宣传部交代过了，等今天晚上咱们行动结束，准备好各种材料，明天开一个新闻发布会，正式回应外界的各种质疑。我们没有法外之地和法外之人，自觉遵守国家法律，依法合理表达诉求，维护社会正常秩序是每一位公民的义务和责任。对任何违法犯罪行为，公安机关都将坚决依法予以打击，要切实维护社会正常秩序，切实保障人民群众的生命财产安全。"

康清泉理解赵开来书记的担忧，同时也对赵开来书记的工作站位、认识高度和处事方法深感敬佩，他说："谢谢赵书记。不过，赵书记、朱市长、孙书记、王秘书长，天太晚了，我们已在村委会收拾了几间房，你们凑合着歇一会儿吧，我和马初生县长把今晚的行动弄好，各位领导放心吧。"

"那行吧。"赵开来和朱尔都同意了。

孙立男说："让书记、市长休息，我和你们一块战斗。"

康清泉说："谢谢孙书记，您在这儿就是对我们最大的支持，您先休息，需要的话我们再及时向您汇报。"

赵开来说："立男，没事，我相信清泉他们，就让他们放手工作吧。咱在这儿随时待命给他们服务好就行了。"

孙立男不再吭声了。康清泉把两位市主要领导和孙立男书记、王风权秘书长安顿好，其实也只是在村小学里腾了几间房，放了张小床买了新铺盖而已，不过，就这待遇，已经不亚于在大都市里住五星级酒店了。小村庄，就这条件，很多人连床的边都挨不上呢，都是当街支帐篷打地铺和衣凑合着睡下了。

夜色深沉，康清泉心里老是发慌，潜意识中觉得今天的事要出乱子，这行动还没有开始，怎么黑老三就知道消息了呢？怎么就提前把黑老四送出去呢？事情着实蹊跷。难道是黑文礼透的信儿？黑文礼是县公安局副局长兼县交警大队的大队长，在县公安队伍里混这么多年了，眼线众多，也有可能。不过，这事相当保密呀，一般的警察是不可能知道的，这是几个市县领导研究的。都说黑氏家族和市长朱尔、县长马初生关系非同一般，难道是朱尔市长、马初生县长提前透的信儿？看今天朱尔市长说那话，明显是偏向黑风口村，当市长怎么能这样办事？

不管怎么说，抓捕行动必须进行，而且还要抓紧行动，并且要确保万无一失，不能出什么乱子。康清泉想了若干个可能性，康清泉考虑问题不是先考虑可行性而是先考虑不可行性，总要问问自己这事弄不成咋办，把多种不利因素和不利结果都考虑完了，都找到了应对办法，他才觉得心里有底，才有把握。他先让县长马初生去招呼赵开来、朱尔、孙立男、王风权等市领导去休息，顺便也合一会儿眼。看似关心马初生，康清泉真实的目的却是要支开马初生，然后，他与李国军和王家武小范围反复商议此事，一直研究到了晚上十一点半。

"就这样吧，你们都是内行，都是专家，经验丰富，我就不再多说了，全拜托你们了，注意保密就行了。"康清泉双手抱拳举在胸前，表示谢意。

李国军和王家武他们去组织行动了，康清泉让秘书梁伟通知南步涛过来跟自己一起到大街上转转，看看情况。秘书梁伟担忧地说："康书记，不行吧，现在村里比较乱哪，又是深更半夜的，咱可不敢乱转哪！"

"不要紧，我的命好着呢，没啥事。"康清泉的确有点黑大胆，说是天真幼稚也罢，说是愤青也行，说是正直也好，康清泉自己有时候也对自己的个性感到不可思议，那么谨小慎微一个人，胆大起来却吓人。

这时候，康清泉的手机铃声响了。这几天，康清泉的手机简直要打爆了，一个电话接一个电话，没有消停的时候，而每个电话都不敢不接，生怕有什么重要的事情。有时候，他也会让秘书梁伟替他接电话，但很多都是与"3·16"事件有关的大事急事，秘书不敢做主，还是要转给他接电话。接电话接得耳朵嗡嗡响，接得头晕眼花，不过，康清泉顾不了这么多了，身体算什么，只要能撑过这几天，一切等以后再说。

"康书记，是洪书记的电话，接不接？"秘书梁伟小心地问道。

"接，这还用问吗？"康清泉想发脾气，秘书梁伟也理解，吃不好睡不好心情又不好，放在谁身上，都要心急火燎，再沉着冷静的人恐怕脾气也会大起来。但是，康清泉毕竟修养很深，最起码他不会骂人，更不会处理人，他偶尔发脾气也很讲究方法，别人虽然挨了他的批评，但更加敬佩他，从内心感到是在被帮助而不是在被整、被害，批评的出发点和动机不同，批评的效果当然也不一样了。

"清泉，说话方便吗？"洪运来苍老的声音总是那么柔和。

"洪书记，说话方便。"康清泉拿着电话走向了街道的黑影里。

"听说你那儿出点麻烦，不要紧吧？"洪运来关切地问。

"唉，洪书记，我都不好意思向您汇报，我很没材料，这事很丢人。我们这儿发生了一起严重的暴力群体性事件，几个村群众打群架，省委书记、省长，市委书记、市长都来坐镇指挥了。"

"具体情况我也听说了，先冷静，不要着急，要沉着，事情既然发生了，只有想办法解决。不要怕，为官避事平生耻，大事难事看担当。看一个人怎么样，就是在关键时候危急关头才看得清，这个时候，正是考验你党性强不强、工作实不实、作风硬不硬、品行高不高的时候，要坚强，要提劲，要撑住。还要学会用辩证的角度看问题，'塞翁失马，焉知非福'，好事没准儿是坏事，坏事没准儿是好事，所以，你怎么知道眼下的局面一定是坏事呢？说不定啊，如果你把这事处理好了，组织上会对你刮目相看呢，说不定破格提拔你呢。"电话那头，洪运来安慰道。

"洪书记，别的我也不多想了，能把眼下这事尽快稳住就已经不错了。事态真的不能再扩大了，否则真是不可开交了。"康清泉焦急地说，当然，在其他的场合，康清泉很能耐得住性子。但是，和洪运来说话，他就像一个小孩子一样，毫无顾忌，想到哪儿说到哪儿。他已经把洪运来当作比自己的父亲还要亲近的人。

"不要紧，不是多大的事情，一切都会过去。你记住我说的几句话：第一，要冷处理。宋代吕本中所撰《官箴》曾云：'事有不可当，详处之，必无不中。若先暴怒，只能自害，岂能害人？'别急着处理，放一放缓一缓，让群众发泄发泄，等怨气发泄得差不多了，等火气下去了，此时再上手，事半功倍。第二，要釜底抽薪，把带头闹事的那几个人抓起来，其他人就泄气了。第三，要关心群众，采取措施。对群众在生产生活上进行扶持，争取群众的理解和支持。第四，把坏事变好事。这件事是由交通事故引发的群体性事件，把处理事件的过程和成绩认真总结，作为处理群体性事件的经验去上报。"洪运来一一交代对策，帮助出主意想办法。

"洪书记，我现在很难哪！"康清泉说着说着想哭出来。男人有泪不轻弹，只是没到伤心处。这眼泪就像山洪暴发，就像海浪汹涌，是一个外表沉默、强颜欢笑、内心极度痛苦的男人的心情。

"不要紧，没有什么大不了的事，一切都会过去的。与黑恶势力打交道，只能以法制恶，重拳抑暴，跟这些人讲道理发慈悲是没有用的。"

"我记住了，洪书记。"

"这就好，人这一生谁不遇到坎坎坷坷？当然，如果真的大难临头，猝不及防，那么一定要牢记，第一是接受。不论什么样的委屈与艰险，都要坦然接受，因为不接受也没有办法。事情既然发生了，已不可挽回，后悔没有用，承认并坦然地接受现实。瑞士著名心理学家荣格曾说过：'对一件事情，我们必须先接受它，才能改变它，谴责并不能把我们从困扰中解脱出来，只会使之加剧。'第二是站稳。不论什么样的风吹雨打、雷霆万钧，摇晃摇晃身子也要站稳，绝不能倒下，也就是说，不能病倒，更不能自弃，一定要挺下去。谁坚持到最后谁就是胜者。第三是待机。即使度日如年，即使掰着手指头也要一点一点地挨过时光。风水轮流转，谁都不会永远倒霉，谁也不会永远顺利。顺境和逆境总是交互到来，希望的曙光总是为有准备的人而出现。只要你在黑暗中瞪大眼睛，你就能发现东山再起的那缕光明。在这个时候，不要张扬，韬光养晦，隐忍不动，待价而沽，寻机而动，当然，有的时候，没有机会也要创造机会，挤破头也要变不可能为可能。第四是反攻。等到时运转好，条件成熟，等到站稳脚跟，力量蓄够，不做则已，一做成功。到那时你就会知道，所有的灾难和痛苦，都是你人生的骄傲，是你炫耀的资本，更是别人佩服的传奇。正像古人所说：'天欲祸人，必先以微福骄之，要看他会受；天欲福人，必先以微祸儆之，要看他会救。'好了，你也很忙，不多打扰你了，有什么事及时给我打电话，我虽然退了休帮不上你什么忙，但还能给你出个主意帮你想个办法。"

"好咧，谢谢洪书记！您这一说我心里就亮堂多了。谢谢您啊洪书记！"

"自己人，还客气啥？不过，吃一堑长一智，成长全靠事上磨。你以前没经历过这种事，可能会心里发怵，经过这件事，你以后就心里有数了，再遇到类似的事情就知道该咋办了。胆识也是练出来的呀，多经历一些事情，没啥坏处。就这吧，多保重！"

"洪书记您也注意身体，多保重，再见！"

和洪运来通了一番电话，虽然打得手机发热发烫，但康清泉心情好多了。

11

这时，南步涛披着绿色军大衣过来了。在农村，冬天特别冷，最保暖的还是军大衣，虽然不时尚，但是很实用。所以，不论是农民群众，还是农村干部，天最冷的时候还都喜欢穿军大衣。这几天，在黑风口和白家滩这几个村，机关干部、工作队员穿一色的军大衣，县城的军服店生意特别好，军大衣卖脱销了，军被子也卖脱销了。多少年也没遇到过这么好的生意，存货不足，紧急外调，军服店的老板乐得合不拢嘴，真是兴一家灭一家有人哭有人笑。

南步涛说："康书记，咱还在街上转哪？不安全呀。"

"转转吧，反正也睡不着。"康清泉说，"老南，我想问你黑文礼在黑风口村威信咋样？"

"康书记，黑文礼不咋回黑风口村。他不咋出头，藏得深，不只不回老家，就是在交警队，也经常见不着他。"

"那他工作咋干哪？"

"工作都交给副职了，他遥控指挥。"

"那他都干啥咧？"

"康书记，听说他做生意咧，生意大着呢。利用当交警队长的优势，办汽车修理厂，开物流公司，倒卖地皮，啥都干。"

"那就没人管他？没人提意见？"

"康书记，谁管他？黑家在咱济民县那是一霸，谁敢惹？说实话咧，在这地方，老百姓可能不知道市委书记市长、县委书记县长叫啥名字，但一定知道公安局长叫啥名字，可能不知道公安局长叫啥名字，但一定知道交警队长叫啥名字。现在车这么多，农村哪个村没有一二十辆小轿车？三轮车、四轮车、大卡车就更多了，有车就要跟交警队打交道，就是骑个电动车、开个摩托车也要跟交警队打交道，当个交警队长，牛着咧。"

"老百姓惹不起他，咱当领导的也不敢惹他？法纪也管不了他？"

"康书记，黑文礼为人很精，又很大方，他各方面关系处得很好，为人还低调，你说谁跟他过不去？再者说，他那些生意都是找别人做的，他从不出头，你就是想找他事，也不好找。"

"我知道了。"康清泉不再问了，"走吧，咱在街上随便走走。"

已近午夜十二点了，大街上的人明显稀少了。工作队员大多在学校里、废弃的老屋子里、临时搭起的帐篷里找到暂时睡一会儿的地方。虽然是简单的行军床，虽然异常寒冷，但是，能有个躺下的地方，已经相当不错了。

康清泉掏出手机看了看时间，差两分就午夜十二点了，康清泉盯着手机屏幕，心里很有些紧张。时间一分一秒地过去，十二点整，他猛然抬起头，突然，只见大街上成群结队的武警和公安干警像从地下冒出来一样，荷枪实弹，头上的钢盔在微弱的路灯映照下闪着惨白的光亮。这些警察像到了自己家一样熟悉，直扑目标而去。有的人被从被窝里揪出来，有的从酒桌上带走，有遇到敢阻挡反抗的，当场按在地上，三下五除二就铐了起来。没多长时间，一个、两个、三个……，像秋风扫落叶一样，把带走的人快速推到警车里，转眼就消失了。

不到二十分钟时间，李国军打来电话："康书记，向您报告，任务基本完成，只有黑风口村有两个目标扑了空，不知道人躲到哪里了。"

"那行，就这吧，不要恋战，结束战斗。"

没有多长时间，白家滩、朱屯、杨寨、姚口、马家五个村像炸开了锅，女人哭声一片，小孩子哇哇乱叫，大人们端着铁锨、锄头，拿着亮闪闪的菜刀、大长砍刀拥到了大街上。街上空空如也，这些村民们只听说谁家谁家的谁被警察抓走了，在街上嚷嚷了一阵，见没动静，于是又各回各家，没有了声息。

令人奇怪的是，黑风口村的村民纹丝不动，没有人出来观望打探消息，一切如常。只有三个人被抓走，据说，这三个人还是村里与黑老三不对付的人，黑老三可真会抓机遇，这个时候还不忘收拾那些不听话的对头。

第二天早上，到村头聚集的人明显少多了，那些从中作乱挑头闹事的人被抓走了，再加上折腾了两天，再加上机关干部们不停地做工作，认亲戚，找同学，拉关系，送温暖，村民们又看到大兵压境，也弄不成啥事，慢慢地没了那么大的火气。

康清泉又是一夜没睡，头晕晕乎乎的，好像处于濒死状态。他早早地守在市委书记赵开来和市长朱尔的门前，既不敢敲门，又不敢不敲门，只好在门口转来转去。其实，这两位领导早早地醒了，孙立男和王风权也早醒了，他们打开门一看，康清泉就在门口候着。于是问昨天晚上行动什么情况，康清泉汇报说基本顺利，按既定计划把要抓捕的犯罪嫌疑人都带走了，正在审讯。他没有向几位领导汇报黑风口村有两个人没抓成，有时候，跟领导汇报工作不能都说实话。

几位领导出门解手，洗脸刷牙，秘书们把早饭端上了。康清泉陪着几位领导吃了早饭，康清泉说："赵书记、朱市长、孙书记、王秘书长，带头闹事的都抓走了，估计不会有太大问题了。请各位领导回市里吧，这儿的事情由我们处理，不能再麻烦市领导了。"赵开来和朱尔点点头，又不放心地交代了几句，要抓紧深入细致地做工作，要依靠群众，依法办事，善用媒体，做到法理情兼顾，确保万无一失。又交代孙立男说，我们走，你不能走，你留在这里统一协调，工作以济民县为主，你做好指导和服务工作，你代表市委、市政府统筹组织好市直各单位抽调的机关工作队员，工作队员不能撤，而且要积极开展工作，什么时候离开等通知。这些，康清泉都拿出小本子恭敬地记下来。吃过早饭，赵开来和朱尔、王风权分乘两辆车离开了黑风口村。

康清泉说："孙书记，书记、市长走了，王秘书长也走了，您就是最大的领导了，我们听您的指挥，您说让我们做什么？"

孙立男说："康书记，赵书记讲得很明确，工作以你们为主，我是打配合的。我听你们的，我给你们搞好服务。"

康清泉说："那不行，您是市领导，您代表市委、市政府，是钦差大臣，我们可不敢造次。"

孙立男说："如果要听我的，那你们就放手大胆工作，需要我支持的我支持好就行了。"

康清泉不再说什么了，按照工作计划，继续组织大批市县乡工作队员走村串户，找老乡们拉家常，帮助他们挑水扫地拉近感情。有的还帮助群众办一些私事，比如小孩子上学的问题，做生意贷款担保的问题，重症病人到医院做手术的问题……

12

焦虑的日子总是很漫长，这样持续了几天，到了第五天头上，大家都有了厌倦的情绪。群众受不了了，没劲儿了，机关干部们更受不了了，更没劲儿了。有偷偷跑回去换衣服拿东西的，也有借口单位有急事必须回去处理一下的。南步涛找到了康清泉，直来直去地说："康书记，留一部分人守住摊子，其他人撤走吧，那些孬货抓起来不少，估计不会有多大事了，这儿的事重要，家里的其他工作也很多呀。"

康清泉点头称是，于是请示了市委常委、政法委书记孙立男。在黑风口村村委会议室，由孙立男主持，召集了市直工作队队长和济民县副县级以上领导干部会议。讨论分析当前的形势，大家一致认为，济民县可以留一部分人在这里长期驻队，可以半年甚至一年的时间，其他人特别是市直单位的工作队员可以暂时回去。孙立男电话请示了市委书记赵开来、市长朱尔，两位市主要领导也同意了，毕竟市里县里的工作千头万绪，不能长时间耗在这里，于是，大队人马开始陆续撤退了。大批的武警和干警也有秩序地离开了，封堵了将近一周时间的几个村解围了。

机关干部们的临时帐篷和锅灶都拆掉了，那些没用完的粮油米面和不用的锅碗瓢盆都留给了当地的老百姓。几天下来，机关干部们灰头土脸的，脸和手都被冻得皲裂，一下子老了几岁。大家终于解脱了，个个喜气洋洋，好像打了大胜仗一样，又像刚从监狱里被释放的劳改犯一样，大家恨不得赶快离开这个地方。

康清泉随着大家一块离开，把南步涛任命为长驻太平堤乡的工作组组长，留下几十人的工作队员，全权交给南步涛领导，负责处理后续事宜。按照市委赵开来书记的指示，黑风口村成立警务室，专门从太平堤乡派出所抽调一名副所长担任警务室主任，级别高配为副科级，和派出所所长平级，还派了几名干警长驻黑风口村，建立维稳工作的长效机制。

康清泉依然不太放心，问南步涛死伤群众善后情况咋样。南步涛说受伤的群众好办，县财政出钱把病治好，再给他们一些钱就成了，群众的眼浅，只要有钱，没啥商量不成办不成的事。主要是死了两个人，黑风口村死了一个，白家滩村死了一个，黑风口村死的是一名年轻的教师，本来不是参与打架的，只是路过，碰巧被砖头瓦块给砸死了，白家滩村那个也是个年轻小伙子，人死不能复生，留下孤儿寡母的，着实令人可怜。

"都下葬了吗？"康清泉问。

"没有，都还没有下葬。"

康清泉犹豫了一下说："老南，要不咱到那两个死的人家里鞠个躬吧？"

"不行，不行，不行。"南步涛连连摆手不赞成，"一方面说，黑风口村死的那个年轻教师只有一个老母亲，不敢大张旗鼓地办丧事，怕老太太受不了再出现意外，就不办葬礼了，只有白家滩村那个年轻小伙子正在办葬礼，太年轻了，去不去都行；另一方面说，你是县委书记，是大领导，跟他们又不亲不近的，咋能去他们家里去给他们祭拜，太折您的身份了。"

"老南哪，我心里有愧呀，就是因为咱们的工作失误，死了人，群众的命再不值钱，即使是一个再没材料的人，对于一个家庭来说，那就是老天爷，那是顶梁柱，没有棒劳力没了男人，这一家就塌天了，这一辈子都将活在阴影里痛苦里解脱不出来，我是想去表示忏悔呢。"

"康书记，您真是一位好领导，您有菩萨心肠，咱济民县有您当县委书记，那真是烧了高香了，不过，康书记，当个领导，既要有菩萨心肠，还要有霹雳手段咧。"

"老南，你说的对。福建福安县县衙有副对联说得好：'什么叫好官？能免士民咒骂足矣；有何称善政？只求狱讼公平难哉！'咱们传统文化儒家思想的核心是仁，大仁者具有悲悯情怀，特别是对那些弱势群体，尽其所能地进行帮助，包括对一草一木一生灵的怜爱，小仁者关心家人和身边的人，负责任，有担当，不胡来，这都是社会温暖的源头。但是，不论什么样的仁，都要掌握度，不能过分地施仁，更不能不分对象地施仁，施仁要讲智慧，要有锋芒，修佛要长慧眼，善良要有底线。人上一百，形形色色，不能对所有的人都讲仁，对那些恶人坏人大发慈悲，就是对更多人的不仁不义，就是助纣为虐，就是为虎作伥，就是恶的帮凶。反之，还要硬起手腕来进行打击，惩恶才能扬善，你所说的既要有菩萨心肠还要有霹雳手段大概就是这个意思吧？"

"康书记，不只是这个意思。"

"还有啥意思？"

"啥意思？康书记，马善被人骑，人善被人欺。当个县委书记如果太绵太柔的话，如果当断不断的话，很多事情就会陷入议而不决或者落实不了的境地，有些下属就会觉得你软弱无能而蹬鼻子上脸，就会挑三拣四，消极怠工，就会专门使绊子等着看你的笑话。一个人领着一群猴，没有一些手段，很难领得动。"

"那你说怎么办？"

"怎么办？就像眼前这件事，您不能去老百姓家里祭拜，您是县委书记，您不能跟那些人打成一片，否则的话，他们就会看低您，就会小瞧您。当个领导干部，要立威，要增强神秘感，尽量少说话，要说也说冠冕堂皇的原则话，别人就不知道您心里咋想的，就会感到您神秘莫测。也不要跟啥人走得太近，否则的话，您就缺乏神秘感了，您跟普通人一样，您的威严就会降低，您就不好当领导。"

听了这话，康清泉不以为然，他说："老南，你说这我不赞成。当个领导干部不敢跟群众打成一片，害怕见群众，只能说明一点，他不称职，他不合格，他没有能力和水平。如果真是一个有能力和水平的领导干部，跟群众在一起，对群众反映的问题能够拿出切实可行的解决措施，对群众的疾苦能够当机立断想出解决良方，对群众的疑惑能够简明扼要地阐述清楚，让群众满意，让群众高兴，让群众佩服，跟群众亲如一家人，怎么就不能树立威信呢？威信是靠扎实的工作和真本事树起来的，不是靠神秘兮兮装出来的。"

听了康清泉一席话，这个号称是"难不倒"在基层摸爬滚打几十年的副县级官员，这个也自我感觉见多识广曾吹嘘自己啥事都看透了的"老政客"，此时此刻却对康清泉打心眼儿里佩服。一山更比一山高，一水更比一水长，天外有天，人外有人，别看康清泉年轻，真是高瞻远瞩，格局不一般哪。南步涛由衷地敬佩，发自内心地服气，他使劲点点头，伸出大拇指晃了晃。

"好吧，南县长，就这样说定了。一会儿你跟我到白家滩村有死人的家里去慰问看望一下，如果搭的有灵棚的，咱去鞠个躬拜一拜。"然后，康清泉转过头对秘书梁伟说，"你打电话通知太平堤乡的乡党委书记毕成功和乡长齐得胜，还有黑风口村的村支书黑老三、白家滩村的村支书白老拐，现在就到村委会聚齐，就说我要跟他们开会。"

"康书记，四大班子其他领导还通知吗？"秘书梁伟问。

"不用了，咱低调点，不整那么大规模，有我代表就行了。"

梁伟绕到后边打电话落实去了。

康清泉说："老南，走吧，咱到黑风口村委会等一会儿。人齐了，咱们一块去，咱们先去村委会等着。"

"康书记，还有个事需要请示一下，现在群众情绪还不稳定，是不是找几个便衣警察跟着更妥当些？"

"好吧，你安排吧。"康清泉说道。

于是，南步涛又打电话安排去了。

不大工夫，几个人陆续到了村委会，康清泉说："这次事件死了两个人，现在呢，由白老拐领着到白家滩村有死人的家里去走一走，咱们一块去慰问慰问群众。"

于是，白老拐在前边带路，来到那户人家。门口围拢了一群人，个个戴着白孝，门口放着两张桌子，东边的一张是吹唢呐用的，西边一张是礼桌，两个老者在那儿拿个笔登记来吊唁者的礼金。

不一会儿，一位白发老头颤悠悠地出来了。

"康书记，这是石头爷家，他的儿子白建军打群架的时候头上挨了一闷砖，当时就不行了。"白老拐向康清泉介绍说。

"大伯，对不起呀，我代表县委、县政府来向您道歉了。"康清泉看见这位老先生，深深地鞠了一躬。

"您是……"老先生沙哑着声音问道。

"这是县委康书记，赶快领到家找个地方坐那儿。"白老拐介绍说。

"哎呀，是县委书记呀，我那可怜的儿子哪——"老人家一听是县委书记来了，"咳咳"两声忍不住哭了出来，眼泪奔涌而出，急忙伸出一只胳膊去擦眼睛。

"老人家别难过了，日子还得过，还得打起精神来，以后有什么困难尽管找我反映，一会儿我把我的手机号留下来，随时找我都行。"康清泉挽着老人家的胳膊劝慰道。

"俺的命咋这么苦哪！老的老，小的小，这日子以后可咋过呀？天都塌了呀。"老人家又"呜呜"哭出声来。

"别哭了，康书记还有很多事，忙得很，让康书记鞠个躬。"白老拐指挥旁边值事的说，"快快安排让领导们鞠个躬。"

村里执事的请康清泉到灵棚里，灵棚正中的桌子上，摆了一幅照片，一个年轻英俊小伙子的照片，看着康清泉他们在微笑。

"这个就是被打死的小伙子白建军？"康清泉问白老拐。

"是咧，就是。"

"多好个小伙子，看来也就三十来岁，正是风华正茂的年纪，太可惜了。白发人送黑发人，太惨了。"康清泉自言自语道。

灵桌上摆着各种点心供品，还有一瓶酒、一盒烟，挽幛上方横联写着"英灵千古"。灵棚两边，贴着二十四孝图。灵桌两边坐着两位执事的老者，桌子旁边跪着一个小媳妇和两个小女孩，一身孝服，拄着孝杖，跪在地上哭个不停。康清泉鼻子一酸也想掉下泪来，心情特别沉痛。

"点火烧纸了——"执事的悠然喊起来，这声音就像在黄河滩里的一声长鸣，清苦凛冽，激昂高亢，听得人心旌摇动，听得人泪流满面。

"一鞠躬——"康清泉率一干人等深深地弯下了腰，久久地不想直起来。

"二鞠躬——"

"三鞠躬——"

"礼毕，孝子还礼了——"

执事的喊完，小媳妇领着两个小姑娘对着康清泉他们磕了三个响头，每次磕头都把头重重地敲击在地上，就像发泄着沉重的悲痛，边磕边大哭不止。

在白石头家坐了一会儿，快到中午的时候，开始入殓了。一群人抬着尸身往棺材里放，这是一副上好的柏木棺材，能值五丁元钱。白建军身上套着肥大的紫色寿衣，戴着棉帽，脸上盖着一层黄表纸。众人小心翼翼地把白建军放进棺材里，盖上大红的缎面被子，披紧了，然后揭去脸上的黄表纸，只听得有人喊："其他闲人闪开，合棺了。"

围拢过来的人都自觉退后，几个壮汉抬起棺材盖放在了棺材上，随着"吭"的沉闷声响，棺材盖合上了，意味着此人从此在人世间再也见不着了，于是只听哭声四起。壮汉拿着铁锤"叮叮咚咚"敲了几下，用大粗钉把棺材盖牢牢地扣死了。这时，白建军的两个女儿在一位执事老者的指挥下，一起端了一簸箕麸皮从棺材顶部往下洒，一直洒到棺材尾部，接着，又拿扫帚分三次把麸皮扫干净了。旁边有人说，这是在为后人扫福。麸，福，取谐音，图个吉利。

众人只顾忙着办丧事，没人注意康清泉等人。白老拐说："康书记，他们都已经把棺材盖盖上了，咱不祭拜了，走吧，这儿的规矩多得很，还有二十四拜，兰花九叩，七大姑子八大姨的，都要挨着轮一遍，像咱这外人轮到跟前，那得等两三个钟头。"

"行，那就算了吧。"康清泉从自个儿口袋里掏出一千块钱留给了白石头老先生。于是，一行人离开白石头家折回了村委大院。

<h1 style="text-align:center">13</h1>

黑风口事件终于暂时告一段落，山川市委召开常委会，专题研究济民县发生的这起严重的群体事件的处理意见。

市委政法委常务副书记汇报了事件的经过，并提出了处理建议，责令济民县委、县政府向市委、市政府写出深刻检查，分别给予县委书记康清泉、县长马初生记大过处分，对济民县工作实施社会治安综合治理"一票否决"。

"大家议议吧。"赵开来扫视了会场一圈，各位常委沉默不语，会场气氛十分凝重沉闷。在处理人的问题上，大家能不发言就不发言，得罪人的事，没人愿意干。

"我发个言，"市长朱尔发话了，"济民县出了这么大个事，可你们政法委提的这是什么建议？"朱尔突然加重了语气，声音陡然提高了八度，语速也快了许多，变成了厉声呵斥，"照我说，把康清泉就地免职。"

"那马初生县长呢？"这位市委政法委常务副书记有点儿不明就里地问。

"这儿有你说话的份儿吗？你给我出去！"朱尔暴跳如雷，一时会场上所有的人都愣住了。朱尔脾气古怪大家都知道，但不知道今天他为什么发这么大的火。

赵开来有些不高兴了，朱尔的发火使他很难堪，毕竟这是市委常委会，不是市政府常务会或者市长办公会、市政府党组会、市政府全会，那些政府的会议是你朱尔主持开的，你发飙是你的事，在这市委常委会上，哪有你放肆的道理？你把书记的脸面往哪儿搁了？

"朱市长说的也有道理，大家议议吧，看看这事怎么处理更合适？"赵开来为了掩饰自己的难堪，自我解嘲地说。接着，扭头看了一眼市委副书记王正刚，示意王正刚说句话。

王正刚出身贫苦，也是农家子弟。他为人正直，平易近人，在山川市官场上，口碑很好。他虽然与康清泉没有特别的交集，不是同乡、亲戚之类的，但康清泉的为人他是知道的，康清泉的出身他也是清楚的。济民县发生的这件事，康清泉有责任，严格意义上不全是康清泉的责任，毕竟康清泉上任不到一个月就发生了这件事，从根源上说还是遗留问题。还有那个县长马初生，大家都知道他曾是朱尔的秘书，顾怀力离开济民县，没有让马初生接任县委书记，朱尔有意见，但马初生确实不能接县委书记，济民县出了大事，社会不稳定，群众老是上访，而且上访上到省党代会会场，惊动了省委书记，在全省丢了脸，县委书记因此调离，马初生也是有责任的。这些道理大家都清楚都明白，但这朱尔市长他就是有意见，明白人好说，糊涂人难缠，这市长实在是不能用正常人的思维去理解，他不是吃错了药，就是到了更年期，或者就是人品问题。

"我也说两句，"王正刚清了清嗓子，不紧不慢地说，"济民县出现的群体性事件，县委书记康清泉和县长马初生都有不可推卸的责任。不过，话说回来，平心而论，康清泉刚到济民工作个把月时间，屁股还没有暖热，啥情况还没有了解，出现这样的事情，严格意义上，这不能全怪他，这都是上一任留下的问题。依我看，康清泉在这个事情处理上很有水平，很有办法，很有魄力，不仅不应当处理，还应当表扬，还应当好好地总结总结经验。我建议，咱们要把这次事情的经过写一个总结材料，认真地总结一下群体性事件的应对和处理经验，向省委、省政府报送，把坏事变好事，把负面处理变成正面的表扬，不这样的话，我们一味地处理人，将来省委、省政府会不会处理我们呢？"

王正刚一席话说得大家点头称是。

"我也发个言吧。"大家一看，是市人大贾主任发话了。大家知道，市人大贾主任是朱尔的铁哥们儿、酒友，是朱尔为数不多的圈里人。"刚才王书记说得很有道理。我认为，处理事情要一分为二，功是功，过是过，济民县群体事件处理得好要总结表扬，要作为今后咱们处理群体性事件的一个先进经验进行推广，但是，毕竟济民县出了这么大个事，造成了极为恶劣的社会影响，即使康清泉是刚刚到任，也不能说没有一点儿责任。我建议康清泉还是要处理，至于怎么处理，大家可以商量。"

市人大贾主任说完后，市政协郑主席坐不住了，不管怎么说，市长、市委副书记、市人大主任都表态了，他不能不吭声。于是，他也慢慢地开了金口："刚才几位领导讲得都很好，我完全赞成。近年来，省委、省政府对稳定工作非常重视，特别是对我市的稳定工作寄予厚望。毕竟我市是省内的大市嘛，我们的各项工作跟其他省辖市相比，任务更重，肩头的担子和压力更大，在其他地市发生个什么事情，可能不算啥事，但放在我们山川市，就具有放大效应，就具有乘法效应，所以，这件事情我们不能过去就完，一定要认真总结经验教训，坚决不能再发生类似的事件。山川市折腾不起了，出一次这样的事情，牵扯我们多少精力呀。现在我们大家都在一心一意搞建设，凝心聚力谋发展，城市之间的竞争越来越激烈，我们必须把大量的时间和精力放在经济建设、城市发展和民生改善上，而不能把大量精力放在处理上访事件和群体性事件上。我说完了。"

市政协郑主席一番话，慷慨激昂，有高度，有深度，有温度，有厚度，官话套话大话原则话头头是道，但就是没有实质内容，一点儿也不触及矛盾，谁也不得罪，说了等于没说，足见其官场老油子的功力。

几位大佬说完了，在这个问题上，一般的常委不敢说什么，会场又陷入沉默。

"大家还有什么要说的没有？"赵开来再次扫视了会场一眼，见大家都低着头装聋作哑，于是不再等大家发言了，"刚才几位领导讲得都很好，我完全赞同。济民县出现的这次群体性事件，暴露了我们工作中的很多薄弱环节，首先是我们山川市农村基层组织建设亟待加强，一些地方农村基层党组织战斗堡垒作用发挥得不够，个别党员的先锋模范带头作用表现不充分。实践一再证明，农村基层组织建设做好了就是生产力，做强了就是竞争力，做细了就是创造力，做实了就是凝聚力。从深层次讲，还是我们群众工作做得不到位，政治站位不高，宗旨意识不强，关心群众不够，调查研究不实，作风转变不力，同时，也与我们一些干部工作能力、工作方法有关系，老的办法不管用，新的办法不会用，同样一件事，不同的干部去做会有不同的结果，这就是能力和水平的问题。总之，这件事情我们要认真总结，一是对外要正面总结，向省委、省政府汇报我们处理群体性事件的经验和做法，毕竟我们处置非常及时，调度也非常有效，迅速平息了事态，没有酿成更大的群体性事件，这也是相当不容易的。二是对内要吸取教训，毕竟我们工作出了问题，影响很坏，损失很大，就像一个人生了病，即使治病治得再成功，也不如不得病，受罪又花钱，得不偿失。三是长远看要建立长效机制，要借此机会，动员全市广大机关干部深入基层，深入群众，包村带户，关心群众疾苦，解决群众问题，发现矛盾苗头，及时加以处置，不能等到事情闹大了再去处理，这就被动了。四是要加快发展经济，群体性事件也好，群众上访也好，关键还是要发展经济提高群众的收入水平。我想，群众如果都有活儿干有钱赚，少干一天少挣一两百块钱，你看他还有心去闹事没有？俗语讲无事生非，没事就容易出问题，忙着挣钱有活儿干，这些事情就会减少很多。最近呢，我提议咱们召开一季度经济形势分析会，重点对招商引资和项目建设工作促一促，发展经济是第一要务，发展经济是保持社会稳定的基础，任何时候我们都不能松了这根弦。"赵开来停了停，又说，"这件事就这样吧，回头市委办公室抓紧写个汇报材料，向省委、省政府报送。这个议题就这样吧。你看呢，朱市长？"

朱尔听完后，脸黑青，不说话，"腾"地站起来，从衣服口袋里摸出一支烟，横在鼻子前边嗅了嗅，"呸！"扭头往身后吐了一下，大摇大摆地到外边去抽烟了。

赵开来的老脸一下子红了。

14

市委常委会的这项议题刚结束，康清泉就知道了会议的内容。当然，那是他的老领导——山川市委常委、市纪委书记何保平告诉他的。在常委会上，何保平没有发言，因为康清泉是从市纪委大门走出去的干部，他不能发言，他要避嫌，但他从内心里还是保康清泉的。他同情康清泉支持康清泉，所以，会议一结束，他就把会议内容悄悄告诉了康清泉。康清泉心里一块石头落了地，当不当这个县委书记倒是无所谓，只是面子上挂不住。自从出了这件事，外边风言风语要怎么处理他，版本很多，一些亲朋好友，打听他的情况，替他担心，向他慰问，可有些人害怕沾上他的晦气，平时热情得不得了，三天两头给他发短信向他示好，可这会儿，像在人间消失了一样。人在风光的时候，朋友认识你，人在落难的时候，你认识朋友。水落石出方显人间真情，有些平时从未来往过的人，你从来不把他当作自己的什么人，可是，到了你摊上事的时候，突然是他向你打电话，给你出主意想办法安慰你劝导你，一句话，一个电话，让你感动终生，引为知音；而那些平时嘘寒问暖、热情得不得了的人，到了这个时候，吓得躲避三尺，再也不敢和你来往，你把他引为知己，视为自己人，打电话求他出个主意，他吓得电话也不敢接了，真是靠山山倒，靠水水跑。

康清泉好面子，从小就脸皮薄，自尊心很强。他从来不想当什么大官，掌什么大权，他长期在纪委工作，见到多少志得意满、前途无量的干部从高峰跌落深渊，他深知当官的凶险，稍有不慎，就从万众敬仰变成了过街老鼠。高峰跌落谷底，落差太大，那种痛苦可想而知。是啊，当官图个啥哪？不少同事都说当官没意思，康清泉才当了几天县委书记呀？就烦得不得了，天天喝酒陪客开会协调，忙忙忙，累累累。康清泉曾在饭桌上听一位县委书记诉苦说，他天天忙工作经常不回家，一次回到家，老婆说你要是再不顾家，等你老了可没人伺候你。这位县委书记说，我老了你必须伺候我，这是有法律规定的。老婆却说，你还是让你当县委书记那个县的人民伺候你吧。县委书记说，等我老了，我再回县里，谁还认识我啊，还得缠着你让你伺候我。

别人只关心你飞得高不高，只有亲人才关心你飞得累不累，只有自己才知道飞得苦不苦、难不难。

康清泉并不贪恋官位，他曾读过一本《彭玉麟家书》，对彭玉麟深为敬佩并引为楷模。彭玉麟是清朝著名的政治家、军事家、书画家，是中国近代海军的奠基人，与曾国藩、左宗棠并称"大清三杰"，与曾国藩、左宗棠、胡林翼并称大清"中兴四大名臣"。他为官清廉、爱民如子，人称"彭青天"，一生屡建奇功却不贪恋功名，多次请求辞官回籍却屡遭驳回，为国为民直至生命终点。他曾上书皇帝表明辞职的原因说："士大夫之出处进退关乎风俗之盛衰，臣从军志在灭贼，贼既灭而不归，近于贪位。夫天下之乱，不徒在盗贼之未平，而在士大夫之进无礼、退无义。"他还曾对人说："予以寒士来，愿以寒士归去。""隐于穷荒，读破万卷书为通儒，于愿已奢。"想想那么多人不择手段拼尽老命挤破头去当官却从不知满足，更别说主动归隐，与彭玉麟比比，真真令人汗颜。

不过，康清泉不想立时三刻就被免去县委书记的职务，那样太丢人，一辈子抬不起头，因为出了事被免职被调走，他不甘心。要走，也要在最风光的时候在最有成就的时候急流勇退，固然有些不舍，也会惋惜，但，走得趾高气扬，走得风光八面，走出了人生的风采。而跌落谷底，恰恰不能黯然离开，要往上爬，拼命地往上爬，这种反弹能力其实才是真正的价值所在，是水平的体现，是能耐的证明，是让人佩服让人敬仰的地方。正像后梁时期的布袋和尚写过的那首有名的禅诗所云："手把青秧插满田，低头便见水中天。心地清净方为道，退步原来是向前。"很多人只愿意进，不愿意退，其实，退比进更重要，退比进更具智慧。进步处便思退步，着手时先图放手。苦难深处不宜退，得意浓时才可休。

康清泉长出了一口气，非常庆幸，这个劫难总算过去了，这个坎总算迈过去了。

康清泉不敢怠慢，立即通知组织召开县委常委会，研究黑风口事件的善后问题，同时，安排部署其他工作。这既是主动做个样子给市委、市政府看的，也真的是工作需要。

说实话，康清泉能在毫无背景和后台的情况下脱颖而出，也有他过人之处，他的聪明就在于政治敏感性强、政治洞察力足。所以，他知道了市委常委会的意见后，就要抓紧行动，率先行动，及时行动，工作反正早晚都得干，早干也是干，晚干也得干，为啥不早点干呢？常言说，早剃头早凉快。可不能牵着不走打着倒退，也不能又干活儿了又挨批，净干傻事蠢事。

县委常委会上，县委常委、政法委书记李国军汇报了事情的经过，其实大家谁不知道事情的经过？都是亲力亲为，都在一线实践，都累得直想趴下，但这是过程，必要的形式还是要有的。

"大家说说吧，这事怎么处理，咱们要向市委有所交代。"康清泉说。

没人吭声，会场一片静默。在处理人的敏感问题上，这些县委常委们也和市委常委们一样，不愿多说话。

"大家怎么不说话呀？国军书记，你分管政法和稳定工作，你说像这种事情，按规定应当怎么处理？"

见康清泉直接点自己的将，李国军不好意思不表态了："康书记，出这么大的事，不处理几个人说不过去，不然的话，以后出事多着呢，怎么着也得杀一儆百震慑一下，以免今后再发生类似的事件。"

"说得对，继续说。"康清泉点点头，鼓励李国军。

"我建议，太平堤乡的书记、乡长和黑风口村、白家滩村的支书，以及参与打架的几个村的支书一律免职。"李国军到底是退居二线的市政协主席李风来的儿子，说话就是硬邦邦的。

"大家的意见呢？"康清泉看了一下会场。大家都在点头，有人小声说："有道理。"

"我也发个言。"马初生县长抬起头，两眼放光，面色沉重，"我认为这件事情要处理是对的，但现在不能处理人。黑风口村和白家滩村现在是非常时期，可以说非常不稳定，搞不好，很有可能会再次发生群体性打架斗殴事件。我们还要依靠这些基层干部做工作，临阵换将大不吉，是下策。我认为，现在不仅不能处理这些干部，还要提拔重用他们，给他们鼓劲加油，让他们放手工作，大胆工作，这才有利于当前的稳定局面。"马初生停了停，看了看大家，见大家都吃惊地看他讲话，有些得意，继续发表他的高论，"我建议在黑风口村设立党委。黑风口村本来就是个大村，党员人数也够设立党委的条件，由黑老三同志担任党委书记，兼任乡党委委员，解决个副科级，同时，由县财政局与黑风口村建立对口支援帮扶关系，重点支持黑风口村发展经济。白家滩村和周边那几个村，由县交通局、城建局等几个有实力的县直委局进行重点帮扶，把这几个乱村打造成咱们县的富村、领头村，成为全县乃至全市的先进典型，到那时，我们才好向市委、市政府交代，才好向全县人民交代。"

大家又都不吭声了。

"我发个言，"对面坐着的一个白白胖胖戴金丝边眼镜的中年男子吸引了各位常委的目光。此人名叫常学谦，县委常委、常务副县长，济民人，也是济民县的年轻老资历领导，从三十八岁担任副县长，到了四十四岁了，还是个副县长，不过，前边加了个常委和常务。虽说在常委里边也只是其中之一，但常委和常委是不同的，像那在常委的纪委书记、组织部长、常务副县长是很厉害的，权力大，位置重要。组织上用干部，分提拔和重用。所谓提拔，那是职务晋升，副职提正职，正职提任上一级别的副职，这叫提拔。而在平级岗位上前进，叫重用，像副县长进常委，虽然都是副县级，但进了常委，意味着重用，能参加常委会了，在干部任用和全县重大决策方面有发言权了，位次当然也排得更靠前了。在一个地方，当地人当常务副县长，是很有实权和影响力的。有的县委书记和县长不太协调，处得不好，因为都是老一嘛，一个是党委的老一，一个是政府的老一，按组织要求，县委书记是绝对的权威，是一个地方的一把手，但是，如果县长能力超强，又有强大的后台，那县委书记就很窝囊了，就会出现县长和县委书记当面顶头的事情。遇到这种情况，除非市委书记信任县委书记欣赏县委书记，县委书记可以建议把县长调走，否则的话，县委书记还真拿县长没办法。像那马初生，据传就是他唯恐天下不乱，故意制造麻烦，暗中支持并放纵黑风口村四处点火到处打架制造不稳定因素还故意到省党代会会场进行上访，他的目的就是制造不稳定把顾怀力赶走从而取而代之。但坊间的各种传闻，康清泉不信，不过说的人多了，他也有些信。这人吧，多长个心眼儿没坏处，尤其是当了县委书记，康清泉变得疑神疑鬼，怀疑一切，一切怀疑，康清泉得了"职业病"。令马初生没有想到的是，"螳螂捕蝉，黄雀在后"，有可能是他和他的老领导朱尔在里边搞的"小动作"被市委书记赵开来有所发觉，马初生没有如愿当上县委书记，虽然顾怀力被搞走了，但马初生精心挖了个坑，却给别人种了个萝卜，让康清泉占了个便宜。

康清泉懵懵懂懂地来到济民县，他一直怀疑自己是不是在做梦。后来，他想，这个事恐怕不那么简单，尤其是黑风口和白家滩几个村打架事件发生后，他知道也许他的政治前途注定坎坷。看这形势，这几个村的打斗是早晚的事，顾怀力调走，未尝不是好事，而他康清泉这时候到济民县担任县委书记，未尝就是福分。没想到呀没想到，这场灾难躲过去了，让康清泉本已岌岌可危、摇摇欲坠的位置勉强保了下来。他很感谢市委副书记王正刚，更感谢市委书记赵开来，他有些明白了，赵开来把他康清泉派到济民来，他作为一个纪委副书记、监察局局长到济民来，绝不是无缘无故的，往深处想，说不定县长马初生和市长朱尔在济民县有什么不可告人的勾当，需要他康清泉来调查。当然，这都是康清泉的瞎猜，赵开来书记从来没有跟他说过这些话，他的领导艺术是相当高超的，即使他有什么想法，也绝对不会告诉你，他会暗示你，但不会挑明说，看你能不能猜出来，猜对了，就用你，猜不对，就走人吧，有机灵的人，有悟性高的人。

对这位土生土长的县委常委、常务副县长常学谦，康清泉刮目相看，器重有加。地方关系盘根错节，复杂得很，尤其是小县城，亲戚连亲戚，同学加同乡，大圈子套小圈子，互相之间有千丝万缕的联系，剪不断理还乱，打断骨头连着筋，牵一发而动全身。特别是县里那些县直单位的主任局长们、乡镇的书记乡长们，指不定谁和谁有什么亲戚呢，虽然他们不敢明着犯上，但暗中作乱倒很有可能。

"常县长，说说你的看法。"康清泉说。

"打个不恰当的比喻，《水浒传》里有招安一说，宋朝皇帝给梁山人马封官加爵，是在打不过的情况下，把他们纳入笼中，用一顶官帽把他们套起来，好让他们从此为大宋朝服务，就像孙悟空头上套了个紧箍咒。不过，像我们就不一样了，我们的矛盾是群众内部矛盾，对那些个别的违法犯罪分子，我们有百分之百的把握将他们绳之以法，我们能学招安那一招吗？别人会怎么看我们呢？且不说这些事端是谁制造的，即使是出了这么大的事，我们，包括太平堤乡和那几个村的干部都是有责任的，听说，市里不再处理我们了，我们也可以不再处理他们，但是，我们绝不能再去提拔重用他们，不然的话，没材料的变成有材料了，以后大家恐怕争着找事戳乱子了。"常学谦说着说着有些激动，差点站了起来，"算了，我不说了，我说话有点儿直，大家请原谅。"

常学谦的一番话让马初生气得直翻白眼，常学谦忍了忍没有站起来，马初生反倒站起来了，不仅站起来，而且指着常学谦说："常县长，咱们考虑问题要全面，要实事求是，要有利于工作开展，要相信我们的基层党组织，如果我们连他们也不信了，我们还靠谁？群众打架那是很正常的事情，哪个地方不打架？个别群众就这个觉悟，毕竟他们不是文化人，动不动就骂就打，打个架就上纲上线非要查找深层次原因，就有点小题大做了。打架不要紧，关键是看我们基层党组织处理事情的能力。我倒认为，这次顺利解决黑风口村和白家滩村几个村群众打架的事情，基层党组织发挥了重要作用，特别是黑风口村的支书黑老三，在村里有相当的威信，可以说说一不二，如果不是他在关键时刻站出来控制局势，如果不是他出面做工作，我们不会这么快就解决问题。对这样有威望有能力又有政治觉悟的干部，我们就是要委以重任，在全县基层党组织中树一个标杆。这可不是什么招安不招安的问题，那层次就太低了。"马初生说完仍旧气呼呼的。

康清泉见此情景，急忙打圆场："马县长，这个问题咱先不定吧，回头我向赵书记和朱市长汇报一下，看市委、市政府什么意见。我倒是觉得，咱们要以此为契机，建立长效机制，要尽快落实省委书记宋朝觐同志的指示，组织开展送政策、送法治、送温暖活动，集中发现和解决济民县现在到底还存在哪些不稳定因素和问题，集中解决，彻底解决，为济民县营造一个发展的良好环境。这事由李国军书记具体负责，南步涛同志配合，成立一个临时工作办公室，从组织部、宣传部、政法委、公检法、信访办抽调一批工作人员集中办公，利用一年的时间开展工作，解决问题，大家看怎么样？"各位常委都说好，康清泉接着说，"我提议，咱们机关干部实行三个三分之一工作制，三分之一的人留机关工作，三分之一的人下乡驻队，参与送政策、送法治、送温暖活动，三分之一的人外出开展招商引资。最近，市里可能要开一季度总结分析会，重点听取各县（市）区招商引资和项目建设情况，这一段时间咱们一直忙于'3·16'事件的处理，经济发展一直没有顾得上，搞不好在全市的大会上要丢人了。下周县委常委会，咱们专门听一下相关部门的工作汇报，分析一下经济形势，稳定工作在全市丢了人，经济发展不能再落后了。"

康清泉顿了顿，喝了口水，见大家都在洗耳恭听，继续说："另外，黑风口村和白家滩村的事情还不能掉以轻心，搞不好还会出现反复，还要派工作队常驻黑风口村，继续做群众工作，抓好稳定。我的意见，让南步涛同志担任县工作队队长，常驻黑风口村，大家觉得咋样？"

康清泉挨个点名问了一圈，常委会就是这样，大家都要表态，这样好写入会议纪要，将来真是有什么事，大家共同承担责任。康清泉见大家都表示同意，于是就定下来了。

"康书记，您刚来对情况不太了解，咱们济民县去市里开会，只有管农口的县长趾高气扬，其他口上开会都是脸上无光，只有管农口的县长扬眉吐气，而其他口上开会则是垂头丧气。"县长马初生转移了话题，自嘲地说，"咱济民县是农业县，不比其他县，有企业，咱这里有啥呀？光种地种不出啥好果子来。"

"我听说有的农民种地不是为了填饱肚子，你们各位猜猜是为了啥？"这时，县人大主任黄太和发了言。黄太和也是土生土长的济民人，当过济民县的县委副书记，老资历，在济民县官场深耕多年，根深叶茂，是风云人物。虽然土生土长，没上过大学，但他爱学习，爱看书，工作几十年，学习几十年，大脑也被知识武装得差不多了，肚子里的墨水也多了起来，关键是他很随和，没架子，爱开玩笑，爱管闲事，热心肠，人缘不错，别管认识不认识的人，别管大领导小职员，他见了人的面总是大老远就主动热情打招呼，亲热得不得了。大家津津乐道的是他的四个爱好：一好开会，二好捧场，三好请客，四好结账。官场上有的人不爱开会，但黄太和特别喜欢开会，还很爱鼓掌。不过，他开会虽多但收效甚微，只重形式不重内容。有一次曾有人问他："黄主任，又开会啦？"他回答："开会了。""开的啥会呀？""开的大会。""重要不重要？""重要。""啥内容啊？""不知道。"

黄太和还喜欢给人家捧场。谁家有个红白喜事了，他必到，不管你的级别高低职务大小，只要说一声，他必去。他办啥事，就是要把人感动得掏心掏肺，痛哭流涕，刻骨铭心，终生难忘。黄太和主任排场大，经常出面组织人坐一坐，喝两杯，而且吃饭这种场合，他出面请客的就不说了，理应他结账，即使别人请客，他也抢着出银子，从不让别人破费。因这四大爱好，人送黄太和外号"黄大侠"。

"黄大侠，又有啥花花肠子了？"角落里一个沙哑的声音传来，大家一听就知道是县委常委、宣传部部长袁新国，这也是一个土生土长的济民人，老资历，也是济民官场说一不二的人物。不过，跟黄太和不同的是，他处世比较圆滑，有些小精细，特别是在钱财上抠门得很，他参加饭局是从不出血的，只兴别人请他，他一般不请别人。因了这个缘故，再加之他姓袁，人送外号"老鳖一"。不过，他也爱开玩笑，爱说一些冷笑话，与黄太和一唱一和，给沉闷的济民官场带来了不少乐趣。

"老鳖一，你不吭声没人把你给卖了。"黄太和回应道。

"谁买我？除了你个鳖子把我买回去当爷，就你这连狗都不认的人认我当爷，我都嫌丢人！"袁新国骂道。

袁新国骂黄太和连狗都不认是有典故的。这典故是袁新国讲的，说黄太和刚结婚，新媳妇三天回门到娘家小住，黄太和去送，送去几天后又来接，新女婿却不认得老丈人门了。老丈人家的邻居见黄太和在街上来回转悠不进门，好生奇怪，问新女婿："他姑爷，咋不回家呀？"黄太和说："上次来时我记得我老丈人家门前卧条大黄狗，这回没有狗了，我也不知道是哪家了。"农村有跟新女婿开玩笑的风俗，邻居指了指他老丈人家，说："你等一会儿，大黄狗就出来了。"果不其然，黄太和他老丈人背着双手出了门，蹲在门前的石碾上，支起长长的旱烟袋，有滋有味地抽起来。黄太和一看认得，高兴地说："就是这家，门口卧条大黄狗的这家。"黄太和他老丈人一听来了气，烟也不抽了，站起来举着旱烟袋就要敲黄太和的头，黄太和吓跑了，老丈人家没去成，新媳妇也不回去了，僵持了好长一段时间，找人说和说和才算了事。

黄太和见袁新国揭他的老底，不依不饶："你这孩子真不会说话，你还是我的结晶呢，你这个老鳖一。"

黄太和说这话也是有根据的。有一次，县四大班子领导下去检查工作，黄太和和袁新国坐一辆车，车上，大家都在讲笑话。县乡干部就是这样，坐在一起，不是你骂我，就是我骂你，看谁比谁能，不管开大会开小会，会前，总要相互骂一阵乱一阵闹腾一阵。这次，各位领导们讲完了笑话，临结束时，袁新国做了总结，而且总结说大家讲得很好，末了沙哑着声音说了一句："今天，我是你们的结晶。"意思是他总结得好，他讲的笑话最经典之类。于是，大家记住了这句话，谁见了都说袁新国是他的结晶。

这俩"活宝"你来我往地一闹，大家笑得前仰后合，使本来压抑的会场气氛顿时轻松多了。

"黄主任，你说有的农民种地是为了啥？"康清泉在大家安静下来后接着问道。

"康书记，农民种地是为了面子。"黄太和回了一句。

大家面面相觑。

黄太和说："种地不挣钱，一亩地光打粮食的话，一年就是七八百块钱的纯收入，这还没算劳动力成本咧，要是算劳动力成本，一亩地也就是一二百块钱，要是出去打工干个把月，收入都比种一季粮食强。不过，话说回来，你要是不种，地荒到那，村里人会笑话你说你懒，你家里的儿子连给说媒的都没有，落个懒的名儿，在村里抬不起头。"

"就为这？"康清泉问道。

"可不就为这？"黄太和肯定地说。

听到这里，康清泉沉思了一下说："咱都是农民出身，都种过庄稼，庄稼丰收了，咱比啥都高兴。眼下，要解决种粮效益比较低、农民积极性不高的问题，不能完全靠国家补贴，必须依靠科技的力量，提高粮食生产效率，还要靠结构性改革，调优种养结构，调强加工能力，调大经营规模，调长产业链条，要通过延伸产业链，提升价值链，打造供应链，实现质量兴农，绿色兴农，品牌强农，来提高农业的质量效益和竞争力，实现粮食安全和现代高效农业发展的相统一。这是一篇大文章，咱济民县是农业大县，咱以后要在这方面好好谋划谋划，任重而道远哪。好了，今天大家不扯那么远了，以后专门再议，下面议一些具体的问题吧。"

这次常委会就这样在团结紧张、严肃活泼的气氛中结束了。黑风口村和白家滩村以及周围的朱屯、杨寨、姚口、马家几个村的"3·16"事件高高举起，轻轻放下，在各种势力各种因素的纠结下，稀里糊涂下金殿，一笔带过了。但是，康清泉清楚，其实，大家也清楚，这件事并没完。因为，制造不稳定事件的核心人物还在，就像刨树一样，只是砍掉了树梢上的枝枝蔓蔓，并没有挖断根系，树怎么能算倒了呢？稳得了一时，稳得了一世吗？以后不定还会有什么比"3·16"事件更大的惊涛骇浪，在九曲十八弯的黄河边重演呢！

第三章

现场观摩

　　春天里，济民县的机关干部响应县委、县政府的号召，有三分之一来到了基层，大力开展送政策、送法治、送温暖活动，机关干部们来到了田间地头，帮农民浇水、施肥、拔草、松土，耕耘着一年的希望。

1

　　济民县是农业大县，济民的春天格外饱满鲜艳，田野里返青的麦苗嫩绿透黄，散落在土地上耕作的农人们像欣喜的燕雀剪成动人的诗行，而黄河水也释放了一个冬天的沉闷，欢快地翻起浑浊的浪花。

　　济民县的机关干部响应县委、县政府的号召，有三分之一来到了基层，大力开展送政策、送法治、送温暖活动。机关干部们来到了田间地头，帮农民浇水、施肥、拔草、松土，耕耘着一年的希望。

　　济民县虽然不是贫困县，也没有贫困乡、贫困村，但是有贫困户。康清泉带头包点驻村，结了家穷亲戚，这穷亲戚就是他在黑风口村相遇的县南部杨树岗乡王家寨村卖红薯的老汉王扎根。据县委常委、县委办主任易三戒介绍，王扎根根正苗红，是贫农出身，是一名"四清"时的老党员，可惜非常不幸，命不好。他先后生了几个孩子，都夭折了，最后只养大了一个儿子，还因为高考没考上受了刺激，得了精神病。王扎根老两口都七十多岁的人了，家里一贫如洗，还要伺候一个精神病儿子，生活之艰难可想而知。那天王扎根老两口去黑风口村卖红薯，就是为了给儿子治病换些钱，没想到还出了那种事。不过，后来，他因祸得福，因为康清泉的缘故，县乡干部都先后去慰问，据说，现在生活有了很大转机。康清泉一直牵挂着这家人，在排分包贫困户的名单时，主动提出把王扎根一家作为他的穷亲戚。

　　黄河沿岸，受黄河的浸染，到处都姓黄，都是黄沙和黄土地。杨树岗乡距黄河有几十里远，这里的土地却以沙质为主，春风吹过，荡起阵阵细沙，轻如黄雾，弥漫在空中。

　　阳春时节，康清泉在县委常委、县委办主任易三戒和秘书梁伟的陪同下，去杨树岗乡结穷亲。

　　车子在乡间小路颠簸，路两边，满眼都是花红柳绿，一派春天的勃勃生机，康清泉的心情非常好。

　　"咱们农业县的春天就是美啊。"康清泉感叹道。

　　易三戒接着康清泉的话题说："那是，不过，农业县的风光虽然好，还能解决温饱问题，不愁吃不愁穿，可要想富起来很难。"

　　"像咱们农业县，要发展起来，真还需要大力招商引资、借力发展呢。"康清泉看着外边绿油油的田野说。

　　"不过，康书记，我说句不该说的话，招商引资办工业，好是好，只可惜了这原始的田园风光，水污染，空气污染，土地污染，真不知道招来那几个企业，又花那么大的代价，挣那几个税收，却造成这么严重的后果，值不值呢？"易三戒感叹道。

　　"招商引资上项目和生态环境建设并不矛盾，关键是上哪些项目，要选商引资。像那些有污染的项目坚决不能上，再挣钱也不能要，否则的话，得了一时之利，却把环境污染了，再修复生态治理污染，付出的成本更大。当地群众因为环境污染生了病，治病也要花不少钱，甚至倾家荡产，这就更加得不偿失。"康清泉也有感而发。

　　"康书记说得太好了。像你们这些领导，家不是本地的，也不会在这儿工作一辈子，是打短工的，你们咋干都无所谓。不像我们，老家就在这里，亲戚朋友都在这里，我们是打长工的，我们要对父老乡亲负责，我们考虑得多考虑得远呀。"

　　"易主任，即使我在这儿只待一天，我也要对济民的父老乡亲负责，像我们当官是为什么？各人有各人的想法，我认为当官就是做功德，就是积德行善的事。我们中国的官员，权力这么大，如果心地良善，完全可以利用手中的无限权力为老百姓办很多功德无量的好事，但是，如果心术不正，那也是祸害百姓，遗患无穷呀。"

　　"康书记，像您这样的好领导多一些就好了，我们济民就有福气了。"

　　"积德无人见，行善天自知。"康清泉半是对易三戒说，半是自言自语。

　　"康书记，如果领导干部都像您这么善良，那咱国家就有希望了。"易三戒感叹地说。

"先别这么说，我的能力和水平有限，人微言轻，只怕给老百姓办不了多少好事，还可能添不少乱呢。"

两人闲聊间，康清泉注意到马路边的建筑物上有很多地方写着"王天亮"三个字，字写得很大，线条流畅，遒劲狂放，虽谈不上功力深厚，但也野性十足，颇具神韵，别具一格。

"王天亮是什么人哪？"康清泉问道。这不就跟那些在旅游景区到处乱刻乱写"某某某到此一游"的人差不多吗？想出名想疯了。

易三戒说："这个名字我倒是在全县很多地方都见写的有，也没有多打听，好像是一个高考落榜生得了精神病然后到处乱写乱画的。哦，想起来了，你结的穷亲戚王扎根的儿子好像叫王天亮，乡里报的基本情况上有介绍，我拿出来看看。"说完，易三戒拿出早已准备好的王家寨村情况介绍和王扎根家基本情况介绍，又从包里掏出眼镜，戴上后歪着头看了看材料，说："不错，王扎根的儿子就是叫王天亮，有精神病，肯定是一个人。"

两人闲聊间，杨树岗乡的界牌就在眼前，杨树岗乡党委书记耿明礼和乡长向云雪早在进入杨树岗乡的交界处等候。

远远地，康清泉看到路边站着几个人，其中，一个披肩长发、身材苗条的女子格外抢眼。

到了等候的人跟前，康清泉的车停下了。秘书梁伟先下了车，跟那几个等候的人握手打招呼，一个矮胖的中年男人和那个身形苗条的女子到了车前，康清泉推开车门下了车，易三戒也下车跟着跑了过来："康书记，我给您介绍一下，这是杨树岗乡党委书记耿明礼，这位美女是乡长向云雪。"

"康书记好！"耿明礼急忙与康清泉热情握手。

"你好，你们辛苦了！"康清泉说。

"康书记好！"那位叫向云雪的乡长也向康清泉伸出了手。康清泉不由得多打量了一下，只见向云雪约有一米七零的个头，上身穿浅蓝色羽绒服，脖子里围着红色围巾，更显得皮肤细白。鹅蛋脸，大眼双眼皮，眉毛细长，鼻梁挺直，未笑先见两个浅浅的酒窝。下身穿着牛仔裤，更显出修长的身材。一双挂红边的运动鞋，显得轻盈干练，活力四射。在这偏僻的乡村野地，突然冒出这么一位大美女，真有点儿仙女下凡的感觉。

"向乡长好！"康清泉点点头，伸出手来轻轻握了握向云雪的手，向云雪的手很软很轻很凉很滑，就像一块白玉，使人怦然心动。

"你们前边带路，咱们上车走吧。"易三戒张罗道。

"那好，好。"耿明礼满脸带笑，连声称是。

康清泉自知有些失态，于是赶忙说："好，上车，上车。"

于是，一行人上了车。耿明礼和向云雪的车在前边带路，康清泉他们的车子在后边紧跟。两辆车拐进了乡间小路，一条狭窄的小柏油路只有薄薄的一层沥青，年久失修，早已是坑坑洼洼，司机小李小心地绕来躲去，康清泉有些兴奋，话也多起来，问身边的易三戒："咱们济民农村的路况怎么这么差？"

"没钱呗！说是要铺柏油马路，钱少，再加上有的偷工减料，到最后那就是应付差事了，地基打得不牢，柏油铺一指头厚，路两边也没有排水设施，连个道牙路肩石都没有，维修又跟不上，可不就成这了。"

"没钱，能不能贷款修路呢？"

"你可别说，康书记，咱济民人别的不敢吹，就这一点儿敢吹，济民县没有一分钱的外债，牛吧？"

"易主任，这就不妥了，现在发展经济，没有外债不是好现象呀，也不符合经济规律，过度负债有风险，必须严控，但合理的负债是必须的。老百姓买房子还知道贷款买合算呢，等存够钱再去买房子啥时候能住上房子？道理是相通的，不能债台高筑，但适当的可控的负债有好处。济民县的老百姓纯朴老实，这是好事，但是，在市场经济的新形势下，思想要跟上新形势，要与时俱进才能有所发展。"

"康书记说得对，济民人就是这个毛病，小农意识，思想比较保守。"易三戒突然意识到话说得不妥，赶快转移了话题，"哦，对了，康书记，您这次是去结穷亲戚，走亲戚总得带点礼物，这是给您准备的五千块钱，您见了王扎根给他吧。"说着，易三戒从包里拿出一个信封，里边装着厚厚一沓人民币。

"易主任，这样做不好，我自己带了一千块钱。这跟咱去黑风口村吊唁慰问死难群众不一样，我这是走亲戚，不能用公款。"

康清泉回绝了易三戒的盛情，易三戒有些不高兴，但脸上丝毫没有显示出什么不快，立即说道："康书记做得对，是不一样，就应当这样。"

车子没多长时间就来到了王家寨村。王家寨村的房屋建筑高低错落、参差不齐，家境好的盖起了三层小楼，家境不好的依然是起脊瓦房和小平房。村庄建设没有规划，道路崎岖不平，路两边不是厕所就是柴草垛。康清泉看到这样的景象，感慨万千，城乡差距还是非常大啊，振兴乡村、发展农村可不是一句空话啊。

康清泉要结的穷亲戚王扎根家在村子中间，站在大街上，就能把院里的情况看得一清二楚。一个高台上，三间平房，土围墙半人高，洋槐条编的柴门当大门，一个猪圈占了半个院子，猪圈里喂着几头猪和几只羊。

王扎根的家门口站着一群人，听说县委书记要来，王家寨村的村支书、村主任和村里有头有脸的人都围拢在王扎根的家门口，就像办喜事一样热闹。

"这么多人是干什么的？"康清泉问。

易三戒连忙解释："这可能是看热闹的，农村人闲了没啥事，平时见不了生人，谁家有个生人喜欢串门凑热闹。"

康清泉有些不高兴，说："易主任，现在正是春耕大忙的时候，农村能有多少闲人哪？我来走穷亲戚，以后不要兴师动众，影响不好。"

易三戒是这件事的具体负责人，自知欠妥，于是连连说好，然后给杨树岗乡党委书记耿明礼打电话："老耿呀，这村里这么多人是怎么回事？你咋安排的？你不知道康书记喜欢轻车简从不喜欢张扬吗？"

康清泉的车子停在王扎根简陋的院门前，杨树岗乡党委书记耿明礼殷勤地候在车门旁，车刚停稳，就快步去开车门。康清泉下了车，耿明礼毕恭毕敬地说："康书记，这就是王扎根家，呃，老王呢？"耿明礼正想向康清泉介绍王扎根，却不见人了。

"王伯伯，快过来吧，康书记来看您了。"美女乡长向云雪从人群后找到了王扎根，两手挽着王扎根的左胳膊来到了康清泉面前，"康书记，这就是王扎根王伯伯。"

"大伯，您好哇！还认得我不？"康清泉热情地说。

背已驼成直角的王扎根艰难地抬头看了看康清泉："唉，咋不认得咧？您是我去北乡卖红薯帮我忙的大恩人哪。您是县委书记？"

"可不，老王呀，这就是咱们济民县的新任县委书记康书记，康书记要和你结成亲戚，以后你就有盼头了。"耿明礼不失时机地介绍说。

"人家跟我说您是县委书记，我不相信，县委书记那么大的官会管我的事？打死我也不信，您看这跟做梦一样，我这是积的哪门子德呀？"王扎根自言自语地说。

"大伯，县委书记也是人，也是普通老百姓，只是我在这个位置上，等我不当这个县委书记了，我就啥也不是了。咱到您家里坐坐吧。"康清泉上来两手挽着王扎根的右胳膊，那边，乡长向云雪双手挽着王扎根的左胳膊。

一行人到了屋里，康清泉惊呆了，屋里那真叫家徒四壁，东半部分只有一张床，连个凳子也没有，屋子中间有一锅灶，灶上摆着几个碗几双筷子，墙壁长年烟熏火燎，黑得能当黑板用。而屋子的西边部分，栽了一根木桩，木桩上用绳索拴着一个年轻人，骨瘦如柴，嘴歪眼斜，蓬头垢面，衣衫不整，哼哼唧唧。见来了一群陌生人，那个年轻人吓得躲在了角落里，缩成一团，浑身不住地哆嗦，两眼圆睁，露出惊恐和不安。

在那乌黑的墙壁上，白色的粉笔字乱涂乱画格外醒目，康清泉仔细看，好像还有首诗词，康清泉定睛看起来："人世不平一剑消。天上鹰翔，梦里花凋，胸中块垒酒难浇。往事迢迢，难舍难抛。造化无情爱更高。孤雁逐涛，暮暮朝朝，南飞候鸟北归巢。旗正飘飘，风正萧萧。"中间穿插着写了很多王天亮的名字。

"大伯，这是咋回事？"

"这是我那傻儿子弄的，不用理他，傻好几年了。"

"康书记，我是这村的支书，我叫王营战，扎根爷的儿子高考没考上，想不开，精神出了问题，气神经了。其实他也不是全傻，他一会儿一会儿的。精神病犯的时候，沿着公路到处乱跑，到处乱写，写他的名字王天亮，想叫全世界的人都知道他。他还站在俺村的大街上，扯着嗓门儿大声背书咧，背英语单词呜哩哇啦的，听不懂，你说神经不神经？不过，有时候也很清楚，跟正常人一样。"

康清泉侧目一看，一个个子不高却敦实的小伙子两眼有神地看着他，康清泉问："你是这村的支书？"

"对，康书记，这村的支书王营战。"乡党委书记耿明礼紧接着介绍道。

"叫啥名字呀？"康清泉问。

"康书记，我叫王营战。"村支书王营战一字一句地答道。

"噢，我知道你叫王营战，我不是问你呢，我是问这个拴起来的小伙子。"

村支书王营战尴尬地低下了头。

"王天亮。"众人答道。

"小伙子很可怜哪，我也是从高考独木桥上走过来的人。说实话，我也是一个农家子弟，没有高考就没有今天，高考改变了我的命运，也改变了我们一家人的就业结构，我感谢高考。可是，参加过高考的人都知道，那是要付出很大代价的，透支的是身体健康，冒着不要命的风险去拼搏，成功了就是幸运，整不好就像这个小伙子一样，把人整疯了，自杀的也有呀。况且，一人上学，全家作难，家人生病了没钱治，砸锅卖铁，吃糠咽菜，唉，农家子弟想摆脱农门脱胎换骨，难得很哪！"康清泉摇摇头叹了口气。

"康书记，王伯伯家的王天亮可是个人才呀。"乡长向云雪不失时机地介绍说。

"是吗？"

"王天亮写作、书法、绘画、音乐啥都很棒，你看咱县路边墙上到处写的'王天亮'那仨字写得多好，都是王天亮写的。"

"哦，路边墙上写的'王天亮'，原来就是扎根大伯家的王天亮？"康清泉问。

"就是他，可有才，就是有病给毁了。"向云雪说。

"那为啥没考上学呢？"康清泉不解地问。

向云雪继续介绍说："康书记，王天亮太偏科，数学不好，数学老是不及格，拖了后腿。"

看着王天亮，康清泉摇了摇头："同是天涯沦落人。"只是王天亮没有康清泉幸运。康清泉决心救一救王天亮，说不定，奇迹会出现。

"呃，大伯，我记得您卖红薯那天是和大娘一块儿去的吧，大娘去哪儿了？"康清泉扭头看了看，没见到王扎根的老伴，便转移了话题问道。

"唉，康书记，我那老婆子胆小，吓得躲起来了。"王扎根叹了一声。

"躲啥呀躲？康书记多好的领导，多少人想见还见不成他呢，营战，你派几个人抓紧去找一找。"耿明礼对王营战下达了任务。

没多长时间，一个小老太太扭扭歪歪地进门了。

"大娘，还认得我吗？"康清泉立即迎上前，双手挽着王扎根老伴的胳膊，拥进屋里。

"恩人哪！"老太太见是那天在黑风口卖红薯时帮她说话的人，扑通一声跪了下来，趴在地上就磕头。

康清泉赶忙把老人家搀扶起来："大娘，可别这样，今天我是来走亲戚的，以后咱们就是亲戚了，我就认您这位大娘，不用再客气了。"

"跟我这老婆子结亲戚？"

"是呀，我说的是真话。"

"哎哟，青天大老爷啊，能攀上您这县太爷，俺是积的哪门子德呀？可怜我那早死的孩子呀，你们咋恁没福气呀！"

老人家一下子瘫坐在地上，一手拍着地，一手捂着胸口，歪着头，闭着眼，号啕大哭。"扎根大娘，您这是咋的了？这么好的事，您咋哭起来了？"村支书王营战连忙过来劝。

"我那早死的孩子呀，你们咋恁没福气呀！"老太太大哭不已，老泪纵横，哭得大家心里都不好受。乡长向云雪抹起了眼泪，到底是女性，眼窝浅，而且心性相通。她走上前，弯腰搀扶劝慰："大娘，您看看，今天康书记亲自来看您，这么多领导都关心您，咱以后只等着过好日子了。过去的事就让他过去吧，这都是命，咱以后还要往前看，打起精神想办法把您儿子天亮的病治好，比啥都强。"

向云雪几句话说得大家心里佩服。康清泉也暗自打量这位女乡长，不仅人长得漂亮，还会说话，太完美了。

在向云雪等人的劝说下，王扎根的老婆不再哭了，向云雪把她搀扶起来，一直挽着她的胳膊不松手，就像自己的亲娘一样，亲热得不得了。

"快，快叫康书记坐。"王扎根说。

康清泉四下望了望，想找个凳子坐下，可没找着。

"你这老耿，你咋不提前做个准备呢？康书记来了，连个凳子也没有，你这弄得叫啥事？"易三戒是个明眼人，康清泉的动作他看在眼里急在心上，对着耿明礼直发火。

"你不是跟我说不让做准备吗？"耿明礼也想发牢骚。

"你也当了多年的领导干部了，这点悟性都没有？我不叫你准备你就真的不准备了？恁实在？"易三戒狠狠瞪了耿明礼一眼，耿明礼自知欠妥，扭过头去不吭声了。

"是我不让做准备的，咱就蹲在地上说话不也挺好的吗？"康清泉说道。

王扎根从墙角搬来两块砖，立在地上，怯怯地说："康书记，坐吧。"

"扎根爷，您能让康书记坐砖上？等一下，我去街上找几把椅子。"王营战一溜烟跑没了。

康清泉弯弯腰把砖立好，一屁股坐上。小时候，康清泉经常席地而坐，砖头、石头、土埂、铁锨把，都能当凳子坐，但这都是二十多年前的事了，现在坐的是老板转椅和真皮沙发，突然坐在砖头上，别有一番滋味。

"康书记，委屈您了。"耿明礼惭愧地说。

"说哪的话？我也是农村长大的，啥苦没吃过？啥罪没受过？这算啥，权当是找一找小时候的感觉。"

大家见康书记带头坐砖头，也纷纷找砖头坐，但是，砖头也不够用，有的只好站在那里。

"大伯、大娘，我这书记当得不合格，让你们受委屈了。"康清泉看着两位老人真诚地说。

"唉，您恁大的官儿，还记着俺们的事。那天要不是您，俺都不知道能活着回来不能？俺们这把老骨头不中用了，净是政府的累赘，活着作孽呀，我整天说咋不叫俺死了呢。"

"可别这么说，您老还得好好活着呢。"康清泉瞅了一眼西间那个拴着的年轻人，"您要是有个三长两短，天亮谁照顾呢？"

康清泉刚说了这么一句，俩老人又哭起来，话也说不成了。

村支书王营战不知道什么时候溜了回来，他一手拎了仨小板凳，俩手掂了六个小板凳，"来来来，康书记，各位领导，坐凳子上吧，坐砖头老难受。"说完，他把凳子放地上，挑了一个相对结实又干净的凳子，又低头吹了吹凳子上的浮土，双手递给康清泉："康书记，来，换凳子吧，农村条件差，您将就着坐吧。"

康清泉起身坐到了木凳子上，其他几位领导也换了木凳子，王营战见有插话的机会，急忙接上了话头："康书记，其实扎根爷这儿子学习好得很，从小学到高中，哪一年学习都不出前三名。不知道咋回事，到了高三，神经衰弱，头疼起来了，考大学没考上，就这神经了，天天顺着公路跑，拿个毛笔到处写他的名字，扎根爷怕他跑丢了，就把他拴起来了。"

"神经衰弱能治好的。"康清泉神色凝重起来。

"康书记，要说没治过也是瞎话。可扎根爷家里穷，有钱了就治治，没钱了就停停，就这，再也好不了了。"王营战叹了一口气，"扎根爷是个好人，是俺这十里八村的好木匠，谁家要是盖房打家具弄啥需要帮忙的，二话不说就去了，好人没好报，往下我不说了。"

"咦！咋回事？王支书？康书记这儿你还卖关子咧？有话就说，有屁就放。"乡党委书记耿明礼想训王营战。

"康书记、耿书记，回头再说吧，扎根爷命老苦，没法儿说。"王营战依然不想说。

"那就回头再说吧。"康清泉问王扎根，"现在治病不是有新农合吗？为啥治不成呢？"

"新农合报销比例低，还必须是指定的医院和指定的病种，精神病不在报销范围。"乡长向云雪介绍说。

"易主任，记住这个事，回去之后就研究怎么提高报销比例和扩大报销范围的问题，特别是精神疾病。现在的社会，精神有问题的人很多，大家都不把这个病当病看，其实，这个病一点儿也不比心脏病、癌症危害小。人们都很注重身体健康，经常锻炼身体，定期做体检，还买保健品吃，可少有人注重心理健康啊。心理心理，一个是心，一个是理，现代的人不重视，我们古人可是重视得很哪。一代大儒王阳明研究的是心学，宋明几百年最重视的是理学，这都是咱们老祖宗留下的大学问、好东西。心态决定状态，没有好心情，就不会有好身体。不会管理情绪，不会调适思绪，不会疏导心绪，不注意培养情趣，不知道锻炼心理，那是不行的。要学会两条腿走路，身体和心理一齐锻炼，一齐保健，一齐检查，否则的话，一条腿长一条腿短，前脚迈出去了后脚跟不上，走路是走不稳的，早晚是要摔倒的。"

"好，康书记说得太好啦，我记着咧，我全记下，康书记。"易三戒随手从公文包里掏出笔记本和笔，疾速记下来。

这时候，王扎根家的屋子围了里三层外三层的人。见来了不少群众，康清泉索性站起来，对大家说："既然大家都来了，你们平时都有什么困难，借此机会也给我提一提吧，只要合情合理，县委只要有能力解决，一定帮大家解决。"

"康书记，农村偷牲口、偷变压器的人太厉害，老李家的牛被偷走后，被气死了。俺村里的变压器被人偷后，到现在电业局都没给装，眼看麦苗都旱死了也浇不成水，心焦得很，咋弄哪？"

"康书记，俺村的小学撤了，孩子们上学要跑几里地到乡里去，现在路上车那么多，不放心哪。"

"康书记，村里没有好医生，遇到头疼脑热的没地方看病，想买药都买不来；就算是找着个卖药的诊所，卖的也是假药，都过期了，不治病不说，还把聋子治成哑巴。"

"康书记，俺孩儿他娘有病，俺不敢去城里打工，想做个小生意没本钱，贷款贷不来，能不能帮帮俺想想办法。"

"康书记，年轻人找对象难哪，本来就男多女少，小女孩子还都到城里打工，还只想找个城里人，或者找个城郊的人，俺这村光三十岁以上的光棍汉都七八个咧。"

"还说那咧，康书记，眼时下农村小伙子找对象的条件流行'一高一低一稳定'。"

康清泉一听，不理解，问道："啥叫'一高一低一稳定'？"

"'一高'就是县城要有一套房子，高楼；'一低'，家里要有一辆小汽车；'一稳定'嘛，就是不能跟爷爷奶奶、父母亲住到一块，这样家庭才稳定。"

康清泉问："父母亲养活孩子大了，孩子不孝顺能行？"

"有那不孝顺的，儿女住高楼，父母住村头，社会风气可是得改改了。"

......

大家你一言我一语，说的是家长里短，可件件都是烦心事、苦恼事，既涉及农村物质文明建设，又涉及农村精神文明建设，还涉及农村社会治安。康清泉没有插话，认真地听，不时地点头蹙眉。康清泉离开农村那么多年了，没想到，农村这些烦心事却那么多，怪不得现在年轻人都不愿意在农村待，农村的条件确实太差了。其实，康清泉为什么要执意考学离开农村，为什么坚决不当农民，因为小时候他就深知农村之苦、农民之悲、农业之痛。当个农民，起早贪黑，从没有星期天和节假日。最热的三伏天，在毒辣的太阳底下割麦子，打麦场，饿了啃口干馒头，有时忙得连饭也吃不上。麦收季节过去了，还要秋收秋种，其他时间还要喂牲口。劳碌一年，靠种庄稼卖不了几个钱，想弄个零花钱，只有喂头牛和几头猪、几只羊，这样，就要天天割草伺候它们。在农村，就怕家里有个病人，而农村偏偏病人多，虽说天天干农活也能锻炼身体，但农活太累太重，超出了人的承受能力，很多人落下了这样那样的病根。关键是有了病，小病舍不得钱去看，大病又没钱看，农村还没有好医生，小病会拖成大病，家有病人，全家塌台。因病返贫的事太多了，特别是遇到急病，得不到及时治疗，本来能够救活的人却不幸死掉了。城里的人干到六十岁，光荣退休，退休了不干工作还有退休金，吃了饭，打打牌，唱唱戏，跳跳舞，或者出去旅游，过着神仙般的日子，有了病治病还能报销。而老农民呢，一直干到老，没有星期天、节假日，更没有退休这一说，干到死才算完，一天不干就没饭吃，同命不同价，太不平等了。康清泉小的时候，每年累死累活地干一年，先把上好的麦子、玉米、花生挑出来去交公粮，交公粮还要排长队，如果不合格还会被退回来重新交。交了公粮，留下的粮食勉强度日。农民的要求太低了，太老实了，只要能填饱肚子就行，就满足了。这些，康清泉有切身体会，很为农民打抱不平。现在他实现了梦想，更让他想不到的是，他竟然成了一个县的县委书记，他不仅改变了自己的命运，几十万农民的命运也掌控在他的手中。他感到肩上的担子愈发沉重，他决心改变济民几十万农民的命运，把欠农民的补回来。让工业反哺农业，城市反哺农村，实行城乡统筹、城乡一体化发展。

康清泉看着那个小个子但很敦实的年轻人，问道："你是这村的支书，对吧？"

"我是，康书记。"王营战往前挤了挤。

"你说，一个村一年给十万块钱，能干啥事？"

"十万块钱，那是天文数字。一年要是给俺十万块钱，不出几年，农村不比城里差，像那自来水呀，电呀，路呀，学校呀，那都翻个天了。不过，康书记，谁会给俺钱哪？都是找俺老农民收钱哪！"

"易主任，回去之后，把统筹城乡发展特别是加快农村发展作为一个调研课题认真论证一下。我的意思，咱们要尽快出台政策文件，一个一揽子解决各种问题的政策意见，切实改变农村的落后状况。只有解决了农业农村和农民问题才算解决了根本问题，先从解决农村路不平、灯不明、垃圾遍地、污水横流等问题入手，再解决城乡教育、医疗、社会保障均等化的问题，同时解决好农民的就业和生产问题。"

王扎根的老屋子里响起热烈的鼓掌声，西边那个精神不正常的王天亮不知道发生了什么事，吓得"嗷嗷"叫起来。

康清泉继续说："小康不小康，关键看老乡。不只关注农村，还要关注农民，不只关注在农村的农民，还要关注在城里打工的农民，不只改善农民的物质条件，还要改善他们的精神生活，不能再出现像大伯家的儿子王天亮那样的精神病人了。回去我们测算一下，全县每个行政村每年拨十万块钱，怎么样？这钱直接给村里使用，乡镇不能截留。"

王扎根的老屋子里又响起热烈的掌声。

耿明礼不失时机地大声说："各位老少爷们儿，康书记接地气，我们干部有底气，咱们老百姓有福气，大家伙说是不是呀？"

大家都说对头对头。

康清泉说："你这乡党委书记当得不赖，说话一套一套的啊！"

大家哄堂大笑。

不知不觉时间过了一个多小时，易三戒提醒康清泉说中午还有几个接待。康清泉来济民工作后，专门给易三戒交代，要求全县每个单位每天上边来了什么人，都要向县委办公室报告，由易三戒全面掌握情况，确定是否由书记或者其他领导作陪。

看大家谈兴正浓，康清泉不忍打断大家的兴致，但确有接待任务，不能不回去。于是插话说："今天时间不早了，我再说两句吧。"众人止住了话头，"今天我来得仓促，没有和大家聊得尽兴。不过，我以后会经常来这里的。今天我的收获很大，我现在才真正体会到，只有到群众中去，才能听到最真实的声音，才能了解最真实的情况，才能做最好的决策，才能真正为群众办成事、办好事、办大事。"

屋子内外又响起热烈的掌声。

临走时，康清泉又来到拴王天亮的那间屋子，"天亮！天亮！"康清泉对着缩在墙角里的王天亮叫道。

王天亮把衣服使劲地往身上裹了裹，浑身抖成了一团，一双惊恐的大眼睛充满了无助和无奈。

"大伯，能不能不拴他，带他到外边转一转是不是会好一点儿？"康清泉对王扎根说。

"唉，康书记，不敢哪，他要是犯病了，在街上乱跑乱叫，人们看见还打他，不敢让他出去。"

康清泉扭头对易三戒说："易主任，你回去后记得这件事，通知县卫生局加强精神卫生疾病检查和康复工作，咱们济民县要率先把这件关乎弱势群体切身利益的好事实事办好。"

"康书记放心，有您这句话，我代表济民人民感谢您，我一定尽快落实照办。"易三戒说。

康清泉又对王扎根说："大伯，咱农村老家有规矩，走亲戚要带礼物。今天我来比较仓促，我先给您放这一千块钱，您给天亮治病用。您放心，天亮的病包在我身上，我把我的工资都取出来，也要治好天亮的病。"

说完，康清泉从上衣口袋里掏出一千块钱，双手递给王扎根，王扎根想跪下磕头，被康清泉止住了："以后咱可不兴这样，咱是亲戚。"

王扎根两手颤抖着接过这一千块钱。康清泉见状问道："大伯，我看您手抖得厉害，是不是有帕金森病啊？"

"我是黄土埋半截的人了，活一天净遭一天的罪。要不是放心不下这傻天亮，我光想早死，还管他啥病不啥病咧。"

康清泉说："大伯，可不能这么说，人是活啥咧？是活人咧，有了人才有希望。天亮虽说有病，可这病能治好，天亮的病治好了，将来娶个漂亮的媳妇，再生个白胖儿子，您这一家不是越过越有劲吗？咋能说那丧气话呢？好好过吧，回头我出钱给天亮看病，再给您检查检查手，好好治治病，身体健健康康的，咱还得往好处过，千万不能泄劲。"

"康书记，您放心，咱乡里不会不管扎根大伯的。我们会经常来看大伯，天亮的病我们会想办法去治，大伯的手的问题我们也会想办法，您事多，就不用操心了。"乡党委书记耿明礼在一旁也表了决心。

一行人离开了王扎根家，王家寨的父老乡亲都拥到村头相送……

2

山川市委办公室、市政府办公室联合下发了明传电报预通知，要在四月中旬召开全市一季度经济形势分析和招商引资、项目建设现场观摩会。要求各县（市）区、市直有关单位提前做好准备，每个县（市）区准备两到三个观摩点，观摩内容是今年以来招商引资和项目建设，不看房地产项目，只看新上项目、新招的企业；每个县（市）区还要做十分钟的发言，要求县（市）区委书记发言，必须用PPT汇报，而且各项工作还要进行排队通报。

秘书梁伟把明传电报送到了康清泉的办公室，康清泉一看就头大了，自从来济民县两个月时间，只顾忙着处理黑风口村和白家滩村的群众打架，还真没顾上好好研究经济发展呢。一季度经济形势究竟咋样，招商引资和项目建设究竟啥情况，康清泉还没来得及过问，市委、市政府的催令鼓就敲起来了。

康清泉召集县长马初生、县委副书记陈致孝、常务副县长常学谦、县委办主任易三戒、分管工业和招商引资的副县长任书生、分管城建的副县长万事通、分管农业和农村经济的副县长石喜中以及县相关委局的主要负责同志，听取情况，研究对策，加强督查。

几位领导分别汇报了各自分管工作的进展情况，从总体上看，济民县一季度经济形势很不乐观，常学谦分管发改委、统计局、财政局，几项主要经济指标都在他那儿，常学谦表情严峻地说："康书记、马县长，今年一季度的经济形势特别困难，客观上说，一季度应实现'开门红'，为全年经济开局打好基础，实际情况是，一季度因为有春节的影响，很多项目和企业不开工，或者只开一部分，所以一季度一般形势都不太好，真正往前赶进度的还是二季度、三季度，最有效、增长最快的是四季度。一季度又出了几十年不遇的'3·16'事件，影响工作不说，短短几天打架，仅我县财政直接支付的各种费用就有几百万元，这还不包括县直委局和乡镇支付的各种开销，全县大口径下来估计有上千万元，现在工资都发不下来了，这几天我准备到市财政局看能不能借点钱，或者到银行贷款，不管怎么着，工资不能停发，机关正常的办公运转不能停。"

"这是底线，再难也不能断了工资，特别是教师工资更不能停。"康清泉插话说。

博士县长任书生接着汇报说："我分管工业和招商引资这一块，有一些项目是客商主动找咱们洽谈的，也有咱们跑山去联系的，但是，因为一季度'3·16'事件，大家的精力都放在这上边了，招商引资和项目建设抓得不紧，基本上没有行动。总体上看，咱们县的招商引资工作优势还是非常突出的，主要是区位优势比较明显。县城离山川市只有不到二十公里，现在山川市的地价已经卖到二百万元一亩了，咱这儿县城的地价也才几十万元，从成本、地理位置考虑，很多项目瞄准了咱这块待开发的宝地。项目是有，但大个头的项目不多，层次高、质量高的项目不多，都是一些房地产开发项目和市里不要的落后产业转移项目。山川市区有一个农药厂，厂子挺大，效益也挺好，想到咱们这儿投资，一投就是十几个亿。前期他们来人进行了初步接触，但是我担心污染问题，没有答应他们，这事还没来得及向书记、县长汇报，借此机会，也汇报一下，有这么个事，看领导们什么意见？"

任书生是北京一所名校的博士毕业生，学的是西方经济，是山川市引进的高学历人才，来了之后直接任命为济民县委常委、副县长。转眼之间，在济民县工作已经三年了，从校园到机关，从书生到县级领导，任书生通过自己的基层工作历练才深刻地认识到，啥叫真专家，啥叫伪专家，真专家就是"拼过刺刀、上过战场"的，而只会夸夸其谈的那叫伪专家，华而不实。伪专家说的话，听起来都对，做起来都错。所以，任书生来济民县工作时间长了，有了他自己的口头禅。别人生气了随口就是一句国骂："他妈的！"而任书生生气了则要来一句："我枪毙你！"熟悉他的人都知道，他的这句"我枪毙你"等同于"他妈的"，而不熟悉他的人听了他这句口头禅后却总是大吃一惊。

"这个厂子我听说过，叫蓝波湾科技有限公司，在全国同行业很有影响，据说现在他们进行了科技创新，已经没有什么污染了。"县长马初生插话说。

"蓝波湾，英文的意思就是第一，NO.1，口气好大呀。这事请任县长做个调研，提交个意见后，咱们集体研究一下。我的原则是，如果没有污染，咱们竭尽全力去争取，如果有污染，即使包装得再好，即使效益再好，即使咱招商引资的局面再困难，咱也不能要。济民县是农业县，生态环境好，原生态，无污染，世外桃源，是山川市的后花园。我来济民之后就发现，济民县的水质特别好，挂甜头儿，不像山川市的水，喝起来发咸，咱济民县能有这么一个没受污染的环境，太不容易了，这是咱们的竞争优势所在，这就是生产力，绿水青山就是金山银山，咱们要珍惜生态，要对子孙后代负责，不能因为咱们的一时政绩而贻害千古。"康清泉有感而发。

"康书记说得太对了，我们抓紧按照康书记的意见认真做调研，摸清情况，尽快向县委、县政府报告。"任书生表了态。

"如果市里来咱这里现场观摩，咱看点啥呢？一般工作跟上趟，重点工作干个样，关键时候大家可不能掉链子呀。"康清泉说。

大家都不吭声……

"大家都说说，总得找点东西看看哪。"康清泉又问道。

"实在想不起有什么可看的，老的不能看，房地产不能看，这还有啥可看？"任书生继续说，"一季度刚过，又是观摩，又是排队，就要比项目，还必须比新项目，老的就不管了，狗熊掰棒子，掰一个扔一个，这不是事呀。"

"任县长，不要书生气，适者生存，牢骚满腹防肠断嘛。"马初生县长话里带着嘲讽，接着，他话题一转说，"至于那个农药厂项目，我的意见，如果人家主动来找咱们，咱就要了。环境保护是重要，但现在吃饭更重要，总不能喝西北风。这个项目不要，那个项目不要，别的不说，市里这一关咱都过不去。"

"不是说所有的项目咱都不要，那些高科技、无污染的项目咱抢着要，那些低端的、污染大的、别人都不要的项目咱岂能当宝贝？大举招商，招后受伤，招商引资恶性竞争，一些不法商人利用各地急于招商的心理，提出很多不合理的条件，那些过剩产能企业、濒临倒闭的企业就是靠一些地方政府的政策红利才活了下来，咱招商引资上项目的时候一定要避免出现这种情况。"康清泉回应道，"这次市里一季度经济形势分析和项目建设观摩会结束之后，我建议咱们县四大班子领导和县直相关委局、各乡镇的主要领导到南方进行学习考察，同时，开展招商活动，要高质量招商。我了解的情况是，现在东南沿海由于劳动力成本上升，土地价格、电价、水价都在涨，很多企业想往内地转移，咱们要抓住机遇，力争在本轮产业转移中争取到发展的先机。咱们企业少，这是优势，说明咱有发展的空间，咱是一张白纸，咱可以后来居上，咱不能妄自菲薄，要看到咱们的优势所在。要观大势、谋大局、办大事。所以说，什么事都有两面性，看起来是坏事实质上是好事，看起来是好事实质上是坏事，都在变。"

康清泉喝了口茶水继续道："咱们还是说说怎么迎接市里的观摩会吧。"

"要我说，康书记。"县长马初生眼光扫了大家一圈，得意地说，"省农业厅在周庄乡圈了几百亩地，搞农业示范项目，前几年一直没有什么大的动作，很多地都空着，去年，他们搞了几十个大棚，种植蔬菜和花卉。春节前卖了不少，生意很好，不知道现在还有东西没有了？"

"还有一些东西呢。"分管农业和农村经济的副县长石喜中应道。石喜中是省农业大学的一位中层干部，下派到济民县当副县长，干老本行。

"要我说，这事别作难，一会儿开了会咱们去看看，要是有的话更好，要是没有的话，咱去山川市蔬菜市场和花卉市场采购一批放进去，等观摩会结束了，咱再卖给县直单位不妥了？"县长马初生说。

"这个主意好。《易经》里讲，穷则变，变则通，通则达天下。我看可以。"易三戒不知道是真的赞成还是开玩笑。

"易主任说的对，这个主意可以考虑。"分管城建的副县长万事通接着说道，"这是没办法的办法。你说一季度刚过完，大家刚过了春节，什么项目会那么快就落地？谈一个项目，从洽谈、意向到签合同，最后是各项手续办理、征地拆迁，动工建设，怎么着也得个一年半载，最快也得几个月，如果去年没有打下底子，就凭这一季度能干成啥事？所以我说市里这个办法，是不按经济规律办事，只搞行政命令，那是不行的。不过，咱也只有这样了。"

"你们这样说我不赞成，这不是弄虚作假吗？你们站那说话不腰疼，万一穿帮了，你们又不分管这块儿工作，跟你们没关系，我这工作还怎么办？"石喜中有些恼怒。

"石县长，不说假话办不成事，无假不成真，假到真处真亦假，真到假处假亦真。你知道有的地方招商引资的数字是怎么出炉的吗？"万事通鄙夷地看了石喜中一眼，自问自答地说，"现在咱们山川市专门有一种中介公司，你县区不是想要政绩吗？不是想要数字吗？就有人吃这一路，他们有门路，他们专门注册成立外资公司，他们的工作就是与你签假合同，还给你汇款，还给你垒围墙，搞得跟真的一样，其实这都是要给他们支付费用的。演这一出戏，其目的不就是摆给人看的吗？不就是应付招商引资、观摩评比的吗？看起来政绩不小，其实那都是骗人的局、蒙人的坑，是典型的形式主义歪风。"

"其他县啥情况呢？任县长了解不了解？"康清泉扭头看着任书生。

"不清楚，回头问一问吧！"任书生回答道。

"就这样吧，石县长。"马初生看了石喜中一眼，"我认为顾眼下要紧，反正省农业厅的农业示范园也确实有东西，咱只不过是又展现一遍而已，即使领导知道了，咱也没有弄虚作假，事实就是如此。"

"这个办法可以。"万事通咧开嘴笑了，点了点头，那光亮的脑门子跟着晃了晃。

康清泉没有表态，因为他是一把手，如果这事真的弄大了，石喜中承担责任是小，康清泉首先脱不了干系。

"这其实真的不算是啥事，干工作如果都实打实，哪还有办法干？一季度刚过就观摩招商引资和项目建设，过过春节，过过元宵节，一季度就过一半了，还没有从年味儿中缓过劲呢，你说这能有什么项目？而且还指名点姓看新项目，这不是逼着人造假吗？"马初生在一旁敲边鼓。

万事通接着说："康书记，干工作讲究个艺术性，没有完全实事求是的，有些地方树的典型，大家不都知道是人造盆景不可复制吗？为啥大家伙心知肚明还都叫好呢？"

想到这里，康清泉下定了决心："既然大家都这样认为，我同意大家的意见，咱也不是啥弄虚作假，大棚是真的，不是一天两天就能建起来的，是吧？石县长？"康清泉看了看石喜中，石喜中没吭声。

康清泉继续说："大棚里的东西确实有，只是春节前卖了一部分，现在再补充完善而已，而且这些花卉和蔬菜也没有浪费，很快就派上用场，很快就能见到效益，说得过去。"

康清泉又看了看石喜中，石喜中板着脸说："康书记，我说话比较直，你们领导如果认为这样行的话，观摩那天你们别让我去了，我还有事。"

"石县长，你这是咋了？想撂挑子？"县委常委、常务副县长常学谦说道。

"那算了，石县长有事就忙吧，观摩点和观摩线路以及接待的问题由马县长全权负责。"康清泉刚说完，马初生不干了："康书记，这事别交给我，政府一大摊子事等着要办呢，这个月的工资还没着落呢，发不下来工资，干部职工闹起来可是大事。"

康清泉不高兴了，提议看农业产业示范园的是你马初生，提议弄虚作假的还是你马初生，让你负责你却不干？你葫芦里卖的什么药？

"我负责吧。"常学谦往前欠了欠腰，拉拉椅子，看着康清泉，征求康清泉的意见。

这就是县委常委、常务副县长的风范，关键时候一手托两家，协调县委和县政府两个一把手的关系。

"好，就这样吧。"康清泉没有往深处计较马初生，毕竟班子团结很重要，他赞许地对常学谦说，"常县长全权负责，由易三戒主任配合，你们两个务必把方案做好，各项筹备工作要考虑好，细节决定成败，咱不要求在县市排第一、当先进，最起码咱的项目建设和各项接待工作不落后、不垫底。另外，县委办易主任负责，把我的汇报材料起草好，还要上常委会集体研究。"

3

一切准备工作都在有条不紊地进行，包括汇报材料，那是要在大会上当面鼓对面锣地汇报的。康清泉虽然在市纪委属于大笔杆子，但对经济工作还很陌生，写材料不是搞文学创作，主要是看内容、看取舍、看详略、看摆布、看分寸。在机关写材料很大程度上评判的标准不是语言是否优美、措施是否得当，关键是看领导的喜好。有的领导喜欢咬文嚼字，注重材料的结构、对仗和语言；有的领导强调内容和逻辑；有的领导喜欢短；有的领导喜欢长，有的领导喜欢开门见山；有的领导喜欢面面俱到。材料没好坏，只要你所服务的领导说好，那就是好，别人说好或者不好都无关紧要。所谓文无第一、武无第二，也就是这个道理，康清泉对此深有体会。所以，当秘书梁伟把汇报材料递过来的时候，他大致一翻，不太对胃口，但他并没有批评梁伟。

康清泉看着忐忑不安的梁伟，梁伟也看着没吭声的康书记。

康清泉又把材料看了一遍，然后想了想，这才说："梁伟，材料整体不错，你下了不少功夫，但是因为我刚来，你也不完全了解我的风格，不要紧，这里有个磨合的过程，以后你慢慢适应。关于这个材料，回头我给你列个提纲，你照提纲往里填内容就行。要按照一季度经济运行情况、当前存在的困难和问题、下步工作打算三个部分的架构，着重写下步工作打算，少写一季度经济运行情况，简单写当前的困难和问题。一季度经济运行情况不理想，不能写那么多，特别是招商引资、固定资产投资、财政收入等数据尽量一笔带过。少汇报些困难和问题，不要让领导听着心烦。对下步打算要写实，要写一些硬措施，比如计划到南方招商。比如济民县面临的发展机遇，要有大决心、大手笔、大动作，让领导听了振奋、放心。"

"谢谢康书记，跟您这样的领导工作是我的福气。"梁伟说的是真心话。

"以后记住，给领导写讲话稿，政治性很强，体现着领导的思路、对问题的认识和看法，里边还牵涉很多人际关系处理的技巧。领导讲话，一句话讲不好，就会有人有意见，上下左右各方的关系都要拿捏好，照顾到，讲话要滴水不漏，而且有理有据，这是秘书工作的标准，更是领导水平的体现。"

"康书记，我的水平还差得远，我一定按照您的要求去做。"

"嗯，写讲话稿，要活起来，要多用数据和实例，要用那些别人没听说过的数据和实例，尤其要善用对比，不比不知道，一比吓一跳，只有横向比、纵向比，才能找准位置，才更有说服力。有些领导对数据一说一套，非常准确，这也是水平。好的讲稿不是靠辞藻取胜的，而是靠思想思路取胜的，这是要推动工作的，是要解决问题的。只说些华而不实的东西不行，语句再对仗工整也不行，主要是你的办法是什么、想法是什么，怎么想别人所未想，做别人所不能做。"

"康书记，给领导写讲话稿里边的道道太深了。"

"那是，你以后还是要多学着些，我平时讲话包括说话，你都要多留心听，对我的讲话风格、工作思路要尽快熟悉掌握，这样的话，你才能胜任工作。"

"我一定按照康书记的指示办。"

"康书记，观摩点和观摩线路都准备好了，您是不是再审查一遍？"县委常委、常务副县长常学谦来向康清泉汇报工作了，打断了康清泉和秘书梁伟的交流。

"可以，你通知马初生县长以及咱们上次开会的那几位领导，咱们一块儿坐车实地演练一遍。"这毕竟是康清泉上任后遇到的第一次大规模的工作展示，要真刀真枪对着干，虽然结局已经明朗，县统计局局长已经通过私人关系摸清了其他县（市）区的情况，从各方面统计报表看，济民县都是垫底的。康清泉已经有所准备，但工作是工作，态度是态度，对观摩评比高度重视，接待工作做扎实，让领导们高兴满意，总能挽回一些影响。

春天多风。济民县地处黄河故道，土地都被松软的黄沙覆盖，风起处，沙尘轻扬，遮天蔽日，天空苍黄。为了迎接这次全市经济形势分析和招商引资、项目建设现场观摩会，康清泉带着一帮县领导从邻县的交界处开始演练，走一百米停一下，对这一百米路程发现的问题总结分析，看有没有什么问题，哪些筹备工作需要改进，力求做到完美无缺、精益求精。

从县教育系统、卫生系统选拔出来的八个讲解员列队迎接，等观摩车队停下之后，分别上一号车、二号车、三号车等，上车后先给领导发放材料和济民县的宣传页，然后向各位领导介绍情况，途中还要回答各位领导提出的各方面的问题，这些都需要讲解员们恶补县情和工作情况，从语音、语调、面部表情、走姿、站姿都统一规范。济民县公安局副局长兼县交警大队大队长黑文礼要着便服亲自押车，在前边带路，但是不开警车，这是康清泉的明确要求，因为，路上什么突发情况都会出现，只有交警大队的一把手亲临现场，才能相机处理各种问题，确保一路畅通无阻。本来有人提议准备一些纪念品，比如眼镜、茶杯、公文包等，但是康清泉要求，不能准备任何纪念品，也不准到车上放置水果、饮品等，还不能放置宣传横幅、欢迎标语。

在省农业厅的农业产业化示范园，济民县出资竖了几块大的展板，既有农业产业化示范园的基本情况介绍和展示，更重要的是，作为下车观摩点，还有全县一季度经济发展和项目建设、招商引资的情况介绍，有文字也有图片，形象生动。

康清泉一行人到了农业产业化示范园，这里的农业设施确实是高标准的，自动化卷帘设备、自动化温控供暖设备、滴灌设备、营养配方指南标示等一应俱全，大棚里，新鲜的黄瓜、小番茄、豆角、西葫芦、香椿等反季节蔬菜长势喜人，尤其那脆生生的黄瓜，真想摘一个品尝品尝。

在花卉大棚里，郁金香、一品红开得正艳，还有那些叫不出名的花花草草香气扑鼻，"在这里工作不错呀！"康清泉对大棚里的花农说。

花农说，是很好，虽然累，心情很好。回答爽快，表情自然。

康清泉转身悄悄问常学谦："这些花呀草呀的都从哪儿弄来的？"

常学谦附耳说："康书记，这都是从山川市花卉市场弄来的，有租的，有买的，等观摩结束后，租的还回去，买的咱们县内部消化处理。如果为观摩团的各位领导准备黄瓜和小番茄，咱这大棚里的恐怕不够，需要到山川市周边的蔬菜大棚里预约一批，当天起个大早，采摘回来放到下车观摩点就成了。您放心吧。"

"另外，还要注意一个问题。"康清泉看着大家说，大家都认真地听着，不知道还有什么要注意的，"咱们走了这一圈，全程没见一个厕所。"

一句话提醒了大家，易三戒赶忙附和："康书记考虑得非常周到，我们怎么就没有想起这件事呢？咱们就是老传统，只重视入口，不重视出口。"

康清泉说："到一个地方检查工作，啥都别看，先去看那里的厕所，只要厕所干干净净，那里的工作绝对让人放心。"

易三戒说："康书记说得有道理，真是这么回事。咱真的要重视这事，再者说了，市观摩团的领导们岁数都比较大，保不准谁有前列腺炎、糖尿病，没有厕所怎么能行呢？万县长不是在这的吗？"

大家把目光都集中到管城建的副县长万事通身上。万事通穿了一身黑得发亮的西服，里边套着一件雪白的衬衣，一条笔挺的西裤配一双锃亮的皮鞋，打扮得就像新郎官一样，只是黑皮鞋配了双白袜子。康清泉说："万县长，黑皮鞋配白袜子，可不符合接待礼仪呀。到时候换换，穿上黑的、灰的、蓝的袜子都行。"

常学谦也开玩笑说："说你洋你不洋，反穿皮袄爬寨墙。"

大家哄堂大笑，万事通也脸红了："好，我回去就换，看来我这土老帽就是上不了台面。"一丝不苟、严谨认真、雷厉风行是万事通的风格。不管什么情况下，他衣着打扮都很讲究，腰板挺得笔直，人看起来很有精神。大家说笑完，万事通声音洪亮地表了态："请康书记放心，我马上通知城管局准备移动式公厕，看放到什么位置？"

"不用问，就放到农业示范园旁边，领导们要在这里下车停留二十分钟时间，正好可以放放水。"县长马初生说道。

"刚才在车上我已经打电话安排城管局把今天线路周围的卫生打扫干净，提前用洒水车洒洒水，避免扬尘。"万事通说。

"好，万县长工作很主动，今天让你来也是要你做好沿路卫生工作，这是咱济民县的脸面，长得好看不好看，脸最起码要洗干净。"康清泉赞许地说。

线路看完了，康清泉又想应该到济民宾馆检查一番。康清泉其实不想去济民宾馆，济民宾馆是黑氏家族黑老二的私人企业，他打心眼儿里不喜欢黑老二之类所谓的首富和地方恶势力，不愿意跟他们走得近。但县长马初生极力推荐，于是康清泉问："济民县还有其他好一点儿的宾馆酒店没有？"

县长马初生说："咱济民县离山川市太近，济民人吃饭住宿动不动都跑到山川市区，咱县的宾馆酒店发展不起来，只有这个济民宾馆像回事了。"

"机关餐厅坐不下吗？"

"机关餐厅坐不下，平时有小型接待还可以，观摩团有二百多号人呢，关键是没有客房没法儿住。"

"那就凑合吧，咱去济民宾馆看看。"康清泉提议说，于是一行人又来到济民宾馆。济民宾馆经理、济民首富黑老二听说康清泉要来，在宾馆大堂迎着康清泉。黑老二长得很富态，高高大大，剃了个光头，面色红润，气宇轩昂，说话声音倒很轻很慢，颇有些酒店经理的职业特质。康清泉一行人下了车，黑老二就上前一步握住了康清泉的手："康书记，盼星星盼月亮，今天终于把您盼来了。您说，您是不是第一次到我们宾馆来？"

康清泉一看这人是见面熟，嘴甜，会说话，本来互不相识，他搞得比老同学老战友老朋友还亲切。根据康清泉的处世经验，越是见面熟，人越是不可靠。

"久闻黑经理大名，来你的宾馆吃过几次饭，都是来端杯酒就走了，没机会拜会黑经理，也是这段时间太忙了，没时间。"

"瞎话，瞎话。"黑老二指着康清泉说，"一听就没说实话，您肯定没来过，您只要来，我肯定知道。您说啥没时间？吃饭没时间？睡觉没时间？"

"那倒不是，吃饭有机关餐厅，睡觉有办公室，就不劳你大驾了。"

"啥劳我大驾？您来我是求之不得，酒席好备客难请，啥也不说了，以后咱说好，吃喝拉撒睡我全承包了。以前的县委书记顾怀力天天在我这儿，就跟在他家一样。"

"好，以后多给黑经理捧场，可以了吧？"

"呃，这才是好兄弟。"

康清泉上上下下看了个遍，特别是为市领导预备的午休房间，康清泉亲自坐坐床坐坐沙发，看有没什么不舒服。康清泉还亲自审菜单，要求结合济民县农业县的特点，多上一些土特产和当地的特色美食。

总体上，康清泉还是比较满意的，表扬了常学谦和易三戒，特别表扬了黑老二，叮嘱他高度重视，把吃住安排好。并撂出话来，以后是不是多来济民宾馆吃住，那要看这次的表现如何。黑老二连声称是。

最后，康清泉召集县党政联席会，集体讨论一季度经济形势和招商引资、项目建设观摩会上的发言材料，大家各抒己见，最后定了稿。

当然，还有一件事，康清泉没有忘记，在观摩团到来的前一天早上，他自己骑着自行车到菜市场转了一圈，装作买菜的，把当地的菜价记在一个小本子上，以备万一。他曾听说，某位省领导到一个县视察工作，问县委书记农作物价格和菜价，结果问了几个问题都答不上来，省领导一走，这位县委书记便被调离了，降级使用。

对了，还有汇报工作用的移动音响，这个也不能出错，万一正汇报时音响坏了，或者出现噪声，那多不美气呀。康清泉打电话给常学谦去山川市买一套新的，再亲自试一试。

康清泉该想的都想到了，该做的也都做到了，唯一担心的是临时从山川市采购回来的花卉和黄瓜、小番茄会不会露馅儿。不过，康清泉也亲自看了，这东西没有商标，哪儿都能生产，说得过去。抱着这种侥幸心理，康清泉只等观摩团的到来。

县委常委、县委办主任易三戒瞅了个机会，犹豫不决地问康清泉："康书记，各项工作都准备好了，但有件事我还是想提醒您一下，您刚来不熟悉情况，别人可以不说，但我是县委办主任，是您的大秘，我要是不说就是失职，所以我想来想去还是想跟您说。"

"易主任，有啥就说，你知道，我最喜欢别人给我提不同意见，那是对我工作的帮助，对我有好处，我最烦在我面前光说好的，那其实是在害我呢。"

"康书记，我这个建议要说摆不到台面上，不过现在大家都在这样做。"

"说吧，我又不会抓你的小辫子，更不会搞秋后算账。"

"康书记，我建议咱另外找几辆面包车，装作是观摩团到来，在正式观摩团来之前，提前一个小时按观摩路线走一遍。"

"这是为啥？"

"为啥？预防那些上访的、找事的，以及突发事件。以前咱们济民县不是出过这种事吗？省领导来了，虽说保密，但总有人知道，大家都很敏感，都会打听，保不了密，有个老上访户拦住省领导的轿车不让走，后来省领导发了脾气，老上访户的问题很快就解决了，但是咱县领导却挨了批。还有一回，另外一个省领导视察工作，刚排好的到一户人家坐坐，外边就有那上访的闯进来，喊冤叫屈，这事弄的，被动不被动？所以，有领导来，最好虚晃一枪，按照领导的视察线路，找同样的车，实地走一圈，其实就是引出那些上访的、找事的，把他们引出来，提前处置，以免后患。"

"怕老百姓怕成这了？把上访户当敌人对待了？"康清泉气愤地说，"就差没给领导找个替身找个演员了吧？这都搞反了。"

"康书记，我本不想提这个建议，知道您不是这种人。不过，我这样说还是为您好，还是为咱济民县负责。我就怕您不高兴，您看您还是不高兴了不是？"易三戒嗫嚅着说。

康清泉自知有些失态，这事的确不能怨易三戒，于是，他连忙劝慰易三戒说："不好意思，易主任，你的初衷是好的。我不高兴也不是针对你的，是针对这股不好的风气的。"

易三戒说："咱不弄这也行，我只是随便说说。"

"咱不搞这个，有问题不怕暴露，要把问题解决在平时，不能搞形式主义去临时应付。"

"是是是，康书记，不过，现在有些问题真的不好解决，有些老百姓提的要求很高，很难达到他们的愿望。说实话，真正老实巴交的还真好说话，不排除有些人拿我们怕上访的短处故意上访，人上一百，形形色色。"

"那你说咋弄？"

"康书记，这事交给我安排就行了，您权当不知道，您不用担责任，行吗？"

"我不是怕担责任，我只是觉得这样做很无聊，不管以前咋弄，我当县委书记就不这样做。"

"随大流吧，康书记，人家这样做您不这样做，也不合适。况且，既有人这样搞，自然是有原因的。"

康清泉语气坚定地说："不行，不能这样干，有问题不怕暴露，有问题我承担。"

4

清明前后，播种移苗，掩瓜点豆，农民们像一个一个小燕子散落在田野里辛勤劳作，大地一派生机。山川市招商引资和项目建设现场观摩团如约来到了济民县，在济民县界，观摩车队略微停了下来。康清泉上了一号车，县长马初生上了二号车，济民县党委、政府的其他有关班子成员分别上了后边的观摩车，济民县准备的讲解员们也分别上了观摩车。观摩团开始了对济民县的现场观摩。

一路上，欢笑声和随团播音车播放的欢快的音乐声、随车讲解员甜甜的解说声互相交织。各位领导异常兴奋，是啊，平时坐在办公室里开会，沉闷得很，没法交流没法窃窃私语，哪像这观摩会，近距离接触，说说笑笑，把平时遇到的稀奇事讲出来分享。反正都是同僚，肩膀头一样高，平时憋在心里不愿意对下级说的话，可以与同僚们说说，发泄发泄牢骚，机会难得，心里都很轻松。

在一号车的中间靠前位置，市委书记赵开来坐在一个带办公桌的座位，他自己占了两个人的位置，市长朱尔坐在赵开来后边，也是一人占了两个人的位置，市人大贾主任、市政协郑主席也是一人占了两个人的位置。领导嘛，座位要宽松。

康清泉上车后，站在车上向各位领导介绍济民县的县情和经济社会发展情况。赵开来说："你别站着了，坐我旁边。"康清泉不敢坐，赵开来又说："坐下吧，站那多不得劲，说话不方便。"康清泉这才敢坐在赵开来的旁边。

"你来这里有两个月了吧？"赵开来问道。

"还不到，不过也差不多有俩月了。"康清泉回答。

"怎么样？在基层工作是不是压力很大？"赵开来和蔼地问。

"压力是很大，总怕干不好辜负了领导们的期望。特别是'3·16'事件，让全市的工作很被动，我很惭愧，真想引咎辞职。"康清泉低下了头，不敢看赵开来的眼睛。

"我理解，我也是从基层上来的，理解你的难处。你刚到济民，就出现那事，不全是你的错，那都是多年积压的问题没解决好，在你来之后爆发了，让你赶上了。现在情况怎么样？"

"现在可以，我们的工作队一直在黑风口村常驻，群众的情绪很稳定。这些都是市委领导得好，处理及时果断，那些不法分子也害怕了，不敢再作乱了。"

"济民县是个农业县，群众还是比较老实本分的。在几个县中，济民县离山川市最近，济民县土地平整，荒滩荒地面积很大，是一块待开发的处女地，应该说最有发展前途，招商引资和项目建设有独特的优势，如果做得好的话，完全可以后来居上。"赵开来看着窗外的风景，继续说，"省委书记宋朝觐同志就曾对我说，咱们省是农业大省，而济民县是农业大县，可以说，济民县的发展很有代表性。目前，济民县是一张白纸，要在这张白纸上画出最美最好的图画，要在建设新型工业化、新型城镇化、农业现代化发展方面为咱们省闯出一条新路。"

"谢谢赵书记的支持和鼓励，回头我们抓紧召开县委常委会，落实您和省委宋书记的指示，把济民的工作做好，不辜负您和宋书记的厚爱。"

"各位领导，济民县农业示范园到了，请各位领导下车实地参观指导。"讲解员的声音打断了康清泉的汇报。康清泉抬头看了一眼，一号车上配的讲解员人长得真漂亮，没有化妆，打扮朴实，清新自然，用清秀甜美来形容最恰当不过了，说话声音也是脆甜悦耳。

各位领导陆续下了车，图文并茂的巨幅展板下边，领导们自觉站成了半圆形。

济民县分管农业的副县长石喜中不肯来，康清泉有些生气，像这种有个性的人真是不多了。

这时，只见常学谦拿起话筒，先试了试音，然后汇报道："各位领导，请到展板前边，请到展板前边来。"等大家都围拢到了他跟前，他接着说，"下边，我向各位领导汇报济民县农业示范园的基本情况。各位领导，这是济民县招商引资和项目建设的最新成果，是省农业厅的重点工程，还列入省政府的重点项目，今年以来投资两个多亿……"

"瞎吹吧。"不知道谁悄悄说了句。康清泉站在市委书记赵开来后边，听到这句话，心里很不是滋味，想必赵开来书记也听到了。看来，同行是冤家呀，同为县级领导，平时是朋友，但真到评比的时候，就成了冤家对头，就开始互相拆台，互相找碴儿，互相挖苦取笑。

听完汇报，各位领导进入大棚看反季蔬菜。大棚里空间很小，能进去的人不多，只有市领导和济民县的相关领导挤进去了，其他人都在外边转圈，有的借机上厕所，有的借机抽根烟，有的借机舒展舒展腰身，有的借机说说话，一群人乱哄哄的，很是热闹。

大棚里，已经训练好的技术员把提前准备的汇报内容认真准确地讲解了一番，当然，领导问一些技术性的问题，技术员答得也不错。

"作为省辖市，农副产品供应是大事，是重要的民生工程，我听说咱们过冬蔬菜都是从邻省运过来的，他们能种，咱们为啥不能种？人家邻省不仅农业搞得好，全国有名，工业也好。济民县要加把劲，围绕都市农业发展，调整产业和产品结构,大力满足城市副食品供应,这里边大有文章可做。"市委书记赵开来看了后点评说。

热热闹闹地送走了观摩团,康清泉松了一口气,总算没有出什么差错。通过对其他几个兄弟县(市)区的观摩对比,他发现别的县(市)区比济民县好不到哪儿去,除了县城有一些项目外,那些还都是城市综合体、基础设施和公共服务设施之类的建设项目,真正的工业项目和高科技项目、现代服务业项目也没有多少,无非还是前几年的项目又上了新的生产线,或者是一片空地围了道砖墙,门前再立几块大的展板,介绍说将要建设什么什么项目。大家一看都笑了,这都没影儿的事,骗谁呢?但是看透不说透才是好朋友,大家依然认真地听着讲解员讲解。

5

观摩告一段落,接着,就是在山川市会议中心召开山川市一季度经济形势分析和招商引资、项目建设现场观摩总结会。会议室里,工作人员已经把会议材料摆放到每位与会者的桌子上。康清泉从文件袋里抽出会议材料,有各县(市)区的发言材料汇编,有市统计局搜集的山川市与外地市一季度主要经济指标对比材料以及各县(市)区经济指标情况,康清泉更关心各县(市)区的经济指标对比。不看则已,看了之后,康清泉无地自容,除了农业指标外,其他的如工业总产值、固定资产投入、财政收入、社会消费品零售总额、金融机构存贷款余额都是倒数第一,不论是总量还是增幅都是垫底。济民的工作真的不好干哪,康清泉非常难受,刚到济民县,就碰到了"3·16"事件,事件还没处理妥当,又遇到经济困局。在人事关系上,康清泉总觉得市长朱尔及其原秘书马初生还有据说跟他关系特别不一般的黑氏家族"四大金刚"在阴冷地看着自己笑,就像鬼影一样。这日子不好过,这书记不好当,这工作不好干。

会议由市委副书记王正刚主持,会议进行第一项,由各县(市)区书记们挨个儿发言。轮到康清泉了,康清泉拿起早能倒背如流的稿子上了发言席。

康清泉开会不喜欢念稿子,他肚子里有东西,一般的会议他都会发挥很多。但是开大会或者给上级领导汇报工作，他一般还是要念稿子的，以防因一时考虑不周而出差错，造成不好的影响，带来不必要的麻烦。

康清泉顺利念完了稿子。

会议的最后两项分别是市长朱尔和赵开来书记做重要讲话。

"因为时间关系，会议发言就到这里。下面，请市委副书记、市长朱尔同志作重要讲话，大家欢迎！"王正刚书记话音刚落，会场上响起一片掌声。

市长朱尔抬起头，看了会场一眼，没说话，然后"咳咳咳"几声，清了清嗓子，他爱抽烟，一天抽两包，有咽炎。

"我今天就说一点。"朱尔扯着公鸭嗓子慢腾腾地说，"我今天会议讲话有个材料，已印发给大家了，我就不念材料了，大家按会上印发的材料落实就行了。我今天就强调一下实事求是的问题。"

众人愕然，一齐抬头看朱尔。这不符合常规呀，当市长的，应当总结一下一季度的经济运行情况，分析一下当前面临的形势，找出存在的问题，然后再提出下一阶段的工作打算，同时，对两天来的观摩情况和刚才各位县（市）区书记的发言作点评，这才是市长应讲的内容。你什么都不讲，只讲实事求是的问题，摆的什么迷魂阵？

市四大班子领导眼光也齐刷刷地看着朱尔。

朱尔见全场霎时安静下来，见大家都看着他，声音提高了八度，语气也立即严厉起来："有的县没东西看就不要看，从外地临时买的花卉、蔬菜，蒙谁呢？都是领导干部，搞这些小把戏有意思吗？把大家当傻瓜吗？！"

会场更加安静了，大家都在猜。噢，突然明白了，看农业项目的只有济民县，大家一齐把脸转向康清泉，康清泉感到很多双眼睛像刀剑一样向他劈来刺来，"腾"的一下，他头发晕，脸火烧火燎的，装作看桌子上的材料，直想找个地缝钻进去。至于再往下朱尔说的什么，以及赵开来书记讲话讲的什么，全没有听见……

会议结束了，大家一个一个都走了。秘书梁伟找到会议室，帮康清泉提公文包，拿水杯，康清泉这才回过神来，看到会议室只有工作人员在整理会场，有的工作人员同情地看着康清泉向他打招呼，康清泉只是点点头，匆匆离开了会议室……

"康书记，回家不？"秘书梁伟见康清泉神色凝重，不晓得发生了什么事，看看天色已晚，不知道他要回山川市的家还是回济民县的办公室。

"噢——"康清泉从沉思中清醒过来，看看车窗外，天色已暗，山川市的大街上早已是车水马龙，正是下班时间，路堵得不行。康清泉冷不丁地冒出一句："回济民。"

"康书记，您有一个月没回家了，您看您开几天会了，这么累，要不回家休息休息吧，明天一早我来接您。"秘书梁伟说。

"不回家，回济民有事。"康清泉斩钉截铁地说。

6

秘书梁伟不再说什么了，车子缓缓地向济民县方向驶去。雪白的车灯划破了浓重的夜色。

康清泉怎么也想不明白，观摩团在农业示范园现场观摩时，没有发现什么异常情况呀，应该说常学谦他们的工作做得还是比较细致认真的，领导们看了之后也都很满意。朱尔市长怎么会知道那些花卉、蔬菜是从外地拉回来的呢？这么正规的一季度全市经济形势分析会，作为市长，不认真分析经济形势，拿这个事做文章是啥意思呢？啥水平？康清泉心里很不是滋味，很痛苦，很气愤。

康清泉想来想去，想一圈，突然想到了县长马初生，莫非这是马初生县长在朱尔市长那里垫的砖？告的状？一想到马初生，康清泉如醍醐灌顶。对了，肯定是他，只有他能在市长朱尔那里搭上话，而且，这弄虚作假的馊主意是马初生县长出的，让他去具体经办这件事他还借故推辞，到最后他还再反咬一口，而朱尔市长又故意夸大其词、小题大做，点名批评，让康清泉丢人难堪，只有一个解释：那就是县长马初生和市长朱尔联合做的局，挖的坑，设的陷阱。

康清泉累了，真的很累。晚上，回到济民县，躺在床上，他翻来覆去睡不着觉，耻辱像一条虫子钻进了他的身体，难受得无地自容。第二天一早，他把所有的会议、活动什么的都推给了其他班子成员，独自开车出了县城。

去哪里呢？他想回老家。

人都是这样，遇到困难就想老家，越是老了越想老家，老家是精神寄托和心灵的故乡，是在外打拼的游子疗伤的地方。有个老家多好呀，在外边受了别人的欺负，受了天大的委屈，只要回到老家，就像回到了母亲的怀抱。但是，康清泉已没有老家了，老家的祖父祖母父亲母亲大伯大娘大婶等亲人都像深秋的树叶，纷纷飘零了，康清泉想回老家，但老家已没有了康清泉这一宗。想回祖坟前坐一坐，但又怕别人看到大惊小怪，想想也就罢了这个念头。

康清泉想起了黄河滩。黄河滩是空旷的，没有多少人，可以在那里静坐沉思，自我疗伤。于是，康清泉独自开车向黄河的方向驰去。路边麦田里，绿油油的麦苗已长到膝盖高，春天张扬起僵硬了一个冬天的臂膀，各种树木像桃树梨树杏树苹果树都绽开了或大或小红的白的清艳的小花，田野里那些不知名的小花也不甘寂寞，争相舒放憋了一个冬天的压抑和郁闷，以尽情吐放的方式表达着对春的渴望。

到了黄河边，康清泉下了车，信步走在松软的田埂上，脚上和裤腿上扑满了泥巴，他也不在乎。却不想踩倒一棵草、一朵小花，因为那也是一个生命，就像他一样。在官场这么多年，康清泉已经从一个朴实的农家子弟变成了相对成熟的"老油条"了，虽然人复杂了，可他心底依然保存善良的底色，柔软如故，其实，这是他的致命伤，是他的弱点所在。

河道里的风一阵紧似一阵，但柔柔的，暖暖的，黄土地清新的气息灌进鼻孔，非常舒服。康清泉看着风吹麦浪，听着不远处不时传来的老牛哞哞的叫声，冷不丁河滩里还会扑棱棱蹿出一只只野鸟，惊叫着飞上天空。远处，是静静的黄河水，形成优美的弧形曲线。偶有几株小树，黑色的剪影里，长成一幅乡野水墨图。

路边的田埂上，不知谁家堆了很多的玉米秆，康清泉有些累了，这时候他也不在乎平时是多么爱干净了，也不管洗得发白的衣服上会不会沾染上灰土，一屁股坐在玉米秆上，后来索性不管不顾地躺在玉米秆上。头枕着哗啦啦作响的生硬的玉米秆，凝望着辽远的天空，天空是那么高远纯净，几抹白云悠然地在天空飘浮，上午太阳光非常强烈，康清泉眼睛有些睁不开了，全身上下都像有一股暖暖的电流，那是特别温馨的感觉。

康清泉躺在乡野的土地上，头枕着黄河湾，就像躺在母亲的怀抱里。他心里很踏实，甜甜地进入了梦乡……

第四章

南方招商

　　暮春时节，来自北方小县的一群基层公务员，乘借二十一世纪初产业转移的浪潮，带着希望，带着期盼，首站到了南方望海市。

1

为了改变济民县经济发展、招商引资和项目建设的被动落后局面，按照康清泉的提议，在山川市一季度经济形势分析会召开之后，济民县也召开了一季度经济形势分析会。之后，报经山川市委、市政府同意，由康清泉亲自带队，县委副书记陈致孝，县人大主任黄太和，县政协主席安静默，县委常委、常务副县长常学谦，县委常委、宣传部部长袁新国，县委常委、县委办主任易三戒，分管工业和招商引资的副县长任书生，分管城建的副县长万事通，分管农业的副县长石喜中以及各乡镇、县直主要委局的一把手参加，组成了声势浩大的济民县党政学习考察团赴南方学习考察，并借机召开承接产业转移项目推介会。县发改委提前准备了几百个招商引资的合作项目，计划利用半个月时间，倾巢而出，浩浩荡荡地向南方进发。

济民县家里的工作由县长马初生主持，康清泉千叮咛万嘱咐，生怕再出什么差错。

康清泉临走前放心不下两件事。一是黑风口村的稳定问题，二是他那穷亲戚王扎根的儿子王天亮的病情。他下午下班后，应酬了一番上边来的人，然后叫上秘书梁伟、司机小李趁着夜色一同向黑风口村进发。这次，他提前通知了驻村工作队队长南步涛，让他在村里等着，又通知了太平堤乡党委书记毕成功、乡长齐得胜，黑风口村支书黑老三、白家滩村支书白老拐以及朱屯、杨寨、姚口、马家几个村的村支书参加。虽算不上微服私访，但也是轻车简从，毕竟，没带县里新闻单位的记者，也没有带县里的相关领导和相关委局的主任、局长们，没有前呼后拥，没有闪光灯不停地闪耀。康清泉不喜欢那样。

在黑风口村的会议室，一干人等早已在那里聚齐。"这段时间，因为工作忙，我一直没来得及看大家，大家辛苦了。"康清泉上来就是一番道歉。

"康书记辛苦，您那么多事，还抽出空来看我们，我们很感动啊。"南步涛迎合说，大家也都说康书记辛苦了。

"白天忙，没时间，只有趁晚上来看大家了。最近怎么样？有什么困难没有？"康清泉直奔主题。

"要说困难，既然康书记问了，我就不拐弯抹角了。现在困难确实有，像俺村的变压器少俩；这次打架打伤了不少人，治病的医疗费拨得不够；还有，学校该翻新了；最重要的，我听说上边要清理拆除砖瓦窑场，还要俺村都搬走，搬到黄河大堤外边，说是影响黄河安全，要移民搬迁，这说的是啥事？俺村祖辈儿在这儿这么多年了，没见咋影响黄河呀？俺这一拆一搬，生活问题咋办？是不是因为打架的事，要找我们秋后算账，要收拾我们咧？"黑老三说着说着站了起来，右脚往凳子上一踩，大手一挥，看那架势又要打架了。

"黑老三，你这是弄啥咧？跟康书记汇报工作，你站起来干啥？"南步涛站起来，拍了拍黑老三的后背，硬拉着黑老三的胳膊坐下来。

太平堤乡党委书记毕成功吓了一跳，他下意识地迅速站起来。自从康清泉来济民县当县委书记之后，他就提心吊胆，先是康清泉微服私访，在他管辖的领地被黑老四打了一顿，还被警察铐在杨树上，接着是"3·16"事件。毕成功总觉得康清泉要处理他，即使现在没有处理他，早晚恐怕也要处理他。他和黑老三关系好，其实他也不想和黑老三走得太近，但是黑老三和现任市长朱尔的关系非同寻常，和县长马初生的关系非同一般，他还有个公安局的大哥黑文礼，还有个二哥——济民首富黑老二，还有个打人不要命的弟弟黑老四。他不敢得罪黑老三，甚至他还想走黑老三的门路，盼望着黑老三帮他美言几句。但是，人算不如天算，有时候，偷鸡不成反蚀把米，黑老三不是好惹的主，他不仅没有给毕成功带来好运，反而更加不把毕成功放在眼里，给他戳了不少大窟窿。看来，啥事都不能只往好处想，好事来不了，坏事找上门。毕成功其实也想开了，最好经过这件事把自己调走，离开这个是非之地，离开黑老三这个"瘟神"。

"老三，你反映的问题我会认真考虑。群众的生产生活条件改善问题我负责抓紧解决，至于你说的拆除砖瓦窑场和村庄搬迁问题，我也是才听说，还没见上边发文件，只是传闻而已，你咋知道？"看到黑老三猖狂的样子，康清泉打心眼儿里反感。

"嘿嘿！嘿嘿！"黑老三直笑不说话。

康清泉说："你说拆砖瓦窑的事，现在还没影儿。即使有这事，跟你们几个村的打架也无关，这是全省包括整个黄河流域都涉及的问题，你不要多心。"

一直坐着没吱声的白家滩村支书白老拐趁机说道："我们相信县委、县政府，我们感谢县委、县政府，我们村没有什么问题，请康书记放心。"

"老拐，你少放狗屁。"黑老三骂起来。

"黑老三，你小子有啥了不起？我就不尿你，不行的话咱再干一仗，谁怕谁？"白老拐拄着拐杖站起来，满脸怒火。

"咦，就你那材料，我一脚不踹翻你？捏死你跟捏死个蚂蚁一样，你服不？"黑老三上去就要踩白老拐。

"坐，坐，老三，几十岁的人了，驴脾气咋还没改？"南步涛站起来，拽住黑老三的胳膊硬是把他拉到椅子上，黑老三挣扎了几下不愿坐。

"咱黑白两村是世仇，不是你灭了俺村，就是俺村灭了你，这事没完，我走，不说了，大不了老命搁这儿。"白老拐用拐杖"咚咚"捣地，愤愤地说。

"你们俩支书不要说了。"康清泉也站了起来，"黑风口村和白家滩村一个村二十万元，朱屯、杨寨、姚口、马家几个村村小，一个村十万元，县里给你们拿钱，支持你们村的工作，不能再乱了，好不好？毕成功——"

"康书记，我在这儿。"毕成功倏地站了起来。

"你明天就给我送一份申请财政补助的报告，我签给财政局，让他们三天之内把钱拨到位，能做到不？"

"请康书记放心，保证完成任务。"毕成功拍拍胸脯。

"但是，有一条。"康清泉顿了顿，看着大家，"毕成功不能截留，你们这几个村的支书不能拿这钱大吃大喝，要办正事，要专款专用，改善你们这几个村的生产生活条件，对打伤的群众进行困难补助。不能再出乱子了，知道不？"

"妥了，按康书记说的办，我们把好事办好。"白老拐带头呼应，黑老三纹丝不动。

"你们先去吧，我跟南县长再说点事。"康清泉示意大家离开，毕成功、齐得胜和白老拐以及朱屯、杨寨、姚口、马家几个村的村支书一个个都离开了，黑老三站在那儿不动，似乎不想走。

"老三，我跟康书记汇报工作咧。"南步涛下了逐客令，黑老三这才不情愿地离开了。

"南县长，辛苦你了，不容易呀。"康清泉见只剩下南步涛和秘书梁伟了，先表扬起了南步涛。

"这是康书记对我的信任，知遇之恩，我不能忘记。"南步涛激动地大声说道。

"南县长，家里有什么困难没有？老同志了，有困难需要组织上帮助的尽管说，只要不违反原则，能照顾还是要照顾的。"康清泉知道，想要拢住一个人，必须抓住他的心。

"没啥事，既然康书记说起来了，我也就说说吧，还真有个头疼事看康书记方便不方便帮助解决？"南步涛犹犹豫豫、吞吞吐吐地说，但他心里非常清楚，此时不找康清泉更待何时？

"尽管说吧，老同志了，该照顾必须照顾。"康清泉很爽快地说。

"我女婿现在是团县委书记，已经当两年了，干部调整时看能不能让他下乡锻炼锻炼？"

"这个……"康清泉有些犹豫了，牵涉干部调整问题，他初来乍到，还真的没有考虑过这个问题。

"康书记，要是不合适的话，那就算了，权当我没说。"

"啊，不，南县长，我初来乍到，还真的没考虑过这个事情。而且，我对全县干部情况还不熟悉，现在调整干部条件还不成熟。"

"理解，理解。康书记，我也当多少年领导干部了，我理解您的想法，我只是说说而已，有机会呢您就照顾照顾，没机会就算了。"

"南县长，要说呢我不能封官许愿，不过，你女婿现在就是团县委书记，下去当个乡长也有先例，属于平级调动，也不算过分。自古就有举贤不避亲这一说，你这个事我记下了，有机会一定考虑，好吧。"

"那先谢谢康书记！"

"南县长是老领导了，客气啥。不说了，唉，说起干部的事情来，有时候真是烦人。"康清泉叹了一口气，其实，他也是在卖关子想落好。

南步涛多聪明呀，一点就透，立即明白了康清泉的心思。但他故作一脸茫然，附和着说："那是，人的事最难办。"

"我才来几天呀，找我说干部的人多去了，有上级领导，有亲朋故友，还有咱县里的四大班子领导，下边的干部还有毛遂自荐找我的。咱们这儿的人哪，除了当官，啥都不会干，啥都干不了呀。"

"那是，要不咱就落后呢。"

"不只是经济上的落后，关键是思想上的落后，说起来可笑，有个干部托人打招呼后毛遂自荐找我来了，要求下乡。我说你在县直单位当个副局长不是挺安逸的嘛，下乡干吗？你猜他说啥？"

"说啥？想找个展示才华的舞台？"老南问。

"不是。老南，你也是老基层干部了，你再猜猜。"

"想为老百姓多干些实事？"

"还不是。"

"那我猜不出来了。"

"那个干部说，他在县直机关那单位是个清水衙门，他干很多年了，也没啥积蓄，一直住的小房子。眼看小孩子越来越大了，小房子住着不方便，想下乡干两年，弄点儿实惠，买套大房子，求我照顾照顾他。"

"这人，这人，哈哈哈……"南步涛哈哈笑起来，边笑边说，"这人也太……"

"是啊，你说这人我是该表扬他呢还是该批评他呢？他说的也真是实话，是个实在干部，有啥说啥，论这我该表扬他。可是他这动机，他下乡当领导的目的就是为贪些钱买套大房子，他能为老百姓办事？他不出事才怪呢。现在党纪国法这么严，他咋就没有一点敬畏之心呢？"

"哈哈哈……还有这人。"南步涛摇摇头，又笑起来。

"人上一百，形形色色。我刚来，济民的情况我不了解，所以，我们现在还不宜调整干部，毕竟这是大事呀。"

南步涛不笑了，赞同地说："康书记考虑得对，办啥事都要稳当些好。顾怀力当书记的时候，有一次大规模调整干部，任命了一个乡党委宣传委员，结果有人告上去了，说那个人不是党员。你说这事弄的，不是党员怎么能任命为乡党委宣传委员呢？后来，赶快把任命文件收了回去，虽说那人没弄成，但影响多坏呀。"

"是啊，南县长是个明白人哪。等下半年或者春节前后我情况熟悉了，只要不违反组织原则，我把这事给办了。你不用再操这个心了，只要把工作干好就行了，黑风口村和白家滩村不能再出乱子了。"

"妥了，放心吧康书记，您是个好书记，我就是豁出老命来也要把工作干好，给您抬好轿，确保不出事。我在乡镇干了大半辈子，对付这些村支书还是不在话下的。"

"南县长，除了保证群众不打架，往前还有个棘手的工作你要提前帮我考虑考虑。"康清泉看了看黑风口村的会议室，并不放心，怕有窃听器材，"咱俩出去散散步吧。"

南步涛会意地点了点头，两人刚出门，就瞅见一个黑影溜走了，康清泉暗自庆幸，看来害人之心不可有、防人之心不可无呀。"去我车里说。"康清泉临时决定，南步涛也被那溜走的黑影吓了一跳，"好家伙，还弄这咧？他奶奶的。"南步涛大声骂道。

两人钻进康清泉的车里，司机小李下了车，在外边和秘书梁伟闲聊。

"你说吧，康书记。"南步涛有些迫不及待了。

"我听省里的领导说，往前要清理整顿黄河滩里的砖瓦窑场了。我知道黑风口和白家滩这些年全靠烧砖发财了，要是断了他们的财路，这对咱们的稳定工作是个雪上加霜的难题。你提前摸摸情况，先透透风看看群众的反应，谋划个工作方案，怎么样？"

"放心吧，康书记，没啥大不了的，您交给我，我把这事办得劲。"南步涛胸有成竹地说，接着他又不解了，"这个黑老三，刚才他就提到拆除砖瓦窑场，他的消息咋恁灵通咧？真神哪。"

"是啊，事情不好办就在这里呀。不过，有你在，我放心，咱啥事还是要想周全些，毕竟咱们济民县再也折腾不起了。"康清泉两眼瞅着车窗外，黑漆漆的夜色使黄河滩里的黑风口村更加神秘莫测。忽然，康清泉似乎听到若有若无的一阵哭声，他屏住呼吸，南步涛也默不作声，仔细听，确实有一个女的在哭，使人身上起鸡皮疙瘩。

康清泉推开车门下了车，秘书梁伟和司机小李一溜小跑到了跟前。

"谁在哭？"康清泉问道。

"好像是那边。"梁伟指了指前边不远处一个低矮的茅草房子。

"走，看看去。"康清泉说道。

一行人顺着哭声一路找了过去。

几个人的脚步声不知惊动了谁家的看家狗，狂叫不停，给这寂静的夜空平添了几份哀怨和凄凉。在临街的这所茅草屋前，几个人停住了脚步。木门关闭不严，门缝里透出灯光，哭声就是从这里传出来的。

"嘭！嘭！嘭！"秘书梁伟轻轻拍门，"家里有人吗？"

哭声止住了。"谁呀，是俺的明儿回来啦？"一个苍老的女人在里边问道。

"大娘，开下门吧，我们是县里过路的。"

门"吱咛"打开了，屋里昏暗的灯光下，是一位颤悠悠站着的老大娘。"是俺的明儿回来了？"

"大娘，俺是县上来的，刚才是您老人家在哭吗？"康清泉弯腰进了屋。

"俺明儿咋还不回来呀？"这位老大娘又哭了起来。

"您的明儿是不是叫周明理？"南步涛问道。

"俺儿叫周明理，前些时出去走亲戚，咋现在还不回来呀？"

"康书记，"南步涛把康清泉拉到一边，附在耳边悄悄说，"周明理是这村里的教师，打架那会儿刚好去走亲戚，回来的路上被打死了。怕他老娘知道了难过，就送到县殡仪馆火化了，这事她老娘还不知道呢。"

"什么？死的那个教师就是这家的人？"

"对呀。要说周明理真是个苦命人。我听村里人说，他娶了个漂亮媳妇，可是被村支书黑老三这个孬种货给盯上了，周明理晚上经常去学校教课不在家，只有一个老娘，常年有病，糊里糊涂，脑子不清楚。有一回黑老三翻墙来到周明理家，把周明理他媳妇给祸害了。他媳妇是个刚烈性子，喝药死了，周明理气得没法，可是又惹不过黑老三，后来半神经了。可怜这老太太，儿媳妇喝药死就受了很大的刺激，要是知道儿子也没了，那还咋活呢？大家都瞒着她，要是知道这个信儿……唉——"

"黑老三真是无恶不作呀。"康清泉气愤地说。

"现在有的村支书孬得很，都是村里一霸，仗着家族势力大，又整天和乡里的干部吃吃喝喝，啥事都能摆平。村里那些小门独户的，日子就起名叫个难过。村里要是哪个大姑娘小媳妇长得好看的，一些村支书村主任就不安生了，就该找人家的事了，现在男劳力很多都外出打工了，家里都是老的老小的小，剩那些娘儿们家，事多着呢。"

"你说得有道理，农村的事情麻缠得很。我平时事多，眼下，南县长，还要拜托你照顾好这位大娘呀，老人家太可怜了！"康清泉眼一红，直想流泪。

南步涛说："康书记，听说周明理他娘人好着呢，娶了个漂亮媳妇，就像待自己亲闺女一样，村上的人都这样说的，冬天农闲时候不忙，小媳妇天天睡到中午，中午起来吃了饭，下午到街上转转，晚上坐被窝里看电视，家里啥活儿都不干，做饭刷碗扫地是周明理他娘一个人干，你看这多好一家人，生生被拆零散了。"

康清泉向南步涛弯腰鞠了个躬："老南，你更要操心了。"

"别别别，康书记您这是干啥咧？"南步涛也连忙向康清泉鞠躬。

"咱当干部不能为老百姓办事，还让人家受这么大的罪，咱惭愧呀！我事多，轻易不会到这儿来，你一定要替我照顾好这位大娘。"康清泉又说了一遍。

"康书记，放心吧，我会尽力的。您菩萨心肠，济民县有您当书记，济民人民有福哇！"

"别这样说，只是承蒙组织厚爱，阴差阳错让我当了济民县的书记。我也不知道能干多长时间，只要我在任一天，我就要为老百姓办事，就要为那些受欺负没材料的底层群众撑腰做主。我不怕那些凶神恶煞，大不了我还回市直机关当个没权没势的小吏，做个普通的机关公务员。"康清泉摸了摸口袋，把所有的钱掏出来，借着微弱的灯光低头看了看，大概有几百元钱，走上前递给了这位老大娘，"大娘，这是我的一点儿心意，您留着买点儿好吃的东西吧。"

"俺不认识您，俺不要，俺不要。"这位大娘执意不接，吓得后退了几步。

"大娘，您就接住吧，这是康书记的一点儿心意。"南步涛在旁边劝道。

"谁的钱俺也不要，俺又不认得您。"

"那样吧，大娘，以后我和您结成亲戚，我就是您的晚辈，我会常来看您，今天是初次见面，给您的见面礼，行不？"康清泉央求道。

"康书记，您不是已经结了一个穷亲戚吗？"秘书梁伟在旁提醒说。

"不要紧，多结一个穷亲戚也是应该的，只要济民县有困难户，就都是我的穷亲戚。"

"让俺跟您成亲戚？"老大娘吃惊地说，"可俺不知您是哪儿的人，您是谁呀？"

"大娘，这是咱济民县的县委书记康清泉同志，是咱们济民县的一把手。"南步涛大声说。

"您是县委书记？"老大娘惊得目瞪口呆。

"是呀，县委书记想和您成亲戚，您打着灯笼往哪儿找呀？"南步涛说。

"您是县委书记，您帮俺找找俺的明儿呗！他咋这么多天都不回来呢？"说着说着，老大娘又哭了起来，"俺那口子去得早，媳妇又喝药死了，俺就剩这一个亲人了。"

"大娘，以后我就是您的明儿，我常来看您，您有啥事找我，我来办。"康清泉眼睛也有些湿润了，"这钱您还是拿着吧，不多，一点儿心意。"

南步涛和秘书梁伟也劝老大娘把钱拿住，于是，老大娘半推半就把钱收下了，哆哆嗦嗦捏在手里，就这么一直拿着。

"康书记，咱走吧，时间不早了。"南步涛说。

"那行，大娘，我们走了，以后我会常来看您的。您多保重，我把我的手机号留给您，您有什么事可以直接给我打电话。"说完，康清泉掏出一张名片递给了这位老大娘，握了握老大娘的手，心情沉重地走出破旧的小屋。

"老南，那我们就走了。你留在这儿任务不轻呀，多保重！"康清泉握了握南步涛的手。

"康书记，您放心吧，有事我会及时给您打电话。"

告别了南步涛，康清泉坐车走了。

路上，康清泉问秘书梁伟："梁伟，你看我来这儿时间不长，已经结了两家亲戚了。你说以后他们要是找我办啥事，我如果特殊照顾算不算徇私舞弊呢？"

"康书记，您这不能算，本来您和他们就没有血缘关系，就不是亲戚，这是您关心群众的体现。您为全县的领导干部带了个好头，这应该在报纸上好好宣传宣传。"

"你这样说，我就放心了，至于宣传，那就免了吧。"

"康书记，我一定牢记您的教导，我知道以后应该怎么样为您搞好服务了。"秘书梁伟由衷地赞叹说，"呃，康书记，您的那位王大伯亲戚……"

"哦，对了，今天太晚了，明天，我们一大早过去。早去早回，不耽误八点钟上班。"

"是否跟乡里村里的领导打个招呼？"

"不打招呼，轻车简从，还是小李咱们三个。"

2

第二天一早，康清泉和秘书梁伟叫上司机小李直奔王家寨而去。

汽车在乡间道路上行驶，但见一路上春风染绿了大地，田野里飘来花红柳绿的清香。

不一会儿工夫，康清泉就到了王扎根家门口。上次来，因为人多，康清泉没有很好地观察王扎根家的院落，这次来，康清泉仔细打量了一番。这确实是一个破败的家院，围墙很低，只能圈住家养的牲畜，用木棍和荆条编织而成的柴门把这个家庭与外边隔开，三间砖瓦堂屋因年久失修，两处出现了裂缝，裂缝中还长出了几株杂草。

王扎根家门口有两个人，一人站着，一人蹲着。近前一看，站着的人五短身材，康清泉记得他好像是王家寨的村支书，而蹲着的就是王扎根。

康清泉的车停在了王扎根家的门口，康清泉交代司机小李把车开远点儿，一会儿再过来接他。

王家寨村的支书王营战满脸堆笑迎了上来。人没到跟前，一手拿烟盒，一手抽出一根烟远远地递上。康清泉直摆手，说不抽烟不抽烟，并问王营战咋知道他要来，王营战嬉笑着说：“康书记，自从您和扎根爷结了亲戚，我天天来扎根爷家，只要没啥事，每天都找扎根爷‘瞎喷’。”康清泉说难得你有这份儿心，王营战说那是那是，康书记的亲戚我必须照顾好，这是重大任务。康清泉笑了笑，王营战把烟塞进烟盒里随手又塞进裤兜里，然后陪着康清泉进了王扎根的家门。王扎根则在后边跟着，康清泉觉得有点儿别扭，这好像不是来看王扎根，像是来看王营战的。秘书梁伟也发现了这个问题，于是上前用手扯了扯王营战的衣领，低声说：“招呼好扎根大伯。”王营战迷瞪过来了，于是连忙回头，上前挽着王扎根的胳膊，“扎根爷，您走慢点儿。”

王扎根的老伴正在院子里喂猪，见康清泉他们过来了，颤巍巍地迎上来，直往堂屋里让。

“咋样儿，大伯？天亮咧？”康清泉刚一落座就问道。

“不赖！您走了没几天，乡里就把俺那傻天亮送到山川市精神病医院住院看病去了，估摸着天亮的病还会治好咧，这都是托您的福呀。我给您跪这儿磕个头吧。”话没说完，王扎根就要下跪，康清泉急忙起身阻拦：“大伯，可不兴这样，这是我应该做的。”

这时，旁边站着的王扎根的老伴又哭上了：“我那可怜的儿子、闺女呀，你们咋恁没福哇，康书记要是早点来你们就不会死了呀——”

“咋回事呀？大娘到底有啥委屈呢？”康清泉劝王扎根的老伴。

王扎根低下了头，看来也很难过。

“康书记，扎根爷、扎根奶是想起他们死去的儿女了。”王营战看起来愤愤不平地说。

“是啊，解决贫困人口的脱贫问题，事关农民群众的吃穿住，更事关农民群众的生命健康啊，这不是活得好不好而是能否活下去的问题，必须把这件事尽快提到议事日程上来。"康清泉自言自语地说。接着，康清泉又问道："大伯，手抖的问题检查了吗？"

王扎根说："检查了。您来俺家没多长时间，乡里就来人把俺俩老不死的送到山川市人民医院做了检查，检查一圈，俺老两口也没啥大毛病。手抖这事，主要还是年纪大了。"

"没事就好，没事就好。"康清泉高兴地说。

"大伯，天亮的病情现在好些了吗？"康清泉又问道。

王扎根闷着头抽烟不说话，王扎根的老伴说："康书记，好点儿了。我去山川市精神病医院照看天亮，有时候出门，他会说，妈，您慢点儿！看那眼神，不像傻子呀。"

康清泉听了一阵阵心痛，眼眶湿润了——

王营战见状急忙转移话题说："康书记，俺这儿的人老实着呢，屈死不告状，打死不上访。俺村很多年都没有刑事案件，连打架斗殴的也没有。不像那黄河滩里的人野，动刀子打群架，俺这儿民风还是可以的。"

"那就好，一方水土养一方人，你多考虑考虑群众致富的问题。村看村，户看户，关键看支部，你这支部书记要带好头，要成为致富的带头人，同时，要加强乡风文明建设，搞好乡村治理，抓好村容村貌环境整治，要想办法把你这个村建设成富裕村、文明村、治安模范村、生态优美村。"

"康书记放心吧，有您的支持，我一定会干好的。"王扎营拍着胸膛表态说。

康清泉高兴地点点头："好了，时间不早了，我也该回去了。"接着，康清泉告别了王扎根夫妇，离开了王扎根家。

3

赴南方学习考察团出发之前，济民县委办一名副主任、县接待办主任和县工商联主席提前出发打前站了，联系学习考察单位，做好吃住行等一应事务。之所以让县工商联主席打前站，是因为县工商联联系企业，如果举办承接产业转移县情说明会，要邀请当地企业参加，仰仗当地工商联出面比较合适。

学习考察团成员先坐火车到南方，出了火车站后，提前在当地租的两辆大客车和一辆斯柯达面包车已经在高铁站的停车场等候，济民县县级领导们乘坐斯柯达面包车，其他人员分坐在两辆大客车上。暮春时节，来自北方小县的一群基层公务员，乘借二十一世纪初产业转移的浪潮，带着希望，带着期盼，首站到了南方望海市。

望海市是一个县级市，以服装加工闻名于世，县域经济综合实力在全国排名前几位。这几年，由于劳动力成本上升，以及水、电、土地供应紧张等因素，外贸订单急剧减少，企业利润急剧下滑，很多企业正在准备寻找新的投资洼地。

一路上，但见宽阔的道路两侧，都是开满鲜花并修剪成多种造型的绿化带。一路一花，一路一景，绿化带中间还有弯弯曲曲的人行步道和自行车道。济民县党政学习考察团的各位领导心里暗自称叹：这路修得漂亮，两边绿化带一平方米不知要多少钱呢。更奇怪的是，他们路两边没有低矮的小房子，不像济民县，有路必有房，还都是些违章建筑。修自行车补轮胎的，开烟酒店卖摩托车的，炸油条卖豆腐脑的，开水泥预制板厂和加工木材的，乱得很，脏得很。

一行人边欣赏边赞叹，一会儿便到了望海市，大队人马到望海，名义上是学习考察，其实就是挖墙脚，招引人家的项目。望海市方面好像也知道济民县的意思，因为这两年类似的学习考察团多了去了，所以他们对济民县的学习考察团很不感兴趣，只派了一名接待办主任负责接待，其他领导一概推托开会或出差等，自始至终不见踪影。

"真是财大气粗呀，有钱就是爷。他们是县处级，咱也是县处级，好赖派个副县长见见咱也行啊，真不够意思。"县人大主任黄太和开始发牢骚。

"能见咱都不赖了，就你那鳖子样人家当你是个人你就八辈子烧高香了吧。"县委常委、宣传部部长袁新国沙哑着声音开了腔。

其实，俩人已经骂了一路，把俩人的上几辈了都骂了　遍。骂是骂，倒给车上的人带来了一路欢笑，寂寞的路途不再遥远。

"人家是全国百强县，每年来参观的人那么多，咱又是来招商引资的，人家肯定不欢迎咱，能派人接待咱就已经很不错了。"县委常委、常务副县长常学谦说。

"南方人跟咱这儿规矩不一样，人家搞接待那是跟国际接轨。人家有时候就派一名工作人员，有时候就是一个司机，全程陪你陪到底，虽然陪你的人层次不高，但人家的接待标准并不低，人家都忙着抓经济了，哪有时间天天陪客？"分管工业和招商引资的县委常委、副县长任书生出门比较多，有感而发。

"咱出去的目的是学习先进经验，招商引资，只要达到咱的目的，管他接待安排什么规格呢，要甘当小学生。"康清泉一席话，大家都不吭声了。

一行人在望海市马不停蹄，上午听了望海市接待办主任的情况介绍，下午去参观企业。中午吃饭的时候，康清泉给各乡镇的书记乡镇长们作了交代，要抓住机会与企业家们接触攀谈，宣传济民的优势，争取达成一些协议。实在不成，能邀请到济民县去考察项目也是一大成果。如果谈得投机的话，可以不参加接下来的活动，留在当地深入洽谈。到学习考察结束的时候，比一比哪个乡镇引进洽谈的项目多。

有了康清泉的这项任务，大家都没心思乐了，原来还挺放松的，原以为是县委、县政府考虑大家前段时间处理"3·16"稳定事件那么辛苦，这次要组织大家出去放松散散心呢。看来，这次的任务不比处理"3·16"事件难度小呀。

虽然官方不积极，但是企业家们对来自北方的济民县党政学习考察团很重视，他们也在寻找商机，也在寻找新的投资洼地。

第二天上午，在望海国际大酒店，济民县举办了一场承接产业转移县情介绍暨项目推介会。经过工商联的前期沟通，当地的企业踊跃参加，他们的嗅觉相当灵敏，反正参加这样的活动也不要钱，而且还多了一个了解北方内陆地区的机会，何乐而不为？

容纳二百多人的望海国际大酒店多功能厅，一下子来了三四百人，有的是拿着请柬来的，有的是闻风而动、不请自来。望海国际大酒店的服务员急忙加椅子，多功能厅的后边放了三四排小靠背椅子，连中间过道也加了一排椅子，热闹得很。

"帅哥"牌西服，全国知名，这不，通过工商联的积极协调，企业老板钱跟上也来了。晚上，大老板钱跟上宴请济民县学习考察团副县级以上领导干部。

酒过三巡，菜过五味，该说正事了。康清泉端起酒杯说道："钱董，您是个了不起的人物，是全国知名企业家，您的商业眼光无与伦比，我们济民县的情况您也有了初步了解，您觉得我们济民县是不是投资的宝地？"

"康书记，济民县好，是个投资的好地方。我认为有这几点：一是离山川市近，只有二十公里，这是最大的区位优势；二是你们那里劳动力便宜，招工容易，这也是我们这里比不了的条件；三是土地平坦，一眼看不到边，不像我们这里，六山三水一分田，办企业想找一块儿平坦的地方都没有。"钱跟上说着说着也站了起来，端起酒杯，"我的初步想法是，在济民县大干一场，在那里搞一个全国最大的帅哥西服工业园，弄他几千亩地，好好地规划设计一下，既有生产基地，又有高端西服展示销售中心，还有商务写字楼，也有高端地产项目，打造城市综合体，我们不能只生产西服，也要进军多种相关行业，形成产业链。"

钱跟上还没说完，酒桌上已响起热烈的掌声。

"不过，"钱跟上看了一眼康清泉，接着说，"我投资可以，几十个亿、几百个亿都没问题，但有个条件我要向康书记汇报。"

"您说，只要我们能做到的，一定大力支持。有困难的，我们向上级领导汇报，请上级领导支持。"康清泉依然站在那里，端着酒杯等待洽谈有一定眉目的时候，与钱跟上一饮而尽，把酒言欢。

"我有三个条件：一是地块我来选，我选中的地块儿，望康书记等各位领导做工作帮我协调。"

"没问题，没问题。"大家都说没问题。

"二是土地一级开发，而且还必须是净地供应，土地价格嘛，我只负担农民拆迁、青苗补偿费和办理手续的相关费用。三是各种税费前三年全免，后七年征十返八，十年以后正常缴纳，怎么样？"

济民县的各位领导听了之后都默不作声，唉，像这种条件，招这种企业还有什么用？这纯粹就是一个不下蛋的公鸡，甚至是连肉也吃不得的公鸡，赔钱买卖，瞎折腾什么？关键是这个企业在挂羊头卖狗肉，不就是一个服装加工厂吗？充其量几百亩地足够了，要几千亩地，其目的还不是搞圈地运动吗？主要意思不就是搞商业地产，搞住宅吗？

"没问题，没问题。"县委常委、常务副县长常学谦也站了起来，端起酒杯，看了一下康清泉，示意康清泉。

康清泉依然没有表态。

见济民县的头头脑脑们都不说话了，钱跟上接着说："如果康书记认为有难度的话，那我们就不勉为其难了。其实，在你们来之前，已经有七八拨你们北方的招商团了，他们让我去，零地价，连青苗补偿费和各项土地建设的手续费都是他们县里支付，我只建设生产经营就行了。而且，我们企业的影响力你们是知道的，我们只要去哪个地方投资，说明那个地方的投资环境很好，说明那个地方很有商机，一大批服装加工和配套企业就会一窝蜂地跟着去投资。那个时候，可不是我们一家企业在生产，那就是一批服装加工企业，一个服装产业链、一个服装城、一个服装生产基地、一个服装大县就平地产生了。"说完，钱跟上端着酒杯就想坐下。

"不不不，不是那个意思，我们康书记在考虑要对你们给予更大的支持呢。"常学谦连连劝说道。

"好，一言为定，干杯！"康清泉冷不丁地大声说，众人吓了一跳，但很快大家都反应过来了，于是一齐站了起来，"为了我们精诚合作，干杯！"

4

离开望海市之前，康清泉安排县委常委、常务副县长常学谦带几个人留下来，组成专班与钱跟上他们对接，趁热打铁，力争把意向变为协议，取得更大的成果。

济民县外出的第二站是南都市，这也是一个县级市，以生产陶瓷地板砖为主导产业。还没到南都市，济民县接待办主任就从前方打来了电话，说南都市书记要作陪，宴请济民县考察团一行。这下子，济民县的四大班子有点儿丈二和尚摸不着头脑了。在望海市，坐了个冷板凳，人家压根儿不欢迎，可到南都市，热情得有点儿过分，这到底是咋回事呢？

康清泉说，在望海市没领导接见咱，不方便问话，到了南都市，我要问问，他们这路两边是咋整的。黄太和说，对，康书记，要问问他们是咋整的，咱这地方要是也整成这样，路两边都是青枝绿叶的，那环境就彻底改变了。

到了南都市，市委办副主任、市政府办副主任接到了高速公路收费站下路口，南都市引导车开道，济民县学习考察的车队一溜烟直奔南都国际大酒店。南都市虽然和济民县同为县级设置，但那繁华现代的景象却远不在一个档次。且不说县城堪比一个北方的中等城市，高楼林立，车水马龙，即便路过的乡镇，那规模也跟济民县城差不多。

到了南都国际大酒店，一看，是个花园式大酒店，亭台楼阁，鸟语花香，雅得很，县人大主任黄太和直咂嘴。

"鳖子，这比你家强吧？"县委常委、宣传部部长袁新国又着急说话了。

"少说两句憋不死你。"黄太和回骂了一句。

"各位领导，请下车。由于明天我们市领导要到省城开会，本来安排在明天的宴请活动提前到今天晚上进行，请各位领导见谅。请各位领导先到房间稍事休息，一会儿咱们就在这个酒店二楼宴会厅共进晚餐，为各位领导接风洗尘。"南都市的接待人员介绍道。

"老乡来了，热烈欢迎呀。"在酒店的贵宾厅里，一拉溜摆了六七桌，中间靠里那一桌是主桌，南都市委书记杜建军见客人们进了房间，从主桌的主位上站起来，热情地伸出了双手，紧紧地和康清泉握在了一起。

听闻杜建军直喊老乡，康清泉疑惑地问道："敢问杜书记家是……"

"你们不知道吧？我家就是山川市的，在郊区，上大学到南方来了，毕业就留在这里工作一直到现在。"

"哦，原来如此，杜书记是我们山川市的骄傲呀。"

老乡就是不一样，接待就是不一样，热情度更不用提了。这次，好家伙，南都市四大班子领导和各对口委局的头头们倾巢出动，每一桌都有陪客，而且特殷勤，济民县的各位领导受宠若惊。

既然是老乡，喝起酒来也就放肆多了，说话也随便多了。喝到半路上，康清泉说："对不起，杜书记，我们来是招商引资的，是挖你们墙脚的。不过，我觉得对你们也有好处呀。"

"没啥好处，你们把企业招走了，我们怎么办？"

"你们有的是办法，不是说腾笼换鸟吗？我们招的只是低端的劳动密集型产业，那些高科技企业，你们能放吗？他们会走得了吗？"

"好，说中了，就是这样，我是跟你开玩笑的。不瞒你说，我们虽有不舍，但那是经济规律，我们也没办法，资本就是逐利的，哪儿的利润大他们去哪儿。我们沿海地区这几年招工招不到，水电气暖成本很高，他们办企业不合算，而且这些企业压根儿就没准备在一个地方长待，他们喜欢搬家，他们不怕麻烦。你想哪，当初他们办企业的时候，我们给他们的地皮是很便宜的，几乎是零地价，现在土地值多少钱？上涨了多少倍？以前偏僻的工业园区现在可都成市区的一部分了，成了寸土寸金的繁华地段，别说企业的正常利润了，即使是地价的增值溢价部分，也够他们吃一辈子了。现在他们又到你们那里去投资，在我们这儿的厂地搞高端产业，而你们给他们的土地依然是很便宜，他们何乐而不为？不过，话说回来，等你们那儿的各项成本上去之后，特别是土地价格上去之后，他们又该转移了，你们要做好这种心理准备。"杜建军侃侃而谈，满脸通红。

康清泉一点儿也没有不耐烦，相反，他听得津津有味："杜书记，您的水平真是高呀，不愧是南方沿海发达地区的干部呀。"

"说实话，这些企业走了之后，我们可以腾出土地实行产业升级。你们来我们这里招商，我们到国外招商；你们招的是劳动密集型产业，我们到国外招的是资本密集型和技术密集型产业；你们招商引资，我们招才引智；你们搞招商引资和项目建设观摩评比，我们搞科技创新观摩评比。"

"等等，"康清泉插话道，"杜书记，你们搞科技创新观摩？"

"是啊，科技创新观摩。我们市里组织各县（市）区的主要领导和市直有关机关的一把手每季度开展一次科技创新观摩，就是看各县（市）区科技创新型企业发展情况。比一比，亮一亮，是骡子是马拉出来遛一遛，你说，我们咋会不重视科技创新呢？"

康清泉听后有些不解了："杜书记，像咱们县一级，搞科技创新，最大的问题是没有人才，像我们济民县，大学本科毕业生都不去，搞高大上的科技创新企业，不是咱县域发展的长项啊。"

杜建军听了这话笑了："康书记，与大中城市相比，县域科教资源、创新平台、科研人员少，创新能力不足是发展的'痛点'。但对县域发展来讲，创新驱动并非遥不可及，关键要善于借智、聚智、扶智、用智。美籍奥地利人、西方现代著名经济学家、创新经济学之父熊彼特就曾认为，创新有三个特点：一是创新不一定是出自大企业，也不一定是大规模生产才会有；二是创新与科学技术之间没有必然联系，两者不能等同；三是创新一定会被效仿，进而形成高潮，然后再次激发创新，推动经济波浪式前进。因此，虽然县域与大中城市相比，具有科技人才匮乏的先天不足，但创新也未必不可能，有时候，高手在民间，土法反而能治病。只要充分发挥县域'能人'的聪明才智，在产品研发、管理模式、营销机制方面大力创新创造，引导和支持县域内企业加强与高校、科研院所合作，支持科技领军人才、高技能人才、专业技术人才等到县域开展'柔性'创业服务，积极搭建服务企业的科技创新平台，紧扣县域经济社会发展需求，加快先进适用科技成果转移转化，推进创新链、产业链、资金链、政策链、人才链深度融合，充分发挥创新的'乘数效应'，以创新引领县域经济发展并非遥不可及。"

听了杜建军的一番高谈阔论，康清泉深感佩服，他说："怪不道南方发展那么快，看看南方的干部素质，就知道原因了。"

杜建军谦虚地说："哪里，哪里，康书记是没在这里工作，康书记如果在这里工作，只会比我干得好，不会比我干得差。"

康清泉摇摇头说："不行，不行，差距不是一点半点的，真要好好向你们学习。"

杜建军接着刚才的话题继续说："我们现在要大力发展先进制造业和高端服务业，要建总部基地，要搞科技创新，也面临着土地不足和没有发展空间的问题。这些企业转移到你们那里之后，我们正好可以利用腾出来的土地大发展。对有些低端科技含量差的企业，他们不搬迁，我们还鼓励他们搬迁呢。不过，话说回来，省委、省政府倒不主张他们转移到你们那里，肥水不流外人田，省里倒想让他们到我们省北部地区去发展，那里是山区，经济也非常落后。但是，企业家有自身的考虑，他们不愿意到省里的北部山区，那里毕竟不太适宜投资，他们还是很看重你们那里，即使将来企业不赚钱，你们给他们的便宜地皮也会赚一大笔钱，升值空间是很大的。"

"是啊，咱们老家的人就是没有南方人精明，就是没有南方人会做生意。咱们老家的干部呀，说实在的，谈起农业来谈半天，谈起工业来一袋烟，谈起科技金融那是不沾边。"康清泉有感而发。

这时，杜建军反问道："南方重经济是真的，康书记，你知道我们这里的企业家看电视都看什么节目吗？"

"看什么节目？中央电视台的《新闻联播》？"

"《新闻联播》他们首先要看，要了解政策和国内外大事嘛，他们天天看的还有中央电视台的财经频道，这些财经类节目他们也是天天必看的。政策文件他们比我们学得还认真呢。白天当老板经商，晚上看黑板学习，人家有钱不是白有钱的。"

"哦，原来如此呀，怪不得南方的企业发展这么好，跟这有很大关系。咱们老家那儿的所谓企业家哪有这层次和档次呀？有了俩钱，就是赌博，就是烧，比谁的车好，比谁会养小蜜，没有个长远打算。"康清泉由衷地感叹。差距，这就是差距，思想的差距是最大的差距。一念之差，天壤之别。啥是境界？啥是水平？这就是。

"我平时出差，总要带一本经济学方面的书，比如发展经济学、制度经济学、区域经济学等。我看来看去，就得出个结论，三十年河东，三十年河西，不对，现在是三年河东，三年河西了，历史在轮回，经济在有周期地波动，似曾相识燕归来，拨开迷雾见太阳呀。"

"各位领导，我说两句，请安静一下。"南都市市委办那位胖主任发话了。

大家三三两两交头接耳正说得尽兴，这时也不得不暂停了下来。

只听胖主任说："各位领导，今天的宴会只是个开始，咱们的友谊地久天长，我相信以后咱们还会再相聚。明天呢，我们杜书记要到省城去开会，我们市长今天已经提前到省城报到了，只是因为要陪咱们济民县的各位领导，我们杜书记今天才没有赶赴省城。由于时间关系，今天咱们就进行到这里，明天由我陪大家活动。杜书记、康书记，你看这样行不？"

康清泉点头表示同意。

"别急别急，我提个建议，老家的人来这一趟也不容易，明天我失陪了，但是今天我要陪好，一会儿咱们去看夜景，我们南都市最近搞了个南江综合整治工程，请各位老乡坐船指导指导我们的工作。"杜建军可能是喝兴奋了，也可能是想在老家人面前显摆显摆。杜建军冷不丁地提出这个建议，南都市市委办的胖主任愣了一下，但很快就反应过来了："好，请大家最后干一杯，宴会结束后，咱们集体乘车去南江沿岸参观。"

累了一天，康清泉本不想去，但主人提出来了，不去不好，况且，出来一趟不容易，多看看总是有好处的，只好赶忙连声称谢。

"好，请大家举起杯来，为济民县和南都市的友谊干杯！"

"干杯！干杯！"大家纷纷站起来，随声附和。宴会在其乐融融的气氛中圆满结束。

酒店的大堂站满了人，可能杜建军的提议有些仓促，下边的工作人员没有准备，临时通知临时安排需要些时间。足足等了二十分钟，才有工作人员招呼大家上车。

5

南都之夜，彩灯闪耀。劳累了一天的人们纷纷拥上了大街。那些大腹便便的富豪老板开着奔驰宝马，来到光影斑驳的酒吧；那些白领男女，穿着优雅的新潮的服装，穿梭在光亮的时尚服装店；那些打工男女，走进量贩KTV，挥霍着廉价的青春。

"南方的妞儿就是漂亮。"在车上，黄太和不紧不慢地突然冒出来一句话，像是自言自语。一车人愣了一下，突然大笑起来，南都市委书记杜建军也笑起来。

"黄主任人老心不老哇！"有人逗他。

袁新国可找着黄太和的茬口了，沙哑着声音说："黄主任，黄大侠，鳖子，你就是黄，不对，是黄书记的黄。"

"我咋黄了？我咋黄了？我黄到你家里去了？老鳖一！袁部长袁部长，就是老鼋，圆滑得很。"

"圆了好。"袁新国说，"你看那鹅卵石是圆的，车轮是圆的，连地球、太阳、月亮、星星都是圆的，圆是本色，不圆就没有这世界，圆有啥不好？方方正正有棱有角的都是半生不熟的货，早晚要变圆。"

"光圆会行？大山上的石头要都是圆得跟鹅卵石一样，还会垒成山吗？世界上的东西千千万，你说是圆的多？还是有棱角的多？人跟东西一样，不能太圆，还是方方正正好，不然啥都弄不成。"

大家听了人大黄主任和县委常委、宣传部部长袁新国的一番高论，都说很有道理，不过，他们俩可不想说啥大道理。

康清泉这会儿也来了兴致，问袁新国："袁部长，黄书记这叫法是啥来历？"

南都市委书记杜建军也好奇地问："对呀，啥来历？黄主任不是主任吗？咋又成黄书记了？"

康清泉和杜建军这一问，一车人都笑了。

"康书记、杜书记，这里有个典故。"袁新国转脸对黄太和说，"黄书记，我可说了。"

"你个老鳖一，说啥说？"黄太和嘴上不让袁新国说，但其实，他是想让袁新国说一说，没人开玩笑没人骂他几句他真的很寂寞，有人骂骂他他倒很受用很过瘾，黄太和就是一个爱热闹的人。

"黄太和主任以前在乡里当党委书记的时候，咱县里有一个县委副书记也姓黄。有一天晚上，县委黄书记给黄太和打电话。那天黄太和刚好喝完酒，迷迷瞪瞪的，一接通电话，就很横地问，你是谁？县委黄书记说我是黄书记，黄太和一听就来气了，他觉得他是黄书记，这人咋恁大胆敢冒充他。

就说，你是黄书记？放屁，我是黄书记。电话那头，县委黄书记报上了他的名字，说他是县委黄某某。黄太和一听迷瞪过来了，赶快说，您是黄书记您是黄书记。"

康清泉也笑起来："就因为这，黄主任也叫黄书记？"

"就这，这鳖子最怕人家叫他黄书记。"袁新国说。

"别听他瞎白话，我是黄大侠，不是黄书记。他那狗嘴里吐不出牙。"黄太和说。

"是象牙。"一车人都替黄太和纠正。

"对，别管啥牙，反正老鳖一嘴里没有牙。"

大家又笑起来。

康清泉说："二位领导，这是在车上，杜书记还在旁边坐着，不要乱了，让人家见笑。"

黄太和和袁新国这才止住了斗嘴。

杜建军笑笑说："你们这车人可真热闹。"

康清泉自豪地说："是啊，不说不笑不热闹，大家畅所欲言，有啥怨气有啥不快互相骂骂就一了百了了，我们济民县的四大班子团结和谐得很哪。"

杜建军说："嗯，这最好，这最好。咱们当领导干部的压力大，互相开开玩笑，比有啥事总憋在心里强。"

康清泉点头称是。

趁着酒兴，大家放开了说闹取笑，不一会儿，就来到了南江岸边。

下了车，只见一条百米宽的河水穿城而过，两岸高楼林立，霓虹闪烁，人流如织，乍一看，就像来到了上海外滩。

杜建军陪着康清泉他们沿江岸散步，向老家的客人介绍说："原来这是条污水沟、臭水河。去年我们搞了一江两岸综合整治工程，清除淤泥，对排污企业进行关停并转，水面拓宽，铺上橡胶坝，两岸搞拆迁，全部搞成沿江步行街，又搞了绿化工程和夜景照明工程，花了十几个亿，才搞成这样。"

"这钱都是财政出吗？"康清泉关心钱的问题。

"财政不出一分钱，还赚了十几个亿。"

"大手笔呀，咋运作的呢？"康清泉真诚地问道。

灯光下，杜建军显得很得意，他没出声。康清泉知道是在卖关子，于是又继续谦逊地追问："老乡就是了不起，别管到哪儿，只要一拼班就知道了，杜书记给咱们家乡人争了光呀。"

"那是，咱出门在外，给人家打长工，图个啥？不就是图个出气顺畅吗？别看南方人脑子灵活，咱也不比他们差。我刚来这里工作时，这条臭水沟污染严重，大老远的，满城都是臭味。我刚搞整治的时候，很多人还有意见，还上访告状。整治后，老百姓拍手叫好，事成言消呀。"杜建军说到得意处，走路都飘起来了。

"这方面，我还真要向杜书记好好学习呀，搞城建可是要大投入呀，那您是咋弄的钱呢？"

"不瞒你说吧，说实话，即使我说了，内地也学不来，啥叫橘生淮南则为橘生于淮北则为枳？这就是水土的问题。茅台酒换换地方生产就不行。南方人思想解放，接受新事物快，有钱人也多，我这招儿管用。"

"那到底是什么招数儿呢？"

"其实也没啥，就是八个字'政府主导、市场运作'。"

"愿闻其详。"

"我成立了个城市建设开发公司和土地储备中心，把全市域内有效国有资产的产权都划归到城市建设开发公司的名下，然后以这个公司作为平台去抵押融资，有了钱，支持土地储备中心收储南江两岸的土地，并进行大规模的拆迁。"

"两边的土地不是都有主了吗？怎么收储？"

"有些有，有些没有，那时候这地方虽在市中心，但环境不好，大单位不多，都是民房和小仓库、破厂房。没花多少钱就让沿岸的居民和单位搬完拆净了，有些原地安置，有些另外找块好的地方进行安置。"

"拆迁顺利吗？"

"顺利，虽说现在拆迁是天下第一难，只要领导重视，再难都不难。咱有集中力量办大事的优势，我没觉得拆迁有什么难的。"

"那你们是咋拆迁的呢？我们那儿就拆不动呀，真是天下第一难哪。"康清泉不停地给杜建军灌迷魂药，把杜建军吹捧得飘飘然。杜建军借着酒劲，回顾起他的"光荣历史"。

"是啊，这是重大利益的博弈，没有回旋的余地，很难协调呀，不过，您搞拆迁没出过啥事？"康清泉问。

"搞拆迁吧，我真的没出过啥事，但说实话，那就是七分努力、三分运气。运气很重要。"

"拆迁还要凭运气？"康清泉笑了。

"是啊，有的时候，真的推不动，但是机缘巧合，运气来了，什么事都迎刃而解。我举个例子，有个省直驻县单位，我们拆他一点儿地方，他非要等值给他置换一块地，就是说，拆他一亩地，他要按他这地方的土地评估价，在另外一个地方按这样的价格给他置换地，这样的话，他这一亩地可能会置换郊区的两三亩或者四五亩地。我们不同意给他找地，因为现在的地真的不好找，我们想给他钱，货币安置，他们不同意，就是说不成。后来，他们单位的一把手被'双规'了，新来了个'一把手'，新来的'一把手'很通情达理，很支持我们的工作，我们谈的条件他很爽快就答应了。你看，这就是天时，就是运气，拆迁有时候真的靠这个。"

康清泉又不失时机地吹捧道："杜书记经验真是丰富呀，您的拆迁体会可以作为经典案例写到大学教材里了。"

杜建军哈哈大笑起来，说："你绝对想不到，我还有拆迁经验呢。"

"说说，一定要传经送宝。"康清泉说。

"咱是老乡，今天我又喝多了，我就放开说了。"杜建军得意地说，"我的体会是，拆迁的最高境界是不拆迁。说实话，凡是拆迁，都是在冒风险，拆迁过程中什么情况都会出现，常在河边走，哪有不湿脚？淹死的都是会游泳的。拆迁经验再丰富，也难免有失手的时候，如果一不小心搞出个自焚的、喝农药死的，你就前功尽弃了，前途就没了。再者说，搞拆迁都是得罪人的事，不定触动谁的利益呢，那些拆迁'钉子户'后边都有人，你不知道他们是谁，你在明处，他们在暗处，不定什么时候吃他们的亏了。所以说，最好的办法是不拆迁。"

"是啊，能不拆迁还是尽量不拆迁，毕竟大拆大建不好啊，劳民伤财，还是修旧如旧、变废为宝比较好。"康清泉有感而发。

"对对对，康书记说得对，我们也是这样想的。我们的拆迁也是有原则的，不是没办法那是不拆迁的，都是有项目了，或者是城市基础设施建设有需要，这才拆迁的。"

"杜书记这是切身体会，讲得精辟呀。那拆迁之后你们咋安排呢？"

"拆迁完毕之后，净地挂牌出让，谁出的价钱合适谁配套功能完备谁按我的规划来，我就出让给谁。我这一收储一转让，不仅财政没出一分钱，还净赚了十几个亿，说白了，还是赚的土地差价，这就是经营城市。南江两岸的环境彻底改变了，现在成了南都市最繁华的地段，是黄金宝地。一举两得，何乐而不为呀？"

"唉，咱们那有些事情就是搞不成，不知道咋回事？"康清泉想想济民县城，对比这繁华整洁优美的南都市，叹了口气。

"我先整治县城，下一步，我要搞产业升级，陶瓷地板砖产业是南都市的支柱产业，但是污染太严重，我要把这些企业全部转移走，然后把腾出来的土地上高档项目。我准备下个月去欧美等国招商，现在全球都在产业转移，我们要抓住这轮产业转移的机遇，让我们的产业达到或超过国际先进水平，要从跟跑到并跑，从并跑到领跑。"

"我们找你们谈产业转移，你们找欧美国家谈产业转移，我们什么时候也赶不上你们哪。"康清泉羡慕地说。这时，康清泉想起在望海市和南都市的路两边都看不到杂乱无章的建筑物反而都是绿化带的事，于是，好奇地问道："杜书记，问您个问题。"

"有啥尽管说，客气啥？"杜建军爽快地说。

"咱这城乡道路两边都是绿化带，以前你们刚修路时候就没有私搭乱建的现象？"

"这你算是问对了，这是我们省这两年实施绿道建设的成果。南方人，做生意无缝不钻，你说路两边那么好的位置他们会不利用吗？这叫马路经济。以前路两边也是乱搭乱建成风，到处都是小厂房、小物流、小仓库、小商店、小饭店，杂乱不堪。路修到哪里，这些乱七八糟的建筑建到哪里，我们也很头疼。后来，我们学习欧美经验，开展绿道建设三年攻坚计划，路两边的建筑全部拆除，高标准进行绿化，而且统一提供设计图纸，同步完善配套设施，线缆入地，修了上下水设施，还在绿道内建设了人行步道和自行车道，还有公交站点、公厕、雕塑，现在你再看我们这里，咋样？"

"是啊，搞得真是不错，我们那里城里像欧洲、出城像非洲，特别是城乡接合部和出入市口，还有道路两边，环境脏乱差不说，还影响交通安全，确实要好好向你们学习呀。"康清泉沉思了一下，接着问："不过，这需要不少钱吧？拆迁要花钱，绿化和配套还要花钱，这可是没有经济效益的。"

"是哪，这不比南江两岸整治开发，那能赚钱，这纯粹是民生工程。本来路两边的工厂、商店和饭店还能交些税费，现在都给拆了，又变成绿化带，全靠政府投入了，不瞒你说，就修路和路两边的拆迁绿化，这两年我们花了十几个亿。"

"好家伙，你们一年财政收入有多少？"

"一百多亿吧！"

"一百多亿？我们的财政收入连你们的零头都不如。"

"你们有多少？"

"除去上交的，我们地方财政收入也就七八个亿。"其实，济民县地方财政收入也就五个多亿，怕人家南都领导笑话，康清泉还多说了一些。

"你们全口径财政收入是多少？"

"全口径？我们没这个概念。"

"我们都是按全口径财政收入说的，也就是上交的、自留的、返还的、乡镇一级的，都算在内。"

"那为什么要这样算呢？"康清泉不解了。

"这就是南方人和咱们老家内陆地区的差别，经济的差距其实就是思想观念的差距。全口径财政收入反映的是一个地方财政的实际贡献，外商在选择考察投资意向时，看的都是数据，你没有那么高的数据，说明你的资源配置能力和市场发展程度不行。当然喽，这些数据也不是弄虚作假得来的，是确有其事的。"

"哦，如梦方醒，咱们老家人就是实打实，啥事都不动脑筋，一根筋，不善于逆向思维、立体思维、辩证思维。"

"抽烟抽烟。"胖主任这时急忙殷勤地跑上前，递上一包烟。杜建军抽出一根烟，也递给康清泉一根："抽根烟吧，康书记，我平时也不抽烟，这会儿高兴，咱俩都抽一根。"

康清泉本来不想抽烟，但是见杜建军抽上了，于是也点上了一根烟。康清泉好久没抽烟了，其实他还是很喜欢很享受抽烟的。工作劳累的时候，点上一支烟，吐出一串烟圈，思绪随那烟雾飘向远方，升到高处，如梦如幻，如歌如泣，真的赛神仙。

"请问杜书记，咱这儿贷款比存款还多，是吗？"

"对，不错。我们就给银行讲，你们来我这儿办银行设分支就要给我们贷款，只当抽水机不行，把我们这儿的钱吸走，你往其他地方放款，对不起，我要考核。尽管银行都是垂直管理，我也给他们评比、开会，不管不理，你不管他他就不理你，我一管，那好，达不到我的要求，我请你离开，不让你在这儿设点了。"

"好哇，我又学了一招呀，今天可真是不虚此行呀，幸好碰上老乡，要不然的话，这些真经可是学不到的。"康清泉非常感慨，更非常感谢。

"哪里哪里，我们这是小意思啦。"杜建军说。

春风沉醉的晚上，一行地方官员谈古论今，感叹时事，理思路，议方略，谋发展，惠民生，颇有点指点江山的味道。

不知不觉，已经晚上十一点多了，南都市委的胖主任从后边凑了上来。其实，胖主任和济民县的易三戒主任、秘书们一直在后边跟着，看两位领导谈得如此投机，都不敢跟得太紧。见两位领导说得兴致差不多了，关键是天已太晚，又都喝了很多酒，需要早点休息，于是胖主任才凑过来："两位领导，要不咱回去吧？已经十一点多了。"

"十一点多了？乖乖，我明天一早还要赶到省城开会，康书记，那不好意思了，明天我就不陪你了，委托我的办公室主任全程陪同。你们可以看看我们的陶瓷生产企业，虽然有污染，但效益还是很好的，产品质量更是没说的。如果你们同意，我们可以合作，在济民县搞一块儿'飞地'，叫济民县南都陶瓷产业园，把我们的企业都鼓捣过去，将来税收分成，咋样？"

"谢谢！谢谢！深表感谢！到底是老乡，就是不一样。欢迎您常回家看看，家里有什么事尽管吩咐，我们一定尽全力搞好服务。什么时候回老家一定联系，到时候咱们再把酒畅饮，叙叙兄弟情谊。"

"好，一言为定，就这么说了，咱们上车回去休息吧。"

"好！"

6

刚回到房间，秘书梁伟就向康清泉汇报："康书记，从望海市赶过来两个年轻小伙子，说想见您，说想在咱们济民县投资生产平板电脑，您看这么晚了见还是不见？"

"他们啥时候过来的？"

"服务员说，咱们刚去吃饭他们就过来了，一直在酒店大堂等。"

"见，让他们现在就来。"

两个二十出头的年轻小伙子进了康清泉的房间。康清泉的房间不大，只是一个单间，里边摆着两个单人沙发。客人来了，康清泉就没得坐了，只好坐在床沿上，县委办主任易三戒和秘书梁伟等其他人也只好坐在床沿上。按照以往的做法，康清泉应是一个大套间，外边是会客室，里边是卧室，但康清泉不让这样安排，他嫌太浪费。县委办主任易三戒说，南方人讲究个排场和面子，咱这样做不是太寒酸了吗？咱是来招商引资的，人家会看不起我们的。康清泉还是坚决不同意，他说咱们出差住宿有规定，要按照规定来，不能一到外边就放肆，要时刻绷紧纪律这根弦。同时，他认为，招商引资讲的是一个诚字，如果他们真的看上了咱那个地方，他们是不会在意咱的排场的，恰恰相反，他们看到咱的节俭，反而会认为这是干事的人，是可以合作的对象，靠得住。如果真的有诚意，他们在乎的是投资环境，他们是图挣钱来的，而不是其他虚的东西，否则就是动机不纯。易三戒看他讲得有道理，就不再坚持了。

这两个年轻人个子不高，又黑又瘦，一个穿着背心大裤头，趿拉个拖鞋，一个身着暗花衬衣牛仔裤，穿一双运动鞋。放在大街上，绝对像个打工仔、流浪汉。他们俩一进门，就递名片，康清泉接过名片一看：南方科技电子信息有限公司总经理、副总经理，好大的名头！就这也是总经理，是老板，怪不得人们说南方随便扔个砖头都能砸住个老板，经理也太不值钱了。这俩人，一个叫展图，一个叫展志。"你们是哥儿俩吗？"康清泉问道。"报告康书记，我们是叔伯兄弟，一块创业打拼。""噢，原来如此。坐，快坐。"康清泉热情相邀。

寒暄完毕，据他们俩介绍，他们想到内地投资，苦于没有门路不知道找谁，听说济民县党政学习考察团来招商引资了，他们刚好出差不在家，错过了参加招商会。一路追过来，就是想见书记一面，想在济民县投资几个亿生产电子产品。

说实话，康清泉没把他们放在眼里，康清泉不是以貌取人的人，他更没有官架子。

"欢迎你们到济民县投资兴业，大展宏图。当然，你们来，我们首先要保证你们挣钱，不敢保证你们挣钱，你们也不会来。说吧，你们有什么要求，尽管说，甭客气。"经过跟望海市帅哥服饰有限公司董事长钱跟上的一番交谈，康清泉以为又是想要什么优惠政策的主儿，要么就是一皮包公司，专门干坑蒙拐骗的勾当。

"报告康书记，我们按当地企业的条件，按你们的规定办事，只要同意我们去你们那儿投资就行。"

还有这事？康清泉很是疑惑，康清泉看了看易三戒，易三戒直摇头。

"热烈欢迎，我们欢迎你们到济民去，你们有什么困难可以直接跟我说。梁伟，把我的名片给这两位老弟。"

秘书梁伟从上衣口袋里掏出康清泉的名片递给展图和展志。两位年轻人起身就要告辞。

"易主任，你把你的名片也给两位老弟。有什么困难和问题，需要接洽的话，你先出面，甚至你可以全权代表我跟这两位老弟见面。"康清泉郑重地说道。

"放心吧，康书记。"易三戒一口应承。

送走了两位年轻人，易三戒笑了："康书记，您还那么认真？《易经》上说，一阴一阳之谓道，阴阳不测之谓神。您看他俩那打扮那长相，神神叨叨的，还说要投资几个亿，喷的吧，您别上当受骗哪。"

"过路借钱，他想投就投，不想投就罢，咱也没有受什么损失。人不可貌相，海水不可斗量。我看这招商引资就像谈恋爱。"

"像谈恋爱？"易三戒好奇地问。

"是啊，可不就像谈恋爱吗？要全面撒网，重点捕鱼，当然，最重要的还要多谈，要多撒网，不知道哪个就谈成了。"康清泉说着，忽然想起来什么，笑着问，"呃，易主任，你不是懂《易经》吗？算算呗，看这事咋样？"

"康书记，《易经》就是八卦六十四爻，八卦就是天地雷火山风水泽，六十四爻辞分两类，一是占辞，测吉凶，二是叙事，并作答。朱熹认为《周易》就是算卦，《周易》是讲了算卦，但并没有流传下来如何断卦，怎么断卦很重要。各人的水平不一样，对卦辞的理解也不一样，另外，很多古文意思跟现在有很大不同，各说各的话，用《易经》算命咋会准呢？经学传不同，易学各自看，所以说，那些街上摆摊算命的，真就压根儿别信他们，净是哄人的，不仅别信他们，连理都别理他们，你要是叫他们一算，给你乱七八糟地批讲一通，只会误导你。"

"三人行必有我师，大师在民间哪。看不出来，你还这么有水平。"康清泉说。

"不敢不敢，康书记过奖了，我只是业余爱好而已。爱因斯坦不是说过嘛，人的差别就在业余时间，围绕任何一项专业，只要每天坚持一小时，人人都可成大师。"

"有道理，精辟，经典，受益匪浅，以后我真的要向你学习喽。"康清泉笑着说。

"康书记您可千万不能像我这样，您年轻有为，大有前途，还要专注于事业和工作。咱济民县缺的就是您这样既坚持原则又灵活机变的好领导，您可不能颓废。"

"我没你说得那么好。"康清泉说。

"不，康书记，这人吧，分三种人。"

"哪三种？"

"第一种人，老实不聪明。一般情况下，凡老实人，都很笨。之所以老实，其实就是脑子不灵活，反应慢。"

康清泉哈哈大笑。

易三戒接着说："第二种人，聪明不老实。一般情况下，凡聪明之人，都不太老实，心眼儿都不实在，空得很，一点儿亏都不吃。"

"那第三种人呢？"康清泉自问自答，"就是既聪明又老实的了。"

"对了，康书记，您说对了，您就是这种人，您心眼儿好，办法多，反应快，这样的人太难找了。"

"易主任，你拍马屁的水平很高呀。"

"康书记，看您说的，我这可是肺腑之言哪。不只我这样说您，人心一杆秤，大家都这样说。我记得曾国藩曾说过这样一句话：天下惟忘机可以消众机，惟懵懂可以被不祥。其实，您就是这样的高人哪。"

"好吧，不说这些了，每人都不容易。"

7

第二天一早，房间里的电话铃就响起来了。康清泉洗漱完毕，门口早有几个人在候着吃早点。见康清泉出来，一行人手忙脚乱，有的在前边带路，有的跑到前边按电梯，秘书梁伟拎上提包，端上水杯，和康清泉一起下楼到西餐厅用餐。

吃完早餐上车后，大家都很兴奋，可能还没有从昨晚酒宴的狂欢中回过神来。黄太和不甘寂寞，说："乖乖！咱老乡是大弄家呀，大手呀。"

袁新国骂道："鳖子，啥都不懂，那叫大手笔，还大手呢？丢人！"

黄太和说："噢，还是老鳖一懂得多，大手笔，好，就按你说的，大手笔。"

"你们两位领导很有意思嘛。"陪同的南都市委办公室胖主任笑道。

袁新国说："你是不知道，这个鳖子，三天不骂他他着急。"

"是吗？哈哈哈。"胖主任笑得前仰后合。

正说话间，就到了一个挂着南都市陶瓷工业园牌子的地方。远远望去，好家伙，上千亩地，都是厂房，切割机的声音大老远就刺耳响。胖主任领着大家先参观了展厅，装修得富丽堂皇的展厅内，在柔和灯光的映衬下，各色地板砖引得大家啧啧称叹。白色地板砖柔腻温润像少女的皮肤，黄色地板砖金灿灿富贵典雅，黑色地板砖冷艳神秘充满诱惑，红色地板砖一抹羞涩惹人怜爱。

"你们的原料从哪儿来？"康清泉问身边的陶瓷工业园负责人。

"我们这儿有高岭土，资源很丰富。"

"像我们黄河滩里的土能不能生产？"

"那当然好了，没问题。"

康清泉点了点头。

出了展厅，进了车间，却是另一番天地。车间足有五百米长，中间有几条生产线，原料从这头进，那头出来的都是切割打磨好的地板砖，一条龙生产。但是，白色的粉末四处飞扬，机器的切割声就像一根铁锯在一个人的心口使劲儿拉，又像一个人拿把大刀从头顶直劈过来，还像一把铁锨在光滑的水泥地上划来划去，更像一把锅铲在铁锅里刮来刮去。

康清泉边看边摇头："像这样的企业，需要多少投资？一年能有多少利润？"

机器轰鸣的车间里，人的声音几乎听不到，基本没法交流。看到康清泉问话，一位企业负责人模样的小伙子跑上来："康书记，您说什么？"

"我说这企业投资和效益情况咋样？"康清泉加大声音问道。

"投资两个亿，一年利润五千万。"

"效益不错嘛！"

"去康书记那里投资办个厂吧？"小伙子大声说道。

"行哪。"康清泉漫不经心地说，他心里可不认同这样的企业，于是快步走出了生产车间。

"工人的身体健康状况咋样？"康清泉又问道。

"没问题。"小伙子拍着胸脯说。

康清泉心想，这种生产环境，得尘肺病的工人肯定不少。正在这时，康清泉的手机响了，一看号码，是县长马初生打来的电话。

"康书记，出事了。"

"什么事？"康清泉心里一惊。

"康书记，省里下文要求一个月之内拆除黄河滩区的所有砖瓦窑场，黑风口村的人不干了，扬言要上访。"

"省里边有规定，又不是我们要拆他们的砖瓦窑场，他们上访没道理呀。"

"是没道理，可人家不管这些呀。"

"那就好好做做工作，赔偿到位，讲清道理，处理公平，不就行了吗？"

"要是有这么简单就好办了，怎么赔偿到位？拆他一座砖瓦窑，赔五十万元，而他们一年收入就是百十万元，这账他们算得清，他们能干吗？"

"这是省里的政策，要服从大局，实在讲不通的话，就采取强制措施。"

"所以他们就上访，胡搅蛮缠。"

"我们不能让个别刁民牵着鼻子走，办法还是有的。"

"所以，我建议您是不是先回来一趟，这事我怕办不好。"

康清泉有些生气，自己出差在外，有问题你县长不出面解决，说不过去嘛。于是他冷冷地说："马县长，我带着大队人马出来一趟不容易，我现在回去算怎么回事？这事能难倒你吗？我相信你的能力和水平。"说完，就把手机挂了。

挂掉马初生的电话，康清泉有些不放心，于是他想起了南步涛，紧接着给南步涛打了个电话："南县长，在哪儿呢？"

"康书记，您好，您好！"电话那头，南步涛诚惶诚恐，"我现在在黑风口村，有什么指示吗？"

"黑风口村情况咋样呀？"

"没啥事，挺稳定的。"

"是吗？我咋听说因为要拆除砖瓦窑的事情黑风口村的群众要上访呀？"

"康书记，这是谁瞎说的？黑风口村的群众经历了'3·16'事件之后，我觉得现在老实多了，没人敢找事了，说实话，现在拆除砖瓦窑场正是好时候。"

"那只是你觉得，你可不能掉以轻心。刨树要刨根，'3·16'事件并没有解决根本问题，只是大兵压境，强行按住了，说不定什么时候还会冒出事来。"

"康书记您说的有道理。不过，您说上访的事情，您放心康书记，咱们县信访局在省委、省政府门口和市委、市政府门口都有内线，只要咱济民县的人去上访，第一时间就有人给咱报信。"

"噢，原来是这样。"康清泉长出了一口气，"好，辛苦了，回去后我敬你两杯。"

"放心吧，康书记，我会尽最大努力的，祝您招商顺利！"

与南步涛通完电话，康清泉心里一块石头落了地。但同时，他在心里也把马初生县长画了一道。

8

结束了南都的参观考察行程，康清泉已无心再转下去了，他对济民县的工作已有些不放心，不敢在外边过多逗留了，但是既然出来一趟，总要有个说法。比如，还要向市委、市政府写考察报告，还要汇报此行招商引资的情况，如果没有成果，怎么回去交差？

康清泉让负责此次参观考察组织活动的县委副书记陈致孝把济民县此次考察打前站的县委办副主任和县工商联主席召集过来，两人报告说下一站要到嘉江市参观现代农业项目。嘉江市也是一个县级市，以乡镇企业发育早、发展快而出名，生产小家电小五金，这两年进行产业转型，小家电小五金依靠技术进步提升了档次，培育了十几个在全国有名的集团公司。嘉江市财政有钱，工业反哺农业，推进城乡一体化进程，打造田园城市和生态宜居城市，在全国很有名气。

康清泉听了有些心动，来南方一趟，真是学不够学不完哪，不出去不知道，一出去吓一跳，每个地方都有每个地方的特色，每个地方都有每个地方的亮点，如果能把这些地方的特色和亮点学到手，采取拿来主义，不就站在他们的肩膀上了吗？借力用力不费力，借脑用脑不烧脑。康清泉想到这里，打定了主意，反正你马初生县长在家主持工作，反正我已向市委、市政府请过假，只要家里不出现重大安全生产事故和重大不稳定因素，我就是不回去，你在家里随便折腾吧，给你个当家做主的机会，是骡子是马牵出来遛遛。

康清泉表扬了打前站的县委办副主任和县工商联主席，说他们安排得不错，要继续努力，力争有个圆满的结果。特别是要注意与当地的大老板建立联系，安排一些会见和洽谈，到考察结束的时候，要满载而归，向市委、市政府和济民县的干部群众有所交代。

两人激动得无以言表，连连表态一定更加努力一定让康书记满意。

嘉江市，不愧是全国有名的百强县和统筹城乡发展的先进县。嘉江市的县城丝毫不比康清泉他们参观过的南都市和望海市的县城差，高楼林立，店铺鳞次栉比，一派热闹繁荣的景象。这里已经没有济民县城那低矮破旧的老建筑了，更没有到处可见的独门独院，也没有脏乱不堪的菜市场。

在嘉江参观考察，嘉江市接待办主任出面接待安排，这个康清泉能理解，每天都有参观团来考察学习，书记、市长不可能天天作陪。

嘉江市接待办主任姓刘，他自我介绍说你们叫我老刘就行了。老刘年纪虽有些大，但思路清晰，谈吐不凡，不愧是接待办主任。他着重向济民县的客人们介绍了城乡统筹惠民生的经验，城乡之间一个标准、一个政策、一样待遇。老刘介绍说，农村的规划建设标准不能比城里差，他们有几个大企业不是在县城，而是在中心镇。

这个名堂挺新鲜的，康清泉请老刘介绍一下。老刘说，我们的中心镇人口都在十万人以上，有的二三十万人口，当然，这主要是外来打工的多，我们就按照城市的标准，打造县级以下镇以上的区域经济中心、文化中心。

康清泉深受启发。是啊，济民县是农业县，历史上是风水宝地，土地平坦肥沃，气候温和湿润，四季分明，适宜于各种农作物的生长，因此成为人口稠密的地区，成为村庄密集的地区。但在公共资源的分配和整合方面，却有明显劣势，特别是乡镇太多，有的乡镇才一两万口人，乡镇政府机关的设置却一点不少，麻雀虽小，五脏俱全，同样要养二三百人的机关干部，农民负担、财政负担能不重吗？

在接下来的行程中，济民县参访团参观了嘉江市的一个中心镇——东江镇，虽然名字还叫镇，但其规模早已是北方一个中等城市了。户籍人口虽然只有五六万人，但外来打工人员，那些办有半年以上居住证的人员却有五十多万人。这里的人们脸上溢满幸福，对新生活充满向往。

闻名世界的以生产笔记本电脑和智能机器人为主的企业——华兴集团总部就设在这个东江镇。

"能不能安排我们到华兴集团参观考察呢？"康清泉向陪同参观的接待办刘主任请求说。

"华兴集团做得很大，业务也非常繁忙，他们只见省部级领导，地市级以下的都不太愿见。我们镇的书记、镇长想见他们董事长一面都很难。"刘主任想推辞。

"不要紧，能见一下他们的董事或者业务部经理都行。"康清泉降低了要求。

"那好吧，我试着联系一下，但不一定能成。从内地来的想见华兴集团的领导多得很，要挂号排队，有的一等就是半个月，不见不走。"老刘又加重了语调，一字一句地说。

"麻烦刘主任试试吧，真的见不到，那是我们没福气。"康清泉恳切地说。

"好，我现在就联系。"说完，老刘去旁边打电话安排参观访问华兴集团的事情了。

不一会儿，老刘回来了，脸上没有丝毫表情："恭喜康书记，他们华北区的经理要见你们，就今天中午一点钟。"

"怎么这么个时间？"济民县委常委、分管工业和招商引资的副县长任书生不解地问道。

"我们这里实行朝九晚五的作息，中午一点上班，下午五点就下班，大家工作了一天，要过夜生活嘛，到茶楼吃茶打牌聊天啦。"老刘拖着南方人特有的腔调说。

任书生摇了摇头说："还是你们南方人会生活会享受呀。"

"刘主任，那就麻烦你按这个时间给我们压缩其他参观路线和行程，下午我们全体参访华兴集团可以吗？"康清泉说道。

"去这么多人，不知道合适不？"老刘犹豫地说。

"麻烦刘主任再通融通融，我们大家去开开眼界，见识一下世界五百强企业的风采，要知道华兴集团生产的华兴牌产品流行时尚得很哪。"康清泉看着老刘，老刘不好意思了："行，我再联系一下试试，刚才我没给人家讲清楚有这么多人，人家的企业生产是保密的，不让人随便进。"

经过老刘的协调沟通，华兴集团只同意参观他们的样品展示大厅，不让进车间参观，但可以派员介绍情况。来自内地的这些只见过木材厂、面粉加工厂、砖瓦窑厂的七品以下小芝麻官们，一听说要到华兴集团参观，激动得不得了。

华兴集团华北区经理叫冷榕，榕树的榕，典型的南方人的名字。中等个，白净脸，双眼皮，一笑俩酒窝，戴一副金丝腿眼镜，乍眼一看，也就二十出头，但他自我介绍已经三十多了。大家都说南方水土好，一方水土养一方人，果然不假。冷经理相当能吹能侃，面对台下济民县的客人，讲起华兴集团的创业史，讲起他们的董事长华兴，佩服得五体投地，恨不得山呼万岁。

其实，不只济民县的人，全国各地，谁不知道华兴集团？谁不知道华兴牌产品？那可是身份的象征和时尚的代名词。当然，随着华兴集团的崛起，人们对董事长华兴也有所了解，那可是商界传奇人物。他的一举一动就是旗帜，就是方向，就是坐标，他把生产基地摆布到哪里，就说明那里有商机，就说明那里的投资环境好，配套厂商就跟进那里，绝对的产业链、一条龙。这两年，华兴集团只把生产基地布局在全国极个别一线城市，像内陆地区还没有先例。如果能把华兴集团拉来搞一个笔记本电脑项目，那绝对是地方之福。

冷榕经理介绍了华兴集团的创业史和生产经营情况，最后和大家进行互动，问大家有什么问题没有。济民县分管工业和招商引资工作的副县长任书生站起来说道："冷经理，我是济民县负责工业和招商引资工作的副县长，我叫任书生，我们济民县离山川市只有二十公里路程，离机场也只有二十公里路程，境内有三条高速公路的下路口，有十万亩森林，有十万亩水面。我们全县森林覆盖率达到百分之三十五，空气质量常年优良，水质二级，达到直接饮用的标准。不知贵集团有没有意向到我们这里投资兴业？"

任书生到底是书生，说起话来非常直白，倒也直白得可爱。冷榕听了之后，脑子反应得贼快："谢谢任县长的盛情相邀，说实话，到我们这里来招商的官方代表团每天都有两三个，我们也有到内地布局扩大业务的准备，只是目前还没有具体的行动。如果贵方有意向的话，我可以向我们华董进行汇报，稍后我们再接洽，Thank You！"

会场上响起一片热烈的掌声。

够了，就这都够了。

"谢谢冷总！如果贵公司有意向，我们将留在这里，等待华董的回信。"任书生说。

在华兴集团，济民县的客人们参观了样品展示大厅。康清泉已经做了安排，他决定不再往下转了，委托县委副书记陈致孝、县人大主任黄太和、县政协主席安静默他们带队走完预定的参观访问行程，而他和县委常委、宣传部部长袁新国，县委常委、分管工业和招商引资的副县长任书生，分管城建的副县长万事通，分管农业和农村经济的副县长石喜中一起留下，专门等待华兴集团华兴董事长的回信。

可是，事情并未像预料的那么美好，在宾馆等了两三天了，就是不见华兴董事长的回信。袁新国等烦了，发起牢骚来："什么破董事长？咱们济民没有华兴，这几年不是照样过得有滋有味？咱好赖也是个领导，这么不给咱面子？不想理咱们，总得有个回信吧，让咱在这儿瞎等，真是气人。"

万事通打趣道："袁部长，黄主任黄大侠离开你了，是不是烦躁不安哪？"

"老万，我不和你乱，你小子还没成精呢。"袁新国义正词严地回敬道。

"三天不打，上房揭瓦，黄大侠不在，你这日子可难过喽！"万事通意味深长地说。

9

到了第五天头上，冷榕终于打来了电话，直接打给康清泉的。冷经理和康清泉说了几句客套话，无非是什么久等了、不好意思、请见谅之类，然后说他已经和华兴董事长汇报过了，华董的意见是华兴集团可以到济民县投资建一个高科技园区，把东江镇这边的生产线转移一部分到济民县，但是济民县必须答复五个条件：一是高科技园区需要征用两千亩土地；二是华兴集团征地费用只负担群众补偿和青苗等附属物的赔付，其余费用由当地承担；三是生产车间和员工宿舍由济民方面代建，华兴集团采取租赁的方式使用；四是三年之内凡地方留成部分的费用全免，三年之后六四分成，十年之后五五分成；五是租用济民县的十万亩森林和十万亩湿地搞文化旅游开发，一亩地一年租金二百元，租期暂定五十年。如果同意上述条件，可以见面，华兴集团将投资二十亿元，否则免谈。

康清泉一听心凉了半截，这哪里是谈生意谈合作呀？分明是卖国条约，或者说欺人太甚。济民县仅征地这一项，恐怕也倒贴进几个亿资金，这可是济民县一年人吃马喂的钱哪，这等于说济民县七八十万人一年白白给华兴集团打工干活儿。况且，现在也不允许比拼优惠政策，可是，市里还在搞招商引资和项目建设观摩，如果不想办法引些项目，又怎么完成任务呢？

真是作难啊！人们常说，当官如同火上烤，很多人还不以为然，觉得那净是瞎说，好像当个领导就只等着享清福了，其实，当官就是作难，当官越大作难越多。

眼下，康清泉也是愁得头发蒙，愣在那里半天没有回过劲来，拿着电话默不作声。电话那头显然是等得不耐烦了："咋样，康书记？如果不行，就算了。"那边把电话挂了。

这可是大事呀，必须向市委、市政府汇报，根据他们的条件，济民县的财力也不济，难以承受这么大的代价这么昂贵的条件，必须得到市委、市政府的大力支持才行。

康清泉迅速拨响了山川市委书记赵开来的电话："赵书记，您好！我是康清泉。"

"是清泉哪，你不是带队到南方考察了吗？有事吗？"赵开来的声音永远是不紧不慢。

"赵书记，有个事要向您汇报。我们现在在华兴集团，他们准备到咱们这儿投资建厂，投资二十个亿呢。"

"华兴集团，这可是天大的好事呀。盯紧了，可别让这条大鱼给跑了。"

"那是，关键是他们提的条件相当苛刻，我做不了主哇。"

"什么条件？"

康清泉重复了一遍冷榕的电话内容。

电话那头沉默了，紧接着赵开来开腔了："条件不用跟我讲，过程也不用跟我说，我只要结果，把华兴集团引过来，我给你记功。"

"啪！"手机挂了。

康清泉愣在那儿半天没有回过劲来。赵开来书记没有明确表态是否答复这五条苛刻的条件，但却要求一定要把华兴集团给引过来，这不是让人作难的吗？不过，康清泉又想了想，也许赵开来书记有难言之隐吧，有时候，领导真的没办法把事情说得太清楚了。

想到这里，康清泉不再犹豫了，走一步说一步，先答应再说，车到山前必有路，到下一步再见机行事。

接着，康清泉迅速拨通了华兴集团华北区经理冷榕的手机："冷经理，您好。"

"Hello！康书记。"

"你们的条件我们同意，什么时候面谈？"

"Ok，我马上向华董汇报。"

经过冷榕的撮合，这边由任书生对接，终于确定第二天上午在华兴集团华兴董事长的办公室见面。

康清泉他们连夜开了紧急会，商讨各种可能遇到的问题。他们知道，他们面对的将是一个谈判高手，一个世界级的商界精英，必须充分准备，因为成败在此一役。

第二天，康清泉带着几位县领导如约来到华兴董事长的办公室，只见一个瘦高个的中年男子坐在宽大的老板桌的后边，头发已经花白。上身穿着雪白的衬衣，戴着一副金丝腿眼镜。

"报告华董，济民方面的客人来了。"冷榕小心翼翼地说。

老板桌后边那个人没有动静，好像什么也没听见。

"华董。"冷榕的声音更小了。

老板桌后边那个人依然没有动静，好像什么也没发生。

"冷经理，不要紧，我们先等一会儿，让华董把文件看完再说。"康清泉说道。

于是，几个人就站在那儿拘束地等着。趁这当口，康清泉认真瞅了瞅华兴董事长的办公室。办公室的陈设也简单，引起康清泉兴趣和好奇的是华兴董事长背后墙上挂着一幅硕大的阴阳太极图，康清泉想，华兴董事长不会是信道的吗？怎么挂这个呢？再看旁边墙上，挂着一幅中国山水画，但见层层群山无尽无际，山外还有山，宇宙无限，一墨大千。康清泉仔细看落款，原来是明朝戴进的《南屏雅集图》。康清泉明白了，原来华兴董事长是一位很谦虚很有大志的人哪，志在高远，同时又懂得山外有山、人外有人的道理，不简单，真是不简单，能成为这么大公司的董事长，自有他的过人之处。从这幅画，康清泉在心里首先对华兴董事长竖起了大拇指。

约莫一刻钟的工夫，那位华董终于看完了文件："哟，冷经理，这几位是……"

"华董，这几位就是济民县的客人。"

"哦，县委书记是吧？坐吧。"这位华董没有起身相迎，只是微微点了点头，以示见面礼。然后身体靠在老板椅上，看着康清泉他们。

"华董好，这是我的名片。"康清泉躬身来到华董的面前，递上自己的名片。

华董拿起名片，歪着头打量了一番："哦，康清泉，名字倒很廉洁，很雅气。说吧，想怎么跟我合作？我这人说话直，现在外边还有两拨从内地过来想邀请我去投资的客人。"

康清泉心想，对付这样一位见过大世面的商界奇才，如果仅仅是卑躬屈膝，难免被他看低，其实恰恰对工作不利。于是，他不卑不亢地说道："华董，我们虽然级别不高，但诚意很高，我们虽然权力不大，但我们济民县商机很大。华董是明白人，做生意赚钱是硬道理，只要能赚大钱，华董应该不会在乎什么级别不级别吧？况且华董本身也没有什么级别。"

康清泉话里带刺，不软不硬。华兴听了之后，坐直了，盯着康清泉一行人看了一会儿，说："有意思，我就喜欢这样的领导干部。请坐吧。"

华兴终于说了句软话，康清泉心里有了底。

康清泉一行人坐下后，华兴集团办公室的美女秘书沏茶倒水。

"康书记，我这人性子直，脾气也不好，说骂人就骂人，没办法，我修养还不够，请多包涵。"

"哪里哪里，华董太客气了。我看华董非常有气质，很有涵养，很有水平，我们自愧不如呀。"康清泉放缓了口气，毕竟这是大财神爷，需要敬着。

"我委托冷榕给你们讲的条件怎么样啊？"

"没问题，华董，我们都能办到。"

"那好，如果可以的话，我这里有份意向书，已经起草好，你们看一下。如果可以的话，今天可以草签一份意向书，稍后，我派专门团队前去考察，到时候再签协议书，如果真有可能的话，我们再正式签订合同。"

康清泉没想到华兴集团办事这么干脆利索，而且天大的好事来得这么突然，这完全出乎了康清泉的预料。康清泉他们几个济民县的县领导昨天晚上商量的意见基本没有派上用场，这很让康清泉有些措手不及。不过，康清泉的脑子转得还是比较快的，这阵儿，他脑子紧急一转，暗暗思忖利弊得失：虽说有些仓促，但也没有什么大不了的事情，不就是一个意向书吗？意向只是意向，随时可以变化，真正签了也错不到哪儿去。于是，康清泉故作推托地说："华董，这是不是有点儿太委屈您了，您这么大个公司，就在这种场合签意向书，有点儿不成体统呀，咱要不找个好日子选个好地方正式签？"

"呃——这个你们不懂，一则我这人行事低调，不爱张扬。二则我的企业产业转移，本地政府可是不高兴呢，我还要保密。第三呢，想让我投资办厂的地方太多了，每天都有三两拨来拜访的，还都是托关系找熟人，我谁也得罪不起呀，得罪一个人堵条路，做生意不就是讲朋友嘛，朋友多了财路广呀，所以这事要保密，你们也不要大肆宣扬。等尘埃落定签合同的时候，再宣传也不迟。"

"明白了，华董不愧是商界精英呀，行事非常稳妥，佩服，佩服。"康清泉及时奉承两句。人都爱听好话，不失时机地吹捧别人两句，别人高兴了，气氛活跃了，感情拉近了，工作也好开展了。

接着，康清泉顿了一下，问道："华董，我有一事不明白，您也是直性子人，和我的个性相投。我冒昧想问一下，听说华董的公司一般都选在一线城市，像那些副省级城市、省会城市之类的，连二三线城市都不去，为什么相中我们一个小县城呢？"

"康书记，你们当官的讲政治眼光，我们做生意的讲究商业眼光，眼界决定境界，境界决定事业，他们之所以做不成大事，就是眼光不行。我之所以这次放弃大城市投资，转而另辟蹊径到济民县，主要是我经商做生意有两个原则：一是生意在路上。现在已不是秀才不出门、便知天下事的时代了，做生意必须走出去，约人喝喝咖啡、喝喝茶、喝喝酒，生意信息就在聊天之中，思想碰撞产生商机。二是到人多的地方做生意。有人会问，到哪儿做生意呀？很简单，哪儿人多就去哪儿做生意，这就不会错。如果一个地方冷冷清清的，那能有消费吗？那能有商机吗？你们那里人口多，人多就是市场就是商机就是生意。同时，更重要的，我是看中了你们的十万亩森林、十万亩湿地的原生态环境，这是稀缺不可复制的资源，这是未来城市发展的方向。这些还都不是主要的，最重要的是你们就在黄河边。时代在变化，形势在发展，我们的生意也要与时俱进。在你们那儿投资生产笔记本电脑，这是我的当家产业，但我肯定要转型。未来的生意，什么最赚钱？你们说说，啊，你们说说。"华兴就像大领导一样质问康清泉他们。

"做生意我们是门外汉，还请华董赐教。"康清泉他们还真的不懂。

"我告诉你们吧，将来最赚钱的行业是文化。做生意只有做有文化的生意，那才叫生意，那才有水平，那才叫高端。做文化生意不只是赚钱，还是做公益，经济效益和社会效益双丰收的生意，才是最长久的生意，才是真正的生意。黄河是中华民族的母亲河，在黄河边做生意，特别是做文化产业，为母亲河做点贡献，是我的心愿，也是我的生意之根。"

"对对对，华董真是高瞻远瞩呀。"这次，康清泉是打心眼儿里佩服。人说，听君一席话，胜读十年书，有时候跟高手对话，高手的思想就是指路明灯，使你豁然开朗，如拨云见日。特别是听华兴这番高论，本来康清泉还以为这位华董无非是一位财大气粗的土豪，没想到他心思缜密，眼光高远，社会责任感和文化担当这么强烈，康清泉不由得凭空生出一番敬意来。

"佩服，佩服，华董，您真是高，实在是高。"康清泉赞叹道，"华董，就凭您这番话，您到我们这儿做生意干事业，我们会当作我们自己的事情，共同为弘扬黄河文化做贡献。"

说到这里，华兴伸伸懒腰，有些显摆地自言自语地说："我现在做生意做到这个份儿上，说实话，挣钱太容易了。没钱的人是人找钱，对我来说，是钱找我，到处是商机，不想挣钱都难，天天有人求着我去他们那里投资，我去投资干吗？不挣钱我能去吗？挣小钱我还不去呢，挣钱慢我还不去呢。不过，我闯荡商海多年，我的生意眼还是可以的，别人认为这个地方投资不行，可我打眼一看，就知道能不能挣钱，像你们济民县，可能很多人不愿意去，但我却看到了你们那里的商机。人跟人的区别就在这里，就在一种眼力，那种慧眼，不是具有天分不是多年历练，搞不到的。"

康清泉听后由衷地说："是啊，华董真是商界奇才，那可不是浪得虚名。"

华兴听了这话很受用，接着说："钱对我来说就是一个数字，生不带来死不带走，要那么多钱干什么？虽说在商言商，我们做生意的就是只管挣钱，但挣钱多了，吃不完花不完，也觉着没意思了，这些钱已经不属于我个人了。仓廪实而知礼节，衣食足而知荣辱，眼下，很多人是钻到钱眼儿里，我要跳出来。我总觉着，人不能只有钱，还要值钱，啥叫人值钱？就是不让别人在背后捣脊梁骨骂，让人说你好才算值钱，才算活得可以，所以，我不能让别人笑我是暴发户，不能让别人骂我为富不仁，我也要上层次，干正事，回馈社会，报效祖国。我记得唐朝政治家、文学家张说仿古传《神农本草经》撰著了一篇奇文《钱本草》，以药喻钱，把钱的利弊写得淋漓尽致，我觉得写得非常好，我烂熟于胸，时时警戒自己啊。"

康清泉又不失时机地说："华董真是一介儒商啊，温文尔雅，气度不凡，真不愧是商界精英，我们以后要好好向华董学习呀。"

"不用学，你们学不来的，咱走的不是一条道。"华兴董事长说话真的是直来直去，一点儿弯都不拐，一点儿情面都不留。"好了，别的不说了，现在就签个意向书吧，我这人雷厉风行，办事爽快，不喜欢拖泥带水。我给你们讲好了，你们看清楚我这意向书里面的内容，除了我的科技园之外，我还要搞黄河文化生态旅游区，围绕黄河和十万亩森林、十万亩湿地做文章。既搞就搞全国一流、全球领先，把你们济民县给带起来。"

"放心吧，我们全程配合华兴董事长您的工作。"

这时，华兴又郑重地说："康书记，说到这里，我还有一事相告。"

"华董请讲。"

"我到你们那里投资，丑话说前头，你们要创造好的营商环境，不能吃拿卡要，不能敲诈勒索，不能搞关门打狗那一套。我的项目不与当地老百姓打交道，不与职能部门打交道，你们要派出首席服务官，我只与你们首席服务官来往，所有涉及当地的问题由你们首席服务官全程代办解决，你们能做到吗？"

"华董，这个不需要您操心，您到我们那里投资，那是我们百年不遇的大喜事。我们求之不得，我们怎敢不举全县之力搞好服务呢？放心吧，我就当你们的首席服务官，有什么事直接找我。行不？"

华兴微微点了点头，表示认可。

康清泉接过意向书，认真地看了一遍，由任书生代表济民县政府签了个字。

第五章

拆窑风波

马初生说："康书记，朱市长打电话问咱们是不是有县领导到砖瓦窑场乱检查，乱收费，乱罚款，引起了群众不满。现在，群众举报到市纪委了。朱市长让咱们自查自纠，不然的话，市里派检查组下来检查。"

1

　　黑风口村的支书黑老三这段时间闲不住了，平时他喝酒打牌洗澡找小姐，日子过得赛神仙。凭啥？凭他的几座砖瓦窑场。一座砖瓦窑投资二三十万元，一年的收入就有近百万，他有三座砖瓦窑，肥得流油。可是最近，省政府一纸通知让他如坐针毡。

　　这是暮春和初夏交替时节，黄河滩里成片的油菜花枯萎了，一些不知名的杂草一蓬蓬地长了起来。在黄河滩里劳作的农人们脱掉了厚重的棉衣，一身轻松地活跃在无边的黄河滩肥沃的大田里。

　　气象部门预报说，今年的汛期形势将很严峻，估计黄河有百年不遇的特大洪水，黄河沿线各地要做好迎大汛、防大灾的充分准备。

　　每年七月下八月上都是黄河防汛严阵以待的关键时期，而一入夏，就要紧锣密鼓地开始做好防汛的各项准备工作。各部门都有任务，要备防汛物资，又要组织防汛人员，还要进行防汛演练。这些，对于地处黄河边的济民县来说，是每年的例行公事。

　　为了确保黄河汛期行洪安全，这年，省政府针对黄河滩里的几百座黏土砖瓦窑场，痛下杀手。要求各地务必在两个月内拆除复垦，否则，不仅处理人，还要实行土地限批。

　　黑老三早早得到了这个消息，他的神通自然是非常广大的。拆除砖瓦窑场，这不是在他身上割肉吗？他现在吃香的喝辣的，凭的啥？还不就是这几座天天像印钞机一样的砖瓦窑场吗？于是，他苦思冥想，好几个夜晚翻来覆去没有睡好觉，又找老大、老二、老四合计来合计去，觉得必须去找一个人，谁？他的朱哥，大权在握的山川市市长朱尔。

朱尔参与派系斗争的老父亲朱白生早年在黄河滩里的黄河农场劳动改造的时候，朱尔有时去看望他爹，黑家兄弟则经常找在黄河农场里当炊事员的父亲黑歪妮讨饭吃，朱尔和黑家兄弟那时就认识了。

那年头，当炊事员是个好差使，有饭他先吃，有菜他先尝，还能顺便打个拐，偷偷往家里带个饭什么的。谁都能饿死，就炊事员饿不死。那时候，别人都饿得皮包骨头，要么全身浮肿，可炊事员黑歪妮吃得像头猪一样，肥胖肥胖的。

农场里的人都说黑歪妮是个粗人，可黑歪妮一点儿也不粗，他人精着呢，心细着咧。他看被打倒的朱白生在农场下放劳动，是个倒霉的大干部，将来说不定有翻身的那一天呢。于是，别人打朱白生斗朱白生，可黑歪妮不打他不骂他，有好吃的，他还偷偷给朱白生留着。有一回，朱白生被打得昏死过去，被扔在了黄河滩，眼看就没命了。那时候黄河水大呀，河道宽得很，到了晚上，黄河水滚滚东流，黄河滩里死一般寂静，夜黑得就像黄河淤泥一样黏稠，浓得撕扯不断。黑歪妮提着汽油灯去找朱白生，他知道朱白生被扔在哪里，因为白天他就在乱哄哄的批斗人群中。朱白生奄奄一息，只听得有人在叫："老朱，老朱！朱白生！"那魂魄硬是循声而去，晃晃悠悠地从阴阳界拐了回来，直奔阳间大道而来。

黑歪妮在没膝高的荒草丛中找到了朱白生，摸摸鼻子，还有气息，于是背起朱白生就往回走。幸亏黑歪妮根正苗红，换换人，早被打成反革命了。

黑歪妮把朱白生放在自己的床上，喂了汤水，又找农场的赤脚医生要了药，朱白生算是捡了条命。落难时的恩情，别说一条命了，就是一句安慰的话，也终生难忘。所以，黑家和朱家的关系，那是什么关系？那是铁打的关系，是生死之交。后来，朱白生把他的名字改了，就是感念黑家人的恩情，才改成了朱黑生。现在黑老三有困难了去找朱尔，虽说朱尔的老爹朱黑生已经过世了，黑老三的老爹黑歪妮前不久也过世了，但上辈子的恩情摆着呢，又是小时候的玩伴，见了面，遇到事，还能说啥？

2

山川市委、市政府在一个院子里办公，市政府办公楼在前边，市委办公楼在后边。办公楼和大院都是二十世纪初德国人设计建造的，造型古朴，端庄大方。院里古树参天，浓荫蔽日，倒成了鸟儿的天堂。朱尔的办公室有两间大小，一张宽大的办公桌摆放在屋子的靠东墙处，背后是一幅崇山峻岭图，后边有山，寓意有靠山，正对着西面墙镶着一幅九曲黄河图，背有靠山，面向河水，依山傍水，这是风水仙的指点之功。办公桌对面是一张小会议桌，摆放着几把真皮椅子。

朱尔烟瘾很大，一根接一根地抽，他抽烟已到了品烟师的级别了。别人递给他一根烟，他不用看，闭着眼抽一口，香烟的牌子就报出来了。

秘书小苟说黑老三要来见他，他背靠老板椅，点上一根烟，吞云吐雾中，回想起与黑家兄弟的过往，感慨万千。

为了见朱尔哥，黑老三专门用洗面液洗了把脸，还对着镜子把络腮胡子使劲刮了刮，刮得脸铁青发亮。他还专门穿了一身崭新的灰西装，为了表示对朱尔哥的尊重，把西装上衣扣全部系上了，更显出他滚圆的大肚子像个皮球。黑老三黑皮鞋擦得锃亮，却穿了一双白袜子。知道朱尔爱抽烟，黑老三还提了十几条软中华香烟来，顺便提了一袋黄河滩里生长的黑花生，朱尔爱吃花生，尤其爱吃黄河滩里这两年的新品种——黑花生。

"朱哥，想死您了，想死您了。"一见面，黑老三激动得语无伦次，把香烟和花生往朱尔的老板桌上"咚"的一放，手脚无处摆，只是"嘿嘿"笑着站在那儿。

秘书小苟皱着眉头，把香烟和花生从办公桌上拿了下来，接着给黑老三倒上茶水，带上门转身出去了。

"老三，先坐，坐坐，来就来呗，还带啥东西？我会缺这？现在纪律管得严，你往我办公室提这东西，是让别人抓我的把柄吗？"朱尔慢悠悠冷冰冰地说道。

一听这话，黑老三吓了一跳，赶忙说："那我放门后边，别人看不到。"说完，他真的把香烟和黑花生放门后边了。

"算了吧，老三，拿就拿了，这次就算了。以后那仨核桃俩枣的就不用给我带了，我丢不起那人。"

"这个，这个，那是，啊，嘿嘿，嘿嘿……"黑老三直搓手，反倒有些不知所措了。

"最近忙不忙？"朱尔放松了口气，黑老三如释重负。

"忙，咋会不忙咧？有几口窑，还招呼着村里的事，忙死了。"黑老三拉过来椅子坐在朱尔的对面，端起茶水"咕嘟咕嘟"喝了几口。

"俺歪妮叔的身体还好吧？"朱尔漫不经心地问。

"春节前去世了。"

"去世了？你咋不说一声呢？"朱尔忽地从沙发上站起来，着急地问。

黑老三心想，咋没给你说呢？专门给你打电话，你说春节期间应酬多走不开，派你的司机送来两千块钱，这怎么全忘了？真是贵人多忘事，不，是忘恩负义。

其实，朱尔问这话并不是说他真的忘了，他是对黑老三有意见，对黑家兄弟有成见，他是故意说不知道呢。朱尔听县长马初生说，黑歪妮是自杀的，是黑家四兄弟不孝造成的。

市长朱尔虽然对黑家兄弟有成见，嫌黑家兄弟不孝顺，但黑歪妮毕竟不是自己的老爹，即使是自己的老爹，朱尔也不是很在意。朱尔的处世原则就是宁让我负天下人、不让天下人负我，这天下人也包括他的老爹老娘老婆，还有儿子女儿。其实，朱尔不只是为人处世很自私，他的为官之道也是厚黑学，他自己总结了成功"六字诀"，并奉为圭臬。所谓"六字诀"：一推二拖，三哄四躲，五厚六黑。这一推，就是有利的事要揽过来，难办的事有风险的事则推出去，上推下卸，反正不能截留。这二拖，就是那些推不掉的事，就拖下去，拖中待变，拖中寻找时机。三哄，就是说要学会说瞎话，朱尔认为不说瞎话办不成事，太实诚，是好事，也是坏事，不会说谎，啥事都说出来，让人知道了自个儿的底线和软肋，暴露了自己的意图和行踪，那就麻烦了。四躲，就是当个隐形人，啥事都不出头露面，神龙见首不见尾。五厚六黑就不说了，脸皮要厚，脸皮厚吃块肉，脸皮薄吃块馍，心还要黑，关键时候决不能有妇人之仁，更不能犹豫不决，因为机会转瞬即逝，失去良机，将会变成危机。

所以，依朱尔的个性和品行，既然人死不能复生，那么就宁可得罪死人，也不能得罪活人。他讽刺黑老三两句，只是出出气，他不会跟黑家兄弟计较什么的，犯不着。

"老大、老二、老四他们都好吧？"朱尔转移了话题。

"托您的福，好着呢。"黑老三巴结着说。

"生意还好吧？"朱尔又问道。

"生意好得很，来找您就是说这事咧。我咋听说省里让拆砖瓦窑咧？"

"是啊，有这么个精神。拆就拆呗。"

"朱哥，那可不行啊，我全靠那几口窑呀。您不知道那几口窑一年挣几百万咧，要不是这，我烧啥呀烧？"黑老三急切地说。

"这是省里的精神，不拆也不行，恐怕不好挡。"朱尔叹了口气。

"那咋弄？那咋弄？帮我想个法子。"黑老三直搓手，搓了一会儿手，又开始搓脖子里的灰，搓成一个个小蛋蛋，随手扔在朱尔办公室雪亮的地板上，一点点黑灰非常显眼。

"有人催你拆窑没有？"

"县里有人来了，我才不甩他们呢。"

"这次你还是拆了吧，我已经给你想好了，给你多补点钱。"

"补我再多的钱，那也是补一回就完了，我这窑可是一年几百万哪，那损失大着呢。"

"老三，别急。窑拆了不要紧，我给你还准备了个挣钱的门路，比烧窑还挣钱。"

"真的？俺朱哥就是对我不赖，啥门路？"

"你侄子朱郎是山川国际酒店的副总，这你知道吧？"

"我知道，俺那侄子小郎能干着咧，很有出息。"

"他的董事长兼总经理齐浩天最近想在济民县的黄河边搞一个大项目，叫作黄河度假旅游区，规划的有高尔夫球场、南方园林式五星级酒店，还有森林公园、别墅区，准备投二三十亿资金，在你家的门口搞项目。他们吃肉，能不叫你喝碗骨头汤？"

"那我能干啥？"黑老三迷惑地问道。

"唉，你咋恁迷呢？施工离了你会行？将来经营管理，离了你会行？不说别的，你买几辆翻斗车，光拉土推土也能挣不少钱哪。到处都是挣钱的门路，遍地都是钱。"

"行，我听俺朱哥的，您叫我咋着我咋着。不过，我好赖也是村支书，在当地仗着您的势力，也是个人物，这我要是说拆就拆了，人家会看不起我呀。"

"咱俩也是发小了，你那孬点子恁多，这能难住你？"说到这里，朱尔想起什么似的，三角眼瞪着黑老三，加重了语气说，"不过，我提醒你，现在是济民县的书记康清泉带队到南方招商引资去了，家里由马初生主持工作，马初生在家主持工作期间，你不要闹出啥乱子来，明白吗？"

"朱哥，这我懂，等康清泉回来了，我再给他整个事看看。上一回跟白家滩那几个村打架，没把康清泉整下来，算便宜他了。济民县有俺四弟兄，我们跺跺脚，济民县不得掉个个儿翻翻天？上一任县委书记顾怀力，我们不就是在朱哥的英明领导下把他灰溜溜地赶走了吗？这康清泉我们叫他坐不安生，我们盼着马初生县长坐头把交椅呢，济民县就是俺朱哥的天下了。"

"爬蛋吧，少瞎说。"朱尔有些生气了。

"不瞎说，不瞎说。朱哥别生气，我这人心直口快，肚子里藏不住东西。"

"少给我来这一套，你的肚子里花花肠子多得很，还在我面前摆弄咧？不是我，你屎能啥咧？就上回'3·16'事件，不是我给你撑住挡住，早把你整号子里了，你还能咧？"

"不敢能，朱哥，不敢能。您放心，我这人知道好歹，我心里清亮着呢，您咋想咧，我能不知道？放心，以后我光干不说，打死也不说，我心里有数，光闷逮①。"

"行了，就这吧。往下的事情我就不教你了，你看着办吧。"朱尔顿了顿，问，"黄河农场现在咋样？"

"朱哥，您还记着那破地方呀。俺黑生大伯在那儿可没少遭罪呀，说实话，现在黄河农场都快倒闭了。"

"唉，一直忙，很想到那里去看看，就是腾不出时间。"

"朱哥，您去呗，您要是再去那儿一趟，您看以前欺负俺大伯和您的人恐怕吓瘫地上，说不准吓得尿一裤子呢。"

"哈哈哈哈！"朱尔得意极了，右手伸出来在半空中晃了晃，然后手掌向下轻轻按了按，硕大的脑袋随之摇晃起来，大脑门儿上的皱纹紧张地挤成了一团，变成了复杂的沟沟壑壑……

①　闷逮：方言，闷头做事情。

3

告别了朱尔市长，黑老三的心里有了底，走起路来脚底像抹了油，轻快爽便得很。坐上自家的本田越野车，烧着呢。越野车是他的小兄弟黑老四开的，黑老四没上去找朱尔，他一见朱尔，朱尔总是熊他，朱尔熊人损得很，两句话会把人熊哭。黑老四也没啥事有求于朱尔，他是家里的老小，是宝贝疙瘩，他的任务就是吃喝嫖赌抽，外加打架捧场子，因此他不想见朱尔，也没必要见朱尔。

"走，老四，哥我今儿个高兴，给我找山川市最好的洗浴中心，找个漂亮小姐玩玩。"

"找啥洗浴中心？朱郎不是山川国际酒店的副总经理嘛？咱找他玩儿不妥啦？"黑老四说。

"对呀，我咋没想起来朱郎呢？朱哥不是说朱郎要到咱们老家做生意吗？我还要靠他发财呢，我得赶快找他，我现在就给他打电话。"接着，黑老三拨通了朱郎的电话，"好侄子，我是你叔黑老三哪，在不在酒店？想找你玩。"

正好，朱郎在酒店里，朱郎让黑老三找他去。黑老三很高兴，对黑老四说："老四，朱郎在酒店里，咱今儿个找他玩得劲，趁机也说说咱的事，看下一步咋整。"

山川国际酒店是山川市规模最大、规格最高的五星级酒店。偌大一个山川市，七八百万人口，只有这一家五星级酒店，实在是寒碜得很。山川国际酒店是市长朱尔引进的项目，当然，他主要是关照他的儿子朱郎。这个朱郎，从小不爱读书。朱尔拿他没办法，打过他，骂过他，把他关到小黑屋里，甚至扬言要用绳子吊死他，用铡刀铡了他，但这些都不行。朱尔无奈给他找了个机关单位上班了，朱郎受不了上班纪律的约束，他自由惯了，喜欢过夜生活，晚上喝酒打牌洗澡泡小姐，白天睡到中午。要是让他循规蹈矩地八点上班，十二点下班，在办公桌前一坐坐一天，他受不了这个洋罪。朱尔能管住山川市几百万人，但管不住一个儿子朱郎。朱郎不想上班，赖在家里哪儿也不去，朱尔拿他没办法。朱郎无所事事，吃喝玩乐，花花公子，寻衅滋事，打架斗殴，成了山川市的太岁爷。朱尔很发愁也很害怕，怕朱郎闹出大事来影响仕途，正愁给他找个什么活儿干干呢，港商齐浩天找到了朱尔，想在山川市建一座五星级酒店。齐浩天其实是Ｓ省本地人，靠建过路收费站发家。齐浩天原来也是一农家子弟，二十世纪九十年代，他靠着本村一个在省交通厅当厅长的本家大伯的势力，拿到建收费站的批文。和地方政府一合计，地方政府就给他无偿提供修路建收费站用的土地证，拿到土地证就可以到银行贷款，地方政府负责拆迁和青苗补助以及土方工程，而齐浩天用拿到的银行贷款铺柏油路建收费站，铺路也就是铺个几十公里吧，收费站却是一收十五年或者二十年。收费站的收费人员由地方政府和齐浩天找的人组成，收的费用齐浩天和地方政府四六分成。齐浩天一分钱不用投入，也不对，也投入一些钱，主要是送礼跑路钱，主要是搞定省交通厅那个批文，当然，那是省政府的批文，不过，只要省交通厅同意了，省政府也只是履行个行文程序，那个环节并不难。空手套白狼，通过他那当省交通厅厅长的本家大伯，齐浩天很快成为暴发户。齐浩天有了钱，深知他这钱来得太容易了，心里不踏实，于是把户口转到了香港。一来，如果有风吹草动，可以转移资产到境外，二来，成为港商，他的投资享有更多便利条件，一举两得。齐浩天有了钱，又投资建大酒店，建大酒店好啊，吃喝玩乐方便多了，于是，香港建了一个，北京建了一个，再想想，怎么着也得在老家Ｓ省的大城市山川市建一个呀！于是，他托熟人找到了市长朱尔。朱尔遇到这事当然高兴了，招商引资又有了丰硕成果，山川市终于有了一家五星级酒店，对外形象得到了更大的提升。但是，朱尔也知道，齐浩天既然来投资，肯定也要优惠政策，山川市是要出血做贡献的。这些朱尔早有准备，朱尔并不怕也不怜惜，虽然山川市政府就是市长朱尔的天下，他一支笔签字，一年几百亿的资金都是他说了算，但这都是公家的钱，不是他的家产，他一点儿也不心疼。齐浩天相当了解内地的权力运行规则和办事奥秘，建五星级大酒店的时候，有很多费用是可以减免的，比如市政基础设施配套费，比如土地征用的相关规费，朱尔大笔一挥都可以减免，这可是一笔不小的资金。再者说，将来五星级酒店建成后，想少交税费，离了市长可不行，五星级酒店要扩展生意，离了市长不行。

朱尔对朱郎说，你这也不想干，那也不合你的意，现在有个正事你看咋样？朱郎问啥事。朱尔说，我想让你当个五星级酒店的副总经理，有吃有喝有玩儿，工作环境还好，还不用早出晚归，行不行？朱郎一听，五星级大酒店，那是美味佳肴云集之地，美女靓妞如云，还是打牌洗浴赌博藏身之所。

好，这好，于是一口应承，而且对老爹感激得五体投地。真是知子莫若父，找来找去，终于找到朱郎喜欢的差事了，朱尔也很高兴。但是，他也知道朱郎那两下子，齐浩天当然也知道朱郎的那两下子，于是，两人一拍即合，先让朱郎担任香港五星级大酒店的总经理助理，历练两年，等山川国际酒店建成后，再委以重任，当个副总经理。其实，朱郎啥也不用干，只要协调与山川市的各种关系就行。

也别说，朱郎干啥都不喜欢，干啥都不行，对酒店却情有独钟，而且干起来如鱼得水。朱郎利用他父亲的关系，把山川国际酒店做成了全山川市最挣钱的酒店，做成了名声最大的酒店，做成了没任何人敢惹的酒店。

其实，朱尔重视建设五星级大酒店，也有他的小九九，他也想吃喝玩乐，但碍于市长的身份，不能到处乱跑，怕别人向纪委举报。所以，他要找个信得过的场所，好好地享受市长的权力。济民宾馆的经理黑老二，那不必说了，是信得过的自己人，他累了就去济民宾馆，由黑老二安排洗洗按按嫖嫖，但毕竟济民宾馆离市区还有半个小时的车程，不太方便。于是，他相中了山川国际酒店，把儿子放在这里当副总，那山川国际酒店不就是他的家吗？朱尔在这里有专用的房间，常年为他备着，一个比家更舒服的地方，工作累了他就悄悄地来这里放松放松。所谓放松放松，其实就是吃喝玩乐。当朱尔对风尘女子玩腻了的时候，齐浩天就把酒店里的一些漂亮服务员送给市长大人朱尔享用，也有那些良家女子不愿就范，齐浩天有的是办法，一个弱女子来到了这里，那就等于来到了龙潭虎穴，齐浩天的打手成群结队，整治一个弱女子那还不是小菜一碟。后来，朱尔跟齐浩天说，你最好办一个歌舞团，再办一个模特儿队，市财政可以给你转些会务费，变相资助你。齐浩天一听就明白是咋回事了，立即到艺术学校招人，面向社会选美，把山川市的邻市的美女都招到了山川国际酒店，供市长朱尔享用。朱尔只要一到山川国际酒店，就像进入百花园，心里美呀，所有工作上的不快都烟消云散。至于他儿子朱郎，睁一只眼闭一只眼，有时为了讨好他老爹，还主动在商场里、酒吧里、歌厅里帮他爹也为他自己物色美女，有时候他用过之后送给他爹，有时候他先送给老爹然后再自己享用。

朱郎在这方面的点子也很多，无师自通。后来，他跟齐浩天提建议说山川国际酒店不如搞个影视公司，拍一部电视剧《五星级酒店》，就在山川国际酒店拍，既宣传了山川国际酒店，又能物色一些美女演员。齐浩天拍着大腿说好，不过，齐浩天说这事你最好让朱市长支持一下，让市财政赞助些资金。

朱郎跟父亲一说，朱尔连说好，很快就安排财政局局长办这件事。

齐浩天把这事交给了朱郎，朱郎办得真是不赖，把国内二三线的演员找了几个，当然都是市长朱尔中意的，是市长朱尔的梦中情人，市长朱尔不是白出钱的，出钱不就是图的这吗？

所以，齐浩天在香港和北京虽也有酒店，但远没有山川国际酒店办得火，在山川市真是顺风顺水，挣钱太容易了，跟拾杨树叶一样轻松。但他平时很少来山川国际酒店，他不在的时候，就由朱郎全面负责，朱郎历练了两年，做酒店管理也像模像样。这不，齐浩天又到北京去了，于是，朱郎又当了全家。正在山川国际酒店顶层他那偌大的办公室里跟一个漂亮的女秘书谈工作，听说济民县的黑老三来访，心想，想曹操曹操就到。受齐浩天的委托，他正想找黑老三商量商量到黄河滩投资度假旅游区的事呢，黑老三倒找上门来了，于是立即叫女秘书小李到楼下大厅迎候。

黑老三和黑老四来到山川国际酒店，但见山川国际酒店高耸入云，门前豪车云集，气度不凡的各色贵客川流不息，黑老三赞叹道："乖乖！我这侄子过得赛神仙，这就是天堂啊。"

"请问您是黑书记吗？"黑老三的手机响了，黑老三接通了电话，只听到一句甜美柔软的女声，这声音比电台的播音员声音还好听。于是，他那粗憨的声音也温柔迟缓起来，他拉长声调说："我是，你是谁呀——？"

"我是山川国际酒店朱总的秘书小李，朱总让我在大堂门口等您，请问您现在到了吗？"

"到了，到了，正在停车场停车，马上就上去。"

"我手里举的有牌子，写着欢迎黑书记光临本店，您看到举牌子的就是我。"

"好咧，妮儿，你等着，我几分钟就到。"

黑老三和黑老四停好车，黑老四说他也要上去见识见识，黑老三骂了一句：小屁孩儿啥也不懂上去看啥咧看，还不好好在下边给我看住车？黑老四嘟囔着说好事都让你占完了你凭啥咧，黑老三说好好好你上去给我把持着点儿别丢你哥我的人，黑老四说放心吧你只要把持好别丢咱老黑家的人就行。

黑老三和黑老四来到山川国际酒店大堂门口。打眼看到一个举牌子的姑娘，这女孩儿身材高挑，皮肤白嫩，大眼双眼皮高鼻梁，樱桃小嘴咕嘟嘟，黑西装白衬衣，亭亭玉立，气质高雅。黑老三心里暗自惊叹：咱在那黄河滩摸爬滚打，也算是个人物，黄河滩里大姑娘小媳妇咱也见识不少，那些娘儿们比起这小妮儿，啧啧，差得可太多了，这真是七仙女下凡，我那侄子朱郎他娘的可真有艳福。想当年他爷在俺黄河滩落难种地的时候，谁想到他会有这一天哪。

黑老三和黑老四俩人眼都直了，看美女看得发呆了，眼睛发红发热，眼珠子直想蹦出来，话都说不囫囵了："妮儿，你，你是朱郎的秘书？"

朱郎的女秘书被一身怪味儿的俩黑男人看得很不好意思，红着脸嘤嘤作答："是我，叫我小李就好了，请问您是黑书记吗？"

"啥黑书记呀？别给我戴高帽，我叫黑老三，黑支书，不是黑书记。他叫黑老四，俺俩是弟兄俩，你那老总朱郎喊俺俩叔咧。"

"哦，知道了。黑支书，那请，朱总在办公室等着您呢。"

朱郎的女秘书小李欠了欠身子，微微一笑，伸手做出了个请的手势，然后，高跟鞋踩在大理石地面上，"噔噔噔"地在前边带路，走起路来，婀娜多姿，像风摆杨柳，还留下一股怪好闻的香味儿。黑老三、黑老四俩人眼都看直了，人也看傻了。

到了电梯厅，女秘书小李按下电梯的按钮。在等电梯的时候，黑老三的手机响了，黑老三一看，是朱郎的电话，他急忙接通："喂，大侄子，郎，你的小秘书接着我了。啊，接着我了，你放心吧，我正在等楼梯呢。"

朱郎的女秘书小李一听，捂着小嘴"哧哧"笑起来。

黑老四一看急了，说："三哥，你迷啥迷？啥等楼梯呀，是等电梯。"

"噢，对对对，哎呀，嘿嘿嘿，大侄子，郎，你看我到你这儿一来，激动得啥都忘了，等电梯说成等楼梯了，我真是乡巴佬儿进城，让你见笑了，马上上去，马上就上去啊，稍等。"

说完，黑老三又对朱郎的女秘书小李显摆地说："你看，你的经理，你的领导，我的侄子，郎，他对我多关心，催着叫我上去咧——"

朱郎的女秘书小李点点头，微微笑了笑，没有吭声。

不一会儿，电梯到了，朱郎的女秘书小李领着两人上了山川国际酒店的最高层。

朱郎躺在老板椅上转来转去，轻轻的叩门声传来，朱郎知道这是他那黑老三叔叔来到了。

"进！"朱郎喊了一声，并没有从老板椅上站起来。

门开了，"朱总，黑支书来啦。"女秘书站在门里边，请黑老三和黑老四进了办公室。

"哎哟，我的三叔呀，可想死我了，今儿哪股风把您吹来了？"朱郎从老板椅上跳了下来，快步走到黑老三和黑老四跟前，"快坐，快坐，小李，倒茶，倒茶。"

朱郎西装革履，长得也很周正，头发往后梳得油光油光，很有大老板总经理的派头。

"侄子呀，你不得了哇，弄这么大个摊子，你叔我服，我服。"黑老三不忘连连夸赞，接着，找了沙发的中间位置坐下，"我刚从朱哥办公室出来，找他办个小事。想想既然到市里来了，多少天没见着俺侄子了，怪想得慌，还怕打搅你的工作，就跟你先打个电话，还真巧，你还在家。看这事，咱爷儿俩就是有缘分。"

"那是，那是，三叔，抽烟。"朱郎拿出一盒雪茄烟，"尝尝这个，古巴进口的雪茄，正宗的。"

看着黑老四坐在沙发上眼睛直勾勾地盯着朱郎手里的烟，朱郎也递给黑老四一根："老叔，也抽一根尝尝，够味儿着呢。"

"好好好。"黑老四站起来，双手接过烟。

"古巴的？那我得吸一根。"黑老三接过烟自言自语地说。

朱郎的女秘书小李从黑色小西服口袋里掏出打火机，上前给黑老三点烟。

"下去吧，我来，我来。"朱郎示意女秘书小李退下，亲自给黑老三点火，然后又给黑老四点烟。

"不用，不用，侄子，我有火。"黑老四从裤兜里掏出打火机自己点上了烟。

朱郎说："三叔哇，您来找俺爹说啥事咧？"

"侄子，日他娘，我作住难了哇。"黑老三使劲儿跺了跺脚，哭丧着脸说。

朱郎"扑哧"一声笑了："三叔，在济民县，谁敢难为您？俺爹原来的秘书马初生是县长，您这辈四大弟兄在济民县黑白道都有人，熊得很。您要是能作难，那除非太阳打西边出来。"

"亲侄子，你可别说，这回真叫我作难了。你是不知道，省里下个孬孙文件，叫把黄河滩里的砖瓦窑全部拆了，你说，这不是要我的命吗？我靠啥烧咧？我靠啥威风咧？就是这几座窑，我才有俩钱儿花花，这一拆，你说我弄啥屎？"

"俺爹咋说？"

"咋说？叫我拆了。"

"那就拆呗，拆了再想别的法子。"

"侄子，有啥法子呀？"黑老三使劲儿吸了一口烟，呛得直咳嗽，边咳嗽边说，"亲侄子，你三叔我有难了，你得帮帮我，我看你这排场老大呀！不行叫我跟你干吧？"

"三叔，那就委屈您了，别看您是个村支书，您那本事大着呢，看您在黄河滩把那帮老百姓整治得跟逗小孩一样，您那本事，您跟我干，我可不敢当。"

"说哪儿去了？我干的那是粗活儿，对那些没文化的老农民，你给他斯斯文文的，弄不成事。谁不听话了，我站在他家门口嚷他一顿，他憋气儿不敢吭，要不然我扇他脸，看他老实不老实，看他听话不听话。"

"三叔，听说您那儿座砖瓦窑，一年能挣个几百万？"

"哎呀，侄子，是呀，要不是这，我咋会这么作难呢？"黑老三想提提朱郎办酒店的事，但是，他没说。他想朱郎一定会说，因为朱哥已说过这事了，那能有假？他想等朱郎把这事先挑明了，这生意上的事，谁先求人谁先说出来谁被动。

"咋样？三叔，咱叔侄俩合伙弄点事吧？"朱郎果然开腔说了。

"哎哟，亲侄子，你不嫌弃我这没材料的样子了？我会弄啥咧？我就是俺那黄河滩里的土老鳖，土老鳖你吃过吧？啥吃头？"

"呃，三叔谦虚了，三叔那是一方霸主，我能不知道？黄河滩里，谁不认识俺三叔？黄河王，厉害着哪。特别是上一回跟白家滩那几个村打群架，打出了三叔的名声，打出了三叔的威风，弄恁大个事，戳恁大个窟窿，愣是没事，平平安安好好的。不得了，不得了，佩服，佩服。"

"亲侄儿，你也别笑话我了，我就是那飞不起来的土老鳖，还不是全靠你爹在保我呢！我的后台硬啊。这回拆砖瓦窑的事，你爹是不管我了，往下我能不能站住脚，就靠俺侄子你了，你说，咱爷儿俩能弄点啥事？"

"啥事？我们的董事长兼总经理齐浩天想到黄河边投资，到您的地盘找饭吃，您说，这事离了您能行吗？"

"真的？"黑老三故作不知，吃惊地问。

"是啊，最近齐浩天和我准备去您那考察考察，还得您出面呢。"

"哎哟，那可敢情好，我能给俺侄子服务，我很荣幸。"

"哪里哪里，今天三叔来了，别的先不说，回头等齐浩天来了，咱在一块儿好好合计合计。这回，咱爷俩儿，还有老叔，咱先好好喝一壶，不醉不休。"

"那得劲，我就好这一口。反正今儿个是赖到你这五星级酒店了，玩儿得劲再说。"

4

朱郎安排了一个包间，装修豪华像皇宫，并喊来了其他几个副总，又找了几个美女服务员殷勤服务，茅台酒拉过来一箱，山珍海味摆了一桌，把个黑老三和黑老四美得一颠一颠的，山吃海喝，吆五喝六。虽说在五星级大酒店里喝酒早已没人猜枚划拳行酒令，但黑老三喝得高兴了非要和朱郎比画比画，几个人放开喝，直喝得前言不搭后语，醉成了一摊泥。

"洗澡，朱郎，亲侄子，给我找你这里最漂亮的小姐给我伺候伺候。"

喝了酒就洗桑拿找小姐，这是黑老三的规定动作。

于是，黑老三和黑老四被安排到山川国际酒店的负二层琼瑶池洗桑拿了。

黑老三泡了热水池，又泡温水池，又泡冷水池，湿蒸干蒸过了一个遍，这里边的稀罕物件他要尝个遍，水果点心饮料摆了一长桌子，看得黑老三直后悔，他奶奶的，这么多好吃的，为啥不多长个肚子，还没怎么吃呢就饱了，看着这好东西吃不成，生气。

在浴池里折腾了一个多小时，黑老三的酒劲儿有点儿过来了。下一个环节就是按摩服务。在按摩房橘红色的灯光下，一位绝色美女款款来到了房间："大哥，我给您服务好吗？"

黑老三大睁眼一看，这位小姐身材修长，皮肤嫩白，五官精致，说话就像银铃响，一身粉红裙子，衬得脸蛋白里透红，黑老三眼睛都直了："快过来，给老子我按按。"

"请问大哥做什么价位的服务？"

"都啥价位？啊，我说，别问啥价格，找你们这里最贵的给找做，我告诉你啊，你给我伺候好，你们老总是我侄子，今天是他请我，知道吗？"

"大哥放心好了，我会伺候好您呢，要不，您就做我们这里六千八百元的至尊天皇吧？"

"啥天王？"

"至尊天皇。"

"那都弄啥咧？有给你亲的没有？"

"全套服务，大哥想做什么都有。"

"那好，来来来，快点儿给我按。"

"大哥，我先帮您脱了衣服吧？"

"好，脱光，脱得一点儿不剩。"

按摩小姐帮黑老三脱下了衣服，挂在衣架上。黑老三脱光衣服，全身黑乎乎的，胸前、腿上毛茸茸的，又粗又黑的体毛看起来跟个野生动物一样。

"小妮儿，光我脱不行，你也得脱光。"黑老三看着美女，色迷迷地说。

"大哥，别急嘛。"说完，按摩小姐轻轻脱去衣服。

"大哥先趴下，我先给您按按背部。"

黑老三说好好好，于是他那猪一样的身子盖严了按摩床。按摩小姐手上轻轻涂了按摩精油，细嫩的红手开始在浑身长毛的粗糙的皮肤上轻轻按摩，黑老三浑身酥痒，随着按摩小姐的一双玉手轻轻划动，他感到一阵阵电流从脚底直往上涌，奶奶的，在黄河滩里哪见过这阵势。

"大哥我给您做个冰火两重天吧。"

"做做做，啥好来啥。"

在按摩小姐的服务中，黑老三高兴极了。"神仙，神仙哪，我以前算是白活了呀。"黑老三大叫，把按摩小姐吓了一跳。

"还需要什么服务吗？"按摩小姐问。

"要，还有啥，都给老子我使出来，叫我今儿个快活快活，出了门就让车给碰死都值。"

"大哥不要这样说嘛，我给您服务是荣幸。"

在按摩间折腾了几个小时，黑老三享尽了人间的荣华富贵，然后又被安排在五星客房里美美地睡了一夜。

第二天临走时，黑老三和黑老四恋恋不舍地回头望了几眼山川国际酒店。黑老三问黑老四："老四，咱家老二是济民宾馆的老总，他那里也有浴池，你说他那里比朱郎这里的咋样？"

"三哥，还用问，一级就是一级的水平。咱老二那济民宾馆，才三星，人家是五星级，咋能比咧？"

"老四呀，咱黑家又该发财了，咱哥们儿又该享福了，朱郎准备在咱黄河滩搞开发，盖五星级大酒店呢。以后咱那儿也有五星级酒店了，那小日子，日他奶奶，那才叫得劲咧。"

"真咧？三哥，咱提劲干，好好享享福。"

"我给你说，以后朱郎来投资搞开发，谁要是敢挡，你把你那帮小兄弟都拉出来，打龟孙！"

"对，打龟孙！三哥叫收拾谁就收拾谁，黄河滩是咱黑家的天下，黄河不姓黄，姓黑，叫黑河。"

"上回你打康清泉一顿，打得好，打出了咱黑家的威风，叫他也尝尝咱的厉害，给他个下马威，以后他也不敢小瞧咱了。等康清泉南方学习回来了，咱再给他整点儿事，回来叫他也灰溜溜地滚蛋，等马初生当了书记，坐了正位，不光黄河滩是咱黑家的天下，连济民县也是咱黑家的天下，咱想弄啥就弄啥。"

"那三哥就是不戴帽的县长喽？"

黑老三感叹道："人家说有钱就是爷，不对，有权才是爷，有权真好哇。回去后我还得当官，让咱那市长朱哥再提拔提拔我，先弄个副乡级干干，要是能弄成了，全县四百多个村支书，就我自己提拔成副乡级，那才神气呢。我还想找朱哥弄个市人大代表，那时候才没人敢惹咱呢。"

"好弄不好弄？"

"好弄，不就是花俩钱吗？"

"三哥，想有权还得有钱，不拿钱开路，有权也没用，钱好哇。"

"老四也开窍了？"黑老三说。

"那当然，你当我是谁呀？三哥，咱的砖瓦窑场拆了也不怕，我去了一趟山川国际酒店，想到一个挣钱的好门路。"黑老四兴奋地说。

"啥门路？你会有门路？还是朱哥跟咱说的弄啥黄河旅游区啥的？"黑老三说。

"三哥，不是那事。"黑老四压低了声音说，"朱哥是山川市的大市长，管着好几百万人呢，权力大着呢。有权不用过期作废，咱不趁着他在位的时候发大财，那咱才是大傻瓜呢。我想着咱弄个赌场，就在黄河滩里，弄儿条渔船，跟开砖瓦窑一样来钱。"

"好！好！好！这个主意好！没人敢干的生意就是最赚钱的生意，没人敢干咱干，日他奶奶的，就这了。"

汽车在路上飞奔，黑家俩兄弟高兴得很，恨不能飞到家里去，在黄河滩干一番大事业。

两人正在得意之时，不承想闯了红灯。这时，一个年轻交警拦住了黑老三和黑老四的本田越野车。交警敬了个礼，然后说："同志，请出示驾驶证和行车证。"

黑老四按下车窗玻璃，俩眼一瞪，不屑地问："咋啦？"

"你闯红灯了。"

黑老三在副驾驶位置上坐着，一听急了："啥？你说俺闯红灯啦？你瞅瞅，你瞅瞅，红灯在电线杆上挂着咧，恁高，俺咋能闯上？你说，俺够得着吗？净是胡说八道。"

交警一听哭笑不得，不知这二位真不知道啥叫闯红灯还是故意胡搅蛮缠。交警没有接他俩的话茬，继续说："请出示驾驶证和行车证。"

黑老三和黑老四对视一眼，黑老三点点头，黑老四不由分说，一加油门，汽车"轰"的一声夺路而逃，年轻交警猝不及防，本能地往后一闪，差点摔倒，但很快他就站稳了脚步，在后边大喊道："停车！停车！"可是，哪还见汽车的影子？

黑老三和黑老四哈哈大笑，黑老三说："他娘的，还想找老子的事，着急了，把他的狗皮给扒了。"

"对，三哥，他也不撒泡尿照照他是谁，敢惹咱弟兄，着急了找咱朱尔哥把他的狗皮给扒了。"

5

康清泉一行到南方学习考察归来，县委常委、常务副县长常学谦在望海市与钱跟上对接洽谈所带的几个人也回来了，招商引资任务完成得不错，如果华兴集团的高科技园区能够落户济民县，如果展图、展志俩兄弟的南方科技电子信息有限公司能到济民县投资，如果钱跟上的帅哥服饰有限公司能到济民县投资，就这三个企业加起来怎么着也得一二百亿元的资金，今年济民县的招商引资任务肯定能完成，而且能圆满超额完成。等下一次山川市再组织招商引资现场观摩的时候，康清泉就不用担着风险去弄虚作假了，也不用担心朱尔市长当众羞辱自己了。

康清泉一行从南方归来，立即召开了县四大班子领导联席会。上午八点，各位领导们陆陆续续都来开会了。领导没到，秘书们先来了，一手端着茶杯，一手提着公文包，胳膊肘儿下还夹着自个儿的小包包，找到会议室里摆放的领导名签，把茶杯放好，再把领导的公文包放在椅子上，从包里拿出笔记本和钢笔摆放在桌子上，然后，领导们才大摇大摆地陆续来到会议室。

县人大主任黄太和也来了，不过，他今天穿了一身黑西装，里边套着白衬衣，还打着红领带，且戴了一副黑框茶色眼镜。各位领导看到他这身打扮都愣了，仿佛不认识这个人似的。谁见了都要问一句："黄主任这是咋啦？"敢情是去南方一圈后大变样了？难道说解放思想就解放得这么快？连康清泉见了之后也大吃一惊，打趣地问黄太和："黄主任，你今天有啥好事？咋打扮得跟新郎官一样？"黄太和说："康书记，我跟您去了南方一圈，我算是发现了，咱跟南方的差距，不光是工作上的呢，就是穿衣戴帽也没人家漂亮，我不能白跟您出去学习，学南方见行动，先从自身形象做起，人家都说我土老帽，以后我要穿周正些，还要戴个眼镜，看他谁还敢再说我没文凭？"康清泉听后笑了，大家都笑了。这时候，早已憋不住的县委常委、宣传部部长袁新国悄悄来到了黄太和的身后，趁大家正在哄堂大笑，一把把黄太和的眼镜给摘了下来，摘掉一看，没镜片，袁新国右手的食指和中指分别伸进了两个空空的眼镜里，上下左右晃动一番，沙哑着声音说："看看，这鳖子真高级，戴眼镜没有眼镜片，就这还光想充有文凭咧，你这文凭是假文凭。"袁新国说完，会议室里笑声震天响，会议室上边的吊灯都直想震掉。黄太和站起身，一把从袁新国手里抢过眼镜框，塞进了裤兜里，说："没戴过眼镜，戴一回眼镜还叫你这老鳖一拽跑了，算了，不戴了。"然后，往椅子上一坐，一声不吭了。

大家笑了足足有十几分钟，有的笑得岔了气，有的笑得捂住了肚子，有的笑得直咳嗽。县委常委、副县长任书生笑了一阵后，大声说："各位领导，你们不知道，戴眼镜框可不是南方的专利，那是学韩国，韩国人最流行这个了。你们别小看人家黄主任，人家是'韩流'呢，人老心不老，咱们都OUT了。"听任书生这么一说，大家笑得更欢了。

康清泉看大家笑得差不多了，说道："大家静一静，现在开始开会。啊，说实话呢，黄主任虽然是给大家开玩笑，不过呢，大家还是要注意的，黄主任说得很对，咱们要注意形象，要跟上时代。"

康清泉通报了南方考察、招商引资的收获和体会，在家的县四大班子其他领导也深受鼓舞，互相交头接耳，展望济民县的大好前景。是啊，济民县虽然离山川市很近，地理位置非常好，但是，工业不行，掰着指头随便数，也没有一家像样的企业。济民县一个传统的农业大县要生产世界知名的笔记本电脑，还要生产全国闻名的帅哥服装，以及平板电脑，这可是破天荒的事，济民县从此将告别"土老帽"的形象了。

正在大家兴奋不已的时候，县长马初生发话了："康书记，各位领导，我在家主持工作这一段时间，也有两个消息向大家报告，一个是坏消息，一个是好消息。"

"说吧，马县长。"康清泉说道。

"坏消息呢，是省里要清理整顿黄河滩区的砖瓦窑，两个月之内要拆除完毕。大家知道，现在黄河滩区里的老百姓可全指望这挣钱呢。不仅窑主靠它发财，那打坯的、运砖的，都指望这呢，咱黄河边那几个乡镇的财政收入也全指望这呢，乡村干部群众抵触情绪很大，任务很艰巨。"马初生说完，看了看大家，大家都从兴奋中陷入了沉默，遇到这种棘手事，没人发言，没人逞能，生怕把这工作压到自己头上，所以，不是书记点名让发言，谁也不表态说话。

见大家都不说话，马初生继续说："还有个好消息，其实这个消息跟我刚才讲的那个消息也是联系着呢，搞好了，刚才那个坏消息就不是坏消息了。"

县四大班子领导都大睁俩眼盯着马初生，不知道这位年轻的县长葫芦里卖的是什么药。

马初生得意洋洋地说："这绝对是个好消息，各位领导知道山川国际酒店吧？那是咱山川市最高水平的五星级酒店，要来咱黄河滩投资了，要搞黄河旅游度假区。山川国际酒店一来，咱黄河滩里的老百姓又有饭吃了，有福气了，以后不靠砖瓦窑不端泥饭碗了，要端金饭碗银饭碗了。"

"马县长，我咋没听说这事呀？"康清泉听了心里一惊。山川国际酒店要来投资，康清泉打心眼儿里不欢迎，在山川市，谁不知道山川国际酒店主持工作的副总是朱尔市长的公子朱郎？他要是来济民县投资，只会给济民县带来无尽的麻烦。如果一味迎合山川国际酒店，济民县的利益得不到保证，济民县的老百姓只会吃亏，一不小心还可能把朱尔市长给得罪了。况且，华兴集团落户济民县其中一个条件就是要开发黄河资源也要搞文化生态旅游项目，山川国际酒店一来，华兴集团的项目不就泡汤了吗？谁轻谁重，康清泉心里能没数吗？

"康书记，您这几天出差在外，我还没来得及向您汇报。不过我咋觉得这事有点奇怪呢？像华兴集团它是搞笔记本电脑和智能机器人生产的，它咋会搞文化旅游和商业地产呢？这不是它的特长呀。"马初生提出了这个问题。

县委常委、常务副县长常学谦发话了："现在都知道最赚钱的行业是房地产，资本有逐利性，大家一窝蜂地搞房地产，炒房盖房，我想可能是这个原因吧？"

"对，挂羊头卖狗肉，啥文化旅游项目？目的还是搞房地产。我听人说，房地产是大公鸡，实体经济是老母鸡，房地产是一锤子买卖，盖房卖房的时候税一收再也没有效益了，而实体经济则不同，就跟老母鸡一样，能下蛋还能生小鸡，长期有效益，多好。"管城建的副县长万事通说道，"不过，话说回来了，咱济民县真没有一家像样的小区，没有一个上档次的房地产项目，不管是山川国际酒店或者是华兴集团，那都是大老板，只要他们来，都是好事。"

"关键是咱就这一处黄河滩哪。"县委常委、分管工业和招商引资工作的副县长任书生说道。

大家陷入了沉默，康清泉见大家都不说话了，于是转移了话题："这事咱先不说，还都是意向性质的，将来谁给咱的条件合适咱跟谁合作，好吧？咱说说拆除砖瓦窑的事吧，大家议一议，都发表发表意见。任副县长管工业，你先说。"

"按照省里的要求和黄河河务部门的意见，黄河滩里生产黏土砖的砖瓦窑场影响黄河行洪和汛期安全，马上就要到汛期了，省里要求两个月内拆除完毕，任务十分艰巨。特别是沿黄几个乡镇，刚刚经历了'3·16'事件，干部群众的情绪还没有完全稳定下来，这个时候又去触及矛盾，困难可想而知。我建议县委、县政府要高度重视这项工作，人财物给予大力支持，否则的话，后果不堪设想。"

"沿黄的县不止我们一个，人家怎么办？"康清泉问道。

"现在还不清楚，但人家没有我们的砖瓦窑场多，也没有我们的情况复杂，估计现在都在等待观望吧。"

"大家议议吧，这确实是个大事难事，不能掉以轻心。"

各位领导都不说话，遇到棘手的事，没人愿意发表意见。

"黄主任、安主席，你们都是济民县的老领导，你们说说。"见没人说话，康清泉点将了。

县政协主席安静默从来不爱说话，自然是县人大主任黄太和先开腔了：

"这是个大事，要我说，赶快开会把这项工作安排部署下去，赶快成立个指挥部，再成立几个工作组，像什么宣传组、执法组、政策组，从安监、电力、土地、财政、公检法等部门抽几十号人，抓紧开展工作。该宣传宣传，该补偿补偿，自己先拆的有奖励，拒不拆迁的停水停电，打坏干活儿的都清走，让公安上去查居住证，那些运砖的拉煤灰的车辆由交警和交通部门查车的手续，凡没证的处理，釜底抽薪，只要没人干活儿，只要没人运货，再把他水电一停，看他还弄个啥？"

"黄主任说得对，不过我提醒一下，要注意上访。"安主席终于开了金口，但只是一句话，便不再发言。

黄太和接着说："对，把信访部门也加到指挥部里，再弄个信访组。要我说，先易后难，摸清情况后，对那些没什么背景的先开刀，到最后剩那些难缠户、钉子户，发动他的亲戚朋友做工作，再查查他有啥劣迹，看看在'3·16'事件中有没有啥出格表现的，或者计划生育有啥问题没有，把他抓起来。"

"你这鳖子，你又瞎吹啥咧？有你说得恁简单？你都不知道开砖瓦窑的都是哪些人？没头没脸谁能弄得了砖瓦窑呀？不知道净瞎说。"县人大主任黄太和的"老对头"——县委常委、宣传部部长袁新国发言了。

"咋啦？老鳖一，你老能，你老圆，这个活儿交给你干吧？"黄太和瞪了一眼袁新国，"你不说话没人把你卖了。"

"行了，你们俩不是冤家不碰头，袁部长有啥高招？说说看。"康清泉打了个圆场。

袁新国说："整呗，'3·16'事件影响够大了吧，咱不照样挺过来了吗？这该是多大个事？水来土掩，兵来将挡，有什么黑恶势力咱也不怕。"

"那行，我看这事由人大黄主任牵头弄吧。"康清泉看着黄太和说。

"别别别！"黄太和一口回绝，"我已经退居二线了，再叫我冲到一线，不合适。"

"你是济民的老人，德高望重，经验丰富，你当指挥长，在背后坐镇指挥，再让县委常委、政法委书记李国军和管工业的任副县长、管农业的石喜中副县长，还有在太平堤乡驻队的县政府党组成员南步涛当副指挥长，我看这事问题不大，完成任务我有信心。"

"康书记，您还是找那年轻力壮的，像袁部长呀，很合适。我老眼昏花，身体不行，干不了。"黄太和还在推让。

"鳖子，你就别推了，你人老心不老，让你闲着比杀你都难受，给你个活儿干是康书记抬举你。"袁新国在一旁撺掇着。

"袁部长说得对，黄主任年轻着呢，还要发挥好传帮带的作用，对我们年轻人还要扶上马送一程。"康清泉笑着说。

"康书记别给我戴高帽了，我按组织的意见办。我当了一辈子干部，啥也没学会，就学会了服从，组织叫干啥我干啥，从来不走样。"黄太和说。

"对了，这才是我们大家学习的楷模。黄主任要人给人，要钱给钱，只要把活儿干好，县委、县政府全力当好后盾。"康清泉又转身看着县长马初生说，"马县长有什么意见没有？"

"康书记和黄主任你们既然都说好了，我没有什么意见。"马初生明显话里有话，但大家也都心知肚明，看透不说透，康清泉也装糊涂。

康清泉又问："大家还有什么好的建议没有？"大家都说没有。康清泉说："那好，这个议题就这样吧。咱们今天议的这些事回头县委办整理个会议纪要，要尽快发下去，这些工作一天也不能耽搁。等拆除砖瓦窑的事告一段落，黄河滩的事要结合华兴集团的项目建设，咱们将来要拿出一揽子综合解决方案，要打出组合拳。像滩区移民搬迁的问题，据说咱们滩区里还有几十个村庄将近十万群众，这都是不安定因素，一旦黄河行洪，这些群众怎么办？长久之计，将来都要搬出去，这就要解决好他们的安置问题特别是就业问题，这就要与华兴集团或者山川国际酒店的项目一块考虑。同时，我还听说现在黄河滩成了垃圾场，城里的建筑垃圾、生活垃圾没地方处理没处倒，都拉到黄河滩里了，这可不行，黄河滩怎么能成垃圾场呢？另外，黄河滩区的土地开发和综合利用问题也很重要，要和黄河河务部门进行对接，要把黄河变害为宝，在新的历史时期发挥更大的作用，造福沿岸人民。"

康清泉说的话大家都说好，都点头，都认为在理。

县委常委、县委办主任易三戒应声说："好，康书记提出的这些重要观点我们会后马上整理，抓好督查落实。"

康清泉又接着说："易主任刚才说到落实的问题，马克思说过，一步实际行动胜过一打纲领，咱们抓工作就是要抓落实，抓关键，抓到位。汇报工作呢要说结果，请示工作呢要说方案，总结工作呢要说流程，布置工作呢要说标准，交接工作呢要讲道德。希望大家各负其责，抓好落实。"

6

黄河大堤的里侧，机器轰鸣，车辆穿梭，人头攒动，一字展开几十座砖瓦窑打破了黄河滩的宁静。这些年，国家兴修水利，建起了拦河大坝，等于在黄河这匹野马脖子上套上了缰绳，黄河丰水和枯水季节实现了调节有度，黄河的命运掌握在人们的手中了。于是，大片大片的黄河滩成了金滩银滩，黄河从千里之外挟带着泥沙滚滚而下，淤泥里饱藏着青藏高原黄土高原丰腴的养分，黄河水浇灌过的土地不用上化肥，庄稼长势茂盛。黄河滩里的土地不是基本农田，但胜似基本农田，只是没边没界，谁种谁收，黄河边的人每天开着四轮拖拉机拉着农具带着中午的干粮，天刚微微亮就出发，天黑才收工回家，春种秋收，仅每年卖花生卖大豆，每家每户就能收获十几万元。人说祸福相依，这话一点儿不假，以前人们饱受黄河之害，现在深得黄河之利，黄河由害河变成了福河，尤其是黄河滩兴起烧砖窑以来，这里的人们又多了一条致富门路，小门小户的，虽说没本钱建砖瓦窑，不过，跑个运输，整个小吃摊，卖个零食，也能挣俩闲钱。

黑老三开着他的白色进口越野车来到了黄河滩，自从听说省里要拆除砖瓦窑后，他合计了一下，日夜加班又建起两座新砖瓦窑，如果政府动真格的要拆，他也能借机多要些拆迁补偿款。这不，他要来看看俩砖瓦窑建得咋样了。

"黑支书，听说公家让拆砖瓦窑咧，您咋又建起新的了？"一个叫石柱的村民来到黑老三的车前，黑老三按下车窗玻璃，石柱掏出一根烟递给黑老三，然后又讨好地替黑老三点着烟。

"兄弟，你这就不懂了，过两天你就知道了。"

"黑支书，您没有发迷吧？"

"笑话，我黑老三是谁？别看我是大老粗，给我个县长我照样当，就是我没那机会。"

"这我信，黑支书，拆一座窑听说才赔五十万块，也太少了，咱这砖瓦窑一年咋着也挣百十万，咱可真是亏大了。黑支书，您当支书咧，您得说句话呀。"

"我说啥话？不行您找当官的去。"

"找谁？"

"找谁？想找谁找谁，还用教您？有砖瓦窑的几十户咧，您光靠我会行？您也得想想法儿。看看白家滩咋整咧？"

"白家滩的人才刁呢，那个支书白老拐真是个老狐狸，他积极得很，上头说叫拆他带头表态同意。"

"奶奶的，净跟老子作对，上回没有把那老家伙扔到砖窑里烧死便宜他个龟孙了。"黑老三恨恨地骂道。

"黑支书，咋弄？要不再跟他干一仗？"

"你拉倒吧，啥事只能再一再二，不能再三再四，再干一回估计咱都找不着了。"

"那您说咋弄？"

"屎！你又不是猪脑子咋恁笨哪？不会转转圈儿想想？"

石柱拍拍头想了半天，说："对，上访去，日他娘，上访管用。"

"走了啊，不跟你说了，回头咱喝两杯。"黑老三关上车窗，车子摇摇晃晃地向前驶去。

　　黑老三的两孔新砖窑基本建成了。他的老砖窑正冒着烟热火朝天生产，一字排开的泥坯摞成了"长城"，挖土机在轰鸣，搅拌机飞速地旋转，那些从天南海北找来的打工仔来来往往忙着干活儿，这其中还有十几个是黑老三从火车站找来的傻子。黑老三有次去火车站，看到不少流浪汉，有的还相当壮实，黑老三灵机一动，这些人没人管，干活儿没问题，还不用给他们发工钱，拉过来让他们干活儿还是不错的。于是，黑老三让黑老四买了一塑料袋烧饼，开着面包车在火车站转悠，见到那年轻力壮的流浪汉，黑老四打开车门，手里拿着烧饼，对着流浪汉喊："喂，小子，来来来，给你个烧饼吃。"于是流浪汉疯一样跑了过来，快到车门边了，黑老四往里边挪了挪，"来，上来呀，上来呀。"流浪汉上了车。刚上车，后排座的人就把车门关上了，拉住流浪汉就往黄河滩跑。

　　这些流浪汉虽然精神不正常，不过，有的是蛮劲，干起活来一个顶俩。要是遇到那偷懒的，黑老三找的有打手，上去就是一闷棍，或者给他一皮鞭，把那想耍滑头的收拾得服服帖帖。黑老三看见有个叫棒子的傻子，背着一摞土坯慢腾腾地走，有些不高兴了："棒子，过来。"黑老三指着他前边的一块空地，伸出脚画了个圈，"这儿，看见了没有？这儿！"那个棒子放下土坯，来到黑老三跟前。"跪下！"黑老三大声说。棒子"扑通"跪在了黑老三画好的圈里。"把脸伸过来！"黑老三怒目圆睁，棒子惊恐地抬起脸。只见黑老三左右开弓，上去就是"啪啪啪"一阵清脆响亮的耳光伺候，把个棒子直打得嘴歪眼斜、眼冒金星，棒子大哭起来。"以后干活儿快点，再磨洋工还打你，听见没有？""听见了，三爷，再也不敢了，再也不敢了。"棒子不住地磕头。"好，滚吧！"黑老三一脚把棒子踹倒，搓了搓手，大头晃了晃，脖子使劲扭了几圈，扬长而去。

这些街头要饭的流浪汉里，有些是犯罪分子，为了逃避打击，在街上要饭流浪，遇到这种人，黑老三更不怕了，不是打就是骂，一天让他们干十几个小时，敢不听话，就吓唬他们扬言要把他们送到派出所去。也有那孬货，本来就是犯罪分子，也不是恁好惹的，惹急了，不服气想打架，黑老三一声令下，几个打手把这人拉到荒无人烟的黄河滩一顿暴打，末了，黄河里一扔，滚滚黄河瞬间就把这人冲走了，再无踪影。

黑老三对他下边的打手说："黄河滩里丢个死人算啥？我小时候看黄河，天天漂的都有死人，黄河就是个老坟岗。"那些打手都是本村的孬货，被黑老三笼到了一起，在砖瓦窑场开工资，管他们吃喝。晚上没事，就在黄河里弄几条渔船，船上支起麻将桌，开起流动赌场。

黑老三自打从山川国际酒店回来，就琢磨着反正黄河边儿的人这几年烧砖瓦窑有的是钱，钱是什么？钱是王八。挣钱干啥？挣了钱就是花，图个高兴。听着黄河涛声，一群赌徒在船上挑灯夜战打牌赌博，牌场后来越做越大，不仅黄河边的赌徒闻讯而来，就是山川市的土豪们也慕名而来，毕竟现在公安部门打击黄赌毒力度很大，想找一个安生的打牌的地方不是太容易，黄河里打牌，有意思。黑老三的打手负责维持秩序，黑老三手眼通天，保管啥事没有。黑老三到当地派出所总是直奔所长办公室，那些小民警们他连看都不看一眼，而那些小民警们看在眼里，怒在心里，但是敢怒不敢言，看到黑老三直递烟，极尽巴结之能事，谁还会找他的事呀？即使遇到市里公安有统一行动了，可别忘了黑氏家族的老大黑文礼是县公安局副局长兼县交警大队大队长，早早就把消息告诉了黑老三。一般情况下是没人找事的，黑老三的名头别说在黄河边了，就是在济民县那也是响当当的，人送外号"黄河王"呀，称霸黄河滩，无人不知无人不晓无人不抬举无人不侧目。即使有人举报，即使公安来查，他们把渔船向河对岸开过去，那里是另一个地区的地界，济民县管不着。

黑老三白天到砖瓦窑场转一圈，手痒痒了对着那些做苦力的流浪汉们劈头盖脸地揍一顿，解解气。这些人连猪也不如，不过比猪能带来更多的收入。举目黄河滩，荒无人烟，这里就是黑老三的天下，这年头不兴造反，要是能造反，当个山大王那才叫美呢。对，要弄一把枪，黑老三喜欢这玩意儿，他花两万块钱买了一把双管猎枪，不能打人，但是可以打鸟，黄河滩里鸟可多了。这几年警察把枪都收了，打鸟的少了，黄河滩里野鸟多得很，还有白天鹅呢。到了秋天，黄河滩才是美如天堂，天上的鸟儿成群结队地飞翔，地上的野兔在庄稼里出没，黑老三、黑老四带着他手下的一帮小弟兄，打打猎，回来烧烤，特别是那小野兔，烤得发黄，滴着油，香飘几里远。

晚上，几个人也在黄河渔船上支起一张桌子，一人撂出一摞砖头一样的崭新人民币，十万元往桌子上一扔，"咚"的一声，大家眼皮也不眨一下。

"哗哗啦啦"的麻将声，伴着一群人的大呼小叫声，黄河渔船在如墨的夜色中轻轻摇曳。

曾经从山川市来了个做建材生意的老板，来了一直赢，一会儿工夫上百万元到手了。把黑老三赢得头上直冒汗，真想骂娘，但就是不知道咋回事。

他起来尿尿，突然发现那老板带来的小秘不正常，他留了个心，再打牌的时候他看到那小娘儿们不时地给老板使眼色，眼一会儿闭着，一会儿往上翻，一会儿往左看，一会儿往右斜。黑老三明白了，他大骂一声："我 × 你妈！"像一头恶狼一样向那个老板的小秘扑了过去，两只手恶狠狠地插向那个小秘的一双大眼睛："呃——"黑老三一用劲，只听那个小秘惨叫一声，两个眼球硬生生被黑老三给挖了出来，小秘当场就晕了过去。那个建材老板吓得浑身筛糠，跪在地上头磕得"咚咚"响："老三，今儿个所有的钱我都不要了，我带的钱也全给您，饶了我吧。"黑老三"咣啷"扔给那个建材老板一把砍刀："钱留这儿，再自个儿砍掉五个手指头，长个记性，这事算过去了。"

那个建材老板看着窗外浓重的夜色，这是黄河滩，这深更半夜的，杀个人不跟杀个小鸡一样吗？往黄河里一扔，说不准明天早上尸体漂到哪儿呢？建材老板哭着把左手放在麻将桌上，右手高高举起了砍刀，眼一闭，使劲一砍，左手立马血淋淋一片，当时就疼得晕了过去……

7

在这黄河渔船上，黑老三找到了当土皇帝的感觉。×他奶奶的，山高皇帝远，乡里那些衙门像是为黑老三开的，叫他们干什么他们就干什么。他活得太美了。有一回他去济民宾馆找他二哥，黑老二是济民宾馆的经理嘛。在济民宾馆，黑老三看上了总服务台一个服务员。那女孩儿瘦高挑，大眼双眼皮，皮肤嫩得出水儿。黑老三惊为天仙，走一步回头看一眼，走一步回头看一眼，还不时问黑老二："二哥，那妮儿不赖，叫啥呀？到我渔船上当服务员咋样？"

黑老二说："老三，看你那德性，馋成这？那个服务员叫小娟，我跟你说，人家可是良家女子，我可以让她跟你几天，不过人家从不从你我可管不了，那是你的本事了。"

"二哥，还是你好呀，最了解我了。行，让她去我的黄河渔船上服务一段时间，别的你就不用管了。"

黑老二说是抽人去黄河渔船上帮一天忙，那位叫小娟的服务员和另外一个服务员被派去了。黑老三当天就把小娟安排在自己喝酒打牌的渔船上，另外一个服务员在另一条渔船上。天快黑了，小娟害怕说要走，黑老三不让。小娟要给家里人打手机，黑老四上去一把把手机夺了过来，顺手扔到了黄河里："打啥电话呀？明天给你一部好的。"

打牌喝酒到了深夜，黄河上一片寂静，只听那"哗哗"的流水声，还有远处不时传来的水鸟叫声。夜深得有些令人害怕，黄河上升起薄薄的白雾，黑老三把小娟堵到了船舱的角落，小娟吓得浑身哆嗦，黑老三扔掉上衣，胸脯上毛茸茸的，像一头要吃人的野兽。"听话。"黑老三说，"这是黄河上，不听话的话，现在就把你扔到黄河里喂鱼。"

小娟是个刚烈女子，死命反抗，黑老三扑上来的时候，她用劲在黑老三的胳膊上咬了一口，趁黑老三一犹豫，小娟跑了出来，但跑哪儿呢？渔船只有两层，而且都是黑老三的人。眼看黑老三追了过来，小娟慌不择路，向船头跑去，一下子掉进了滚滚黄河。

小娟的家人也是老实巴交的农民，报了案，黑老三给黑文礼打了个电话，黑文礼说这算个屌事，你不用管了。于是，警察来查，说是不小心掉进黄河里了。黑老二则不高兴了，把黑老三骂了一顿，说我这么好一个服务员让你给黑了，你拿钱把这事摆平。黑老三说，不就是钱吗？咱不缺这，他拿出十万块钱给了小娟的父母，又与警察吃喝一番，这事便过去了。

黑老三后悔得不得了，他不是后悔把小娟逼死了，而是到手的一块肥肉没吃到，反又赔了十万块钱。

如今，黑老三看着浑浊的黄河水，心里不是个滋味，奶奶的，老子也是一方人物，也是有头有脸的，不让老子好过，不给老子面子，非要把砖瓦窑给拆了，断了老子的财路，老子也折腾折腾他们狗官，出出这口恶气。他给黑老四下命令了："去，把咱村上那些烧窑的不神经的都给我喊上，明天去市委门口上访，打着横幅，集体下跪喊冤。记住，要是谁不去，晚上给他们家门口泼大粪，往院里撂砖头。"

恰在此时，县委常委、分管工业和招商引资工作的副县长任书生带着县工业和信息化委员会、安全生产监督管理局、工商局、公安局的分管领导，以及太平堤乡党委书记毕成功等一帮干部来视察砖瓦窑场了，他们主要是看看砖瓦窑的生产经营情况，想听听砖瓦窑主的心声，同时，提前做做统计工作，带的有照相的摄像的，采集数据，以防将来拆除砖瓦窑时窑主们漫天要价，弄成一本糊涂账。

乡党政办通知了黑老三，让他到黄河滩里的砖瓦窑场等着，县乡领导要来检查，黑老三说我正好在砖瓦窑场，叫他们来吧。

县乡领导们来到了黑老三的砖瓦窑场，县委常委、副县长任书生下了车，一行人都下了车，黑老三来到了车门口，但是并没有向前围。乡党委书记毕成功给任书生介绍说这是黑风口村的支书黑老三，任书生对黑老三早有所闻，"3·16"事件极大提升了黑老三的知名度，也使黑氏家族的名头在济民县广为传播。任书生对黑老三很不"感冒"，他对那些地方黑恶势力深恶痛绝，不为别的，可能是读书多的缘故。任书生读了那么多年书，不管是不是人情世故方面的书，但可能就有这点儿脾性，一种知识分子的傲骨、文人的禀气。

"黑支书，哦，好好。"任书生两眼瞅着远处正冒着狼烟的砖瓦窑淡淡地说道。

黑老三这个气呀，他奶奶的，一个小小的副县长，算个屌呀，不打正眼看自己，一股火气在胸膛里升腾，就像那砖瓦窑里的火苗，"呼呼"往上蹿。

任书生在众人的簇拥下来到一处打坯的工地前，衣衫褴褛的小工们正吃力地和泥打坯背砖。任书生问一个看起来只有十几岁的小工："小老弟，你多大岁数了？"

那小工并不作声，只是低头干活。

毕成功说："这是咱们济民县的县长，问你话呢，咋不吭声？"

那小工头更低了，还是一言不发。

黑老三凑上来说："他是哑巴。"

任书生说："你别插话。"

"他奶奶的，我咋不能说话？我长个嘴就是说话的，谁也挡不住我说话。"黑老三动了粗。

"老三，你嘴巴干净点儿，在任县长跟前你撒啥野？"毕成功训道。

"他奶奶的，你们这些大贪官整天瞎跑啥咧跑？就跟俺那黄河滩里的野兔样咧，小心俺这里打猎的打烂你那兔头。"黑老三骂道。

任书生勃然大怒，这黑老三竟敢骂人，太猖狂了，说："黑老三，你以为你是谁？你不就是个村支书吗？仗着谁的势力恁熊？我枪毙你！"

"噫！任书生，你还想枪毙我！我×你妈，我×你妈。"黑老三大骂不已。

任书生气得浑身颤抖，说不出一句话来，跟上来的那帮县乡官员们此时都不敢吭声，都不敢得罪黑老三，都怕黑老三。

任书生见一群人中没一个人帮自己解围，自己堂堂的县委常委、副县长颜面尽失。于是，颤抖着手拿出手机，拨通了县委书记康清泉的电话："康书记，您听，黑老三在骂人咧，我下来检查工作，他啥都不说，先骂我一通。"

康清泉正在市里开会，他手机调在静音状态，但是手机就放在桌面上，只要有电话打来，手机屏幕闪亮，来电号码就显示出来了。康清泉见是任书生副县长的来电，本不想接，结果电话不停地打进来，他知道可能有重要的事情，于是离开会场接了电话。不听任书生说还罢了，听任书生说他下去检查砖瓦窑场，黑老三竟骂任书生。康清泉恼了，任书生是县委常委、副县长，是班子成员，被一个村支书骂一通，这不是对任书生的侮辱，这是对整个济民县党政班子的挑战。康清泉是一个很爱护手下人的人，说不好听的话，有些护短。康清泉立即给副县长、县公安局局长王家武打电话，把黑老三抓起来，就以妨碍执行公务的罪名收拾他一家伙。王家武想起他有个副局长跟着任书生在检查工作呢，于是给这位副局长打了电话，让他把黑老三抓起来。那位副局长说好好好，只要有您发话，我们现在就收拾他。其实，那些公安局的人也恨透了黑氏家族，只是不敢惹他们，既然有这机会出姓黑的窝囊，看姓黑的笑话，何乐而不为？于是，啥也不说，出其不意地冲上去把黑老三按倒在地，正想掏出手铐把黑老三铐起来，黑老三大喊："抓人啦！抓人啦！"黑老三的打手们就在不远的地方，看到黑老三被抓，一齐冲了上来，硬是从公安局副局长手里把黑老三抢了过来，拉起来就走。这位公安局副局长掏出手枪鸣了两枪，但是，这两枪并没有吓着黑老三和他的打手，他们上了越野车一溜烟跑了。这位公安局副局长要去追，任书生说算了，不检查了，回去！一行人灰溜溜地离开了黄河滩。

康清泉听说后，气得直想把手机摔了，这不是暴力抗法吗？还有王法没有？康清泉正想通知县委常委、政法委书记李国军连夜行动，出动各乡（镇）派出所民警和公检法全体警力抓捕黑老三，没承想，县长马初生打来电话了。

马初生说："康书记，朱市长打电话问咱们是不是有县领导到砖瓦窑场乱检查，乱收费，乱罚款，引起了群众不满。现在，群众举报到市纪委了。朱市长让咱们自查自纠，不然的话，市里派检查组下来检查。"

康清泉听了，生气地问县长马初生："朱市长为啥不给我打电话？"县长马初生说："他是市长，我是县长，可能都是政府系统的吧？他也让我给您汇报一下。"

不用说了，一切都很明了，朱市长在为黑老三打招呼说情了，这事没法儿再往下进行了，就此打住吧。

康清泉很愤懑，但没办法，还得硬撑着，还要安抚一下任书生。于是，他在市里开完会，急着赶了回去，他把任书生叫到了办公室。任书生一进康清泉的办公室，号啕大哭。康清泉等任书生哭得差不多了，说："任县长，咱济民的环境就是这样，书生遇见兵，有理说不清。"

任书生说："康书记，我不干了，这次不处理黑老三我没脸见人。"

康清泉说："当个领导，要能忍常人不能忍的委屈，受得了委屈，吃得了亏，才行。这事，你也知道，很复杂，济民县的情况很复杂，但是，你相信我，我一定会妥善处理这件事的。你就安心干工作吧，你的事就是我的事。"

任书生说："黑家在济民县尾大不掉，已成了公害，这真是地狱空荡荡、恶魔在人间啊，这真是黑家不倒、济民难济咧。"

康清泉劝他说："任县长，别太书生意气了，黑家的背景你也不是不知道，有些话只可意会、不可言传，少说为佳，知道吗？"

任书生说："我没啥可怕的，我本来就不是搞行政的料儿，大不了，我回高校当老师，省得受这窝囊气。"

康清泉说："不要说气话，工作该干还要干，党和政府不会容许黑恶势力染指地方政权，更不会容许其长期称霸一方，欺压百姓的。"

把任书生安抚一番，康清泉刚想静静心，没承想，县信访局局长吴磊汇报说有一帮上访的群众堵住市委、市政府门口了。康清泉问是哪个乡的，信访局局长吴磊说是太平堤乡黑风口村的，反映拆砖瓦窑场的事，市委、市政府门口值班的有咱的内线，已经问清楚了。现在还不到下午上班时间，要是到了上班时间，让市领导看见了，又该挨熊了。

市委、市政府门口，一群老头儿老太太足足有二三十个人齐刷刷地跪下了。大大的"冤"字高高举起，只要看见有汽车进出，一群人就大哭一场。过往的车辆和行人纷纷驻足观看，一时间，交通堵塞，值勤的交警急忙过来疏导交通。门口的值班公安人员和防暴警察排着队一路小跑赶来了，组成了一道人墙把他们隔在了大门外边。

康清泉听到这个消息，非常恼火，这都是什么事？又是黑风口村，这个黑老三，他就不让人消停，看来，只有康清泉卷着铺盖走人，他才安生。

想到这里，康清泉强压怒火，给县人大主任黄太和打了个电话，让他去处理，因为康清泉把全县拆除砖瓦窑场的任务交给黄太和了。黄太和说他的年纪大了，身体有病，经不起这些人的折腾，干脆让包村的副县级干部南步涛去处理吧，南步涛有办法，做群众工作经验比较丰富，如果他处理不了，黄太和说他再去。康清泉一想也是，老同志面对一帮不讲理的人，万一被惹急了，血压升高心脏病发作，那可不是闹着玩儿的，反正南步涛也是副县级干部，级别也可以，符合市里要求的上访事件必须有县处级干部带头处理的规定，于是，他又给南步涛打了个电话，让他和县信访局局长吴磊一块去市委、市政府门口领人。

8

南步涛这段时间比较悠闲，虽说分包黑风口和白家滩几个村，虽说负责稳定工作首要的是做好"3·16"事件的善后事宜，其实，也没啥事。有些群众是软的捏硬的怕，经过这一折腾，死的死，伤的伤，防暴警察一出动，成千机关干部一出动，着实把他们吓得不轻。南步涛自个儿断定，经这一折腾，最少管三十年。所以，南步涛每天喝喝小酒，到黄河滩里转转，找几个老农民吹吹牛，日子过得倒也逍遥自在。没想到省政府一纸令下，要拆除黄河滩里的砖瓦窑，本来刚刚平静下来的黄河滩平地起波澜。南步涛不担心别的，还是担心黑氏家族，这地方一霸要权有权要势有势要人有人，黑白通吃，他一个小小的南步涛也自惭形秽，他也想和黑老三交个朋友，稳住他，看住他。但是，黑老三根本不把他这个虚职的副县级干部看在眼里，南步涛很苦恼。这不，他正在黑风口村跟一位村民聊天呢，接到了康清泉的电话，说黑风口村有二三十号人去市委、市政府门口上访了，而且还跪在那儿，影响很不好。虽说康清泉没有批评他，但是南步涛脸上很挂不住，黑风口村那么多人去上访，自己竟然不知道，这本身就是失职，就是工作不力。南步涛直向康清泉承认错误，说自己没材料，给县委、县政府的工作造成了被动。康清泉说你啥也别说了，你工作还是很有成效的，这事不能全怪你，现在你想办法把黑风口村的人先领回来，有啥事以后再说。那么多人跪在那儿影响不好，要不了多长时间市委、市政府主要领导就会过问这事，就会发火批评人。

南步涛恨黑老三，太不把自己放眼里了，去上访也不打声招呼，一点儿迹象都没有，搞得他南步涛好不尴尬。不过，南步涛给康清泉打了个电话，说是不是让黑文礼出面劝劝黑老三。康清泉想想也是，于是给副县长兼公安局局长王家武打了个电话，让他通知黑文礼劝劝黑老三。没过多长时间，王家武回过电话来了，说黑文礼的意思是他早跟他们黑家兄弟不来往了，没法劝，劝也不会听。康清泉把这话捎给南步涛，南步涛笑笑说，康书记，要不您再找一个人试试。康清泉问谁，南步涛说县长马初生，只要他说句话准成。康清泉说老南你就别为难我了，你不知道马县长吗？他会管吗？他要管，咱济民县还会有这么多不太平的事吗？南步涛听了这话不吭声了。

于是，南步涛通知了太平堤乡党委书记毕成功和乡长齐得胜，说让他们直接到市委、市政府门口去，同时让毕成功通知黑风口村黑老三也一块去，他南步涛不等他们了，先走了。

南步涛是真的烦黑老三了，路上，他直接给黑老三打了个电话，质问黑老三为啥要去市委、市政府门口上访。黑老三好像还在睡梦中，打了个哈欠说他啥也不知道，他昨天晚上喝酒喝多了，还反过来问南步涛是从哪里得到的消息。南步涛心想，你装吧，使劲装吧。南步涛说，你既然不知道，那啥也不说了，不知者不为罪，你现在赶快到市委、市政府门口去领人。黑老三说我还没起床呢，酒劲还没过来咧，去不了。南步涛心想，你个老狐狸，真是狡猾。南步涛说你去不了，你派个村干部算了。黑老三说好，我现在就找人，就是不知道人家上地干活儿没有，不知道好找不好找。南步涛说好找不好找也得找，只要去个干部就行。

南步涛给黑老三打过电话，又打电话问县信访局局长吴磊一些情况。不知不觉，车子驶入了山川市区，看见红绿灯，南步涛就催着司机要闯，司机说电子眼拍一次罚二百还扣六分呀，南步涛说没事，罚款我给你报销，今天的事急呀。司机说现在市里堵车厉害交警管得也严，南步涛说严就严吧，咱要是在车前头挂个上访的牌子就没人管咱了，司机说你说的对，有些上访的群众开着机动三轮车，车前头挂着大牌子"要上访"，即使闯红灯，交警不仅不管不问，还主动给他们指挥交通让他们优先通过呢。

这一路上不是南步涛着急，县委办公室的值班人员一直在电话催他去，说市委、市政府门口负责带班的市委副秘书长和市信访局的人生气了，说当地领导怎么还不过来，如果再不过来就要通报批评了。南步涛说我正在路上赶呢，我没有直升飞机飞不过去呀。不过，南步涛不忘说，我已经快到了，再过一二十分钟就到了，其实，再过半个小时也到不了，你不给他们说得轻松点儿，他们指不定如何催呢。

紧赶慢赶，南步涛终于赶到了市委、市政府门口，只见一帮老头儿老太太跪在大门前，扯着横幅："要吃饭要生活要公道。"可恼的是，还有人带头喊口号："一二三！""俺真冤！""一二三！""俺真冤！"喊完口号，没人笑他们，他们自个儿倒哄堂大笑。南步涛近前一看，带头喊口号的那个人则是黑风口村的孬货黑小孬。黑小孬孬点子多，下手还特别狠，这几年跟着黑老三和黑老四兄弟几个充当打手。他曾被公安局多次带走，但没过多长时间就又出来了。黑老三说，小孬，跟着我干，包你吃香喝辣的还有小妮儿玩，进了号子我给你赎出来，我要人有人，要钱有钱。黑小孬拍着胸脯说，三哥，放心吧，您指哪儿我打哪儿，您叫我死我现在就喝药上吊，我的命都是您给的，我能说啥？这次"3·16"事件，他是打手之一，也是抓捕对象，但是，在抓捕行动开始之前，黑老三找康清泉借车，说是送黑老四出去看病，其实捎带着把黑小孬藏在车后备厢里也转移出去了。这不，事情刚过，他又带头闹起来，成为黑老三的得力马前卒。

"小孬，好啦，别在那儿瞎咋呼啦，还不快点儿回去？有啥事说不清楚非要在这儿闹呀？"南步涛到了跟前就对着黑小孬一顿吵，南步涛知道，闹事的头儿是黑老三无疑，而出面闹事的就是黑老三的打手、马仔黑小孬。

"南步涛，你算老几？俺们今天来就不走了，不说个小鸡叨米不算完。"黑小孬根本不甩南步涛。

"有啥事？多大个事？"

"啥事？都是黄河滩里的，别的县为什么不拆砖瓦窑？为啥你们恁积极？为啥叫我们先拆砖瓦窑？"

"就这事呀？小孬，就这吧，回去咱再说。"

"不行，就在这儿说清楚。"

南步涛一想，解铃还须系铃人，这事要想解决，还必须找黑老三，黑老三不点头发话，这帮人是不会撤退的。

"老三，有多大的事解决不了呀？非要闹到市委是逞啥能咧？"南步涛又拨通了黑老三的手机。

"说啥咧老南？我刚才跟你说啦，群众上访的事我压根儿就不知道。"黑老三在电话那头故作迷瞪。

"别在我跟前装能了，咱俩共事这么长时间了谁不知道谁呀？你不就是太白金星牵个猴——老玩家吗？装啥咧装？这事要不是你的老主谋，谁有恁大个胆往这儿跑？"

"老南，你可别血口喷人哪，我可给你说，啥事我也不知道。"还没等南步涛说完，那头的电话已经挂了。

南步涛气得面色苍白。不过，南步涛也不是省油的灯，见过大江大海了，他会在乎这小阴沟？南步涛想，既然你们姓黑的黑到家了，不想撤退是吧？那你们就在这儿跪着吧，撑你们到底，看你们能跪多长时间？

市委门口值班的副秘书长打电话找县委书记康清泉，要求抓紧派人把门口跪着上访的人带走，要不然的话就要通报批评了，还要扣分处理。

康清泉又把电话打到南步涛这里，南步涛说："康书记，您别着急，市里催就让他催吧，问题出现了，就必须解决。现在我们求他们他们不理不睬，与其这样，我也不甩他们了，随他们的便，我们一定要顶着压力不能退，不能为了影响市委、市政府门口的形象就无原则地做出让步，否则的话，他们只会得寸进尺，他们只会更加得意更加猖狂，以后的事将会更加难办。为什么会出现'3·16'事件？不就是上一届县委、县政府主要领导心太软该出手时候不出手一味地求稳怕乱造成的吗？个别的人就是抓住咱当领导的怕出事的心理，其实，要是真的硬起手腕处理那么一两起事件，震慑震慑那些居心不良的人，就会从大乱到大治，换来更加长期平稳的局面。"

康清泉理解南步涛的良苦用心，但是他说："你说得好听，'3·16'事件是你能解决的？还是我能解决的？你不知道压力在我这吗？你可以推，但我推不了，他们不会催你，他们会催我，你要赶快想办法。"南步涛说："康书记，我理解您，市委这些值班的，那是皇帝不急太监急，您就说正在处理都行了，他们总不能让您亲自过来吧？咱就硬一回吧？人善人欺，马善人骑，就是这个理。"康清泉说："你看着办吧，能早点劝退就劝退，啥事以后再说。"

南步涛心里着急，可面上一点儿不急，他围着那些上访的人，转过来，转过去，悠闲自得，还唱起戏来。

其实，跪着的滋味并不好受，尤其是那些老头儿老太太们。他们其实也没有啥冤屈，就是黑老三连哄带吓把他们用车拉来的。来的时候，一人还发了一百块钱，还说，只要听话，等下午回来的时候，一人再发一百块钱。看来，这黑老三的钱不是恁好挣的，本想着跪一会儿就完了，没承想，跪起来没头了，这要是跪时间长了胳膊腿再跪出毛病来了，可就不是一百二百的事了，宁可这钱不要，也不能再跪了。于是，有人看看左右，除了那些看热闹的人，也没啥大领导来管他们，领头来的黑小孬这会儿也不知去哪儿了。就有那胆大的装作伸懒腰，试着站了起来，结果也没人吭声。一人站起来，其他人都陆续站了起来。正在这时，黑小孬不知从哪儿钻了出来："都跪下，谁让你们起来的？回去看不收拾你们？"

一个弯腰驼背的老头儿站起来，从兜里掏出黑毛巾擦了擦鼻涕，然后重重打了个喷嚏说："小孬，我得病了，你不是说好的跪一会儿就行了吗？跪这么长时间了，我身体吃不消了，加钱吧。"

"加啥钱？"黑小孬面露凶相，两眼圆睁。

"小孬，不加钱俺就不跪了，这里是市委，不是咱黑风口。"

黑小孬还想再说什么。这时，只见武警、民警、保安一溜小跑赶了过来，站成排堵在了他们面前，有个像当官的民警两眼盯着他，随时准备把他拿翻。黑小孬见此情景有些害怕了，这里毕竟不是黑风口村，好汉不吃眼前亏。反正，黑老三交代的活儿也干了，他又不在跟前，往下咋弄他又不知道，见好就收吧。

这些都逃不过南步涛的眼睛。南步涛笑了，他知道，这帮上访的人不全是黑风口村的人，还有雇的专门上访闹访的人。南步涛懂这个，他在基层多年，知道在基层啥稀罕事都有，有那么一帮不学无术、好吃懒做的小地痞，没啥正经事，只会干歪门邪道，像这种帮助人上访的人，南步涛才不怕他们呢，这帮人就怕公安怕警察，要是把他们往号子里关上个十天半月的他们就不干了。他们吃不了那个苦，受不了那个罪。

南步涛心里有了底，只等看笑话了。他不动声色，果然，没有多长时间，黑小孬找南步涛来了。南步涛一看黑小孬过来了，心里更有了底，更加不动声色，而且这次他要好好地拿拿架子，他不会轻而易举地让步，更不会那么好说话。

"南县长，你不解决问题我们就不走了。"黑小孬摆出一副死猪不怕开水烫的架势。

"不走就在这儿，我又当不了你们的家，你们爱咋的就咋的，反正我也没啥事，我就在这儿陪你们。"南步涛不紧不慢地说。

"南县长，你就不怕市长怪罪下来？"黑小孬冷笑着说。

"我不怕，我怕啥？我快退休的人了，我还怕啥？大不了把我免了。"南步涛依然不让步。

"那好，你等着。"黑小孬气急败坏地说。

"我等着，又咋着？"南步涛针锋相对，毫不让步。

"你他妈的，看不打你个孬种！"黑小孬伸出拳头就要打人。

南步涛说："小子，你今天敢动我一根手指头，我立马把你关号子里。"

黑小孬不吭声了，想想这里真的不是黑风口村。算了，他瞪了一眼南步涛，钻进上访人群中。

南步涛来回走着，南步涛正洋洋得意，手机响了，一看是康清泉书记打来的，急忙接通电话。

"喂，康书记，您好，您说什么？市长朱尔的秘书提出批评了？"南步涛在黑风口村住了那么长时间，对黑风口村的情况已经了然在胸，他知道黑风口村连着市政府，如果不是那个市长朱尔，黑氏家族不会这么猖狂，黑风口村不会这么乱。

"康书记，我向您汇报一下，我的缓兵之计马上就要见效了。黑风口这帮人特别是他们雇的这帮上访的已经撑不下去了，咱现在不催他们走他们也快自动撤了，咱现在要是退让的话，那就前功尽弃了。要不，康书记，您再扛一扛吧？最多半个小时，这事就好办了。"

"老南哪，我已经顶着压力撑了一个多小时了。朱市长的秘书说了，大门口下跪上访的群众再不领走，就要让我直接跟朱市长汇报了，你说那能好吗？"

"康书记，我知道您作难了，不过，不差这一会儿，您没看到这阵势……"

"老南，不要再解释了，啥也别说了，他们提什么条件都先答应，等回去再说，从长计议吧。这本来也不是什么大问题，他们纯粹是没事找事的，我虽不在现场，你以为我不清楚？这鬼把戏能瞒得了我？"

南步涛在心里不由得暗暗佩服康清泉，别看人家没在基层工作过，但是，人家脑子聪明，反应快，一级是一级的水平，不能不服。

"好吧，康书记，按照您的指示办，抓紧让人离开这儿。"南步涛虽然这样说，其实他还是不愿服输，也是老江湖了，岂能被这帮人给拿翻？啥世面没见过？又是一把年纪的人了，也没啥前途了，不会再受谁的窝囊气了。想到这里，南步涛下定了决心，就是要继续撑下去，即使骗康清泉，那也是善意的谎言。

果然，没多久，黑小孬撑不住了。本来就不是那吃苦的人，受人雇用来上访的，不值得那么卖命，回去跟黑老三、黑老四汇报汇报就行了。黑小孬从上访的人群中挤出来了，来到南步涛跟前嬉皮笑脸地说："老南，咋回事？站这儿怪美是吧？"

"你小子少给我装蒜，我今儿个就跟你顶上了，你不走我奉陪到底。"

"咦！还怪硬实呢，刚才没领导批评你？"黑小孬嘴角带着一丝得意的笑。

"我活这么大岁数了，净听表扬话，领导从来不批评我。"南步涛若无其事地说。

"老南哪，看你这么大年纪了，我们也不跟你一样了。今儿个我们回去还有事，不陪你玩了，我们过几天再来，到时候你再陪我们来一趟，看你这把老骨头能陪我们多长时间。"

黑小孬说完，转身对那群跪着上访的人说："走，吃饭去，包桌吃好咧，不在这玩了，咱啥时候没事了，再来这儿放放风遛遛圈。"说完，右手的大拇指和食指弯曲着伸进嘴里吹了个"口哨"，接着，打了个响指，大摇大摆地走了。

这帮上访的老头儿老太太见黑小孬走了，"呼呼啦啦"都站起来跟着离开了市委、市政府门口。

"啥玩意儿？"南步涛见他们离开了，气呼呼地说道。

南步涛看了看手表，下午两点整，就差半个小时就到下午上班时间了。

<h1 style="text-align:center">9</h1>

为拆除砖瓦窑的事，济民县委书记康清泉拉上县长马初生一起去找市长朱尔了。牵涉黑风口的事，不征求朱尔的意见，康清泉怕再节外生枝。

朱尔办公室的隔壁是秘书和司机的办公室，隔壁墙上掏了个门，把朱尔的办公室和秘书、司机的办公室连了起来。秘书、司机的办公室只是一小间，头对头摆着两张桌子，门口处放着一张长沙发。

要找朱尔，必须经过秘书、司机的办公室。

秘书小苟把康清泉和马初生领到了朱尔的办公室。朱尔的头发今天刚染过，黑亮黑亮的，黑长的脸依然阴沉着。康清泉、马初生说了声朱市长好，朱尔慢悠悠地说："说吧，找我啥事？"接着，点上一根中华烟，使劲抽了一口，"咝咝"地品着烟，两手不由紧紧地握在一起，三角眼直直地盯着康清泉。

"朱市长，按照省市的部署，我们准备近期把黄河滩里的砖瓦窑全部拆掉，想征求征求您的意见。"

"我有什么意见？定了的就干呗！"

"现在有些群众不理解，有阻力呀。"

"这是你们的事，我只对你们负责。"朱尔说完，又狠狠地抽了一口烟，盯着康清泉说，"还有啥事没有？我要出去一下。"说完，站起来就想走。

"那……"康清泉还想再继续说下去，想把黑风口的情况汇报一下，可是朱尔根本不听。"回头再说，我还有事。"朱尔右手往桌子上使劲一拍，独自站了起来。

康清泉无奈，只得站了起来，说道："那好吧，我们就不打扰朱市长了。"

康清泉先走，马初生紧接着跟了出来。接着，康清泉听到身后的门"咣"的一声重重关上了。康清泉心里猛地一沉，看了看身后的马初生，马初生脸上掠过一丝不易察觉的冷笑。

康清泉对马初生说："马县长，我到市里还要办些其他事，你先回县里吧。"

马初生说："好，那我先走了。"说完，坐上他的越野车回济民了。

康清泉想想不对劲，这事应该再征求征求市委书记赵开来的意见，毕竟拆除砖瓦窑是件大事，特别是牵涉黑风口村，如果处理不好，再发生了类似"3·16"的大事件，那可真吃不了兜着走了。

正好，市委书记赵开来也在办公室，秘书小姜把康清泉领了过去。

"赵书记，想找您汇报一件事。"

"说吧，清泉，现在工作怎么样？"

"赵书记，在您的领导下，稳妥处理了'3·16'事件，济民县现在团结和谐，上下齐心，各方面工作都非常稳定，势头非常好，特别是最近我带队到南方学习考察了一星期时间，洽谈了一批大项目好项目，都有望近期签约落地。"

"好啊，我们要发展，就要改革开放。在保持社会大局稳定的前提下，一定要加大招商引资力度，大力实施项目带动战略，大招商，招大商，这是我们弯道超车、跨越发展的一条捷径，也是化腐朽为神奇、变包袱为财富的阳光大道哇。"赵开来赞许地说，"你们项目签约时，如果我有时间的话，我亲自参加。"

"那当然是求之不得了，您能出面，将极大地鼓舞投资者的信心和决心，加快项目的促成和落地，效果肯定非常好。"康清泉在说这话的同时，也在想，赵开来书记明着是在鼓励，其实是在加压呀，如果项目引不来招不成，那可是要吃不了兜着走的。

"你去南方招商时给我打过电话说有个华兴集团的大项目，能跟我说说还有什么好项目吗？我也急着想了解了解。"赵开来又深入地问了一句。

康清泉这会儿有点后悔了，说话也谨慎了："赵书记，本来想事情有个眉目了再向您汇报呢，既然您问了，我就先向您汇报吧。华兴集团的笔记本电脑产业园和黄河文化生态旅游区项目，南方科技电子信息有限公司的平板电脑项目，有把握的就是这两个，有些项目我们觉得不合适，比如南都市的陶瓷生产，虽然效益很好，但是污染严重，我们就不考虑了。"

赵开来说："这是对的，我们虽然要大力招商引资，但也不能剜到篮里都是菜，要注重科学发展、高质量发展，要选商引资，特别是对污染严重的项目，坚决不能要。既要金山银山，更要绿水青山，否则的话，短期看带来了效益，但长期看，治污成本更高，人民群众生命健康受到损害保护的成本更高，得不偿失呀。我们为官一任，要造福一方，不能污染一方。"赵开来顿了顿，继续说，"华兴集团的项目是大项目，如果能成功引进，不只我们山川市，就是在全省，也是改革开放以来引进的最大项目，而且是符合产业发展方向具有大好发展前途的重点项目，务必高度重视，要抓具体、具体抓、亲自抓、重点抓，切实盯住不放，一盯到底，坚决把这个项目拿下来。"赵开来虽然人小身瘦，但说起话来很有力度很有气势。

"赵书记，请放心，我一定按您的指示办。"康清泉看赵开来对自己这样压担子，既感到压力，又充满了动力。与在市长朱尔那里受到的冷遇坐冷板凳相比，赵开来给了他力量给了他勇气。

"还有什么事吗？"赵开来问。

康清泉很快转换了思路，回答道："赵书记，现在省里催着让拆除黄河滩的砖瓦窑，从讲政治、顾大局的角度说，我们必须尽早抓紧拆除，但说实话，黄河滩刚经历过'3·16'事件，局势刚刚稳定下来，现在又去触及矛盾，我心里拿不准哪。"

"我们共产党人生来就是解决困难的，不能怕困难，只要你坚持立党为公，执政为民，依法办事，善用媒体，就没有什么可怕的。"赵开来斩钉截铁地说。

"立党为公、执政为民、依法办事、善用媒体"，赵书记这十六字箴言，虽然通俗易懂，但字字真经，里边内容非常丰富。康清泉说："赵书记，我懂了，我现在就回去抓落实。"

康清泉是个反应非常敏捷的人，他悟出了赵开来的心思，准确地说是理解了赵开来的意图，他吃了定心丸，心里有了底，他决心在古老的黄河滩再打一场恶仗硬仗。

回去后，康清泉打电话给县委常委、县委办主任易三戒，让他通知县长马初生、县人大主任黄太和、政法委书记李国军和管工业的副县长任书生、管农业的副县长石喜中、在太平堤乡驻队的县政府党组成员南步涛、太平堤乡党委书记毕成功、乡长齐得胜以及相关部门的负责同志一个小时后准时到县委常委会议室开紧急会。

一说县委书记要开紧急会，虽然这些领导们有在办公室办公看文件的，有下乡检查工作的，有正在会议室开会的，却都纷纷放下手头的工作，准时赶到了县委常委会议室。

"今天召集与黄河滩区砖瓦窑场清理整治工作相关的各位领导，开个紧急会，主要是传达市委、市政府主要领导关于黄河滩区砖瓦窑场拆迁工作的指示精神。"康清泉说完，看了看大家，大家目不转睛地看着他。康清泉继续说，"刚才，我见到了市委书记赵开来同志、市长朱尔同志，两位领导均充分肯定了我县前一阶段工作取得的成绩。特别是我县招商引资工作，赵开来书记不仅充分肯定，而且寄予了很大的希望，提出了很高的要求，这个以后再说。眼下，咱们工作千头万绪，既要办大事、解难事，更要抓急事、干小事，不但要学会'弹钢琴'，还要学会'过筛子'，一般工作跟上趟，重点工作干个样。当前，我们面临的急事我们的重点工作就是拆除砖瓦窑场问题，今天开会我主要是向大家传达两位领导对拆除砖瓦窑场的态度，两位领导态度非常坚决，要求我们排除一切干扰，放心大胆地工作，市委、市政府给我们做坚强后盾。所以，我们要抓紧抓好落实，决不能拖省市的后腿。我先谈谈我的想法，一会儿大家可以议一议。"康清泉给各位领导鼓劲打气，借着赵开来和朱尔的力量用劲，他也知道赵开来和朱尔面对的事多得很，他们对拆除砖瓦窑并没有多看重，但是康清泉必须借力打力，必须拉大旗做虎皮，必须借助市委书记和市长的名号去安排部署这件事。毕竟这事的难度不小，取得领导支持，取得下边拥护，上下同心，其利断金，康清泉要的就是这效果。

康清泉说："我今天主要讲三点意思：一是要统一思想，提高认识；二是要聚焦难点，全力攻坚；三是要齐抓共管，务求实效。思想认识就不说了，刚才我已经讲很多了，这是硬任务，没有讨价还价的余地。聚焦难点，难点在于利益，从补偿方面来说，一座窑，大窑补五十万元，其他窑补三十万元，窑主们肯定不高兴。但是，同志们一定要搞清楚，咱是补偿，而不是赔偿，因为这些窑主建窑时候并没有经过我们相关部门的审批，严格意义上说，是非法建筑，现在依法拆除，完全可以不补一分钱的。他们违法生产、违法经营了这么多年，挣了不少钱，这些钱都是以损害公共利益为代价获得的，不追究他们的违法所得，就已经便宜他们了，现在还要补他们钱，说不过去。我们是仁至义尽，如果有个别人无原则地提条件讲价钱，那就要摸准了对象依法坚决采取法律措施，该填进看守所的就填进去，绝不含糊，手腕一定要硬起来。我们反思'3·16'事件的教训，大家都认为是县委、县政府失之于软弱造成的。所以我们不能什么都怕，有什么可怕的？只要一身正气就没什么可怕的，怕丢官位，怕别人找事，这都是私心造成的。常言说，心底无私天地宽，不做亏心事，不怕鬼敲门，咱共产党员就要堂堂正正地干事，不能畏首畏尾、躲躲藏藏，好像有什么事见不得人。这次一定要拆出济民县的威风，拆出济民县的正气。"康清泉慷慨激昂地讲话，下边静得很，很少有领导发表这样义正词严的讲话了，风气为之一振。康清泉喝了口水，继续说："从时间节点上说，一周之内停工停产，两周之内拆除完毕，三周之内进行验收，一个月之内全部完成任务，咱们要提前一个月完成上级交给的任务。对于拒不配合的，一方面停水停电，同时，工商、税务按非法经营和偷税漏税去查处执法，公安部门抓紧做好摸排工作，同时，新闻部门开辟专栏，进行舆论引导，该宣传正面典型的就大力宣传，该曝光的就曝光，声势要造起来，营造浓厚氛围。"

大家听得热血沸腾。康清泉这时叫道："毕成功——"

"到！"太平堤乡党委书记毕成功应声站了起来。

毕成功原是县委办的常务副主任，一直在县委办工作，没下过乡，基层经验不够，下去没多长时间，就发生了"3·16"事件。虽说这里边原因很复杂，也可以说是长期矛盾积累和各方势力较劲的结果。但不可否认的是，毕成功作为一个乡党委书记，没有及时把问题处理在萌芽状态，平时预警不够，做群众工作的办法不多，这是很重要的一个原因。庆幸的是，由于各方面的原因，他阴差阳错，没有受到处理，还在这个位置上继续工作，但也够窝囊的了。这不，又赶上拆除砖瓦窑场，还是个麻烦事。

不过，话说回来，毕成功能下去一步到位，得益于原任县委书记顾怀力，顾怀力当县长时，毕成功就跟着顾怀力当秘书，后来当上了县政府办副主任，顾怀力当书记后，把毕成功带到了县委办，当了县委办副主任，接着又当上了常务副主任，时间不长，又下乡当了乡里的"一把手"。

毕成功到任后，听说了黑风口村黑氏家族和市长朱尔的关系，于是，对黑老三又敬又怕，遇事缩手缩脚。信奉有钱能使鬼推磨、有钱还能使磨推鬼，花钱买稳定，反正太平堤乡不差钱，光那黄河滩上大大小小星罗棋布的几十座砖瓦窑，既是窑主的摇钱树，也是乡里的聚宝盆，每年每座窑向乡里交几万元钱的管理费，这么多窑，就是几百万元的预算外收入。同时，窑场带动了太平堤乡的运输、餐饮等行业，太平堤乡的经济呈现出一片繁荣景象。所以，在济民这个农业县，其他乡都入不敷出，可太平堤乡小日子过得相当滋润，乡里有的是钱，什么事搞不定就拿钱。但是，有些事是花钱买不来的，比如人的尊严。黑风口村和白家滩等周围几个村打架，刚开始，乡里拿钱还能安抚安抚，但时间长了，白家滩那几个村群众心里窝的气就非要爆发出来，小事变成大事。

毕成功暗暗叫苦，康书记亲自点名了，他只得站起来。众目睽睽之下，他直不起头来。

上边千条线，下边一根针；上边千锤砸，下边一根钎。最后，这任务还要落实到毕成功的头上。"毕成功，毕成功，必然成功，名字起得吉利，这事有问题没有？"康清泉半开玩笑地说。

"康书记，没问题。"毕成功大声喊道。

"有信心没有？"康清泉又问道。

"有！请康书记和各位领导放心。"毕成功又大声喊道。

众人都笑了，康清泉也笑了，毕成功也跟着笑。

"齐得胜呢？"康清泉又瞅瞅太平堤乡乡长齐得胜。

乡长齐得胜也是从县委大院走出来的，原来在县委组织部办公室工作，担任办公室主任，下乡之后直接任命为太平堤乡的乡长，基层经验也是不太足。但是，从县直机关下来的干部，在迎合领导方面还是有一套的，见县委书记点他的将，他立即起身，大声喊道："请书记放心，保证完成任务。"

"光有保证不行，还要看行动，拔腿才看两脚泥。你们俩，一个毕成功，一个齐得胜，起这么好的名字，要是干砸了，你们敢情改名字了，一个叫毕失败，一个叫齐得输，咋样，啊？"

众人哈哈大笑。

10

从县里开会回来，毕成功、齐得胜紧接着召开了太平堤乡拆除砖瓦窑场工作专题会，与会的有乡党委、政府股级以上所有干部和全乡涉及村的村支书、村主任，还邀请了在黑风口村当工作队长的县政府党组成员南步涛参加会议。

毕成功传达了县里会议精神和县委书记康清泉的具体要求，同时，又提高了工作标准，压缩了工作时间。比如县里要求一周之内停工停产，两周之内拆除完毕，三周之内进行验收，一个月之内全部完成任务，毕成功要求三天之内停工停产，一周之内拆除完毕，两周之内进行验收，三周之内全部完成任务。

毕成功说得慷慨激昂，下边与会人员却默不作声。毕成功理解大家，说实话，太平堤乡的干部群众对这件事都有抵触情绪，这是全乡利益所在，吃饭全靠它呀。现在说拆就拆，以后真不知道日子该怎么过。

"大家有问题没有？"毕成功也学着康清泉的口气和神态大声问道。

会场一片寂静。"老拐，有问题没有？"毕成功看看拄着拐杖的白家滩村支书白老拐。

"毕书记，没问题。"

"好，老三呢？"毕成功看着黑风口村支书黑老三。

"没屎事。"黑老三含含糊糊地说。

"啥意思呀？是没问题？还是有问题？说清楚点儿。"

"不是说了吗？没屎事。"黑老三又重复了一遍。

"好吧，看来是都没有意见了，如果没意见，各村做各村的工作，谁家的孩子谁抱走，回去之后抓紧行动。乡党政班子成员每人包一个村，乡机关干部分成若干个工作组，每组包一个砖窑，工作与年终评先评优和提拔重用挂钩，奖惩兑现，说到做到，不放空炮。"毕成功说完，问齐得胜还有什么要讲的没有，齐得胜说你已经讲得很到位了我没什么要说的了。最后，毕成功说："下边，请南步涛县长做重要讲话，大家欢迎。"

太平堤乡政府简陋的会议室里，响起了稀稀拉拉的掌声。南步涛在主席台上站了起来，说是主席台，其实也就是几张破旧的课桌，放在一个跟教室格局一样的垒了两层砖又糊了层水泥的台子上。南步涛拿出长期当乡党委书记的做派，两手卡在腰里，头往前伸着，开始批讲起来："弟兄们，拆除砖瓦窑是省政府的重要决策，市、县各级领导高度重视，县委书记康清泉同志亲自部署，亲自动员，亲自过问，县里成立了以县人大主任黄太和为指挥长的拆除砖瓦窑场专项整治工作指挥部。为什么上边领导这么重视？咱们大家都知道，咱们是黄河生黄河长，黄河就是咱的命，这些年，国家的政策好，在黄河上兴修水利工程，把黄河治理好了，没有再出现大水了，咱黄河边的群众才过上了安稳日子，过上了富裕日子，但是，富了之后为啥不敢盖房？老百姓活一辈子图个啥？不就是图一所房子吗？咱为啥不敢盖？啊，大家说说。"

南步涛虽没上过几天学，但他就记住上学时候语文老师讲的设问的语法了，他经常用这个语法给他的下属安排工作，有时向上级领导汇报工作也设问一下。不过，不是所有的人都跟他一起设问的，这不，他刚设问完，黑老三就倏地站了起来："老南，有屁就放，有话就讲，卖啥屎关子呢？就你能！"说完，大大咧咧地坐下来，俩腿往桌子上一跷，胳膊抱在胸前，头歪在一边看窗外，一副不甩的样子。

大家哄然大笑，南步涛很尴尬，但他毕竟是老江湖了，见过各种世面。南步涛看着挑衅他权威的黑老三，猛地一拳砸在面前的桌子上，震得桌子上的陶瓷茶杯跳了起来，茶杯盖"咣啷咣啷"蹦了几下，然后恋恋不舍地离开茶杯，掉到地上摔了个粉碎。

南步涛不怎么发脾气，他在黑风口村当工作队队长，总是笑呵呵的，见了村里的老年人，连忙蹲下来给老年人让个烟然后拉拉家常，见了村里的小孩子，急忙从兜里掏出水果糖塞到小孩子的手里，还要逗小孩子玩一玩。他兜里总是装着小东西，左边的兜里不缺烟，右边兜里不缺糖。所以，他在黑风口村威望相当高。南步涛对黑风口村的情况了如指掌，特别是对黑老三家的情况更是摸得门儿清。现在黑老三给他难看了，他也不客气了，他说："有些村支书，仗着势力，再不知道他是谁了。我告诉你，在山川市你老能，出出山川市试试，看谁甩你？别把人逼恼了，我到北京递你个状子，我叫你全玩儿完。你的尾巴都在我手里攥着咧，想收拾你一会儿的事，不信你试试，想死咧不是？你别忘了我是派出所所长出身。"

南步涛吹了一番大话，毕成功和齐得胜也跟着帮南步涛说话打圆场，旁敲侧击地批评黑老三。白家滩村支书白老拐这时也站了起来，把拐杖在地上使劲捣了几下，说："南县长、毕书记、钱乡长，我说两句。"

南步涛、毕成功、齐得胜一看白老拐要发言，很高兴，大家都知道黑风口村和白家滩村是反贴门神——不对脸，白老拐说话，他们很想听。黑老三见白老拐要发言，也有点儿怵，黑老三在黄河滩谁都不怕，他就怕白老拐。别看白老拐腿一瘸一拐的，是个瘦小老头，但他的点子比黑老三多，比黑老三能。白老拐当了一辈子村支书了，别小看这个村支书，平时不吭不哈的，其貌不扬，但是他能带领一个大村两三千口人，虽也没有啥权力，上边领导说免就免，下边群众一上访就上访掉了，这顶不是官帽的官帽其实很不结实，要想把这顶官帽长期戴下去，可不是闹着玩的。在农村能当一辈子村支书，那都是人精，别看他只是个村支书，真给他一个乡一个县去管，他照样玩得转。黑老三才当几天村支书呀？在白老拐跟前，他矬一辈儿呢。黑老三深知白老拐在黄河滩里的威望高，那是凭本事混出来的，而他黑老三只是靠着市长朱尔和县长马初生的势力才在黄河滩扬的名，他是打打杀杀树的威风，跟人家白老拐那就不是一个层次。所以，他见了白老拐总是有点儿发怵、心虚，特别是"3·16"事件，他算是领教了白老拐的厉害，那回要不是上头来人，大兵出动，白老拐非领着白家滩和周围那几个村把黑风口村给灭了不成，要是旧社会，黑风口村男女老少、大大小小非死光不行。白老拐说一不二，别看他不张扬，说实话，白老拐才是地道的"黄河王"，群众服，一呼百应。

"南县长说得对，毕书记和钱乡长说得好，我们拥护赞成，谁要是反对，我们村支书们也不答应，我说完了。"白老拐就说了这几句，说完就坐下了。大家都愣了，等了半天，白老拐就说了这么几句话，有点儿让人失望。但仔细一想，这几句话句句千斤重，说得好哇，南步涛带头鼓起掌来，会议室掌声像放鞭炮一样响。白老拐的威信还是高的，村支书们都向着他呢，黑老三算啥，早已成了孤家寡人，开会大家不往他身边坐，吃饭不跟他一桌，他也挺尴尬的。虽然大家还不敢惹他黑老三，怕他躲着他，但只要白老拐跟他挺头[①]，他们都支持白老拐。黑老三见犯了众怒，低着头一声不吭。

会议结束了，南步涛给毕成功单独交代了几句话，毕成功点头称是。毕成功回到办公室，让秘书通知黑老三来他办公室一趟。南步涛跟毕成功交代了，只要牵涉黑风口村，不跟黑老三说好，事就不好办，毕竟打狗还要看主人哪。因此，必须把黑老三收拾住打发好。

"老三，你对拆除砖瓦窑场想不通？有意见？这不是我们想拆的，这是上头让拆的，你以为我们想拆吗？拆了之后，咱乡里一年少收几百万，乡机关干部的工资福利都靠这咧。不过，咱是党的干部，下级服从上级，咱要听话，对不？"毕成功给黑老三让了根烟，又随手拿起桌子上的打火机给黑老三点火，黑老三摆摆手，自己从裤兜里摸出打火机，点着了香烟："毕书记，拆砖瓦窑我没意见。"

"你没意见你上访啥咧？"毕成功说。

"毕书记，群众上访跟我啥屁关系，我不知道这事。"黑老三使劲抽了一口烟，吐出一团烟雾，于是整个房间弥漫起烟味来。

"行，过去的就不说了，今天会后，按照会议要求，砖瓦窑全部拆了，啥也不说了。"毕成功单刀直入地说。

"群众拆不拆我没法，我可以劝他们，不过我管不了他们。"

---

① 挺头：方言，对着干。

"这样，我和钱乡长商量过了，你们村带头拆，只要带头拆，乡里给你们村一百万块钱，以救济款的名义给你们村，再单独给你十万块钱，是辛苦费。钱不多，但这是我们的一点儿心意，其他村没有。你不要对外说，你把任务给完成了，否则的话，这事我管不了大不了我辞职，我卷铺盖走人，但是拆砖瓦窑这事肯定得办，早拆也得拆，晚拆也得拆，不拆是拖不过去的。"

"行，那就这吧。"黑老三烟也不抽了，把剩下的半根烟吐到地上，拍拍屁股走了。

11

上边一声令下，黄河滩那些从外地来打坯和泥的打工者，都纷纷收拾行李回家了，烧窑用的工具也都拾掇拾掇放起来了，窑场熊熊燃烧的火焰熄灭了，窑顶的黑烟消散了，一切归于平静，黄河滩恢复了以前的寂寥。

毕成功心里暗自高兴，这也太顺利了，有时候事情就是这样，看起来很难但真的办起来却想不到的容易，有时候觉得不是啥事，但真的办起来却意想不到的难。唉，黑老三也就这水平呀，你硬他就软，你软他就硬。不过他心里隐隐不安，这也太顺利了吧？顺利得让人心里发慌。难道是"3·16"事件过后这帮人吓破了胆？不会呀，前几天黑风口村的人还到市委、市政府门口上访呢，"3·16"事件并没有吓着他们哪。拆砖瓦窑这么大的事，要是在平时，恐怕早就闹得不可开交了，这是咋回事呢？给黑老三一百万块钱就能把他打发了吗？毕成功心里合计着，他心里还是有点儿不踏实，隐隐感到还会有什么事情发生。也可能经过"3·16"事件之后，黑风口村的人没有吓破胆，但是毕成功吓破胆了，有些杯弓蛇影了。不过，不管怎么说，他尽量安慰自己，反正砖瓦窑停产了，只要很快拆了就行。

这天下午，闲来无事，毕成功坐在办公室里得意洋洋，刚喝了一杯茶，拿起一张报纸，津津有味地看起来。

突然，他听到窗外有人大声嚷嚷："打倒毕成功，罢免大贪官！"毕成功以为自己听错了，赶忙站起来走到窗前，这时，只见乡政府院外黑压压集聚了百十号人，扯着横幅，敲锣打鼓，呼着口号。毕成功一看就蒙了，正不知所措呢，办公桌上的电话急促地响起来。

"喂，是我，我是毕成功，什么？黑风口村的群众来闹事了？为什么？不知道？要我跳窗户跑，这成何体统？"电话是乡党政办主任白石柱打来的。白石柱是白家滩人，是白老拐的大儿子，白老拐把他介绍到乡里当通讯员，人还算机灵，竟然坐到了党政办主任的位置。

"石柱，通知乡派出所所有人全部到乡机关维持秩序，通知乡机关全体干部到门口做工作，不能让黑风口村的人进来。"毕成功吩咐完，立即给县委书记康清泉打了个电话，向康清泉如实做了汇报，并请求派警力支援。接着，给黑风口村支书黑老三打电话，黑老三手机关机。

毕成功打完电话，站在窗前一看，百十号人已经冲进乡政府院里了，吵吵闹闹地非要上办公楼，乡机关一些干部拦着不让上，互相撕扯着，一片混乱。眼看一帮人要冲进办公楼里，而且指名道姓要找毕成功算账。毕成功一看这阵势，想起了"3·16"事件那些群众的厉害。他急急跑到办公室后窗户边，往下看了看，他所在的办公室是第三层，不算太高，楼后就是太平堤村的街巷，只要能下去，拐个弯就跑了，但怎么下去是个问题，蹦下去还是有危险的。他在办公室里左瞅右看，没有什么东西可以借用往下跳，他办公室隔壁就是套间，看到床上的床单，一把扯了过来，顺手拿起办公桌上的剪刀，把床单剪成了几个条条，然后系在一起，用手拽拽，还好，挺结实的。然后，他把用床单改造成的绳子绑在窗户框上，又拽了拽，翻身上了窗台，俩手拽着床单绳，身子抱着床单绳，俩腿夹着床单绳，"哧溜"窜下来，由于慌张，加之害怕，快溜到地面了，也不肯松手，一屁股坐在了水泥地上，蹾得屁股生疼，哼了好半天没缓过劲来。这时，一帮年轻货冲到了毕成功的办公室。他们见门开着，没人，窗框上绑着布绳。有人伸出头看，楼下，毕成功正坐在地上喊疼呢。上边的年轻货喊起来："过来，过来，毕成功这杂碎在这儿呢，快追！"毕成功一看，大势不好，也顾不上屁股疼了，也不管闪着腰没有，爬起来就没命地跑，一转眼就不见了。

康清泉正在市里开会，听说太平堤乡又出事了，这次不是村民之间打架，而是一帮人打砸乡政府。康清泉头"嗡"地响起来，脑子一片短路，血液暂停了流动。过了几秒，才缓过劲来。他不敢怠慢，立即通知县人大主任黄太和、政法委书记李国军、副县长兼县公安局局长王家武带领县公安局干警火速赶往太平堤乡，并说你们先去，这边会议我请个假，马上赶到。这次，黄太和倒没有很推，遇到这种急事难事，黄太和还是讲政治顾大局的，还是很注意配合康清泉工作的。康清泉吩咐完，想想是不是给市委、市政府报告呢？康清泉想了一会儿，决定暂时先不报，等会儿再说，如果黄太和他们去了之后事情能很快平息下去就不报了，如果处理不了再报也不算太迟。

这时节，黄河滩内外一派繁忙景象。正是农事繁忙的时候，黑风口村的群众又开始闹事了，县人大主任黄太和无论如何想不通。

黄太和直奔太平堤乡政府院，没进院里，就听见一阵吵吵声。黄太和也是基层干部出身，不怕见群众，更不怕见聚众上访的群众。他的汽车刚到乡政府门口，就有几个小年轻咋呼起来："奶奶的，来大官了，把他的车掀翻。"看到几个年轻货冲着自己的汽车跑过来，司机害怕了，说："黄主任，要不咱开走吧，看来这几个午轻货像是找事的。"

"怕什么，我这一把年纪了，还会怕他们？"黄太和对司机说，"车停好，我下去看看咋回事？"

黄太和刚下车，几个年轻小伙子就冲到车前，几个人站在车子的一侧，弯下腰，扣住汽车的底盘，"一二三，掀！"

司机看阵势不对，急忙把汽车熄了火，打开车门跳了出来，刚跳出车门，汽车"咣当"翻了过来，四仰八叉地翻了天，东摇西晃了好一会儿，才稳定下来。

"小伙子，你们这是违法行为。"黄太和生气了，对着几个年轻人怒吼道。

"你这老贪官，敢说俺违法，再放屁，看我咋收拾你？"一个年轻小伙子来到黄太和跟前，对着黄太和的脸"啪"就是一耳光。

这一耳光打得黄太和眼冒金星，毕竟快六十岁的人了，哪经得住这个。黄太和转了几个圈，差点儿倒在地上。黄太和气得浑身发抖，黄太和的司机见状，大步跑过来，对准这个小年轻当面就是一拳，这个小年轻躲闪不及，当时就鼻口蹿血，踉跄几步倒下了。这下，其他几个年轻人不干了，一齐围上来，围着黄太和的司机拳打脚踢，黄太和的司机双手抱头倒在地上，只有挨打的份儿，没有还手之力。

正在这时，县委常委、政法委书记李国军带着副县长、县公安局局长王家武赶来了，后边是几辆依维柯汽车，从车里跳下来上百个黑衣防暴警察，上衣前胸后背上的"police"英文单词在夕阳下闪着白光，像一道道利剑劈面刺来，直吓得那些小年轻头发晕心发慌，他们眼看势头不对，拔腿就跑。

"黄主任，咋回事？"李国军看到黄太和脸肿了，眼角冒血，问道。

"李国军，你给我派人追上刚才跑的那几个小兔崽子，你看把我打得，脸都肿了吧？看把我的司机打成啥啦？简直无法无天了。"

李国军对黄太和说："黄主任，您先坐我的车里休息吧，您年纪大了，别跟这些年轻人一般见识，这是帮孬货，您看我咋收拾他们。"

李国军搀扶着长吁短叹的黄太和，把他安置到自己的警车里，然后对王家武说："王县长，你抓紧派人把刚才跑掉的那几个给我抓回来。"

王家武一看，哪还有人影？人早像兔子一样跑没了。但是，他响亮地说："好，我抓紧安排人。"其实，这一阵子，根本不可能去追人了，乡政府机关院里院外已乱成了一锅粥，百十号群众早已把乡里的办公楼给围了起来，楼上也冲上去不少群众，围观的群众越聚越多，处理眼前的混乱局面，才是正事。

王家武派了几个人去找刚才跑掉的小年轻，同时，指挥防暴警察冲到办公楼从上到下驱赶人群，然后又从里到外把闹事的群众往外驱赶。

乡派出所所长陈大海不知从哪里冒了出来："王县长，您可来了。"

"大海，你小子咋搞的？我撤你的职。"王家武愤怒地说道。

"王县长，要撤您回头再撤吧，先处理好现在的事吧。"陈大海一脸懊丧地说。

"你们乡的领导都去哪儿啦？"王家武问道。

"书记、乡长都跳窗户跑了，我也不知道他们去哪儿了。"陈大海说。

"人都死干净了吗？"王家武怒道。

"黑风口村这帮人见谁打谁，我们也不敢还手。书记、乡长跑了，别的机关干部都躲到办公室里不敢出来，我们有啥法儿？"

"咣当"一声响，有人向办公楼扔砖头，把玻璃砸烂了。接着，又是几声"咣当！咣当！啪！啪！"的响声。

"奶奶的，想造反是吧？"这些人的举动惹恼了王家武，他径直冲到办公楼前，站在台阶上，对着下边大声吼道："乡亲们，我是副县长兼县公安局局长，大家不要乱，有啥事说啥事，有问题反映问题，大家静一静。"

"噢——"

"嘘——"

人多势众，根本就没人把王家武放在眼里。正在这时，县委书记康清泉来到了现场。

"康书记，您咋来啦？"副县长、县公安局局长王家武见状，问道。

"王县长，我是县委书记，出这种事我不来能行吗？我从市里紧赶慢赶跑过来，还是晚了一步。"

"您是县委书记，您坐镇就行了，让我处理吧，看我咋收拾他们。"王家武说道。

"那怎行？我是县委书记，关键时候我怎能躲后头？"康清泉看着眼前混乱的局面，告诫自己头脑一定要冷静，每临大事必静气呀。

"各位父老乡亲，请大家静一静，我是济民县委书记康清泉。"康清泉站在乡政府机关办公楼前挥舞着双手大声喊道，但他的声音被淹没在一阵一阵的嘲笑声和吼叫声中。

"有小喇叭没有？王县长？"康清泉看这阵势，根本说不成事，于是问王家武。

"有小喇叭没有？"王家武问下边的人，但没人答话，"康书记，采取强制措施吧，不敢再软了，上催泪弹，看准那些带头起哄的，再带走几个，杀杀他们的嚣张气焰。"

"好！"康清泉坚定地说。

"康书记，只要有您这句话，那就看我的吧。"王家武说。

黑风口村的人正在起哄，突然，冲进几队警察，对着人群发射起催泪弹，人群大乱。群众还是没见过大阵势，四散奔逃。一阵烟雾过后，没及时跑开的人们都呛得直流泪，低头弯腰不停地咳嗽。趁这阵势，头戴钢盔手持盾牌的防暴警察冲进人群，三下五除二，不由分说带走了几个人，押进警车后，转眼就不见了。

群龙无首，防暴警察又拿着橡皮棍驱赶人群，不一会儿，把百十号人都赶到了乡政府大院外。这些警察们三两个人一组，继续驱赶着人群，没多长时间，人群散了，地上一片狼藉。

太阳落山了，天渐渐暗了下来。黄河滩的晚风暖暖的，挟裹着泥土清香和鱼塘里的鱼腥味扑入鼻孔，乡野的味道沁人心脾。

"到楼上看看吧。"康清泉对大家说。于是，一行人进入乱七八糟的乡政府办公楼。办公楼的灯逐渐亮了起来，窗户上的玻璃碎裂了很多，地上都是玻璃碴儿。那些躲在办公室里不敢出来的机关干部，这时都出来打扫卫生了，整理办公桌和日常办公用品。

"你们的书记、乡长哪儿去了？"康清泉问乡机关的工作人员。

"不知道，我们马上联系。"这些工作人员知道是县委书记康清泉，虽说没机会见面，但县电视台每天播放的济民新闻，康清泉几乎都要露脸，而且一般是头条新闻，所以，都认识康清泉。

另一名乡机关工作人员则说："康书记，我们刚联系上了，毕书记、齐乡长马上就过来。"

"康书记，您啥时候过来了？"南步涛不知道啥时候从哪儿钻了出来。

"哟，老南，你这工作队队长啥时候过来了？去哪儿潇洒了？"康清泉一见南步涛，气不打一处来，"叫你在黑风口村驻队咧，你驻得可好！三天两头冒烟，要不行的话我替你驻队吧？"

"康书记，我没材料，我算是捂不住了，你不知道那黑老三是真孬孙，我都想跟他拼了。我一听说黑风口村的人来乡里了，我就跑过来，我一个人也挡不住哇，差点儿把我推倒，乡里一个党委委员把我拉到了他的办公室，说啥不让我出来，我算是没有挨打。"南步涛红着脸说。

"见到毕成功和齐得胜了吗？"康清泉问道。

"我听说，毕成功把床单撕开，系成一条绳，顺着后窗户跳下来跑了，现在也不知道去哪儿了，打他的手机也没打通。齐得胜比他跑得还快，黑风口村的人还没到的时候，他就跑了。"南步涛回答道。

"这书记、乡长当得好，我算是开眼了，这要是传出去，可是大笑话。"康清泉说。

"康书记，不好意思，我来晚了。"太平堤乡党委书记毕成功这时衣衫不整，灰头土脑，气喘吁吁地跑过来了。

"刚才你去哪儿了？是去黑风口村了吗？你的乡长齐得胜呢？"康清泉看着狼狈的毕成功，又好气又好笑地说。

"康书记，我下村里去了。这不，听说您来了，我十急八慌地跑过来了。"齐得胜这会儿也赶来了。

"好啊，你们俩，一个书记，一个乡长，一个叫成功，一个叫得胜，对得起父母给的名字吗？乡里出了那么大的事，竟然不见你们的影子，带头当了逃兵。这要是战争年代，啥也不说，先把你们毙了，你们还有一点儿党性觉悟没有？你们知道后果有多严重吗？"康清泉厉声说道。

毕成功和齐得胜知道事情闹大了，一个个低着头、红着脸，大气不敢出，心里七上八下，说不出来的害怕和羞愧。

康清泉义正词严地说："公安带走了几个带头闹事的，群众也散去了，你们打扫下你们的机关大院和办公室，把打烂的窗户修整修整，机关所有人员连夜下去，到黑风口村做工作，问问群众都有什么要求，能够满足的尽量满足，实在满足不了的，做好解释工作。同时，通过下去摸排，搞清楚问题的症结所在。黑风口村的问题已经相当严重了，上次发生了那么大的群体性事件，你们还不吸取教训，这次你们又惹出这么大的事端，这充分说明你们的工作是有问题的，最基本的群众工作做得是不到位的。你们乡党委、政府要认真反思，深刻吸取教训，坚决不能再出现类似的事件，而且，一定要举一反三，把那些惹是生非的不安定因素坚决给清除掉，为拆除砖瓦窑场扫清障碍。"

"康书记，您把我们免了吧，这活儿我们干不了。"毕成功和齐得胜一齐说道。

"免不免你们，现在不说这事，先把今天的事情处理完再说。"康清泉说。

"那好吧，我们现在就召开紧急会，把您的要求落实下去。"乡党委书记毕成功和乡长齐得胜垂头丧气地说。

"好吧，我们先回去了。"康清泉对毕成功和齐得胜说。

"康书记吃点儿饭再走吧。"

"吃啥饭？先干你们的工作吧，把事办好，让我放心，比什么都强。"康清泉说着，想起了什么，又问："黄主任呢，咋没见黄主任？"

李国军说："黄主任被打了一顿，我让他坐警车里休息了。"

"快叫黄主任，叫他跟我一块儿回去，老领导了，得招呼好。"

黄太和的车被掀翻了，几个警察帮忙翻了过来，司机打火试了试，还行，就开回去了。而黄太和在警车里干等，等得焦躁，正好康清泉找他，要与他一块坐车回县城，他于是挤到了康清泉的车里，他有一肚子的话要对康清泉说。今天的事让他窝了一肚子火，工作一辈子了，平时都是人见人敬，哪吃过这种亏？哪丢过这种人？他有一肚子话要对康清泉说，他不吐不快，心里难受。

在回县城的路上，黄太和对康清泉说："康书记，我提两个建议。"

"说吧，黄主任，今天的事情，我正想听听你的想法呢。"康清泉看着车窗外浓浓的夜色，心情也很沉重，思绪很乱。

"康书记，要我说，黑老三必须抓起来，不能再饶他了。您看他得寸进尺，猖狂得很，必须杀杀他的嚣张气焰。"

康清泉只听不说。其实，有时候，他觉得自己很孤独。

"继续说下去。"康清泉不置可否，只是鼓励黄太和往下说。

黄太和也不是傻瓜，他知道这是个敏感话题，他清楚黑老三是何等人物，他点到为止，转过了话头："唉，康书记也不容易呀，在济民工作的领导都不容易。"见康清泉不说话，他又继续说道，"当官靠运气，遇到个好领导是运气，遇到个好环境也是运气，而这些都不是自己所能左右的。所以只要努力了就行，我是老了，不中用了。"

"黄主任别这么说，姜是老的辣，关键时候还得靠你把舵呢。"

"年轻时候我的胆量贼大，我好偷瓜。我们那些发小出去偷瓜还一套一套的，编的有顺口溜。"

"黄主任真幽默，说说看。"

"下定决心去偷瓜，不怕牺牲往里爬，排除万难偷出瓜，争取更大的胜利吃完它。"

"哈哈哈哈！有意思，黄主任你的肚量真可以，现在还有心开玩笑。"

"不是开玩笑，我小时候是孩子王。现在不行了，年纪大了，很多事悟出来了，只凭努力凭本事是不行的，很多事要听天由命。"

康清泉看着窗外浓浓的夜色，雪白的车灯在暗夜里刺出一片光明，是呀，黑暗的田野，空旷无人，形单影只去战胜强大的对手，不是那么容易的。康清泉明白，也许他离开济民县，让马初生当上书记，这一切都会风平浪静。不过，那样全县老百姓就遭殃了，济民县将更加混乱。康清泉是一个有政治理想和抱负的人，他不肯轻易就这么窝囊地离开济民县，他更不想眼看着好端端的济民县落入黑恶势力的掌控之中，他还有很多事没做呢。他去南方谈的几个项目就要落地了，改变济民县经济社会大局的愿望还有待实现，他的改革壮举还有待落实，他造福群众的一系列举措还在思考之中，他怎么能轻易离开呢？而且市委书记赵开来同志并没有对他表示不满，他不能就这么离开。他知道，要见难而上，等过了这个坎走出了这困境，再及时抽身而退，那才是圆满的结局。

康清泉思来想去，认为有必要试探试探对手的底线了。大不了，敌进我退，敌退我追，敌驻我扰，敌疲我打，就是要打一场游击战、持久战、攻坚战，取得最后的胜利。

12

康清泉回到办公室后，给南步涛打了个电话，问黑老三平时有什么劣迹没有。南步涛是多么聪明一个人哪，他立即明白了康清泉的用意，看来，康清泉要下手了。南步涛这段时间特别恨黑老三，这家伙太狂了，太不把他南步涛放在眼里了，南步涛早有整治黑老三的意思，只是大领导不发话他不敢。现在他心领神会，连连说有有有，请康书记放心。

雁过留影雪过留痕，要想人不知除非己莫为。南步涛在黑风口村待的时间长了，在白家滩村也不生，跟那些乡里乡亲的称兄道弟，大伯长大娘短，熟络得很。他知道黑老三在黄河滩里有两条渔船，在船上吃喝嫖赌啥都干，不过到渔船上抓人确实没有把握，那地方人烟稀少，稍微有个动静就走漏风声了，渔船又在河里来回跑，开到对岸就是外市的管辖区，莫能奈何。

南步涛还知道黑老三经常去县城他二哥黑老二当经理的济民宾馆。那里的洗浴中心有几间装修豪华的贵宾室，不对外开放，有专用电梯直达，主要供黑家人使用。还有个别领导干部或者生意场上的贵客，或者是他们那些铁哥们儿，这是供他们专用享乐的地方。山川市市长朱尔也来过这里几次，不过，黑老二不会给他安排那些风尘女子，他安排的都是良家女子，干的都是坏良心的事。济民宾馆到处都有摄像头，全天有监控，但贵宾室没有，而且一般人根本就不知道有这个所在，即使知道了也进不去。

这时，南步涛想起了一个人——他的一个远房侄子贺油锤，小名锤子，据说现如今他在山川市开了家信息咨询调查公司，混得还不赖。南步涛想利用这个远房侄子查查黑老三有哪些见不得人的勾当。于是，他打了几个电话，问了好几个人，才问出贺油锤的电话号码。

俩人电话联系上后，当天下午就约好在山川市一家茶馆见面详谈。

在茶馆见面后，南步涛把来意说了后，把准备的钱交给了小名叫锤子的人。接下来，锤子找了两个男的到济民宾馆应聘当保安，找了两个女的到济民宾馆洗浴中心应聘按摩女。他们带着偷拍设备，没有多长时间，就把黑老三在济民宾馆嫖娼赌博的证据拿到了，而且有一天还打探到黑老三、黑老二以及城关镇几个地头蛇正在洗浴中心吃喝嫖赌厮混的信息。南步涛得报后立即给县委书记康清泉打了个电话，康清泉指示县委常委、政法委书记李国军立即组织政法干警突击行动彻查济民宾馆。并一再交代要安排信得过的人行动，并特别交代李国军，不要告诉县公安局副局长、县交警大队大队长黑文礼，理由嘛自然是黑文礼分管交警工作，治安案件不必通知他。李国军心领神会，查济民宾馆，查黑老二的地盘，肯定不能告诉黑文礼。康清泉又交代李国军要采取异地用警的办法，抽调其他乡镇派出所的干警参与行动，注意做好保密工作。

一到夜晚，小县城就黑灯瞎火的，很多商店都关门闭户了，只有济民宾馆还灯火辉煌，觥筹交错，人声鼎沸，特别是歌厅和洗浴中心，一入夜，才刚刚进入营业状态。

晚上十一点，大批公安干警突然包围了洗浴中心和歌厅，一支小分队直接闯入洗浴中心的贵宾室，通往贵宾室有电梯，不是内部人员根本不知道，电梯一般情况下也不开。幸亏有锤子找的人做内应，这几个警察并没有乘电梯，而是从消防通道直扑上去。

在装修奢华的一间贵宾室里，米黄色的灯光下，黑老三正在床上和两名小姐鬼混。黑老三浑身赤裸，正在享受着两名妓女的温柔服务。突然，贵宾室的门被一脚踹开了，紧接着几名警察从天而降，照相机、摄像机当场拍下了黑老三的丑态，黑老三下意识地用被子捂住了脸，但是已经晚了，警察拿出警官证挥了挥，命令道："我们是公安局的，穿上衣服，跟我们走一趟。"

两名小姐很听话，背着警察穿上粉红色迷你裙，低着头乖乖地站在墙角。

黑老三怔了怔，明白过来了："兄弟，我是黑风口的黑老三，你们就高抬贵手，放我一回。我给你们两万块钱薄礼，你们辛苦了，回头吃个饭买条烟吸吸，好吧？"说完，他去找衣服，想掏钱。

"少废话，到局里再说。"警察丝毫不给他脸面。

"兄弟，你们是个想十了吧？你们没听说过我黑老二？"

"管你老几咧！抓的就是你。"

"咦！我记住你们几个啊，我今天进去明天早上就出来，你们信不？到时候可别怪我不客气，看我把你们的黑狗皮给扒了。"黑老三哪受得了这个窝囊气，勃然大怒。

几名警察可不甩他，其中一个警察上去就是一脚，把黑老三踹翻在地："少在这儿吓唬人，我们也不是吓大的。"

康清泉正在办公室里批阅文件，白天开会吃饭迎来送往太忙了，一点儿空闲都没有，早上还没有到办公室，门口就站着一群人等着汇报工作，一直到下午下班，人像赶集一样，川流不息。每天的报纸文件成摞成摞地送来，康清泉也只有利用晚上时间看了。人说领导干部的身体都是铁打的，这话不假，身体不好真的当不了领导干部，适应不了繁重的工作任务。

手机响了，是县委常委、政法委书记李国军打来的："康书记，黑老三正在嫖娼，被我们抓了个现行，人现在被带到局里正在审讯。"

"好，通知县电视台明早插播一条新闻，把抓黑老三的新闻重点播放一下，先让他名声扫地再说。"

第二天一早，康清泉打开了电视机，调到了济民县电视台的频道，边洗脸刷牙，边等着看抓捕黑老三的新闻。不一会儿，济民县电视台的女主持人露面了："各位观众，大家早上好，现在播报新闻。据济民警方透露，昨天晚上，济民警方开展了一场代号为'雷霆行动'的'扫黄'行动，出动警力百余人集中检查了济民宾馆等公共场所，抓获涉嫌卖淫嫖娼人员二十多人……"

康清泉从电视中看到了黑老三赤裸着身体的"光辉"形象，嘴角浮出了得意的笑。

"康书记，干得好哇！"南步涛打来了电话，"康书记，我刚看济民新闻了，看到黑老三嫖娼被抓。按照党纪处分条例，参与嫖娼的可以开除党籍了，我建议县人大罢免黑老三的人大代表资格，建议太平堤乡党委把黑老三的村支书给免了，把他的党籍开除了，您看咋样？"

南步涛真会猜人心思，这样的"人精"了不得，你上句话还没说完，下句话他就知道要干什么了，世事洞明，人情练达，天下的事，他一眼就能看透。南步涛这会儿打电话，明显是在表功邀赏，当然，南步涛也确实在此事上立了一功，应当表扬，康清泉想到这里，对南步涛说："这还要多亏你提供的信息啊，我要谢谢你啊。"

"哪里，哪里，这是我应该做的。"南步涛说。

康清泉不是不知道，他在走一步险棋，打击黑老三，肯定会牵动市长朱尔，包括县长马初生，他们知道了会做何反应呢？这些都有待观察。黑氏家族势力大，根深蒂固，盘根错节，牵一发而动全身。这次小试牛刀，虽说是打草惊蛇，但是看看他们的反应，摸摸他们的底细，也是有好处的。

果然，没多久，县长马初生把电话打过来了，语气明显带着不满："康书记，咱县里'扫黄'，搞这么大的行动，我这当县长的怎么一点儿也不知道，这不太合适吧？"

"马县长，这事我也是刚刚知道的。他们公安机关搞治安检查，是正常工作，没必要事事都跟你我汇报吧？"康清泉反唇相讥。

"如果是例行的治安检查也无所谓，关键是搞什么'扫黄'行动。咱济民县是一个农业县，本来招商引资形势就非常紧张，非常需要好的发展环境，人家外商来咱这儿投资，孤身一人在咱这儿，娱乐娱乐不是可以理解的吗？扫来扫去，把人家外商扫走了，那可得不偿失了。"马初生说道。

"马县长，具体情况我也不太清楚，回头我问问公安局。"

"康书记，不用问了，刚才我问过公安上的人了，他们说这是您的要求。"

"我的要求？笑话，我忙成这样了，哪有时间管这小事？别听他们胡说，有些人就是无事生非，唯恐天下不乱，想方设法挑拨咱俩的关系。"

康清泉话说到这里，马初生也不好意思再说什么了。虽然两人都知道怎么回事，但是明里还是要过得去。

刚放下马初生的电话，市长朱尔的秘书小苟电话打来了："康书记，朱市长要我跟你说一声，刚才有人向市长电话室反映，说你们县昨天晚上搞了个什么'扫黄'行动，抓了几个外商，人家现在举报你们经济发展环境不好，朱市长让我问问你是怎么回事。不行的话，抓的人放了算了，就不要再深究了，在这方面，不要太出格，不要当典型。"

"关系真铁呀！"康清泉心里倒吸了一口冷气。什么外商，什么发展环境，什么抓的人都放了，什么不要深究了，这不明摆着的吗？一切都是在为黑老三说情打招呼。

"好的，请转告朱市长，这事我还不太清楚。济民这帮警察也真是不懂事，我回头问问，一切按朱市长的意思办。"

康清泉放了电话，立即通知县委常委、政法委书记李国军，昨晚的事情到此为止，不再扩大影响，见好就收，搜集好保存好证据。特别是黑老三的所有证据材料，包括影像资料、讯问笔录，准备一份送来。但是，在放黑老三之前，要跟他讲条件，以后要老实点儿，不老实，随时把他干的丑事抖出来，按照党纪处分条例从严执行。最近一段时期，要积极配合县委、县政府工作，特别是在黄河滩砖瓦窑场拆除这事上不能再添乱了，要将功折罪。

黑老三回家了。

没多长时间，黄河滩区砖瓦窑场拆除工作顺利推进。

第六章

项目之争

　　"好了，好了，你俩一个管工业，一个管农业，说的都怪有理，别争了。"黄太和看两人争论不休，于是打圆场，"前几天跟咱县环保局局长在一块儿吃饭，局长跟我说了个事。"

1

这段时间康清泉只顾忙黑风口村的事情了，其他的都放一边了，他真切地感到稳定压倒一切，没有稳定的局面，成天忙着处理这纠纷那矛盾的，啥也办不成。

康清泉提议召集去南方招商的考察团各位领导开个会，看看南方招商回来那些有意向的项目跟踪落实情况。在内陆地区，以经济建设为中心，其实就是以招商引资为中心，本地的项目扶持起来周期太长，不确定性又大，即使有些企业引进了国外最先进的生产线，但只有好的设备还不行，还得工人会操作，能使得动那洋玩意儿，就这工作和机器的磨合期，短则半年，长则两三年，才能保证产品的合格率。而通过招商引资上项目则是发展的捷径，时间短，见效快，所以，招商引资是重中之重，不能小视。作为县委书记，太具体的事不能多干，也干不了，精力有限，下边那么多人，交给他们干就是了，关键是要指方向引路子，用准人，抓督查。路子决定命运，境界决定力量，方法决定成败，这是康清泉当县委书记的体会。

康清泉要求县委办通知县委县政府班子成员及相关部门一把手开会讨论落实招商的事情。县委办按康清泉的要求紧急通知了一遍，很快人就到齐了。

"同志们，今天咱们开个务虚会，也叫诸葛亮会。大家知道，咱们去南方考察招商，大家收获都很大。这一段时间，咱们只顾处理社会稳定问题了，弄得焦头烂额、灰头土脸，没顾上经济发展。说实话，我心里很急呀，不过，稳定问题现在好不容易捂住了，咱得赶紧说说招商的事。今天抽个空大家坐一起议一议，互相碰一碰，大家有什么说什么，想起什么说什么，谈谈思路和打算，谈谈项目进展，我想这对我们招商引资工作开展有好处。好了，开始吧，谁先说？"康清泉做了个开场白。

县委常委、常务副县长常学谦先汇报了他跟望海市帅哥服饰有限公司董事长钱跟上洽谈接触的情况："康书记，我汇报一下我跟钱跟上谈的情况，说实话，这个项目是好项目，帅哥服装很有名，特别是在中低档服装领域，市场销售还是很不错的，现在穿西装的年轻人，都买帅哥西服，名字起得好哇。再看人家帅哥公司董事长的名字：钱跟上，乖乖，成捆的钱跟着上，多吉利。"

"常县长，说正事，别岔太远了。"康清泉提醒他说。

"好好好，说正事，说正事。"常学谦开始一本正经地说，"这两年，南方沿海地区招工难，出现了用工荒，再加上他们那儿的电力资源供应紧张，土地成本高涨，还有水的供应、治污成本都很高，所以，他们迫切需要向我们内陆地区的成本洼地进行产业转移。这对我们来说是大好机遇，我们呢也非常需要这类有点名气的大企业，带动我们本地的就业和经济发展，本来这是一拍即合、两全其美的事情。现在的关键是，我们内地这么多县都去南方招商，互相压低招商条件，恶性竞争，南方的企业故意在里边让我们互相压价，两头哄，这个挺烦人的。不说别的，邻县听说咱们有意招来帅哥服装公司，眼红得很，也主动派人去联系了，什么条件都承诺，满口答应，甚至倒贴钱也要引来，这给我们招商工作带来了很大的阻力。"

"钱跟上什么态度呢？"康清泉插话道。

"钱跟上现在就是脚踩两只船，待价而沽，他们一口咬定要两千亩地，零地价，而且土地一级开发，还必须是净地供应，投产后各种税费前三年全免，后七年征十返八，十年以后正常交纳。我初步估算了一下，这样下来，我们县财政要补贴五六个亿，可我们县财政收入一年才十几个亿，除掉人吃马喂，除了各种上缴的收入，我们一年可用于建设的财力也才一两个亿，这等于我们几年时间只给他扛上了。"

众人听了交头接耳，议论纷纷。

"黄主任，你什么意见？"康清泉问道。

"我这人爱说实话，我不绕弯子。要说那钱跟上还是大老板呢，我看也是个大傻瓜。"

众人一听，都愣了，不知道黄太和啥意思。

见大家都盯着他看，黄太和用手抹了抹他的光脑门，那光脑门上其实早没头发了，黄太和也只是个习惯性动作而已。然后，他不紧不慢地说："承诺，就是一个骗子哄一个傻子。承诺得越好，越不可信，牛皮吹得越大，越不牢靠，钱跟上还会信这？"

众人都说有道理有道理。

黄太和咳了一声。大家知道，他要义正词严地发表高论了。果不其然，黄太和说出一串深刻的大道理来："要我说，招商引资的优惠政策也该整整了，人叫人动人不动，政策调动积极性。要我说，统一出个优惠政策，要不然，各地互相残杀，亏的是政府，骗的是老百姓，便宜的是投资商，他们不动一刀一枪光靠卖地靠优惠政策就能挣大钱，太不公平了。"县人大主任黄太和端起面前的茶杯喝了口水，润了润喉咙，然后往前欠了欠身，接着说："咱们这地方环境多好呀，离山川市这么近，又是一个农业县，没有污染，地势又非常平，水资源、树林资源这么丰富，我们要爱惜环境，我们不能拿做西装的布料去做裤头，那就太不值了，即使我们招商成绩落后一点儿，这种项目我看不要也罢。还要搞一级开发，那更不行，我们还是要先造环境再引项目，而不能先引项目再造环境，要不然，那就亏得更大了。"

众人都点头称是，但都又默不作声。

康清泉看着县政协主席安静默，想让安静默说句话，毕竟人大主任和政协主席都是地方大佬，说话是很有分量和威信的。但是，今天，康清泉看着安静默，安静默依然无动于衷。

"安主席，你也说两句。"康清泉点安静默的名了，安静默不得不有所表示。他咳了一声，然后说："我们不是一直讲要科学发展吗？要高质量发展吗？我同意黄主任的意见。"然后，又不作声了。

"其他几位领导呢？"康清泉挨个点名，但大家都说黄主任说得有道理。

县长马初生甩了甩头发，但是甩不动，他的头发用定型啫喱水太多了，已经板结了。这时，他神采飞扬、意气风发地说："要我说，我们不用外出招商，我们的地理位置和发展环境这么好，每天来我们这儿要地办企业的客商络绎不绝，我们舍近求远去外地招商干吗？外地的和尚难念经，我认为我们还是要围绕山川市做文章。山川市现在交通拥堵厉害，为解决交通拥堵问题，在搞'退二进三'，把很多工矿企业和批发市场都向外迁移，这是多好的机遇呀。我们现在不是没项目，而是没有土地指标，山川市把土地指标都集中用于山川新区建设了，压我们县（市）区的土地指标，全山川市一年的土地指标才一万亩，据说，各种项目用地一年需要十万亩，缺口大着呢，我们可用的指标一年才二三百亩地，能干啥呀？一个项目就用完了，像帅哥服饰这个项目狮子大张口，一家伙就要两千亩地，他们干啥用呀？我看就是炒地皮的，估计是搞商业地产的，拿着办企业的名义圈地，不行，我不同意这类项目。"

县长马初生说完，康清泉接着话题说："马县长说的有道理，咱们还是要实事求是，不能为了招商而招商，更不能为了完成任务而招商，更不能为了出政绩而招商。我们招商的目的还是为了促进经济发展、改善民生、造福一方百姓。既然大家都不同意这个项目，那这样吧，常县长再跟帅哥服饰那边谈谈，讲讲我们的意思，如果真心来我们这儿办企业的话，我们热烈欢迎，并提供最优的政策条件，至于要那么多地，那还是要进行评估，根据发展的需要，需要多少土地我们积极向上争取。如果是特别重要的项目，能列到省市重点项目库的话，省里市里都会照顾我们土地指标，再者说，我们也可以到外地去买土地指标嘛。提供多少土地不是问题，关键是要有价值，地价也可以商量，但不能零地价，而且要保证农民的利益，拆迁安置费用要确保群众的需要。同时，企业进来之后，还要安置当地一批农民进厂打工，解决就业问题。税收方面，我们地方收的，可以考虑减免，国家收的，我们无权减免。这些，一定要跟他们讲清楚，他们如果真是办事的，我们的条件他们会接受，否则，就算了。"

康清泉说完，大家纷纷点头称是。

康清泉接着又问管城建的副县长万事通："万县长，现在买指标一亩地要多少钱？"

万事通是部队转业干部，干什么事都很认真。他一本正经地往前靠了靠，说："现在一亩地要三万元钱，还要去做工作，找熟人请请客才能弄到手。不过，最近听说省里搞了个土地增减挂钩交易平台，在平台上公开竞价，估计价格还要上涨。"

"老万，你的业务真熟练哪，做报告哪？"县长马初生听得有些不耐烦了，讽刺万事通。

康清泉说："老万说得挺好的，说实话，咱们领导干部，一要懂规划，二要懂土地，三要懂财政。不懂这些，就不是称职的领导干部。现在别管干什么工作，都离不开占地和用钱，同时还要考虑长远规划，要讲究发展规律，要科学发展，不能拍脑袋办事。大家看，项目来了，大老板来了，上来都要地，现在什么最值钱？地最值钱，我们人多地少，而且，土地资源是不可再生的，用一亩少一亩，越来越少，会越来越珍贵。大家看，有些地方把很多村庄拆了，合并在一起，原来的宅基地有半亩，搬到新居之后只有二分地，一个宅基地就腾出了三分地。"

"康书记，你说的我有同感，有的地方做得更绝，直接让农民上楼了，一点儿宅基地也没有了，占得更干净。"县人大主任黄太和插话道。

康清泉接着说："万县长往下继续说吧。"

"没了，就这。"万事通斩钉截铁地说。

"学谦县长有什么要说的没有？"康清泉问道。

"我一定落实康书记和马县长的指示，马上跟帅哥服饰他们对接。"常学谦说道。

"南都市的陶瓷产业园项目咋样？"康清泉又问道。

易三戒看了看大家，见没人应声，于是说道："南都市那边打电话联系了，咱这段时间一直忙于处理黑风口的稳定事件，他们想过来考察回访，特别是咱老乡杜建军书记想回来一趟，我还没有答复他们呢。"

分管农业的副县长石喜中坐不住了："康书记、马县长，我想谈谈我的想法。"

"好，说吧。"康清泉说。

"咱们济民县最大的优势在于农业优势，说实话，种庄稼其实也是在搞绿化，你说那小麦、水稻、玉米、大豆、花生一片绿油油的，景色不也很迷人吗？田园风光不也是生态环境吗？咱不能把咱的优势丢了，你看现在大城市雾霾多么严重，PM2.5 严重超标，天雾蒙蒙的，人们出门都戴个大口罩，医院里得气管炎、哮喘病的咳嗽的人排成队。可咱们济民县呢，天蓝地绿水青，环境多好呀，咱们上项目可一定要慎之又慎，咱在南都市也看到了，陶瓷生产浪费水浪费地还污染严重，咱不能竭泽而渔，饮鸩止渴呀。"石喜中到底是管农业的副县长，对办工业没多大兴趣。

分管工业和招商引资的任书生副县长也坐不住了："康书记、马县长，我也发表发表意见。"

"好，大家都说说，畅所欲言，集思广益嘛。"康清泉说道。

"我认为发展是需要代价的，有些发展阶段是不可逾越的。我的意思是说，咱既要保护环境，但也要发展工业上项目，光靠农业，说实话，除了能解决温饱问题，要想过上小康生活，比较难。农民现在种地那是图个牢稳，手里有粮，心里不慌，这是老观念支配着的，如果真的算一算经济效益账，种地真的不合算。虽然有种粮补贴，可是，赶不上各种农业生产资料的价格上涨。况且，我们农民种地是不计劳动力成本的，如果按工时计算，那才顾不住本呢。所以，工业项目不仅要上，还要大上，因为，这是我们发展的短板和瓶颈所在。"

"任县长，英国经历了雾都的发展阶段，但是美国、澳大利亚经历雾都的发展阶段了吗？说实话，环境问题不是治不好，而是我们根本就没有下大力气去管去治。我的意思不是说不让发展工业，我的意思是说要发展高科技企业和污染小的企业，发展旅游业等第三产业。其实，即使发展农业，也不意味着只是种粮食，我们发展高效农业，一样能赚钱，关键是要优化调整农业种植结构，拉长农业的产业链，像咱们南部几个乡镇的大枣加工、粉条加工、腐竹加工、木器加工，还有屠宰场，都很挣钱。咱们黄河滩有丰富的饲草资源，搞奶牛养殖我看就很不错，如果能建一批奶牛养殖小区，搞全生物链经营，那是又经济又环保的项目。我们到了这个发展阶段，再去走资本主义国家曾经走过的先发展、先污染、后治理的道路是不行的。我们跳不过工业这个阶段，但是要看发展什么工业类型。"石喜中反驳道。

"石县长，像咱们这地方不是沿海发达地区，更不是西方发达国家，咱们虽然自然环境和生态环境很美，但咱们工业底子是个零，人才更是少之又少，农产品加工一需要技术二需要品牌，不是说弄就能弄成的，没有那么容易吧？"任书生丝毫不让步。

"好了，好了，你俩一个管工业，一个管农业，说的都怪有理，别争了。"黄太和看两人争论不休，于是打圆场，"前几天跟咱县环保局局长在一块儿吃饭，局长跟我说了个事。"

黄太和不紧不慢地说，突然停了下来，大家都好奇地看着他，不知道他要说什么。

黄太和吊足了大家的胃口，才又接着不紧不慢地说："环保局局长说，咱县县城有户人家儿媳妇怀孕了，公公婆婆都很关心，专门到菜市场买了只大公鸡在家里养，等着儿媳妇坐月子时把大公鸡杀吃了给儿媳妇补养补养。谁知道这大公鸡每天天不亮就打鸣，声音还挺大。隔壁邻居老太太睡眠不好，还有心脏病，天天被大公鸡吵得睡不好，就打 110 举报到了公安局。公安局说我们只管人不管大公鸡，你找畜牧局吧；老太太又举报到畜牧局，畜牧局说我们只管畜牧养殖，不管大公鸡叫，你找城管局吧；城管局说我们只管市容，不管家里的事，你找居委会吧；老太太又举报到居委会，居委会说，这是噪声污染问题，你找环保局吧；老太太又举报到环保局，环保局再没地方推了，于是，派人跑到菜市场高价买了一只不会打鸣的公鸡，给儿媳妇怀孕的那家的大公鸡调换走了，这才把事解决掉。"

黄太和还没说完，会场里早已笑声一片。黄太和接着自嘲地说："没事，我说这就是让你们听听，各说各的理，啥事都不好办，咱还是要学环保局，咋把事解决了。"

康清泉听完黄太和的一番话，不由得敬佩三分，到底是老领导，就是有水平，不得罪人，还把气氛缓和了，还把道理讲清楚了。康清泉有感而发地说："黄主任讲得很好呀，咱们看问题就是要全面看、辩证看、长远看，往深处看、换位思考，要立足于问题导向，怎么解决问题怎么来。刚才几位领导讲得都很好，都有道理，我都同意，陶瓷生产企业咱们就慎重上马吧。"

"我同意石县长的观点，咱们这儿就是要发展高端大气上档次的项目，工业要搞高科技的，农业要在稳定粮食生产的前提下搞都市农业，搞设施农业、观光农业、生态农业。"马初生接着说道，"我这儿有两个类似的项目，不是外地引进的，就是从山川市转移过来的，能服水土，不像南方的洋玩意儿，搞不好不适应咱们这儿的水土气候。"

"啥项目呀？马县长，你说得天花乱坠的？"黄太和说道。

"就是蓝波湾科技有限公司，咱以前在会上议过，就是拖拖拉拉定不下来。人家那厂子是山川市的国营老厂，现在改制后市场前景很好，在全国也是很有影响的企业，我记得任县长一直在与他们接触，现在情况怎么样了？"马初生说。

"他们的积极性是很高，我也认为项目可行，但是落不了地，老百姓一听说放他们那儿就上访告状。"任书生说。

"那为什么呀？"康清泉明知故问。

"虽说他们吹的是高科技企业，其实还是一个农药厂，这个厂选址找地方好多年了，一直落不了地。以前他们想在山川新区建厂，那块地紧邻一个食品企业，你想那食品企业会同意？后来他们又在山川市的各个区各个县都找过来了，没人同意让他们去，即使有的领导表态让他们去，但架不住群众上访告状就搁那儿了，现在的老百姓跟以前不一样了，人手一部手机，寸步不离，上厕所可能忘带手纸，但绝不会忘带手机。手机都能上网，啥政策啥信息都知道，你是瞒不过他们的。"任书生说。

"大家说说，别人都不愿意要都不待见的企业和项目，咱们济民能要吗？老百姓会答应吗？"康清泉看了众人一圈说。

马初生瞪了任书生一眼，任书生转过脸不吭声了。

其他人也默不作声。

"这个项目是朱市长定的，朱市长说，肥水不流外人田，效益这么好的企业咱们不要，他们如果跑到外地市，对山川市是个重大损失，要咱们济民县顾全大局，把这个项目对接好服务好。"马初生悻悻地说。

"朱市长什么时候说的？有批示没有？"康清泉问道。

"批示没有，这是他单独交代我的。"马初生说。

"既然朱市长有要求，我们落实就是了，这个项目还是由任书生县长负责，继续往前推进吧。"康清泉说。

"康书记、马县长，我这段时间比较忙，咱们招商引资每位领导都有任务，这个项目还是让其他领导分包联系吧，我实在是忙不过来，怕影响项目进展。"任书生不傻，对人情世故的领悟能力也非常聪敏，反应特别快。别看他当领导时间不长，啥事他一看就知道来龙去脉，一问就晓得结果怎样，这不，康清泉想让他负责蓝波湾项目的引进工作，他岂敢接这个烫手的山芋，一口便回绝了。人的差别呀，其实就在这关键时候的反应快慢能力。

"既然这样，要不马县长亲自分包吧，你出面会更有力度。"康清泉说道。

"那好，我一定把这个项目落实好。"马初生说，"除了这个项目，还有一个项目要给各位领导通报一下。"

大家都转过头来，两眼直直地看着马初生，不知道他还有什么"好项目"。

马初生洋洋自得地说："山川国际酒店大家知道吧？"他问大家，但没人吭声。

"山川国际酒店最近想在咱济民县的黄河边搞一个大项目，叫作黄河度假旅游区，充分利用咱黄河边得天独厚的湿地资源、林地资源、水资源，规划有高尔夫球场、南方园林式五星级酒店，还有森林公园，以及别墅区，准备投一二十个亿资金，这绝对是符合我们济民县结构升级产业调整的好项目，大家认为咋样？"马初生介绍完，得意地看了大家一眼。

没人接他的腔，都是老江湖了，都知道山川国际酒店"水"很深，除了山川国际酒店的董事长是个通天人物之外，大家也都知道朱尔市长的儿子在山川国际酒店任职，这么个"大家伙"如果真的来济民县投资的话，是福是祸还不好说呢。说白了，这些有背景有势力的项目只要来了，肯定会带来不少麻烦，比如地价出得不高，税费还要少交甚至不交，在办手续和经营过程中如果哪点儿伺候不好招呼不周服务不到位，很快就告你的状说你的事。但是，话又说回来，真的要是跟他们搞好关系的话，提拔重用也是一条捷径。

不过，凡事有利必有弊，前提条件是要违背良心不顾当地群众的利益和诉求，才能换得与这类开发商的良好关系。

"我建议咱们要重点引进这类项目，像山川国际酒店建的高尔夫球场，咱全省也没有一家，咱周围的省也没有，那些城里的土豪大老板们没事到咱的高尔夫球场打打球，这又是提升咱济民县形象品牌和开展招商引资的好机会。还有五星级酒店，据我所知，咱全省县一级没有一家五星级酒店，全山川市也才一家，那是啥概念？咱济民的知名度一下子提上去了。还有别墅区，那是富人区，是未来全山川市最有钱的人居住的区域，最有钱的人都住在咱济民县，你们说咱济民县发展能不快吗？"马初生说得兴高采烈，说完后，见没人响应，问康清泉，"康书记，您看这个项目咋样？"

康清泉沉吟了一下，说："好是好，我记得你以前说过这个项目，关键是高尔夫球场和别墅类房地产项目国家都明令禁止建设啊，我不明白他为啥还敢上这类项目呢？而且还指名道姓到咱这儿来投资呢？黄河流经山川市一二百公里呢，有的地方比咱这儿好多了。"

"康书记，事在人为嘛，上什么项目，项目到哪儿去，其实很大程度上是冲着人去的，是冲着关系去的，是冲着谁在那儿当领导去的。"

这下，康清泉和大家都知道了，估计是山川国际酒店的副总——朱尔市长的儿子朱郎和马初生县长的关系，才有这么一个项目。

康清泉打心眼儿里不欢迎这个项目，把这个项目引过来，不仅违反国家政策，而且相当于请了个大爷过来，以后朱郎天天到济民县上班，只等着伺候他了，有一点儿对不住，那就吃不了兜着走吧。况且，华兴集团也想在黄河滩投资，如果华兴集团过来办个笔记本电脑生产企业，再带动一批配套协作厂家，形成产业链条，那就太值了，比山川国际酒店来投资合算得多。想到这里，康清泉说道："行啊，这事让黄太和主任配合着做吧。"

康清泉看着黄太和。他知道像黄太和这样的本地人是不欢迎那种欺骗本地人的企业和项目的，本地的官员和外地来的官员想法不一样，本地的官员世代在这里生活，以后退休了也要在这里，他们不想落骂名，他们顾忌群众的呼声，他们不敢为所欲为。但是，外地交流来的干部就不一样了，他们是"打短工"的，干几年就调离了，跟这里就再也没有关系了，他们有的不太顾及名声。再说，黄太和是当地的老人，很有影响，可以说说句话人人都得听，不亚于县委书记的威望，他还是一个闲不住的人，是个工作狂。所以，康清泉想把这事交给黄太和来做。

"康书记，行啊，你放心吧，我把这事弄好。"黄太和一口应承。

其实，黄太和也不想接手这个项目，这是个麻烦事，但他这位老同志还是比较懂事的，别看他整天跟这个开玩笑跟那个乱着玩。他实际上是很有心计的，虎狼丛中想立身，他是在制造一种玩世不恭的印象来迷惑人的。他当官当到这个年纪，早已成人精了，相当老练成熟，他何尝不知道康清泉是在推卸包袱，但他主动接过来了，因为他要配合康清泉的工作，他知道，听"老一"的，永远没错。但是，他也知道，他把这事糊弄过去，也是很容易的，他有的是办法，别看县长马初生曾是市长朱尔的秘书，但马初生一则年轻，二则没有基层工作经验，三则水平也真的有限，黄太和糊弄他还是绰绰有余的。这事谁来办呢？谁能谁敢糊弄县长大人呢？他人大主任黄太和当仁不让，非他莫属。当然，黄太和不会跟马初生当面鼓对面锣地对着干，他有的是办法，文斗不武斗，暗斗不明斗，他自信能把马初生像哄小孩子一样哄得团团转。

"康书记，望海市的展图、展志兄弟俩一直跟我联系，想到咱们这儿来考察，想办个平板电脑生产企业，这段时间咱比较忙，我怕您没时间见他们，一直没有答复让他们过来，您看最近是不是让他们过来一趟？"易三戒说。

"就是咱在宾馆见到的那俩年轻小伙子吧？"康清泉问道，易三戒说是。康清泉说："行啊，让他们来吧。你做好陪同接待工作，需要我出面的话你提前跟我说一声。"

"好，我这就给他们回个话。"易三戒说道。

"时间不早了，我说两句吧。"康清泉做了个总结，"今天的会开得很好，这是一个诸葛亮会，大家畅所欲言，谈了很好的意见和想法。县委办会后整理一下，发个会议纪要。总体上，我们要增强干事创业、艰苦奋斗的意识，工作不怕干就怕站，如果站那儿不动，啥都弄不成，更不能一有困难和问题就找领导，为人避事平生耻，大事难事看担当，逆境顺境看襟度，临喜临怒看涵养，群行群止看识见。不能推推动动，拨拨转转，要主动作为，恪尽职守，守土有责，敢于担当。还要完善责任考评体系和干部选任办法，让能干事干成事不出事的干部工作有奔头、有想头，绝不能让弄虚作假、不干正事、欺上瞒下的人有市场，真正树立风清气正、竞相发展的良好氛围，为济民的美好明天共襄盛举。好，今天的会就开到这里吧。"康清泉认为事情已说得差不多了，不想再议这些事了，其实还有一个很重要的项目——华兴集团的笔记本电脑生产和黄河文化生态旅游区项目，他没有在会上说，估计说不成，明显会引起争执，既然明着没法讲，那就暗地里运作吧。

　　会议结束了，秘书梁伟一手端着康清泉的茶杯，一手拿着康清泉的笔记本，在前边带路，康清泉跟在梁伟的后边一同回到了办公室。刚到办公室门口，只见站着一位身姿窈窕的女子，看到康清泉过来，急忙迎了上来："康书记，您好！给您汇报少了，请见谅。"杨树岗乡乡长向云雪一串清脆的话语迎面而来。

　　"哈哈，向乡长这是无事不登三宝殿吧？来，屋里坐。"康清泉说道。

　　秘书梁伟打开办公室的门，向云雪跟着康清泉进了办公室。秘书梁伟给康清泉和向云雪倒过水之后，关上门出去了。

　　屋里只剩下了康清泉和向云雪两个人，康清泉起身来到门边把门开了个缝，然后重又坐到办公桌后边。康清泉打眼看了一下向云雪，心里直赞叹：真漂亮！看向云雪也就是二十多岁的样子，一袭乌黑的长发，像瀑布垂在后背上，衬得精致的瓜子脸更加嫩白，一双大眼睛忽闪忽闪好像会说话，上身穿黑白格纹小西装，一双长腿穿着流行的韩版修身小直筒铅笔裤，脚套一双长筒靴，显得清爽利落、高贵典雅。康清泉来济民县工作虽然时间不长，但也知道县里和市里的工作作风是不一样的。在市直机关工作，人们都文质彬彬的，很少在工作中说黄色笑话，在酒桌上开玩笑也是比较文明的，但到了县里就不一样了，谁要是不会说黄色笑话，那就是不入流，不合群，成了异类。在乡镇那就更不一样了，跟村支书们打交道，张口就是骂，抬手就是打，虽然是闹着玩的，但那玩笑开得也过分，也让人受不了。康清泉作为县委书记，别人还敬重他，不敢对他开过分的玩笑，那些乡党委书记、县直单位的局长们在一起，简直乱得不成样子，在这样的环境中，真不知道像向云雪这样的大美女是如何生存下来的。于是，康清泉带着一脸的迷惑和不解问道："向乡长在乡里工作几年了？"

　　"刚下去两三年时间。"向云雪温柔地说道，翠铃般的声音使严肃的书记办公室也变得温馨起来。

　　"那你以前在哪儿工作呢？"

　　"我是山川大学硕士研究生毕业，毕业后就到济民县团委工作了，当上团县委书记后下的乡。"

　　"原来是位研究生呀，不简单，老家是济民县的吗？"

　　"不是，老家是外地的，济民县到我们学校引进人才，我才过来的。"

"噢，不简单，是个人才呀。"康清泉由衷地赞叹道，"济民县像你这全日制毕业的硕士研究生多不多呀？"

"就我一个吧？"向云雪莞尔一笑，两个酒窝更明显了。

"在乡里工作感觉怎么样？"康清泉又看了一眼向云雪，那美得惊人的一张脸使他真的有些心动了。

"不太适应，不过也挺锻炼人的，慢慢干吧。"向云雪嘤嘤絮语，丝丝沁人心脾。

"家里都有谁呀？"康清泉反复摆弄着桌子上的一支签字笔，调过头来调过尾去，装作漫不经心地问道。

"父母都是老家学校的中学教师，我前夫是做生意的，经常不着家，我们俩也没要小孩，结婚一年多就离了，现在就我孤身一人在济民县。"向云雪慢悠悠地说着，似在倾诉心事。

"不容易呀。不过也没啥，以后你会遇到更好的呢。"康清泉安慰道。

"不好找了，现在多少剩女，有的条件好着呢，还找不到合适的，像我这条件，到哪儿找去呀？我现在一心扑在工作上，真正忙起来，啥都忘了。"

"对，人不能闲着，一闲下来就痛苦。"

"康书记，我这次来是向您报告一个好消息。"

"什么好消息？"康清泉抬起头来，看了一眼向云雪。

"您结的那个穷亲戚，那个叫王天亮的孩子，您还记得不？"

"咋会不记得？印象很深，高考落榜受了刺激，神经了，他现在怎么样了？"

"他的病快治好了，很快就可以出院了，他还要参加高考，继续上学呢。"

康清泉听了当然很高兴，但是他也有忧虑，说道："参加高考当然是好事了，不过，我觉得他偏科那么厉害，他能考得上吗？他再也经不住打击了，脑子受损伤之后，不敢再太用功读书了。"

"农家的孩子也就读书上学这条路，他还能干啥呀？"听康清泉这么一说，向云雪也轻轻地叹了口气。

"是啊，让他继续上学吧，不过还是要注意身体，不可太用功了，不管考上考不上，以后我会帮他到底的。"康清泉说。

"那敢情好，王天亮是个有福之人，碰上您这么个贵人，真是烧了八辈子高香。啥时候我要是能遇到您这样的贵人就好了。"

"现在咱不就在一起说话的吗？"康清泉笑了。

"康书记，您啥时候回山川市的时候，我想请您吃个饭，不知道行不行？"向云雪忽然说道。

康清泉心里"咯噔"一下，非常紧张。

见康清泉脸色突然严肃起来，向云雪笑了："没事，康书记，我是跟您开玩笑的，您这么大个领导，我怎么敢高攀呢？"

"不不不，我不是什么大领导。我答应你，有机会我请你吃饭，不用你请我。"

见康清泉答应了，向云雪很高兴："康书记，您请我也行呀。那好，这个周末我跟您联系吧？"

"行吧，只要我没事，咱们周末见。"

康清泉本来是推扯之辞，他其实并不愿意单独和女同志在一起吃饭。他虽没有在男女关系上犯过错误，但他长期在纪检系统工作，作为一名老纪检，他听得多见得多更知道得多，人说开车是十次事故九次快，其实，出事的党员领导干部一多半都是因为女人。没想到，康清泉也陷入了情网之中。看来，不是他很坚定很清醒，只是没遇到使他心动使他心乱的女子。世界上最动听的两个字是"女人"，而迷人魂魄的是女神，有的女孩子真的有这般能耐、功夫或者说魔力，使你着魔使你发疯使你晕头转向，对康清泉来说，向云雪就是这样的女子。

到了周末，向云雪果然给康清泉打了电话。康清泉看到手机上那又熟悉又亲切又害怕的电话号码，他犹豫了好一会儿，忐忑之中，他还是不由自主、鬼使神差般地接通了电话："云雪是吧？你好，吃饭是吧？我想想……"

"康书记，我没有别的意思，就是吃个饭，好吗？"电话那头，向云雪说道。

最终，康清泉还是答应了向云雪的邀请。

2

夜幕降临，华灯初上，山川市这个北方城市虽不比一线、二线城市的繁华，但也是车水马龙，人潮涌动。闪烁的霓虹灯下，俊男靓女，摩肩接踵，歌舞升平。在一家僻静的咖啡馆的小包房里，康清泉和向云雪坐在了一起。向云雪穿着红色鸭绒袄，套着黑色小短裙，灰色打底裤，黑色长筒靴，脖子里系着淡蓝色丝巾，散发着洗发水淡淡的味道。咖啡馆里流淌着曼妙的音乐，是谷村新司的那首《有谁共鸣》："抬头望星空一片静／我独行，夜雨渐停／无言是此刻的冷静／笑问谁，肝胆照应……"米黄色的灯光下，康清泉看了一眼向云雪，只见她更加娇柔妩媚，一双大眼睛忽闪忽闪好像会说话，传递着浓浓深情。

"康书记好！谢谢您给我这个面子。"向云雪打破了尴尬说道。

"不客气。"康清泉又忍不住偷偷看了一眼向云雪。

"那请问康书记想喝点儿什么呢？"

"随便吧。"

"那就来一杯科纳咖啡吧。"

"你喜欢科纳咖啡？"

"是啊，科纳咖啡产自夏威夷岛，有一股水果味道，清新迷人。美国作家马克·吐温就很喜欢喝，说这种咖啡拥有世界上最迷人的芳香，就像一位贵妇，随时准备接受亲切而友好的赞美。"

康清泉笑了，说："你哪有那么老？在我眼中，你还是一个二十岁左右的小姑娘。"

向云雪歪着头托着腮娇嗔地说："康书记，你是在骗我。"

"没有没有，我还是比较实诚的。"

"知道您实诚，所以才约您出来的。"向云雪按下桌子上的呼叫器，服务员进来了，向云雪说："来两杯科纳咖啡，现磨的，不加糖。"

康清泉问不加糖苦不苦，向云雪说："不苦，享受这种苦的滋味，就像品尝人生。"

向云雪翻看着菜谱，问康清泉吃什么饭。

康清泉说："随便吧，我吃饭不讲究，什么都行。"

"那不行，您要吃好喝好保重好身体，济民县几十万人民群众全仰仗您呢。您可不能作践自己，您这样做连我都不答应。"

"好吧，那就点个咖喱牛排套餐吧。"

"康书记，您喝点儿什么酒呢？"

"不喝，开着车呢，你不也开着车吗？"

"少喝点儿，初次私下请您吃饭，庆祝一下。"

"那就来点儿果酒吧，度数低，不影响开车，老警查不出来。"

"您当个县委书记还怕小警察呀？"向云雪嗔地说。

"不是怕谁不怕谁，当个领导干部不容易，还是谨慎点儿好。"

"瞧您说的，哪有那么严重。"

"真是这样的，你平时也要谨慎低调点儿，不自律必自毁，小心驶得万年船哪。"

"当个领导就是累，自己把自己裹得严严实实的，像个套中人，我就特别不适应。"向云雪翻着菜谱，有一搭没一搭地说，"唉，只顾说话了，服务员怎么过来又走了呢？"

向云雪按了按桌子上的呼叫器，不一会儿，服务员又过来了。向云雪点了菜和酒水，只是看着康清泉轻轻地笑，然后下意识地用手拢了拢飘逸的长发，微微甩了下头，叹息了一声，低下了头。

康清泉知道向云雪找自己肯定有什么事情，于是主动问道："云雪，你是怎么到乡里工作的，能适应吗？"

向云雪瞄了一眼康清泉，说："说起来不好意思，我研究生毕业后，正好济民县到学校里要人，看了我的简历后，承诺我只要过来直接安排团县委书记，于是我就来了。来了之后，也不是很顺。"向云雪停下来不说了。

"怎么回事？说说呗。"康清泉有些好奇。

"我真的不好意思说。"

"说吧，没事，有啥不能说的？"

在康清泉一再追问下，向云雪才犹犹豫豫地说道："康书记，当时的县委书记顾怀力和现在的县长马初生都经常找我给他们汇报工作，我还傻乎乎地认为他们是真的对我的工作很重视呢。其实不是那么回事，他们不怀好意，私下里对我动手动脚的，我坚决不同意。有一回，我还是当团县委书记的时候，顾怀力打电话让我晚上陪他吃饭，当时有很多乡党委书记和县直委局的主任局长在场，还有一些县领导。他让我坐他身边，趁大家喝得兴奋的时候，他那双咸猪手放我腿上摸来摸去。我忍无可忍，'啪'的一下在他的手上使劲打了一巴掌，然后拎起包扬长而去。到了宿舍倒在床上哭了一夜，我知道这样做把顾怀力书记搞得很丢人，大家也都很尴尬，但是我不这么做他就会得寸进尺，还会提出更加过分的要求。后来，顾怀力，包括县长马初生，找各种借口请我吃饭，又是找我陪客，我都统统回绝不去，我不给他们任何机会。就这，把他们得罪了，把我下放到乡里工作了。"向云雪低头继续说，"你想想，我当时还是一个没结婚的大闺女，到乡里工作，有很多臭男人，说话粗声大气不说，张口闭口都是下流话，满嘴的口臭，浑身的怪味儿，我在那儿工作真的很痛苦。很想辞职不干，很想找个高校教书去，或者找个报社当记者。怕别的男人找我的事，我就赶快找了个对象结婚了。没承想，没有感情的婚姻不长久，我和我那位说不到一块儿，很快又闪离了。"

向云雪低下了头，轻轻叹了一声，说："唉，当个人真难哪！"

康清泉心也软了，也跟着叹了一口气："是啊，当个人就是让作难咧，不经磨难，莫谈人生。像你这么漂亮，在男人堆里混，更难为你了。你是天上仙女，误落人世凡尘。"康清泉叹了口气，接着说，"我知道你的意思了。这样吧，我刚来，现在各方面情况还不熟悉，等再过几个月，我把你调到县直委局，做妇联工作，当妇联主席怎么样？那里都是女同志，打交道的也是女同胞居多，是不是这样会好些呢？"

"行啊，那太谢谢康书记了。"向云雪激动地说，两眼充满了深情，"不过，您不会觉得我太势利太唐突了吧？初次请您吃饭就提条件提要求？"

"没有，你有困难我理应帮你，这也是我的工作啊。"康清泉没有在乡镇工作过，对基层的情况不了解，他问道："你在乡里工作，感到乡里机关干部精神状态咋样？"

"唉，乡里的干部真是跟农民一样，天天下村，你穿得太讲究说话文绉绉根本不行，跟群众打不成一片，工作就推不动，一些村支书狡猾得很，可难对付了。"

"是啊，不敢小看村支书、村主任哪，特别是那些当了一辈子的村干部，本事大得很，真的不简单呢。"康清泉想起了黑老三，有感而发。

"有些老村支书根本不把乡机关工作人员放在眼里，即使是副乡长，他们也敢吵起来。"

"那你是咋开展工作的呢？"

"所以说我很不适应嘛。"

"也是，真难为你了。不过也挺锻炼人的吧？"

"我总还得活不是？虽说适应不了，但时间长了，也就麻木了，乡镇干部真的不容易，我们乡有个办公室主任，他从中专毕业就在乡里干，后来当了党政办主任，工作了几十年，到快退休了也没解决个副科级。后来他得癌症去世了，临死的时候跟组织提的要求就一句话，您猜是什么？"

"是什么？我脑子笨，猜不出，是让给他家人或子女安排个工作什么的？"

康清泉想想可能也就是这个要求吧。

"不对，再猜猜。"

"那要么就是一心为公，什么工作还没有干完，请组织原谅他。"

"都不对，谅您也猜不出来，您没在基层工作过，您怎么能了解基层干部的苦衷呢？我告诉您吧，他说，死了之后只请求组织上把他按照副科级干部对待，在开追悼会时念吊唁词把他介绍成个副科级干部他就瞑目了。"

康清泉不吭声了，干了一辈子工作，几十年的大好光阴，连副科级都混不上，竟成为心中永远的痛，可叹可悲呀！

"康大书记，不过，我想问您个问题。"向云雪托着下巴，羞涩地说。

"问吧，有啥不好意思？"

"嫂子是干啥工作的？"

"她呀，中学教师，还是班主任，整天忙得脚不沾地，很少回家，孩子在外地上大学，也不在家。"

"嗯，那您挺孤独的呀。"

"没啥，习惯了。"

"您那么大个领导，也没找个情人？"

"说啥呢，我是那种人吗？"

"您不是那种人，但您要是遇上了，会动心吗？"

"哎，人的感情是很复杂的，有感情不一定能走到一起，没感情也不一定不会过一辈子。找对象结婚其实就是在撞大运，大部分婚姻其实都是在凑合，都是在巧搁伙计，而真正相爱一生的少之又少，那只是幸运而已。在漫长的婚姻旅途中，遇到更好的风景是大概率事件，我也不敢保证我会不动心，但我一定会克制。"

"您也有动心的时候？"向云雪吃惊地盯着康清泉。

"是啊，爱美之心，人皆有之。我也是七尺男儿，遇到美女，我也不会无动于衷，只是，我有的是办法控制我自己。"

"说说看。"向云雪好奇地说。

"其实啊，我遇到这种情况，只听一首歌，就把我从感情的迷途拉回来了。"

"有那么神奇吗？什么歌曲？"

"许冠杰的《父母恩》，你听过吗？"

"好像听过，是一首老歌吧？"

"是的，是首经典老歌。我可不只是好像听过，我是经常听，每当思想抛锚的时候，我都会听这首歌，听了这首歌，我浮躁的心就静下来了。"说着，康清泉哼唱起来——

> 在世间漂泊，
> 孤身仿似浮云，
> 心底里每思亲添百感。
> 父母恩千丈，
> 一生把我护荫，
> 有若明灯驱黑暗，
> ……

"好听，好听。康书记，看来您是个有故事的人哪。"

"聪明，猜对了，还真是这样的。"

"能讲一讲吗？"

"其实，我也不是什么有故事的人，我只是一个吃苦受难的人。小时候，家里穷，又经常受别人欺负，我最大的愿望就是考上大学跳出农门成为城里人，再也不受别人的欺负。上学时，每当我考试不好时，我都会伤心地落泪，不为别的，就是一想起来父母那么辛苦还供应我读书，我不好好读书，对不起他们。参加工作后，每当我因为工作失误受到领导批评时，我还会想起在老家的父母，我觉得愧对他们。后来，父母去世了，我也当了领导干部，遇到的诱惑也多了，可是，每当我心猿意马要走错路时，我就想起了在另一个世界的父母，我怕我犯了错误，让父母为我挨骂名，使父母蒙羞。"

"康书记，您越说我越佩服您了，您是一个大孝子啊。"

"我不是大孝子，但是，我一直以为，百善孝为先，孝是道德的核心。一个人，只要有孝心，就不会走歪路，就不敢走斜路，就不会走错路。要尽孝守本分哪。"

"有道理。"

"康书记，您天天这样活着累不累，要是我我可受不了。"

"要说累，能不累吗？可是，那要看跟谁比了。人都是眼皮往上翻的，都爱往高处看，总爱跟比自己强的人比来比去，其实，如果是在工作和事业上处处向比自己强的人看齐，这也倒是好事。但是，要是在生活和待遇方面，最好还是与不如自己的人比。比如我吧，我就经常想起我的很多小伙伴还在农村生活，为了讨生活而起早贪黑，为了挣十块八块钱而忍辱负重，他们常年劳作，没有节假日，没有星期天，即使这样，一家人的生计还难以保证，更不敢生病，因病致贫，因病返贫，就在一夜之间。比比他们，我就生活在天堂，我还有什么不满足呢？我还想怎么更轻松呢？工作上高标准，生活上低标准，事业上严要求，待遇上不追求，这才能活得更舒坦，更轻松。"

"康书记，听君一席话，胜读十年书。跟您在一起聊天，真的受益匪浅。看来，以后我还要多向您讨教呢。"

"过奖了，云雪，我只是比你年纪大一些，经历的事情多一些，同时，更重要的是，我比你吃苦受罪多一些，对人生的感悟多一些而已。"

这时，服务员送咖啡送餐来了，房间里顿时弥漫着咖啡的清香。向云雪示意康清泉喝咖啡。康清泉轻轻啜了一口，向云雪问咋样，康清泉说真的好喝，以后就认定这个牌子了。向云雪甜甜地笑了。接着，向云雪给康清泉杯子里倒上了果酒，然后自己也倒了一点儿："康书记，来，干一杯！"

"干杯！"康清泉说。

向云雪白皙的脸上爬上一片红晕，更显俏丽动人。

3

千呼万唤，华兴集团华北区的经理冷榕终于到济民县考察项目了。

济民县高度重视，全县动员，像对待省委书记前来视察一样。

康清泉亲自到机场去接机，接到冷榕等一行几人后，康清泉拉着冷榕的手亲热得不得了。

冷榕一行四个人：冷榕算一个，还有一个发展规划部经理，一个生产部经理，一个华北区的副经理。济民县委副书记陈致孝，县人大主任黄太和，县政协主席安静默，县委常委、宣传部部长袁新国，县委常委、分管工业和招商引资的副县长任书生，分管城建的副县长万事通，分管农业的副县长石喜中等人都来接机了，一行人浩浩荡荡地从机场驶出，直接到济民县看项目选址了。

县长马初生没有陪，他对康清泉说咱俩分分工，你去陪，我处理日常事务，咱济民县还有这么多事呢，今天省里还有个厅长要来，我去陪厅长。康清泉没有和他计较，毕竟书记和县长保持和谐团结的局面很重要，最起码面子上要过得去。

康清泉陪着冷榕等一行人先到了县城，在县城转了一圈。济民县城只有两条东西大街和两条南北大街，县城的建筑最高不过六层，因为七层以上要配电梯，县城的房子都盖到七层以下，更多的是三四层的民房，还有不少两层的独家小院，县城里上班的干部职工能到城关镇买地盖房，一两万块钱就能买两分地，然后花十几万块钱盖个两层小楼，独门独院，跟农村的生活方式还是比较接近的。大街上摆摊设点的，开着三轮推着架子车卖菜卖水果的到处都是，很乱很杂很脏，这就是北方的小县城。

冷榕对县城显然是看不起的。他是从一线大城市来的，一线大城市的繁华程度不亚于世界上任何城市，他从心里对济民这个一屁股就能坐满的破地方不太感兴趣，但华兴董事长有令，他不得不执行。康清泉等一行人也看出来了冷榕冷冷的眼神，因此更加殷勤更加赔着笑脸，这是财神爷呀。康清泉不失时机地解释说："北方的县城，都是这个水平，让冷经理见笑了。不过，我们省正在搞新型城镇化建设，重视中小城市特别是县城发展，而且，从农民进城意愿和农民自身经济条件来看，农民进城首选的还是县城，所以，一切都会好起来的。"

冷榕点头表示赞同："Ok，Ok！"

一行人又来到县城西边的工业园区，说是工业园区，其实也就是修了几条很宽的水泥路，路两边星星点点地排列着一些低矮的厂房。"这是我们的工业园区，里边已经有了十几家企业，主要是农副产品加工方面的。"康清泉介绍说。

冷榕说："农产品加工除了解决就业有意义外，产品附加值还是比较Low的。"

"那当然，你们企业都是高大上，我们这些企业是拿不出手的，总是脱不了'农'字，让人看起来有点儿土老帽。"县委常委、分管工业和招商引资的副县长任书生插话道。

分管农业的副县长石喜中听了不乐意了："任县长，搞农业怎么就见不得人了？民以食为天，人是铁饭是钢，一顿不吃饿得慌，农业是国人的粮仓和厨房，离了这能行吗？农产品加工企业也有上市企业呢，只是咱县不行罢了，不能说搞'农'的就不行。"

在客人面前，两人争论这些实在是有些不礼貌。康清泉打断了他们的话："你们俩都少说两句。"

"康书记，我们来可是要办大事的，要地多呀，你们能满足得了吗？"冷榕问道。

"放心吧，我们已经跟市主要领导汇报过了，只要你们能来投资，市里、县里举全市、全县之力支持你们，你们来了不只给我们济民县脸上争光，即使是我们山川市，那也是大喜事，市委书记和市长都高兴得不得了呢。"

"我们要两千亩土地呢。"

"两千亩土地包含黄河文化生态旅游区吧？"

"No，仅工业园区就要两千亩土地。黄河文化生态旅游区恐怕要更多呢，你们不是号称有十万亩林地、十万亩湿地吗？我们准备全拿了，咱可是签过意向书的。"

众人听了都吃了一惊，这家伙是来真的呢，这不等于把半个济民都给端走了吗？

"可以拿，现在用地的方式也很多，比如工业项目可以征地，但是得分期征用，像那文化生态旅游项目，租地也不错。"康清泉脑子转得很快，及时回复了冷榕的问话。

一条宽阔平直的水泥道路一直往西。"这是我们县最好的道路，通向山川市，叫济民大道。"县人大主任黄太和说。

"就这个地方吧，here，这地方不错。"冷榕突然说道。

康清泉急忙让停车。大家顺着冷榕手指的方向望去，在济民大道北侧有一片麦地，小麦已经没膝高了，麦田的中间，有一条河，那叫济水河，是黄河水堤灌后流到沉沙池里经过黄沙沉淀变成清水流过来的，这条河到了县城西边分成了两叉，一部分从县城北边绕城而过，一部分从县城南边绕城而过，最后在县城的东部又汇集到了一处。

"这地方好，地势平坦，二龙戏珠，是个风水宝地。我们的笔记本电脑生产厂就放这里。"冷榕说。

"这可是条臭水河呀，冷总，还能是风水宝地？"分管城建的副县长万事通说。

"你们出钱治理治理不就 Ok 了吗？"冷榕轻描淡写地说。

"没有那么简单，这条河是我们这儿的排水沟，很多工业污水、生活污水都排到这条河里了。现在还不太明显，到了夏天，大老远地就闻到一股臭味儿。"万事通说。

"你们没有污水处理厂吗？"冷榕问。

"没有，即使有污水处理厂，我们县城地下也没有排污管道，污水也进不去，只好排到济水河里。"万事通说。

康清泉瞪了万事通一眼，万事通自知说漏嘴了，赶快低头闭嘴再也不吭了。作为分管城建的副县长，诉诉苦，争取领导的支持，可以理解，但人家是投资商，只能说好的，哪能揭老底呢？家丑不可外扬呀。

"所以说，在你们这里投资，有利有弊。虽说劳动力成本低电价便宜地价便宜，但是配套设施不完备，产业链条不完整，高科技人才缺乏，办事难，发展环境不太好。"冷榕感叹道。

"冷总，这个问题你不用太担心，我们会向市委、市政府汇报，解除你们的后顾之忧，这些工作我们来做。"康清泉说。

"那好，有书记这句话我就放心了。"冷榕笑着说，"Ok，咱们下去转转吧。"

一行人在济水河边指指点点，冷榕问了很多问题，问得很细，看得出来，他们非常专业，同时工作又非常认真。有些问题康清泉他们能回答就回答，回答不了的打电话抓紧问。

看了笔记本电脑生产园的选址，一行人又来到了黄河边。黄河岸边，成片成片的槐树林密不透风，眼下正是槐花盛开的时节，那槐花是农人心中的圣花，是中看又中用的乡间彩云。刚开放的槐花，如果撸将下来，拌上白面在锅里蒸一蒸，加些蒜汁、小磨油等调料，鲜嫩无比，带着一股田野的清香，是闹春荒时节人们绝好的食材。采摘的槐花如果当季吃不完，在太阳底下晒干，可以存到冬天当野菜吃。在饥荒年景，这野槐花就是美味佳肴，根本抢不到手的。现在生活条件好了，人们不再为粮发愁了，但是槐花作为变换口味天然无公害的野菜，依然吸引了不少农家妇女来到槐树下，用棍子勾下槐树的枝条，把那成串的槐花撸下来放进身旁的割草篮子里。

"风景不错呀！"冷榕赞叹道。

"是啊，你看这槐树浑身都是宝，是我们这儿的神树。"分管农业的副县长石喜中说，"我们这儿地处黄河故道，每年冬春季节，黄河水少的时候，河床大片裸露，风一吹，黄河沙土四处飞扬，我们全县都成了黄沙岗。后来大量植树造林，我们不栽别的树，就栽这槐树，虽说不成材，长得也不好看，但是耐旱好活，根又扎得深，根连根，树挨树，防风固沙作用很大。有了槐树林之后，我们的农田不再受黄沙的侵害了，才有吃有喝解决了温饱问题。"

"这地方真是天然氧吧，规划个森林公园是不错的。"冷榕说。

"搞开发也行，但不能大面积破坏树林，这可是我们县的天然屏障，是我们的保护神、神树。"石喜中副县长说。

"那当然，我们是坚持经济效益和生态效益相结合的，不能只为赚钱不顾生态环境。这不是我们集团的风格，这里的地形起伏，风景好，可以搞个度假村。"冷榕瞅着外边的风景自言自语地说。

"这地方搞开发是很好，刚才我们经过的地方有个高速公路出口，从这儿上了高速公路十几分钟就到山川市了，我们这儿离山川市说起来有二十公里，那是到市中心的距离，其实这两年山川市往东发展很快，我们离山川市城区东部的边界也才十几里地，开车很快的。另外，最近省里还要在这个地方规划建设一座黄河公路大桥，交通位置非常好，说济民是风水宝地名不虚传。"康清泉看到外边成片的槐树林和如云的花海，心情格外好，对客人兴奋地介绍道。

汽车在花海中穿行，过了十几分钟，出了槐树林，眼前一片开阔，举目望去，到处都是水田，像一块块明亮的镜子反射出七彩的光。绿中透黄的水稻一眼望不到边，隔不多远处有一座座小茅草屋，那是农人们看庄稼放农具的地方，一派江南风光，纯朴的田园景色。

"哇哦！你们这儿的原野风光 Very Beautiful！"冷榕大呼小叫。众人都笑了。

前边不远处，有一片面积几百亩的水面，波光粼粼，水面清澈。

"这是什么湖？"冷榕问道。

"这不是啥湖，这叫沉沙池。"县人大主任黄太和介绍说。

看着冷榕迷惑的样子，管农业的副县长石喜中接着说："别小看了这沉沙池，作用大着呢。你别看我们这儿离黄河近，可多少年来黄河是害河而不是利河，黄河水沙多用不成，不能喝不能浇地，后来就挖了这沉沙池，把黄河水抽到这沉沙池里。时间长了，沙土都沉积下来，露出了清凉的河水，然后再建堤灌站，把清水提上来顺着河渠送往农田里浇地。刚才我们看到的济水河的水就是从这里来的，我们现在全县吃水浇地全靠它了，这是我们济民县的大水缸。"

"噢，不过也可以搞旅游开发呀。"冷榕说。

"这能开发啥呀？"黄太和不解地说。

"你们北方缺水，城市人爱水，Water，如果在这里搞些江南园林式建筑，吸引城里人周末来钓鱼、划船、休闲度假，那多好呀。"冷榕说道。

"还真没想过呢。"黄太和说道。

"我们这次来就是要全方位开发，将来我们可以在你们这儿搞森林公园、湿地公园，也可以搞黄河风情小镇，古色古香的，体现黄河文化。不仅让城里人来度假，还要让他们来居住，让他们把家搬到这里，特别要搞健康养老产业，让那些有钱有闲的人生活在田园之中，呼吸新鲜空气，吃的是绿色食品，没有了噪音和光污染，医养结合，延年益寿，你们看咋样？"冷榕激动地说。

但是，大家没人接他的话茬儿，都觉得这不可思议。

康清泉见大家都不说话，接着说道："这个想法很好，我觉得可以。但前提条件是不能破坏生态环境，不能让当地农民利益受损失。"

"那当然，我们会充分考虑这些因素的，生态保护优先嘛。不过，当地的村庄恐怕要大量拆迁了，我们出钱，拆迁工作就全拜托你们了。"冷榕说道。

汽车继续前行，不一会儿，一行人到了黄河大堤上。举目望去，黄河滩一眼望不到边，足有十几里地远，大片大片的田地裸露着。

"黄河在哪里？"冷榕着急地问，"我没见过黄河，黄河在哪里？"

众人指着前边一片浑浊的河水："喏，那就是黄河。"

黄河在宽阔的河滩里静静地流着，温驯柔弱，浑身沾满黄土高坡的尘埃，从遥远的青藏高原一路向东，穿雪山，越高原，过峡谷，荡山川，茫茫苍苍到了中下游，累了，倦了，安详地借势漂流。

"The Yellow River！跟所想象的黄河不一样呀。'黄河之水天上来，奔流到海不复回'，那气势找不到了。"冷榕感叹地说。

任书生副县长介绍说："黄河是中华民族的母亲河，这里曾经是中国最繁华富庶的地区。但是，在世界大江大河中，黄河又是最暴虐的一条河，从有历史记载的公元前602年发生第一次决口，到新中国成立前已经决口大大小小一千五百九十多次了，大的改道就有二十六次，平均三年两决口，一百年一次大改道。不过，现在，黄河水少了，决口的概率小多了，但是黄河流域也已经远远落后了。海洋文明取代了大河文明，沿海地区得地理位置之先，成了经济最发达的地区，真是十年河东十年河西呀。"

"不能这么说，现在不是孔雀西北飞吗？我们不就是正在向内陆地区转移产业吗？"冷榕笑着说。

"风水轮流转，也许是这样吧。"任书生说道。

"怎么样？冷总，下车走走吧。"康清泉盛情相邀。

"0k，下车转转。"

一行人走在黄河大堤上，防汛道路修整得平展顺滑，路两边的柳树枝叶飘扬，大堤上，堆满了防汛石料。

"别看现在黄河水小，马上就该进入汛期了，到那时候，黄河还是防汛的重点，我们全县动员，分兵把守，每个乡镇都分一段，日夜观察汛情，严阵以待，做好防大汛、治大水的准备呢。那时的黄河水才叫脱缰的野马，桀骜不驯。"分管农业的副县长石喜中说道。

"噢，到那时候，我一定再来看看黄河，看看真正的黄河风景。"冷榕说。

"好啊，欢迎冷总，到时候我还亲自陪着您。"康清泉说。

4

冷榕在济民县待了两三天，就坐飞机走了，他很满意，说回去之后要抓紧向华兴董事长汇报，尽快促成这个项目。康清泉等人也很高兴，康清泉不忘向市委、市政府及时做了汇报。市委书记赵开来说，什么时候华兴集团的董事长华兴来考察项目，他要亲自接待，还要向省里汇报，尽量请省长出面搞个会见，毕竟，这个项目不只是对山川市即使对全省来说也是一个重大项目。市长朱尔听说后，不置可否，只是说知道了。

冷榕经理刚走，秘书梁伟来到康清泉的办公室，拿了一部崭新的笔记本电脑："康书记，冷经理给咱们县陪同考察项目的几位领导每人准备了一台刚上市的笔记本电脑，您看怎么处理？"说完，梁伟把笔记本电脑放在了康清泉的办公桌上。

康清泉看了一眼，冷静地说："梁伟，笔记本电脑不能要，这还用问我吗？你跟我有几个月时间了，你也算是我身边人了，今天借这个机会我想再跟你强调几句话。"

梁伟看着康清泉的神情，心里直发毛，他紧张地站在那里，大气不敢出，不知道康清泉要说什么，他像小孩子一样低着头等康清泉训示。

"要说呢，一个笔记本电脑不算什么，现在市场上卖多少钱呀？"

266

"八九千块吧，刚上市的新品，比较贵。"

"这对人家华兴集团来说，可能也就是自家的东西，他们送给我们作礼物，我们不收也不合适。但是我个人不能要，这要作为公务接待中的礼品上交。至于怎么处理，你交给县委办主任易三戒让他按照纪律规定处理就行了。"

"康书记，这不就是一台笔记本电脑吗？再者说，笔记本电脑也是办公用的啊。"梁伟还想辩解。

康清泉显然有些生气了，他语重心长地说："是哪，梁伟我刚说了，这不过是一台笔记本电脑。但是今天我要郑重其事地告诉你，借此机会也给你谈谈心：第一，不经我同意，任何人送物送钱均不能要，你不能经手这个。第二，我不要任何老板的任何金钱和贵重礼品，这台笔记本电脑已经超过五千元，应该算是贵重礼品了，已经达到违纪违法的红线了，我坚决不能要。第三，我今天并不是要小题大做，我给司机小李都交代过，要看好我的车，不能随便什么人都往我的车里放东西，同时不能开着我的车随便乱跑，更不能停在歌厅洗浴中心等娱乐场所。这是政治纪律、廉洁纪律、工作纪律，还是生活纪律。你以后也要注意，要知道我的习惯和要求。我们为什么不能要钱要物？因为我们选择了从政这条路，既然想当官就不能再发财，不然的话哪条路都走不通，又当官又发财，哪有那么好的事呢？想发财，就别当官，就去经商办企业。想当官，就老老实实地过普通老百姓的生活，就要节俭，就要控制欲望，就要为人楷模。我在纪委工作多年，深知当官不易，深知当官的凶险，漫长的从政路，有几十年，一不小心就可能前功尽弃，就可能人仰马翻，不能不慎哪。老板们的钱敢要吗？他们给你送一万，目的是挣十万，他们给你送十万，必须从你手里挣回一百万，你以为他们的钱是大风刮来的吗？他们挣钱也不容易。当个领导时时处处都要谨小慎微，人生道路很长，但关键的路只有几步，一步走错，再难回头，悬崖万丈，翻不起身了。我说这些你能理解吗？"

"康书记，我记住了，这台笔记本电脑我马上交到县委办。以后不经您同意我再也不敢接受别人的东西了。"

康清泉点点头："这就对了，记住，想做一个廉政的干部，就要低调，要夹着尾巴做人，不能到处张扬，以免四面树敌。你还年轻，经历的事少，不知道官场的险恶，以后要好好工作，严格要求自己。你和我一样，都是农民的后代，上几代都是农民，因为考大学改变了我们的命运，也改变了家庭的就业结构，成了所谓的人上人，要珍惜来之不易的工作，不要因为蝇头小利而因小失大，很多人都是捡了芝麻丢了西瓜啊。更可叹的是，很多人之所以贪污受贿，第一是抱有侥幸心理，总想着哪有那么巧啊，怎么会那么倒霉啊。还有的人总想着，只这一次，下一次再也不做了。其实，这跟做贼是一样的，有了第一次，就会有第二次，刹不住车的。第二是抱有失衡心理，总觉着我把这么大一个工程项目交给某某人做了，他通过我挣了那么多钱，他凭啥呀？太便宜他了，必须让他吐出来一些才心里好受。其实，这是没有摆正公与私的关系，再大的工程项目也是公家的，不是你私人的，你不想便宜他，你可以公开公正去做呀，为什么非要交给亲朋好友熟人去做呢？不还是有私心吗？第三是抱有大意心理，有些人自恃本事大，认为那些被抓起来的人都是笨蛋，是贪污受贿水平不够高，是躲避法纪能力不够强，殊不知，智者千虑、必有一失，常在河边走、哪有不湿脚，莫伸手、伸手必被捉。有时候不一定是因为你做事不周翻了船，可能是很偶然一个外在因素就把你抖出来了，可能是别人把你供出来了，还可能是在小阴沟里翻了船，所以说，贪污受贿，犯事是大概率，不出事是小概率，还是自身过得硬、不贪不占才万事大吉，万无一失。"

"康书记，我记住了。您放心吧，我一定会按您的要求做，不会给您找麻烦。"

"秘书、司机都是领导身边的人，你们的一言一行关乎着我的形象，所以，跟我贴身搞服务，我要求的比较严，你能理解吗？"

"康书记，我理解。"

说到这里，梁伟突然想起了什么，他急忙说："不过，康书记，有点儿事我想借此机会向您反映反映，不知道合适不合适？"

"有啥只管说，我很想让你经常听听大家对我的反映，然后再给我讲一讲，兼听则明，偏听则暗哪。"

梁伟悄悄说："康书记，您刚才说您跟司机小李说过不能要别人的东西，不能开着您的车随便乱跑，可是，外边风言风语说经常见您的车到处乱跑。我还听县委办司机们议论说，司机小李经常收人家的东西，他还爱打麻将，常去济民宾馆和黑老二那些人一起打麻将。"

"有这回事？"康清泉脸色顿时阴沉下来了，脊背阵阵发冷。康清泉的面前回放出小李的身影，这是一个非常机灵的小伙子呀，不仅开车技术好，车开得又快又稳，而且，康清泉想干什么，一点就透，康清泉对他印象挺好的，怎么成这样了呢？知人知面难知心啊！

"康书记，我也是道听途说。不过，您还是防着点儿的好。"秘书梁伟说。

"我知道了，你回去吧，这事不要到处乱讲。"康清泉说。

　　梁伟走后，康清泉陷入了沉思，同时又感到深深的悲哀。身边的人，与自己朝夕相处的人，都被拉下水了，成了身边的奸细和暗探，自己的一言一行、一举一动可能已经掌握在那些心怀不轨或者说想为自己争取更大利益的人的手里了，还有什么隐私可言？还有什么秘密可守？还有什么自由空间？看来当初自己选秘书挺重视，但选司机大意了。当初，康清泉只是看了小李的简历，没有往深处考察，现在想起来真的有些后悔。自己严于律己，严谨低调，真的难以想象，自己的司机收了别人的东西，哪怕是一些土特产，别人会怎么想呢？别人会认为如果你康清泉不同意，司机敢要吗？如果不是你康清泉收了，司机敢让别人往车后备厢里放东西吗？老百姓会怎么看？康清泉想到这里，气不打一处来，浑身直打哆嗦。他深深吸了一口气，接着又长出了一口气，稍微平息了一下情绪。他知道，他也不能轻信秘书梁伟的话，他需要确凿的证据。他要长个心眼儿，特别是梁伟说的，司机小李还经常到济民宾馆跟黑老二那些人打麻将，黑老二是什么人？他怎么肯跟你这个小毛孩子打麻将？醉翁之意不在酒，看来这事严重多了，如果是真的话，说明黑氏家族开始打他康清泉的主意了，自己更要严加防范了。在这深不可测、步步惊心的济民县，更应当如履薄冰、如临深渊。想到这里，康清泉立即打电话给秘书梁伟让他悄悄把司机小李的档案借过来，并交代梁伟一定注意保密不要声张。他想从档案里找出蛛丝马迹。

　　没多长时间，梁伟把司机小李的档案拿过来了。康清泉平时一口一个小李叫惯了，小李的全称他还真叫不出来，看了档案，康清泉才记住了这个名字——李永富。随手翻档案，那些入党志愿书、述职述廉登记表，各方面看，都挺好的，怎么年纪轻轻的变成这样了呢？怎么不走正路呢？康清泉既可怜又可恨更可气，但是，他更感到黑氏家族的厉害，对手太强大了，能将自己的司机都收买过去，实在是高。康清泉不动声色，他要看看这位小李还会做出什么事情来。他对秘书梁伟说，你跟小李在一块儿聊天的机会多，你们俩年龄又差不多，遇机会再提醒提醒他，年纪轻轻的，要走正路，不要贪图小便宜，更不能财迷心窍，不要上了别人的当，到时候，出了什么事，谁也保不了他。秘书梁伟一口应承。康清泉不再提这事了，但是心里对司机李永富有了提防。

5

没过几天，市政府办公室预通知说市长朱尔要带着市发改委、财政局、商务局、工业和信息化委员会等部门的领导们到济民县来调研工作了，调研什么呢？说是调研工业发展和招商引资。具体调研时间则另行通知，让济民县提前做好调研的准备工作。

康清泉急忙通知县委常委、县委办主任易三戒让县委办秘书科给他准备个汇报材料。同时，又安排易三戒召集相关部门准备几个调研点。

"看什么呢？"易三戒问道，"上次市里组织的招商引资观摩会都看过了，咱这个农业县也实在没有什么工业项目。这不是出难题吗？要是看农业发展和粮食生产，咱这有看头，只要是跟'农'字有关的工作都是全市先进，但要是拼'工'字号项目还真不好办。"

康清泉嘴上没说，其实他在思忖，朱尔市长到济民县调研的目的是什么呢？看工业，这不是明摆着要出济民县的洋相吗？是来找事的吗？还是另有所图？康清泉不得而知。于是，他把这件事全权委托给县长马初生办理，反正马初生曾经当过市长朱尔的秘书，而且市长和县长都是政府系统一条线上的，让他出面安排再合适不过的了，即使出了问题有所不妥也有他的秘书在担待。

"讲话、食宿你负责安排，调研点、调研线路交给马初生县长算了。"康清泉对易三戒说。

易三戒巴不得这样呢，他正在发愁调研点的事呢，选调研点这种工作是吃力不讨好的事，闹不好当场丢人。康清泉说让县长马初生负责准备调研点、调研线路，他连说好好好。

"不过，汇报材料你要亲自把关，要准备好，不能出差错。"康清泉对易三戒说。

"好咧！康书记放心吧。"易三戒知道，康清泉对汇报材料很重视。他问康清泉，这个汇报材料有什么要求没有，康清泉说还没有想好，不过朱尔市长来济民县视察工业和招商引资干吗呢？这不是咱的强项呀，是来督阵的吗？还是另有什么想法？易三戒说，依我看，咱就立足咱的特点，咱不是农业大县嘛，咱就写立足农业办工业、办好工业促农业。同时呢，咱的工业基础差、底子薄，这是现实情况，是多年造成的，也不是您康清泉书记造成的，跟您没关系，其实这恰恰还是您的优势，在一片白纸上好描那最新最美的图画，稍微有点成绩就是大贡献，咱不是正引进华兴集团这个项目嘛，还有望海市帅哥服饰有限公司的服装工业园项目，南方科技电子信息有限公司的平板电脑项目，如果这些项目都搞成了，咱济民县一下子就打个翻身仗了。

康清泉说这个思路很好，就这样写吧。不过我总觉得朱尔市长来咱县里调研是有用意的，是有目的的，因为毕竟咱这儿工业不行，他要来调研应该围绕其他方面的主题，还从来没有领导来咱这儿调研过工业发展的，是吧易主任？

易三戒点头称是，说没有别的办法，只有这么准备了。

康清泉对汇报材料很重视，一则他是机关里笔杆子出身，二则他知道朱尔脾气古怪，不好伺候。所以他已做好了只念稿子不乱讲话的准备，所有朱尔可能问到的问题他都要写进稿子里，照本宣科地念一番而已。

易三戒领着秘书梁伟，还有秘书科的几个小伙子吭哧了半天。把汇报稿写好后，易三戒领着秘书梁伟和秘书科几个小伙子来找康清泉，把材料递交给了康清泉。康清泉打眼一看，皱起了眉头。他对易三戒说："易主任，这材料有点空，还是要写点儿实的东西。你是不是没有认真把关看呢？你曾经跟我说的思路就很好呀。"

易三戒说："康书记，行，我让他们再改改。"

康清泉说："不是让他们再改改，你要亲自把关。我知道有的秘书给领导写材料，有时候为了懒省事，材料写好了，不提前给领导，等领导催急了才交，反正那时候没时间了，就不会狠改了，你给秘书科交代一下，给我写材料不能这样，我好赖也写过材料，这里边的道道我清楚。这个汇报材料，我很重视，因为你也知道，朱尔市长脾气不好，咱不能出一点差错，特别是汇报材料，白纸黑字，更不能留下任何把柄。我这样考虑，其实写材料有句行话叫作'无三不成文'，老三段：是什么，为什么，怎么办，咱还按照这个思路写。要首先汇报一下咱们济民县的经济社会发展情况，这一段简写，作为过渡段，然后就写工业和招商引资的情况，有啥写啥，落后就落后，落后又不是一天两天造成的，也不是哪个人哪届党委、政府造成的，农业县就这样，不是其他工业发展先进地区，有众多的民营企业。关键要查找落后的原因，把原因分析清楚就行。然后，再写咱们的工作打算和思路，这一段要写好，要多写。写材料不只是写材料，写材料其实就是在研究工作，既要顶天立地，又要脚踏实地，在理论高度和宏观把握上要做到顶天立地，而在落实工作抓具体方面要脚踏实地，不能空对空，不能不知所云。"

听到这里，易三戒的脸红了，内行批内行，批得更在行。康清泉到底是写材料出身哪，哄不住他，他对康清泉说："康书记，《易经》上说，当位则吉，不当位则凶，做啥事摆正位置很重要。屁股决定脑袋，不在您那个位置考虑问题真的没有那样的高度，所以我们才需要听您指点指教，然后才能落笔写材料。"

"你说的也对，咱们交流交流是有必要的。但是，作为写材料的，我在市纪委机关也干了很多年，也深有体会，有时候，不能全等着领导给你交代怎么写。我印象中很多领导什么都不给你说，就一句话，有个什么材料，你给我写写吧，什么什么时间交给我，就这，那你说咋办？所以，这就看我们的工作能力和工作水平了。功夫在诗外，写材料，平时一定要把功夫下够，除了要多看范文之外，更重要的是要多听领导讲话，揣摩领导的工作思路和讲话风格，才能悟出该怎么写。写材料，悟性很重要，要像钻进铁扇公主肚子里的孙悟空，领导想什么都知道，领导一个眼神，就要知道他在想什么他要讲什么。同时，还要善于思考，学会当个思想家，站在领导的角度想问题。"康清泉看到大家都在专心致志地记录，继续说，"平时我没机会给你们讲如何写材料，今天我就多说两句，这是我个人的体会，同时也是你们以后给我写材料时应该把握的地方，你们听了之后，就知道该怎么办了。"

几个小秘书不敢多说话，低着头只顾记，易三戒说："康书记讲得很精辟，很到位，是专家、内行，咱们大家都记好。"

"我对材料的要求不高，就是写清楚写明白就行，思路清楚，条理清楚，层次清楚，意思清楚，而且，不要那些高深莫测的句子，更不要那些花哨的句子，不能为文而文，就是实打实，像说话一样，通俗易懂，言简意赅。"康清泉顿了顿，继续说，"不过，就这个要求，其实是非常高的。你们看看那些大家大师写的东西，其实都非常浅显易懂，但越是这样越不容易做到，真正高手写的材料，比拼的是思维能力，是思维的深度、广度、厚度和灵活度。而在语言风格上则大道至简，易主任，你研究《易经》，《易经》不就是这个道理吗？刚学写作的人，总觉得没啥写，写不长；学到一定程度，总觉得什么都想写，不懂取舍，反而压不下来，写不短；而只有到了成熟阶段，才想长则长，想短则短，游刃有余，进入了写材料的最高境界。你们看沿海发达地区那材料，散得很，但很有内容，相比之下咱们的材料就太古板了，这也是思想不解放在秘书工作中的反映。"

易三戒和几个小秘书听了直点头。康清泉又说："结合你们送给我这个汇报材料，我给你们分析分析。这个材料有几个问题：一是不能讲很多大道理，这是汇报材料，是对上的，不是我给县里的同志讲话，材料的对象不同，所以，要找准位置，找准定位，找准角色，我是在汇报工作，切忌给领导上课，不能显衬出我比市长懂得还多，好为人师是一大忌，知道吗？材料里边有政治，大方向要把握准，不能出现路线错误。二是要多用数据和实例说话。这个材料之所以空，就是因为数据对比太少，而且要善于提炼数据，总结数据，数据是最有说服力的，比如说我们工业落后，除了用常规的工业增加值、固定资产投资、工业销售总额、利税等指标外，还可以用用电量、交通运输量等这些指标来佐证，还可以跟周边县（市）区以及我们过去的发展情况进行对比，横着比比，竖着比比，这不就实了吗？只有在比较中，才能找准位置。三是要深入调查研究，不能只闭门造车，更不能在网上找些范文一粘贴完事，那能写出什么东西？要增强原创性，增强材料的深度，提升材料的高度，就要到工厂车间去，到基层干部中去，跟他们交流，听他们讲真心话，才能有指导性、针对性、可操作性。我现在想下去搞调研很难很难，到哪儿都是前呼后拥，听不到真实声音，想微服私访，在这自媒体时代，更是不容易。'知屋漏者在宇下，知政失者在朝野。'天天坐在办公室里、坐在电脑前看文件看材料是不行的。所以说只要我有时间，我还骑着自行车在县城转转，你们都看到了，你们更有条件下去了解情况，给我提供一些决策建议。当然，虽说大家都知道调查研究非常重要，但具体如何开展调查研究却是一门大学问，这里我给你们提些要求。"

"好好，请康书记明示。"几个人都把耳朵支起来，把笔握紧，静候康清泉的批讲。这时，只听康清泉不紧不慢地说道："要想搞好调查研究，第一是要提前做足功课。在确定进行某一个课题的调查研究时，首先要吃透相关政策，认真全面学习上级关于此问题的政策措施，只有把握准相关政策，才能为下一步开展调查研究定好调子，指明方向，不走弯路和错路。还要搜集大量的资料，对国内外相关研究成果能搜集尽量搜集，特别是一些书籍，更要买来阅读。不然的话，对这个课题茫然不知或者一知半解，在进行调查研究时，就不知如何下手，或者说找不准调查的重点和关键，即使与被调查人座谈交流，也说不到点子上，如果说些外行话或者大白话，只会让别人看不起，别人就懒得与你交流，或者就糊弄你一番可你也不知道。如此调研一番，只能是空手而归，竹篮打水——一场空，浪费时间和精力而已。第二，要坚持问题导向。开展调查研究之前，要列出调研提纲，关键是要列出若干个问题。只有多加思考，只有多列些问题，只有多打一些问号，在调查研究时才能更有针对性，才能问到点子上，才能抓住关键处。人们常说，能提出问题就是水平。的确，提不出问题来，说明对这个问题就没有认识或者说思考不深，只有问题提得准与狠，才证明是内行和专家。上去就能抓住关键问题的人，能够提出有水平的问题的人，才会在调查研究时与被调查人产生共鸣，被调查人才会乐于与之交流，才会掏心窝子说话。第三，要创新调研方式。开展调查研究，既要坚持传统的常规的调研方式，比如开座谈会，还要采取另外的办法，比如一对一的访谈，在私密的空间里，被访谈人更容易敞开心扉，说一些人多的时候不便说的话。同时，有时候，为了真正了解问题，还需要通过亲朋好友等熟人关系了解情况，陌生人之间交谈，有些真实情况是不容易提及的，或者说是不容易往深处讲的。更有些时候，在吃饭时，在散步时，在人休闲放松的时候恰恰能了解更多在正式场合了解不到的东西，往往让人眼前一亮，感到醍醐灌顶，大开眼界。另外，如果时间允许，蹲点调研才是真正吃透情况的最好办法。还有，问卷调查也是开展调查研究的一种方式……"

康清泉不停地说，有些口渴了，端起一杯白开水，一口气喝了半杯。

易三戒说："康书记，您说得太好了，您的批评很对，您的指示很好，这个汇报材料差距很大，我们回去抓紧研究，抓紧修改起草。"

"行，你们一定要下功夫，要高度重视，我的原则是不调研不开会，你们则要做到不调研不写稿。平时，在咱们县里开会，我的那些讲话，你们准备个什么样，我都不说什么，如果稿子我不满意的话，我就自己列个提纲讲了。但这次不同，这是朱尔市长，不敢不重视，知道吗？"

众人连连称是。

康清泉又接着说："你们写材料的平时要多看书，不看书不学习，脑子空空，写出来的东西苍白、空洞、死板、老套，现在是信息社会，各种新概念、新名词层出不穷，如果思想思路跟不上形势，那怎么能行呢？尤其重要的是，你们要切实加强上级政策理论的学习，一定要完整、准确、全面、深刻地学习，只有这样，你们写的材料才不会出现方向性错误，我讲起话来才放心踏实。"

众人连说好好好。

6

各项准备工作随着朱尔市长的莅临都圆满完成了。有时候就是这样，领导一天不来，准备工作总是不到位，总有需要改进的地方，而且总有很多变数，有很多新情况新要求出现。其实，只要人一来，准备工作就告一段落了，不管准备得好坏，也就那样了。康清泉问县长马初生调研点选的怎么样，县长马初生说，调研点选好了，我也跟朱市长汇报过了，朱市长说很好，也就是咱的那几个农副产品加工厂。康清泉听后有点儿担心，问马初生说这能行吗？能交得了差吗？马初生说没问题。康清泉还是不放心，心里直打鼓，于是，他让易三戒做了个调研接待方案，重点把调研点和调研路线写清楚，然后把方案报给了市政府办公室，市政府办公室回话说，朱市长同意这个调研接待方案，要求按这个方案抓紧准备。康清泉这下放了心。

这天下午，朱尔市长带着随员一行十几人乘坐一辆原装进口中型面包车到济民县来了。这天风很大，刮得人眼都睁不开。济民县地处黄泛区，本来土质就松软，沙土地经不起风，风"呼呼"刮起来，到处尘土飞扬、黄沙弥漫，到处是旋起的废纸和垃圾塑料袋，有的地方风打起了旋，把尘土卷上高空，甚至形成沙尘暴。

朱尔市长一副长脸还是黑青着，不说不笑，不知道他在想什么。能到车上陪同调研的也只有县委书记康清泉和县长马初生了，其他的县领导都在调研点等着，而且还有分工，哪个县领导负责哪个点的准备和哪条线路沿线的环境卫生、社会治安的准备，分得都很详细，各司其职，各负其责。其实，也没什么点可准备的，无非是看济民县的小型农产品加工企业，像面粉厂、油脂厂、酱菜厂、木器加工厂等，都是拿不出手的小微企业，也就是乡镇级水平了。朱尔看了后发火了，当场就在面包车上对着康清泉和马初生发起脾气来："你们济民县就这水平？什么玩意儿？真是混蛋，你们是骗我对吧？你们都干什么吃的？把你们放到这么重要的位置上，你们就搞些这东西？"

康清泉一下子被搞蒙了，这突然的发飙让人措手不及，也没有说什么也没有怎么着呀，怎么就突然神经似的发火呢？调研方案报过去了，你们也同意了，现在怎么又这样了呢？是啥意思呢？一车人都吓得不敢吭声，屏着大气不敢出，更没人敢劝。见马初生低头不说话，康清泉还有些生马初生的气，心里想，调研点是你选的，你又是朱尔市长曾经的秘书，你还说向朱市长汇报过了朱市长很满意，现在朱尔市长发脾气了，你一声不吭，也不解释解释打打圆场，你是成心的还是装糊涂？但马初生就是一声不吭，估计是在偷偷地笑。朱尔还在发飙，康清泉只好诚恳地说："朱市长，对不起，我们的工作不到位，您多批评。"

朱尔好像没有听见康清泉的道歉一样，继续在大声训斥："不是你们工作不到位，是我这个市长工作做得不到位，你们如果认为我这个市长不称职，你们把我告走得了。"康清泉听了这话心里更难受了，这是什么话呀？这话说得太严重了，谁会有那种想法呢？康清泉真的丈二和尚摸不着头脑，不知道朱尔说的是哪儿跟哪儿。

康清泉说："朱市长，要不咱不看了吧，咱到会议室我向您汇报工作向您认真道个歉吧？"

朱尔没说话，康清泉向市政府秘书长王风权小声问："王秘书长，咱调头回去吧？"

王风权白白胖胖，中等身材，脸上总是堆满笑容，但康清泉知道这是一个笑面虎。

王风权装作没有听到康清泉的求援，他正暗自幸灾乐祸看笑话呢。这个时候，朱尔在发脾气，他才不说话呢，那不是老虎头上动土吗？他那么狡猾的人，岂会替康清泉当垫背的？

见王风权只笑不说话，康清泉只好硬着头皮说："朱市长批评得对，我们工作做得不好，您看今天风沙大，有沙尘暴，要不咱不看项目，直接到会议室我们向您汇报工作吧，您给我们做做指示。"

朱尔不吭声了，黑青着脸望着前方。康清泉猜朱尔是同意了，于是一行人提前回到了县委大院。

在县委一楼常委会议室，县委办的工作人员已把会议室准备好了。茶水、餐巾纸、湿巾均齐备，汇报材料也打印好了。做了PPT，投影仪已经打开了，投影布上打着"热烈欢迎朱市长莅临济民县检查指导工作！"的字样。市县两级的新闻单位，端着"长枪短炮"，严阵以待，随时准备抢拍新闻。

济民县从大小宾馆里挑选出几名美女当服务员，显得非常有气质上档次。

会议室里，县四大班子全体领导济济一堂，一些主要委局的一把手也列席了会议，以防万一朱尔市长问起什么问题或者数据来，还是相关部门业务更熟悉，能够代为回答。

汇报开始了，康清泉亲自汇报。康清泉曾经想让县长马初生汇报，这本来就应该由马初生汇报，因为是市长嘛，市政府的主要领导，理应由县长代表县政府汇报工作，最多到最后的时候由县委书记做补充。但马初生就是不汇报，他说最好由一把手汇报。康清泉气得没办法，想想没必要和他一般样，如果两人弄得太僵了，对两人都不好，关键是这个县长马初生还曾是市长朱尔的秘书，后台硬，惹不起。

"尊敬的朱市长，首先，我代表济民县四大班子领导和全县人民向朱市长等领导莅临济民县检查指导工作表示热烈的欢迎和衷心的感谢！"康清泉念完开场白停了下来，双手鼓掌，会议室里所有人都开始鼓掌，朱尔市长没有抬头，而且头压得很低，趴在桌子上，眼镜几次想掉下来，朱尔一只手扶着眼镜框，一边看材料，象征性地点点头算是回应。

康清泉汇报了济民县的基本县情，然后汇报了经济社会发展情况，特别是对第一季度的经济数据进行了汇报，接着才切入正题，围绕朱尔市长调研的内容汇报了工业发展和招商引资情况，着重介绍了近期几个正在洽谈的项目，像华兴集团，以及帅哥服装、南方科技等。

材料也就十页左右，康清泉汇报工作不爱拖泥带水，有啥就是啥，实打实的，文如其人，而且，他也在机关写过多年材料，对材料要求还是比较严比较认真的，一个标点符号都不能出错，而且连字体、排版、装订都严格按照公文的规范要求，对内容更不用说了，要求精益求精、字斟句酌、反复修改、严丝合缝。

康清泉汇报完了，问县长马初生等人有什么补充意见没有，特别是在朱尔市长面前，他更要表现得和县长马初生的关系很融洽很和谐。大家都摆摆手说没有意见。

康清泉知道大家都不会说什么，但还是要让一让大家，表示一种友好的姿态，当然，到了最后，要请朱尔市长做重要的总结讲话了。大家的掌声非常热烈，朱尔慢慢地抬起头，摘下眼镜，扫视了一眼大家，然后慢悠悠地说："我今天来，就是想听听你们济民县招商引资和工业发展的情况，你们是个农业县，只发展农业是没有前途的，农业到底还是弱势产业，人吃马喂还要靠工业，我希望你们转变思路，把工业搞上去。"

大家都拿起笔，装作很认真地记。其实，大家记的什么内容，却无从知晓了。会议室的角落里有个速记员，守在电脑前"嗒嗒嗒"飞速打字，可能只有他记得最认真最仔细了，因为他要靠这挣钱呢。

"你们要发展工业，要招商引资，头脑要清醒。可是最近我听说有个项目送到你们这里你们都不要，有这回事？"朱尔看着康清泉。

"什么项目？朱市长，不会吧？"康清泉不解地问道。

"我听说还是个高科技企业呢，叫蓝波湾，曾经是咱市里的知名企业，听说到你们这儿投资，半年时间落不了地，这是什么投资环境？还搞工业呢，你们能搞得成吗？"朱尔悬在半空中的右手终于落在了桌子上，不过，不是轻轻落下，而是重重地拍了下来，震得桌子上的茶杯盖子"咣当咣当"晃了几晃，最终又哆哆嗦嗦地落在了茶杯上。

康清泉心想朱市长火气怎么这么大？听说他爱发脾气，对人非常尖酸刻薄，今天算长见识了。但是，不管如何，他是市长，还得好好伺候。于是，康清泉迟疑了一下，接着说："有这回事吗，马县长？"

康清泉扭头看着身边的县长马初生，想把火引到县长马初生身上，想把皮球踢到县长马初生那里。可是县长马初生立即反驳起来："我是极力主张引进这个项目的，可我的意见一直得不到认可，对这件事我是有意见有想法的。"

"好了，不说了，清泉，把这个事落实一下，我只是举个例子。"朱尔伸手拿起桌子上的热毛巾，擦了下脸，又反复擦了几遍手才想起什么似的继续说，"啊，要重视招商引资，还要讲究方式方法，干什么事都要有把握，有些不着边的事就不要干。我还听说咱们山川市最好的山川国际酒店要到你们这儿搞个什么度假旅游项目你们也不太热情，你们倒是对南方一个华兴集团挺感兴趣，华兴集团是大企业，来我们这儿投资我们欢迎，但是也不能无条件地答应他们，听说他们张口就要两千亩的土地。"

"是两千亩。"万事通插话道。

"啊，这个同志说得对。你搞实业的要那么多土地干什么？我山川市的土地金贵着呢，我不是让你来圈地炒地皮的。听说他还要开发黄河滩，这真是有点儿不务正业了，你的主业是笔记本电脑和智能机器人生产，你开发黄河滩干什么？盯着我这十万亩的林地、十万亩的黄河湿地，干脆你把整个济民县买下算了。你们听明白了没有？"市长朱尔问大家，大家都一脸茫然地说听明白了。朱尔又说："山川国际酒店我是了解的，因为咱们市里的公务接待活动经常在那里进行，看这个酒店的管理、服务，哪一样不是在咱山川市在咱们省数得着的？咱找合作伙伴就要找这些可靠的，而不是没边际的瞎胡整的，到了最后吃亏的还是我们大家，还是我们山川市的事业。"

至此，康清泉算是听明白了，其他的济民县的四大班子领导了解情况的也听明白了。不了解情况的不知所云，认为朱尔市长讲得真有道理。

康清泉倍感压力，他知道朱尔市长来济民县调研的真正用意了，一定是为所谓的高科技企业蓝波湾和山川国际酒店当说客来了。

康清泉一口应承好好好，我们一定按朱尔市长的意见办，但心里真的感到作难。蓝波湾这个农药厂污染严重，将来一旦放在这里，群众肯定要上访告状，就是不稳定因素。而山川国际酒店那更是皮包公司起家的企业，善于利用各种权力资源坑蒙拐骗，将来免不了的大麻烦。没办法，官大一级压死人，以后慢慢再想办法吧，先应付眼前的局面再说。

"我说完了，就这些。"朱尔不再说话了。

会议在一片热烈的掌声中圆满结束。接着，康清泉邀请朱尔市长和各位领导到济民宾馆就餐。

因为济民宾馆是黑风口村黑氏家族黑老二当的经理，所以康清泉到济民工作后很少去济民宾馆，他从心里排斥，还从心里提防，能不去就不去。因此，济民宾馆的生意很受影响。马初生县长倒经常去，但下边的人都相当精，都在看上边领导的一举一动，看到康清泉不怎么去济民宾馆，谁还去那儿呢，只是县长马初生去的时候，没办法才陪同偶尔去一下，一般情况下少人问津。

但这次不同了，因为朱尔来，康清泉知道朱尔和黑氏家族的关系，所以不能不去济民宾馆。

7

济民宾馆，早有一帮人在紧锣密鼓地准备着饭菜，一切都是按照朱尔市长的饮食习惯准备的。为准备这顿饭，济民宾馆的经理黑老二非常卖力，还专门到山川市请了有名的厨师操刀，有些菜做不出来，还找了外卖，把全济民县其他饭店餐厅的拿手好菜做好后都开车送来了。

白酒当然是要准备的了，不过，红酒、啤酒也要准备，还有饮料。按照康清泉的意思，这些都准备，如果朱尔市长愿意喝酒就喝，如果不喝酒就喝饮料，现在有规定，工作日不能喝酒，但是，市长大人来了，不能不准备，喝不喝在他，但不准备怕不合适。

黑老二跑来跑去，大光头渗出了汗珠子，腆着个大肚子把一身黑西装撑得想破。

车队停在了济民宾馆的餐厅门口，礼仪小姐排成队弯腰欢迎。一行人入了座。主餐厅是市长朱尔和市局的局长们，济民县只有县委书记康清泉和县长马初生以及县委副书记陈致孝、县人大主任黄太和、县政协主席安静默作陪。其余的人员都在其他餐厅落座。主餐厅有两个服务员服务，个个都是细高挑，瓜子脸，大眼双眼皮，皮肤嫩白，说话嘤嗡，虽然是小县城的小家碧玉，倒别有一番风味，美女在民间嘛。其中一个服务员来到市长朱尔身后为朱尔倒酒，朱尔歪着头一看，顿时定住了，眼睛停在服务员的脸上直直地不动了，就像被孙悟空使了"定身法"。大家看在眼里，不知所措，也都傻了。还是这位倒酒的服务员打破了僵局："朱市长，您喝什么酒？"一口标准的普通话，声音脆甜。

"哦哦哦，我喝白酒，喝白酒。虽说工作日不让喝酒，可我好这口，一天不喝酒就觉得少点儿什么，现在又是晚上，喝酒不妨事。再者说了，我今天高兴，就少喝点白酒吧，意思意思。"

朱尔紧绷了一个下午的脸此时竟然堆满了笑容。

这一切，逃不过康清泉的眼睛，心想原来朱尔市长还有这爱好呀。不怕领导把得严，就怕领导没爱好，爱好就是软肋就是缺口就是机会。不过，康清泉从刚才那个动作也打心眼儿里看不起朱尔，还是市长呢，平时道貌岸然，见谁训谁，却原来这么没出息，装得真像。

酒过三巡，菜过五味，然后是互相敬酒。康清泉首先起身敬酒，刚才那个被朱尔市长看得入迷的女服务员拿着酒瓶，陪同康清泉为各位领导敬酒。康清泉来到朱尔身边："朱市长，首先向您表示真诚的感谢。您讲得太好了，您是大领导，站得高看得远，让我们受益匪浅，以后盼望您多到济民县检查指导工作，您看县长马初生是您原来的秘书，我们济民县是农业县，风景优美，很适合周末度假，您就把济民县当成自己的家，真诚地期盼着您下一次带全家人到这儿度周末。来，我先敬您一杯。”

康清泉说完，举起自己的酒杯，朱尔这时也站了起来，没有看康清泉，而看着康清泉身后拿酒瓶的那位女服务员：“好，喝一杯。”两人一饮而尽。

济民宾馆的老总黑老二也来给朱尔市长敬酒了，大家都知道他跟朱尔市长的关系，没人拦他。

“给朱市长敬个酒。”黑老二说。

朱尔站了起来：“二哥，来来来，坐下，你刚才去哪儿了？”

康清泉吃了一惊，贵为市长大人，竟然当着众人的面对一个县宾馆的经理叫二哥，这面子给得够大了。

“朱市长，我刚才忙着招呼给您做饭呢，吃得咋样？可口不？”黑老二举着酒杯说，“我就不坐了吧？”

“坐坐坐，咱哥儿俩多长时间没见了！要坐。”朱尔说。

服务员很快就搬来一把椅子，朱尔说：“挨着我坐，就坐这儿。”

服务员把椅子放在了朱尔市长和康清泉的中间，又手忙脚乱地添加了一套餐具。黑老二大腹便便地坐在朱尔身边，摸摸光头，神采奕奕，眉飞色舞，说：“咱哥儿俩是很长时间没见面了。”说完后，又笑了。其实，他俩经常见面，最起码每个月要见一次吧。朱尔和他的司机两个人总是天很晚才来济民宾馆，来了后直接坐专用电梯到洗浴中心的贵宾房间，由黑老二物色些美艳女子为朱尔服务，半夜吃吃夜宵，第二天一早天刚亮就坐车离开了。只是这些情况对外保密，连县长马初生也不知道，洗浴中心陪睡的女子也不知道她陪的是堂堂市长，康清泉等人就更不知道了。

黑老二显摆地回忆起往事：“以前朱老爷子在农场落难的时候，朱市长来看老爷子，我就觉得朱市长将来肯定不是凡人，您看现在咋样？那是俺兄弟们的骄傲。来，朱市长，不，还是叫弟弟亲切，咱哥儿俩喝一满杯。”

“要喝，这一杯要喝，患难之情最难忘。”朱尔端起酒杯，两人一饮而尽。

紧接着，朱尔扭头对康清泉说：“清泉，济民宾馆给我多关照，这是济民县的牌子，是对外开放的窗口。”

康清泉连连说：“放心吧，朱市长，我们一定大力支持济民宾馆的发展。来，黑经理，咱俩喝一杯。”

黑老二扭过脸来，说：“康书记，我比你大几岁，我五十多了，我要说你两句。”

“洗耳恭听，请黑经理指教。”康清泉心里有些不高兴，一个宾馆经理竟然在他面前指手画脚，你算哪根葱？但是，朱尔市长把他抬得那么高，康清泉心里有气也得忍着。

"你来济民有三四个月了吧？不是老兄我说你呢，你很少到我济民宾馆来。我上次说过你了，你还是不咋来，你是对我有啥意见？我这里是龙潭虎穴吗？看把你吓的，不够意思啊。"黑老二端起酒杯，哈哈笑着说，"开玩笑呢，开玩笑呢。来，康书记，咱哥儿俩也喝一杯，我知道你忙，不过，以后要把济民宾馆当作自己家。"

"黑经理误会了，过去的不说了，以后就按黑经理说的办，会经常打扰你的。"康清泉说。

"啥打扰不打扰的，都是自己人。让朱市长说，我今天是场面上叫他朱市长，平时我都是叫他朱尔的。别看他是市长，他重感情着呢，我们比亲弟兄还亲呢。"黑老二洋洋自得地说。

"那以后还请黑经理多关照哟。"康清泉意味深长地说。

"行，不说那了，今天咱弟兄俩喝一杯。"黑老二说。

"黑经理，我酒量不行。"康清泉说。

"谁的酒量行？感情深，一口闷，感情浅，舔一舔。看不起你老哥我不是？"黑老二脸拉了下来。

"不是，哪能呀！来，喝。"康清泉心里大骂黑老二，什么东西，狗仗人势。同时，也看不起朱尔，身为市长，跟一个宾馆的经理称兄道弟，而且一点不讲原则，公权私用，明目张胆地要求县委书记给予关照，成何体统？但是，脸上却一点儿也不能表现出来，依然是谦卑热情，"喝，喝一杯。"

两人喝了一杯酒。

这时，县长马初生不失时机地凑了过来："二哥，来，咱哥儿俩喝酒。"

"初生，"黑老二根本不把县长马初生放在眼里，"你等会儿，我还要跟秘书长喝两杯呢。"

县长马初生坐在市长朱尔与市政府秘书长王凤权之间，王凤权一听黑老二点他的名，激动得急忙离席来到黑老二身后，黑老二站也不站，只是扭过头来，说："秘书长，朱市长事比较多，你当秘书长的多操些心，别让朱市长累着，听见了没有？"

"多谢二哥指教，来，二哥，咱哥儿俩也喝一杯。"王凤权从服务员手里接过酒瓶，亲自给黑老二倒满酒。

"秘书长，我酒量不行，我只跟你喝一杯，一心一意，啥都不说了，一切尽在酒杯中。好，干了。"

黑老二喝了一圈，喝得兴高采烈，话更多了，说："朱市长，今天您来这一次也不容易，跟康书记坐一块喝酒更不容易，我有个事要麻烦你们。"

朱尔夹起一块儿东坡肉，正要往嘴里送，听黑老二这么一说，停住了筷子："说吧，二哥，现在还是我说了算，你有啥事尽管说。"

"咦，还是朱市长够意思，这市长当的，跟您干活儿咋不卖死命？好，我说了，我现在这个济民宾馆生意不太好。"黑老二说。

"我刚才不是说了吗？让清泉、初生他们多关照你。你还有啥想说的？有屁就放，别扭扭捏捏的。"

"那我就直说了，"黑老二看了大家一圈，"我这生意全靠县领导支持了，今后开会办培训班啥的都要到我济民宾馆，不在我这儿消费，对不起，财政局不结账、不拨款，咋样？"

马初生说："好，早就该这样。"

康清泉没有说话，市场经济条件下，还有这样强买强卖的？

"清泉，就这样说，支持一下二哥。"市长朱尔下了命令，右手拿着筷子伸向了空中，向前捣了几捣，活像拿把手枪开了扳机。

"那行，既然朱市长说了，我没啥意见。"康清泉嘴上这样说，心里却一百个不愿意。

"还有啥事没有？"朱尔大方地说。

"有，我成立了个房地产公司，就是没钱，今天您市长大人来了，您得从市里银行协调协调给我想办法贷些款，叫我先整着。"黑老二说。

"二哥，说吧，要多少？"

"十个亿，让县财政担保。"黑老二说。

"黑经理，你贷款咋能让县财政担保呢？是不是市县联合担保？"康清泉听不下去了。

"康书记，你别急，听我说。我成立房地产公司，可是准备搞县城改造呢，你看咱现在的县城成啥啦？连一条像样的街道都没有，连一个好的小区都没有，我准备把整个县城都给改造一遍。你们县里拿不出钱，贷不来款，我现在让市长帮我贷款，你们给我做个担保不亏啥呀，我还给你们交税咧，这是多好的事呀。要不，你们去贷十个亿？"

"行，这是好事。我说了，清泉，支持一下，支持民营经济发展是我们的方向，我给他们贷款，市县共同担保。"朱尔说，"二哥，还有啥事没有？"

"还有。"黑老二说。

"你咋这么多事呢？"朱尔也不耐烦了。

"别慌，朱市长，还有个事，到时候县城改造项目不能给别人，就让我做。"

"黑经理，现在都是招投标，有法律规定的，哪能说给谁就给谁呀？"康清泉说。

"啥规定呀？啥规定不都能变通吗？你记住，法律是人制定的，法律是死的，人是活的。你就是招投标，我黑老二只要参与，看他哪个龟孙敢和我竞争，谁敢和我比试比试看我不剁他的手指头？"

"好了，二哥，说啥呢？就你说的，你在济民县有清泉关照，还用操这心？不说了，喝酒。"市长朱尔打了个圆场。

县人大主任黄太和，平时是酒场上闲不住的角儿，这会儿，他也乖乖地不敢多说了。不过，黑老二可饶不了他："老黄，黄大主任，咱哥儿俩是老伙计了，来，弄两杯。"

"老二，"黄太和比黑老二年龄大，两人在一起喝酒论过了，所以，黄太和直呼其名，"大事找朱市长，找康书记和马县长，小事你找我黄太和，我给你办。"

"老黄，黄大哥，黄大侠，不愧是大侠，这话说得，得劲，来，整！拿大杯。"服务员递过来两个高脚杯，黑老二亲自拿着茅台酒倒得满满的，"咋样？黄大哥，行不行？"

"倒，继续倒，倒满，倒漫出来。"黄太和爽快地说。

众人都看着两人倒酒，两只酒杯满满的，一滴也容不下了，两人轻轻地碰了杯，低下头，"哧溜——"先抿了一口，接着，端起酒杯，"咕咚咕咚"一饮而尽。

喝完后，两人不约而同地把酒杯翻过来，口朝下，一滴酒也没有流出来，接着，两人握了握手，跷起大拇指，互相夸赞说："好兄弟！好兄弟！"众人兴高采烈地为两人的"壮举"鼓起掌来。

所有的敬酒程序进行完后，县长马初生意犹未尽，他提议让餐厅里的女服务员为朱尔市长敬杯酒，朱尔连说好好好。

"请朱市长赏个光吧，我陪朱市长喝一杯。"让朱尔着迷的那位女服务员赶忙给朱尔市长的杯子倒满酒，接着去房间角落里的酒柜拿出一个空杯子，给自个儿倒满酒后端着酒来到朱尔市长跟前，看着朱尔市长。

朱尔的脸笑得开花了。他两眼直直地看着这位服务员，其实，从刚进房间，朱尔就注意到这位身材高挑的女服务员了，瓜子脸，白得像鸡蛋清，挺直的鼻梁，一双大眼忽闪忽闪，白里透红的脸蛋上一笑两个小酒窝，走起路来优雅别致，浑身上下洋溢着青春的气息。

"美女叫什么名字呀？"朱尔市长的声音很温柔很轻，真难想象这个平时脾气古怪的市长竟然也有温柔的时候。

"朱市长，我叫丁香。"

市长朱尔依然两眼直直地看着这位女服务员，呆呆地站在原地一动不动，这时，空气凝固了，酒桌上的各位领导都愣在那儿了，谁都不敢打破这尴尬的气氛。当领导的，那都是猴精猴精的，是人精，是玻璃脑瓜儿，比闪电转得还快呢，这会儿，唉，如果能躲出去，这会儿八成所有人都走光了，可是又不能走呀，坐在这儿当电灯泡也得当呀，坐也不是站也不是走也不是留也不是，正在不知所措的时候，那位女服务员一口好听的标准普通话声音从樱桃小口里飘出来了——

"朱市长，我叫丁香。"

"哦哦哦，丁香，好名字呀，好记，好听。"市长朱尔总算反应过来了，好像大梦初醒，自感有些失态，赶忙自己给自己打圆场找台阶下，"哎呀，丁香，是个人才呀，在这个小地方工作有点儿委屈你。回头跟我到山川市工作，我们那里的山川国际酒店就缺你这样的优秀人才，怎么样？"

"朱市长，我不喜欢大城市，而且家人也不让我出远门。"

市政府秘书长王风权立即不失时机地打断丁香的话："丁香这是谦虚呢，谁不向往大城市的生活呀，尤其是有朱市长这样的贵人保护着，那将来肯定前途光明。我当家做主了，丁香家里人的工作我来做，回头跟朱市长去山川国际酒店工作。"

朱尔说："那好，喝喝，咱们共同干一杯。"看来，有美人在，效果和结果真是不一样，从这时起，朱尔的脸正式阴转晴，说话更加温柔了，还不时风趣一番幽默一下。

宴席结束了，朱尔走了，市政府秘书长王风权向康清泉打听丁香的情况。康清泉对这事很反感，那么大一个市长，怎么这么没出息这么下贱，丢山川市的人，看他人前道貌岸然的，怎么是个老色鬼呢？

康清泉只好找县委办主任易三戒打听这个女服务员丁香是谁，易三戒说这是从教育局机关餐厅临时借来的，并问怎么了是不是没服务好。

康清泉说不是，这事你不用管了，你只要告诉我她的基本情况就行了。

康清泉把丁香的简历报给了市政府秘书长王凤权，没几天丁香就到山川国际酒店上班去了。

8

市长朱尔前脚刚走，南方科技电子信息有限公司的展图、展志兄弟俩就跑来考察项目了。说实话，康清泉真没把这兄弟俩放眼里，小毛孩子，闹着玩的吧，或者就是一皮包公司，康清泉不想理他们，把这事交给易三戒了。没想到，易三戒跟这兄弟俩一接触，非常吃惊。他给康清泉打电话说，康书记，这兄弟俩可是弄大事的呀。康清泉问，弄啥大事的？易三戒说，人家来了不挑不拣，也没有那么多条件，看中咱县城西工业园区的一块儿土地，有两百亩地，想买下来，谈了半天，就跟咱签了合同，当时就交了两千万元订金，你说这不是真弄事的这是啥？康清泉问，你说的是真的？有这好事？易三戒说，可不就是真的，钱都打来了，这可不像是皮包公司，皮包公司哪有这实力？你别看有些企业吹得很大，投资几十亿上百亿，越是吹得大的越不靠谱，那才是真的挂羊头卖狗肉，坑蒙拐骗。康清泉说，看来古人说的话有道理，"有心栽花花不开，无意插柳柳成荫"，招商引资也是这样，有点儿撞大运的味道，不过，必然之中有偶然，偶然之中有必然，要不是去南方招商引资，也不会结交像展图、展志兄弟俩这样真干事的企业家。但是，咱真的没把注意力放在人家那里，咱倒是对钱跟上的帅哥服饰有限公司寄予厚望，那钱老板条件太高了，谈不拢的，最后还不是竹篮打水一场空？真有意思。康清泉交代易三戒，人家既然这么人物，而且是正儿八经干事的人，就给人家搞好服务，不能让人家吃亏，不能对不住人家。易三戒满口应承，不过，易三戒说，县长马初生好像对这个项目不感兴趣，展图、展志兄弟俩看中的那块儿地，马初生县长想给蓝波湾公司。康清泉听了后，就直接说，不能给蓝波湾公司，马初生县长如果真的想让蓝波湾公司来的话，不能在咱的工业园区选址，让他找个偏远的地方，污染那么厉害，谁稀罕？

隔了两天，华兴集团来函了，董事长华兴要带一大帮高管亲自到济民县看项目选址了。

　　真是好事连连哪，康清泉又惊又喜，喜的是这么大个头的项目来到济民县，那将是济民县历史上惊天动地的一件大事，这个巨无霸项目落地济民县，具有雁阵效应，将有一批协力厂家和关联产业追踪而来，济民县将彻底实现从农业大县到工业大县的翻身和革命。但惊的是，市长朱尔明确表示不欢迎这个项目，名义上说不欢迎华兴集团投资建设黄河文化生态旅游区，其实那只是个理由，他中意的是那个蓝波湾农药厂项目和山川国际酒店投资的所谓度假旅游项目。这事还真让康清泉为难了。

　　已是快麦熟的季节了，布谷鸟的叫声已开始响彻耳边，田野里升腾起丰收开镰的景象。康清泉心想，如果现在项目签约，等收了麦子，抓点紧办完手续，正好可以利用收麦后地闲着的时候动工建设，不耽误农民们的一季收成。但是，眼下到底选择哪个项目还真让人头疼。康清泉遇到了困难，很自然地又想到了他的老领导洪运来，这么多天没有去看他了，也该再向他讨教讨教一些问题了。不听老人言，吃亏在眼前，找个老人、智者做指路明灯能够冲破迷雾看清前程少走弯路，洪运来真的成了康清泉的人生教父。

　　康清泉跟洪运来联系了一下，然后趁一个晚上去看望洪运来了。

　　家里只有洪运来和老伴还有一个保姆，非常安静。康清泉带了济民县的一些新鲜水果和土特产。

　　洪运来家客厅的墙壁上挂着洪运来手书的一幅字：春有百花秋有月，夏有凉风冬有雪。若无闲事挂心头，便是人间好时节。康清泉每次来都要看看这幅字，一是字好，二是内容好，非常符合洪运来现在的心情。

　　康清泉把最近工作讲了讲，然后对朱尔调研和华兴集团的进驻等事也说了说，问洪运来什么意见。洪运来说："这事要看市委书记赵开来的意见，我看市委书记赵开来和市长朱尔的关系很微妙，朱尔很强势，不把赵开来放在眼里，可能他有后台，再加上他个性要强脾气暴躁，所以他骄横得很。更何况，朱尔这人贪得很，胆子大得很，霸道，我行我素，无法无天。我们老干部在一起就有人议论说，一些重大工程建设和一些重大资金支出，朱尔作为市长，不提请市委常委集体讨论，甚至不提请市政府常务会议研究，工程投资那么大，随意变动设计，增加投资，数额差距非常大还不报告，不集体研究，他潜意识里面肯定想的是怎么借机来进行权力寻租，他不报告就是怕人监督，怕有阻力，这是典型的不讲规矩，非常危险啊。而赵开来呢，人很正，也很聪明，办法和点子还多，他不跟朱尔明着来，但是他肯定心里有数，在关键时候他会出手的，而且他出手肯定还是神不知鬼不觉，你根本查不到他的脚印。为啥把你派到济民县当书记？我现在越看越清了，赵开来让你这个市纪委副书记、监察局局长去当县委书记，就是敲打朱尔呢，因为朱尔在济民县肯定有很多说不清道不明的利益纠葛，你到了济民县，就是制约朱尔的一枚棋子，就是插在朱尔心头的一根钉子。"

"是吗？"康清泉猛的一激灵，心里还真有点害怕，"那该怎么办？"

"听市委书记赵开来的意见。"洪运来斩钉截铁地说，"在济民县这种复杂的环境中，你作为一名县委书记，最重要的就是要保持定力，这种定力就是坚定的原则，哪些可为、哪些不可为，要有是非和分寸，绝对不能同流合污。同时，必须敢于担当，敢于监督，敢于同一切违法犯罪的行为做坚决斗争，要大力倡树风清气正的良好政治生态，形成一种昂扬向上的精神状态。"

"身在旋涡中，真的很累人。我怕难以胜任，难以完成组织重托啊。"康清泉心里真的很难受。

"组织信任你，你半路打退堂鼓，能行吗？"洪运来说。

"义不理财，慈不掌兵，我天生就不是做官的那块料儿，我很有自知之明，我处理方方面面的关系不圆滑，时间长了难免得罪哪方神仙，到时候下场恐怕不会好啊。"康清泉说。

"你可以走，但你不是一直想干一番事业，造福一方百姓吗？你的政治理想不就是修身齐家治国平天下吗？怎么遇到困难就退缩了呢？"

"唉，小时候就想，学得文武艺，货与帝王家。想当官，就是想为穷人为那些没材料的人伸张正义，像包公、海瑞、唐成那样除暴安良、打抱不平。等长大了才发现，以一己之力真的很难。孤独在荒原，有时候真的很难很无助。不过，反过来想想那些穷苦老百姓和残疾人、弱势群体，真的需要有好的领导去关心他们。像我这个县委书记，别的不说，有些家里困难的群众找我写信求助，我批个条就是几千块钱给他们了，就能帮他们解决很大困难。如果我不在这个位置上，真的很难想象怎么去关心他们照顾他们，为啥说当一个清官好官就是做最大的慈善呢？而那地方上的黑恶势力，如果我不管你不管大家都不管，那谁来管呢？像那黑氏家族，为害一方，我其实原来并没有注意到他们，我现在越来越感到他们的猖狂呢，我如果不压一压他们的嚣张气焰，我就对不起县委书记这个职务，当地的老百姓就永无出头之日。"

"这就对了。杜甫曾有诗云：侧身天地更怀君，独立苍茫自忧民。古代的士大夫们抬着棺材上疏为民请命，我们共产党的干部也不能都事不关己、高高挂起，对黑恶势力，要敢于斗争，勇于亮剑，不能当那太平官庸官贪官哪！"

"好，洪书记，我知道该怎么做了，时间不早了，我不打扰您了，您早点儿休息，我走了。"

康清泉告别洪运来，有一种"风萧萧兮易水寒，壮士一去兮不复返"的悲壮之情，大踏步地离开了洪运来所住的公务员小区。

9

华兴集团的董事长华兴先生带领相关人员如约来到了山川市济民县。这次来，接待的规格更高了，山川市委书记赵开来、市长朱尔亲自带着一大帮山川市各个相关委局的头头脑脑们，到机场迎接。当然，济民县的县委书记康清泉、县长马初生也陪同前往，因为这项目主要花落济民县。

山川机场，华兴董事长的专机缓缓落地。刚一停稳，山川市的进口中型面包车就开到了停机坪。两个美女欢快地跑上前，热情地献花。双方寒暄一番后，直接驶往山川国际酒店。

行驶在机场通往市区的高速公路上，赵开来极力邀请华兴董事长和他并排坐在车的中间靠前排的位置。那里拆掉了沙发，加装了一个小桌子，可以放茶杯、地图、文件资料等，是领导的专席。赵开来问华兴董事长："华董，您的专机多少钱？"华兴董事长说："不多，两亿多人民币。不过，养护成本是很高的，一年几百万元，飞一趟怎么着也得十几万元人民币。"

"华董真是引领时代潮流呀。"赵开来说。华兴董事长笑了笑说："那有啥，现在是速度经济时代，时间就是效益就是生命就是竞争力。在国外，私人小飞机多了去了，美国有三十万架，咱们国家才三千架，差距多大？就像我，经常飞来飞去的，而且还带很多人，买机票什么的很麻烦，关键是时间保证不了。现在买了专机多好，想什么时间走就什么时间走，在飞机上开个会研究个什么事，都很方便，效率高多了，费用其实也多不了多少。"赵开来点点头，说："您说的有道理，私人小飞机还是很有好处的。"华兴董事长接着说："我这次来你们这儿谈项目，我就有个规划设想，想建设一个航空小镇。""航空小镇？这个想法好，华董真是有眼力，说说看。"赵开来书记很兴奋。

"航空小镇是国外兴起的新型城镇模式。国外的城镇都很有特色，不像咱们的看来看去都一样，人家那里的航空小镇小飞机很集中，而且家家有停机坪，还有飞机维修店，适宜于在偏远的地方建设，主要是有钱人到那些空气好、水质好、环境好的地方休闲度假。随着以后经济发展，长距离休闲度假旅游会越来越普及，我这次规划的有黄河旅游、森林公园、农业观光园、度假村，如果再按照航空小镇的标准，建设一些停机坪、飞机维修店，那些非富即贵的高端人士就会不请自来。你想想看，你这个内陆城市，如果世界五百强的CEO们在这儿安了家，与他们作邻居，他们经常在你这儿飞来飞去的，你们发展能不快吗？"

"哎呀，我们招商引资，还是想着怎么去开推介会，怎么大部队去招商，那办法也太笨了。栽下梧桐树，引得金凤来，我们要打造环境，就是要打造这样的环境，这才是高招呢。"赵开来由衷感叹道，同时，他也对华兴集团到山川市投资更加坚定了信心，要发展就要靠人才，就是要找这样的高端人才具有国际视野的实业家来谋划发展。

"对产业发展，华董有何见解？"赵开来不失时机地讨教。

"隔行如隔山，我是做笔记本电脑和智能机器人的，其他行业我不懂。但是，新一代信息技术和互联网技术、航空航天发展你们还是要重视的。"车上的人听了都哈哈大笑。华兴接着说："大家不要笑，你们的思想如果跟不上形势，你们永远落后，你看你们承接产业转移，都是南方不要的项目，你们什么时候能赶上他们？你们要想后来居上，就要早走一步，我这笔记本电脑算是电子信息制造了，你们能引进来，你们的产业层次很快就上去了。下一步，我也考虑搞机器人、人工智能，搞通用飞机制造，这都是将来的产业发展方向。你们看现在是汽车时代，但是，二十一世纪肯定是航空航天的世纪，所有的高精尖技术和最赚钱的行业都集中在这个行业，我也在考虑我们的企业转型，围绕航空航天做点什么。"

"华董，我看您要是当个市委书记、市长，肯定能干好，最起码比我们强。"赵开来赞叹地说。

"哪里？我不懂政治，我也从不过问政治，我只是个生意人，我只是个民营企业家。"华兴谦虚地说。

"民营企业家好啊。有人做过统计，民营企业用了不到30%的企业矿产资源、不足40%的信贷资源，创造了50%以上的税收、60%以上的GDP、70%以上的技术创新、80%以上的城镇就业、90%以上的企业就业数量。大量的数据表明，民营企业在经济发展过程中充当了中坚和主力的角色。我也认为，民营经济是老百姓经济，是老天爷经济，老百姓就业很大程度上要靠你们民营企业家了，华董这样的民营企业家才是地道的企业家呀。"赵开来笑着恭维道。

"其实，民营经济也不容易，现在不是有人就说吗？民营经济面临着市场的冰山、融资的高山、转型的火山这'三座大山'，还面临着市场准入门槛高的玻璃门、弹簧门、旋转门这'三道大门'，不容易啊。"华兴感叹道。

"您说的问题也正是我们努力的方向，当前，我们正抓住实体经济这个着力点，尤其要抓好民营经济发展，要创造良好的营商环境和高效的政务环境，帮助民营企业攻克'三座大山'，破除'三道大门'，着力解决民营企业遇到的困难和问题。这方面，华董体会更深，还希望您为我们地方经济发展多提宝贵意见哪。"

"哪里，赵书记过奖了。其实，我对你们黄河地区还是很有感情的，毕竟这里是中华民族的发祥地，是海内外华夏儿女根之所在，我到你们这里投资，也是想为黄河边的老百姓做些贡献。不过，先看这次合作怎么样吧。"华兴董事长深情地说。

一行人谈兴正浓，不觉已到了山川国际酒店。安顿完毕，按照接待流程，先是会见，其实就是找个接待室双方人员逐一介绍，搞个热情的欢迎会。宾主会见并落座后，相谈甚欢。赵开来书记介绍了山川市的基本市情，并诚挚地邀请华兴董事长到山川市投资兴业，共襄盛举，共谋发展，共创双赢。中午，举办欢迎宴会，市长朱尔本不想去，但是赵开来非让他参加。于是，朱尔去坐了一会儿就离席了。

下午，天下起了蒙蒙细雨，市委书记赵开来带领常务副市长和分管招商引资的副市长以及发改委、规划局、工信委、商务局、财政局等几个主要部门的一把手亲自陪同华兴董事长冒雨看项目。济民县委书记康清泉、县长马初生也坐在中巴轿车上，陪同前往。一行人沿着上次冷榕经理走的线路又重新走了一遍。

小雨飘落在济民县的原野，织成帘幕，模糊了原野，晕染着绿树，烟雾迷离，万物葱茏，偶有那辛勤的农人打着雨伞或披着雨衣在田野里劳作，点点剪影，构成一幅写意水墨画。汽车行驶在乡间的道路上，溅起黄色的泥巴。华兴董事长坐在车里感叹道："好一幅美丽的田园风光，真是北国江南呀。"赵开来不失时机地说："是啊，我们山川市济民县是北国水乡，我们盼望着华董能留下来，享受我们宁静的田园生活。"华兴说："我们整天忙于工作，已经成了职业的奴隶。就像是不停旋转的陀螺，永远也停不下来。如果哪一天闲下来了，反而很难受，好像被世界抛弃了，很恐惧。"赵开来附和着说："华董说的对，像我们搞行政的更是这样，天天戴个面具板着脸生活，很累很累，没有星期天，没有节假日，工作了一整天，还有'夜总会'。"

"夜总会？赵书记还敢进那地方？"华兴董事长问道。

"是啊，是夜里总开会，简称'夜总会'。"

"哦，原来是这个意思呀，哈哈哈哈……"华兴董事长笑起来，一车人都不由得笑了起来。

10

汽车很快就驶到了黄河边，一行人打着伞站在黄河大堤上，眺望远处的黄河。黄河滩被白色的轻烟笼罩，如梦如幻，看不清黄河的模样，隐隐约约见一道亮光弯弯曲曲，大家说这可能就是黄河。赵开来说："华董，下着雨，又看不清黄河，咱上车吧。"

华兴董事长好像没听到一样，站在那里不动。大家也只好陪着他往远处看。

"黄河是我们的家园哪，母亲，我回家了。"华兴董事长喃喃地说，把大家吓了一跳。

华兴董事长是财神爷，是山川市的贵人，大家都敬着他捧着他，他说的每句话都让大家揣摩半天，现在他突然冒出这么一句话，大家不知所以然。

赵开来说："是哪，希望华董把我们这里当作自己的家，常回家看看。"

"黄河，黄土地，黄皮肤，黄种人，黄帝，炎黄儿女，黄色就是我们的底色，这里就是我们的根、我们的魂。"华兴又自言自语地说道。

赵开来说："华董说的对，我们中华民族一切都跟黄河有关。黄河斗水，泥居其七。黄河从黄土高原来，每年冲刷十六亿吨泥沙，要是堆成一米见方的大堤，可以绕赤道二十七圈，黄河水土流失严重，是我们的一大灾害。不过，眼下我们炎黄儿女要在黄河边建功立业，在黄土地上辛苦创业，保护好黄河的生态环境，推进黄河流域的高质量发展，为中华民族的复兴大业做贡献。"

"我已五十多岁了，已进入知天命之年了，也可以说功成名就，创业的激情和冲动已经没有了。现在就是想做些有意义的事情，做一些既赚钱而且有价值有内涵的事情，黄河边是我二次创业的家园，是我生命的新起点。"华兴董事长斩钉截铁地说，"我先给你们山川市慈善总会捐款两千万，这是我来投资的见面礼，以后有公益事业需要我资助，尽管讲。"

现场响起一片掌声。

赵开来说："好哇！不愧是大企业家，有魄力有气度。"

华兴董事长不愧是商界精英，天生一双"生意眼"，又有大胸怀，在济民县看了一圈后，特别是看了极具中国画意象的黄河烟雨后，当场拍板要在济民县投资，他就说了一句话："现在像这样的风水宝地不多了，我要回老家干点儿事。"是啊，济民县就是一个待开发的风水宝地，养在深闺人未识，只是未遇有缘人，如今那些在外漂泊的游子感念家园情怀，想起了黄河母亲。黄河边从此不再寂寞。

在山川国际酒店，华兴董事长亲自带领各相关部门经理和律师团队连夜起草投资协议书，饿了吃盒饭，那敬业精神和作风超出一般。已是子夜时分，嘈杂了一天的山川市区终于安静了，只有淡黄色的路灯还在默默工作，而山川国际酒店内，华兴集团和济民县的谈判才刚刚开始。

一开始谈判，康清泉就感到了华兴集团的国际化水平和现代化气魄，让康清泉和济民县的相关部门负责人自愧弗如。且不说人家娴熟精准的专业知识和法律知识，更重要的是人家的敬业和认真精神，每项工作都特别注重细节，而且一丝不苟，一切都用数据说话，分析得滴水不漏，特别是他们对济民县县情的掌握和对山川市市情的分析，比当地人还到位。不论走到哪儿，随身带着地图和计算器，不是看图说话，就是拿计算器计算。据华兴集团来的一个工作人员私下讲，他们华兴董事长来之前，已经派了几十个人在山川市和济民县开展市场调查很长时间了，只是没有告诉山川市和济民县的相关领导。他们开展市场调查详细认真到什么程度呢？项目规划涉及村庄的每一户人家门朝哪个方向都记录在案，他们的市场调查人员站在山川市的十字路口，统计车流量和人流量，什么牌子和型号的车各有多少，什么样的人什么时间在路上走过，以此判断这里的经济发展情况。况且，人家华兴集团方面说了，生意归生意，慈善归慈善，两码事。所以艰苦的谈判进行得很不顺利，核心问题还是占地问题、政策支持以及厂房建设、劳动力问题。华兴集团坚持征用两千亩的土地、租用十万亩的森林和十万亩的湿地，同时提出厂房由济民县政府出资建设，华兴集团只租用，他们出设备和技术，至于工人，除了从南方总厂调配一部分技术骨干和经营管理人才外，原则上用本地的劳动力，招工培训工作由当地政府负责。

康清泉一看这事真闹大了，一个小小的济民县可是盛不下这个海龙王，于是请示市委书记赵开来。赵开来说具体工作都是政府的事情，你找朱尔市长汇报让他来定，康清泉于是硬拉上县长马初生找市长朱尔，朱尔说很忙，让康清泉他们先谈。

康清泉没办法，只好磨洋工，他知道谈判的事急不得，只能见机行事，而且这个项目现在书记、市长的意见明显有分歧，而且都不明确表态，所以他也没了信心，没了主见。有时候领导的心思真的很难猜，领导心，海底针，比女人的心思还古怪。赵开来书记明明很重视这个项目，却打马虎眼，而市长朱尔肯定是不同意了。但赵开来书记应当有个态度呀，但他就是不说，康清泉思量着是不是领导们都是出哑谜的高手？康清泉摇摇头，心里想，就这样干吧，不这样干，估计也不行，因为赵开来书记明摆着是要拿下这个项目的，不然的话，他会亲自去接机吗？这些动作都是有用意的，都是让下边人看的，都是暗示你要做的。这个项目是不敢泡汤的，要是泡汤了，赵开来书记是不会善罢甘休的。于是在磨洋工磨到一定程度后，康清泉也急了，但心急脸色不能急，不能让对方看出自己的态度。

正在谈判处于僵持阶段，偶然的一件事改变了谈判的进程，啥是运气？可能这就是运气。华兴集团南方厂区连续几天出现员工罢工，而且很多员工以集体辞职为要挟，要求提高工资待遇，改善工作条件，国内外各大报纸把这些新闻放在头条位置，华兴集团面临空前的危机。华兴董事长紧急回去处理危机了，留下来冷榕经理加快了与济民方面谈判合作的进程。毕竟他们这类企业就是流动性很大的，从来都是多条腿走路的，一看南方厂区出了事，而且早晚还会有事，于是加快了向其他地区布局的步伐，与济民县的谈判终于有了结果。

最后谈妥的是：土地按华兴集团的要求办，但是厂房建设由华兴集团建，劳动力招工培训费用各出一半。大的方向明确了，具体问题等华兴集团南方厂区的危机处理完之后，再约时间开展下一轮谈判，到时再正式签订协议。

这事跟康清泉汇报之后，康清泉还是不太满意，康清泉的想法是：华兴集团的笔记本电脑产业园需要两千亩，这个条件可以答应；黄河文化生态旅游区项目要根据需要租地，以租代征，五十年的期限，一期只租给他们一万亩林地、一万亩湿地；笔记本电脑产业园的标准厂房由华兴集团自建，济民方面只在地价上优惠，先征后返；各种税费，济民县收入部分头三年全免，以后三年交一半，从第六年开始全交。所以，谈判又处于僵持阶段。但康清泉此时并不着急，他从新闻上知道了华兴集团南方厂区遇到了危机，他预感到华兴集团一定会到济民县来投资的，这时候，谁着急谁吃亏，所以，他放出话来：慢慢谈，不着急！

第七章

与谁共鸣

　　康清泉放下电话，陷入了沉思，黄太和越是说让他放心，他其实越是不放心了。从近段情况看，华兴集团和山川国际酒店竞争黄河开发项目尽人皆知，黄太和从政经验那么丰富一个人，他岂能不知？

1

五黄六月，麦子熟了。风吹麦浪，丰收在望。

在外打工的济民县的青壮年劳力都回来割麦子了，济民县的乡村又有了新的生机和活力。康清泉这段时间太忙，忙于招商引资了，与华兴集团的谈判告一段落后，他想起来省委书记宋朝觐曾经布置的送政策、送法治、送温暖活动，不知开展得怎么样了，于是他找来县委常委、宣传部部长袁新国。康清泉印象中这项活动交给袁新国组织了。

"康书记，您太忙，没有找您汇报，这项工作一直在进行着呢。"袁新国沙哑着声音说。

"老袁哪，我的事情太多了，你们要及时提醒我，有什么问题要及时跟我讲，要经常找我汇报，如果我忙找不到我，你们可以出简报嘛，经常报简报不也行吗？过一段时间给我写个工作总结不也行吗？毕竟这是省委书记安排的工作，我们要重视，我们还要经常向省委、市委汇报交差呢。"康清泉说。

"康书记，这种事情是虚的，没有什么问题，一直干着呢。我看您忙，不想在这种事情上打扰您，所以找您汇报少了。"

"老袁哪，可不能认为这事是虚的。且不说这是省委书记宋朝觐交代的，咱要高度重视，你看现在的实际情况，群众的思想政治工作很重要呀，党的宣传思想阵地不能丢了。机关干部可以经常开会，经常学习，经常统一思想、提高认识，而群众呢，农民什么时候开会学习过？城市里的小商小贩什么时候开会学习过？不学习，不开会，不培训，不教育，思想咋会不乱咋会不出问题？我们社会上的各种乱七八糟的事情，从根源上讲都是思想出了问题，都是教育跟不上造成的。也难怪小平同志讲，我们最大的失误就是教育，这个教育指的就是全社会的思想教育。"

"康书记，您说的对，人都是干啥烦啥，我这老宣传了，确实工作不力。不过话说过来了，现在的大环境不利于教育，教育谁呀？谁听呀？效果估计不会好。"袁新国说。

"新形势下要创新宣传方式方法，教育还是要跟上的。我们机关干部，经常组织学习教育培训，人的素质各方面还是在进步，就是广大农民、工人、个体户没人组织学习教育，我们思想教育工作一定要跟上，这个阵地我们不占领，老是空在那儿就会有人占领。我有个想法，现在该收麦子了，我想动员全县各级干部职工下去帮农民收麦子，尤其帮助那些孤寡老人、家庭困难的收麦子，同时开展思想宣传教育，我们不是还要求各级干部都分包的有穷亲戚吗？"

"有，有穷亲戚。"袁新国回答说。

"我们帮穷亲戚割麦子，我们去看看他们。咱们农村不是有这个规矩吗？收了麦子走亲戚送白馍。"

"有这个规矩，以前都是收了麦子，提一篮白馍、糖包、油条，串亲戚。"袁新国说。

"对呀，咱就利用这个机会，把这些工作作为送政策、送法治、送温暖活动的一项内容。一方面为群众办些实实在在的好事，密切党群干群关系，不能让鱼水关系变成挖水关系、游水关系，更不能变成水火关系；另一方面，这时候外出打工的群众也都回来了，利用这种机会对群众进行教育，是不是会有好的效果？办法是不是更灵活一些？"

"这个办法好，接地气，群众会接受，效果会很好。下去帮他们割麦子的时候，给他们讲讲政策，了解民情民意，效果会很好。"

"你如果觉得好的话，这个助农割麦子活动交给你筹备组织，抓紧拿个方案，将来在常委会上议一下，尽量一周时间把这项工作安排下去，因为收麦子也就十天半月时间，时间不等人哪。同时，下去助农割麦子的时候，要力戒形式主义和官僚主义，不能走过场，更不能扰民害民。"

"好，我抓紧落实。"

袁新国很快把方案拿出来了，动员会也开了，各位县领导、全县各委局、乡镇机关干部都要下去帮助农民割麦子。康清泉包的穷亲戚是杨树岗乡王家寨的王扎根，康清泉想也确实该去看看王扎根老人了，不知道他老两口过得咋样了，不知道他那傻儿子病情咋样了。

2

在康清泉的号召下，全县各级干部职工都行动起来了，各单位都买草帽、镰刀、铲子，还自带干粮，置办了面包、方便面、矿泉水，有的开汽车，有的骑摩托车、电动车、自行车，都到各自分包的村帮助收麦了去了。

康清泉带着县委常委、县委办主任易三戒和县委办公室的机关干部们来到了杨树岗乡王家寨村。杨树岗乡的书记耿明礼和乡长向云雪早早就带着乡机关的干部在王家寨王扎根家的麦田里等候。

"康书记好！"耿明礼大老远地迎了上来，向云雪紧跟在后边。

"耿书记好，大家辛苦了。"康清泉伸出手，和耿明礼握了握手，该跟向云雪握手了，康清泉摆了摆手，示意已打过招呼了，跟其他的人也就没再握手。

王扎根和他老伴远远地不敢近前，耿明礼喊道："大伯、大娘，过来吧，康书记来了。"

"不用叫他们，我过去。"康清泉说。

康清泉走到王扎根夫妇面前，主动伸出手："大伯、大娘，您二老可好呀，我很长时间没来看你们了，很不好意思，请原谅。"

"康书记，俺老两口不知道咋感谢您哪，俺那不争气的天亮病也差不多好了。他非要上学，你看割麦也不回来，害得让您来帮俺的忙。"

"应该的，咱是亲戚嘛，亲戚不就是要互相帮忙的吗？"

"康书记，您喝口绿豆汤吧，俺一早听说您要来，给您熬了点儿绿豆汤，清热败火。"王扎根的老伴说。

"那好，我喝一碗。"康清泉接过王扎根老伴递过来的一碗绿豆汤，喝了一口，不热不凉，温温的，很甜很香，康清泉一饮而尽。"好了，不说了，干活儿。"康清泉用手背擦了擦嘴，惬意地说，"易主任，我的割麦家伙呢？"

秘书梁伟递过来一把磨得锃光发亮的镰刀，康清泉手拿镰刀，深吸一口成熟的麦子的清香，有一种久违了的亲切感。麦芒坚硬尖利，麦穗饱满挺立，麦秆光滑洁白，微风过处，只听那密不透风的麦子发出嗦嗦声响，就像奔赴战场的士兵穿着盔甲举着刀戈唱着低沉的战歌。

多么美好的田园风光啊！如果不是这么多人在场，康清泉真想一个人坐在麦田边静静地沉思，跟麦子说说悄悄话。可是，不行啊，当差不自由，自由不当差，既然走上了领导岗位，就没有了自我，只有全身心为人民服务，只有一往无前、鞠躬尽瘁。

想到这里，康清泉说："大家开始干吧，要不然一会儿天太热了。"

大家都说好，于是，众人开始弯腰割麦子。

康清泉把了一搂地，弯下腰，反转左手拽一把麦子，右手拿着镰刀跟上，"刺啦刺啦"，一把麦子就被割断了，康清泉顺手把割倒的麦子放在身后，摆得整整齐齐。没过几分钟，就感到腰酸腿疼。平时坐办公室坐惯了，干农活儿真的不行了。康清泉又尝试蹲着割麦子，全身的重力都压在了脚上，过一会儿也受不了，腿酸疼。于是他站了起来左右张望，这群机关干部们此时也是有的弯腰，有的蹲着，有的站在麦田里张望。毕竟都不是真正的农民，或者说现在干农活儿不行了，都开始拿毛巾不住地擦汗。田野里没有一丝风，空气中热浪阵阵，强烈的阳光晒在人身上有些刺疼。康清泉庆幸听从了秘书梁伟的建议，穿了长袖衣衫，不然的话，胳膊腿恐怕要晒伤了。

"康书记，歇歇吧，擦擦汗，您看您出了一头汗。"一位个子不高身材壮实的小伙子向康清泉走来，似曾在哪里见过。"康书记，您不认识我了？我是这村的村支书王营战。"这位自称叫王营战的小伙子讨好地说。

"哦，好，王营战，基层干部最辛苦。怎么样，村里困难户多不多？割麦子有没有问题？"康清泉这会儿巴不得有人和他说说话，能借着机会歇一会儿。这时候，能站着和王家寨村的村支书说两句话也觉得特别幸福。

"康书记放心，我们村有几户困难户，我们已组织村里的棒劳力帮助他们收割麦子了。我们还请了收割机帮助割麦，收得可快了。"

"现在收割机用得多不多？"

"现在地很零散，大型收割机用不上，小型收割机有的地块能用，很多地方还是用不上。"

"所以，还是要因地制宜开展土地流转，推进适度规模经营，先进的农业设备才能派上用场，也才能实现科技兴农。"康清泉感叹地说。接着，康清泉突然想起了什么，于是问王营战："王支书，我原来在你们村调研时说过要给全县每个村每年十万块钱，你们村落实了没有？"康清泉问道。

"落实了，先给五万，其他的五万块钱让我们先垫上，等工程完工了验收过关了再给剩下的五万块钱。"

"行，只要落实就行。你们用这些钱干了什么？"

"打井配套，主要是这。等以后有了钱，再说修路、自来水这些事。照这样下去，要不了几年，俺农村就会大变样。这多亏了康书记好领导呀，说实话，我们就怕您啥时候高升了离开济民县了，这十万块钱就泡汤了。"

"不要紧，我将来出个文件，我准备每年给全县人民办十件实事，把这事列入为全县人民办的十件实事之一，通过人大会表决通过，让它永远留下来。"康清泉拿毛巾擦了把脸。

"那敢情好，那敢情好。"王营战高兴地说。

"谁要鸡粪？谁要鸡粪？张庄有鸡粪。"这时，村里的大喇叭突然响了起来。

王营战看康清泉有点儿迷惑，笑了起来："康书记，俺村的大喇叭现在作用可大了，那就是个活广告，村里有来卖菜卖豆腐脑胡辣汤的，有卖啥的，都在喇叭里一广播，全村就都知道了。这些天，俺村的广播还天天播天气预报，还讲收麦注意事项。"

"好！好！这也是农村的宣传阵地，要利用好，不能啥都播，要播点有用的。"

"康书记说得对，俺村的大喇叭天天广播呢，没停过。"

"这就好，咱继续割麦子吧，你看大家都割了不少呢，还是人多力量大呀，这块地快割完了。"康清泉说。

"康书记歇歇吧，您成天不干活儿，猛一干别累着了。"王营战说。

"不要紧，我小时候经常割麦子。"康清泉说完又弯下腰挥动镰刀。

"康书记，您那把镰刀快不快？给您再换一把吧？"

康清泉说不用，王营战知趣地离开了。

这时，秘书梁伟凑过来了，递来一碗绿豆汤，说："康书记，喝碗绿豆汤解解渴吧。"

康清泉说行，接过绿豆汤，"咕咚咕咚"一口气喝完了，秘书梁伟递过来一片餐巾纸，康清泉擦擦嘴，直说好喝好喝。

"梁伟呀，你小时候割过麦子吗？"康清泉又弯下腰割麦子。

"康书记，我没咋割过。"梁伟站在一旁老实作答。

"割麦子是力气活儿，也是技术活儿。下刀不能太低，太低了容易碰到砖头瓦块儿，搞不好还会弄伤手，下刀也不能太高了，太高了麦茬留高了不利于秋作物的成长。下刀还要快，要用劲儿，不能软绵绵地磨，知道吗？"

"康书记，您真在行，我也赶紧割两把。"

不知不觉已经快到中午了，太阳更加热辣辣的，晒得人皮肤生疼。麦田里没有一丝风，到处是热浪，让人无处躲逃。远处田埂边，树上的知了不停地鸣叫，"吱儿——"的声音响彻原野，更增添了人的烦躁情绪。

康清泉本不是一个爱出汗的人，但这时汗流不止。

"康书记，您到地头树荫那儿歇一会儿吧。您是个好领导，您可要保重身体呀。"王营战又凑过来说。

"不要紧，我把这一垄麦子割完再说。"

说着，康清泉又弯下腰，"刷刷刷"割起麦子来。

虽然头上是火辣辣的阳光，地里没有一丝风，动一动就是一身汗，但康清泉割起麦子来兴致不减，他是在体味小时候的时光，寻找在农村生活的感觉，享受苦尽甘来的当下。

一会儿就是一身臭汗，康清泉不时用缠在脖子里的毛巾擦拭，接着又弯腰割麦。正在兴头上，康清泉闻到一股淡淡的清香的味道，那是紫罗兰的味道，在这热烘烘的大田里，能有这阵香风，康清泉顿觉神清气爽，抬起头，康清泉眼前一亮，向云雪不知什么时候来到了跟前。

"康书记，擦把脸，喝口水吧。"康清泉不敢直视向云雪清秀美丽的脸，更感到周围的人都在看着自己，但是扫视了周围，这阵儿大家还都在离他较远的地方忙着割麦子。

"人多，别这样。"康清泉责备地说。

"我知道，不过看到您出了一身汗，有点儿过意不去。"

"我知道了，赶快忙去吧，以后再聊。"

"您先喝口水呗！"

康清泉无奈地直起身子，接过向云雪递过来的一瓶绿茶，大声说："谢谢向乡长！"接着又悄声说："赶快走吧。"

向云雪大大方方地离开了，走在崎岖不平的田埂上，左右摇摆，婀娜多姿，体态轻盈，真是个绝世佳人，康清泉感叹道。接着，他随手拧开瓶盖，"咕嘟咕嘟"一瓶绿茶一饮而尽。

"啊——"康清泉长出了一口气，神清气爽。

"轰隆隆隆——"远处，一声闷雷传来，大家不由得抬头远望，远处天空乌云密布，像是要下雨的样子。

县委常委、县委办主任易三戒这时来到了康清泉身边："康书记，看来像是要下雨了，咱们回去吧。"

"要下雨了？易主任学《易经》怎么没有算卦算出来？"康清泉打趣地问道。

"夏天的雨都是车辙雨，来得快去得也快，我这次没算出来。"易三戒自嘲地说。

"那咱抓紧把这麦子割完，把扎根大伯家的麦子收回去。"康清泉说。

这时，王营战开来了一辆三轮拖拉机，大家七手八脚地把割掉的麦子装车并用绳子捆好，王营战开着拖拉机"突突突"地拉走了。

"康书记，马上要下雨了，今天就到这吧？"易三戒说。

"好吧。"

康清泉他们收拾收拾东西离开了，临走时，康清泉又给了王扎根一千元钱。

杨树岗乡党委书记耿明礼和乡长向云雪说："康书记，到乡机关食堂吃点儿饭再走吧？"

康清泉看了一眼向云雪，向云雪大大的眼睛扑闪扑闪，像是在期待。康清泉不敢多看，他说："不吃了。"低头钻进汽车里，像逃一样地离开了。

3

"春雨惊春清谷天，夏满芒夏暑相连。"这不，刚收完麦，气温骤然升高，进入三伏天，全面进入了"烧烤时代"。雷阵雨不时光顾济民大地，汛期到了，济民县进入了一年中防汛的关键时期。

康清泉为防汛的事专门问了分管农业的副县长石喜中，石喜中说，黄河自古有七下八上之说，也就是说七月下旬和八月上旬是防汛最要紧的时节，这时候防汛任务最重。但是由于上游水库的修建，这两年，济民县黄河防汛的形势稍好一些，压力不是那么大，水流相对可控，不像前几年，一到黄河防汛时期，全县动员，全民上阵，严防死守，重点看护，生怕哪个地方有个老鼠洞或者大蚂蚁窝什么的，毕竟千里之堤、溃于蚁穴呀。

"那要是照你这么说，咱防汛应该注意什么问题呢？"康清泉问道。

"除了黄河防汛，其实咱这里更要注意的是内涝，准确说就是济水河的防汛问题。"

"一条内河的防汛能比黄河还重要吗？"

"要说黄河防汛最重要，但是国家重视，这几年搞了这么多的大江大河治理工程，像黄河的防汛那都是国家战略，资金充足，物资准备充分，技术措施到位，地方上其实倒真的没有太大的压力。但是像济水河就不同了，济水河多年没有治理了，没有专项资金支持，一治理就是十几个亿的资金，治不起。而且关键问题是，这条河的治理是个系统工程，不能仅仅治河，如果仅仅治河倒还好办，主要是还要搞配套工程，比如污水处理厂建设和污水管网建设，还有企业治污，整治排水口，那工程就太大了，牵一发而动全身。因此这事就这么一直拖着，也不知道拖到什么时候才有个盼头。说实话，河道治理早该提上议事日程了，我听说人家南方地区搞几水同治，还明确河长负责制，效果就很好，咱也得向人家学学呀。"

"这不是咱济民县一个地方能做得了的，要治就得全流域治理，关键是要争取市里的支持。我记着这件事了，眼下，先顾着今年的防汛不出问题再说吧。"接着，康清泉又问道，"咱县城排水咋样？"

"县城排水不行，下水管网差得很，排水不畅。一下大雨就淹，把汽车都能淹了。"

"什么原因呢？"

"唉，要说这不是我分管的工作。但也不是咱这一个地方的事，现在不少工作都是花架子工程，只看到表面不管里子，地面上的建筑还修得像那么回事，地下的管网那就不敢看，那才叫乱七八糟。水电气通信各种管网电缆也没有个规划，谁想破路修就破路修，铺设管网或者维修管网的时候只顾自己方便不管别人死活，特别是电缆，那是没出事，出了事就是大事。"

"地下工程是良心工程呀。"康清泉有感而发，"咱们看电影，法国的地下管沟，里边能跑汽车，那些下水管道和地下光缆维修起来真的方便多了。"

"康书记，不是外国的好，《东京梦华录》里记的就有，咱们国家北宋时期京城的有些下水管道就一人高，那些小偷强盗们就在下水道里生活！不过，修公共管沟听说要花不少钱呢，跟修地铁的造价差不多。"

"你懂得真多，可真有才，你不管城建屈才了。"

"康书记，可别这么说，管城建是高危行业。那些开发商建筑商可不是好惹的，建筑行业水深着呢。"

入了夏，天亮得早，康清泉一早就被窗外的小鸟吵醒了，来济民工作后，他睡眠很不好。长期在山川市工作和生活，适应了吵吵闹闹的生活，猛然到了小县城，一切感觉慢了下来静了下来，反倒不适应了。县城天黑得早，人们早早就上床入睡了，夜里还经常能听到狗叫声，到了五更天还有此起彼伏的公鸡打鸣声。一到中午或者晚上吃饭时间，县城里的大喇叭就开始广播了，播播济民当地新闻，放放流行歌曲，还不时插播卖农产品和生活日用品的广告。

康清泉早上起床后，没啥事，就让秘书梁伟找了辆破自行车，自己骑着单车在县城里瞎转。既锻炼身体，又了解民情，还接地气。县电视台天天播康清泉参加会议和活动的新闻，而且都是头条新闻，县城里的人很多都认识他。见他骑个单车，有的主动打招呼，有的则远远地躲开，有的还上前找他诉苦告状。时间长了，秘书梁伟劝他说："康书记，您是县委书记，大家都认识您，您还是要注意安全，社会上啥人都有，有的仇恨社会，有的心理变态，万一他们掌握您的活动规律了，找您的事咋办呢？"

康清泉说："我有什么可怕的？堂堂正正，不偷不抢，不贿不贪。"

梁伟说："即使那样，您也不敢再这样转了，安全第一。您刚上任时候到黑风口村微服私访，出那事多吓人哪。"

很多县领导也劝康清泉，不能私自出去转，你毕竟不是普通老百姓。特别是县委常委、政法委书记李国军，更是多次好言相劝。大家都这样说，康清泉想想算了，不再出去转了，早上起来没事，就在机关院里跑跑步。

过了一段时间，康清泉又坐不住了，想想还是要到群众中去，虽然平时也经常下乡搞调研，但每次下去都是下边的人准备好的，线路准备好，观摩调研点准备好，汇报材料准备好，连参加座谈的人怎么说都是准备好的，听不到群众的真实声音。虽然在县城工作，县城其实就是个大集镇，离群众这么近，但就是走不到群众中去。

康清泉谁也没打招呼，骑着自行车又跑出去了。这次，他没有在县城的大街小巷转悠，那里人太多，他想到县城外去，他心里系挂着防汛的事，他想到济水河边走一走转一转。

县城有个好处，就是几分钟就能走到头，开个汽车一加油门就跑出城了。康清泉骑着自行车很快就到了田野里。大老远就闻到一股刺鼻的恶臭，康清泉顺着田间小路，推车走上河堤。堤上的白杨树挺拔直立，树叶青绿嫩黄。河堤里，一条像墨汁一样黑的污水河缓缓东流，河边的泥污黑得发紫。即使这样，河坡上也种着麦子，还有一些蒜苗和小菠菜，康清泉心想，农民真是可怜，像这地方污染这么严重，种出来的小麦和蔬菜能吃吗？注重健康，也只能是解决温饱问题的人的专利，农民们没有这样的条件和环境呀。远处，一位老农赶着一群羊慢慢走了过来，像电影里的慢镜头，时光在他面前好像也慢了下来，那种悠闲自得的神情是大都市里匆忙的人们无法想象同时又无比羡慕的。康清泉其实也很向往这种慢生活，于是他紧走几步迎了上去，递上一根烟："大伯，放羊呢？"

"啊，您是哪儿咧？"老人家弯着腰，颤抖的手接过烟，在口袋里摸摸索索，康清泉知道他是在摸打火机。康清泉立即从口袋里掏出打火机，帮老人家点上。康清泉并不抽烟，但想想应该陪人家抽一根，于是，自己也掏出一根烟，点上火，使劲抿了一口，长长地吐出一团烟雾，河堤上的风很大，转瞬就吹散了。

"我是县城咧！大伯您家是这儿的吗？"

"我就是近处村的。"

"夏天下大雨河水淹不淹哪？"

"那要看年景了，要是哪一年下暴雨了，那就淹了，河堤外的庄稼也保不住，村里的房还泡水里呢。"

"那为啥这么多年也不治河呢？"

"这俺就不知了，那都是当官儿的事。"

"种地能顾住家吗？"

"顾啥呀？就是顾个吃饭，家里要是有出去打工的，还能过，要是家里有个躺床上害病的，那就没法过了。"

"家里还有多少地呀？"

"快没地啦，公家今儿占点儿，明儿占点儿，都是村里干部一合计，就把地卖给人家了。"

"那以后靠啥生活呀？"

"过一天少两晌，谁知道会过到哪儿？过着说着呗。"

"你们卖的地都干啥用了？"

"盖工厂，盖小洋楼，弄啥咧都有。离县城近的，地卖光了，房都给扒了。"

"那群众住哪儿咧？"

"住哪儿？弄个板房，一家几口人都住。冬天冷夏天热。"

"政府应该给的有过渡费，不是可以租房住吗？"

"租谁家的房呀？一窝老鼠不嫌臭，两窝老鼠臭死人。谁家也不想让你租呀，要是那些怀孕的妇女，还有躺在床上不会动的快死的人，才租不来房呢。"

"那你说城市好还是农村好哇？"

"要是叫我说，只要农村有好学校，孩子们能有学上，要是有好医生，能看个病，要是俺这地还留着，还是农村好。"

康清泉听着这朴实的话语，心想，天天开这会开那会，啥会也听不到这来自最基层的田野上的声音，农民群众的话比什么大道理都透彻。

康清泉看看手表已经快七点了，该回去吃饭上班了。于是告别这位放羊农民大伯骑着自行车走了。

4

刚在机关餐厅吃过饭，县长马初生打来电话了，说山川国际酒店副总经理朱郎要来济民县谈黄河度假旅游区项目的事，一会儿就到，现在在路上。康清泉本不想去，说实话，他不想把黄河滩区的开发交给山川国际酒店，他还是倾向于华兴集团。华兴集团是做实业的，虽然条件有点儿苛刻，但是产业带动作用和聚焦作用太突出了，对济民县的经济社会发展有不可估量的作用，而山川国际酒店纯属一个皮包公司，就是这些公子哥们儿从中拉皮条弄的事。搞成了收个提成，再让银行贷些款，坑的是国家，害的是老百姓，肥的是个别人。暂且不提这个，单华兴集团和山川国际酒店开发黄河资源起的名字就有天壤之别，华兴集团的项目名称是黄河文化生态旅游区，有文化内涵，还有生态保护，很切合时代主题，而山川国际酒店项目名称是黄河度假旅游区，赤裸裸地奔钱而来，纯属土包子行为。康清泉本想说马初生县长你陪吧，我今天还要开会，但一想，这是朱尔市长的公子，不敢怠慢，丑媳妇早晚要见公婆，躲是躲不过去的。

朱郎来了，闪亮登场。开了两辆原装进口奔驰，车牌号是"炸弹号"，一个是88888，一个是66666。朱郎西装革履，头发梳得油光发亮，身上散发着纯正的法国香水味，几个帅哥美女也跟着下了车，个个气宇不凡，一看就是贵人驾到。

康清泉和马初生把客人领到了接待室，秘书梁伟倒上水，朱郎掏出他的古巴雪茄烟，扔给康清泉一盒："康书记，抽个烟，纯正的古巴货，尝尝。"

"朱总，我不抽烟，谢谢！"康清泉摆摆手，欠欠身，把烟放桌子上了。

朱郎跷着二郎腿，抽了一口烟，吐了一片烟雾，旁若无人地说："我这人直性子，今天我受董事长兼总经理齐浩天和我父亲的委托，想来谈谈开发黄河滩区的事情。我们董事长很有水平，他对黄河情有独钟，所以我们要搞黄河开发。我爷爷生前在黄河农场待过，他对黄河滩区的老百姓很有感情，一直有报恩的心理，他看到黄河滩区的老百姓还很穷，心里过意不去，曾交代过我老爸遇到合适的机会要关心关心黄河滩区的老百姓。这不，我老爸听说我们董事长要在黄河滩区投资搞开发，很重视，他说，只要我们山川国际酒店能把这个项目搞起来，他能按照黄河滩区移民搬迁和扶贫政策支持济民县发展，咋样？"

"好啊，我们热烈欢迎。"康清泉满口答应，"只是不知朱总有什么要求，我们能为朱总做些什么呢？"

"十万亩林地、十万亩湿地，都租五十年，一年一亩地租金两百元。这二十万亩地里的群众我们统一安置，建高层住宅，负责群众就业和社保缴纳，其余的开发都归我们了，记住我们是一级开发，你们济民县只等着增加财税收入就行了。"

康清泉听了之后心里不高兴了，好大的口气，跟华兴集团口气一样大，看来山川国际酒店是跟华兴集团挺上头了。张口就是二十万亩土地，一亩地一年才二百元钱，这些土地都给了你们，我们济民县今后几十年吃啥喝啥，滩区几万群众吃啥喝啥，把大量土地以各种名目囤积起来之后，失地农民日子可怎么过呀？社会非出乱子不可。

"这样行不行？"康清泉说，"你们的想法很好，很符合我们县里的发展实际，只是你们能不能分期开发？你们先做规划，咱共同搞个评审，然后再公示征求一下当地群众的意见，你们需要多少地，咱根据实际需要给你们。地可以给你们预留，但要根据你们项目进展实际而定，一下子给你们那么多地你们用不完对你们也是个沉重的包袱。"

"做规划是要做的，但地我们也需要，我们有实力开发，这个康书记就不用操心了。"

"那最好，我主要是替朱总着想。要不，今天朱总既然来了，就请马初生县长陪你们几位下去转转？我一会儿还有个大会要开，就不陪你们了，中午在这儿吃饭，中午我过来陪朱总，好吗？"康清泉看着朱郎说。

朱郎想了想，说："好吧，那咱中午见。"说完，站了起来，弹了弹身上的烟灰，大踏步地走出接待室。

中午吃饭，朱郎那帮人要在黄河渔船上吃野味，康清泉只好从县城赶到黄河边。

这是一艘常年在黄河上停泊的铁船，分上下两层，下边住人、做饭，上边一层待客。虽然简陋，但很干净，必要的设施像空调、电视什么的都有。渔船的主人一家四口，不是本地的，但以黄河为家，常年吃住在黄河，不分冬暑，只靠打鱼为生，到了天气变暖游人多的时候，就在船上支儿张桌子，开设渔家餐厅，卖些黄河鲤鱼、黄河虾米、野鸡、野兔以及时令野菜等。

康清泉是第一次到这样的地方吃饭，迎面吹着黄河野风，听着黄河哗哗流水声，天高地阔，极目远舒，再弄两杯小酒，品尝黄河风味，别有一番情趣，确实跟在大酒店里吃饭感觉不一样。

朱郎和县长马初生他们在渔船上打牌，等候康清泉。几个人正打得兴高采烈，康清泉一到，几个人就说不来了不来了，收拾起牌桌，招呼船家上菜。康清泉一看，黑老三也在，心里就有些不高兴，但是没办法，康清泉只好忍着不吭声。

"康书记大驾光临，来来来，大家坐坐坐。"朱郎这会儿倒像是主人一样招呼大家围坐在一张桌子旁。朱郎对跟他一块儿来的一位美女说："去去去，把我车后备厢里的十五年茅台提两瓶，我要和康书记喝两杯。"

"朱总，不好意思，中午不能喝酒，这是有规定的，酒就不喝了。"康清泉急忙看着县长马初生说。

"康书记说的是实情，中午确实不能喝酒。"县长马初生也不傻。

"你们当官的就是累，哪像我们做生意的潇洒？唉，不喝就不喝吧，咱喝水。"朱郎摇摇头叹了口气。

不一会儿，碗筷杯碟摆好，凉菜上来，朱郎端起一杯茶水说："久闻康书记大名，你在市纪委工作时候就听说你的好名声，今天能够坐在一起，三生有幸。我们还要在这儿做项目，以后跟康书记见面打交道的机会就更多了，我这人没啥本事，就有一个特点，好朋友，讲义气，只要跟康书记合作好了，你放心，不是我吹的，我保康书记再进一步。"朱郎话中有话，"来，为我们的合作愉快，干杯茶水！"

众人都响应着说干杯茶水，康清泉也和他们一起干了一杯。

"好，大家吃菜，康书记吃菜。"朱郎招呼着大家吃菜。

康清泉说："朱总，刚才你敬了大家一杯茶水，我也说两句。"

"好好好，鼓掌！"朱郎说道。

"谢谢！谢谢！"康清泉端起一杯茶水说，"朱总能到我们济民县投资，是我们济民县几十万父老乡亲的福气。我来济民县是打短工的，是为济民县人民服务的。做官一时，做人一世，我作为一名领导干部，要时时维护好群众的利益，这跟朱总的想法是一致的。我们欢迎朱总投资，但我们也恳请朱总首先要维护好当地老百姓的利益，只有老百姓的利益维护好了，我们才能达到双赢的目的。来，我也敬大家一杯！"

"好党员，好干部，现在像康书记这样的领导稀罕着呢。"朱郎话中有话，听起来刺耳，"来，干一杯！"

众人一饮而尽。

这时，黑老三忍不住说道："康书记，当着朱郎的面儿，我也说两句。这些天，我为了康书记，没少操心，把黑风口村的局势收拾好，一点儿问题都没有，天下太平无事。你叫拆砖瓦窑我就叫他们拆，拆得可顺当。不过，拆了之后，俺这群众咋办？你说要为群众着想，俺这群众咋办？现在朱郎来投资了，俺群众看到了希望，这事得弄成，要不然，群众不答应。来，我也敬康书记一杯茶。"

这时候，朱郎说话了："康书记，今天上午我在黄河滩区转了一大圈，我很满意。我也跟齐浩天董事长打电话了，他也同意，我们的意见是原定投资计划不变，还是十万亩林地、十万亩湿地。"

康清泉说："能不能这样？你们分期开发，我先给你们一部分，等你们一期开发完了，再说下一期的。"

"那不行，我们有整体发展计划，这个是不能变的。"

"康书记，这是多好的项目呀，打着灯笼也找不到呀。"县长马初生鼓动着说。

"我们黄河边的群众欢迎这个项目。"黑老三瓮声瓮气地说。

"那好吧，我们回头再开会商量商量。"康清泉说。

"有啥商量的？还不就是你一句话吗？"黑老三插话说。

"这样吧，我原则同意，但是要回去开会研究一下，毕竟这不是我和马初生县长能做主的，这么大个事情，怎么着也要经县委常委会过一下，还是要集体研究讨论，好吧？"康清泉无奈地说，"你们也是知道的，华兴集团那是全国乃至世界知名企业，他们也看中了这个地方，跟你们的计划差不多，也是要十万亩林地、十万亩湿地，你们说让我怎么办？"康清泉见此情景，只好实话实说，想拿华兴集团压一压山川国际酒店。

没承想，朱郎根本不把华兴集团放在眼里，他拍拍胸脯说："啥尿华兴集团？这是咱的地盘，咱的地盘咱做主。生产笔记本电脑是他们的拿手好戏，他们开发文化旅游，纯属骗局，不用理他们，这些事由我摆平。"

"要不见了面各一半？你们和华兴集团各分一半搞开发如何？"康清泉说。

"不跟他们尿一块。"黑老三说。

"这个恐怕不行。"朱郎说。

"康书记放心吧，朱郎老总他们也不是吃素的，他们集团的董事长兼总经理齐浩天那也是全国很有名的企业家，也是进过富豪榜的，只要咱们同意，那些关系由他来处理。"县长马初生也在一旁劝道。

"不行的话，打孬孙。"黑老三插话道。

"老三，咋说这话？"县长马初生瞪了黑老三一眼，黑老三不吭声了，伸手从盘子里拿起一块牛肉，扔进了嘴里。这时，一只苍蝇飞了过来，围着桌子上的酒菜恋恋不舍地徘徊，黑老三看准时机，在那只苍蝇稍稍放慢了飞行速度正待俯冲下来尝尝美味佳肴的时候，冷不丁地伸出两只黑乎乎的大手，只听"啪"的一声响，把苍蝇拍成了肉泥。黑老三伸出手来展览他的辉煌成果："咋样？捏死他不就跟拍个苍蝇一样吗？哈哈哈哈……"康清泉明显听得出来黑老三是在指桑骂槐，是话里有话，是借打苍蝇说给康清泉听的。但康清泉毕竟是一个有修养的人，他控制住自己的情绪。

"我同意，康书记也同意，这还不好吗？"县长马初生说。

康清泉端起茶水："来，大家喝一杯水，庆祝老三打死一只苍蝇。"

众人听了哈哈大笑，黑老三也张开嘴"嘿嘿嘿"笑起来。

"好好好，美呀！"大家都说好，小船上热闹非凡。

这时候，一个染着黄头发的瘦小个子上了船，康清泉一看，认识，这不就是他到黑风口村微服私访时打他的那个黑老四吗？真是冤家路窄。

"老四，跪下！"黑老三突然站了起来，对黑老四大声命令道。

那个瘦小个子不情愿地"扑通"一声对着康清泉跪了下来。

"磕头！"黑老三命令道。

然后，黑老四"咚咚咚"磕了三个响头。

"康书记，我们黑家给您赔不是了，您大人大量，不要跟我们一般见识。"黑老三对康清泉说。

"我早把这事忘了，起来，坐这儿吧。"康清泉说。

"今后我们黑家还要请康书记多多关照，在济民县这个地方，我们一定保康书记平安无事。"黑老三说。

"康书记，黑家弟兄几个都非常人物，讲义气得很，人非常可交，咱虽然说是领导干部，但也不能脱离群众，咱也要跟这些好弟兄们打成一片，不然的话，很多工作不好开展，还要仰仗他们干事呢。"县长马初生说。

"行吧，老三，黑风口村的稳定问题就交给你了，不能再出事，否则的话，就不够意思了。朱总项目的事，我原则同意，回头提交县委常委会讨论后再定吧。"

"好，我相信康书记，有康书记、马县长在，我们放心了。祝合作愉快！"朱郎说。

康清泉不想再和这帮人坐一起了，他说："好，合作愉快！时候不早了，我下午还有个会，要抓紧赶回县城，我就先走了，不陪大家了，好吧？"

众人都说好。

康清泉跟这帮人一一握了手，然后在秘书梁伟的搀扶下离开小渔船，上了岸，坐上车之后，感到头晕晕乎乎的，他躺在后座就睡着了，睡了半个小时，到了济民县委大院，正好到了上班时间。

5

刚到办公室，秘书梁伟就拿来一摞待签和待审的文件，按事情的轻重缓急程度，秘书梁伟已经把文件从上到下排好了次序。康清泉受父母的影响，从小就爱整洁，虽然小时候家里穷，没有条件讲究，但是衣服经常洗，东西用过之后也都放得规规矩矩的。秘书梁伟了解康清泉的习惯，他总是把康清泉的办公室整理得一尘不染，所有物品摆放得整整齐齐。

康清泉翻开最上边的一份文件，是华兴集团董事长写给省委书记宋朝觐的一封信。大意是说想到山川市济民县投资兴业，而且到到山川市济民县考察过了，但是，济民县态度一直不积极，干事创业的意识和招商引资的环境不尽如人意，希望省委书记帮忙过问。省委书记宋朝觐在这封信上做了批示：请山川市委赵开来书记阅，我省地处内陆，经济不甚发达，对外开放和招商引资是根本出路，也是我省的主战略。对于华兴集团这样的世界知名企业，我们一定要高度重视，千方百计创造环境，搞好服务，吸引其到我省投资置业，为我省经济发展做出贡献。市委书记赵开来在省委书记宋朝觐的批示下方接着批示道：请济民县委康清泉同志阅，华兴集团是省市重点招商项目，希望充分认识其重要意义，严格按照宋书记的要求，主动与华兴集团进行对接，争取早日促成签约。

康清泉一看就傻眼了。从内心来讲，他是想让华兴集团入驻的，但是山川国际酒店搅的这趟浑水着实让康清泉进退两难，而且现在两家都不让步，各分一块地给他们都不行，都强势得很。康清泉实在作难，想不出什么主意，可能最好的办法是三十六计、走为上策，但是走，又能去哪儿呢？生病住院？一看就是装的，早不住院晚不住院，这时候住院交代不过去。出差？但又能出去几天呢？康清泉心一横，是福不是祸，是祸躲不过，反正就这样了，大不了不干呗。

康清泉正想到这里，秘书梁伟进来了，说县委常委、常务副县长常学谦和分管工业与招商引资的副县长任书生求见。康清泉一听就知道是说华兴集团的事，于是说让他们进来吧。

"康书记，报告您个好消息，谈判又有好消息了。"刚进门，常学谦就兴冲冲地说。

"怎么了？说说啥情况。"康清泉一点儿也高兴不起来，示意两位坐下说。秘书梁伟倒好水，然后离开了。

"经过艰苦的谈判，几个大的问题达成了一致。不知道怎么回事，他们突然又让步了。"

华兴集团让步，是在康清泉预料之中的，尤其是华兴集团董事长华兴亲自给省委书记写信，希望加快项目进度，证明他已经急得不得了了。所以，他康清泉的缓兵之计还是有成效的，只是华兴把这事捅到了省委书记那里，让省委书记对自己有了不好的印象，这事倒不美气。不过，什么事都有利有弊，不可能十全十美，关键是看利大于弊，还是弊大于利。这件事情，只要对济民县发展有利，至于对他康清泉个人的前途和声誉有什么影响，那反倒是次要的。

这时，只听任书生副县长说："笔记本电脑产业园他们要两千亩，我们就给他两千亩地，这个已经说好了。黄河文化生态旅游区项目根据他们项目需要租地，以租代征，五十年的期限，一期租给他们一万亩林地、一万亩湿地，笔记本电脑产业园的标准厂房由他们自建，我们只在地价上优惠，先征后返，基本上是零地价。"

任书生正在汇报，康清泉打住了他的话头："等等，谁给你这么大的权力出零地价的？"

"康书记，像这样的企业，外地都是零地价，而且还由当地政府建标准厂房的，咱已经谈的够可以的了。"常学谦在一旁委屈地说。

"那好，任县长，你继续说。"

"各种税费，咱们县收入部分头三年全免，以后三年他们交一半，从第六年开始全交。"任书生副县长补充说。

"唉，引这样的企业也是费劲，出力不落好，咱图个啥呢？我也是觉得不值。"县委常委、常务副县长常学谦叹气道。

"常县长，我原来也是跟你们大家的想法一样。这可能是咱济民县干部群众思想保守的表现。你想呀，华兴集团知名度多高呀，来一个这样的企业，极大地提升了咱济民县的知名度，证明咱这里的投资环境好，那些配套厂家跟着就来了，而且笔记本电脑全部出口，零件全球采购，咱的进出口贸易额会大幅攀升，经济总量也会成倍增长，咱济民县很快就能在全省的县域经济排名中跃升到前列。况且，还能带动那么多的农村富余劳动力就业，这些工人在咱们这儿吃喝拉撒睡，第三产业发展也会不得了。像咱们济民县，要从农业大县向工业大县跨越，靠什么？靠我们现有的零打碎敲的企业，十年八年，二十年也难哪。况且，咱们这里自古就是风调雨顺、五谷丰登，肥沃的土地是财富更是包袱呀，从物质上说是财富，但从精神上说是包袱，养成了我们小富即安、小进则满、不思进取、得过且过的思想方式和生活习惯。为什么南方企业多、经济发达？那也是逼出来的，山区地少养不活人，只有外出务工经商做生意，代代传承，形成了营商的传统，同时也造就了经营的能力，人家天生就是经商的材料，脑子灵活，肯于吃苦，不怕丢人，啥挣钱干啥，这些，其实才是我们与南方沿海发达地区最大的差距所在。所以说，我认为，咱这里既缺资金，又缺项目，更缺人才，还缺思路。如果咱们县能引进两到三家像华兴集团这样的知名企业，那济民县可真要打一个翻身仗了。"

"康书记水平就是高。"常学谦和任书生连连称赞。

"不是我水平高，其实领导比同志们高明，高在哪里？高在接触人多、信息量大、站位高。你们到了我这个位置，你们也会这样思考。"康清泉说。

"不不不，我们不行，我们达不到康书记的水平。"常学谦和任书生连说不行。

康清泉这样说，也是为了说服大家，因为大家对引进这样的项目确实意见不统一。别看常学谦和任书生是谈判代表，其实他们也心存疑虑，他们对引进这样的项目心里也没底，毕竟长期在基层摸爬滚打，没有见过人世面，没接触过这样的大企业大老板，这些商界的风云人物以前都是在电视的财经频道才能见到的。同时，康清泉也是想落实省委书记宋朝觐和市委书记赵开来的指示，不敢怠慢。

"是啊，什么事情都是有利有弊，这就是辩证法，这就是天理公平。"康清泉说。

"康书记水平就是高，高人哪！"常学谦和任书生听了继续称赞。

"好了，咱自己人就不互相吹了，你们谈得不错，有成效，跟华兴集团的冷榕经理约一下，咱们尽快找个时间吃个饭，把这事再定一下，商量个合同文本。要提高工作效率，创造个济民速度，别让人家老在领导那儿告咱的状，说咱投资环境不行工作效率差。"康清泉想起来什么似的问道，"呃，人大黄主任这次咋没有跟你们一块儿过来呀？"

两位副县长说人大黄主任今天组织市人大驻县代表下去视察了。

康清泉说："你们有啥事注意向黄主任汇报，黄主任是本地的老领导，德高望重，在前期办手续方面你们两个年轻人多跑跑腿，别让黄主任来回奔波，但在牵涉群众问题上还是要黄主任出马为好。"

两位副县长领命而去。康清泉心里非常欣慰，别管咋说，济民县的班子还算过得去，即使县长马初生有些不合拍，问题也不大，现在谁也不会撕破脸把关系搞得特别僵了，因为对两个人都没有什么好处，只要大面儿上过得去就行，其他再不协调的事往下就能办。想到这里，康清泉不由得拿起电话拨通了县人大主任黄太和的电话："黄主任，您好呀，今天下去视察工作了？"

"是哪，康书记，有啥指示尽管吩咐，我保证拉好套不掉链，请您放心。"

"没啥事，刚才常县长和任县长找我说华兴集团项目的事，我看您没过来，我想跟您说一下您还要多关注这个项目呀，这对咱济民县太重要了。"

"放心吧，我会尽力的，不过我现在已退居二线了，还是让年轻人跑吧，有啥事我在后边撑着腰就行了。"

"那是，我也是这个意思，您还是要保重身体，不过拿主意的时候您可不能客气。"

"放心吧，康书记。"

康清泉放下电话，陷入了沉思，黄太和越是说让他放心，他其实越是不放心了。从近段情况看，华兴集团和山川国际酒店竞争黄河开发项目尽人皆知，黄太和从政经验那么丰富一个人，他岂能不知？他是不是也有点儿知难而退了？尤其这事牵涉这么多领导的关系，他一个快退休的老领导，现在干是帮忙，不干谁也拿他没办法，他会不会有点儿打退堂鼓呢？康清泉有些担忧，看来还是要紧紧抓住常务副县长任学谦和副县长任书生了。

南步涛，对了，还有一个县政府党组成员南步涛，虽然年纪也有五十多了，但他是一个闲不住的人，还可以使用。

6

周瑜打黄盖，一个愿打一个愿挨。华兴集团的投资事宜进展很顺利，不到一周时间，华兴集团济民笔记本电脑产业园和黄河文化生态旅游区项目正式签订合同了。

这天，在S省迎宾馆举行了项目签约仪式。

S省迎宾馆是省里的接待宾馆，古色古香，小桥流水，风景优美，是一家园林式酒店。

S省委书记宋朝觐、省长艾民生、山川市委书记赵开来、市长朱尔、济民县委书记康清泉、县长马初生、华兴集团董事长华兴带领相关部门的经理悉数参加，全国各大媒体记者闻风而动，纷纷前来报道。毕竟，华兴集团是一家在国际上有影响力的企业，华兴集团布局山川市济民县，这是一个导向，是一个信号，是一个发展方向。虽然华兴集团总部所在地市的领导不太乐意，但也没办法，以前是孔雀东南飞，现在南方的经济成本太高了，特别是用工成本居高不下。打工者都想在家门口就业，在南方即使每个月多挣一两千块钱，但是各种花销也不菲，而且关键是顾不了家。农村有留守儿童、留守妇女、留守老人，还有那一亩三分地牵挂着，不是没办法，谁愿千里奔波往外跑呢？

签约仪式上，康清泉特别注意瞅了瞅朱尔市长，朱尔自始至终没有笑容，即使偶尔笑，也是勉强挤出来的笑容，笑比哭还难看。康清泉心想，这算是把朱尔市长给得罪了，但是再反过来想，如果朱尔市长能理解人的话，也不至于恨康清泉，因为这不是明摆着的吗？省委书记和市委书记这么重视，康清泉作为一个县委书记，一个七品芝麻官，又能如何？

省市领导高度关注，项目签约之后，华兴集团的第一批征地补偿款打过来了，康清泉不敢怠慢，立即召开了全县动员大会，决心举全县之力，服务好华兴集团项目入驻。济民县成立了工作专班，康清泉亲自任组长，县长马初生任常务副组长，县委常委、常务副县长常学谦和分管工业与招商引资的副县长任书生任副组长，从相关部门抽了一帮人，专门为华兴集团的入驻打配合搞服务跑手续协调关系。

7

山川国际酒店的董事长办公室里，董事长兼总经理齐浩天和副总经理朱郎相对而坐。

齐浩天个子高大，身材魁伟，颇有大领导、大老板的风范。他虽出身农家，但家学源远流长，他祖上也是官宦世家、书香门第，只是到了爷爷那一代，家道中落。齐浩天从小写得一手好毛笔字，画得一幅好画，除了家学教养得好，更重要的是他天生具有艺术细胞，尤其擅画大老虎，那时虽未见过虎，但他画的上山虎、下山虎、百虎图都像模像样，见过老虎的人都说真像。他年轻的时候，家里穷实在揭不开锅，眼看老父亲饿得浑身浮肿、气息奄奄，他到公社供销社偷了几张油光纸，又偷了些染料，借了别人十块钱，比着十元人民币的模样学着画。也别说，他画的钱还真像，那时候也没有验钞器什么的，他画了十块钱在集上买油条和水煎包，没人怀疑会是假钱，所以，人家不仅收了他的假钱，还找了他真钱。齐浩天买回油条和水煎包后，自己舍不得吃，用黄包纸包着回了家，父亲问他从哪儿弄的好吃的，他说买的，父亲问从哪儿弄的钱，他说借别人的。父亲不信，说你不说实话我就不吃，于是齐浩天说是画的假钱买的。老父亲一听更来气了，说咱老齐家一辈子耿直不屈，怎么到你小子这里坑蒙拐骗？丢八辈子的人，你赶快给人家退回去，我就是饿死也不吃。无奈，齐浩天又去给人家退油条和包子，把找的零钱也还给人家了，人家退他画的那张假钱，他也不要了。人家好生奇怪，要知道那年头十块钱是大钱，能办好多事呢。那时候的人革命觉悟高，感到有问题，很快向公社报告了，反正离公社大院也不远，派出所的人很快把齐浩天捆了起来，齐浩天交代说他画了假钱。这下可不得了，为这事，又是游街又是批斗，还把齐浩天劳动教养了两年。齐浩天被关起来的那天，父亲去世了。不久，母亲也疯了，整天在地里跑，不久，也消失了，都说被车撞死了，也有的说被外地人拴走了。

齐浩天这辈子再也不画画了，虽然他很有这方面的天赋。不过，他虽不再画画了，但他很有艺术鉴赏能力，那些名人字画，他只要打眼一瞅，就知道是真是假，这些年，很多鉴宝的人都找他去做鉴定。

齐浩天做梦也没想到自己会混到这个地步，他没有做官的机会，虽然他也很想踏入仕途，毕竟，他是官宦世家出身的，有做官的基因。他爱与做官的交往，但同时也非常恨他们，特别是他有钱了之后，看着那些当官的跟在自己屁股后边走，他很是开心。有时候，甩给那些当官的十万二十万块钱，就等于在他们脖子里套上了一根绳索，他们就像狗一样听自己的话，让他干什么他们干什么，而且什么时候高兴了，从自己赚的钱里拿出个零头就像狗食一样扔给那些当官的，他们还不敢不要，如果敢说个"不"字，那就把拴狗的绳使劲一拉，那些狗官就嗷嗷求饶，他很是得意。他就是要玩弄他们于股掌之间，寻找活着的快感。如果谁敢不听话了，想把狗绳扯掉的话，对不起，他送钱的时候可是一直带着微型摄录设备的，他随时可以让一些所谓道貌岸然的领导身败名裂。

眼下，齐浩天看着市长朱尔的公子朱郎，既看不起他，又非常愤怒："朱总，朱公子，朱少爷。"

"齐董，您指示。"朱郎也看不起齐浩天，心想，你不就是有俩臭钱吗？比我老爸，你算什么东西？我爸管着全山川市的钱，虽然那钱不是自家的，跟自家的有什么区别呢，他动动笔签个字，就是几十亿的资金，真爽，你齐浩天能有这个气魄吗？

齐浩天说："老爷子也是山川市的市长，咱们连黄河滩的度假旅游区项目都拿不下来吗？我听说，华兴集团那外来的和尚倒念起了经，已经和济民县签约了！"齐浩天随手从办公桌上拿起一张报纸，《山川日报》第一版头条新闻大幅报道了签约的事。齐浩天把报纸扔给朱郎："看看吧，咋回事？我去北京几天，就被人家抢先了，你说咋办？"

朱郎接过报纸，装作看了看，其实他早知道了："齐董，我很难过，为这我还跟我老爸大闹了一场，老爸说这都是市委书记赵开来搞的鬼，我爸毕竟是二把手，市长干不过书记呀。我跟我爸吵得不可开交，不欢而散，老爸把我赶出了家门。"

"官场上的事我不懂，什么市长干不过书记，我倒听说赵开来书记怕你爸，赵开来是个小老头，你爸大个头，你爸从来没把赵开来书记放眼里过，你爸我能不了解？谁敢惹他？不知道你们搞的什么名堂？"

"齐董，你要说这就冤枉人了。"

"冤枉谁？你以为我聘你当副总经理，一年几十万元的年薪再加上吃喝嫖赌玩全报销是让你吃干饭的吗？"

"齐董，你这样说就没意思了。不是我爸在这儿撑着，你这山川国际酒店能开得下去吗？不说别的，就是在建山川国际酒店的时候，这块地本来是城中村的地，硬是把村民赶走，不是我爸做工作，你能弄成吗？你凭什么？"

"朱总，我每次办事都没有亏你们朱家，哪次你们不是雁过拔毛？我送给你们家的钱算起来也有上千万了吧？你还在这儿跟我说这话呢？市财政的钱那是全市人民的，是你们朱家的吗？"

"不是我们朱家的，也跟我们朱家的差不多。别忘了，现在是我老爸一支笔签字。"

齐浩天听了这话，想发火，但是他看到对面墙上挂的那个条幅："春风大雅能容物，秋水文章不染尘。"他强压住了心头的怒火。

"好好好，我不跟你说这个，这事呢，我们还要想办法扳回来。山川市有一位老将军姓李，李向前，今年快九十岁了，当官的时候清正廉洁，也不知道为家人为子女更别说为身边的秘书、警卫、司机们办些好事。现在退了，也老糊涂了，脑子也不太管用了，他的家人子女包括身边的秘书们都拿他当金字招牌，打着他的旗号办事。我在北京一次饭局上认识了他的秘书叫楚强，我已经跟他的秘书讲好了，最近山川市不是要搞一个商品交易会嘛，到时候让他的秘书劝老将军回老家看看，参加一下山川商品交易会。老将军只要到山川市，省市领导都会出面，到时候，让秘书楚强劝老将军帮咱说句话。楚强说了，现在老将军最听他的话，别看他只是秘书，老将军还真离不开他，对他是言听计从。"

"齐董，不好意思，刚才我说话有点儿过分，请您原谅。"朱郎这会儿也拐过弯抹过角来了，"齐董的这个主意好，您说需要我干什么？"

"你只需让山川市委、市政府出一份邀请函，邀请老将军回老家转一转，看一看有什么新变化就行。"

"能成吗？"

"能成，秘书已经跟老将军说好了，老将军多年没回老家了，也想回来看一看。不过他还是那个老革命脾气，自认为已经退了，不能再给地方上添麻烦了，如果地方上不邀请，他是绝不会回来的，现在地方上有了邀请函，他很高兴就回来了。"

"那行，我试试吧。"

"不是试试，就这一张破纸你要是再拿不回来，别怪你老哥我不客气。"

8

华兴集团就是效率高，刚签完约，华北区经理冷榕就带着规划设计团队到济民县来了。

按接待规矩，第一天来的时候，康清泉和他们见了面，并且一起简单吃了饭，没有喝酒。济民县分管工业和招商引资的副县长任书生以及济民县的规划局、发改委、土地局等有关部门的负责人组成了专门团队协助他们查资料、做规划、拿方案。在这儿忙乎了一个星期，要离开济民县之前，冷榕等人和济民县委书记康清泉、县长马初生见了面，进行了沟通，济民方面正式设宴款待冷榕等一行。

牵头做设计的是南方规划设计院院长方正，这是一位在全国规划界很有权威的专家。南方的设计理念和北方的不同，南方的很讲究精致和艺术品位，设计出来的作品具有典型的江南风格。康清泉不太懂规划，以前没做过这个，但是他知道作为一个地方领导，规划的作用非常重要，领导干部要懂财政、懂土地，更要懂规划。康清泉也想借这机会向方正院长讨教一些东西，所以，这天中午，他推掉了所有的饭局和应酬，只陪方正院长和冷榕他们。县长马初生说省里有个副厅长，市里还有位人大副主任，他们今天都在济民宾馆，去陪他们。康清泉知道马初生不太乐意陪华兴集团方面，就说那你主陪吧，我一会儿也去你那儿转转坐一会儿。

"怎么样呀？这几天辛苦了，方院长、冷总。"在机关餐厅里，冷榕等一行人风尘仆仆地从乡下刚回来，康清泉就迎了过来。

"北方的风沙太大了。"方正院长没有回答康清泉的问话，感慨地说。

"用热毛巾擦把脸，北方确实不比南方呀，在南方生活，衬衣几天不用洗，皮鞋几天不用擦，这儿可不行。"康清泉附和着说。

一行人去了卫生间，用毛巾扑打了身上的土，拿餐巾纸擦了擦鞋，收拾好之后，分宾主落座，边吃边聊。

"方院长，以前来过山川市没有？"康清泉问。

"来过，不过都是坐火车经过，没有专门停留。"

"这次来印象咋样呀？"

"不错。"

"看到黄河了吧？"

"唉，跟想象中的大不一样，我印象中的黄河是大河奔流，可这几天一看，黄河就那几米宽，蔫蔫的，就跟快要断流一样。"

"黄河是季节河，再过个把月，到了汛期，你再来看，黄河的气势就出来了。"

"我还会来的，做个规划不来几趟是不行的。"

"方院长做规划是国内顶尖高手，很有成就感吧？"康清泉问。

方正院长听了这句话，放下手中的筷子，喟然感叹道："做规划的最没有成就感了。"

"此话怎讲呀？"康清泉也放下了手中的筷子，洗耳恭听。

"我的康书记呀，我这人是知识分子，说话不会拐弯抹角，做规划没有成就感，就是你们这些地方领导造成的。"方正院长看着康清泉，气愤地说，"我们辛辛苦苦做的规划，那都是毕生心血，可交给你们地方领导之后，你们一任领导一个思路，而且领导换得又快，我们的规划刚做完刚交给你们，领导就换了，又一种干法，我们的规划就泡汤了。人家不是说嘛，规划规划，墙上挂挂，再好的规划不如领导一句话，你们领导个个都是规划大师，你们的思路变得很快，你说我们有什么成就感？更可气的是，我们做规划不是我们的创意，是迎合你们的思路，图解你们的想法，先听你们的指示，按照你们说的去做规划，你们说好就行，你们说不好我们的规划就通不过，不听你们的话就让我们出局，你说这规划有什么水平和质量呢？所以说，现在很多地方千城一面，为什么这样？其实不能全怨专家，怨的就是你们这些当官的，你们一参观这个地方，好，就按这样办，什么规划不规划的，而且都是贪大求洋，楼房盖的一个比一个高，马路一个比一个修得宽，广场一个比一个修得大，这不是胡整吗？"

"方院长，别光顾着说了，吃菜吃菜。"大家看方正院长义愤填膺，都哈哈笑着劝他。

方正院长话特别多，也不吃饭了，一直发牢骚："现在到处拆拆拆，谁拆的带劲谁有魄力谁有能力，刚建好的足球场拆了，刚建好的学校拆了，刚盖好的大高楼拆了，拆得人心疼，那不是暴殄天物吗？人家国外的建筑一二百年还是那样，反而成了古物，成了旅游景点。"

"是啊，方院长，你说的很对。但没办法呀，有的建筑质量就是不行，咱们有些城市建筑的寿命只有三四十年，有的一二十年就成危房了，不拆不安全，你说呢？"康清泉说道。

"是没办法，说起建筑质量，更可气，这里既有城市化进程推进太快的问题，也有包工头层层转包偷工减料的问题，还有官员腐败的问题。"

康清泉听了之后，点点头说："方院长说的有道理，不过，你说了我们地方领导的一些问题，我也要说你们搞规划的两句。"康清泉笑着说，"据我所知，有的规划设计公司很有名，但是承接了项目之后只是找一些学生来做，不动脑筋，只图挣钱，各地的图纸到处抄，都是似曾相识，都是大差不差，反正地方领导也不懂，这规划咋有水平呢？咋不千城一面呢？其实，要想不千城一面，很简单，一是要认真负责，二是要突出文化特色。各地的文化都不同，只要天际线、城市中轴线、地下空间利用都设计成体现当地文化特色的规划，就是有水平的规划，就是独一无二、与众不同的规划。但是，我还听说，有的做规划的，咋复杂咋做，造价投资越大越好，规划的项目投资和规划费是成比例的，规划的项目投资越大，收的规划设计费越高，是这回事吗？"

华兴集团华北区经理冷榕插话说："方院长的人品和水平高得很，他工作很认真负责，他从来不胡来，要不然我们也不会找他做Program。而且他还是国内知名画家呢，搞规划很有独到的眼光。"

"是吗？我是孤陋寡闻了。"康清泉说。

"方院长主要是比较低调，不爱张扬。而且他很少给人画画，今天要不送康书记一幅画吧？"冷榕说。

"谢谢，方院长这么贵重的画我可不能要。"康清泉说。

"康书记，我这两天在济民县，听说你的先进事迹了。你来济民时间不长，但威信很高哪，我听有的老百姓说，你是康青天哪，叫青天可不得了呀。"

"方院长，不敢这么说，我可没干什么惊天动地的事，只是做了一名共产党的干部应该做的。"

"啥是大事啥是小事？只要为老百姓着想，只要自己不贪不占，就是好干部，就是青天大老爷。"方正院长说，"回头我送你一幅画，我这画可是别人拿钱我都不卖的。"

"那我更不能要了。"康清泉说。

"说实话，一个地方有一个好领导，那是福气。我是个小老百姓，别看我是个规划设计院的院长，其实我也是讨饭吃的，今天到这儿找活儿干，明天到那儿找活儿干，我们跟打工的没什么两样。作为一个打工的小老百姓，我也给你们领导提点儿建议，现在有的领导干部只讲做官，不讲做人，其实做官是做什么？是做功德，保一方平安，造福一方百姓，全靠你这一官，你要是不为群众着想，只考虑官帽，这官就做不好，所有的一切都假大空。你康书记就不错，我跟你一接触，就发现你跟别的领导不一样。"方正院长越说越激动，"康书记，我送你的画你得要，回去后我派人给你送来。"

"方院长，您的画我是坚决不能要的。"康清泉摆摆手说。

"行，不要也行。康书记，我还得跟你说说我对拆迁的看法呢。"方正院长拿餐巾纸擦了擦嘴角，又拿热毛巾擦了一把脸。

"您说，方院长，我洗耳恭听。现在拆迁是热门话题，您走南闯北，见多识广，您什么意见？"康清泉谦虚地说。

"我什么意见？要我说，拆迁的问题其实主要是规划问题。我们一些地方的城市建设以前没有科学严密的规划，只是领导们议一下就成了。规划是个系统工程，牵涉方方面面，你搞建设的，今天这儿放个项目，明天那儿放个项目，那是不行的。城市也是一个有机体，麻雀虽小，五脏俱全，每一个圈子都是一个生态系统，要由各个方面组成，工厂、商场、学校、医院、居民区、菜市场、公园、污水处理厂、变电站、垃圾中转站、公厕等。我们以前考虑不全面，项目来了，开发商说这个地方好，要搞什么项目，就放那儿一个什么项目，不考虑其他的配套。你说，将来发展起来了，是不是要拆迁？是不是要推倒重来？所以说，我们要先有规划，一切要按规划来，这儿规划的是绿地，就不能再放项目，这儿规划的是商场，就不能再建工厂。红线在那划着呢，建筑的距离就必须退后，绿线就是要控制绿地，黄线就是要规划各种公配设施，蓝线就是要保护河湖湿地，紫线就是要保护文物，黑线就是要管高压走廊、微波通道、机场净空区和铁路规划区，城市规划的'六线'不是白定的，你们说对不对？"

"方院长真是专家呀。"康清泉由衷地赞叹道。

"专家不顶用呀，所以我要跟康书记提建议，抓紧做个规划，你不要听开发商的，他们想占哪儿的地就占哪儿的地是不行的。你先规划，规划做完后，再招商引资的时候，你就跟开发商讲明，这块地是干什么用的，要是办工厂，就在企业用地规划范围内选址，你要是建住宅小区，就在规划的居住用地范围内找地方，不能再瞎胡来了，不然的话，城市就乱了，将来，你很可能公共配套落不了地。"

"是啊，规划是很重要，方院长刚才说的那种规划乱象是前些年的事情了，现在各级政府都已经认识到规划的重要性了，一张蓝图绘到底，一任接着一任干，不会再出现像方院长说的那种情况了。其实，规划不好，我们也很苦恼，客商来了，到处转，有的还带着风水仙，拿着罗盘，相中哪个地方了，也不管周边有什么，不管将来我们要干什么，得了，就要这儿了。我们如果不同意，他们就说我们投资环境不行。如果我们有了规划，我们就可以跟他们讲，你们来投资我们欢迎，但首先要符合我们的规划，因为规划是刚性的，是经人大批准的。"

"这就对了，你做规划的时候，可一定要多规合一，要做到城乡发展总体规划、经济社会发展规划、土地利用规划、产业发展规划以及各种专项规划的无缝衔接和套合，不能互相打架，互相冲突，否则的话等于没做。"接着，方正院长笑着说，"康书记，真的到做规划的时候，可别忘记了我们，我们的实力在全国可是一流的。我说这些可不是给我们做广告的，你用哪家设计院都无所谓，我们的活儿是干不完的，不过规划你一定要重视，我是老王卖瓜自卖自夸了。"

"我们一定要找方正院长这样负责任有水平的设计团队，只是到时候，您把设计费少收些就行了。"康清泉也打趣地说。

方正院长哈哈大笑。

9

朱郎和他的市长父亲朱尔很少见面。朱尔公务繁忙，很少回家，朱郎天天泡在酒店花天酒地也不怎么回去，朱尔的女儿、朱郎的妹妹朱佳已经快三十岁的大姑娘了，也不嫁人，也不谈对象，也不回家，天天住在省委机关宿舍里，家里只剩下朱尔的老婆纪女红一个人。纪女红已经退休，没事干，天天去跳舞、美容、洗浴，倒也逍遥自在。同时，她还经常打着朱尔的旗号以市长夫人的名义替人办事，从中收取好处费，作为私房钱存起来，用于吃喝玩乐。她曾公开对人说："我老公是山川市市长，山川市就是俺家的地盘，属我老公管也属我管，他说了算我说了也算。"朱尔听说了这些事，很害怕，想管管纪女红，但他惹不起纪女红，只要他跟纪女红发脾气，纪女红比他的声音还大，大吵大叫，朱尔怕外人知道，丢不起这个人，所以也就低头忍让。有时，朱尔说气话，要跟纪女红离婚，纪女红一听要跟自己离婚，马上就撂出一句话：只要敢离婚，马上到纪委告你。一听这话，朱尔更是屁也不敢放了。想不到一个几百万人口大市的市长，呼风唤雨，耀武扬威，谁人敢惹，谁人不怕，可是，在人老珠黄的老婆面前，竟然唯唯诺诺，真是卤水点豆腐——一物降一物。

受董事长兼总经理齐浩天的委托，要拿一张邀请函，这天，朱郎早早跟他老妈打电话问他老爸晚上回来不回。

朱尔的老婆纪女红说她也不知道，纪女红还说，你们都把家当旅馆，想回就回，不想回也不说一声，我咋能知道。

朱郎只好跟他市长老爸打电话了："爸，晚上回家不？"

朱尔正在开会，看到是儿子的电话，急忙接通了："郎，有事吗？"

"没事，想您了，晚上回去不？"

"回去，不过我有个接待，可能比较晚。"

"那好，我等您。"

朱郎挂断了电话，很高兴，心想给老爸买个什么礼物。对了，他爱抽烟，把酒店从古巴进口的雪茄烟带几条回去得了。

市委、市政府几个主要领导住的都是小别墅，偌大个院子里，树木葱茏，鸟语花香，即使大白天这里也非常幽静，到了晚上，更像到了一片大森林。路灯和地灯发出昏黄的光，还能依稀照亮路径。

朱郎早早地回家了，除了给他市长老爸带了几条古巴烟，还从酒店商场给他老妈带了一款刚上市的 LV 皮包，把他老妈高兴得嘴都合不拢了。

这是个从不知钱为何物的家庭，家里需要什么物品，不等开口，市直机关事务管理局的，市政府办公室行政科的，抢着去送，还有那不知从哪儿冒出来的这长那长的，今天拎着这稀罕东西，明天带着那种新奇的玩意儿找上门来，就这，很多人还没有机会去送呢。家里的东西用不完，堆成山，处理不掉，倒便宜了他家的亲戚，很多都送给亲戚了，特别是纪女红的娘家人，沾光最大。

有一个开发商想找市长朱尔办事，实在想不出送什么东西好，他家啥都不缺呀。于是，花几十万元买了一只纯种藏獒送到了朱尔家里，这只藏獒雪白雪白的，朱尔不喜欢，他老婆纪女红很喜欢，自从有了这只藏獒后，天天带在身边。反正家里也经常没人，这只藏獒生得好福气，与市长夫人同吃同住同玩儿，就像心上人一样。朱尔的老婆纪女红每天早上起来为这只藏獒梳毛、按摩，然后带它出去跳舞，在公园里遛弯儿，吃饭在一张桌子上，纪女红吃啥，藏獒吃啥。晚上睡觉，睡一个被窝，还经常叫这只狗心肝宝贝儿。有时亲得不得了，还叫他"老朱老朱"，朱尔听不下去了更看不下去了，很生气，说你是叫我呢还是叫它呢，你天天唱啊跳啊的我就不说你了，弄个狗回来看把你稀罕的，还跟它睡一块，我难道连它也不如吗？纪女红说，在我心中，你们俩的位置是一样的，谁让你整天脚不沾家的地呢？把朱尔气得直跺脚，本来就有高血压糖尿病，差点儿没晕过去。那位送狗的开发商可倒霉了，本来是想办好事讨好朱尔市长的，结果，因为这啥事也没办成，反而让朱尔市长在心里记了他一道，以后办事更不顺畅了。

朱郎回家后，和他老妈以及藏獒坐在沙发上看电视，等朱尔回来。

大约晚上十点，窗户外边亮起雪白的光束，接着是汽车的轰鸣声。

"你老爸回来了。"纪女红对儿子朱郎说。

朱郎起身到了院子里，果然，他的市长老爸回来了，脸上洋溢着得意的神色。"老爸，又喝酒了？以后少喝点儿。"朱郎帮朱尔接过公文包，殷勤地说。

"乖儿子，还是我宝贝儿子关心我呀。不过没办法，官场应酬不喝不行呀，再说了，我又好这口，要是再不喝点儿酒，我工作压力那么大，还不憋死？"朱尔进了屋，脱掉外衣，坐在沙发上，朱郎递来一杯苏打水，朱尔一饮而尽，朱郎又递过来一个削好的苹果。

"今天我儿子怎么这么孝顺哪？"朱尔高兴地说。

"看老朱你说的，咱儿子啥时候不孝顺哪？"纪女红轻轻拍着藏獒说。

"说得对，儿子今天为啥回来了？是不是有啥事？"朱尔问。

"确实有个难事。"朱郎说。

"说吧，在山川市，即使是在S省，也没有你老爸我办不了的事。"朱尔拍着胸脯说，右手紧接着伸了出来，还是右手掌向下，做出个拍东西的动作，意思是没有他拍不死的搞不定的。

"老爸，咱们山川市下个月是不是要开一个商品交易会？"

"是啊，有这回事，你操这心干什么？是不是要给你们山川国际酒店拉客源哪？放心吧，山川国际酒店肯定是指定接待酒店，行吧？"

"不是这个意思，还有个事。"朱郎把董事长齐浩天的想法告诉了朱尔。朱尔一听就火了："这个齐浩天是什么东西？不是我朱尔在这儿给他撑着，他凭什么生意那么红火？现在山川国际酒店是全市最好的酒店，他赚了多少钱？为这点事还对你发脾气，真是一条喂不熟的狗。"

"老爸，您别生气，这些年咱家也没少挣山川国际酒店的钱哪，不就是一张纸吗？不就是您一句话吗？"朱郎不以为然地说。

"儿子，我今天想正式跟你谈谈，我其实早就想跟你谈谈你工作上的事了，但总见不到你，即使逮着你了，咱爷儿俩两句话说不完就吵架，谈不成。今天你听我说两句。"

"行，你说吧，我听着呢。"

"你也三十多岁的人了，还没成家，你妹妹快三十岁了，也没成家。我好歹也是个市长，是山川市响当当的人物，你们兄妹俩弄得我很没面子。你说在山川市，你们兄妹俩还不是随便挑随便拣吗？什么样的人咱找不着？为啥你们都不找朋友呢？"

"可是我愿意的你同意吗？"朱郎反问道，"我看中的几个，你都说门不当户不对，你不同意。你非要我跟这个市长的女儿那个市委书记的女儿谈对象，看她们那歪瓜裂枣样儿，不是胖得像猪，就是个子矮得像小矬子，我看见就恶心。我妹妹是想攀高枝，想攀省委副书记，那可能吗？人家是省委副书记，省里的三把手，人家会为了她离婚吗？"

"你少说你妹妹的事，管好你自己就行了。"在一旁看电视的纪女红听不下去了，说了朱郎一句。

"婚姻上的事，以后我不管你了，你自己相中的都行。但是工作上的事，你要听我的。"朱尔说。

"只要有你这句话，明年我就结婚。"朱郎看着他老爸说，"工作上啥指示？你说吧。"

"趁早把山川国际酒店副总经理的工作给辞了。现在纪律越来越严，我是市长，你当山川国际酒店副总经理，这个太招摇了，影响很不好，搞不好还要出事呢。趁现在年纪还不算大，抓紧从政，趁我还在台上，我估计还能再干十年，十年之内把你扶上去。先让你到乡里当个副乡长，两年后当上乡长，再过一年当乡镇党委书记，有了乡镇党委书记的资历，直接当副县长，过两年，当县委常委、副书记，再干两年，当县长，再过两年，当县委书记，到我退休前，把你扶到县委书记的位置，以后就看你的了。"朱尔扳着手指头在那儿算。

"得了吧老爸，我对当官不感兴趣。哪像我做生意的，只要有钱，我想干啥就干啥，坐奔驰，住别墅，开私人飞机，打高尔夫，谁管哪？美死了。"朱郎嘟囔着说。

"儿子，你还小，你不懂，生意有那么好做的吗？现在你是有我这个当市长的老爸，你做生意才能顺风顺水，如果不是我，谁理你呀？山川国际酒店的齐浩天能让你当副总经理吗？你怎么这么迷呢？"

"好多人是没当过官，以为当官多好，我天天守着你这个当官的老爸，而且还是大官，我不知道你是咋过的？我没觉得当官有什么好。除了公款吃喝，天天开会，钩心斗角，贪污受贿，你说你们还都干些啥？"

"好小子，你说这都是啥话？一派胡言！真是忘恩负义、吃里爬外的家伙，你给我滚出去！"朱尔厉声喝道。

"咋回事呀？老朱，儿子多长时间没回来啦？回来你就发脾气，你在单位训人家人家不敢理你，你在家里这样霸道，俺娘儿俩可不饶你。"纪女红放下怀里抱着的藏獒，站起来掐着腰对着朱尔高声喝道。

"净是你从小娇生惯养，儿子不争气，女儿没出息，家教不正，家风不严，净是坑爹的货。将来我不吃亏便罢，吃亏也是因为后院失火，也是因为这不争气的儿子，还有你这四处招摇惹祸的娘。我在外边是个大领导，人见人敬，威风得不得了，都说我有本事，可是，再有本事，我连个家都管不好，我算啥本事？我当这领导有啥意思？"朱尔这次也知道有点过了，头仰靠在沙发背上，哀叹着说。

"你少找我的事，你还怨我咧，你当这破领导，从来不沾家里的气，孩子从小到大，你管过没有？你问过没有？你从没有教育过孩子，你现在反倒教训起我来了，你什么东西？你在外边招蜂引蝶。左拥右抱，你以为我不知道？还说我这说我那呢，只许你州官放火，不许我百姓点灯吗？咱俩谁也别说谁，各自找各自的乐子。不过，你别把我惹恼了，把我惹恼了，你吃不了兜着走，我反正也没有准备靠你咋着。"纪女红两手叉腰，歪着头瞪着眼不甘示弱。

听到这里，朱尔从沙发上"呼"地站了起来，指着纪女红说："你说我是什么东西？你是什么东西？你干的好事你以为我不知道，你吃喝玩乐，唱歌跳舞，你丢尽了我的人。这且不说，你还打着我的旗号给人家办事，外边就传说很多事找我办不成，找你会办成，你说，你得了人家多少钱？这些钱你都藏到哪里了？你是非要把我送进监狱里你才高兴吗？把我送进监狱，你也得一块进监狱，咱是拴在一条绳上的蚂蚱，咱一家人都得玩完，谁也跑不掉。"

朱尔这一说，纪女红倒低头不吭声了。

见气氛有些严重，见纪女红处于下风，朱郎站起来解围说："妈，您不用跟他说了。爸，您也不用生气了。我今天明白告诉你们，我对当官不感兴趣，我就是要饭也不当官儿，你们就死了这条心吧。爸，您要是嫌我当山川国际酒店的副总经理影响您的仕途，那我就不干了。正好，山川国际酒店要在济民县搞这个项目，您高抬贵手把这个项目帮助弄成了，我就去济民县招呼这个项目，离您远远的，也离开山川市区，这样行吧？"接着，又对朱尔说，"爸，我走了，您如果认我这个儿子，明天把那盖有市委、市政府印戳的邀请函放家里就行，到时候我回来取，我走了。"

"儿子，在家住一夜再走吧。"纪女红说。

"不了，我回去还有事。"说完，朱郎头也不回地走了。

10

第二天上班，市长朱尔给市委书记赵开来打了个电话，他从来不给赵开来打电话，有事都是通过市委、市政府的秘书长或者各自的秘书传话，今天破天荒地打电话，赵开来颇感意外。

"朱市长，有事吗？"赵开来说话总是面带微笑，不紧不慢，他是一个基层经验十分丰富的领导干部，从村支书做起，乡长、乡党委书记，县长、县委书记，市长、市委书记，各种长的岗位一个台阶不少，这跟他脑子绝顶聪明是有关系的。到了这个年龄，又经历了这么多年大风大浪的洗礼，在他眼中，世界上的所有事情已经没有他看不透的了，他看人比算命的都准，三句话说不完就把你的五脏六腑看了个透亮，就像做了个CT检查一样。

"赵书记，咱山川市的李向前老将军您知道吧？"

"我知道，那是一位德高望重的老前辈、老领导，怎么了？"

"他的秘书楚强跟我联系，说老将军已经九十多岁了，能活几天不好说呢，趁身体还能动，想回老家看一看，转一转。刚好咱们下个月要召开商品商易会，想让咱以市委、市政府的名义邀请他，想把邀请函先报到省里，再由省里出具邀请函报到国家有关部门，等国家有关部门批复之后，名正言顺，公事公办，咱接待规格和接待安排都好处理。"

"这个……老将军的心情可以理解，也是好事，但是，让我想想，这可不是一件小事。老将军毕竟年岁大了，如果有什么闪失的话，咱可承担不起。"电话那头，赵开来没说让请也没说不让请。

真是个狡猾的老狐狸，朱尔想。

赵开来听了朱尔的想法，第一直觉这是个陷阱，这里边肯定有猫腻。长期与人打交道、当领导，赵开来养成了怀疑一切的思维习惯，不管什么人说什么话，他都要先打个问号，先怀疑一番。尤其是眼下这事，平时朱尔他们俩之间从不通电话，朱尔突然打电话，赵开来认为很蹊跷，所以他没有立即答复，他要问清情况再做决断。

其实，作为市委书记，抓班子带队伍这方面赵开来一直非常重视，他也很想跟朱尔搞好团结，可是，朱尔一直跟他对着干，他百思不得其解。他想，如果只有一种可能，那就是他做事比较正，不搞歪门邪道，他还很清廉，不违法乱纪，可是，朱尔就不同了，外边风言风语地说朱尔贪污受贿、徇私舞弊、作风不正等，这些都传到了赵开来的耳朵里。作为市委班子的"班长"，对班子成员既要充分信任，又要履行监督责任，既要坦诚相见，相互理解，维护大局，建立高尚的同志式的友情，不能互相猜疑，更不能尔虞我诈，但是，对班子成员他赵开来也负有监督、提醒、帮助的责任，如果只有信任没有监督，发现问题也不提醒，更不帮助改正，实际上是对同志的不负责任。他是这么想的，也是这么做的，他曾经对朱尔苦口婆心地多次婉言相劝，怎奈朱尔毫不在意，或者说很是反感，这让赵开来大失所望。因此，他对朱尔的所作所为已经有所警惕了，如果朱尔是隐藏在党内的腐败分子，他赵开来必须坚决与之进行斗争，一点也不能含糊。

赵开来没有立即答复，朱尔就感到这事黄了，凭赵开来的智商，他不会轻易相信自己所说的话的，而且没有绝对的把握，他是不会轻易开金口的，尤其是他市长朱尔冷不丁说的没根没据的话，赵开来更不会听。朱尔有些后悔，后悔不该打这个电话，既掉了身价也没有办成事，唉，人都有一时迷，想想办这没材料事还不都是为了儿子？儿子一说啥事，真的就乱了的方寸。将来不出事便罢了，要出事一定是因为儿子，一定是儿子害的，儿子是自己的软肋，没有教育好儿子是自己一生最大的失败啊。但是既然话说出口，断没有唾沫吐出来再舔回去的道理，往下只好再想办法办这个事了。

朱尔一不做二不休，指示市政府秘书长王风权以市委、市政府名义起草了一份邀请函，先把市政府的大红公章盖上，接着按发文流程转到了市委办公室第一秘书科，而且，在发文签上，朱尔写下了"同意，拟请赵书记阅示。"这次，朱尔来了个牛不喝水强按头。

文件运转到了市委书记赵开来的案头，赵开来一看就来了气，自己还没有表态呢，朱尔就霸王硬上弓了，这不是明摆着要挑衅吗？

赵开来把文件扔在了一边。他把秘书小姜叫来，让他直接跟李向前老将军的秘书楚强打电话问是啥情况，秘书小姜回过电话来，说老将军的秘书楚强确实这样安排了。但是赵开来凭直觉还是不相信，他知道一些领导的秘书打着领导的旗号办私事，尤其是一些退休了的老领导的秘书。这些秘书已经失去了往日的威风，没人搭理了，但是还想办些私事，就只有借助老领导的虎威拉大旗做虎皮。

于是，赵开来亲自和老将军李向前的公子联系，这是一位在国家部委担任司局级干部的公子哥儿，因为是家乡父母官的缘故，赵开来和他多有来往。赵开来一打听，根本没这事，老将军虽然年纪大了脑子有些糊涂，但是多年养成的良好政治品行和工作作风已根深蒂固地融入血脉之中，他才不会没事往老家跑给老家找麻烦呢，毕竟保持晚节、一生清白比什么都重要。赵开来也是一名领导干部，人情世故他懂，他知道其实很多领导都不怎么回老家，不是没有家乡观念，更不是不近人情，主要是一回老家，前呼后拥，影响不好不说，还有这个亲戚要求办这事的，那个邻居要求给孩子安排工作的。所以，明智的领导一般不愿意回老家，更不愿意在老家住。

赵开来打了电话心里明白了，但是不知道市长朱尔想搞什么花招，他还要试探清楚。赵开来眉头一皱，计上心来，只要来一个"拖"字诀，以静制动，以不变应万变。

11

果然，朱尔等不及了，不是他等不及了。是他的宝贝儿子等不及了，是山川国际酒店的董事长兼总经理齐浩天等不及了，就这么屁大个事都办不成，齐浩天有些窝火，而且眼看华兴集团已经在济民县跑马圈地，已经签了协议而且正在做规划跑手续，搞得风生水起的，等诸事停当开工仪式一举行，一切都为时已晚。时间等不及，机遇不等人。放眼山川市，哪里还有发财的风水宝地呢？济民县最好，济民县是一片待开发的处女地，论地理位置、区位优势、地形地貌，哪儿也找不到这么好的地方，而且征地出手就是几百亩上千亩，别的不说，就是囤积这么一大片土地就是无价之宝，什么都不用干，只要把地放那儿不管，净待地价"呼呼"往上涨吧，这就是财富，这比辛辛苦苦经营酒店来钱快多了。所以，齐浩天也看清楚了，他本身就是一个依靠权力运作权力发财的人，在这方面他是天才，现在他要长袖善舞进军房地产，不，准确地说是要进军地产，干那些没有权力资源的人干不了的生意，而拿地就是最能显示权力的一种手段，承揽工程则又是最能显示人脉资源的表现，是来钱最快最轻松最令人眼红又最令人无可奈何的捷径。

齐浩天向朱郎发话了，一周之内如果再拿不到市委、市政府的邀请函，别怪他不客气。朱郎把这话打电话跟他的市长老爸一说，朱尔的猪脾气上来了，他一个做生意的逞啥能？这是山川市，这是朱家天下朱家地盘，还轮不到他威胁。

"不用管他，看他能咋着！"朱尔在电话里对朱郎说。

"老爸，他咋着不了我。不过您也是市长呢，连一张纸都弄不了，您这市长当得也太窝囊了吧？"

"小子，你不知道官场有多复杂？你老爸我虽然是市长，可还有市委书记呢，这个老家伙是个老狐狸，你不懂。"

"我再不懂，但我知道我爸也不是没能耐的人。"

"这你说对了一半，我的能耐我不知道吗？别看我是市长，山川市比我水平高的人多的是，但是市长只有我一个，那是各方面原因造成的，机遇加上努力还得有运气，关键是要有本事，没这些都是白搭。"

"只要想办法把老将军请来不就得了吗？非要这么复杂吗？"朱郎嘟囔着说。

一语惊醒梦中人，朱尔一想有道理：对呀，还是我儿子聪明，如果不能以市委、市政府的名义发函，市委、市政府成立的有山川商品交易会组委会，我是组委会主任，以组委会的名义邀请，不就解决问题了吗？只要老将军同意来，他们那边再发过来个同意的回复函，到时候，生米做成熟饭，老将军要回来，赵开来断没有不接见的胆量。

朱尔下定了决心要做成这件事，他才不怕赵开来呢，他有后台，他的后台就是现任省委副书记魏和平。因为魏和平与他的女儿朱佳是情人关系，他朱尔知道这层关系，不以为耻反以为荣。

很快，山川商品交易会组委会拟邀请老将军李向前参加山川商品交易会的请示报送到了Ｓ省省委，省委副书记魏和平从中运作，文件头一换，变成以Ｓ省省委的名义邀请李向前老将军参加山川商品交易会的请示了。李向前的秘书楚强一直关注着此事，所以，Ｓ省省委的邀请函一到，没过多久，国家有关部委也批复了同意，并要求做好接待服务工作，Ｓ省省委又把批复文件转送给了山川市委。

山川市委书记赵开来接到批复件，怒不可遏，他立即明白了这是朱尔做的手脚，但他是一个有修养的人，他喜怒不形于色，而且很能沉得住气，这是他的作风。赵开来想，朱尔邀请老将军李向前肯定有什么事要办，而且还是大事，不然的话，犯得着邀请一位老领导老将军出面吗？

12

李向前老将军终于来了，除了秘书、警卫、医生、护士之外，还有一位陪同的人，那就是山川国际酒店董事长兼总经理齐浩天。

在山川商品交易会开幕式上，当介绍到李向前老将军时，掌声雷动。毕竟老将军在山川市是知名人物，几十年的风雨沧桑，山川人始终以老将军为傲，老将军虽比较正直，但还是有好处的，亲不亲，故乡亲嘛，有他这个金字招牌，山川人进京办事，找到了他，他一句话比别人说十句话都管用。

老将军颤巍巍已走不动了，山川国际酒店专门找了两个漂亮小姑娘一路搀扶着他，还专门派了两位便衣警察保护他。老将军身体不好，不便参加很多活动，除了参加开幕式外，山川商品交易会上的其他活动就不参加了。到他的老家看了看，他老家已没有人了，老将军也就是到村头站了站，看了看，到祖坟祭了祖后就离开了。

齐浩天和朱郎他们却不肯放过老将军，他们费了这么大劲把老将军请来是有目的的。他们跟老将军说，首长，咱去济民县的黄河边看看吧，黄河可是咱山川人的根哪。

老将军欣然同意，有生之年不知还能不能再看到黄河，老将军对黄河有特殊的感情，其实，每一个山川人都对黄河有着深厚的感情，吃的黄河水，如同喝的母亲奶，怎不对黄河情有独钟？

市政府秘书长王凤权，济民县委书记康清泉、县长马初生，以及山川国际酒店的董事长兼总经理齐浩天、副总经理朱郎亲自陪同，前呼后拥着老将军，一行八九人坐着进口商务旅行车直奔济民县黄河边。

火辣辣的太阳挂在晴空，已是小暑时节了，天非常热。老将军一行行驶在柏油小路上，映入眼帘的是一眼望不到边的槐树林，大片大片的浓荫看起来就让人感到清爽。

"这真是避暑的好地方呀。"老将军坐在商务旅行车的中间位置，看着车窗外的景色不由得赞叹，"唉，多亏了这些槐树林哪，防风固沙效果最好了，如果不是刚解放时候栽的这些槐树，济民县的农业就发展不起来，就没有济民的今天。"

"首长，我们准备在这个地方搞个森林公园，既保护槐树林，又创造收入，为当地群众谋福利，您看咋样？"齐浩天不失时机地说。

"好啊，这个主意好，我同意。"老将军高兴地说。

到了黄河边，老将军的兴致很高，虽然天很热，动一动就浑身是汗，老将军却毫不在意。黄河滩里不能种树，怕影响行洪，没一点遮挡，更是热浪滚滚。老将军下了车，挂着拐杖，也不要人扶了，自个儿晃悠悠地走在黄河大堤上，看着远处滔滔黄河水，凝神注目。

已进入了汛期，正是一年中黄河水量最大的时候，黄河恢复了她的本性，找回了她曾经的威风，老将军却感慨地说："黄河水比以前小多了。"

"是啊，首长，这几年黄河上修了很多大坝，现在黄河水不是多了，而是不够用了，沿黄各地都在抢着用黄河水，都认为自己分配的黄河用水量少，黄河不是害河，已成为利河了。"济民县县长马初生介绍说。

"真是十年河东十年河西呀，不，现在是三年河东三年河西呀，社会变化太快了。我们小时候哪敢这样想呀，那时候一到汛期就跑了，不敢在黄河边住。听老辈儿人讲，1843年，也就是清朝道光皇帝二十三年，黄河发大水，凶猛得很，'道光二十三，洪水涨上天，冲走太阳渡，捎带万锦滩'，惨着咧。现在多好，啊，多好，黄河这条桀骜不驯的野马被我们共产党人给驯服了，哈哈哈哈……"老将军高兴极了。

"首长，黄河边的老百姓还很穷呀，我们准备搞个黄河度假旅游区，带动黄河边的老百姓致富，您看这个项目怎么样呀？"齐浩天又不失时机地说。

"好，好，这个项目好，黄河边的老百姓吃苦受罪多少年了，也该翻身了。"老将军说。

"首长，您见了省市领导还得帮我们美言几句呀，有的领导还有不同意见呢。"齐浩天看着康清泉说。

李向前老将军的秘书楚强紧接着说："首长最重家乡情谊了，关心家乡建设，老家的人可不能忘了老将军。"说完，上前扶着老将军。

老将军说："这是好事，好事，应该大力支持。好，我说说试试。"

大家要的就是这句话，一行人把老将军伺候得更舒心了。

康清泉心里此时却压上了一块大石头。

在 S 省为李向前老将军举行的欢送晚宴上，秘书楚强及时提醒老将军要说说山川国际酒店投资建设黄河度假旅游区的事。老将军本不想讲，但秘书楚强一直缠着他，老将军只好把这事跟省委书记宋朝觐、省长艾民生说了。

书记、省长都说这是好事，欢迎山川国际酒店投资。

山川市委书记赵开来插了话："首长，黄河边现在是投资的热土呀，因为这些年黄河水利工程发挥了重大作用，黄河资源成了我们未开发的处女地，咱们省已经找不到这么好的开发区域了，有水有地有林，还没有那么多的建筑和村庄需要拆迁安置，所以盯上这块地的开发商和实业公司可真不少。"

"是啊，黄河边的老百姓有福气喽！"省委书记宋朝觐也打哈哈，"不过，首长说的这个山川国际酒店据说很有实力，我们要大力支持。"

"好，我只是随便说说，没别的意思，我老了，管不了那么多了。能管住我自己的身体就已经不错了，现在活着也就是个累赘。"老将军说。

"可不能这样说，首长，您是我们家乡人的定盘星，我们全靠您的指导教诲呢。您身体健康是我们的福分。"

"好，我说句不该说的话，山川国际酒店要在黄河边搞度假旅游区，这是好事，你们在条件许可的情况下支持支持，如果实在条件不具备，也不要为难，权当我没说。"

"首长放心，我们一定支持。"众人连连称是。

齐浩天悄悄对朱郎说："你都听到了吧，首长可是把话说到位了，下一步就看你的了。虽然华兴集团签了个什么协议，但咱们一定要翻过来。在咱的地盘上，哪能轮着他们横行八道？"

第八章

风雨兼程

康清泉和大家顶风冒雨忙活了半天,终于加高加固了堤岸,把河水堵了回去。到了中午,下了两天两夜的雨终于停了下来,可能是累了,而康清泉这时候也累了。

1

向云雪给康清泉打来了电话，康清泉看着这熟悉的号码，定了定"突突"的心跳，清了清嗓子，接通了电话，压低了声音说："云雪，你好！"

"晚上想见见您，有时间吗？"电话那头，向云雪温柔地说。

"这个，让我想想……"

向云雪约康清泉晚上见面，康清泉本能地觉得不合适，虽然他也很想见到向云雪，但还是委婉地回绝了："晚上我还有个接待，要不咱回头再说吧。"

"接待再晚我也等您。"向云雪有些撒娇地说。

"估计非常晚了，要不改天吧，改天我跟你联系。"

电话那头，向云雪沉默了，过了一会儿，向云雪又说："康书记，其实，我也没有别的意思，主要是考虑到您白天比较忙，所以才约您晚上见面的。您要实在忙，那就算了。"

"对不起，确实比较忙，回头有空我再跟你联系。"

刚放下电话，秘书梁伟拿来一份文件，标题是《山川国际酒店关于在济民县建设黄河度假旅游区的请示》。文件首页的眉头上密密麻麻写满了批示，康清泉打眼一瞅，首先是省委书记宋朝觐的批示：请山川市委赵开来同志阅。省长艾民生的批示：此项目很好，请山川市委、市政府高度重视，认真研究，抓好落实。市委书记赵开来批示：请济民县认真落实宋书记、艾省长的指示精神。市长朱尔的批示：请济民县委、县政府立即落实，确保项目成功落地，结果及时报我。

再看正文，是山川国际酒店直接写给省委、省政府的一份请示。按发文的规定，一个企业是不能直接对省委、省政府打请示的，而且请示只能对一家单位，不能同时对两家，这种做法非同小可，充分说明了山川国际酒店的能量非同一般。

康清泉眉头皱了起来，几位领导的话说得不一样，这可真像个迷宫，这个谜面可大了，真不好猜呀。

康清泉看到批示，就像几位领导站在他的面前跟他讲话，有说话重的，有说话轻的；有肯定的，有否定的；有表扬鼓励的，有批评讽刺的。康清泉分明感到，省委书记宋朝觐的批示是在打马虎眼，是在应付，具体应付谁他也不知道，但康清泉能感到他是迫于压力做的批示，其实是不置可否，根本上是不予认同。而省长艾民生的批示就不一样了，是真的要求推动此项目。市委书记赵开来也是在玩文字游戏，其实也是不认同此项目，但朱尔确是跳了出来蹦了起来性急了起来，他的批示非常直白，而且带着威胁的口气，那是非要把这个项目搞成不可。

康清泉犯了难，谁也不敢得罪，谁也得罪不起。但是，作为一个有良知的领导干部，宁肯犯错误宁肯得罪人也要干工作，不然的话，对不起自己的良心，对不住自己的岗位，更对不起自己的工资。康清泉就是这样一个人，他理解了各位领导的意图，于是他把这个文件扔在了一边。

与此同时，康清泉加快了华兴集团项目的推进步伐，他要求主管项目手续报批的县委常委、常务副县长常学谦以及分管工业和招商引资工作的副县长任书生建立日例会制度，每天下午五点准时召开碰头会，听取一天来的工作进展情况，及时协调解决相关问题，安排布置第二天的工作任务。同时，规划范围内的拆迁安置工作也加快启动，开始做调查摸底和建筑物、地面附属物、青苗等的清查登记工作，要求照相摄像一起上，做实数据资料，以免将来拆迁补偿的时候造成被动，造成盲目攀比和不公现象。

常学谦说："康书记，项目报批我和任县长负责到底，将来拆迁工作您还是让人大黄主任负责吧，他可是济民县的老人哪，他说话可比我们俩管用多了。"

"黄主任不是一直在负责吗？"康清泉问。

"以前挺积极的，最近开会他老是有事不参加。"

"噢，我知道了。"康清泉说，"不过，你们有事还是要主动向他请示，多通气多商量。"

常学谦说好。

康清泉感到特别闷热，不知是心里烦躁还是天真的很热，也确实到了一年中最热的大暑天气了。"今天的空调怎么不制冷呀？"康清泉问道。

秘书梁伟立即上前回答道："康书记，中央空调就是效果不太好，我现在就跟机关事务管理局打电话。"

"不用了，去给我找把扇子就行了。"康清泉接着问，"济民县的干部群众对华兴集团这个项目反应咋样呀？"

任书生回答道："康书记，说实话，这个项目说啥的都有。主要是咱给华兴集团的政策太优惠了，都说要这个项目干啥？咱还得往里边倒贴钱。"

县委常委、常务副县长常学谦说："光靠咱济民县的财政倒贴钱远远不够，省市都要支持，可是办手续的时候，不知道咋回事，市政府的相关手续走得非常慢，虽然省委、市委主要领导明确指示要大力支持，但在具体操作过程中，相关部门还是以程序、规定等各种借口拖着不办。咱也不能怨人家，规定就是这样，办一个项目，这手续那手续走下来，没有一两年根本弄不成。现在光咱济民县着急没用，省市都得开辟绿色通道，有时候还得适当担责出具'路条'走简便程序，必要时候还得交叉办理才行，要变串联为并联，提前办，及时办，跟踪办。"

这时候，秘书梁伟拿来了一把纸扇递给康清泉，康清泉扇起扇子来，心情好多了，人说心静自然凉，有时候，并不是天热而是心热。

"继续说，还有什么问题？"康清泉说。

"将来群众拆迁安置也需要大量资金支持，当地群众听说要拆迁安置了，都争着盖房等着要补偿呢，盖房都盖疯了，盖那房子质量差得很，刮个大风就会倒下来。"任书生副县长说。

"赶快以县政府的名义下个文件，制定拆迁补偿安置方案。哪些该补哪些不该补，什么时间盖的房子要补，什么时间节点以后盖的房子一律不补，要主动做工作，提前把这些告诉群众，不要让群众有太大的期望值，不然以后会造成重大的不稳定因素。"康清泉严肃地说。

常学谦说道："上访告状那是免不了的，我就怕将来再出现一些群体性事件，闹不好还会再来一次像黑风口那样的'3·16'事件。"

"有这么严重吗？"康清泉正扇得欢快的扇子停了下来。

"现在不只是群众思想不稳定，关键是基层干部不稳定。一听说有项目来，农村那些有头有脸的人都争着当村组干部，都想将来征地补偿、项目施工时候能发个大财，现在都开始鼓动找事了。"常学谦喝了口水说，"也难怪，当个村组干部也就靠这发财了。咱县西边靠近山川市那些村的村干部有钱得很。"

"你说这我知道，我在山川市纪委工作的时候，经常收到群众反映村组干部违纪问题的举报信，在城中村、城郊村当个村干部确实油水大得很，那些村干部几个人一凑，几个亿的资金就出来了，在他们村地盘里的那些房地产公司，都要给他们上贡，少了还不行。有个公司给他们钱少，他们找人在公司门口堆垃圾不让人员进出，后来找了几辆工程车直接把门给堵死了，想解决问题他就不理你，找中间人说合说合拿几十万，垃圾也清走了，工程车也开走了，就是这，敲诈勒索，强买强卖，拉围墙，运建筑材料，这些配套工程必须让他们干，不然的话，工程队来了就打。唉，治理'三乱'难着呢。不过，这完全可以认定为黑恶势力，必须重拳出击，狠狠打击，还老百姓一片晴朗的天空。当然，山川市的事情，那里边水很深，关系也很复杂，咱一句话说不清楚，咱也管不了，但是，在咱济民县这一亩三分地内，别管怎么着，我给你们撑腰，你们要把这事给解决好，依法从严从快坚决打击，决不能出现影响咱们投资环境的'三乱'现象，如果有上边领导打招呼，我给你们顶着，如果有人告你们的状我给你们撑着，这请你们放心。"康清泉说。

"有康书记这样的好领导，我们就是拉套累死也心甘情愿。"俩人都激动地表态。

康清泉又问："常县长，我一直想问问你，你是分管财政的副县长，你算过账没有？如果华兴集团到咱们县来投资，咱县究竟能得到什么好处？"

"康书记，这事您问我，我咋回答呢？"常学谦也是一个经验丰富的领导，他从不正面回答别人的问题，总是回答别人为什么要问这个问题，总是思索他为什么要问这个问题，从这个角度切入，思路就打开了，考虑分析问题也就更准确了。

"我就是想听听你们都有啥看法，现在全县的干部群众都有啥想法？"

副县长任书生憋不住了，他毕竟书生气十足，有啥就想说出来，藏不住掖不住，不说心里难受："康书记，您是县委书记，很多话传不到您的耳朵里，外边说啥的都有。唉，有说这是'卖国条约'，有说这是咱县领导借此机会巴结上级领导呢，有的说这是市委书记和市长……我不说了。"

康清泉接着说："是啊，这是个大项目，是咱山川市有史以来最大的一个项目，也可以说是咱省近年来比较大的一个招商引资项目，牵动面大，有各种各样的议论也是难免的，但是作为一名领导干部，如果思路不超前，如果不敢担当，缩手缩脚，人云亦云，那能行吗？只当和事佬，谁也不敢得罪，什么工作不敢做，那只说明一个问题，就是此人心里有鬼。我在纪委工作多年，我知道有些领导干部正因为吃人家的嘴软、拿人家的手短，才硬不起来，才畏缩不前。我不怕，大不了丢官罢职行政问责而已，反正我的目的和出发点是为了全县发展，没有个人私利，没人找我打招呼说情。我现在只是担心咱们济民县的财力能否承受，将来能给济民县财政带来多少收入？"

常学谦不得不说了，他也明白了康清泉的意图，于是掰着指头说道："康书记，说出来吓您一跳，我测算了一下，光这个项目，财政倒贴的资金要十个亿呀，这可是咱济民县两三年的收入呀，咱济民县可贴不起，必须让省市都拿钱。"

"咱干一年都给了他？唉，大企业就是牛呀，为啥说越有钱越有钱，他们来钱也太快了。不过，咱不能只考虑眼前利益，要有长远眼光、战略眼光。"康清泉话题一转，说，"咱前期往里边贴钱，也会向上边争取的，讨价还价呗，等将来项目建成了，带动就业，带动第三产业，带动配套产业发展，这些都是未来的税源，还能极大提升咱济民县的知名度，咱们可以借此机会向上级申请一些战略规划，比如申请省级产业园区、电子信息产业园之类的政策，要资金不如要政策，这些都是潜在效益，这些价值不可估量呀。人常说，舍得舍得，没有舍弃哪能得到？先舍后得，有舍有得，舍不了孩子套不住狼，吃小亏占大便宜，这就是辩证法。"

"康书记说得对，虽说前期咱要往里贴钱，不过，这些钱也不都是咱济民县贴的，省市都会支持，我看省委、市委主要领导都很支持的，他们贴给企业不是变相贴给咱们济民县了吗？不求所有，但求所在，只要到了咱这一亩三分地，他们就拿不走，就是财富。"常学谦兴奋地说，"我还要报告康书记一个好消息，山川市很多银行听说华兴集团要来咱县投资，主动找上门来给咱们贷款呢，省政府金融办有意组织银团贷款，一下子就给咱济民县贷二十多个亿呢。"

"真的？这消息你咋不跟我早说呢？"康清泉也很高兴，有了钱什么事都好办了。可以修路搞绿化，可以推进水电气暖等基础设施建设，可以发展高效农业，可以支持民营经济发展，可干的太多了，这下就大有希望了。

"主要是有意向，还没有确定，等差不多有眉目了，我还要请您牵头请人家吃饭呢。"常学谦说。

"那一定要去，咱济民县以前就是太老实，离山川市这么近，可是灯下黑，不知道向省市去跑去活动，银行也是嫌贫爱富，市场经济嘛，他们也是无利不起早。"康清泉高兴地说。

"这些银行呀，也真是的，像咱们济民县的金融机构，只收钱不放贷，成了咱们这儿的金融抽水机，把济民县的钱都抽走了。"常学谦说。

康清泉接着说："你当常务的，分管财政，联系金融部门，给你交代个任务。"

"康书记请指示。"常学谦说。

"金融是经济的血液，也是制约咱县发展的瓶颈，金融可以适度领先经济发展，济民的金融工作应向发达县看齐。我听说现在金融业的问题就是效率问题，资金转得太慢，如果周转快，一块钱能当几块钱用。所以必须要求我们的金融机构加大支持实体经济力度，提高金融业发展质量。可以给他们提要求，在我们这儿设网点，每年必须给我们贷多少多少款，到年底我们要评支持地方经济发展先进单位，连续被评为落后的，我们不让他在我们济民县设网点搞抽水机了。同时，要注意防范金融风险，我听说一到年底，金融机构就调账，所谓调账就是掩盖不良贷款，这容易造成风险。现在融资难，融资贵，民间借贷很普遍，一旦哪个资金链断裂，就会牵涉千家万户，就会发生重大风险，要特别注意非法集资，不能出现庞氏骗局。防风险、稳运行是头等大事，常县长你要多研究这方面的工作。"

"好咧，康书记您放心吧。"

"另外，你着手起草一份通知，要求咱们各个委局都要梳理上级对口单位每年有多少扶持政策，有多少下拨资金，有多少评先项目，这些都要搞清楚，然后作为任务分解下去。我们不仅要对外开放，更要对上开放哪！"

"好，康书记这个办法好，早就应该这样了，咱们的干部其实平时也没少吃没少喝，不过都是在自己锅里打转转，搅来搅去，不还是那么多东西吗？就是要向外向上要资金要资源要政策，大河有水小河满，这个办法好。"常学谦附和着说。

2

"轰隆隆——"天空突然传来一阵响雷，大家都抬头看着窗外，虽然阳光依然灿烂，但远处乌云密布，看来是要下大雨了。

果然，没多长时间，风也开始凑热闹了，树枝东摇西晃，街上的行人都急匆匆地往家赶。

一阵急促的雨点敲打在玻璃窗上，"噼里啪啦"就像爆竹声响。

黑云压了过来，屋里暗了很多，空气中弥漫着丝丝寒意。秘书梁伟打开了灯，康清泉放下了扇子，说："怪不得我感到这么闷热呢，原来是要下雨了，今天就这样吧，看这阵势，雨还挺大的，说不定一会儿我们还要看汛情呢。"

常学谦和任书生两位副县长带上门走了。康清泉站在窗边，看着外边的暴风雨，心乱如麻。

窗外的雨越下越大了，"哗哗哗"就像往下倾倒一样，什么是倾盆大雨，康清泉算是知道了，已经下的不是雨了，而是直接往下流的洪水。天空越来越暗，窗外越来越黑。

康清泉拿起手机拨打分管城建的副县长万事通的电话，一直在办公室门口候着的秘书梁伟走上前提醒说："康书记，雷雨天，您还是别用手机打电话了吧？不安全，用办公室的座机吧？"

"没那么严重，这又不是野外，不要紧的。"康清泉打通万事通的电话后，告诉他，立即启动防汛应急预案，各相关部门做好防汛抗洪的准备。

接着，他又拨通了县委常委、县委办主任易三戒的电话："易主任，抓紧安排人起草一份关于做好防汛工作的明传电报，通知各乡镇、县直各委局严阵以待做好防汛工作，要求一把手亲自下去察看灾情，以防房倒屋塌现象发生。要组织好应急队伍，随时准备拉出去。水利、城建等委局要由班子成员带队，到一线去察看汛情，及时组织疏浚河流。要做好信息报送工作，有什么情况及时汇报。另外，准备一下雨伞和雨靴，一会儿咱们一块出去。"

康清泉部署完，长出了一口气，看着窗外疾风骤雨，心情难以平静，黄河防汛不知道会咋样？济水河不知道咋样？城市的防汛系统能否吃得消？

果然，没多久，城建局局长田永利打过来电话了，说县城所有道路出现积水，达一尺多深，而且积水还在不停地上涨。

"咱们县城的排水口畅通吗？"康清泉问。

城建局局长田永利回答说排水口太少，而且管径太小，排不及。

"还有其他的办法吗？"

田永利说没办法，咱县城的基础设施就这样，这都是几十年前的老管道了，按照那个时候的城市防洪排水标准是够用的，但发展到现在，县城增加了几万人，明显是小马拉大车不够用了。

"窨井盖是不是都齐全？"

田永利说窨井盖丢失得很厉害，也不知道是哪些人缺德，专偷窨井盖，现在街上有三分之一的窨井没有窨井盖。

"对那些没有窨井盖的窨井抓紧做些标志，以防行人掉进去，人命关天，这是大事抓紧办。"

刚放下电话，水利局局长肖自兴又打来电话了："报告康书记，我们已做好了防大汛抗大洪的充分准备，班子成员分包河段，都带人下去察看汛情了。现在黄河还倒不要紧，只是济水河马上就要漫堤了，天气预报说今天晚上还有暴雨，我担心晚上河水会漫堤，到时候河边的村庄恐怕会被淹没，村民们还要转移出去，我想是不是抓紧启动应急预案，让各相关单位的防汛队伍都上，必要的时候还要请求武警支援，不然的话，只靠我们水利局的力量不行呀。"

"你的建议很好，我已经安排启动了防汛应急预案，现在，我马上就到济水河那里去，一会儿你在那里等着我。"

康清泉放下电话，对秘书梁伟说："你通知易三戒主任和分管城建的副县长万事通现在就去县委办公室集中，咱们现在就到济水河和县城转转，看看汛情。另外，通知马初生县长让他带人到各乡镇去转转看看。"

"要不要通知县报社和电视台派记者跟？"

"通知记者吧，给大家传递个信号，要全县上下高度重视防汛工作，这是当前压倒一切的一件大事。"

下雨天，天黑得早，在这风雨交加的恶劣天气，电力公司又在一些区域拉闸停电了，街上没有路灯，一片漆黑。

康清泉带着县委办易三戒主任和分管城建的副县长万事通一行几人乘坐越野车来到了济水河边。县水利局局长肖自兴早已在河边一处较高的堤岸上打着伞等候。

康清泉一行几人下了车，刚打开车门，一阵雨水直扑过来。康清泉在车里已穿好雨靴。秘书梁伟急忙先下车，把伞撑在车门旁，小心地扶着康清泉下了车。

一切都看不到了，夜黑如墨，暴雨狂泻，狂风横扫。滚滚惊雷在头顶不时掠过，闪电刹那间雪亮，划破了夜空。

康清泉一行人举着伞穿行在如注的暴雨中，秘书梁伟在前边领路，县委常委、县委办主任易三戒和副县长万事通在后边紧紧跟随，几个年轻的记者也扛着摄像机、提着照相机跟在后边。

狂风把雨伞吹得东摇西晃，根本打不直，雨水像在往下倒，脸上的雨水擦不及，刚刚抹了一把脸擦干了眼前的雨水，瞬间就又挂上了雨珠。康清泉的衣服早已湿透，胶鞋也进了水，袜子全湿了，黏在脚上难受得很。

几个人在雨中艰难地挪动身体，看到前边有手电筒的微光，他们知道那是县水利局的人在等。

"康书记，我们在这里呢。"这会儿，大家也不敢打手机了，通过最原始的喊话来传递信息。深一脚浅一脚，一行几人艰难地来到了县水利局局长肖自兴他们站的地方。这是一处地势相对高的地方，他们水利局的人经常在河边走，熟悉地形地貌。

肖自兴见了康清泉，第一句话就说："康书记，济水河看来要淹了，咱早点想办法吧。"

"这才下多大的雨？河水都会淹吗？"

"康书记，济水河年年淹哪，堤岸低得很，几十年没整修了，经不起雨呀。"

"那往年都咋办？"

"往年也是这样，一下暴雨就淹，村里的群众投亲靠友先躲几天，等雨过天晴了再回来。地里的庄稼那就看天收了，能长啥样算啥样，没办法。"

"济水河沿岸有几个乡镇？"康清泉问。

"五个乡镇十几万群众哪，不过，离河最近的也就一两万人。"

"易主任。"康清泉喊道。

易三戒急忙围了过来："康书记，您说吧，我在这儿呢。"

"通知全县各乡镇党员干部连夜到村里去，进行摸排走访，特别是那些危房要重点排查，每家五保户都要走访到，看有没有什么问题。要切实帮助受灾群众转移到安全地带，我现在最担心的就是那些五保户、孤寡老人没有照应，最怕房倒屋塌压死人。县四大班子领导也要通知下去，按照分包的乡镇下去开展工作，除非特殊情况，一律不能请假，要请假直接跟我说。"

"好的，我抓紧安排通知。"

3

在济水河堤上看完汛情，已是凌晨时分了，易三戒说："康书记，咱回机关吃点东西，早点休息吧？看这架势，雨一时半会儿停不了，估计明天还要忙一整天呢。"

"易主任，在这个时候，咱能休息吗？下这么大的雨，多少个家庭难以入睡呀，咱都是农家子弟，知道一下大雨农民群众心里是啥滋味，咱县南部是沙岗还好一点儿，一般的雨淹不了，但县北部和县中部地势低洼，一下雨就淹，不只淹庄稼，房屋还会进水，那些危房浸泡时间久了，就会垮塌，就会出人命。现在的任务，一是保生命，二是保财产，三是保生产，一刻也不能耽搁。咱们现在再到黄河大堤上去，看看黄河汛情咋样？"

水利局局长肖自兴派人找来一些雨衣，康清泉穿上后，感到又挡雨又暖和，比打伞强多了。

"走吧，咱现在去黄河上看看。"康清泉说。一行人顶风冒雨向黄河边进发。

夜色浓重，暴雨如注，天空中似有一个水库决了口，似悬着一道长河，那么多的雨水倾泻而下。夜雨像鞭炮"噼里啪啦"打在车窗上，即使汽车的雨刷狠命擦刮，前玻璃还是一片朦胧。乡间小路上水流成河，路两旁的树木左摇右晃。雪白的车灯照亮前方，像一个挖掘机不停地挖开夜的缺口，汽车劈波斩浪，艰难前行，就像汪洋中的一条船。

"济民县每年汛期都是这样吗？"康清泉问道。

"康书记，每年汛期，济民县都把防汛救灾作为首要任务，济民县临近黄河，境内的几条河年久失修，水利设施又损坏严重，一下雨就淹。县城排水管道都是质量低劣，搜集水的井口又少，排水不畅，一下雨河水倒灌，全城积水，没办法呀。"肖自兴说。

"为什么不及早整治呢？"

肖自兴说："康书记，没钱哪，咱县是农业县，是吃饭财政，搞基础设施需要投入，咱县城别说是地下管网了，就是这乡间道路，说是柏油马路，其实那油面也就一指厚，水一淹大车一碾压，坑坑洼洼的，就没法走了。"

"是啊，所以说咱必须招商引资对外开放，要依托农业大力发展工业和第三产业，做到一、二、三产业融合发展，努力探索平原农区'三农'发展的新路径，什么事离了钱都办不成呀。"康清泉有感而发。

几人好不容易来到了黄河大堤上，这里早已是人声鼎沸，济民河务局的全体职工和附近村庄的群众都上了堤岸，严防死守，观察汛情，随时准备堵决口抢险工。

济民河务局属于黄委会，地方管不了，但是跟地方关系非常密切，毕竟防汛离不开当地的支持。济民河务局局长叫阎为民，个子不高，胖胖的，见济民县委书记到来，他急匆匆地来到跟前："康书记辛苦了。"

"阎局长辛苦了，汛情咋样？"康清泉问道。

"现在还可以，但是像这种雨如果不停的话，估计再下两三天就有点危险。"

"要严防死守，对险工险段要认真检查、全面排查，不敢有任何疏漏，不能留盲区死角。你们还要密切关注雨情和水文的变化情况，准确分析判断流域上下游和各重大水利工程的水位变化，为加强防汛调控提供可靠数据。尤其要强调的是，在为我们指挥调度提供不同流域、不同断面水位和水量数据的过程中，误差要严格控制在最小范围。如果判断出来的水位、水量误差太大，会给防洪调度带来不可估量的影响，严重的还会造成重大事故发生。这方面我们一定要严格对待，讲究精细，不能马虎。还要完善预警信息发布系统，科学合理利用各种传播手段，确保受影响群众提前做好防灾救灾准备。你这边如果有什么困难，随时直接跟我讲，关键时期不用讲那么多程序。"

"现在没什么困难，这几年治黄资金还相对充足，各种物料配得都比较齐全，但是也不能掉以轻心，主要是人的责任心问题。黄河是一条桀骜不驯、游荡不定、堪称世界上最为复杂难治的大河，虽然经过多年不懈努力，黄河下游多年未发生大的洪水，但这也造成一部分干部群众麻痹懈怠心理滋长、水患意识淡薄，而且对水库调度的期望值过高，一些基层单位防御组织体系不够健全，防灾抢险实战经验不足，有些干部群众防灾减灾常识缺乏、避险自救能力缺失，所以还是不敢有任何马虎大意。"

"你说得对，责任重于泰山，一定要克服侥幸心理、麻痹思想，一定要强化风险意识、底线思维，一定要按照'堤在人在'的要求，严格落实责任单位、责任人以及责任措施、责任机制，确保黄河安澜。这方面我会严格要求我们各级党员干部。滩区里的群众情况咋样？"

"这个我们不掌握。"阎为民说。

易三戒在旁说道:"这得问乡里。"

"阎局长,黄河上的事你费心了,我就不在这里多停留了,我们到滩区里看看去,那里我不放心。"

"康书记,您到现场来指导工作,我们非常感动。您再转转看看吧,这里有什么情况我会及时向您汇报的。"阎为民说。

黄河滩区里的道路泥泞不堪,准确地说已经没有了路,到处是一片汪洋,司机小李说:"康书记,要不咱不去吧?这路不好走呀,说不定前边就会出现个大水坑大水塘,这太危险了。"

易三戒也说:"要不咱等一会儿吧,我通知太平堤乡的党委书记毕成功来领路咱再去吧?"

"不要让他来了,乡里防汛任务更重,通知他在黑风口村等咱们,咱路上走慢一点儿,小心就是了。"

康清泉执意要去,易三戒他们也没办法,只好不停地说司机小李:"慢点,看准了,别急。"

司机小李脑门急出了汗,两眼圆睁,凭感觉牢牢地握着方向盘,一只脚踩着油门,一只脚放在刹车上,随时准备停车。

雨还在"哗哗"下个不停,几公里的路,康清泉他们走了足足两个小时,到了黑风口村,已是凌晨三点了。

县政府党组成员南步涛、乡党委书记毕成功、黑风口村支书黑老三等人在车里坐着,在村头等康清泉他们大半天了。

"先到我那穷亲戚周大娘家看一看。"康清泉记挂着周明理的老母亲,已经很多天没来过了。

汽车停在了周大娘家门口,只见屋里漆黑一片。"康书记,咱还是不打扰大娘吧,看样子老人家已经睡了。"南步涛说。

康清泉也在犹豫:"南县长,最近大娘情况怎么样?"

"吃喝没问题,乡里给她的有特困补助。"

康清泉想了想说:"老南,这不是长久之计呀,大娘毕竟年纪大了,腿脚不方便,能不能让她住到乡敬老院呢?"

"我的康大书记,您是不知道,咱这农村的敬老院老人们都不愿意去。"

"那为啥?"

"为啥？条件差呗，农村的老人不进敬老院还能多活几天，进了敬老院死得更快。"

"老南，你越说我越糊涂了。"

"康书记，咱农村的老人住敬老院，需要村里给他垫钱，村里哪有这钱？敬老院条件差得没法儿说，老人们在里边吃不好，睡不好，有病没人管，还不招人待见。唉，老人们一听说进敬老院就害怕。都是快进坟墓的人了，想着死了不能死在外边，家再穷那毕竟是自己的家，死了也放心。"

"老南哪，要办的事真的太多了，你回头写个调研报告交给我，我批转给民政局、财政局，让他们拿个办法来。那些孤寡老人太可怜了，我们不能再这样下去了。"

"好咧，您放心吧，我明天就落实。"南步涛大声说。

这时候，周大娘家的门开了条缝，屋里透出昏黄的灯光，康清泉说："大娘还没睡，走，咱去看看。老三，你不要去了，看住车吧。"

"为啥？为啥不让我去？"黑老三眼一瞪不高兴了。

南步涛说："不用问为啥，康书记说话你都不听？"

"我去是为了康书记好，我要保护康书记安全，在俺村不让我去让谁去？"

"你是怕村里人说你坏话才不放心的吧？"南步涛说。

"老南你扯尿蛋，再说我跺你。"

"好了，老三，去就去吧，恁厉害干啥？"康清泉说道。

于是几个人打着伞来到了周明理家里。

"周大娘，咱县的康书记来看您了。"南步涛大声说。

"谁呀？下这么大的雨，天这么晚，您来干啥咧？"周大娘怯怯地问道。

"大娘，我是您的儿子康清泉。"

"儿子，俺的明儿回来了？"周大娘惊喜地说。

听了这句话，康清泉眼圈一红，直想掉泪。可能周大娘还不知道她的儿子周明理早已不在人世，还抱着无限的希望痴痴等着儿子归来。真的很难想象，如果老人家知道了她的儿子去世了，她还怎么活下来。白发人送黑发人，尤其像周大娘无依无靠的，活着真的比死还难受。

"我是您的儿子康清泉。"康清泉大声说。

门开了，康清泉等人进了周大娘家的茅草屋。进屋一看，地上积水已没了脚脖子，康清泉等人穿着雨靴还不要紧，周大娘屋里边"啪嗒啪嗒"滴着水，床上的铺盖却已卷了起来。

"屋里漏雨呀，大娘。"

"漏雨，这茅草屋不经雨。"

黑老三这时赶紧凑过来说："我说给大娘修房子，她不让，她说老屋住习惯了。"

"谁？老三来了？你走，你走，你不能来俺家，你走！"周大娘听到黑老三说话的声音，语气顿然变了，带着惊恐和极度的愤怒。

"老三，这屋叫你住你会习惯吗？这屋住着多危险哪，砸伤人找谁说理去？我早就给你说帮大娘把房子整整，你光说没钱，县里乡里给你那危房补助资金你都弄哪儿去了？别都弄到你家的房子上。"南步涛不高兴了，气愤地说道。

"老南，闭上你的臭嘴，你再说看我不扇你的脸？"黑老三眼一瞪，想打架。

"老三，康书记在这儿，你烧啥嘞烧？"乡党委书记毕成功也看不下去了，大声喊道。

"你们啥也别说了，现在就把大娘转移到村委会院里，给她找一间房先住下，等天晴了，抓紧帮大娘修房子。"康清泉很不高兴，对南步涛说道，"南县长，我让你照顾好大娘，你照顾的是啥？"

"康书记，我在这不当家呀，人家尿得高不甩我呀。"南步涛直诉苦。

"老南，你他妈的胡说八道，你吃我们黑风口村的喝我们黑风口村的，我们把你当爷敬，你还作践我们，看我不揍你！"

"老三，光揍人能解决问题吗？你也是村支书，有个村支书的样子好吧？"康清泉说道。

黑老三闭嘴不吭了，但气得直哼哼。

"老三，你走，你走，不让你来俺家。"周大娘还在一边大声叫喊。

康清泉明白周大娘让黑老三走的缘故，她是对黑老三恨之入骨，于是说："老三，你走吧，我不让你来你非要来，走吧，先去车里等着。"

黑老三一声不吭扭头走了。

等黑老三走后，康清泉说："大娘，黑老三走了，您有啥只管说吧。"

"没啥，我就是想俺的明儿，媳妇喝药死了，也没留下个孩子，明儿又不见了，我这老婆子上辈子做了什么孽呀？"周大娘说着说着哭起来。

"唉，大娘，明理会回来的，您保重身体要紧。"康清泉安慰说，"大娘，这屋子住着危险，您先搬到村委会院里住，等雨停了抓紧给您修房子。行吗？"康清泉对周大娘说。

"俺不去。"周大娘说。

"为啥呀？"康清泉问。

"俺要是走了，俺的明儿回来找不到俺咋弄呀？"

康清泉一阵心酸："大娘，您先搬到村委会院里住，我们派人在你的房子里等着，您的明儿回来让他去村委会院里找您去。"

"大娘，康书记是为您好，您这房子漏这么厉害，屋里还进了水，时间长了有危险。"县委常委、县委办主任易三戒也帮着劝道。

几人好说歹说，大娘就是不同意。

康清泉对南步涛和乡党委书记毕成功说："大娘不想搬就算了，你们乡里派个人在这守着，以防万一，明天就安排人修房子，确保万无一失。"

两人都说请康书记放心，这不是多大的事，现在就抓紧安排落实。

这时，南步涛嘟囔着说："康书记，这个黑老三太不像话了，'3·16'事件后，市县乡各级给黑风口村很多钱，他都贪占了。黄河上租了几条船，天天晚上支摊赌博，还找些小妮儿在船上卖淫，谁要是敢说个不字，上去就打。您说再不治治，这不翻天了吗？"

"毕书记，南县长说的是真的吗？"康清泉问太平堤乡党委书记毕成功。

"这，这，这……"毕成功答不上来。

"毕书记，你也别光怕黑老三他们，他们有权有势，咱是惹不起。可是在你的辖区，你要是不敢硬起手腕管一管，早晚你会受他们的连累。"南步涛对毕成功说。

"康书记，唉，把我调走吧，我是不想在这干了。"毕成功说。

"你们说的我都知道了，现在当务之急是防汛，最重要的是抓紧走访排查还有多少像周大娘这种情况的家庭，咱们决不能出现房倒屋塌砸死人的情况。"

4

安排好周大娘，天已微明，但雨依然下个不停。

康清泉说："易主任，通知开个防汛救灾工作紧急会，八点钟，在县委会议室。咱们现在就赶回去。"

"康书记，您一夜没睡，要不回去休息一会儿再开会吧？"秘书梁伟说。

"不休息了，我不瞌睡，现在就回去。"

康清泉嘴上这样说，其实他已感到身体支撑不住了，头晕乎乎的，心口发慌，浑身无力。他也不知道怎么了，自从到济民县工作后，他就像一只陀螺在不停地转呀转，也没有人抽打这只陀螺，但责任和使命感在推着这只陀螺日夜不停地工作。康清泉在市纪委工作时，还经常出去跑步锻炼身体，现在太忙了，这段时间他真的觉得身体要罢工了．他想过要去山川市做个体检，但一直没有抽出时间，现在又遇到大风暴雨，他怎么能离开呢？

刚回到县委大院，刚进办公室，县气象局的报告送给了康清泉，报告显示，从昨天傍晚到今天早上，全县平均降雨量达到265毫米，北部沿黄几个乡镇降雨量已达365毫米。农田积水严重，河水漫溢，民房倒塌，桥梁冲断，牲畜淹死，工厂进水停产，全县受灾人口达到50万人，重灾人口22万人，直接经济损失8亿元。

县农业局的报告也送来了，全县农作物受灾面积达到63万亩，成灾面积46万亩，绝收面积30万亩，单是大水浸泡而倒塌的蔬菜大棚就有2600座，1万亩鱼塘被淹，农业经济损失达到6亿元。

县民政局的报告也送来了，全县民房倒塌1368间，由于大水浸泡出现危房3055间，因粮仓进水、仓储设备受损造成经济损失2700多万元。

县公安局的报告也送来了，因为房倒屋塌，因为窨井盖丢失掉进下水道，因为涵洞积水，全县死了3个人。

水利设施、工业企业、道路交通、城建设施、供电设施都造成了重大损失……

一场大雨，下得人心痛，不能怨天灾，更多的是人祸，这里有部门的失职，有工作人员的不作为，对群众的生命冷漠处置，事不关己，高高挂起，有了问题到处推，有了好处争着抢，实在令人气愤，一定要严厉追责——

秘书梁伟拿来一身换洗衣服："康书记，您把衣服换一换吧？鞋也该换换了。"

"是啊，昨天衣服、鞋全湿了，不过现在又暖干了。"

"康书记，这是我的失职，忘了给您备一套衣服了。"

"不要紧，咱走时候匆忙，这不是什么大问题。"

康清泉换好了衣服，机关食堂的服务员送来了早餐，康清泉在办公室里吃过饭，看看表，已是早上八点，于是到会议室主持召开全县防汛抢险救灾工作紧急会议。县四大班子领导，各乡镇、各委局的一把手悉数到场。会上，康清泉动了感情，他说："同志们，一场大雨，死了三个人，一个是房倒屋塌砸死的五保老人，一个是掉在下水道里冲走的年轻大姑娘，一个是在过涵洞的公交车上被挤下去淹死的老太太，我们失职呀。城建局就不能把窨井盖盖好吗？公交车在涵洞里熄了火，我要问交通部门为什么不在涵洞里修建排水设施？难道非要下一次雨积一次水死几个人才干吗？公交车熄火后有关部门有关人员不是积极救人，而是站在涵洞口看笑话，事不关己、高高挂起，你们这是在拿人民群众的生命当儿戏，这是犯罪。这些事，纪检部门要一查到底，一定要对当事人进行处理，绝不姑息迁就。"

康清泉轻易不发脾气，发起脾气来大家都知道事情严重了，会场上鸦雀无声，康清泉继续说："同志们，中国历朝历代有作为的官员青史留名靠的是什么？一靠廉洁，二靠治水。马克思就说，中国封建王朝是治水社会。水旱灾害是天大的事，大禹治水，西门豹治邺，李冰父子修建都江堰，古来圣贤皆寂寞，唯有治水留其名呀。修桥补路，那都是老百姓讲的积德行善的事情，新中国成立后，咱们国家的重大工程，除了卫星上天、'两弹一星'等高科技建设，除了大型厂矿企业的兴建，就是高速公路、高速铁路的投资，就是小浪底、三峡水库、南水北调等水利设施。咱当干部不求青史留名，但是，要解决群众最基本的生产生活需求，要把逢雨必淹、淹必死人的问题解决掉，这个要求算高吗？全县各级各部门要统一思想，提高认识，迅速行动起来，积极投入到防汛抢险救灾工作之中。全县所有机关干部都要到分包的村庄，入户排查险情，排水防涝，帮助群众开展生产自救，帮助群众恢复生产、重建家园，及时修复水毁工程，补种晚秋作物，对受灾群众发放救济款，保证群众正常生活，确保不挨饿、不受冻、不生病，把受灾造成的损失降到最低限度。各单位都要检讨在这场大雨中是否尽职尽责，要建立长效应急机制，确保今后不再发生类似的事件。"

康清泉的讲话述古论今，语重心长，打动人心。

分管城建的副县长万事通在会上立即表态说，抓紧解决窨井盖丢失问题，逐个排查并治理积水点，加快县城地下管网建设，完善排水系统。

分管农业的副县长石喜中在会上表态说，立即研究水利建设方案，不仅重视黄河防汛，对内河防汛特别是济水河高度重视，借助这次大暴雨，积极向上争取资金支持，迅速疏浚河道，加固堤岸。

县委常委、政法委书记李国军也表了态，建立110、119、县长电话室联动机制，针对群众急难险重的警情和求助电话，能处理的处理，不能处理的转给县长电话室处理，对处理结果进行督办，确保有警必接，接必处理，事毕反馈，跟踪问效。

开完会，布置完，各路人马都下去了，康清泉想到办公室休息一会儿，他太累了，浑身发软，不只是身累，关键是心累，太紧张了。刚到办公室，秘书梁伟来报告了："康书记，县水利局报告说济水河快要决堤了，您看咋办？"

"赶快去现场，现在就走！"康清泉一跃而起，"走，通知司机小李，把车开过来。"

秘书梁伟看到康清泉一脸疲倦，而且面色苍白，劝道："康书记，有分管领导呢，让他们先去，真解决不了您再去，您还是休息一会儿吧？"

"不行，我能休息得了吗？抓紧走！"

5

一天一夜的暴雨，使济水河河水漫溢，有些地势低的堤岸，水已经漫过河堤了，像脱缰的野马，放肆地冲向田野和村庄。分包济水河的是县教育局、卫生局、文化局等县直单位以及沿线乡镇，这些单位的所有干部职工都来了，都在运沙袋堵河水。县教育局贺局长最是机灵，他本来在河堤上站着指挥大家干呢，看见康清泉过来，迅速把裤子一脱，把上衣甩掉，把鞋一扔，只穿个裤头跳到了水里，带头运送沙袋。他这个举动，很多男同志纷纷效仿，都脱得只剩个裤头，跳到水里干得欢。虽然有些干眼面活儿的嫌疑，但康清泉还是很感动。面对此情此景，康清泉也脱掉衣服，只剩下个裤头，跳到水里和大家一起运沙袋，加高堤岸，堵河水。

县电视台的记者录下了这感动人的画面，在县电视台播出后，极大地鼓舞了全县人民的防汛抗洪热情，而且在市电视台播出后，市委书记赵开来立即决定，要动员全市机关单位支援济民县的防汛工作，他还要亲自来查看汛情，慰问受灾群众，指导防洪抢险。

康清泉和大家顶风冒雨忙活了半天，终于加高加固了堤岸，把河水堵了回去。到了中午，下了两天两夜的雨终于停了下来，可能是累了，而康清泉这时候也累了。康清泉在水里泡了将近一个上午，回到办公室后，浑身发冷，不久就开始发烧，他感冒了。他让秘书梁伟找些感冒药吃了，秘书梁伟不放心，悄悄通知了县人民医院的张院长，张院长亲自带着医生、护士来到了康清泉的办公室。

"谁让你们来的？"康清泉一看就火了，"我没啥事，看你们大惊小怪的。"

县人民医院的张院长说："康书记，没人通知我们来，我们是听说了主动来的，您是咱县的主心骨，我们来给您做个检查就走。"

康清泉见张院长说得可怜，就说："算了吧，既来了，就检查吧。"

于是，张院长指挥医生给康清泉检查了一番，说："康书记，您还是住院吧，您感冒很严重，关键是心跳有些不正常呀。"

"现在我能住院吗？"康清泉反问了一句。

"不住院也行，只吃药不管用，您还是去医院输液吧。"张院长和医生、护士都眼巴巴地看着康清泉。

"不去，等这段事情忙过去再说。"

"那咋办？"张院长转眼看着秘书梁伟。

梁伟说："康书记，还是听医生的，要不您在办公室里输液吧，不影响您工作，咋样？"

康清泉点了点头。张院长、医生、护士三下五除二就为康清泉扎上了针，康清泉坐在办公室里，边输水边工作。其实，康清泉何尝不想休息休息呀，但这时候他这个主帅临阵脱逃，老百姓怎么办，上级领导怎么看？他不能请病假，他必须坚持，只要他在办公室里坐着，全县的防汛抢险战役就会有条不紊地进行，洪水得以疏导，群众得以安置，生产得以恢复，社会得以安定。

"康书记，市委书记赵开来要来咱县看望受灾群众。"秘书梁伟报告说。

"什么时间来？"

"已经在路上了。"

"是吗？"康清泉对张院长说，"拔掉针头，不输了。"

张院长和医生面露难色，康清泉不高兴了："回头我再找你们，快拔掉，你们不拔我自己拔了。"

没办法，医生拔掉了针头，给秘书梁伟留了些药，然后离开了。康清泉强打精神，说："梁伟，你抓紧通知易主任安排一下赵书记的视察线路和视察点，再通知马初生县长、常务副县长常学谦和石喜中副县长、万事通副县长在机关院里等候，咱现在就乘车去县界处等赵书记。"

"现在吗？康书记。"

"不是现在还是什么时候？你怎么这么迷瞪呀？"康清泉有些发火了。他身体不舒服，心里急躁，对秘书梁伟发起脾气。

秘书梁伟不敢怠慢，急忙转身打电话去了。康清泉这会儿真的很难受，连站的力气都没有了。人说四十五岁是一道坎，到了这个年龄，身体的各项机能都会出现重大转折，抵抗力明显下降，也是身体最危险的时候。康清泉今年正好四十五岁，他的身体真的有点儿吃不消，莫非今年要出事？康清泉不敢想这个，也不愿想这些，他现在只想的是坚持、坚持、再坚持，把这场防汛救灾的战役打过去了，再好好休息儿天。

6

赵开来书记带着相关部门的主要负责人来了，康清泉带着部分县领导陪赵书记一行先看了济水河水势。康清泉边陪着看边汇报汛情灾情，赵开来书记说："这些年咱们山川市不太重视水利建设，对水的问题思考不多，也没有觉得缺水太多，现在感到今后的发展水的制约问题将越来越突出。水资源不是无限的，必须把水资源作为一个地方经济社会发展最大的刚性约束，切实做好水这篇大文章。济水河的治理是个大难题，但是，再难也要治，再不能任此河水泛滥了。任何事情都要辩证地看，别看现在济水河是条污水河，将来如果治理好，就可能是一条景观河，成为济民县老百姓休闲娱乐的好去处呢。"

康清泉趁机说道："赵书记说得太好了，我们也有这种想法。但是，仅靠我们济民县是不行的，因为济水河的水都是从山川市过来的，是山川市的排污河道，所以，我们早就想请市里出面彻底治理这条河了。"

"是啊，单靠你们治理是有难度的。等汛期过去了，市委、市政府把济水河治理提上议事日程。一是搞个河长制，分段包干，谁的河段谁治理，谁的污水谁处理。二是疏浚河道，加固河堤，确保行洪安全。三是引水补水，可以用污水处理厂处理过的中水，还有引黄河水，加大济水河的水流量，水流量大了自净能力才会强。四是河堤两岸进行绿化，同时，建设湿地公园，通过生物措施处理污水。到那时候，济水河就成为风景河了，临水而居，向水而居，将会极大改善济民县的生活环境。"

听到赵开来书记的一番话，康清泉激动地说："赵书记，您说得太好了，那样的话，济民县的老百姓可就有福了。赵书记，只要市委、市政府一声令下，您让我们怎么干我们就怎么干，我们盼着抓紧治理济水河呢。"

"好，咱们共同努力吧。"赵开来说。

接着，一行人又到了黄河岸边，看到滔滔黄河一泻千里，恢复了往日壮观景象，赵开来说："黄河大坝工程修得好哇，在党的领导下，千年治黄难题被我们这代人解决了，依靠科技人定胜天，这不是吹大话，但是，黄河的保护和治理工作任重道远啊。既要保护好黄河的生态环境，又要保障好黄河的岁岁安澜，还要保证好黄河水资源的节约集约利用，更要推动黄河沿岸的发展，弘扬黄河文化，使黄河造福人民，我们重任在肩啊。"

赵开来书记走村入户，察灾情，问汛情，走了一个下午，当场指示市各有关部门有力出力、有钱出钱支援济民县抢险救灾。

书记一声令下，市各部门闻风而动，一时间，到济民县捐钱捐物的电话络绎不绝，民政局来了，财政局来了，农业局来了，土地局来了……

每位局长到来，康清泉都要接待表示感谢，如果是来了副局长，康清泉就让县长马初生出面，即使这样，康清泉依然忙得晕头转向。到了晚上，还要连夜开会了解汛情，指挥抢险救灾工作。

折腾了几天，各项工作都基本安定了下来，康清泉心里稍稍松了口气。这天晚上，康清泉依然主持召开会议，听取大家白天工作的开展情况。夜深了，会议室的灯光清冷苍白，康清泉听着各相关部门的汇报，不时地记着，并及时插话做出指示，正在讲话呢，突然间，康清泉感到胸口一阵刺疼，浑身大汗淋漓，突然，头脑"嗡"的一声，晕了过去。

会议室里所有的人都吓坏了。县委常委、县委办主任易三戒赶快给县人民医院的张院长打电话，没多久，救护车"呜呜"叫着赶来了。急救医生现场会诊，立即做了心脏复苏，折腾了十几分钟，康清泉缓过劲来。睁开了眼睛，看到自己正躺在担架上，他挣扎着想坐起来。医生急忙制止，医院张院长说："康书记，您有心梗，还是去山川市人民医院做个全面检查吧。"

康清泉说："现在正防汛，我不能走，我吃点药就行了。我的身体我知道，没事，主要是太累了。"

易三戒说："康书记，工作上我听您的，现在您要听我的，您必须去市人民医院看病，这儿有我们呢，您就放心吧。"

"要不去县人民医院算了，跑市人民医院干啥？"康清泉有气无力地说。

易三戒说："康书记，还是找个好点的医院看看吧。再者说，在县人民医院，这个来看您，那个来瞧您，您也休息不成，影响治病呀。"

康清泉点了点头。

秘书梁伟说："跟嫂子打电话说一下吧？"

康清泉说："别跟你嫂子联系了，我也没啥大事，她参加高考改卷了，正封闭着呢。"

康清泉被抬上救护车，趁着夜色，被紧急送往市人民医院。

康清泉生病住院了，这个消息在济民县不胫而走。

于是，济民县的大小干部们都不安生了，都在考虑掂量着该怎么办。

是哪，书记住院，必须去探望，可是，书记一向清廉，去还是不去呢？什么时候去呢？去了拿什么东西呢？实在是纠结。

但是也有传言说，康清泉是临阵脱逃，把工作甩给县长马初生，是给马初生难看，还有人编了顺口溜："康清泉，不敢干，气得生病住了院，要给马初生找难看。"

林子大了什么鸟都有，说什么话的都有，人有一张嘴，挡不住，爱说什么就说什么，莫能奈何。

康清泉问医生他的病情怎么样，医生说做了检查再说吧。心电图、CT、抽血化验，一项一项都做了，医生说，康书记你要注意了，心律不齐，心肌缺血，有早搏，冠状动脉有粥样硬化斑块，您这次很幸运，抢救及时，不然的话，后果不堪设想。

"那怎么办呢？"

"放个支架吧。"

"等等吧，这段时间最忙了，我心静不下来。"

"您自己考虑考虑吧，作为医生我们只能给您建议。"

"我现在能不能回去？"

"您还是再坚持几天，等观察观察再说。"

易三戒也说："康书记，工作干不完，还是治病要紧。"

"不行呀，易主任，现在是防汛救灾的关键时期，市里那么多领导天天来看望我们，我怎么好意思躺在病床上呢？"康清泉说。

"雨住了，汛情也稳定了，市里来慰问的局长、主任们，有人接待就行了，不一定非要您出面，您就好好养病吧。"

"不行，我必须走。现在我不是好好的吗？主要是这几天太累了，心里又着急上火，吃饭又跟不上，身体闹情绪了，以后我注意就是了。"

"康书记，再坚持几天吧，哪能刚来就走？还是观察观察再说。"

"还观察啥呀？我又没病。"

"没病您会晕倒吗？"

"易主任，我对济民的工作不放心哪！"

"康书记，您不是有电话吗？对哪儿不放心，打电话问问不就行了吗？您一定要在这儿坚持几天，我求您了。工作再忙也是人家的，身体才是自家的，没有了身体，啥都没有了。济民县的形势这么复杂，老百姓需要您哪！"

易三戒说得非常诚恳，秘书梁伟也是一再请求，康清泉不好再说什么了。康清泉很感动，想想就坚持几天吧，如果身体恢复得差不多了，就赶快离开。

"行，就这样吧。不过，易主任，你就别待在这儿了，家里的工作很多，你回去替我多操心，这儿有梁伟就可以了。"

"也行，您多保重，有什么事及时让梁伟通知我。"

易三戒走了，秘书梁伟去护士站了，康清泉躺在干部病房里，心稍微静了一些。看看窗外，天上乌云翻飞。

秘书梁伟过来说："康书记，有很多人要来看您，怎么办？"

"不见，一概不见。就说我正在治疗，医生不让人见。"

"行，我替您挡了，您把手机关了吧，如果有什么事他们打我电话也是一样的。"

平时忙，康清泉没有静下心来想些事情。现在躺在病床上，盯着天花板，想想生个病也挺好。人哪，还是隔段时间生次病好，小孩子生次病长大一次，大人们生次病成熟一分。只有生病，才知道生得艰难活得不易，有很多人就是从鬼门关侥幸捡了条命，从此人生观大变，看开一切，活得更务实更现实。康清泉这次也算是从鬼门关转了一圈，他终于懂得了工作再忙也要爱惜身体的道理，看来，以后还真是要多锻炼、多休息。

康清泉正胡思乱想呢，秘书梁伟急匆匆地过来说："康书记，赵开来书记要来看您了。"

"什么？赵书记要亲自来。"康清泉一下子从病床上坐了起来。

"是啊，马上就到了，人已在路上。"

康清泉躺也不是，坐也不是，如果躺在病床上，好像有点对领导不尊重，而不躺在病床上，又不像个生病的样子……康清泉正在犹豫不决的时候，赵开来已经到了。

"清泉哪，怎么搞的，要注意身体呀。"赵开来书记人未进门，声音就传过来了。

"赵书记，您亲自来，我太感动了。"康清泉连忙从病床上坐起来。

"不要起来，躺床上，躺床上。"赵开来按着康清泉，非要他躺下不可，"我听说了，你是太累了，晕过去了。以后要注意，还是那句老话，身体是革命的本钱，不能玩命干。"

"赵书记，很惭愧呀，关键时候我还掉链子。"康清泉难过地说。

"不要这样想，你的工作精神和工作态度组织都知道，我代表组织来看看你，希望你安心养病，把身体调养好再工作。"

"不不不，赵书记，我已经没啥事了，可能是那几天一直工作没有休息好，再加上高度紧张，是太累了。现在已经休息过来了，准备出院呢。"

"不行，既来之则安之，好好休息。现在雨也停了，济民县的任务就是慰问受灾户、补种秋作物、组织生产自救这些事，工作暂由县长马初生主持，你不用操心了。"赵开来平静地说。康清泉听了却如平地起惊雷，"工作暂由县长马初生主持，你不用操心了"，这句话意味深长呀，是工作出了什么纰漏让领导不满意了？还是组织另有什么考虑？这些康清泉都不得而知，康清泉本来还想坚持出院，但既然赵开来书记这么说了，他不敢再坚持了。

"那好吧，我服从组织安排，什么时候让我出院，我听从组织通知。"康清泉黯然地说。

"好，我还有个活动要参加，你安心养病，保重好身体。"赵开来说完，与康清泉握手告别。

7

康清泉躺在床上，心绪难以平静，他在琢磨赵开来书记来的用意和话中之话。赵开来书记亲自来看自己，这本身就不太正常，他完全可以委托组织部长或者市委秘书长，甚至他的秘书来都可以，他这是做什么呢？而且突然之间又说让县长马初生主持工作又有什么用意呢？康清泉想得有些头疼，也理不出个什么头绪，还是赵开来书记那句话：既来之则安之。没办法，听天由命吧。

“康书记，马初生县长到医院来看您了。”秘书梁伟进来汇报道。

“马县长？让他来吧。”

不一会儿，县长马初生带着他的秘书捧着一束鲜花进来了。

“康书记，我来晚了，我早就应该来看您的。”县长马初生看起来神采飞扬，身上常年带着的那股香水味溢满了房间。康清泉皱了皱眉头，说道：“辛苦你了，马县长，你看现在正是防汛的关键时候，我这身体又不争气，让你费心了。”

“康书记，说哪儿去了？这不都是咱哥儿俩的事吗？你放心吧，县里的工作我会处理好的。”

“这我绝对相信，马县长年轻有为，我不在，你可以大展宏图，放手干一番事业。”康清泉揶揄说。

马初生也听出了康清泉的话外之音，说道：“我没那么大的本事，咱不过都是按照组织的意图工作吧。”

话不投机三句多，马初生说了一番客气话，就告辞了，屋里的香水味也逐渐消散了。

县长马初生走了，把香水味带走了，一个黑大个却闯了进来，带来了一身臭味，一看就知道是很多天没洗衣服没洗澡了。康清泉打眼一看，是黑老三，只见黑老三上身套着黑色短袖衬衫，下身穿着花裤衩，小腿上的黑毛直立着，像那没进化完全的大猩猩，脚趿拉着一双拖鞋进屋了。康清泉愣住了，转身想质问秘书梁伟为什么不打招呼就随便让人进来，却没找到秘书梁伟。

“哟，老三，哪股风把你吹来了？”康清泉不高兴地说。

“康书记，您是我们的县太爷，您生了病，我比自个儿生病还着急呢。您那秘书不让我来见您，我打您电话您又关机，您说这不急死人吗？”黑老三声音嗡嗡响，直想把房子震塌。

“声音小点儿，这里是医院，需要安静。”康清泉说。

“我小不了，康书记，需要我干啥，您说吧，我这几天哪儿也不去了，就在这儿陪着您。”

“不用不用，谢谢谢谢！”

"呃，康书记，我今天来还有个事要向您汇报。"

"先坐先坐。"康清泉示意黑老三坐在沙发上。

黑老三却并没有坐，左瞅瞅右瞅瞅。康清泉问他瞅啥咧瞅，并说那不是沙发吗。

黑老三说："我坐沙发窝憋得很，有凳子没有？"

康清泉说床下边就是，你低头找找。黑老三说："奶奶的，我这人个子高真麻烦，肚子大真碍事。"黑老三边说，边艰难地弯下腰，伸手从床底下拽出一个小方凳子，脱掉鞋，俩腿一抬，蹲在了小方凳子上，左右晃了晃身子，像是晃牢稳了，这才从屁股兜里摸出一支烟，大模大样地吸起来。

康清泉看到他那样子，窝了一肚子火，太不像话了，但他毕竟是有涵养的人，他没有发火，只是说："你蹲那么高，别摔了。"

黑老三"嘿嘿"笑笑，说："那好，既然康书记不让我蹲那儿，那敢情我就坐下了。"说毕，二郎腿一翘，大摇大摆地坐在了小方凳子上，吐了一口烟，把康清泉呛得直咳嗽。

"不抽了。我这人，就管不住抽烟，不抽烟，比杀我都难受。"黑老三说完，把烟掐灭了，接着说，"康书记，我们那里的群众对华兴集团投资有意见，华兴集团把我们的地都占了，我们吃啥喝啥？"

"那山川国际酒店来投资就不占你们的地了吗？"康清泉反问道。

"那不一样，华兴集团是外来户，不定啥时候说滚蛋都滚蛋了，靠不住，山川国际酒店是哥儿们，跑不了。"

"可以给这两家一家划一片地呀，谁都有份儿不就得了？"

"那不行，一山难容二虎，都是搞酒店搞旅游的，非打架不可。"

"老三，啥事非要用打的办法解决吗？"

"那是，东风吹，战鼓擂，现在世界谁怕谁，谁的拳头硬谁说了算。"

"我可没有你的拳头硬呀，咋弄？咱俩谁说了算。"

"谁说了算？"黑老三迟疑了一下，说，"谁有理谁说了算。"

康清泉本来就不想正眼看黑老三，听他说这句话，又生气了，瞪了他一眼。却看到黑老三凉鞋也脱了，光着脚，一只腿放在另一只腿上，两只手抱着个臭脚，上下左右，不停地搓来搓去，搓完了脚，又搓胳膊，搓完了胳膊，又搓脖子。康清泉看得发呆了，这是啥东西？怎么这么窝囊？怎么这么恶心？刚想说你要是没事就先回去吧，这时，秘书梁伟进来了，气呼呼地说："黑支书，你怎么能骗我呢？你说马县长在下边等我，我下去了，根本没有见到马县长的影子，我跟他的秘书联系，他的秘书说马县长没有找我，你这人怎么能这样呢？"

"小兄弟，我不想个办法支走你我能见到康书记吗？别生气，回头我请你吃饭。"黑老三"嘿嘿"笑着说。

康清泉明白了，黑老三用了个调虎离山计，所以才进来了。看来这不能怪秘书梁伟，估计黑老三是跟县长马初生约好一前一后来的。

"行，老三，我现在在住院，家里的工作由县长马初生主持，有什么事你找马县长说，这些天我不管事了。"

"那好，康书记，我走了，给您带了一箱水果，您留着。"黑老三指了指门旁边的两箱水果。

"不行，老三，把水果带走。"康清泉烦死他了，看见他就想哕，他竟然还想往这儿放水果呢。康清泉示意秘书梁伟把水果送走。

"你这是看不起我，一箱水果算什么？放下。"黑老三怒眼圆睁，秘书梁伟无奈地看着康清泉。

"那行，你先放这儿吧。回头我看值多少钱，让梁伟把钱给你送去。"康清泉看黑老三那架势又想打架，于是缓和了口气说。

"你要是给我送去，我就扔了它。"黑老三说完，大摇大摆地走了。

康清泉没有送黑老三，转过身看了看放在门旁边的两箱水果，水果箱上印着字呢，一箱是桃子，一箱是梨。康清泉对秘书梁伟说："这家伙送给我一箱桃、一箱梨，是想让我'逃离'呢。扔了吧。"

秘书梁伟嘟囔着说："啥玩意儿？送的什么东西？"就要去搬水果。

这时，梁伟的手机响了，梁伟看着康清泉说："康书记，是黑老三的电话，接不接？"

"接。"

"喂，黑支书，什么？您找康书记？"梁伟看着康清泉，康清泉说把电话给我吧，梁伟急忙把电话给了康清泉。

"老三，你这是什么意思？来就来呗，还拿什么水果？"

"康书记，您打开水果箱子看看，我黑老三会只给您送水果吗？箱子放了二十万块钱，是我的一点儿心意。山川国际酒店来我们这儿投资的事您还要多关照，那个什么华兴集团，外来货就别让他们来屎了，来了我们村的群众也把他们撵走。就这，不说了。"

康清泉刚想说什么，电话那头传来了"嘟嘟嘟"的声音，康清泉对梁伟说:"把箱子打开。"

梁伟把水果箱盖掀掉一看,在放梨的那箱水果中间,两摞砖头一样厚的崭新的人民币静静地躺着。

"马上把这钱交到县纪委,这是黑老三行贿的证据,一刻不能怠慢,现在就去。"康清泉面色严峻。

"知道了,康书记。您这儿咋办?"梁伟问。

"你不用管我了,我现在就出院。不在这儿住了,反正你嫂子也不在家,咱们在医院旁边另外找个宾馆住下。"

"我把宾馆找好再去送钱吧。"

"不行,现在就去。"

"要不我跟易三戒主任打电话让他找宾馆吧?"

"不用了,我跟易主任打电话让他帮我找宾馆,你想办法找个车抓紧回去送钱。"

"好,康书记,您多保重。"秘书梁伟临走时候转过头说,"康书记,现在官场像您这么廉洁的人少有,老百姓叫您康青天不是白叫的。"

"梁伟,你还小,你不懂,老人们常说,宁跟要饭的娘,不跟当官的爹,啥意思?活着不易,当官更难,当官风险大着呢。"

梁伟听后不解地问:"康书记,人人都说有钱好,还都说钱越多越好,有些人为了挣钱还不择手段,您是咋做到视钱财如粪土的呢?"

"梁伟呀,任何事物都有利有弊,都不可能十全十美,关键是看利大于弊或者弊大于利,关键是要掌握个度。钱是好东西,但要光明正大地挣,要把握个度。没有钱不行,连基本的温饱问题都解决不了肯定不行,但是,钱太多了就好吗?超过了一定的度也不好,也是一种负担和累赘。像有些人热衷于住豪宅、坐豪车、穿名牌、抱美女,那就幸福吗?时间长了其实也就那么回事,也会厌倦。谁有古代的皇帝生活条件好?可是天长日久,那些生活在皇宫里的显贵们也没有觉得那就是幸福啊,他们也有不少的烦恼啊。人的追求不一样,幸福跟物质没有必然的联系,当繁华落尽,还是平平淡淡最踏实。我是农家子弟,是苦出身,小时候穷惯了,对现在的生活已经很满足了,所以,我的生活很简单,也觉得很幸福。常言说:吃饭还是家常饭,穿衣还是粗布衣,知冷知热老夫妻。你说,我要那么多钱干啥?有啥用?吃饱喝足就行了,够用够花就妥了。那种奢侈浪费的生活我适应不了,我觉得心疼,那是在作孽,是坏良心。"

"康书记，您说得太好了。"

这时，康清泉看了看表，对梁伟说："不说这个了，你抓紧去送钱吧。"

"康书记，您说的这些话是金玉良言哪！我会记一辈子的，您多保重。"

8

秘书梁伟走了。康清泉信步走到窗户边，看着窗外，突然，他似乎发现了路灯下黑老三的身影，仔细一看，真的是黑老三，像在跟谁说话。康清泉眯着眼瞅，像是司机小李，而且是站在康清泉的车边。康清泉眼睛紧紧地盯着看，没错，就是黑老三和司机小李，他们在干什么？

只见两人说了一会儿话，然后，司机小李把汽车后备厢打开了，黑老三搬一箱什么东西，放了汽车后备厢里，然后，两人握了握手，黑老三钻进另外一辆汽车走了。康清泉没有犹豫，直接坐电梯下楼了，大步流星来到他的汽车旁，司机小李刚锁好车，准备上楼，见康清泉突然出现在面前，惊得不知所措。

"小李，把汽车后备厢打开。"康清泉厉声说。

"这……康书记，开后备厢干啥？"

"打开，现在就打开。"康清泉命令道。

司机小李哆哆嗦嗦地打开了汽车后备厢，康清泉走上前，看到汽车后备厢里满满当当的都是东西，仅茅台酒就放了三四箱，还有高档水果什么的。

"小李，这都是谁的东西？"

"这……康书记，有人来看您，他们拿的东西，我推不掉，就让先放这儿了，准备再给他们送回去。"

"是吗？刚才黑老三往车后备厢里搬的是什么？"

"没什么。"

"没什么？小李，我都看到了。"

"就一箱茅台酒。"

"茅台酒，他给谁的？"

"给您的，放车后备厢里了，让我给您送去。"

"他刚才去楼上给我送东西，为什么没有送上去，反而给你了呢？"

"那我也不知道。"司机小李低着头说。

康清泉看他一副可怜样，于是，语重心长地说："小李，你还小，不要财迷心窍。我知道你的家庭情况，你是穷孩子出身，小时候穷怕了，看见东西就想要，我理解，但这不好。而且，要长心眼儿，不能上人家的当，不能被人家牵着鼻子走，这样，你会吃大亏的。"话刚说到这里，司机小李"扑通"一声跪下了："康书记，我错了，我错了，您饶了我吧。"然后，就是痛哭流涕。

康清泉对他既怜又气，于是说："你起来吧，我不会为难你，但我跟你说，你以后不要再跟我了。我会给你安排一个合适的岗位，养家糊口没问题，但以后，要吸取教训。"说完，康清泉上楼去了。然后，给易三戒打了个电话，一是要他在医院旁边找个快捷酒店，二是要他把司机小李找个县直单位安排个工作，不让他再开车了。

康清泉想起了他在市纪委工作时的司机老冯。是啊，司机不少，但想找个合适的司机，还真不容易，既要驾驶技术好，又要人品好，还要会来事，真的不好遇。他想起了老冯，于是他打通了司机老冯的电话，问老冯还想不想跟他开车，老冯说行啊，遇着个好领导也不容易。康清泉说，不是不要你，是有规定不让带秘书和司机，再者说我到县里工作，不知道你愿不愿意到县里来，毕竟县里的条件没有市里好。老冯说，我年纪大了，你嫂子也退休了，孩子也成家了，我家里没啥事了，整天闲得慌，到县里跑跑散散心也好，能看看田园风光，比待在市里强。于是，康清泉又打电话给市委常委、市纪委书记何保平，何保平一口应承：老冯已经退休了，算是聘用的临时工，这不算违纪，你想用就用吧。就这样，康清泉的司机由小李换成了老冯，康清泉感到放心多了。

没多久，易三戒回了电话，说是宾馆找好了，问什么时候搬过去，康清泉说秘书梁伟出去办点儿事，等会儿梁伟回来就搬，你不用管了。

第九章

绝处逢生

　　赵开来一句话点拨了齐浩天，对呀，济民县委书记康清泉可是市纪委副书记、监察局局长出身哪，是位老纪检了，而且，党性强，人品正，找他准有门儿。

1

在康清泉躲进快捷酒店看书休息的时候，华兴集团华北区的冷经理带着南方规划设计院的设计人员又来到了济民县。他们听说了济民县遇到特大暴雨受灾严重的消息，他们也想实地看看。在黄河边投资，别的不担心，就担心黄河发大水。

一行人在分管工业和招商引资的副县长任书生的陪同下，来到了县城西边的工业园区。河水已退去，但还留下了大水过后的印迹。冷经理跟任书生说，你们县里一定要重视济水河的治理，同时要重视污水管网的建设，别小看这些地下工程，做不好的话，你们这儿没人来投资。任书生副县长一口应承，说山川市很重视这事，前几天市委书记还来了，说要投巨资下决心治理济水河了。现在不只是县里意识到问题的严重性，市里包括省里都动起来了，因为济水河的治理不仅牵涉到防汛的问题，还有一个环保治理的问题。济水河成了山川市的排水沟、下水道，废水直接排进济水河里，济水河的污染已经严重影响到山川市的达标排放，再不治理，省里要"一票否决"，实行项目环评限批了。

冷经理说这就好，这我们就放心了。

接着，一行人来到了黄河边，只见黄河奔腾咆哮、一泻千里。

"啊，黄河，伟大的黄河，我终于见到了母亲河，这才是她的气魄她的英姿，来，照相，赶快照相。"冷经理非常激动，一行人在黄河边摆出各种姿势，不时传出欢笑声。

突然，一群人扛着铁锨举着棍棒冲了过来："小南蛮，想占俺村的地，没门儿，看不打你们龟孙？"

"What？任县长，这是咋回事？"冷榕他们害怕了，急忙钻到商务面包车里。

任书生自认为他是济民县的副县长，好赖也是地方官，他不能躲进车里，要不然真让这帮客商取笑。他迎了上去："你们是干啥的？"

"干啥的？你是干啥的？"

"我是济民县的副县长任书生，有什么事你们跟我说。"

"啥人啊狗啊，还猪呢。"

"哈哈哈哈……"

众人一阵狂笑。

"俺是黄河边儿上的，听说有个啥华兴公司要来占俺村的地，俺不答应，今天先揍你们一顿，以后要是再敢来，打断狗腿。"一个壮汉光着上身，露出两条青龙的文身。

"哥，少跟这个狗官啰唆，先教训他们一顿再说。"旁边有人撺掇说。

"好，打孬孙。"壮汉说，接着，一群人冲向汽车，冷经理他们见势不好，催着司机说："关紧车门，快跑。"

司机也不傻，一加油门，"呼"地开跑了。

"冷经理——"任书生在后边摆着手，急得直跺脚。

"你这个狗官，听好了，你要是再敢领那小南蛮过来，把你的腿打断！"

这群人每人对着任书生吐了一口痰，扬长而去。

任书生拿出手机，拨打冷榕的电话："快回来，那帮人走了，把我接回去。"

商务面包车掉头回来了，任书生上了车，大骂不止："这是哪儿的混蛋？真是一群刁民，我枪毙你！我枪毙你！"

"任县长，我看这帮人不像是当地的农民哪。"车上有人说。

"这是有预谋的。"有人猜测。

任书生感到窝囊透了。他直接给县委书记康清泉打电话，但是电话关机了，他又打康清泉秘书梁伟的电话，秘书梁伟把电话交给了康清泉。任书生向康清泉汇报了情况，大发牢骚，说："不想干了，真的不干了！"

康清泉听后第一感觉就是这事不那么简单："任县长，咱当领导的是干啥的？每天一睁眼就是让干事的，让解决困难的。遇到困难不能退缩，坚持就是胜利。你记住我给你说的话：只要精神不滑坡，办法总比困难多；没有等出来的辉煌，只有干出来的精彩。我现在生病住院，家里的工作由马初生县长主持，这事你跟马县长多商量商量。"

"我跟他商量？他对这个项目压根儿就不支持。你不知道，你不在家这几天，山川国际酒店的人又来了，马初生县长直接跟他们谈的，我没参与，什么情况也不知道，如果你再住院几天，估计合同都签了。"

"常县长知道这事不？"

"反正这事我是蒙在鼓里，啥也不知道。"

"咱可是跟华兴集团签的有合同呀。"

"有合同咋了？合同算啥？既然能签合同就有办法废掉合同，我看这次有人找事，就是要华兴集团知难而退，让他们主动提出废掉合同的。"

"行，我知道了，你还是跟马初生县长好好合计合计。"

说完，康清泉挂断了电话。

<h1 style="text-align:center">2</h1>

冷榕经理把差点儿被打的事情向集团董事长华兴做了汇报，华兴立即行动，一封反映在济民县投资遭遇吃拿卡要而且暴力阻工的举报信送到了省里。省委书记宋朝觐批示："请省纪委组成工作组严查重处！对扰乱经济发展环境的'三乱'行为绝不手软！！"

两个感叹号，这个批示相当重，省纪委副书记苗正亲自带队组成专案组到济民县开展工作。经过几天的工作，基本摸清了情况，这件事情，黑老三是幕后主使，同时，也了解清楚了黑老三所做的诸多违法乱纪行为。苗正副书记拿出了处理意见，这是一起典型的破坏经济发展环境的案件，而不只是简单的治安事件，建议对济民县进行问责，责令写检查，并通报全省，对事件的当事人予以治安拘留，对组织策划者黑老三进行"双规"，并建议政法机关介入打击处理。

不料，苗正书记的方案刚拿出来，处理意见就在济民县传开了。黑老三没敢找他的市长哥，而是去找了山川国际酒店的副总经理、他的侄子朱郎。

朱郎哈哈一笑："他一个纪委副书记，能动得了咱吗？放心吧，这事包在我身上。"

"侄子，亲侄子，有把握吗？"黑老三也有些害怕，毕竟惊动了省里，而且是省委书记亲自催要结果，可不是闹着玩的。

朱郎说："您要是不相信我就算了。"

"相信，相信，俺侄子能量通天。"

黑老三在忐忑中告别了朱郎。他不放心，又给朱尔打了个电话："朱哥，您听说了吗？省纪委要说我的事呢。"

"我知道，不就是发生点儿小纠纷吗？有点儿小误会吗？有什么大不了的？看把你吓的。"

"噢，对对对，还是朱哥说得对，就是一个小纠纷小误会。"黑老三一听，心里想，市长哥的水平就是高，多大的事，经他嘴这么轻轻一说，就像屁大一点的事，看来这次我可以放心了。

"这段时间注意点，正在风口浪尖上，别太出格了，说话也要注意点，先从大脑里过过再说。"朱尔又交代了黑老三两句，黑老三连连称是。

一场风波在朱尔的运作下轻轻过去了。当然，省委副书记魏和平也在里边极力协调，本来也就是个说大就大、说不大就不大的事，毕竟没有出人命，也没有打人，也没有造成重大财物损失，省委书记宋朝觐给了魏和平一个大大的面子。但是，宋书记说了下不为例，华兴集团的项目要加快推进，一个月之内必须开工。

省委书记拍了板，于是，华兴集团的项目加快了进度，手续办理也坐上了"直通车"，走上了"快车道"。

康清泉休息了几天，就想一直这样休息下去，甚至想到了辞职不干，想到了病退。但这其实也就是康清泉一闪念赌气的想法。知难而退不是康清泉的性格，还是要坚持撑下去，还是要把济民县的风气给扭过来，还是要把黑恶势力的嚣张气焰杀一杀，还老百姓一个公道，还弱势群体一个生存的空间。想到这里，康清泉在宾馆里坐不住了，他拨通了市委书记赵开来的电话："赵书记，我是康清泉，我想向您汇报，我的病完全好了，您看我下一步应该怎么办？"

"病好了就上班呗，我是考虑你的身体状况才让你休养的，没别的意思，好了就上班，好好干。华兴集团的项目是场硬仗，对你对济民县的领导班子对济民县的工作都是一个严峻考验，好好干，啊？"

"谢谢赵书记，我一定按照您的指示，保证完成任务。"康清泉很高兴，赵开来终于让上班了，看来以前自己是多虑了，估计赵开来并没有把自己调走或者免职的意思。康清泉想，应该是赵开来关心自己，所以才强制命令自己休息的。想到此，康清泉对赵开来充满了感激之情，别管怎么说，赵开来对自己还是不错的。于是，康清泉兴奋地对秘书梁伟说："咱们回去上班。"

"好啊，大家都盼着您早点儿工作呢。"秘书梁伟也很高兴，"不过，康书记，有个事我要向您汇报。"

"什么事？"康清泉皱起了眉头。

"您住院这十几天时间，想来看您的领导很多，他们联系不上您，就找我联系，我作难死了。我大部分都推掉没让他们来，但是有的县领导我没办法推，他们来了啥也不说，留给我信封就走，让我转交给您。信封里都是钱或者银行卡，恐怕总共有二三十万块钱。您看咋办？"

康清泉想了想说，"这样吧，钱是一定要退的，这是原则问题，不能含糊。退钱的同时，以我的名义给他们每人发个感谢短信，也只能这样了。"

"这个主意好，我马上就落实。"秘书梁伟说，"不过，康书记，您住院这段时间还有个事我没有向您汇报。"

"什么事？"

"在咱县投资生产平板电脑的南方科技的展图、展志兄弟俩被关进去了。"

"什么？为什么？"康清泉着急地问。

"我不敢说。"秘书梁伟嗫嚅着迟疑着。

"有屁就放，有啥不敢说的？"康清泉动怒了。

"县长马初生说人家虚报注册资金，还偷税漏税，把人家抓走了，工地也停工了。听说那块地转给蓝波湾公司了。"

"谁给他的权力？为什么不向我报告？"康清泉横眉怒目，暴跳如雷。

"您说这段时间您任何人不见，其实，展图、展志兄弟俩找您好几次了，都让我给挡回去了。"

"你混蛋，你不要跟我当秘书了，你凭什么挡人家不让见我？"

"康书记，是您交代我不见任何人的。"

"算了，我不跟你生气了。给我接县长马初生的电话。"

"对不起，康书记，我错了。"秘书梁伟眼泪流出来了，他急忙接通了县长马初生的电话，然后，把手机递给了康清泉。

康清泉示意梁伟出去，梁伟巴不得赶快离开，带上门走了。康清泉说："马县长，我是康清泉，对对，我现在很好，准备出院了。我问你一件事。"

电话那头的县长马初生问是什么事。

"我听说展图、展志兄弟俩被关起来了，出了什么事？"

"您交代秘书说这段时间谁也不见，市委赵开来书记也交代说这段时间让您安心养病，所以我没有跟您说。咋了？"电话那头儿的县长马初生显然是有备而来，说起话来振振有词、理直气壮。

"展图、展志兄弟俩是干事的人，在咱这儿投资是给咱做贡献的，是咱的财神爷，咱要善待人家。"

"不是我不想善待他们，关键是群众上访举报他，我总不能不考虑群众利益吧。我找人一查，他们就是有问题。咱招商引资是好事，但也不能啥东西都要，咱有的是项目，咱不愁投资商。蓝波湾公司求爷爷告奶奶想在咱这儿投资，群众也很欢迎他们来投资，我就把南方科技那块地转让给蓝波湾科技了。"

"你倒是办事效率很高嘛。南方科技愿意转让吗？"

"南方科技自愿转让，没问题的。"

"什么自愿转让？我能不知道是咋回事？是把人家逼急了吧？"

"康书记，作为县委书记，你这话说得可就不对了。我是县长，这些事经过县政府常务会议、县长办公会议就可以定，是集体研究的，决策程序和法律手续没有问题。"

"马县长，别跟我说这些，这些话说给外人听也就算了，咱都是体制内的人，什么决策程序，什么法律手续，咱都清楚是咋回事。别的我不说了，把展图、展志俩兄弟放出来，那块地继续交给他们干，至于蓝波湾公司，我另外找地方。"

"展图、展志放出来可以，但是那块地变不了了。"县长马初生说。

"那好吧，既然你做不到，这事我来办吧。"

"你可以办，但我不会签字。"说完，电话那头的县长马初生挂断了电话。

手机传出"嘟嘟嘟——"的声音。康清泉气得直跺脚。不过，很快，他又恢复了平静。他打开门，梁伟没走远，就在走廊里转悠，见康清泉出来，急忙跑上前，问道："康书记，有啥事没有？"

"没有，走，直接到山川市委去。"

"好。"秘书梁伟打电话给司机老冯，通知出发。

可是，走到半路上，康清泉又不想去了，他的气消了大半，冷静了许多，他知道，他不能去找市委书记赵开来。作为一名县委书记，找市委书记告县长的状，只会让市委书记认为你这个县委书记不合格，不然的话，怎么能连县长都团结不好呢？只能说明你这个县委书记驾驭能力有问题，说严重点儿，不太称职不够合格。更何况，找上级领导告下边同志的状，上级领导会对你这个人的人品产生质疑。

是啊，自己的事情还是要自己办，自己孩子哭了自己哄，如果连这点儿事都处理不了，那就白当县委书记了。

康清泉想起了抓工业和招商引资工作的副县长任书生，于是打电话问任书生："任县长，南方科技投资的事咋样了？"任书生说："康书记，我也不知道咋回事，把人家展图、展志兄弟俩关起来了。现在人家不干了，把地转让了，赔了几百万块钱。"康清泉问不出个所以然，于是，打电话给副县长、县公安局局长王家武："王县长，南方科技的展图和展志被关起来是咋回事？"王家武说："马县长让查他们，一查就发现虚报注册资金，还偷税漏税，马县长让把他们关起来了。"康清泉气愤地说："你们说查就查人家，说关就关人家，非要把济民县的企业都整死才高兴吗？"王家武说："康书记，您不在家，马县长让查，我们也不好不查，这事不是我想怎么着就怎么着的。"康清泉说："算了，不说了，你想办法把展图和展志给放出来。"

"现在就放吗？"

"对，现在就放，立即就放。"

"那好吧。"

过了一个小时，康清泉要秘书梁伟打展图、展志兄弟俩的电话，看能否打通。结果，电话真打通了，康清泉说："把电话拿过来，让我跟展图说句话。"

康清泉拿起电话："喂，展经理吗？我是康清泉。"

电话那头传出了哭声，是展图在哭："康书记，想死您了，这段时间找不着您，我们的日子过得太难了呀。"

"展经理，对不起，我生病住院了。没有照顾好您，很对不起。"

"康书记，您是不是对我们有啥意见？您生病住院，想去看看您为啥不见我们哪？"

"我跟秘书交代过了，任何人不见。你们来找我，秘书没有跟我说，如果我知道你们要来，我怎么着也要破例见你们。"

"康书记，您是个好领导，就冲着您，我们来济民投资。现在，我们人也被关了，地也没了，我们准备回南方，不在这儿干了。"

"展经理，那是个误会，你们的地我会想办法要过来的，你们可要坚定信心，不能走。"其实，说这话的时候，康清泉也有些心虚，他虽然是县委书记，但他也没把握把这块地再要过来。马初生可以胡来，可以任性，康清泉不能。

"康书记，谢谢您的好意，我们一定要走了。我们现在才知道，南方虽然人工成本高，水电价格高，不过，整体发展环境好，没有谁找我们的事，就这，你们比不了。虽说您是个好领导，可您也有走的那一天，过几年，您高升了，我们咋办？谁想收拾我们就收拾我们，我们是生意人，我们只想平安赚钱做生意，我们还是走吧。"

展图说到这里，康清泉不再坚持了。人家展图是个明白人，同时，人家是生意人，看准了的事，不会再回头了。

康清泉说："展经理，您在济民县损失的钱我们济民县给您补上，生意不成仁义在，咱们权当交了个朋友。"

"谢谢康书记，您的好意我们心领了。我们不在乎那几百万块钱，权当我们少干了几个月，您只要能让我们顺顺利利地离开，我们就感激不尽了。"

"咱们能见一面吗？"

"不见了吧！济民县太复杂了，营商环境不好，我们惹不起躲得起，啥时候您去南方，我们在那里请您吃饭。谢谢康书记，祝您工作愉快！"

3

华兴集团的华兴工业园项目和黄河文化生态旅游区项目终于开工了，华兴集团的董事长华兴亲临仪式现场，省委书记宋朝觐、省长艾民生、市委书记赵开来、市长朱尔，济民县的县委书记康清泉、县长马初生悉数到场。有这么多领导站台，仪式现场显得隆重热烈。按照华兴集团的策划，经与省市县沟通后，会场要搞"四个一万"：万人齐聚、万炮齐鸣、万鸽齐飞、万花齐放。经过济民县组织，各级干部，当地群众，还有施工人员，齐聚现场，人头攒动，每人手里举着一把鲜艳的花朵，也果真是万花齐放，仪式现场成了花的世界、花的海洋。十里八村的村民世世代代没见过这阵势，都像赶集一样围了过来看热闹。黑压压的人头一眼望不到边。往上看，是一片密不透风的人头，往下瞅，是一片如丛林般的大腿。这么多人集聚，可把康清泉吓得不轻，安保问题至关重要，再加之这么多高规格的领导到场，所以康清泉请求省市领导支援，调集精兵强将，把与会的人员分成一个一个的小方阵，每个方阵都由警察、保安护卫，还有便衣夹杂其中。济民县的那些机关干部由局长、主任、书记带队，负责某个方阵的安全保卫工作。

在外松内紧的情况下，仪式如期举行。仪式由康清泉亲自主持，首先是华兴集团华北区经理冷榕介绍了项目基本情况，然后是县长马初生致辞，接着是华兴集团董事长华兴讲话。华兴穿着黑西装打着红领带，神采飞扬，在向各级领导和S省、山川市、济民县人民表示感谢后，他宣布为济民县的慈善事业捐款两千万元，这些都是事前商量好的，一位礼仪小姐把写有两千万元大红字的牌子高高举过头顶向华兴走来。突然，这位礼仪小姐好像被什么东西绊了一下，差点摔倒。台上台下都看到了这一幕，一片惊呼。但是，这位礼仪小姐反应很快，只是歪了下身子，很快就又挺立起优雅的身姿，脸上带着标准的微笑，把纸牌递给了华兴，华兴把牌子高高举过头顶，现场一片欢呼。

接着，康清泉宣布：下面，请山川市委副书记、市长朱尔先生致辞，大家欢迎！

朱尔没有穿正装，他穿一件灰夹克衫，慢悠悠地走到立着的长杆话筒前，掏出事前准备好的稿子。"尊敬的——"刚念了仨字，突然发现麦克风没了声音，他的驴脸立即拉了下来，继续念："尊敬的宋朝觐书记——"麦克风依然没有声音，朱尔想发脾气，但是省委书记、省长在场，他不好发作，于是索性不念了，现场的空气霎时凝固了。

康清泉着急了，他扭头看了一眼仪式上站着的领导，个个面无表情，他想找济民县的人，可这会儿主席台上济民县的领导们和工作人员都不在，县长马初生也是一脸严肃、一言不发、一副不慌不忙的样子。这时康清泉真着了急，但这时候他不能离开主席台呀，他是主持人呀，于是掏出手机给秘书梁伟打电话，秘书梁伟跑了过来，康清泉像看到救星一样，说："快快，麦克风没有声音，快看咋回事？"

梁伟飞快去后台了。康清泉看了一眼市长朱尔，带着乞求的眼神，意思是说，即使没有话筒，您照样可以念呀，您怎么停在这儿冷场呢？

朱尔站在那里，就是不念。

过了五分钟左右的时间，秘书梁伟跑了过来："康书记，好了，可以讲话了。"

康清泉长出了一口气，说道："各位领导，不好意思，刚才设备出了点儿小故障，现在仪式继续进行，请市委副书记、市长朱尔先生致辞。"

朱尔这才不情愿地继续念起稿子来，用低沉的声调，像致悼词一样，很长时间才念完。

朱尔致辞之后，是参建单位表态发言，接着是当地群众代表表态发言，接着是济民县的职能部门代表表态发言，所有程序到了最后是请省长艾民生宣布开工。

省长艾民生响亮地一字一句地念稿子："我宣布，华兴集团华兴工业园项目和黄河文化生态旅游区项目开工！"

"嘭嘭嘭"，随着阵阵礼炮声响，空中彩条飞舞，民乐队演奏着欢快的音乐，盘鼓队舞狮耍龙，上万只白色的鸽子"扑棱棱"争相飞上天空，仪式现场一片欢腾。

最后，台上的各位领导在礼仪小姐的导引下，走到台下，依次拿起事先准备好的铁锨，培土奠基……

4

仪式刚结束，市政府秘书长王风权就打电话找康清泉。

"康书记，朱市长让你写个检查。你抓紧写吧。"

"写什么检查？"康清泉当时就蒙了。

"什么检查？这么重大的仪式，这么多领导在场，刚好到朱市长讲话时话筒不响，你这不是故意给朱市长找难看？你不写检查能行吗？"

康清泉说："话筒突然没声音，那纯属工作失误，我们没想着要给朱市长找难看，借我们胆子我们敢吗？"

"康书记，你也是县委书记呢，你难道连这个道理也不懂吗？不管什么原因，事实在那儿摆着呢，这是政治问题，你写个检查，给朱市长一个台阶下，好吧？有时候就委曲求全吧。"

"我想想。"

"想啥咧想？咱弟兄俩认识多年了，也是老朋友了，我不是站在秘书长这个位置上劝你的，我是从老朋友的角度替你着想的，你不写个检查，朱市长

381

的气儿能消得了吗？以后会有你的好果子吃吗？你写个检查这事不就过去了吗？有啥难的？你又会写东西，不就写几页纸吗？"

康清泉不想写检查，毕竟认错就是认输呀，别说自己没有大错了，即使有错也不能承认哪，最起码不能承认是自己的错呀。因为仪式上出现的失误也不是康清泉直接造成的，而且这算多大个事呢？

康清泉说："王秘书长，要不那样吧，我了解情况后再写吧。"

"也好，不过，检查你还是要写。下午下班前送给我。"

"王秘书长，这是我一个人的责任吗？为什么让我写检查？"康清泉的言外之意，马初生就没有责任吗？为什么不让他写检查？

王风权听出了康清泉的话中话，他说："康书记，你是一把手，你是济民县的老一，出了事不找到你的头上，那能找谁呢？至于处理下边的人，那是你的事，分级负责这个道理你难道不懂吗？"

康清泉听了很生气，真是狗仗人势，他最恨王风权这类秘书长了，狗为了讨好主人，比主人还叫得欢。

康清泉让县委办主任易三戒查查是咋回事，为啥刚好轮到市长朱尔发言话筒正好没音。易三戒回复说，礼仪小姐去送那张写有两千万元的纸牌时不小心踢到了台上的电线，音响的插头松了，接触不好，于是没了音，不过，音响师发现了问题，很快就解决了。

"唉，一个小小的失误，市长朱尔却不依不饶，非要深究不可。"康清泉叹气说。

"康书记，解释清楚不就行了？要不，我让礼仪小姐和音响师做证？"

"易主任，这些都没用，人家是想借这个机会找事呢，人家就不会去查事实真相，人家需要的是借着这个机会收拾我呢，或者说是给市委书记赵开来难看呢。"

易三戒不说话了，这里的关系一点就透。他知道市长朱尔对华兴集团这个项目不感兴趣，心里有气，借这机会出气呢。因此，易三戒只能叹了一口气，摇摇头不作声。

下午快下班的时候，王风权催交检查了，康清泉不想写，他想给市委书记赵开来打电话，让赵开来从中说和说和。但转念一想，还是算了吧，领导之间的关系错综复杂，这个时候，他跟赵开来讲，赵开来又能说些什么？还是别给领导添麻烦了。

康清泉又想起了他的老领导洪运来。

"洪书记，我是康清泉，您忙不忙？"

电话那头传来洪亮的声音："噢，是清泉哪，我现在没事，你说吧，怎么样？现在工作还好吧？"

"唉，遇到麻烦事了，想让您帮助出个主意。"

"什么事？说吧。"

康清泉把这件烦心事向洪运来简单说了一番。电话那头，洪运来沉思了一会儿，说道："人在屋檐下，不得不低头，遇到像朱尔这种古怪阴毒的市长，你只有自认倒霉，该忍就忍，要拿得起放得下，一切都会过去的。"

"洪书记，恐怕没有那么容易呢，恐怕我的下场会比我的上一任书记顾怀力更惨，回市直机关当正职我已经不敢奢望了，能让我全身而退，保住工资当个普通公务员就已经烧高香了。"

"清泉，有这么悲观吗？现在不是没有多大的事吗？"

"山雨欲来风满楼，凭我的直觉，好戏已经开始了，一切恐怕都明朗化了，而我这个马前卒也要隆重出场了。"

"不要太悲观，事情都在发展变化，你只要把握好自己，在经济上和生活作风上别出问题，别让人抓住把柄，工作上出点儿差错，只要没有造成重大的人命关天事件，料也没啥大不了的。"

"欲加之罪，何患无辞？栽赃陷害也能置人于死地。"

"身正不怕影子歪。不过，这段时间，你还是格外注意，让干什么就干什么，不要意气用事，什么事看不惯，也要忍着，注意保护好自己。"

"好吧，我知道了，谢谢洪书记，要不我给他写个检查？我不写的话恐怕他会想其他的办法收拾我，这一关难过呀。"

"检查轻易不要写，你别以为写了检查承认了错误就万事大吉了，有时候，让你写检查，是收拾你的开始，而不是一检查就算完了，没那么简单。"

"我知道这个道理，可是眼下秘书长王风权催得很紧，怎么办？"

"怎么办？口头承认错误可以，甚至口头也不能承认错误，书面检查更不能写，文字的东西一点不能留下。白纸黑字，铁证如山，这些都是斗争的经验教训，你知道吗？"

"我知道，可是我过不了关哪。"

"就不写，给他拖，看他能怎么办。他只是个市长，又不是书记，他管不了你的官帽。"

"要不我去找赵开来书记汇报汇报这件事，看他能不能帮我？"

"算了吧，你去找赵开来书记，要想公道打个颠倒，你换位思考一下，假如你是赵开来书记，遇到这种事你会怎么处理，你总不能因为这去跟市长朱尔闹不愉快吧？常言说，官骂不算丑，有些事，能忍就忍吧，能不麻烦赵开来书记就不麻烦他吧，净让他为难。"

在是否找市委书记赵开来这件事上，洪运来和康清泉的想法是一致的，康清泉心里更有谱了，他说："洪书记，那行，我听您的话。"

于是，康清泉坚定了信心，就是不声张、不写检查、以拖为上。

5

第二天早上，市政府秘书长王风权打来电话了，说市长朱尔让康清泉到他的办公室一趟，现在就去。

康清泉不知道朱尔想干什么，实在是迷惑，但又不敢怠慢，心里七上八下地找到了市长朱尔。

市长朱尔坐在宽大的办公桌后边，见康清泉进来了，热情站了起来："噢，清泉来了，坐坐坐，抽根烟。"朱尔的热情反而让康清泉丈二和尚摸不着头脑，过度的热情反而令康清泉更加害怕。

"谢谢朱市长，我不抽烟，我是向您负荆请罪来了。向您道歉，我给您鞠躬吧。"说完，康清泉弯腰给市长朱尔深深地鞠了一个躬。

"抽根烟，陪我抽根烟。"市长朱尔执意让康清泉抽烟，没办法，康清泉接过一根烟。

市长朱尔亲自给康清泉点烟，康清泉哪敢呀？急忙站起来，抢过打火机，自己点着了烟，狠吸了一口。在烟雾缭绕中，市长朱尔拿出了一封信："清泉哪，我还是比较看好你的，但是，你看看这个。"市长朱尔把信扔到了康清泉面前，康清泉一看题目，当时就想晕过去。这是一封《关于济民县委书记康清泉贪污受贿道德败坏违法乱纪的举报信》，康清泉打起精神，使劲眨巴眨巴眼睛，仔细往下看起来。信的内容不多，只反映了两件事：一是康清泉在生病住院期间收受了黑老三二十万元钱，二是康清泉和杨树岗乡乡长向云雪有男女关系。康清泉心里一惊，黑老三的二十万元钱当时就让秘书梁伟上交给县纪委了，难道没退吗？和向云雪是有好感，可只有一次吃饭聊天而已，也没干啥违反纪律出格的事啊，其他时间只是打打电话而已，这又有谁知道呢？难道是有人跟踪自己？

康清泉头上直冒冷汗。自己也是纪委副书记、监察局局长出身，多少年一身正气、两袖清风，最近还听说济民县有人把自己称作"康清天"，这封举报信，使他惊出一身冷汗：自己在济民县的一举一动好像都有人知道，自己的背后好像有一双眼睛时刻在紧紧地盯着，在济民县工作，真的是步步惊心。

市长朱尔装作若无其事地看材料，但他已发觉了康清泉惊慌失措的表情，不由得暗自得意。

"朱市长，这，这是写给您的吗？"

"是啊，是写给我的。但是，写没写给其他领导，我就不知道了。这事我以为你知道呢，原来你不知道呀？"

"我咋会知道呢？"

"是啊，不会有人告诉你的，也只有我把信给你看了，我这是违反组织纪律的，是我对你好。说实话，我还是比较器重你的，想当初让你到济民县当书记，还是我提的建议，虽然有不同意见，但我据理力争。虽然我和你没有什么交集，但是，你的为人和工作能力我还是了解的，所以，顾怀力出事之后，我首先就想到你是合适的人选，只是我这人不会卖好，这里边的缘由恐怕你不知道吧？"

朱尔说得有鼻子有眼，但康清泉是不会相信的。听其言观其行，你说得再好，事实在那儿放着呢，你能瞒得过别人但能瞒得过康清泉吗？康清泉通过到济民县工作大半年时间，已经猜出了事情的来龙去脉。他知道顾怀力离开济民县可能就是市长朱尔和县长马初生以及黑老三家族他们联合做的局，目的是让县长马初生当书记，好在济民县为他们这个利益集团谋利益。只是顾怀力脑子不太开窍，一直不走，各方面工作也没有让他们满意，因此才被一脚踢开。但是，市委书记赵开来不是傻瓜，他就是不让市长朱尔的原任秘书马初生当书记，于是把康清泉派到了济民县。一方面康清泉为人正派，在官场名声比较好，场面上交代得过去，同时，也是拿康清泉警示县长马初生等人，这是一位纪委副书记、监察局局长，再不检点再为所欲为，可是要收拾人的。没承想，市长朱尔不信这个邪，他自恃有省委副书记魏和平撑腰，他才不怕赵开来呢。赵开来即使跟省委书记宋朝觐关系不错又如何？魏和平是老领导，又是本地人，在官场深耕多年，关系盘根错节，资历深着呢，是地方实力派，没听说强龙不压地头蛇吗？而赵开来跟省委书记宋朝觐，只是工作关系，工作关系算什么？没有了工作就没有了关系。所以，康清泉的工作就难干了，工作不难，难就难在处关系。康清泉自认为够小心了，没承想还是掉了进去，这下子可是说不清楚了。人家不是说嘛，花上两块钱，折腾他半年，别管有这事没这事，寄个举报信，再碰上正好有人想找碴儿，正好有领导烦你了，就上纲上线。闹不好，真的把小事折腾成大事，把人折腾进去也不是不可能。

"怎么样？清泉，有这事吗？"市长朱尔抽了一口烟，抬起头，扬扬得意地看着康清泉。

"朱市长，我是老纪委干部了，该干什么不该干什么，我清楚。至于有人想黑我，我想组织会还我一个清白的。"说这话的时候，康清泉的心里也有点虚，黑老三送钱的事情，不管秘书梁伟送出去没有，自己没有收钱这是假不了的。但是，和向云雪的关系，唉，那可真说不清楚了，生活作风的问题，说大就大，说小就小，全看领导怎么看了。康清泉很是后悔，后悔自己没有把持住，人说英雄难过美人关，多少人因为女人而栽跟头，常告诫自己要检点要节欲，但是真遇到了像向云雪这样的女人，自己还是昏了头，悔不该单独跟她出去吃了一次饭。

"清泉，人家可不是告黑状的呀。"朱尔慢腾腾地吐了一口烟雾。

康清泉的脸腾地红了，感到一下子从空中掉了下来。康清泉本来还想在济民县把以黑老三为代表的黑恶势力收拾一番呢，没承想，自己倒先被人抓住了把柄。

"应该是误会吧。"关键时候，康清泉突然冷静了下来，坚决不能承认，对，坚决不能承认，因为一旦承认，那就只能缴械投降了。而不承认的话，只要向云雪也不承认，就这种事，也深究不下去，况且还能做做工作，伺机把这事摆平。

"我也不相信，不过，大家可不会不信，铁证如山。你是干纪委出身，你是老纪委干部，后果你应该清楚，我呢，只是给你提个醒，你自己把握吧。真不行的话，我就找人问问向云雪。"

朱尔说得云淡风轻，康清泉听来却好似电闪雷鸣。

"谢谢朱市长关心，请问朱市长还有什么指示吗？"

"没有了。上次华兴集团开工仪式上的事情，你给我写个检查，我希望你写一次，这其实就是一个政治的问题，而不仅仅是一个工作失误问题，你不从政治上找原因，不写这个检查是不行的。"说完，市长朱尔扬了扬那封针对康清泉的举报信。

姜还是老的辣，康清泉真的不是市长朱尔的对手。软硬兼施，看来这个检查不写是不行了。虽然康清泉非常清楚，一旦承认了错误写了检查，就意味着缴枪投降了，就等着挨刀子吧，对手很快就会翻脸不认人。康清泉不太担心自己，身正不怕影子歪，他没有做什么违反党纪国法的事情，可是，他想到了向云雪，他真的不了解向云雪的具体情况，比如她收过人家礼没有？她有没有违纪的事情？如果从向云雪入手查起来，如果把向云雪关进去，如果因为自己让向云雪受牵连，他康清泉于心何忍？他知道朱尔什么无底线下三滥的办法都用得出来。他已经放出话来了，他要找向云雪的麻烦了。想到这里，康清泉心软了。

此时，康清泉又曾想到这事是不是向市委书记赵开来进行汇报，如果赵开来书记也接到类似举报信了，他会怎么处理呢？会怎么看待他康清泉呢？市长朱尔以此要挟恫吓自己，但如果赵开来书记不这样认为，他市长朱尔还能如何？一念及此，康清泉想动身去找赵开来书记，但是，他立刻又否定了自己的想法，这是大事，必须三思而后行，不可轻举妄动啊。康清泉想，假如赵开来书记也接到举报信，赵书记肯定会让市纪委的人调查了解，不会置之不理，从这个意义上说，市长朱尔对自己的要挟恫吓没有任何价值，完全可以不怕他。但是，假如赵开来书记没有接到举报信呢？如果仅仅是市长朱尔抓住了自己的"把柄"，拿这个举报信来威胁自己呢？自己主动去找赵开来书记说明情况进行汇报，岂不是此地无银三百两吗？赵开来书记如果再问你是从哪儿得到的信息，自己又该如何解释呢？有些事情，特别是男女作风的问题，是越描越黑。

"咋样啊？想好了吗？"市长朱尔等得不耐烦了。

"行，我按照朱市长的指示，写检查，认真检查，让朱市长满意。"康清泉咬咬牙说。

"不是让我满意，这个检查你不能对我写，你要对市委、市政府写，而且不能说是我让你写的。你要说这个检查不写的话，你非常自责，你对不起市委、市政府，知道吗？"朱尔嘴角露出得意和不屑的微笑。

"懂了，谢谢朱市长。"康清泉的心在滴血。

6

康清泉告别了市长朱尔，回到济民县后，关起门，坐在办公桌前，亲自给市长朱尔写检查。他检查了为什么在仪式上会突然出现话筒不响的意外事情，把过程详细写了写，同时查找了自身在工作中的问题和不足，主要是工作不细心、不注重抓落实等。

检查交上去了，交给了市政府秘书长王风权，王风权嘴角露出不易察觉的笑容。康清泉看出了他的得意神色，这种小人，落井下石，趁火打劫，康清泉真的看不起他，真不知道这样的干部为什么能青云直上、步步高升？

很快，这份检查以市委办公室、市政府办公室的名义印发了全市，并对济民县进行了通报批评，重点批评了县委书记康清泉。

康清泉一看是市委办公室、市政府办公室联合发的文件，心想，坏了，这事市委书记赵开来不跟自己站在一边了。因为如果市委书记赵开来不点头同意的话，是不可能以市委办公室名义发文件的，况且，这个文件还点名批评了县委书记康清泉，市委书记赵开来不可能不知情。看来，在关键时候，市委书记赵开来还是顾及市长朱尔的面子啊。

不过，康清泉所不知道的是，市委书记赵开来虽然同意了市长朱尔提议的以市委办公室、市政府办公室名义下发的这份通报批评，但是，赵开来是很不情愿的，准确地说他是对朱尔的霸道作风很恼火的，只是他顾全大局，为了班子团结，隐忍不发而已。

可康清泉不知道这里的内幕，从明面上看，他认为赵开来是不管自己了。

康清泉本以为这事就此打住了，没承想，市政府秘书长王风权又打来电话，说这份检查不行，还要从思想深处找原因，要检查有什么政治目的，要重新写。

"我真的没有什么政治目的。"康清泉在电话里反驳说。

王风权说："谁信呢？为什么偏偏市长讲话时话筒就没声音呢？这不是明摆着要出朱市长的洋相找难看吗？你到底有什么目的？到底是谁让你这么干的？"

康清泉心想，这些人是不是精神病，怎么疑神疑鬼的。"秘书长，我真的没有什么政治目的，这纯粹是个工作失误，就是那位礼仪小姐递牌子的时候脚不小心踢着了台上的电线，音响的插头松了，就这么回事。"

"康书记，你是这样认为，可别人会这样认为吗？大庭广众之下，大家都看到了，大家会怎么想？你要注意维护市长的形象，你再写个检查，写深刻一些。"

"秘书长，您要是这么说，我可以写，维护领导的形象和威信，我应该这样做，但是要违心地让我承认我一定有什么政治目的，这个我不敢。"

"写是肯定要写的，不写过不了关，市长对你其实挺看重的，你生病住院收钱的事，你那些风流事，朱市长还压着替你保密呢。"

康清泉这下子心虚了，服软了，毕竟人家手里有把柄。虽然这把柄是那么地不扎实不牢靠，甚至说是莫须有，但是，康清泉是了解市长朱尔的品行的，欲加之罪，何患无辞？

第二天上午，康清泉把检查写好交上去之后，很快就后悔了。因为市长朱尔让秘书长王风权把康清泉的检查复印了几十份，市委常委会快结束的时候，给市委常委们进行了分发，人手一份。

市长朱尔说话了："趁这个机会，我插几句话。各位领导都知道，可能都听说了，前几天我和赵开来书记到济民县参加一个活动，那是华兴集团的项目开工仪式，省委书记、省长都参加了，我本来不想发言，但是济民县非要让我做个致辞，我就致辞吧。谁知到该我致辞的时候，话筒突然不响了，我就纳闷儿，为什么刚好到我致辞的时候话筒就不响了呢？我觉得这里边有问题，我让秘书长王风权了解情况，济民县委书记康清泉同志在这个事上有不可推卸的责任，他的检查大家也都看了，这个同志我建议必须处理，我向市委常委会郑重建议把他调离济民县。"朱尔说着说着声音大了起来，郑重地说，"这个同志不适合在县里一把手位置上工作。"

市委常委们一个个鸦雀无声。

市委书记赵开来见大家都不吭声，打起圆场来："现在有些干部就是工作作风不太扎实，不太注重细节，特别是一把手，只管大事不管小事。其实小事也不小，咱们市委办公室的工作就是这样，很多会议办得差三落四，很不像话。"

大家都听出来赵开来是在转移火力点，是在为康清泉解脱，是在把大事化小小事化了。

"赵书记，事情跟事情不一样，别的会议那都是咱们自己内部的事情，可以不计较。但这是大事，省委书记、省长在场，这是政治问题，不是工作作风问题。今天的事必须严肃处理。大家如果对处理康清泉还有什么异议的话，我这里还有一份材料，是反映康清泉受贿和生活作风败坏方面的材料，大家都看一看吧。"朱尔示意市政府秘书长王风权把举报康清泉信的复印件给每位常委又发放了一份，"大家都看到了吧，说实话，把康清泉调离济民县算是保护他了，这份材料大家也都看到了，如果按照这份举报信反映的情况进行查实的话，恐怕是违反党纪国法的问题了。"

会议室的气氛霎时紧张了起来。朱尔这个不同寻常的举动出乎大家预料，常委会上的议程都是提前排好的，都是走走形式而已，很多事情在下边都经过一定程序提前商议过的，没有多少异议才上会的，上常委会的议题都是在周一上午的书记碰头会上议过的，临时动议增加议题是需要书记同意的，朱尔搞了个突然袭击，严格来讲是不符合程序的。但朱尔是谁？别看他只是市长，别看市委书记赵开来名义上是老一，但朱尔从不把赵开来放在眼里。在山川市，他就是老一，赵开来处处让着朱尔，因为朱尔厉害，这是人的个性使然，也是人的修为使然。秀才遇到兵，有理说不清。但对朱尔越规逾矩的事，牵涉原则的问题，绝对不能含糊，不能和稀泥，坚决与之斗争。好在赵开来脑袋瓜儿好使，他足智多谋，他赵开来就来个避实就虚。

"那行，朱尔市长说的这事很严重，一会儿我还要去省里找书记汇报个事，今天没时间了，回头列个议题专门再议吧。"赵开来打了个马虎眼说，"散会。"

常委们一个个表情凝重地离开会议室，市长朱尔见大家一个个离开了，他呆呆地没趣地坐在会议室一动不动，空荡荡的会议室只剩下他和市政府秘书长王风权。王风权见各位领导都走了，也不敢停留，他说："朱市长，我去拿份文件。"他也悄悄溜走了。

7

第二天，山川市召开全市信访稳定工作会议，各县（市）区的党政正职和市直各单位的党政正职都参加了会议，还有公检法等单位中层以上正职参加，参会人员有一千人左右。这么大规模的会议，山川市委常委和分管政法工作的四大班子副市级以上领导都参加了。会议由山川市委书记赵开来亲自主持，山川市委常委、政法委书记孙立男先作了工作报告，然后是典型发言，发言完毕，按照议程安排，该市长朱尔讲话了。赵开来扯着嗓子喊道："下边请市委副书记、市长朱尔作重要讲话，大家欢迎。"会场上响起热烈的掌声，政法系统的干警们平时训练有素，鼓起掌来很卖劲，不像其他会议上干部们鼓掌，只是两手轻轻拍一拍，掌声稀里哗啦的，松软无力。在政法会议上，会场可不一样，统一制服，坐成方阵，坐姿也有要求，鼓掌也有要求，总之非常格式化、模板化、条理化、系统化。这不，雷鸣般的掌声响起，又一齐停下，大家静听市长朱尔作重要讲话。朱尔慢腾腾地开腔了，"赵书记让我讲话。"话刚说到这儿，又停了下来，紧接着，突然一声大叫，声音提高了八度，"我没啥可说的，一会儿请赵书记讲就行了。"说完，讲稿往桌子上一摔，站起来走了。

整个会场静了下来，主席台上常委们面面相觑，不知说什么好。主持会议的赵开来气得头乱晃，脸上青筋蹦蹦跳，双手、双腿抖个不停。但是，很快，赵开来就恢复了平静："好，同志们，朱市长临时有一个重要接待，他今天就不讲了，下边，我对当前的信访稳定工作讲几点意见，供同志们参考……"

康清泉在会场第一排就座，他看得心惊肉跳。有个关系不错的市委常委已经把常委会上市长朱尔印发关于康清泉的检查材料和举报信的事向他私下透露了，并告诉了康清泉赵开来的态度。今天突然发生这种事，康清泉觉得跟昨天常委会上的事情是有联系的，而且，市长朱尔在大会上摔稿子走人，他这是在打赵开来的耳光，而起因很可能是他康清泉。康清泉坐在会场，感到了一种压力，一种如山般沉重的压力，同时又感到了深深的悲哀。党政两个一把手，如果相处融洽，那是一个地方的福，也是当地干部们的福，而如果两人的关系很紧张，下边的同志们就不好办了，左右为难，最好的办法就是远远地躲开，即使这样，到谁那里跑得多了，保不准让另一位知道了，又是说不清道不明。康清泉现在正处于这种夹缝之中，一个市委书记赵开来，一个市长朱尔，谁都得罪不起，都惹不得，都很强势，都志在必得，怎么办呢？康清泉真的作了难，看这架势，书记、市长又不是一般地不和谐，而是很不和谐。两个党政一把手，工作上意见不同很正常，即使两人个性都很强硬，即使两人积怨很深，但一般情况下，也不至于像今天这样在大庭广众之下公然闹不愉快，再怎么着也不能撕破脸皮呀，这不是把两人的矛盾明朗化了吗？这以后还怎么工作呢？以后只有小心小心再小心了，否则的话，后果不堪设想。

8

华兴集团项目奠基仪式之后，加快了工作进度，这不，很快就上工程队拉围墙了。虽然是大热的天，但工地上一片繁忙景象，工人们顶着烈日，皮肤晒得黑里透红，胳膊腿晒脱一层皮，浑身刺痛。工程队的工头拉来几桶绿豆汤，还买了很多冰激凌，也不考虑什么劳动法规定了，催着加班加点干活，当然，工钱也适当增加了。

这天一大早，太阳刚出来就热得像一个大火球，烤晒得地里的庄稼都蔫蔫的。工头们催促着抓紧施工，工人们一刻不敢怠慢。正在这时，突然开来了几辆面包车，车子径直开到了工人们前边，工人们好奇地停下了手中的伙计，正好趁此机会擦把汗歇一歇。车门打开了，几辆车里同时蹿出来一帮光着头赤着上身手拿砍刀和铁棍的壮汉，足足有百十号人，直奔工人们而来。不知谁喊了声："快跑！"有的工人反应快，扔下手里的工具，拔腿就跑。有的反应慢，站在原地怔怔地吓傻了。

这帮人并不说话，见人就砍，见人就打，顿时，工地上哭爹喊娘、血迹片片。工人们该跑的跑了，跑不掉的倒在了地上。混乱的场面中，有一个身强力壮的年轻小伙子举起铁锹冲了上去，刚想反抗，却被一根一米多长的大铁棍对着头部横扫过来，当场就倒在地上没反应了。几分钟过后，只听哨子一响，这帮人自动撤回车里，面包车本来就没有熄火，加大油门扬长而去。所有这一切，也就几分钟时间而已。

120、110响着尖利的声音，快速赶来了，警察们忙着拍照找证据，医生护士们忙着进行现场急救，不久，所有伤者都被送往县城医院。

小县城本来就不大，即使是发生丁点儿的小事也很快就会传遍所有人的耳朵。老百姓议论纷纷。一百多号人，都是光着头赤着上身，据说身上还都文着什么龙呀鹰呀蛇呀等动物，这是哪儿来的呢？谁这么大能耐这么大胆呢？这像电影里演的黑社会呀，杀人不眨眼，下手狠着哪。

也就短短几分钟时间，一条人命没了，几个人身受重伤，进了重症监护室，十几个人受了轻伤，县人民医院、县中医院同时接收病人，忙得不可开交。

县委常委、政法委书记李国军和副县长、县公安局局长王家武来到了康清泉的办公室，李国军低着头心情沉重地说："康书记，打死一个人，重伤轻伤十好几个。"

康清泉听罢，既痛又恨，他痛惜的是群众的生命，他恨的是在自己治下，光天化日之下，这帮小子竟敢如此猖狂如此胆大如此心狠手辣，这么多无辜的群众、柔弱的百姓、可怜的家庭，惨遭毒手。作为一个县委书记，保护不了自己的老百姓，这个县委书记当得窝囊当得惭愧。康清泉不再瞻前顾后前怕狼后怕虎了，这次不管是谁指使的，不管后台多硬，也要坚决查办到底。

"李国军、王家武，过来。"康清泉大声喊道。

两人本在门口等着，听到康清泉召唤，急忙进了康清泉办公室。

"你们两个迅速成立工作组，立即破案。不管牵涉到谁，先抓起来再说，如果有人说情让他找我，我给你们撑着。话说回来，你们政法公安队伍如果有内鬼，如果谁胆敢在里边搞小动作、通风报信或者纵容包庇，党纪国法严惩不贷，知道了吗？"康清泉厉声说。

李国军和王家武从未见康清泉发过脾气，而且这次火还这么大，看来这次不敢掉以轻心了，两人连连称是，告别康清泉后立即开会研究破案。

但是，事情并没有想象中的那么简单。查了一个星期了，什么也没查到。县委常委、政法委书记李国军和副县长、县公安局局长王家武来汇报说，康书记，这帮人肯定不是咱济民县的，应该是从外地来的，至于是不是山川市的，也说不准，而且他们有组织有纪律，这是典型的黑社会性质，来得快走得也快，现场没有留下任何证据，查证相当困难。

"小鸟飞过还留影呢，这么多人作案，难道就一点儿蛛丝马迹都没有留下？"康清泉问。

"没有。"

"即使没有，这帮人的目的是很明确的，就是对着华兴集团的项目来的，不会有其他的原因和理由。你们就围绕着这个去查，一定会有成果。"

"这个……"两人都不说话了。

康清泉知道，这事确实不是小事，能这么大胆行事的幕后之人，绝非等闲之人，也难怪他们政法公安机关为难。康清泉说："不管怎么着，这事必须有个结果，而且要尽快破案，否则咱们一块写辞职报告，你们不要把这事不当事，一定要高度重视，知道吗？"

"好，我们一定尽力。"

两人告辞了。康清泉长出了一口气，这时他想起了南步涛，立即让秘书梁伟通知南步涛到办公室来。

南步涛急急忙忙赶来了，进了康清泉办公室的门，还用胳膊擦了擦额头上的汗珠子。

"老南，怎么样？华兴集团在黄河滩的项目出的事，你知道吗？"

"康书记，咋会不知道呀？我一辈子号称难不倒，这回我却真被难倒了。说实话，康书记，不行的话让我回去吧，这活儿我是干不了，咱惹不起躲不起吗？"

"老南，我真不相信这话会是从你嘴里说出来的。不过，就这一点儿，说明你还是个聪明人，打得过就打，打不过就跑，你的战术还是有一套的。"

"康书记，您别取笑我了，我老了不中用了，一世英名要栽倒在黑风口村了。"

"老南，打起精神，没有你想得那么严重。咱哥儿俩这回谁也别说打退堂鼓的事情，黑风口不就是一个村吗？我们不还是共产党的天下吗？怕啥？"

"我跟您不一样，康书记，您是县委书记，又年轻，如日中天，正是干事业的时候，我是半截身子埋到土里的人了，我还干啥呀？"

"可不能这么说，咱是共产党员，咱干工作要服从组织决定，除非退休了，在岗一天就要尽责一天。"

"康书记说得对，我也是一名老党员了，这点儿组织纪律还是有的。您说吧，您叫我来有啥指示？"

"你给我打听一下这次涉黑性质的聚众扰乱社会治安事件，幕后策划是谁？什么目的？"

"康书记，这事太大了，我可弄不了。"

"不用怕，黑社会毕竟是黑社会，他们见不得光，咱这次就要跟他们较量一下。"

"我去哪儿打听呀？您还是找公安局他们。"

"公安局破案是他们的职责，但我想再找一条路，这条路也许是捷径，想让你通过私人关系或者其他渠道去查一下。"

"这个……"

"老南，不用担心，钱的问题我负责。"

"康书记，还有个事……"

"不用说了，不就是你孩子的事吗？放心吧，我记着呢，我才来济民县，不适宜调整干部，等到快年底的时候，根据工作考核情况搞一次调整。"

"那好，那就麻烦康书记了。"南步涛转身告辞出门。

"一周之内，完成任务。"康清泉看着南步涛离去的背影大声说。

"好咧，放心吧康书记。"

9

南步涛回去后，又想起了他的远房侄子贺油锤，上次找他暗访济民宾馆，把黑老三收拾得不轻，事情办得怪利索，这次，恐怕还得找贺油锤。于是，南步涛拨通了贺油锤的电话："锤子，上次活儿干得不赖，这回还有个生意，你干不干？"

"南叔，啥事？说。"

南步涛把事情的经过简单说了一遍，说你帮我查查这帮人是哪儿的，都是谁指使的，关键是要找到证据。

"你猜会是谁？你给我提供个情况。"锤子说。

"我猜是咱们县太平堤乡黑风口村的村支书黑老三他们兄弟干的，但这只是猜测，没有证据。"

"行，没问题，这事包在我身上。不过，叔，咱公是公私是私，丑话说头里，上回五万，这回十万。"

"十万块，太多了吧？"

"你要是嫌多，你找别人干去，我就是这个价儿。"

"这个……"南步涛心想这也太黑了吧？

"我其实不想干这活儿，这是得罪同行的，你知道吗？我是看着您是俺叔的面子我才接的，以后不定啥时候我还有求于您咧。您干的是公家的活儿，要是您自己的事情，我就是赔钱也给您干，好吧？"

"好侄子，就这么定了。"

10

山川国际酒店董事长办公室，董事长兼总经理齐浩天和副总经理朱郎相对而坐，吵了起来。

齐浩天说："朱经理，你爸还是山川市市长呢，连这事都摆不平。现在华兴集团已经奠基开了工，生米做成熟饭了，我们项目的事迟迟没有进展，你说这事咋解释？"

"我爸也只是个市长，上边还有书记呢。"朱郎辩解道。

"官场上的事我不懂，啥二屎市长？"

"齐董，你不能骂人啊。"朱郎一听齐浩天骂他爸，不高兴了。

"骂人，我骂啥人了？不就是个二屎市长吗？有啥了不起？朱尔，朱二，二屎，二屎市长又不是我叫出来的，你爸可不就是个二屎嘛！"

"齐董，你要是再骂，可别怪我不客气了。"朱郎公子哥儿脾气也上来了，伸胳膊撸袖子想打架。

齐浩天一看这阵势，怒发冲冠。当他看到了对面墙上挂的那个条幅："春风大雅能容物，秋水文章不染尘。"他心头的怒火压住了，可没多久，怒火又燃起来了，墙上的条幅也不管用了："你不客气还能咋着？就你爹那熊屎样，这点事都搞不定，还当市长呢！"

朱郎"腾"地站起来："姓齐的，你一个做生意的有什么了不起？不是我们朱家，你能在山川市站住脚吗？"

齐浩天也"呼"地站起来："朱郎，别说你们朱家，你们山川市我就没有放到眼里，没有你们朱家我在山川市站不住脚？听好了，你们朱家在我手心里攥着，我给你们朱家少说也有上千万了吧，还有你那二屎爹，还有你们在酒店里鬼混的录像都在我手里。你们朱家就是我喂的狗，把我惹毛了，叫你们朱家家破人亡。"

"少吹吧，你不就是一个暴发户？靠着我爹才有你的今天，就你那熊样还能咋着？告诉你吧，我爹能当上市长那也不是吃素的，就凭你还想咋着咧？烧啥咧烧？"朱郎一脸轻蔑地坐下来，脸别过来看着窗外。

　　齐浩天听后两眼冒火，积存了很长时间的怨气急剧爆发，他绕过办公桌大步来到朱郎跟前，抢起胳膊对准朱郎狠劲打了下去，朱郎的左脸被重重一击，头晕眼花倒在沙发上。朱郎不甘示弱，回过身来，飞起一脚，对准齐浩天的下身狠狠踢去，齐浩天疼得捂着下身蹲了下去。

　　朱郎骂道："他妈的，你齐浩天敢打我，我让你看看天王老子是谁！"说罢，对着齐浩天"啐"了一口，打开门扬长而去。

　　"你小子等着瞧。"齐浩天对着朱郎的背影吼道。

　　朱郎甩门而去，齐浩天在办公室里转了半天，心想，这事单凭他的能力还不行，毕竟朱尔的势力太大了，他的后台太硬了，这事要办得劲，还得找市委书记赵开来帮忙。

　　于是，他很快就找到山川市委书记赵开来。没想到，他找到赵开来，说朱尔收了他的巨额现金还不办事，并把朱尔在山川国际酒店淫乱的录像复制了一份递给赵开来，赵开来却对这些不感冒，不往正题上说，打个哈哈就把他打发走了。这让齐浩天好不生气，但也没办法，毕竟赵开来没有把柄在他手里。不过，赵开来在他临走的时候却语重心长地说，齐董，我听说你有个项目在济民县，现在进展咋样啦？济民县委书记康清泉可是个老纪检哪！

　　赵开来一句话点拨了齐浩天，对呀，济民县委书记康清泉可是市纪委副书记、监察局局长出身哪，是位老纪检了，而且，党性强，人品正，找他准有门儿。

第十章

大河东流

　　风来了，风走了，康清泉的魂灵徜徉在高天大河间。远处，似乎有人在喊号子，是黄河号子，是纤夫号子，和着康清泉的思绪一路狂奔。

1

在康清泉的一再解释和保证下，华兴集团的项目建设继续进行。工地周围加强了安保力量，康清泉还让公安局组织了一些便衣，以便随时处理不测事件。

没过几天，南步涛求见，康清泉知道有了好消息，把其他的工作向后推了推，急忙召见南步涛。

南步涛刚推开康清泉办公室的门，就兴奋地说道："康书记，弄清楚了。"

"快坐，先喝口水，说说啥情况。"康清泉离开办公桌，把南步涛让到办公桌对面的沙发上，亲自给南步涛倒上一杯茶水。

南步涛把他委托他远房侄子贺油锤打听的情况向康清泉做了汇报。原来在华兴集团项目工地寻衅滋事的这帮人果然是黑老三他们。黑老三让他的弟弟黑老四到山川市找了一帮黑社会。听说死了人，现在这帮人都四散而逃，但元凶和主谋就是黑家兄弟，有黑家兄弟和黑社会的通话录音为证。

"老南，你这信息可靠吗？"

"康书记，要不您听一听录音？我这录音笔里可存的有好东西呀。"

"行，听一听。"

康清泉好奇地让南步涛按动了录音笔的播放键，里边果然传来了黑老三和那帮黑社会谈生意的声音。

"老南，你这录音资料是从哪儿搞来的？"

南步涛神秘地一笑，说："康书记，这是我一个远房侄子从那帮黑社会手里买来的录音资料。我那侄子就是专门跟踪盯梢打探别人隐私的，他是吃这一路的人，上次我给您提供的黑老三到济民宾馆鬼混的信息，也是他打探到的。不过，虾有虾道，蟹有蟹道，这帮黑社会也精着呢，他们在和黑老三谈生意的时候，都录了音，万一出了事，他们也能减轻点儿罪责。"

"他们考虑得很周全哪。"康清泉感叹道。

"干啥都需要有专业知识，这是他们的行规吧。"南步涛说，"康书记，我看就把黑老三抓起来审吧，这录音一放，他就招供了，把黑家兄弟都给填进去。这帮小子也太猖狂了，枪毙他们都不亏。"

"抓他们容易，他们也就是小苍蝇，但他们背后的大老虎咱可惹不起呀。"

"您说的是不是朱市长？唉，那您看着办吧。"南步涛也不作声了。

"好，这事你知我知，不能再对任何人讲了，让我想想再说。"

"那好，我等您的消息。要不我把录音笔放您这儿吧？"

"你拿着吧，放我这儿干啥？我能不相信你？这么重要私密的事都委托你干了，你说呢？"

"好，康书记。"

"其实，县公安局那边这段时间也没有闲着，他们抽调精兵强将成立了专案组，通过大量的走访摸排，动用了技侦手段和视频追踪，包括内部线人提供的线索，也已经掌握了确凿的证据。可以说，现在是万事俱备、只欠东风，有一个合适的时机，就可以收网行动了。"

"康书记，那我知道咋回事了，如果没啥事的话，我就先走了。"

"那行，你先回去吧。"

南步涛告别了康清泉，出门离去。

南步涛走后，康清泉心想，华兴集团项目建设出现阻工打人的事情不小，而且又牵涉黑氏家族，更有可能牵涉市长朱尔，必须向市委书记赵开来汇报。于是，他立即把南步涛汇报的情况向市委书记赵开来做了汇报，没想到，赵开来听后只说了句："我知道了。"便再无下文。

康清泉听了之后，很是郁闷，可是，他正在郁闷的时候，齐浩天来访了。

康清泉和齐浩天素无深交，而且，康清泉也不爱和这些做生意的大老板们交往过深，他不知道齐浩天突然造访是何用意。康清泉在办公室接待了齐浩天，齐浩天见康清泉的秘书梁伟在场，说："老弟，麻烦你先出去一下，我要和康书记说个事。"

梁伟给齐浩天倒上茶水，带上门走了，齐浩天又走到门口把门反锁住了。

这个动作让康清泉好生奇怪，难道齐浩天要送礼吗？

康清泉有些不悦，他离开办公桌，来到门边，想打开门，他的门一般情况下都是开着的，他不想给某些人留下什么把柄和借口，不想制造送礼行贿的机会。

齐浩天挡住了康清泉，说："康书记，我不是来给您送礼的，我是来向您反映问题的。"

康清泉愣了："齐总，谁不知道你神通广大，你至于来找我反映问题吗？"

"唉，康书记，我遇到难处了，也怪我一时糊涂，我上了市长朱尔和他的少爷朱郎的当，我求告无门哪。"

一听这话，康清泉摆摆手，制止了齐浩天。这事牵涉朱市长，非同小可，他康清泉岂敢造次。

康清泉说："齐总，我还有个会议，失陪了。"

康清泉拿起公文包站起就要走，这时，齐浩天一看事要黄，于是，大声喊起来："康书记，全市的人都听说您是康青天，当官不为民做主，不如回家卖红薯，您是老纪检，您遇到事就这么怕吗？我们小老百姓的事您就不管吗？您是啥共产党员哪？"

齐浩天一席话让康清泉无地自容，他不再犹豫，转身把公文包放在了桌子上，对齐浩天说，坐吧，说吧，我听着咧。

齐浩天把他所知道的朱尔和朱郎违法乱纪的事实一五一十地向康清泉说了一遍。没想到，康清泉也是说："我知道了，你走吧。"

听了这句话，齐浩天好不懊恼，这和市委书记赵开来的回话基本上是一个模子里脱出来的，这些官场老油条，齐浩天愤愤地想。但是，他也没办法，只好放下录像，起身告辞。

待齐浩天走后，康清泉就把齐浩天提供的信息向市委书记赵开来做了专题汇报。赵开来听后默不作声，等了很长时间，赵开来还是摆出了那句话："我知道了。"接着，摆摆手示意康清泉回去。

康清泉大失所望，怅然而归。只是，康清泉不知道的是，他走后不久，赵开来就起身向省委赶去，赵开来按照组织规矩，把这事向省委书记宋朝觐做了专题汇报。

2

炎热的夏天过去了，凉爽的秋风吹来了。

华兴集团的项目进展很顺利，顺利得出乎康清泉的意料，不仅华兴集团的资金到位及时，征地拆迁和工程建设也都没有出现什么大问题。康清泉欣慰之余，反倒有些不安。

果然，没多长时间，一个消息传来，让康清泉既兴奋又吃惊：市长朱尔的儿子朱郎被省检察院带走了。

这个消息在山川官场不胫而走，人们都猜测，市长朱尔遇到大麻烦了，估计这个坎儿难过去了。

太岁头上动土，谁敢把市长的大公子给弄走？如果不是省委的指示，谁能搬得动？自古都说刑不上大夫，到了省辖市市长这一级，想动动市长的毫毛，那可相当不容易。

康清泉猜测，他向市委书记赵开来汇报朱尔接受齐浩天贿赂的事有了下文，赵开来书记肯定管这事了，他康清泉向赵开来书记提供了确凿证据，山川市官场风暴已经到来，同时，他也判断，华兴集团的项目再无阻力了，项目顺利建成投产已成定局。

朱郎是在一个洗浴中心的牌桌上被带走的。几名便衣来到朱郎跟前，朱郎正玩得起劲，当有人问他："你是朱郎吗？"朱郎头也不回骂了一句："妈的，连老子都不认得？"那几个人当场就亮明身份把他带走了。

就这样，朱郎从山川市消失了，再无踪影。

市长朱尔很快就得知了消息，他通过熟人问省检察长，省检察长说朱郎牵涉一个案子，暂时不便透露消息，希望朱市长顾大局配合工作。

朱尔一屁股坐在了沙发上，哆哆嗦嗦从兜里摸出一根烟，狠命地抽起来。

朱郎怎么会突然被省检察院的人带走呢？醉翁之意不在酒，这明显是冲着他朱尔来的，先从外围入手，把证据固定，下一步就直奔老巢来了。朱郎只要一进去，拔出萝卜带出泥，他全家恐怕都危在旦夕了。朱尔猜测，这肯定是市委书记赵开来在背后搞的鬼，这家伙太狡猾了，别看他个子不高，平时笑眯眯的，但心眼儿多得很。

朱尔想，找谁可以挽回局面呢？想来想去，只有一个人，那就是省委副书记魏和平，他知道自己的漂亮女儿朱佳跟魏书记关系很好，也正是这层不正常的关系，他朱尔才能够步步高升而且平安无事，他要品行没品行，要能力没能力，他凭啥能当上市长？除了仰仗他死去的老爹朱黑生曾经为他打下的仕途基础外，他的本事就是不择手段地经营关系。这时候，他为了保儿子保自己保全家，只有再次不择手段地辛苦自己的女儿了，于是他拨通了朱佳的电话："佳佳，在单位吗？"

"老爸，我正忙着呢，有事吗？"

"你不知道吗？你哥朱郎被省检察院的人带走了。"

"啊？啥时候呀？为啥呀？"

"我也是才听说的，你整天不回家，肯定不了解情况。"

"那咋办呢？"

"我也没办法。"

"你不是市长吗？自己的儿子都管不了？"

"我的好佳佳呀，这是冲着我和咱们全家来的呀，咱家遭灾了，恐怕要家破人亡了。"

"别吓我了，真的吗？你当市长恁大的官儿，这事会解决不掉？我看你平时恁厉害，骂骂这个，训训那个，跟个瘟神一样，你会怕谁？"

"佳佳，平时我训你训得多，你别跟你老爸一样见识．这回老爸求你了。"

"老爸你说错了吧？我能办啥事？"

"呃，你去找魏和平书记说说，问问你哥朱郎是啥情况，看能不能压一压，把朱郎给放出来？"

"那行，我试试吧。谁让你是我老爸，朱郎是我哥呢。"

"好好好！这才是我的好女儿。"

放下电话，朱尔心里稍微踏实了些，扔掉吸了半截的香烟，在房间里走来走去。

没过多长时间，手机响了，朱尔一看，是女儿朱佳的来电，急忙接通电话："好女儿，咋样？"

"老爸，我见到魏书记了，我一说俺哥的事，他就把我的话给打断了，他说让我尽快离开省委办公厅到县里挂职锻炼呢。"说完，朱佳在电话那头竟哭了起来。

朱尔听完，半晌没有吭声。

"老爸，你咋不说话呀？"朱佳在电话那头儿继续抽泣。

"我知道了，佳佳，胳膊扭不过大腿，叫去就去吧。去哪儿？去干啥呀？"

"让我去山区一个县挂职当副县长。"

"那不是好事吗？"

"我不想去，我现在还没结婚呢，连男朋友也没有，我去了那个鬼地方，去挂两年职，我咋找男朋友呀？我以后咋办呀？"

"既然叫去，就先去，去了以后再说。"

"那可不行，我跟他几年了，他这样对我，想把我甩得远远的，我跟他没完。"

"呃呃呃，好佳佳，可别这样，咱家现在大祸临头，正走背运呢，可不敢再惹乱子了。让你到山区去挂职，远离是非之地，躲开这场灾难，这是魏书记在保护你呢。听话，别想不开，高高兴兴地去吧。"

"真的吗？魏和平真的是为我好吗？"

"是啊，是为你着想，是为你好。"

"那我知道了，我收拾收拾东西这两天就走。就怪你，净是你让我去找他惹的事。"

"佳佳，是福不是祸，是祸躲不过，你不找魏书记说这事，他也会找你，他是早就想好了的。就这样吧，你远远地躲开，未尝不是好事。唉，佳佳，这道坎咱家恐怕迈不过去了。以后不管有啥事，你都要多保重，你年龄也不小了，看着有合适的找个成了家吧，不要再跟着那老男人了，你们不会有结果的，自己知趣就退场吧。只是，不知道咱父女俩还能不能见面了。"朱尔有气无力地说完这番话，挂断了电话。

放下电话，朱尔头皮发麻，两腿发软，感到天要塌了。虽是初秋天气，但白天还是有点热，这会儿，朱尔却浑身发冷，颤抖不已。

他不知道事情出在了哪里，想想自己得罪的人太多了。

"咚咚"，传来轻轻的敲门声，秘书小苟进来了："朱市长，市委赵书记请您到他办公室去一下。"

"什么时间？"

"现在。"

"噢，我知道了。"

朱尔留恋地看了一眼办公桌，又上下左右看了一眼他的办公室。办公桌后面墙上的崇山峻岭图，这会儿变得阴森恐怖；对面墙上镶嵌的九曲黄河图，滔滔黄河水也变得神秘莫测。

他的手哆哆嗦嗦已经拿不住茶杯了。秘书小苟过来帮他拿茶杯，他说谢谢。秘书小苟要跟着去，他说不用了，他不想让秘书小苟发现他有气无力的狼狈样。

朱尔一人去了赵开来的办公室，好在他的办公室离赵开来的办公室也就几分钟的路程。路上，有人热情地跟他打招呼，他哼哈点点头，一扭脸就赶快走开。他猜测那打招呼的人可能在他背后指指点点，说他市长大人的儿子被抓了，他这市长再也当不成了。

市委、市政府之间，高大的梧桐树浓荫遮天，朱尔走在林荫路上，看着梧桐树，心里哀叹道："树叶要黄了，要落了，冬天要来了。"

一路走着想着，他心情沉重地来到市委书记赵开来的办公室。

"朱市长来了，请坐请坐。"赵开来一看朱尔进了办公室，热情得像多年没见面的老朋友。赵开来越是热情，朱尔越感到心惊胆战，但是表面上他还要挺着，他不能让对手看他的笑话，要保持那种不服输的姿态和宠辱不惊的风度。

"赵书记找我有啥事？"朱尔抽出烟来自顾自点着。

赵开来不抽烟，见朱尔大大咧咧地抽起烟来，皱了皱眉，很快又恢复了极度的热情，但脸上丝毫掩饰不住兴奋的表情。

朱尔十分恼怒，难道你赵开来找我来就是为了看我笑话吗？

"赵书记有事吗？"朱尔和赵开来很少单独说话，两人从不通电话，即使有事通电话也是通过秘书长或者秘书，工作之余更无任何往来。

"今天请你来，是受省委委托跟你谈谈话。"

"啥意思？"朱尔的黑脸更黑了。

"别往其他地方想，省委对你的工作和你本人还是评价很高的，省委要求你安心工作，不要有思想负担。"

原来如此，原来是安慰他朱尔的。朱尔长出了一口气，悬着的一颗心落了地："赵书记，您的意思我明白。您放心吧，也请组织放心，我会认真吸取教训，好好工作的。也怪我教子无方，平时对这小子太溺爱了，严是爱，宠是害，现在后悔也晚了。"

"在这个时候希望你保持政治上的清醒，一切服从组织。"赵开来继续说。

"我权当没养这个儿子，他有什么事就按法律加以严惩。"

"那就好，你有这种态度我很高兴，现在山川市有这样那样的议论，很不平静，关键时候才能看清一个人的品质呀。"

"赵书记，咱都是从大风大浪里走过来的，拿得起放得下，对这事我会正确看待的。"

"行呀，这我就放心了，咱们说说工作上的事情吧。"

3

朱尔一屁股坐到沙发上，从口袋里掏出一根烟，点着烟后，狠狠吐了一口烟雾，仰躺在沙发背上，长叹了一声。

"老朱，你快想想办法呀，咱的小郎可咋办哪？"纪女红坐到朱尔跟前，两眼红肿，带着乞求的眼神看着朱尔。

"我有啥办法呢？既然敢把我市长的儿子都弄进去，肯定来头不小，我也没办法，恐怕不只是小郎的问题，连你我都是泥菩萨过江——自身难保了。刚才赵开来那个老狐狸找我谈了话，说是代表省委给我谈话呢，我知道他是黄鼠狼给鸡拜年——没安好心，什么要我放心工作大胆工作，那都是在稳住我呢，我知道他是啥意思。"

"老朱，我去北京做美容，有朋友给我介绍说北京有个算命大师，听说很灵，让他给咱看看吧，看这一难能不能过得去。"纪女红说。

"信那干啥？那都是瞎胡扯，骗钱的。"朱尔不屑地说。

"万一要是灵验呢？你现在不是也没办法吗？病急乱投医，没准儿行，咱试试呗！"

"要试你自己试，我不干这个。"

"那行，你要是同意，我今天就坐飞机去北京算一卦。"

"去吧，去吧。"朱尔不耐烦地说。

纪女红通过市接待办定了张机票，收拾东西后就走了，留下朱尔一个人在空荡荡的大房子里。

夜已深，市委大院后的领导居住区，没有几栋房子，都是民国时期盖的起脊房，两层楼，红瓦黄墙，房子上竖着个烟囱。这些房子虽有年头了，外表看也很普通，里边装修却极尽奢华。院子里大树林立、花草遍地、鸟儿争鸣，可这会儿，夜很静，黑色的夜幕层层叠叠包裹住了朱尔住的小别墅。在浓浓的夜色中，朱尔在房间里来回踱步，毫无睡意，他把家里所有的灯都打开了。他本就睡眠不好，再加上高血压、糖尿病、心脏病、哮喘病，他的身体已经成了一架破机器，虽然还在运转，但早已锈蚀斑斑、红灯频闪、危机四伏。晚上睡不着觉，他就喝酒，他爱喝酒爱抽烟，虽然他知道这无异于在吸毒，但是，他已经深深地陷了进去，不可自拔。

朱尔平时是靠安眠药度过漫长夜晚的，这会儿，他加重了剂量，但依然睡不着，看来，这是一个不眠之夜了。他打开电视机，但是根本看不进去，想出去走走，又有些害怕，他怕房子周围已经有人在监视。想打个电话，可是，跟谁打呢，人家早都睡了。唉，当个普通老百姓该多好呀，最起码能睡个安稳觉，早上起来提个鸟笼去遛弯，回来的路上找个路边小吃摊，花上十元八元钱买上两根油条，盛一碗豆腐脑胡辣汤，放些醋和辣椒油，再加几滴倍儿香的小磨油，在满屋子的食客中找个地方坐下，边吃边看着心爱的小鸟，这才是人生。

可是，这一切都将离他而去。这一天很快就会来到，报纸电视上很快就会发布消息，山川市市长朱尔涉嫌严重违纪正在接受组织调查，要不了多久，可能一年，可能半年，消息就又会传来，再度吸引山川市，不，吸引全省、全国人民的眼球，山川市市长朱尔被判处死刑。一想到这个，朱尔浑身像起了鸡皮疙瘩，他怕死，怕得要命，想到这个世界上再也没有他这个人了，他莫名地恐惧。是啊，他不敢再往下想了，他在房间里找，找到了那两个比他还高的铁皮柜，那里边满满地睡着成沓的人民币。这些钱，都是各种各样的人给他送的，他来者不拒，积少成多。这些钱他没有动过，也不需要动，他平时喜欢看，却又懒得看，还不得不看。看到钱，他既高兴又发愁，这是他生活质量的保证，是他退休后安享晚年的依靠，退休后可以买辆奥迪车，开着车周游全国，还可以用这些钱满世界跑。钱是好东西，钱使人活出尊严活出价值活出生命的质量，可是，钱也是炸弹是陷阱是毒药。铁皮柜闪着冷冷的无情的光，像一道道利剑晃得朱尔睁不开眼。朱尔倒抽一口冷气，这会儿他想把钱扔出去或者烧掉，可是又舍不得，存银行又不敢，藏在哪里安全呢？

朱尔就这样在房间里来回踱步，累了，就坐在沙发上抽烟。他在想，这是谁在背后搞的事，竟敢在他朱尔头上插一刀呢？

是赵开来？但没证据。是山川国际酒店的董事长兼总经理齐浩天，但何必呢？

朱尔想不出个头绪来，当务之急是如何应对，如何处理危机。

找靠山，找省委副书记魏和平，这条路已经堵死了，魏和平把女儿朱佳派到山区县里挂职锻炼，既保了自己的女儿，更保了他魏和平，更重要的是把危险源给拔掉了，而他朱尔的这根救命稻草也彻底丢掉了。

还找谁呢？没人可找，虽说平时官场上一群兄弟见面都亲热得不得了，但是真正到了关键时候，能帮自己的人几乎没有。朱尔平时也很注重通过开会、汇报工作找上级领导，但那只是工作关系，不是私人关系，关键时候是靠不住的，别人不会把你当自己人。现在，朱尔能感觉到很多人在躲自己，更有很多人在背后指指点点，是啊，到了背运的时候，人就像一池污水，谁都不想沾，谁都想往里边扔垃圾撂砖头，真是靠山山倒、靠地地摇、靠人人逃、无所依靠。朱尔心里一阵悲凉，想想自己这一辈子在政坛没少整人，整起人来像秋风扫落叶冷酷无情，特别是一些年轻的机关工作人员，他把人家往死里整，他被人暗地里称为"瘟神"，是凶神恶煞，是地道的"二屎"。他不仅没有丝毫的怜悯半点儿的同情心，反而为自己的聪明才智暗自得意，还为自己的"二屎"绰号沾沾自喜。人在做天在看，头上三尺有神明，他不相信什么鬼的神的，他无所畏惧，所以他下手狠出手重，更以整人为乐事，把历史上那些引蛇出洞、挖墙脚、掺沙子、戴高帽、写检查等厚黑学糟粕奉为圭臬，并因此感到自信。

没想到，整来整去还是整到自己头上。杀人一千，自损八百呀，他这时真恨自己傻，真是个"二屎"，为啥大家伙儿都不得罪人呢？为啥官场上那么多大领导小领导都怕得罪人呢？做官一时，做人一世，铁打的营盘流水的兵，官位不是自家的祖宗事业，风水轮流转，在一个位置上短则两三年，长则十几年，早晚要离开的。在位时别人前呼后拥说一不二，离开位置立马什么都不是，在位时耀武扬威，有权时无恶不作，得势时横行八道，离开后必招算计。

报应，朱尔相信了报应。善有善报，恶有恶报，不是不报，时候不到，时候一到，一定要报。那些害人的事做多了，早晚有一天会受到老天爷的惩罚。

这时，朱尔忽然对老婆纪女红去北京算命寄予了厚望。

到了后半夜，朱尔坐在沙发上昏昏沉沉地睡了一会儿，也就一两个小时吧，却做了一个梦。他梦见他又来到了黄河农场，天阴沉沉的，就像他平时总是紧绷着的脸，北风呼呼地刮着，小雨不停地下。他一个人衣衫单薄地站在黄河农场空旷的大院里，一个人也没有，叫谁也不应，他感到害怕，他想跑，这时候黄河水像一条蛇飞速向他跑来，绕着他的身子转，打着旋，越转越快。他拔腿就跑，但是跑到哪里黄河水就跟到哪里，还是围着他打旋，他根本摆脱不了。眼看黄河水越转越快，越转越快，就要把他吞没到河底，他大叫一声，被吓醒了——

朱尔从沙发上跳起来，原来是做了一个梦。他吓得直喘气，回想起刚才做的梦，太真切了，太吓人了，太奇怪了。朱尔连忙从茶几上摸出一根烟，打火机点着后，他深吸了一口烟，才稳住了神。朱尔来到书房，从书架上找出一本《周公解梦》，对着梦里的情境找答案，只见《周公解梦》里写道：阴雨晦时主囚事，流水绕身有狱讼。朱尔大吃一惊，心一下子像掉到了冰窖里。他预感到，他真的有灾了，很可能是牢狱之灾。

4

一大早，窗外的小鸟就开始清脆地欢叫起来了。朱尔的情绪稍微稳定些了，他想，这可能只是一个梦，人家都说梦是反的，也许，他过于紧张了。于是，他索性不在家待了，洗漱过后，直接去办公室了。

照例是开会开会开会，朱尔开了一辈子的会，永远开不完的会，不是参加上级的各种会，就是他召集下边的人开会。朱尔平时开会神采奕奕，可这会儿，他面色灰暗、无精打采，坐在主席台上如坐针毡，下边的人还照例记着笔记。朱尔却感到别人都在笑他都在议论他，他相信全市的人都已经知道他儿子被抓了，这不是面子不面子的事，这是他朱尔很快就要出事的信号，敲山震虎，他朱尔已经是秋后的蚂蚱——蹦跶不了几天了。

正六神无主、坐立不安的时候，朱尔的手机响了，一看是老婆纪女红打过来的电话，朱尔像在茫茫大海中捞到一根救命稻草一样。他起身离开会场，急忙接通了纪女红的手机。

纪女红说她见到大师了，大师就是算得灵，啥事都知道，就跟见过一样。

他算出我是市长夫人了，咱家几口人，都经过啥事，咱儿子现在出事了有牢狱之灾，他都算出来了，更可怕的是他说咱全家都有牢狱之灾。

朱尔一听浑身打了个激灵，怕什么有什么，大师一语成谶，看来这场灾难真的躲不过去了。

"老朱，别怕，人家大师说了，咱有贵人相助，他能帮咱想个破法，能平安过去这一劫。"

"真的？"朱尔像一个人在黑夜里在原野上看到了一丝微弱的灯光，那种欣喜和激动连他自己都感到有些失态。

"你咋了老朱？你说话咋变声了？咋恁沉不住气咧？亏你还是个市长呢。"电话那头纪女红说道。

"快说咋个破法？"

"大师与一个首长的儿子是好朋友，大师说他可以帮咱找找首长的儿子把这事给压下去。"

"那太好了，需要多少钱？"

"要二百万，先拿一百万，事成后再拿一百万。"

"那好，一会儿我就给你打款。"

"你可记住别让秘书干这事呀。"

"放心，你不用管了。"

朱尔放下电话，会也不开了，说他有事先走了。他回了家，来到卧室，找到保险柜的钥匙。

看着钱却作了难，这时候他才知道一摞摞的钱都是杀人屠刀都是炸药包都是定时炸弹。

朱尔又点燃了一根烟，他已经连续抽两包烟了，房间里早已云雾缭绕，但他并不想推开窗户，他现在有些怕，害怕纪委的人或者检察院的人突然闯进来。

他看着保险柜，看着满柜子崭新的纸币，还有那些冷冷发光的金银首饰和玉器，他突然发现了一个金佛像，朱尔如获至宝，急忙拿出来，挂到脖子上。佛祖保佑，看来真的有神灵在保佑自己呀，朱尔稍稍缓了一口气，心情略微平静了些。

朱尔想到了他的原任秘书马初生，对，还是马初生可靠。于是，他拨通了济民县县长马初生的电话："初生，忙不忙？"

"不忙，朱市长，您指示。"

"我想跟你说个事。"

"您说吧，朱市长，我听着呢。"

"电话里说不方便，你来我家一趟，现在就来，好吗？"

"没问题，您等着，我稍后就到。"

没多久，马初生匆匆忙忙赶来了。朱尔说："初生，你嫂子现在在北京办事，急需用钱。我给你一百万你给你嫂子汇过去，这事你亲自办，不要找别人。"

马初生说："朱市长，您客气啥。我从县财政划走一百万不就好了嘛！"

"不不不，初生，这是我的私事，你不要动公家的钱。"

"朱市长，啥公家的私人的，不都一样吗？"

"不不不，这回你听我的，不要动公家的钱，市财政不比你县财政的钱多吗？你不要用公家的钱，这回就用我家里的钱。"

既然老领导把话说到这个份儿上，马初生也不再坚持了。马初生其实也听说了，朱郎被省检察院的人带走了，他也预感到市长朱尔要出事，只是不知道朱市长能否安然渡过这一劫，同时他也感到自己前途未卜。

"朱市长，这两天您没啥事吧？"

"没啥事，外边对我有什么传闻没有？"

"说啥的都有。"

"谁人背后无人说，谁人背后不说人，他们都有一张嘴，随便说吧。今天我找你来还有个事。"

"朱市长，您指示。"

"我这一生积蓄了些老本，是养老的钱，都在保险柜子里，我想把他转移个地方，你看放哪儿合适？"

"这个？"这话把马初生问住了。这可是大事，马初生愣了一下，很快就反应过来了，"朱市长，有个地方很保险。"

"哪里？"

"济民宾馆财务室。"

朱尔一听有道理。马初生在济民县当县长，济民宾馆经理是黑老二，黑老二是私企老板，又是自己心腹，而宾馆财务室里放些钱合情合理，这个主意不错。朱尔说："好，事不宜迟，等你嫂子回来就办，我现在先跟老二打电话，让他先收拾收拾地方。"

朱尔给黑老二打了电话，把这事说了，黑老二一口应承。朱尔心里很高兴，对马初生说："初生，我没看错人哪，关键时候还是你们替我着想呀。"

马初生说："朱市长，您对我恩重如山、情同父亲，为您赴汤蹈火我在所不惜，这时候我哪能袖手旁观呢。"马初生说这话的时候，他其实想的是在市长朱尔最困难的时候为他出点儿力，朱尔会感恩戴德。他相信朱尔不会倒，他知道朱尔心狠手辣、冷酷无情、虚伪奸诈的本性，因此，他绝对相信朱尔能平安过去这一劫，朱尔有可能会因祸得福，向更高的岗位挺进，到那时，他马初生就可以青云直上了。想到这里，马初生又说："朱市长，这事您不用操心了，我亲自开车亲自搬，任何人也不找，您放心。"

朱尔说："你自己搬不动，等你嫂子回来了，我再把黑老二叫来，你们仨一块搬。"

"好，我一会儿先去给嫂子打钱。"马初生说。

"初生，谢谢你呀！"朱尔说。

马初生第一次听朱尔说谢谢他，激动得不得了，说："谢啥谢，您的事就是我的事。"

5

很快，马初生把钱打给了纪女红，纪女红交给了大师，大师说我现在就开始找人，你在家等好消息吧。于是，纪女红坐飞机从北京回来了，朱尔说他想把钱转移到济民宾馆，纪女红有些不舍，但也没办法。这些钱存银行太明显，放哪儿都不保险，想想也只有放在济民宾馆了。

贵重物品也一起搬了过去，朱尔和纪女红检查了一遍屋子，没有什么需要再藏起来的东西了。朱尔问纪女红："你去北京找的那个大师可靠吗？"

纪女红说："可靠，大师真的是大师，一看就不一样。大师说，不过这条河，上不了这道坡，你的命好着呢，啥灾啥难都挡不了你，有这一难，你还会连升两级，有副省级领导干部的命。"

"副省级我不敢想，那不可能。"

"不可能？大师说的话我信。"

"别光说我，说说咱小郎。"

"大师说，小郎会逢凶化吉，短则一个月，长则两个月就出来了。他命里有这一劫，躲是躲不过的。"

"关键是咋过得去呢？"朱尔又点上了一根烟，他本来烟瘾就大，这阵子抽得更猛了，"不行，这个算命大师我得见一见，凭我的眼力我一看就知道他是个骗子还是个真正的大师。"

"那行，咱是去北京呢？还是把他请来？"

"咱不打招呼直接去北京。"

"那不行，得提前联系，大师业务忙着呢。再者说，你好赖是市长呢，不能失身份。"

"那好吧，你跟他联系一下。"朱尔把剩下的烟在烟灰缸里狠劲儿一拧，零星的烟火突然明亮了一下，立即灭掉了。

纪女红跟大师约了第二天上午见面，纪女红和朱尔连夜坐飞机去北京找大师了。

大师的工作室在一幢写字楼里，装修得很气派。一进门，只见前台一位美女迎上来，"您是朱市长吧？"小姑娘说话声音很甜，长相也很甜美。要在以往，朱尔肯定要多看几眼这位小美女了，但是，现在他没了心情，顾不上寻花问柳了，他心里压着一块沉重的大石头。

"噢，我是。"朱尔说。

"朱市长请！"美女把朱尔及夫人纪女红领到会客室坐下，泡上茶。

朱尔四处张望，只见会客室的墙上到处张挂着大师与社会名流和影视体育界明星的合影照，还有大师上电视接受采访的镜头。照片上的大师长得很体面，乍一看像是位大领导，很有范儿，派头十足。

由于预约在先，很快大师就进来了。大师身穿黑色丝绸中式衣裤，脚穿方口黑布鞋，手里拿着一串佛珠，边捻佛珠边伸出一只手来，朱尔起身和大师握了握手。大师的手很小，但很肥实，很温暖。

大师说："朱市长，大驾光临，蓬荜生辉呀。"

朱尔说："久闻大师大名，今日一见果然名不虚传。"

俩人寒暄了几句，接着说入正题。大师说他认识一位首长的公子，能帮助把朱郎给捞出来，但是开价不菲。

朱尔说只要能办成事，事后还要表示。

接着，朱尔问这位公子的基本情况，大师如数家珍，还把首长家的情况说得有鼻子有眼。

朱尔跟大师交谈了几句，大师说的确实有一套。朱尔虽然阅人无数，但是毕竟没有在京城混过，他还真信了大师。其实也不是真信，关键是到了这个份儿上，已走投无路了。别看平时他的酒肉朋友不少，但真的遇到了大事都躲了，人情冷暖，此时才知。所以，大师说能帮朱尔，朱尔不信也信了。

"只要办成，再加一倍的钱。"朱尔爽快地说。是啊，作为省内大市的市长，这点小钱对他来说真的是毛毛雨。但是他不能跟这位大师讲，否则的话大师恐怕就要借机加钱了。

和大师一见，相谈甚欢，大师见过大世面，即使在他这个市长面前也是山南海北、滔滔不绝地讲个不停，朱尔还真是受了不少启发。见过大师后，朱尔心里一块石头落了地，心里轻松了许多，于是主动提出要请大师吃饭，在一家五星级酒店的小包间内，朱尔喝了不少酒，压抑多天的心情得到了释放，朱尔很高兴。

不过，没多久，高兴就变成了懊恼。这天，朱尔正在会场上发表重要讲话，老婆纪女红打来电话，朱尔本不想接，但是电话一直响个不停，朱尔干脆把手机调到了静音，但是纪女红发来短信要他快接电话有急事。

朱尔对会场上的人说："大家稍等一会儿。"拿起手机就出去了。

"啥事？我正开会讲话呢。"朱尔训斥纪女红。

"老朱，不好了，大师被抓起来了，他是个骗子。"

朱尔一听，心凉了半截，浑身发软，手机拿在半空中一动不动。

"老朱，你咋不说话呀？"电话那头纪女红焦急地问。

"啊？为啥呀？"

"我找的熟人从内部传来的消息，说你早已被人监控了，咱进京找大师，人家都知道。咱一走，人家就把大师控制了，据说，大师啥都招了。"

"你不是说大师算卦很灵吗？你不是说咱家啥情况他都算出来了吗？你不是说他跟首长的儿子很熟吗？"朱尔气愤地一连串问了纪女红好几个为什么。

这会儿，纪女红自知理亏，在电话那头哭了起来："老朱，对不起，我被朋友骗了。他早把咱家的情况偷偷告诉大师了，要不那个大师咋算恁灵咧？要不我咋会相信他呢？呜呜呜呜——"

"算了，别说了。我也是人到事上迷，我一辈子逮老鹰这回反被老鹰给叼了，叫人家听说了可笑不可笑。就这吧，你也别哭了，这都是命，命该如此。"说完，朱尔挂断了电话。朱尔懒得问她从哪儿得到的消息，也懒得问是哪里的朋友，这时候再纠缠这事已经没有任何意义了。

朱尔强打精神回到会场："同志们，我有个急事，今天的会议就先开到这里。"说完，起身就走。秘书小苟在后边急忙收拾他的公文包和茶杯，跟着一溜烟跑了出去。

朱尔感到特别累，他知道这次大师进去，他朱尔一家彻底完了，大势已去，回天无力。

秘书小苟问："市长，去哪儿？"

朱尔说："回家，哦，不回家了，去黄河滩，去黄河农场。"

秘书小苟说："朱市长，您脸色不好，回家好好休息休息吧。"

"少废话，去黄河农场。"

"我没去过，怎么走呀？"

"哦，你不用去了，让司机跟着我就行了。"

6

汽车驶下黄河大堤，有一条小土路弯弯曲曲地通向黄河滩深处。秋庄稼长势丰茂，这是黄河赐予黄河岸边儿女们最丰厚的补偿。几排破草房子出现在眼前，用黄河滩的泥土盖起来的房屋，虽简陋，但存活了几十年，黄河稻草铺陈的屋顶像一床床松软的棉被，给寄居在土坯墙里卑微如蚁的人们遮风挡雨。

黄河农场的土地租给山川市一家农业开发公司耕种经营了，只剩下一些走不掉进不了城的职工还在看着摊子。

黄河农场到了。朱尔下了车，走在坑坑洼洼的土路上，看着破败的农场宿舍，想到了父亲朱白生——后来改了名字的朱黑生。父亲在这里落难，然后又从这里东山再起，重新走上了山川市委书记的高位，后来又担任了省人大常委会副主任。而他朱尔大难临头，不知能否躲过这一劫，更不知能否像他父亲当年那样东山再起。这是最后一次到黄河滩来，他要看看小时候的伤心地，他要看看黄河农场。

司机在后边跟着，朱尔大发雷霆："回车里去，干什么跟着我？想监视我吗？"

司机吓得"哧溜"拐回去钻进了车里。

"谁对别人动刀子，谁必死于刀子之下。"现在，朱尔信了，但为时已晚。他知道了他的厚黑学其实是杀敌一千、自损八百，人还是一老本正走正道走大道地好。

朱尔长叹一声，几只小鸟受到惊吓，从庄稼稞里"扑棱棱"飞起来，向着浩渺的黄河滩深处飞去。

这时，朱尔的手机响了。朱尔本不想接，但电话不停地响，朱尔看了看手机屏幕，是市委书记赵开来的秘书小姜打来的电话，于是接了，小姜说赵书记请他到办公室来一趟。

"现在吗？"

"是现在。"

"我现在在外边有事回不去。"

电话那头，赵开来的秘书小姜不作声了，接着，换成了市委书记赵开来的声音："朱市长，赶回来吧，有重要的事情需要和您商量。"

"能在电话里说吗？"

"电话里说不清楚，还是当面商量的好。"

"是什么事？能先透露一下吗？"

"还是回来再说吧。"

电话挂断了。朱尔心里很烦，很不想回去。要是在以前，朱尔就顶回去了，他就不去了，但现在是背运的时候，他不得不去，不能不去。而且，赵开来说得这么神秘，是不是跟自己有关？是不是自己出什么事了？朱尔病急乱投药，他想再试试是否直接跟省委副书记魏和平打电话探个口信。于是，拨通了魏和平秘书的电话，魏和平的秘书说书记正在开会不方便接电话，朱尔就直接给魏和平打电话，电话没人接。朱尔站在黄河滩里，望着远方，他心里空落落的……

7

汽车掉转车头，一个多小时时间，又回到了市委大院。朱尔来到市委书记赵开来的办公室，推开门，朱尔看到赵开来办公室沙发上坐着两个人，旁边还站着两个人，朱尔不认识。

"朱市长，我给你介绍一下，这是省纪委的……"

朱尔还没听完，头"嗡"的一下，差点儿栽倒在地。

几位陌生人走到朱尔跟前说："山川市委副书记、市长朱尔，我们是省纪委的，根据省纪委常委会研究并报请省委同意，由于你涉嫌严重违纪，需要你配合组织调查，即时'双规'。"

"这个——我能不能先回家一趟？"

"不需要了。"

"这个——"朱尔看了一眼赵开来，"赵书记，您能不能帮我解释一下？"

赵开来面色严肃，一声不吭。

省纪委工作人员把"双规"文件递给朱尔，朱尔双手发抖接过文件，"扑通"跪下了，浑身像筛糠："求求你们，求求你们，饶了我，饶了我，我交代，我交代，我全交代……"

"签个字。"省纪委工作人员说。

"好好好，我签，我签……"朱尔哆哆嗦嗦签上了自己的名字。

"走吧。"几个人不耐烦了，架起朱尔就往外走。

朱尔像绵羊一样，腿根本直不起来，身子一激灵，却尿了一裤子。

几个人都皱了皱眉头。

"快走！"省纪委的工作人员说。几个人拖起朱尔离开了赵开来的办公室。

快出门的时候，朱尔扭头看了一眼赵开来，满眼的绝望和恐惧……

8

朱尔被"双规"了，消息很快传遍了山川市。"善恶到头终有报，只争来早与来迟。"全山川市的人都这样说。

接着，济民县县长马初生也被"双规"了，他和黑老二帮助朱尔藏钱的事被省纪委专案组的人发现了，只这一条就犯法了。那时，济民县正在开副县级以上领导联席办公会，康清泉正在讲话，正在安排部署华兴集团项目推进工作。省纪委的两名工作人员来到了济民县，先把康清泉喊出来，向康清泉通报说要对县长马初生实施"双规"措施，请康清泉配合，康清泉虽然吃惊，但也在意料之中，康清泉当然配合了。于是，省纪委的同志直接来到会场，亮明身份之后，问哪位是马初生，马初生说我是，两人就把他给带走了。会场上的所有领导目瞪口呆，半晌没人说话。康清泉扫了一眼会场，一个个面无表情，倒是县政府党组成员南步涛低下了头，不敢与康清泉对视。

更令舆论哗然的是，不久之后的一天，省委副书记魏和平也因涉嫌严重违纪违法被"双规"了。

这一切来得太快了！简直像做梦一样！康清泉怎么也没有想到，上至省委副书记魏和平、市长朱尔，下至县长马初生，说倒台竟然这么快，真是不可思议，还是应了《桃花扇》里那句话：俺曾见金陵玉殿莺啼晓，秦淮水榭花开早，谁知容易冰消。眼看他起朱楼，眼看他宴宾客，眼看他楼塌了。

山川市、济民县人心惶惶，议论纷纷，各种传言和小道消息满天飞。康清泉把这个消息告诉了老领导洪运来，洪运来这次倒没多说，只是说了一句："乌云遮不住太阳，出来混，迟早是要还的。"便挂断了电话。

康清泉想想这想想那，翻来覆去睡不着觉。省纪委的人后来给康清泉透露说，他们搜了搜马初生的身，马初生自从他的主子市长朱尔倒台后，脖子里就开始挂金佛，祈求神明的保佑，但是神明就是神明，不会保佑那些坏蛋的。

天快亮时，康清泉刚昏昏沉沉地睡着电话铃就响了，是秘书梁伟打来的。康清泉刚接通电话，就听梁伟说："康书记，不好了，您快起来吧，有重要事情向您汇报。"

"啥事？看你急成啥了？"康清泉打了个哈欠翻身坐起，心想这个秘书梁伟发什么神经。

"康书记，不好了，县政府党组成员南步涛从办公楼上跳楼自杀了。"

"什么？你再说一遍？"康清泉没听清楚，着急地问。

"南步涛从办公楼上跳楼自杀了，救护车已经来了。"

"什么时候的事情？"

"是保安早上发现的，直接打了120和110。"

"人在哪里？"

"人还在办公楼前地上躺着吧。我也不太清楚，我也是刚从县委值班室那里得到的消息，值班室的同志让我抓紧向您汇报，我现在就从家赶到单位去。"

康清泉赶忙套上衣服，来不及洗脸刷牙，直接从领导公寓楼拐向办公楼。

刚到办公楼前，远远地看到很多警察在那里忙碌，一些机关工作人员三三两两地围在一起议论着什么，看到康清泉过来了，大家都不吭声了。

"南县长呢？南县长在哪里？"

一位年长些的保安对康清泉说："康书记，南县长已经被救护车拉到县医院抢救去了。"

"县委办的人谁在这里？帮我找辆车，我现在去县医院。"康清泉对着人群大声说。

这时，一位小伙子说："康书记，我是县委办值班室的，我们有值班车辆，我现在就打电话让司机过来送您。"

不多时，开过来一辆面包车。康清泉上了车对司机说："快去，县医院，马上走。"

司机说："康书记，让您坐这车委屈您了。"

"抓紧开车。"康清泉命令道。

康清泉关车门的时候，听到围观的人群中不知谁在议论说："南步涛还自称'难不倒'呢，这回难死了吧？"

9

到了县医院，康清泉被挡在了抢救室门外。县人民医院张院长也亲自赶来了，张院长和康清泉很熟，跟很多县领导都很熟，县领导有个头疼脑热的，都直接跟他打电话让他安排医生上门看病。不过，也有些县领导跟某些医生熟悉了，就直接找医生了，单线联系，直接上门服务。康清泉不怎么看病，主要是上次住院，给张院长提供了个机会，张院长到山川市找专家，安排病房，跑前跑后，跟康清泉混熟了。这不，见康清泉过来，就像老熟人一样上前打招呼："康书记，您亲自来啦？"

"咋样？张院长，南县长伤得重不重？"

"康书记，情况不乐观，从楼顶跳下来的，下边又都是水泥地，我估计人是不行了，现在抢救也只是做最后的努力。"

"先坐吧。"康清泉心情复杂，说不出的难受，看到走廊里的长椅子，对张院长说，"咱坐下说。"

"康书记，我看您的气色很不好，要不给您做个检查吧？"

"不用，我没事。"

这时，副县长、县公安局局长王家武带着两名干警赶来了："康书记，我们向您汇报一些情况。"

"说吧，是自杀还是他杀？"康清泉冷冷地说。

王家武看了看县人民医院张院长，张院长知趣地离开了。王家武说："康书记，经过仔细侦查，可以排除他杀。我们的干警在南步涛身上发现了一封信，是写给您的，您看看吧。"

康清泉急忙接过信件，摸索着撕开信封，掏出信纸，有好几页，字写得很工整，一看就是在非常冷静的状态下写的——

尊敬的康书记：

您好！

非常感谢您对我的关心支持。用这种方式向您告别，我很难受。

我是农民的儿子，小时候家里很穷，没钱上学，我连小学都没毕业，父母说做饭的能吃饱饭，啥时候有饭也是他们先吃，饿不着，就让我去跟人家学做饭。后来，我到公社食堂做饭，别人都下班了，我不下班，别人上班干活儿，我比别人干得提劲。我知道公社书记权力大，我天天盯着公社书记，他爱吃啥菜我拿小本本记上，他有啥爱好我也记在小本本上，只要他一来，我就把他爱吃的给做好端上，他没下班我就去他办公室门口等他，问他想吃啥。他很喜欢我，后来就让我跟他当通讯员，他临调走前，把我提成了公社党政办主任。我走上了政坛，先是当派出所所长，当副乡长，后来又当乡长、乡党委书记，承蒙组织厚爱和领导关心，我一个农家子弟走上了副县级岗位，成了县政府党组成员，这是我家八辈子积的阴德。不过，我一天天老了，马上就退休了，心里有些慌。农家子弟，有好的一面，就是争胜心强，肯吃苦，不过也有不好的地方，就是各方面都要强，各方面都想争，各方面都想要，说不好听的话，就是有些贪。不仅贪权，还贪名，更贪钱，不过我不贪色。

我想想快退了，思想放松了警惕，特别是您器重我把我派到黑风口当工作组组长之后，由于一直想和黑老三他们搞好关系，想把工作做好，就跟他们吃喝，我本来想收拾他们，没想到他们挖了个坑把我推进去了。有一回，他们把我灌醉了，把我送到山川市一家洗浴中心，让我赤身裸体和一个小姐睡在一起。我也不知道我干了什么坏事没有，他们给我录了像还照了相，事后，还给了我十万块钱，我本不想要，他们说你要是不要这钱，我们就把你嫖娼找小姐的录像放到网上。我一听这头皮发麻，没想到一辈子收拾别人到头来反被别人给收拾了。我没办法，把钱收下了，没想到，收钱的过程他们还有录像。他们对我说，你受贿的证据我们也有了，以后就跟我们一起干，不然的话我们就把这些证据送到纪委、检察院去，放到网上。就这样，我一步一步地掉进了他们的圈套。你曾经批评过我，嫌我的工作不称职。可是，康书记，您咋知道我的苦恼？我号称"难不倒"，临退休了，却难为得要死。黑老三这帮人黑呀，简直不是人，我太了解他们了，这次他们恐怕快进去了，我知道我的事情也好不了，我想留个清白的好名声，只有一死了之。我相信您康书记，您是好人，临到那个世界之前，我只求您两件事：一是请您看完这封信之后立即销毁，我不想留个贪官的名声，更不想留下个难为死的名声；二是麻烦您照顾我的家人，您答应过我，我的女婿将来提拔重用当个乡长，请您看在临死之人的份儿上，特殊照顾一下吧！

永别了，尊敬的康书记，我会在那个世界为您祝福：好人一生平安！

南步涛致敬！

康清泉看完信，面无表情。窗外，秋天的天空碧波如洗，太阳正从东方升起，阳光透过薄薄的晨雾洒在人间。康清泉漫不经心地一下又一下地把南步涛的信件撕成碎片，然后扔到了窗外，边扔边自言自语地说："老南哪老南，你号称'难不倒'，啥大事会把你难成这呢？再难无非要饭，不死终会出头，你咋傻成这呢？老南，你走了，就安心上路吧，你放心，你女婿的事我会办好，你的家属我也会照顾好的。"

"抓人！行动！把黑文礼、黑老二、黑老三、黑老四都给我抓起来！"康清泉长久压抑的怒火终于释放，他对副县长、县公安局局长王家武大声喊道。

"好咧！"王家武大声应道，然后立正向康清泉敬了个礼，转身大步流星地走了。走了几步，他又拐了回来，康学泉问："咋了？你咋又回来了？"王家武附到康清泉耳边说："康书记，黑老二、黑老三、黑老四都该抓，咱有他涉嫌犯罪的证据，只是黑文礼，他表现很好哇，抓他没证据呀，他又是我们的副局长、班子成员，这事还是让县纪委出面的好。"

"行，你负责把黑老二、黑老三、黑老四先抓起来再说，黑文礼随后再说，反正他是秋后的蚂蚱跑不了。"

"好咧！"王家武执行任务去了。

不过两个小时的工夫，王家武向康清泉报告：黑老二、黑老四都顺利带走了，黑老三却不知去向。

康清泉问："天网恢恢，疏而不漏，他会去哪儿呢？咱们布置行动也不过一两个小时，即使他得到消息出逃也不会远去呀。"

王家武说："康书记您说的对，我们把全县各个路口的卡口监控系统都看了，他不会出咱们县。通过技术手段监控他的手机，但手机已没了信号。"

康清泉说："发动群众，到村里和附近村庄调查走访。"

王家武说："黑氏家族在当地影响很大，大人小孩子提起他们都打哆嗦。"

康清泉想了想说："白家滩呢？白家滩的群众也怕他吗？"

王家武说："对，姓白的不怕他们姓黑的。"

10

黑氏兄弟自从听说市长朱尔、县长马初生都被"双规"后，长叹一声："完了！"但是，坐以待毙不是他们的本性。黑文礼得到警察要对他们家老二、老三、老四采取行动的绝密信息后，及时通知了老二、老三、老四，但是黑老二、黑老四没有来得及跑掉，只有黑老三跑得没影了。

黑老三一大早就出去喝酒了，一听老大黑文礼说要抓他，他家也不回了，从后备厢里拿了一把平常在黄河滩打鸟打兔用的猎枪。他仓皇地背着猎枪，从路边顺走了一辆自行车直奔黄河滩深处。他知道现在到处都有监控，他不敢开车，也不敢到外地跑，但是黄河滩里没有监控，而且通信基站少，手机信号也没有，又荒无人烟的，相对安全，他想在黄河滩里躲一躲。这个季节，黄河滩里不缺吃的，有花生，有玉米，有大豆，晚上也不太冷，先躲上一躲，到了深夜，他那打牌赌博的船只开过来，可以趁着夜色坐船到对岸远走他乡。

这是秋高气爽、果实飘香的美好时节，黄河滩里金黄色的大豆、绿油油的花生秧苗一望无际，七彩黄河滩进入了一年中最令人喜悦的时节。黑老三无心看这些，他要赶快躲到个踏实的地方。

黑老三沿着田间土路一路狂奔，消失在茫茫黄河滩深处。

跑到黄河边了，黑老三把自行车扔到黄河里，然后钻进一人高的玉米地。他把花布衫脱掉垫在地上，大花裤头也脱掉垫在头下，鞋也脱了，四仰八叉地一躺，俩手拍拍大肚皮。

秋天的太阳暖暖地照在身上，黑老三累了、困了，自言自语地说了一句："管他娘的。"两眼一闭，呼呼大睡起来，不一会儿，便鼾声如雷。

县委常委、政法委书记李国军，副县长、县公安局局长王家武，太平堤乡党委书记毕成功，派出所所长陈大海等人齐聚黑风口村村委会，白家滩村的村支书白老拐拄着拐杖也来了。

"李书记，黑老三跑了不是？我知道他在哪儿。"白老拐的小眼睛放着光亮，难掩喜悦的神色。

"老拐，你咋知道？他跑时给你捎信了？"毕成功问道。

"毕书记，别乱说，我说的是真的。我跟黑老三是多年老对头，他烧成灰我也认得，他只要翘下屁股我就知道他放啥屁。他哪儿都没有去，他就在黄河滩里，他在等船呢，他要坐船跑到黄河对岸，只是不知这会儿跑掉没有？"

"天快黑了，黄河滩又这么大，咱的警力不足，怎么找呢？"

"领导们别急，俺们村的男女老少群众都上，这个任务交给俺们。"

李国军等几个人互相看了看，李国军说："发动群众、依靠群众是我们工作的根本路线，我同意。"

太平堤乡派出所所长陈大海说："老拐，你们要注意，这个黑老三肯定带的有枪。"

"俺们不怕，这个祸害精该遭报应了，俺们也抄上家伙。"白老拐说。

"我们的警力也上，和你们一起找，你们放心。"

"那好，现在就去找，找不到就不回家了。"白老拐说完，拄着拐杖一瘸一歪地走了。

11

不知不觉间，天已黑了，深邃的夜空升起一弯冷月，照着深秋的田野。似有似无的白云间，偶有几颗星星好奇地眨着眼睛，瞅着黄河滩里发生的一切。黄河滩里，白雾氤氲弥漫起来了，如同罩上了梦一般的纱帐。黑乎乎的庄稼里，小蛐蛐们在奏着清脆的小夜曲，为短暂的生命吟唱一曲悲歌；地老鼠、野兔等小动物们则在黑影中"嗖嗖"穿行，为即将到来的严冬找寻花生、玉米等食物；也有那野鸟惊起，"扑棱棱"飞向远方……

黑老三正在黄河滩里呼呼大睡，忽然被一阵嘈杂的吵闹声惊醒。坐起来一看，大势不好，很多人拿着手电筒向这边走过来了，黑老三突然明白了，这些人是在找自己。他来不及穿衣服，顺手掂起身旁的猎枪向黄河边跑过去。

黑老三身强力壮，他跑得飞快。有时候踩在土坷垃上，脚硌得生疼，但他已顾不了这些了，他这会儿真想插上一双翅膀，飞得越远越好。

黑老三仗着路熟，没多久，他就跑到了黄河边，黄河水流无休无止，"哗哗"的水声给这宁静的夜色平添了神秘的旋律。晚风把黄河水的飞沫远远地吹过来，浸湿了夜幕，打湿了庄稼，黑老三只穿着裤头，光着脚，腿和脚早已湿漉漉的，阵阵河风吹过，带来丝丝寒意。

前面什么也看不见，黑老三的那几条船不见了。黑老三也打不成电话，黄河滩里没信号，再者说，他也不敢打电话，他知道只要手机打开，甚至只要带着手机，警察就会通过卫星定位找到他，把手机也扔到了黄河里。黑老三会游泳，水性也很好，这都是在水边长大的好处，但这时他不敢贸然跳进黄河，因为晚上的黄河水神秘莫测，暗流涌动，漩涡遍布，他知道，黄河不好惹。

那些打着灯找自己的人越来越近。前边是绝路，后边是追兵，黑老三长叹一声："日他奶奶的，欺人太甚。"他抄起猎枪，装上了子弹，准备与找他的那些人干上一仗。他自知身上背负着至少两条人命，要是被抓走了，只有死路一条，既然横竖是死，干脆就拉俩垫背的，也不枉在这人世走一遭。

一群人围过来了，手电筒光亮处，黑老三影影绰绰看到好像还有几个防暴警察，他胆怯了。他悄悄地往后退，河边有一棵柳树，他想爬到柳树上躲一躲。没承想，一脚不慎，蹬掉一块石头，石头滚落的声音在深夜里格外响亮。

"有人！有人！"不知谁喊了一声，寻找黑老三的人群停住了。所有的手电筒光束一齐照向黑老三，黑老三扭头还想跑。

"黑老三，你也有今天？"这时，只见白家滩村支书白老拐拄着拐杖站在了黑老三面前。

黑老三已经无路可逃，插翅难飞，他骂了一句："日你娘。"他举起猎枪对准了老对手白老拐。说时迟那时快，白家滩的一个年轻人对着黑老三扔去一把切菜刀，菜刀在月夜中闪着冷冷的光，直冲黑老三面部而来，黑老三大吃一惊，头一歪，刚躲过去菜刀，一群人一拥而上，黑老三束手就擒⋯⋯

12

抓住了黑老三，县城里、黄河滩上响起阵阵鞭炮声，还有那放烟火的，在夜色中，烟花高高升起，绚烂多彩。济民上下，洋溢着一派节日的气氛。

"抓住黑老三，济民晴了天。"大街小巷，人们都在传颂这个令人激动的消息。

康清泉压抑多日的心情放松了，大功即将告成，黑文礼也已被县纪委盯上，正在搜集他的证据。

这天下午快下班的时候，康清泉突然想起为了华兴集团落地济民县，必须请山川市发改委、财政局的领导们吃个饭表示感谢。虽说华兴集团是省市重点项目，省市领导都很重视，也开会布置并大力协调给予政策扶持，但政策落地还是需要相关部门尽心尽力。于是，他约了山川市发改委主任、财政局局长一起吃饭，并通知了济民县分管发改、财政工作的县委常委、常务副县长常学谦，以及济民县的发改委主任、财政局局长一起去陪客。

秘书梁伟掂着康清泉的公文包跟过来了，康清泉接过公文包，说："梁伟，一个应酬，你不用去了，明天有个项目建设协调会，你晚上在家给我写个讲话材料，有老冯跟着就行。"

梁伟说："好，康书记您注意身体。"

康清泉说："我知道。"

老冯开着车，康清泉坐在后排座位上，直奔山川市而去。

饭桌上，康清泉与山川市发改委主任、财政局局长等人聊得很开心。吃过饭后，送走了山川市发改委和财政局的领导，常学谦说："康书记，晚上回家吧，别再回济民县了。"康清泉说："不行，明天还有很多工作等着呢，不回家了，直接回济民县。"常学谦说："康书记，您恐怕一两个月没进家门了，大禹是三过家门而不入，您几乎天天到山川市跑，不是开会，就是陪客应酬，可是您却不沾家里的地，小心嫂子提您的意见哪。"康清泉说："没事，她理解我。"

常学谦不再坚持了，于是，康清泉的车在前，常学谦和济民县发改委主任、财政局局长的车在后边，一起回济民了。

已是晚上十点多了，出了霓虹灯闪烁、车流不息的山川市区，行驶在回济民县的公路上，夜色深沉，晚风轻拂，秋虫呢喃。司机老冯在前边开车，康清泉着实有点儿累了，不一会儿，他就躺在车后座睡着了。也不知过了多长时间，康清泉正在睡梦中，突然听到老冯大叫一声"康书记！"康清泉从睡梦中惊醒了，他猛一激灵，隐约看见前边一辆大卡车像一头巨大的怪兽向他们压过来。"老冯，快躲开！"康清泉刚喊完，正想坐起来，只听"咣当"一声巨响，大卡车已经与他们的车撞在了一起。康清泉本能地一手狠劲撑住前边靠背，一手狠劲撑着后座，即使这样，他的头还是撞在了前边的座椅背上，当时就昏了过去。

等康清泉醒来时，他已在医院的重症监护室。

"醒了，醒了。"康清泉听到有人说话，他睁开模糊的双眼，看到身边围着几个医生和护士。

"领导，您醒了？"一位医生弯下腰问康清泉。

康清泉轻轻点点头，然后问医生："这是哪儿？"

"这是山川市人民医院重症监护室，领导，您头痛不？"

"有些晕。"

"领导就是命大，大富大贵，有神仙保佑，出那么大的车祸，您只是头部轻微受伤，颅内没有积血，真是奇迹。一会儿把您转到病房，您歇几天就好了。"

"医生，老冯呢？"

"哪个老冯？"

"我的司机老冯。"

"哦，您的司机——先治好您的病再说吧。"医生说完不理康清泉了。

康清泉头晕沉沉的，有点恶心。他回想起昨天晚上的事情，百思不得其解，从哪里突然冒出个大卡车呢？老冯是老司机了，开了一辈子的车，技术没一点问题，他又没喝酒，又没开快车，怎么会出车祸呢？不知道老冯现在情况怎么样了，不行，要问清楚。于是他伸手摸索着想找手机，医生说："领导，别动。"

"不行，你要告诉我老冯在哪儿。"说完，康清泉挣扎着想坐起来，一名护士急忙过来按住了他："领导，别动。"康清泉又问："老冯在哪儿？"医生扭过头面无表情地说："领导，说了您也别情绪激动，反正事情都过去了，我们救护车赶到的时候，那位司机就已经没有了生命迹象。"

康清泉呆呆地躺在床上，眼泪"刷"地流了出来，他像个孩子一样"呜呜"哭起来。

护士过来帮康清泉擦了擦眼泪和鼻涕，说："领导您要注意自己的身体。"

"医生，让我打个电话，算我求你了。"康清泉哭着说。

"领导，您还是想想大事吧。"医生提醒说。

是啊，一语惊醒梦中人，康清泉不哭了，他是县委书记呀，他不是三岁小孩子，他不是一般的群众，他是一个县七八十万人的领路人哪。每临大事必静气。康清泉冷静了下来，他面色凝重，拨打了副县长、县公安局局长王家武的手机："王县长，我是康清泉。"

"康书记，您醒过来了？您没事吧？"

"昨天晚上的车祸是啥情况？"

"康书记，老冯已经走了，在太平间里，老冯这人哪，真是百年不遇的好司机。说实话，正常情况下，遇到前边突然冲过来个大卡车，司机的本能反应就是往左猛打方向盘保自己的命，但老冯却往右猛打方向盘，把他直接暴露在了大卡车前，您在后座躺着，头又在车后排右边的位置，这样无形中减轻了您受伤害的概率。"

"老冯是为保我而走的呀。"

"也不能完全这样说，也可能他即使是往左猛打方向盘也保不住命，毕竟他在前边，但他这样做的目的显然是为了您康书记的安全。"

"昨天晚上那个大卡车是咋回事？"

"当时，我也到了现场，那辆大卡车是临时拼装车，没挂牌，什么车辆信息、行驶信息都没有，司机跑了。这事不正常，肯定是有预谋的，应该是有人设计制造的车祸，我们正在追查。"

"常县长他们怎么样？"

"常县长他们就在你们后边不远，他们及时赶到拨打了110、119和120，要不是这，后果更不堪设想。"

"你们那个副局长兼交警队大队长黑文礼在哪里？"

"康书记，黑文礼头一个跑到了车祸现场，积极得很，现在正领着一帮交警办案呢。"

"这个案件不要让黑文礼参与了，你亲自办理，而且让刑警介入。回头我通知县纪委、检察院全程监督办案情况。对黑文礼要重点监控，条件成熟，抓紧实施收网行动。"

"好咧，请康书记放心，我知道该咋办了。"

康清泉打完电话，对医生说："医生，我现在没啥事，是不是可以出院了？"

医生说："领导，您不能出院。虽说您伤不重，但也需要观察几天，一会儿就把您安排到住院部去。"

13

康清泉出车祸住院的消息传遍了济民县，县委书记的司机被撞死了，这在济民县是天大的事情。各色人等都观察着事情的进展情况，每天都有各种小道消息在发布，网上也有各种传言，什么县委书记被黑社会暗害，康清泉吓得不敢上班了，还有的猜测这肯定是黑氏家族在报复……康清泉给易三戒打了个电话，要他组织力量，协调宣传部、公安局等有关单位，做好正面舆论引导工作，对外就把这次事故定性为一起普通的交通事故，外松内紧，以免有些人借机生事、制造不稳定因素。

康清泉出车祸住院了，济民县大大小小的领导们更坐不住了，这次，他们更纠结了，去看望还是不去看望呢？带东西还是不带东西呢？上次康清泉住院，送的东西就都退回来了，这次再送，不是自找没趣吗？可是，不去看望不带点儿东西，能空着手去吗？为这事，可把济民县那帮干部们难为死了，绞尽脑汁想不出个主意，于是就四处打听，打听一下有没有人去看望过，打听打听康清泉是啥态度。据前去看望康清泉的人讲，门都没进去，医生都给挡回去了，说是病人需要卧床休息，不能见客人。不过，后来，又听说，康清泉还是见了不少人，听说是黑风口村、白家滩村、王家寨村的群众，很多群众去看他了，医院走廊都挤满了人，也都见到康清泉了，虽说只是见了个面打了个招呼，但很多群众放心了，"康青天"还活着，而且活得好好的，这些干部们也安心了。再后来，过了几天，听说康清泉出院了，但都不知道他去了哪里。

其实，康清泉哪儿也没去，出院后，他第一件事就是去了老冯家。司机老冯跟了他十几年了，本来已经退休了，是康清泉把他要到了济民县，康清泉是自责的。康清泉站在老冯的遗像前，深深地三鞠躬，然后对老冯的老伴说："老嫂子，老冯走了，你们家的事就是我的事，我会替老冯照顾好这个家的。"

康清泉离开了老冯家，他独自一人开车来到了黄河边，他累了，他想黄河了。

黄河岸边，华兴集团的项目工程建设如火如荼。就在前不久召开的全市第三季度经济形势分析和招商引资、项目建设现场观摩会上，济民县打了个翻身仗，济民县的华兴集团项目让邻县的领导们羡慕不已。市委书记赵开来点名要康清泉介绍经验，康清泉在会场一片掌声中走上主席台，把济民县的工作经验如实地向各位领导做了汇报。赵开来书记对济民县的工作用"三个想不到"给予了高度评价，赵书记说："一是想不到济民县作为经济最差的县今年增幅能达到全市第一，二是想不到济民县作为农业县在招商引资方面能做到全市第一，三是想不到济民县在极其复杂的形势下能保持了社会大局的稳定。"康清泉在台下听了很受用，准确地说是很激动，有些受宠若惊。

这时，康清泉想起了金庸在《倚天屠龙记》里写的一句话："他强由他强，清风拂山冈；他横任他横，明月照大江。"是啊，"青山遮不住，毕竟东流去。"康清泉来不及欣赏、回味他的工作成果，告别过往，他知道前边的路依然很长，济民县要干的事还很多，困难和挑战也很多。

站在黄河边，康清泉先给他的妻子谢薇打了个电话，谢薇当时没接电话，可能是上课了。后来，电话回过来了，康清泉跟她说了出车祸的事，但没有说具体的细节，没有说是有人陷害，即使这样，谢薇当时就吓哭了，说，你身边那些同事咋不跟我说一声呢。康清泉说，这事你别埋怨我同事，可能当时事发突然比较急，又考虑到你比较忙，才没来得及通知你，关键是我没有大碍，所以就没吭声，我现在不是向你汇报了吗？谢薇说，吓死我了，要是出了大事咱家可咋办哪？你别当啥县委书记了，当那官干啥？不图吃不图喝，受那洋罪操那心干啥？康清泉说，我啥都不图，我当官为了啥，你不清楚吗？你不用操心了，我的命大着呢，大难不死，必有后福，我相信老天会保佑我。谢薇说，老冯那么好个司机跟着你可惜了，是你害了人家老冯呀，星期天咱去老冯家看看吧。康清泉叹了口气说，我已经去过了，后事也安排完了，以后不只是星期天，咱有机会都要往老冯家跑跑，老冯家的事就是咱家的事，这不能忘。

康清泉又给洪运来打了个电话，这次，跟洪运来一说话，康清泉又有点儿想哭了，他真的撑不住了，很累很累。他说，洪书记，想当个好人咋恁难哪？想做个好官咋恁难哪？洪运来说，清泉，咱们党和国家正在加大反腐倡廉力度，正在惩治黑恶势力，正在大力转变作风，只要这样坚持下去，一切都会好起来的，所有的牛头马面都会胆战心惊，老百姓都会拍手称快，好人难做、好官难当的日子就要过去，国运昌盛、风清气正的好时代就要到来。

康清泉点点头说，嗯，洪书记，我相信！

14

深秋的黄河滩，天高地阔，风轻云淡，河水从容，黄河滩里一望无际的秋庄稼长势喜人，特别是那高高的玉米昂首挺立，站成了黄河的风姿。

康清泉盘腿坐在河堤上，解开上衣的扣子，敞开了胸怀，听凭黄河滩的风轻轻地抚慰他那紧张得隐隐作痛的胸口，心情格外舒畅。

多行不义必自毙，那些还在世的人们，那些依然在行凶作恶残害良善却深藏不露的恶人坏人们，如果经常到黄河边看一看，会作何感想呢？

康清泉的手机响了，一看是向云雪的号码，于是，接通了电话："你好，云雪。"

"康书记，我想给您汇报个事。"电话那头的向云雪声音还是那么好听。

"云雪，说吧。"

"康书记，我今天跟您打完这个电话，就不再跟您联系了。"

"出啥事了？"康清泉焦急地问。

"康书记，我要向您辞职，我要离开济民县了。"

"辞职？为什么？"康清泉一听头就蒙了，大声问道。

"康书记，谢谢您对我的关照，其实我不适应济民县的工作，我活得很痛苦。我想到北京一个文化传媒公司工作，那是我表姐开的公司，她早就动员我去了，只是我以前拿不定主意，没有跟您讲，现在，我看到山川市、济民县出了这么多的事，特别是听说您出车祸之后，我更不想再在济民县干了。再者说，我知道您是一位好领导，人家都喊您'康青天'，您是老百姓的康清泉，老百姓离不了您，我虽然很崇拜您，甚至说很喜欢您，但我有自知之明，我不能太自私，不能过多地打扰您，我不想因为我坏了您的名声，影响您的前途，让老百姓失去一个好领导。以后，您就不要再管我了，也不要跟我联系了，辞职报告我已经递交给县委组织部了，您批准就行了。另外，还有一件事需要向您汇报，您结的那个穷亲戚王天亮，他偏科厉害，他不想再读书参加高考了。天亮多才多艺，擅长写作、书法、绘画、音乐，我征得他的同意，帮他在县城找了一家广告公司上班了，我相信，凭他的才能，他一定会有一个美好的未来。这件事，我本来当时就应向您汇报的，可是，王扎根伯伯不让我跟您说，他说您工作忙，不让打扰您。不过，以后我可能帮不成天亮了，天亮就拜托您了。康书记，再见！"

向云雪一口气说完，电话直接挂了。

这时，康清泉的手机短信提示音"嘀——"的一声响了，康清泉打开短信一看，却是向云雪发的短信，内容是泰戈尔《飞鸟集》里的一首短诗：夏天的飞鸟，飞到我的窗前唱歌，又飞走了；秋天的黄叶，它们没有什么可唱，只是一声叹息，飘落在那里。

康清泉急忙把电话打过去，但是手机关机，再也联系不上了。

"啊——"康清泉对着黄河大吼起来。

康清泉发疯似的跳起来往前跑，跑到了黄河堤上一堆码得整整齐齐的石头边，他躲在石头后，低声哭起来。泪眼迷离中，康清泉似乎看到赤色石头上有人用白漆写的字，他上前一看，觉得字体很熟悉，刚劲有力，飘逸洒脱。康清泉认真看起来，却原来是南北朝时期梁武帝的国师志公和尚所撰的一首《万空歌》：

南来北往走西东，看得浮生总是空。天也空来地也空，人生渺渺在其中。

大地本来无寸土，人生劳碌一场空。日也空来月也空，来来往往不留踪。

日月星辰常运转，人亡千载永无踪。山也空来水也空，随缘变化体无穷。

青山绿水依然在，为人一死不相逢。田也空来地也空，换了多少主人翁。

世间多少穷后富，也有多少富后穷。金也空来银也空，死后何曾在手中。

万两黄金拿不去，为他一世受牢笼。生也空来死也空，生死如同一梦中。

生如百花逢春好，死如黄叶落秋风。夫也空来妻也空，大限到了各西东。

夫妻本是同林鸟，可怜死后不相逢。男也空来女也空，黄泉路上难相逢。

贵子贤孙休贪爱，人因痴爱堕牢笼。幻化空身虚变现，空是色来色是空。

空手来了空手去，到头总是一场空。朝走西，暮走东，人生恰似采花蜂。

采得百花成蜜后，一场辛苦一场空。夜深听得三更鼓，翻身不觉五更钟。

从头仔细想一想，便是南柯一梦中。不信但看桃李树，花开能有几时红。

任你做到公卿相，死后还归泥土中……

这是王天亮的字迹，他怎么也到这里来呢？康清泉看着看着，直想掉泪，这个王天亮，为什么要来到这个世界上呢？难道只是为了受尽磨难？一想起那个被铁链子拴到屋里蜷缩在墙角瘦削的身影，那双看见生人惊恐的眼睛和"噢噢"如小动物的惨叫声，康清泉无比难受。如今，虽说向云雪帮着王天亮介绍了个县城广告公司的工作，可那毕竟只是权宜之计，以后，他的人生旅途还很漫长，遇到的艰难险阻定然不少。想到这里，康清泉暗暗下定决心，既然与王天亮家结了穷亲，那么，就要一帮到底，成为永远的亲戚，直到王天亮全家走出苦难的过去走向光明的未来。包括他结的另一个穷亲戚——周明理的老母亲周大娘，他会当作自己的亲娘来照顾，给她老人家养老送终。

不知不觉间，太阳快要落山了，西天浮起大片大片的火烧云，人间一片澄明。浑黄的河水点点碎金，波光粼粼，流光溢彩，黄河滩里的庄稼也是一眼望不到边的金灿灿，但见水天一色、天地同辉。康清泉的眼睛被这金黄色晃得睁不开了，他使劲眨巴眨巴眼，怔怔地望着夕照黄河，望着远处空阔的黄河滩，像个雕像一动不动。

这时，手机又响起来了，一看号码，却是山川市委书记赵开来的电话。

康清泉的心猛然一沉：赵书记？赵书记找我干啥？

是福不是祸，是祸躲不过。康清泉不敢怠慢，来不及多想，迅速接通了电话："喂，您好，赵书记，我是清泉。"

电话那头，赵开来呵呵笑着说："清泉哪，在哪儿潇洒呢？"

在哪儿潇洒呢？这话可是问得有点儿重啊，赵开来怎么啥都知道呢？莫非他也知道他康清泉独自一个人在黄河边？

康清泉有些紧张，但是他如实回答，回话依然很沉稳："赵书记，我一个人在黄河边。"

"那好啊，不打招呼，不要陪同，不做宣传，一个人在黄河边，走村入户，一插到底，访问民情，这是好的作风，好啊，好。"

"赵书记，您过奖了，我做得还很不够，您是我的榜样，以后还要向您学习，请问赵书记有何指示？"

"啊，清泉啊，你的工作组织上准备变动一下。"

工作变动？康清泉心里一惊，他想起了他的前任——县委书记顾怀力，因为黑老三煽动村民到省党代会会场集体上访，顾怀力被调离济民县，到市委当了个副秘书长的闲差，如今自己的工作也要变动，难道也是因为黑氏家族而被迫调离吗？

"怎么？清泉，有意见吗？"

"没有，赵书记，我一切服从组织决定。"

"那好，我先给你透个信，你在济民县的工作很出色，省委书记宋朝觐同志、省长艾民生同志对你印象很深。最近省委要研究一批干部，提拔一批优秀县委书记，你被挂上号了，是咱们市拟推荐的唯一一名县委书记。省委组织部初步的意见是提拔你到省纪委担任纪委常委，副厅级，还干你的纪委工作老本行，在更高层面、更大平台上发挥更大作用，为党的事业做出更大贡献。明天省委考察组就要到咱们市，对你进行推荐考察，你心里先有个数。"

"这个——"

"怎么？不乐意？"

"啊，不，赵书记，我、我、我——"

"我什么？"

"我能干好吗？"

"你说呢？"

"赵书记，我有件烦心事一直想向您汇报，最近有人举报我贪污受贿、道德败坏，您知道这事吗？"康清泉借此机会把这段时间一直压在心里的窝心事坦诚地向赵开来进行汇报。

电话那头，沉默了片刻，接着，康清泉听到赵开来缓缓地说："清泉，我接到过这样的举报信，反映你在生病住院期间收受了济民县太平堤乡黑风口村支书黑老三二十万元钱，还反映你与杨树岗乡乡长向云雪有不正当男女关系。这件事，我当即批示市纪检部门做了调查。调查发现，黑老三送你的二十万元钱你的秘书当时就上交县纪委了，同时，也没有证据证明你与向云雪有什么不正当的男女关系。市纪检部门请公安、邮政等部门帮助查询了解了举报信的来源，发现是市长朱尔授意黑老三等人采取的恶意举报和栽赃诬陷行为。这件事，你如果同意的话，我会在合适的时机采取合适的方式公开为你正名，消除不良影响。你不要有思想包袱，组织一定会理直气壮地为干事创业者撑腰鼓劲。"

听闻此言，康清泉不禁热泪盈眶，他激动地说："赵书记，太谢谢您了。请您放心，我一定不负组织厚望，不负您对我的关心照顾。"

15

河风劲吹，吹乱了康清泉的头发，也吹落了康清泉身上的羁绊，层层包裹的枷锁"噼里啪啦"地往下掉，他感到终于解脱了。他说不出的自由和畅快，对着黄河发疯样地大喊大叫起来："啊，啊，啊——"

风来了，风走了，康清泉的魂灵徜徉在高天大河间。远处，似乎有人在喊号子，是黄河号子，是纤夫号子，和着康清泉的思绪一路狂奔。

号子的声音从上游飘来，从远古传来，从天空洒落，声音沙哑浑厚，康清泉听得一阵晕眩，眼前幻化出天河图灵——

　　　　九曲黄河哟一十八道弯
　　　　弯过雪山顶
　　　　弯过大高原
　　　　弯到了平川哟
　　　　那可使劲儿地弯

　　　　弯过黑风口
　　　　弯过白家滩
　　　　弯得像那马脸刀
　　　　弯得像那月牙镰
　　　　弯掉了半河沙
　　　　弯掉了人世艰

　　　　再弯一弯
　　　　再弯一弯
　　　　可不就是那清凌凌的黄河哟
　　　　可不就是那晴朗朗的天
　　　　……